Stefar.

Midas

Operation Gold

Thriller

Über dieses Buch

Tom von Ehrenberg ist als Teenager vor den ständigen Auseinandersetzungen mit seinem Großvater zu seiner indianischen Großmutter geflüchtet, und hat als Tom Bannings ein erfolgreicher Navy SEAL geworden.
Nie hätte er gedacht, dass ihn die Vergangenheit eines Tages in Form eines Mordanschlags einholt
Wenn er bei den SEALs bleiben will, muss er den Hintergrund des Anschlags klären und damit Kontakt mit seinem Großvater aufnehmen. Als Tom von verschwundenem Nazigold erfährt, gerät er ins Visier von skrupellosen Verbrechern. Das Wiedersehen mit seiner Jugendliebe Julie verwandelt sein Leben endgültig in ein lebensgefährliches Chaos. Zu allem Überfluss scheint Julies Bruder, Toms früherer bester Freund, in die Verbrechen verwickelt zu sein. Als Tom beim Versuch, ihn zu schützen, seinen Gegnern in die Hände fällt, erscheint die Situation aussichtslos …

Über die Autorin

Stefanie Ross wurde in Lübeck geboren. Sie verbrachte einen Teil der Schulzeit in Amerika und unternahm später lange Reisen unter anderem durch die USA, Kanada und Mexiko. Nach dem Studium der Betriebswirtschaftslehre folgten leitende Positionen bei Banken in Frankfurt und Hamburg. Sie ist verheiratet, Mutter eines Sohnes, fährt gern Motorrad und schreibt seit 2012 Thriller.

Stefanie Ross

Midas

Operation Gold

Thriller

© 2020 »Midas– Operation Gold « von Stefanie Ross

Lektorat & Korrektorat:
Susanne Meier, Miriam Süden

Coverdesign: Wolkenart - Marie-Katharina Wölk, www.wolkenart.com unter Verwendung von: Bildmaterial © Shutterstock.com (Evannoovostro, TTstudio, Unique Vision, lizanice)

ISBN-13: 979-8665142227

Stefanie Ross
c/o Papyrus Autorenclub, Pettenkoferstr. 16-18, 10247 Berlin
E-Mail: mail@stefanieross.de
Weitere Informationen: http://www.stefanieross.de
Stand: 1. Juli 2020

Alle Rechte vorbehalten. Kein Teil dieses Buches darf ohne Zustimmung der Autorin nachgedruckt oder anderweitig verwendet werden.
Die Ereignisse in diesem Buch sind frei erfunden. Jede Ähnlichkeit mit lebenden oder toten Personen, tatsächlichen Ereignissen, Orten oder Firmen oder Organisationen ist rein zufällig.
Sollte Ihnen beim Lesen ein Fehler aufgefallen sein, schreiben Sie mir bitte eine E-Mail und ich werde ihn schnellstmöglich beheben.
Vielen Dank!

Für Hazard. Jag mir nie wieder so einen Schrecken ein, kleiner Kämpfer!

Personenverzeichnis

Tom Bannings, auch bekannt als Tom von Ehrenberg, US Navy SEAL

Karl von Ehrenberg, Toms deutscher Großvater mütterlicherseits

Nizoni Lonestar, Toms Navajo Großmutter väterlicherseits

SEALs

Mark Rawlins, Teamchef
Jake Fielding, stellvertretender Teamchef
Daniel Eddings, Arzt und Toms Partner im Team
Pat O'Reilly, Amerikaner & Ire
James "Fox" Huntington, Logistikgenie

Hamburger LKA

Sven Klein, Wirtschaftsdezernat
Dirk Richter, Wirtschaftsdezernat

Alexander Frank, Dezernatsleiter Organisierte Kriminalität

Sandra Meinke, Rauschgiftdezernat, Daniels Verlobte

Kieler LKA

Markus König
Bjarne Marx

Jörg Hansen

Jan Storm, ein ungewöhnlicher Landarzt

Sonstige

Christian Metternich, Kieler Polizist, früher Toms bester Freund

Julie Metternich, Tierärztin, Toms Jugendliebe

Andi Pohl, Teamchef beim KSK
Anna Pohl, seine Frau, Journalistin

und

Queen, eine deutsche Schäferhündin

Kapitel 1

Schnee drang ihm in Mund und Nase, eisiges Wasser durchnässte sein T-Shirt und seine Tarnhose. Orientierungslos wollte Tom Bannings sich herumwälzen und erstarrte, als er seine Hände nicht bewegen konnte. Obwohl sie von der Kälte bereits nahezu gefühllos waren, spürte er die Kabelbinder, die seine Handgelenke auf den Rücken fesselten. Jetzt begriff er endgültig, dass er in Schwierigkeiten steckte. Das Wintertraining der SEALs war hart, aber keineswegs mörderisch. Die Überlebensaussichten ohne vernünftige Ausrüstung bei geschätzten minus zwanzig Grad waren überschaubar und bewegten sich in einem Zeitraum von deutlich weniger als einer Stunde.

Erinnerungsfetzen kehrten zurück, zwei dicht aufeinander folgende Explosionen, ein stechender Geruch, schemenhafte Gestalten, dann nichts mehr.

Wer immer ihn überwältigt hatte, war keiner ihrer Trainingsgegner gewesen. Die Marines hätten lediglich mit Farbmunition geladene Gewehre und Pistolen benutzt, aber keine Gasgranaten und vor allem würden sie sich nicht gegenseitig umbringen. Oder doch?

Kälte und Sauerstoffmangel ließen sein Gehirn auf Sparflamme laufen. Dann durchfuhr ihn der Gedanke an Daniel. Während sich sein restliches Team auf der Basis aufhielt, war Tom mit seinem Freund für einen Tag zu diesem Training abkommandiert worden. Wo war Daniel? Die Angst um seinen Freund gab ihm genug Energie, um den Kopf auf die Seite zu drehen und die Lider einen Spalt zu öffnen. Daniel Eddings lag bewusstlos wenige Zentimeter neben ihm. Ebenfalls lediglich mit Kampfstiefeln, T-Shirt und dünner Tarnhose bekleidet – ohne das dicke Fleeceshirt und den wattierten Anzug, der sie vor direktem Kontakt mit Kälte und Nässe bewahren sollte. Tom konnte keine Lebenszeichen bei Daniel entdecken, verbot sich jedoch energisch jeden Gedanken daran, dass sein Freund bereits tot sein könnte.

»Sieht aus, als ob einer aufgewacht wäre.«

Schritte drangen trotz des Dröhnens eines Generators an sein Ohr. Tom hatte immer noch keine Vorstellung, wo sie sich befanden. Mit einem Fußtritt wurde er auf den Rücken gedreht und biss die Zähne zusammen, als seine gefesselten, steif gefrorenen Hände schmerzhaft dagegen protestierten, unter seinem Körper begraben zu werden. Blinzelnd erkannte er durch das dichte Schneetreiben zwei Männer in militärischer Winterausrüstung. Sie hielten die Mündungen ihrer Sturmgewehre nachlässig auf ihn gerichtet, dahinter befand sich ein Gebäude. Vermutlich war das die Talstation der Seilbahn, ihr ursprüngliches Trainingsziel, aber das erklärte nicht, warum Daniel und er nur noch spärlich bekleidet im Schnee lagen. Für einen schlechten Scherz, wie er bei Angehörigen verschiedener Waffengattungen durchaus üblich war, wäre dies reichlich überzogen.

»Was soll das?«, brachte er heiser hervor.

»Nimm es nicht persönlich. Aber Trainingsunfälle passieren eben, die meisten getöteten SEALs sind während solcher Übungen gestorben, nicht im Einsatz. Du wirst die Statistik bestätigen.«

Tom hätte nicht gedacht, dass ihm noch kälter werden konnte, aber die leidenschaftslosen Worte brachten ihn zum Zittern, wobei ihm die Vorstellung besser gefiel, dass es am schneidenden Wind lag, der den Schnee in Böen über ihn hinweg peitschte. Er kannte den Mann. Es war einer der Marines, Dexter, ein Unteroffizier wie er selbst.

»Warum?«

»Macht das einen Unterschied?« Dexters Faust raste auf ihn zu. Ansatzweise bekam Tom eine Ausweichbewegung hin, dennoch wurde sein Kopf vom Aufprall mit dem gefütterten Handschuh nach hinten gerissen. Halb bewusstlos hörte er, wie sich erstmals der andere Marine zu Wort meldete. »Was ist mit dem Blonden?«

»Wenn er Glück hat, überlebt er. Er hat ja nichts mitbekommen. Wie gesagt, es ist nichts Persönliches und von Eddings war nicht die Rede.«

»Die Fahrt nach oben dauert eine halbe Stunde. Das überleben die nie.«

»Dann hat Eddings Pech gehabt. Los, hilf mir, sie in die Kabine zu schaffen. Ich will aus der Scheißkälte raus. Den Arzt lassen wir oben liegen, den anderen dort verschwinden.«

Verschwinden? Vermutlich wollten sie ihn in der Nähe der Gipfelstation in eine der Felsspalten werfen, damit würde sein Schicksal nie aufgeklärt werden. Tom überlegte, ob Bewusstlose mit den Zähnen klapperten und zitterten, wusste aber keine Antwort. Hoffentlich galt das auch für die verdammten Marines. Sich bewusstlos zu stellen, war eine Sache, aber noch war sein Körper nicht komplett gefühllos, sondern er fror, wie er noch niemals im Leben gefroren hatte – und das hieß bei ihrer Ausbildung einiges. Andererseits wusste er, dass dies ein gutes Zeichen war, gefährlich wurde es, wenn er nichts mehr fühlte.

Verzweifelt kämpfte er darum, nicht endgültig in die Bewusstlosigkeit abzugleiten. Die Versuchung war verdammt verführerisch, aber er war ein SEAL und würde bis zum letzten Atemzug kämpfen, auch wenn er keine Vorstellung hatte, was er in seiner Lage noch bewegen konnte.

Reichlich unsanft wurde er über den vereisten Pfad gezerrt und auf den Boden der Seilbahnkabine geworfen.

»Ich steuere die Kabine von unten. Du fährst mit hoch, übernimmst oben die Steuerung und lässt mich nachkommen.«

Ein dumpfes Geräusch neben ihm, gefolgt von einem leisen Stöhnen, verriet ihm, dass Daniel ebenfalls in die Seilbahn verfrachtet worden war. Nach einer halben Ewigkeit setzte sich die Gondel ächzend in Bewegung. Um sich abzulenken, rief Tom sich das Gelände unter ihnen ins Gedächtnis zurück. Langsam ansteigende, kaum bewachsene Hänge, kein Wunder, dass Dexter das zerklüftete Terrain am Gipfel bevorzugte, um seine Leiche verschwinden zu lassen. Aber noch war es nicht so weit. Die Kabine geriet ins Schaukeln, als der Marine auf der kleinen freien Fläche umherstapfte. Vorsichtig öffnete Tom die Augen einen Spalt. Der Mann schien sich mehr für die Aussicht als für zwei vermeintlich bewusstlose SEALs zu interessieren. Dann erkannte er das durch die Hakennase geprägte Profil des Mannes. Williams, ebenfalls ein Unteroffizier, Anfang zwanzig und ihm vorher keinesfalls negativ aufgefallen. Auch wenn zwischen

Warnung in Daniels Augen ignorierend, lachte Tom. »Ich liebe Sandy. Hast du noch mehr Überraschungen?«

»Ich hoffe. Das kleine Taschenmesser, mein Talisman, es müsste auch noch dort sein.« Ein prüfender Blick auf Toms mittlerweile blauen Finger und Daniel schüttelte den Kopf. »Du musst deine Hände erst mit den Pads aufwärmen, sonst wird das nichts.«

Die Vorstellung gefiel Tom nicht, aber er gab seinem Freund recht. Das Taschenmesser war kürzer als sein Daumen, eigentlich eher eine Spielerei und Daniels Glücksbringer, aber dennoch enthielt es einige nützliche Instrumente und würde ihnen jetzt eine wertvolle Hilfe sein. Mit Mühe knickte er die Metallplättchen in den Herzen und spürte, wie sich die Pads erwärmten. Trotz der stechenden Schmerzen krümmte er die Finger, bis er mit der Beweglichkeit zufrieden war. Sofort drückte er die immer noch angenehm warmen Plastikteile seinem Freund in die Hand. Der Rest war schnell erledigt.

Mit einer absonderlichen Faszination betrachtete Tom die Schnitte an seinen Handgelenken, das Plastik hatte sich tief in seine Haut eingegraben, dennoch verspürte er keinen Schmerz. Er brauchte Daniels besorgten Blick nicht, um zu wissen, dass das kein gutes Zeichen war. Schmerzunempfindlichkeit war kein Vorteil, sondern ein ernsthaftes Warnsignal. Die Fahrt würde noch mindestens fünfzehn Minuten dauern, eher länger, und sie wussten nicht, wer oder was sie an der Gipfelstation erwartete, doch es gab vermutlich keinen besonders herzlichen Empfang. Mit Mühe tastete sich Tom an die gegenüberliegende Wand vor und wäre beim Versuch, die Tür zu schließen, beinahe hinausgestürzt.

Aufatmend ließ er sich neben der geschlossenen Tür zu Boden sinken und sah sich um. Er brauchte eine Decke, irgendetwas, das ihnen die dringend benötigte Körperwärme erhalten könnte. In der Kabine befand sich neben den zwei Reihen mit insgesamt sechs Plastikschalensitzen lediglich die Fläche, die sonst für Lasten genutzt wurde. Jetzt lag Daniel dort und war nicht in der Verfassung aufzustehen. Besorgt musterte Tom die blutverschmierte Schläfe seines Freundes, aber das musste warten. Endlich bemerkte er den flachen roten Kasten zwischen zwei Sitzen. Nach einem mühevollen Kampf mit der Plastikabdeckung lag der Inhalt vor ihm, neben Verbandzeug fand er zwei hauchdünne Isolierdecken. Das war besser als nichts und würde ihnen das Überleben in den nächsten Minuten sichern. »Ich hoffe, Sandra hat nichts dagegen, aber jetzt wird's gemütlich.« Mit den Zähnen riss Tom die Verpackung auf und legte sich neben Daniel. Er entfaltete mit einer Handbewegung die Decken und breitete sie über ihnen aus.

Daniels Augen wirkten glasig, er blinzelte, schien ihn aber nicht wirklich zu sehen. »Ich glaube, du musst uns hier alleine rausholen.« Der Kopf seines Freundes fiel zurück.

Fluchend rückte Tom möglichst eng an den schlaffen Körper neben sich. Seine Zähne schlugen weiter klappernd aufeinander, als ihm ein Gedanke kam. Vielleicht hielt sich oben überhaupt keiner auf. Die Verständigung mit Headsets oder Handys war auf diesem Berg kein Problem. Warum hätte Dexter sonst von unten die Steuerung der Kabine übernehmen sollen? Außerdem war es Zeit, für eine gute Nachricht. Ändern konnte er sowieso nichts, das Taschenmesser war kaum eine adäquate Waffe, außer abzuwarten und Kräfte zu sparen, konnte er nichts tun. Gedankenverloren verfolgte er das Schneetreiben vor dem Fenster und überlegte, wie viel Zeit ihnen die dünnen Alufolien verschafften. Daniel war der Experte für medizinische Details und vielleicht war es gut, dass Tom die Antwort nicht kannte. Er fühlte sich wie ein Eisblock und bekam zunehmend Schwierigkeiten mit der Atmung, mehr brauchte er nicht zu wissen. Endlich erschien die Gipfelstation als schwarzer Umriss in dem weißen Inferno. Tief geduckt hinter den Plastiksitzen wartete Tom, dass die Gondel zum Halten kam. Die Tür wurde von außen aufgerissen, so viel zu seiner Hoffnung, sie würden hier oben alleine sein.

»Williams? Wo steckst du?«

Ein Mann beugte sich in die Kabine, Tom schnellte vor und riss an seinem Arm. Überrascht verlor der Marine das Gleichgewicht und landete auf dem Boden. Sofort war Tom bei ihm und schlug ihn bewusstlos.

Eine schnelle Durchsuchung förderte lediglich ein Kampfmesser und eine Glock mit einem halbgefüllten Magazin hervor. Mit einem ausführlichen Fluch über die spärliche Ausrüstung auf den aufgesprungenen Lippen zerrte Tom den bewusstlosen Soldaten aus der Kabine und zerstörte als Erstes die Steuerungseinheit der Seilbahn. Zumindest konnte sie niemand mehr überraschen.

Wesentlich sanfter kümmerte er sich dann um Daniel.

Kapitel 2

Nachdem er sich umgesehen hatte, verflog Toms Erleichterung schnell. Die Gipfelstation war nicht viel mehr als ein grauer Schuppen aus Beton, bot jedoch Schutz gegen den Wind, obwohl die Temperatur auch hier im zweistelligen Minusbereich war. Aber jetzt konnte er zumindest für seinen Freund sorgen. Er breitete die beiden Isolierdecken auf dem Boden aus, zog dem Marine die Steppjacke und die gefütterte Hose aus und Daniel mit Mühe an. Tom war gerade fertig und trotz der Kälte ins Schwitzen geraten, als sein Freund die Augen aufschlug. »Was …?«

»Ganz ruhig. Wir sind oben auf dem Berg. Ein Marine war so freundlich, dir seine Sachen zu leihen. Ich sehe mich um. Der Kasten wirkt zwar wie ausgestorben, aber irgendwas werden wir schon finden. Vielleicht gibt's sogar einen Generator, den ich starten kann. Dann wird's richtig kuschelig.« Unerwartet verstummte das Heulen des Windes und ein leises, flatterndes Geräusch drang an Toms Ohr. Unwillkürlich stöhnte er auf. »Sekunde. Ich sehe nach, was das zu bedeuten hat.«

Daniels Gesichtsausdruck zeigte deutlich, dass sein Freund die Antwort bereits ahnte. Angestrengt starrte Tom in die Richtung, in der ein kleines Plateau lag. Einen Sekundenbruchteil riss der wirbelnde Vorhang aus Schnee auf und er erkannte die Umrisse eines Hubschraubers und weißvermummter Gestalten, die sich abseilten. Vier, nein fünf. Frustriert stöhnte er auf. Es war reines Glück, dass er den Helikopter gehört und nun sogar noch gesehen hatte, ansonsten wären sie überrascht worden. Die Wahl des Landeplatzes zeigte mehr als deutlich, dass genau dies die Absicht der Neuankömmlinge war, schließlich war hinter diesem Gebäude genug Platz für eine sichere Landung.

»Und?« Daniels Stimme klang besorgniserregend schwach.

»Wir bekommen Besuch. Ich dachte, es reicht, die Steuerung der Seilbahn außer Kraft zu setzen, aber da draußen schwebt ein Heli und hat fünf Männer abgesetzt.«

Er lud die Glock durch und drückte sie Daniel in die Hand. »Nimm. Ich tu mein Bestes. Ich dachte, wir könnten uns hier lange genug verschanzen.«

»Behalt du …«

»Nein. Du kannst dich nicht bewegen und solltest das mit deiner Kopfverletzung auch nicht. Wenn jemand auftaucht, drück ab. Danach sehen wir weiter.«

Sie sahen sich an, beide wussten, dass es kein ›danach‹ geben würde. Tom schluckte hart. Egal wie, sein Freund würde seine Chance bekommen. Er würde so viele wie möglich ausschalten.

Ehe Daniel protestieren konnte, verschwand Tom in dem Schneetreiben. Das Plateau lag keine hundert Meter entfernt und es gab nur einen Trampelpfad durch die Felsen, um zur Station zu gelangen. Er konnte die Männer nicht verfehlen, genauso wenig wie sie ihn. Nachdenklich sah er auf den Pulverschnee. Durch die weiße Winterausrüstung waren ihre Gegner im Vorteil, dann musste er eben zur Tarnung nehmen, was er hatte. Er rannte Richtung Hubschrauber und ließ sich wenige Meter vor einer Stelle, die durch scharfkantige Felsen verengt wurde, zu Boden fallen. Er musste nicht nachhelfen, in Sekunden war er von einer weißen Schicht bedeckt. Seine Hand umklammerte das Kampfmesser, das er dem Marine abgenommen hatte. Gegen Müdigkeit und Lethargie ankämpfend, lauschte er angespannt. Etliche Male pustete er Nase und Mund vorsichtig frei. Das Verlangen, einfach einzuschlafen, wurde schier übermächtig.

Endlich spürte er mehr, als dass er es hörte, dass sich die Männer näherten. Viel länger würde er nicht durchhalten, sondern in einen Dämmerzustand verfallen, aus dem es kein Erwachen mehr gab. Jeden Muskel angespannt wartete er. Vermutlich würden sie sich in einem lockeren Halbkreis fortbewegen, das wäre seine Chance, einen nach dem anderen auszuschalten. Bei den Sichtverhältnissen würden sie nicht schießen, die Gefahr wäre zu groß, einen Kameraden zu treffen. Darauf brauchte Tom keine Rücksicht nehmen. Hoffentlich war er schnell genug, er dachte an Daniel und dessen Verlobte Sandra. Alleine für die beiden musste er Erfolg haben. Er durfte nicht versagen.

Langsam atmete er aus, als ein Mann nur Zentimeter von ihm entfernt stehen blieb und das Sturmgewehr im Kreis bewegte, auf der Suche nach einem Ziel, das nicht vorhanden war. Endlich ging der Typ zögernd an seinem Versteck vorbei. Tom sprang auf und schlang ihm von hinten den Arm um den Hals. Schlechter Winkel, zumal sein Opfer ein paar Zentimeter größer und durch die gepolsterte Kapuze im Vorteil war. Tom hatte vorgehabt, ihn lautlos mit durchgeschnittener Kehle zu Boden zu schicken, das konnte er vergessen, zumal seinem Gegner keine Schrecksekunde anzumerken war. Ehe Tom es verhindern konnte, flog er durch die Luft und landete hart im Schnee. Nach Luft ringend kam er wieder hoch und trat nach dem Knie seines Gegners. Wieder war der Mann schneller, wich aus und … sprang erstaunlicherweise zurück, als ob er dem Kampf ausweichen wollte.

Tom verstand nicht, was der Mann ihm zurief, die Stimme wurde durch ein Tuch, das die untere Gesichtshälfte verbarg und vor der Kälte schützte, gedämpft und er nahm die Umgebung nur noch wie durch einen engen Tunnel wahr. Seine ganze Aufmerksamkeit galt dem Kampf ums Überleben, nicht dem, was der Mann ihm zu sagen hatte. So schnell er konnte, setzte er nach und zielte erneut mit dem Messer auf den Hals. Ein weiteres Mal war er zu langsam. Sein Gegner riss das Gewehr zur Abwehr hoch und Toms Unterarm prallte hart auf das unerwartete Hindernis. Er hatte gedacht, sein Körper wäre über das Schmerzempfinden hinaus, aber das war ein Irrtum. Ein explosionsartiger Schmerz strahlte von seinem Arm aus durch den ganzen Körper, mit einem erstickten Aufschrei fiel ihm das Messer aus der Hand, seine Muskeln verweigerten endgültig den Dienst. Langsam brach er auf die Knie und konnte seinen Gegner nur noch hasserfüllt anstarren. Dann kippte er hintenüber und blickte resigniert auf die Gestalt eines weiteren Mannes, die im Schneetreiben Form annahm. Flach auf dem Rücken liegend, hilflos auf den Tod zu warten, war grausamer als alles, das er bis jetzt erlebt hatte.

Der Neuankömmling hockte sich neben ihn hin und wirkte einen flüchtigen Augenblick merkwürdig vertraut.

Warum beendeten sie es nicht? Er hatte ihnen nichts mehr entgegenzusetzen. Die ganze Auseinandersetzung hatte nur Sekunden gedauert, aber der lange Aufenthalt in der Kälte und Nässe forderte ihren Tribut und Tom begann, unkontrolliert zu zittern. Er glaubte an eine Sinnestäuschung, als sich sein ursprünglicher Gegner die Jacke herunterriss. Tom war zu keiner Abwehrbewegung mehr im Stande, als der Mann mit dem Parka in der Hand auf ihn zukam und seine Schneebrille auf die Stirn schob.

»Nette Begrüßung, Tom.«

Die tiefe Stimme, die besorgten, braunen Augen waren unverkennbar. Mark, sein Teamchef, hüllte ihn wie ein Kind in die Jacke ein und zog ihn hoch. »Wo ist Doc?«

»Station. Verletzt. Er kann sich nicht bewegen. Aber …«, hustend brach er ab.

»Ganz ruhig, Tom. Wir kümmern uns um alles«, sagte der zweite Mann. Jake, sein stellvertretender Teamchef. »Gut, dich zu sehen. Ehe Daniel uns genauso freundlich begrüßt wie du, komm lieber mit.«

Mit Mühe bekam er ein Nicken zustande. Wenig später hatten sie die Station erreicht. Mark schien die Kälte nichts auszumachen, obwohl er lediglich ein dickes Sweatshirt trug. Der Versuch, ihm die Jacke zurückzugeben, hatte mit einer hochgezogenen Augenbraue und einem vielsagenden Blick auf Toms spärliche Bekleidung geendet.

Mark stieß seinen durchdringenden Pfiff aus, mehr oder weniger das Erkennungssignal ihres Teams.

»Doc? Daniel? Es ist in Ordnung. Der Heli war auf unserer Seite«, rief Tom so laut er konnte, ehe er erneut einen Hustenanfall bekam.

Ein schwacher Pfiff war die Antwort. Minuten später taute er allmählich auf. Flammenlose Spirituskocher verbreiteten eine angenehme Wärme, dazu noch trockene Kleidung und er fühlte sich bereits wieder wie ein Mensch. Zum wiederholten Male blickte Mark auf die Uhr und dann sichtlich besorgt zu Daniel, der immer wieder bewusstlos wurde. In seinen kurzen klaren Augenblicken hatte ihr Teamarzt versucht, sie zu beruhigen. Schwere Gehirnerschütterung, kein Schädelbruch, nichts, das nicht mit ausreichend Ruhe rasch kuriert wäre, lautete seine Diagnose. Vermutlich war er bei dem Angriff mit den Granaten auf einen Felsbrocken gestürzt, damit war Tom wieder beim Thema. Allmählich funktionierte sein Gehirn wieder und er wünschte sich beinahe verzweifelt, dass Dexter auftauchen würde, obwohl das eher unwahrscheinlich war. Die Seilbahn war weiterhin außer Betrieb, trotzdem: Der Marine konnte von der Anwesenheit der SEALs nichts mitbekommen haben und würde vielleicht einen Versuch unternehmen, sie zu erledigen. Sollte er, Tom brannte darauf, mit ihm abzurechnen, doch zunächst konnte er damit beginnen, einige andere Fragen zu klären.

»Woher wusstet ihr, dass wir Probleme haben?« Tom blickte zu dem Mann, der normalerweise nicht zu ihrem Team gehörte. Browning war Special Agent beim NCIS, dem Naval Criminal Investigation Service, der immer dann aktiv wurde, wenn Angehörige der Navy in Verbrechen verwickelt wurden, sei es als Opfer oder als Täter. »Und was macht der NCIS hier?«

»Verloren gegangene SEALs suchen«, antwortete der Ex-Marine trocken, aber hinter der gelassenen Art erkannte Tom dessen Wut.

Pat trat näher und rieb fröstelnd seine Hände aneinander. »Immer noch keine Spur von euren Freunden.« Der Ire sah zu Daniel hinüber. »Ich wünschte, der Bastard würde sich zeigen.«

»Und ich erst«, stimmte Tom sofort zu.

»Dann erzähl mal, was hier los war«, forderte Mark.

»Zunächst verlief alles planmäßig. Daniel und ich sind sie umgangen und wollten uns auf die Lauer legen, um sie in einen Hinterhalt zu locken. Anscheinend haben sie falsch gespielt.« Tom lachte bitter. »Also von Anfang an, vermutlich hatten sie Wärmescanner und wussten, wo sie uns finden. Explosionen und Gasgranaten, das war's dann. Als ich wieder zu mir gekommen bin, war unsere Ausrüstung verschwunden und wir lagen vor der Talstation. Das, was Dexter erzählt hat, klang so, als ob er Geld oder einen Befehl bekommen hätte, mich umzubringen. An Daniel waren sie weniger interessiert und hätten ihn nur so in der Kälte verrecken lassen. Ihr Plan sah vor, mich hier oben irgendwo zu entsorgen. Es sollte wie ein Trainingsunfall wirken, deshalb die Sache mit den Klamotten und keine Kugel. Vielleicht wäre irgendwann ein leicht bekleidetes Skelett gefunden worden und kein Mensch hätte daran gedacht, dass es ein im Winter verschwundener SEAL sein könnte.« Tom verzog den Mund, als er Brownies forschenden Blick sah. »Ich habe keine Ahnung wieso und warum, da muss ich passen.«

»Was ist mit Williams?«

»Der taucht bei der nächsten Schneeschmelze wieder auf, liegt irgendwo unterhalb der Seilbahntrasse.«

Marks Blick ruhte auf Toms verletzten Handgelenken.

»Gute Arbeit, Tom, verdammt gute.« Sein Boss grinste breit. »Vielleicht davon abgesehen, dass du versucht hast, mich umzubringen.«

Fluchend spürte Tom, dass seine Wangen rot anliefen. »Sorry, Mark. Es tut mir wirklich leid, ich …«

Immer noch grinsend winkte Mark ab. »Ich meine, dass du es nicht hinbekommen hast«, präzisierte er augenzwinkernd.

Tom lächelte. »Für einen Marine hätte es gereicht. Sorry, Brownie. Wieso seid ihr hier und nicht da unten?« Er machte eine unbestimmte Handbewegung Richtung Tal.

»Du meinst im warmen Hotel, an der Bar? Sogar auf der Base wäre es wärmer! Gute Frage, Tom«, mischte sich Pat erneut ein und streifte seinen Ärmel zurück, bis er das Ziffernblatt der Uhr erkennen konnte. »Noch vierzig Minuten, bis der Heli zurückkommt.«

»Dann habt ihr ja noch Zeit, nach Dexter Ausschau zu halten.« Nach Marks auffordernder Kopfbewegung verschwand Pat wieder, warf aber noch einen letzten sehnsüchtigen Blick auf ihre Wärmequelle.

»Der Zug von Dexter stand schon längere Zeit unter Beobachtung. Es gab Hinweise auf ungeklärte Todesfälle an denen ein oder mehrere Marines beteiligt waren. Einer aus meinem Team hat sich bei ihnen umgesehen und festgestellt, dass einige einen erstaunlichen Lebensstandard genießen. Dexter und Williams gehörten dazu, und ein Junge namens Phillips, und den hat sich mein Mann so lange vorgeknöpft, bis er geredet hat. War nicht besonders schwer, der Junge hatte noch so was wie ein Gewissen. Als rauskam, dass Dexters nächstes Ziel ein

SEAL namens Bannings war, habe ich zum Handy gegriffen. Das war vor zwei Stunden, aber da war der Kontakt zu Euch schon abgebrochen.« Er deutete mit dem Kopf auf Mark. »Dein Boss ist dann durchgestartet und wir sind so schnell wie möglich zu euch gestoßen. Dexter hatte bis vor Kurzem sein Handy eingeschaltet, dazu noch einige Wärmescans vom Hubschrauber aus und wir hatten ein ungefähres Bild. Der Rest musste vor Ort geklärt werden.« Brownies Blick wanderte zu dem Marine, den Tom an der Seilbahn überwältigt hatte und der nach wie vor bewusstlos war. Allerdings wurde er mittlerweile von weiteren Isolierdecken gegen die arktische Kälte geschützt.

Kapitel 3

Zwei Tage später war Tom kurz davor, die Beherrschung zu verlieren. Bei ihren Einsätzen war er für die Aufklärung zuständig und hatte keine Probleme, sich im Gelände Zentimeter für Zentimeter vorwärts zu bewegen, aber in diesem durchaus komfortablen Hotelzimmer war seine Geduld am Ende und er kurz vorm Explodieren.

Als es an der Zimmertür klopfte, rechnete er mit der Putzfrau und öffnete genervt.

Mark grinste ihn breit an. »Empfängst du jeden mit einer so grimmigen Miene?«

»Entschuldige, Boss. Ich fühle mich hier eingesperrt.«

»Es steht dir doch frei, das Gebäude zu verlassen. Kann ich reinkommen oder wollen wir alles weitere im Flur besprechen?«

»Entschuldige, Boss.« Tom trat zurück.

»Das sagtest du schon.«

»Verrätst du mir jetzt, warum Daniel und ich uns auf dem Stützpunkt nicht sehen lassen durften? Und ich ihn nicht einmal in der Klinik besuchen sollte? Der Laden hier ist wirklich nett, aber ich kenne in der Umgebung nun jeden Baum und habe unzählige Fragen.«

»Das kann ich mir vorstellen. Ich würde ungern alles zweimal erzählen. Daniel ist fit genug, um sich das mitanzuhören.« Er sah auf die Uhr. »Er ist dein neuer Zimmernachbar und da trifft es sich doch gut, dass es eine Verbindungstür zwischen den Räumen gibt.«

In diesem Moment ertönte ein leises Knacken, als ob

ein Schloss entriegelt wurde. Tom eilte zur Tür und riss sie auf. Es war eben ein Unterschied, ob er mit seinem besten Freund telefonierte oder ihn vor sich sah.

Daniel war noch auffallend blass, ein Verband zierte seinen Hinterkopf, aber ansonsten sah er recht fit aus. Neben ihm lag ein großer Rucksack auf dem Boden.

Tom nickte Jake, der hinter Daniel stand, nur knapp zu und umarmte seinen Freund fest. »Mann, bin ich froh, dich zu sehen. Bist du offiziell entlassen oder geflüchtet?«

Dass sich Daniel sofort auf die Bettkante setzte, nachdem er ihn losgelassen hatte, gefiel Tom überhaupt nicht.

»Mir geht's wieder gut und anscheinend waren sie froh, mich loszuwerden.«

»Gut?«, wiederholte Mark ironisch, der Tom ins Nachbarzimmer gefolgt war.

»Gut genug?«, schlug Daniel vor.

»Meinetwegen. Ich bin einverstanden, dass du dir anhörst, worum es geht, aber danach erwarte ich, dass du dich ausruhst. Verstanden, Lieutenant?«

Aufmüpfig sah Daniel ihren Teamchef an. »Für medizinische Fragen bin ich zuständig!«, widersprach er.

»Nicht, wenn es um dich geht. Entweder du ruhst dich noch aus oder du bist raus. Das würde dann bedeuten, dass du die nächsten vierzehn Tage alleine hier herumsitzt, weil Fliegen für dich keine Option ist.«

»Der Arzt hat völlig übertrieben!«

»Seine Ansage war deutlich! Mit einer schweren Gehirnerschütterung, die nahe an einem Schädelbasisbruch dran war, sind Langstreckenflüge untersagt. Oder willst du das ernsthaft leugnen?« Mark sah ihren Teamarzt so unnachgiebig an, dass Daniel einlenkte.

»Es sind nur noch zwölf Tage Flugverbot«, gab er dann doch noch patzig zurück.

Marks Mundwinkel zuckten nach oben. »Wollen wir das ausdiskutieren oder über den Anschlag auf Tom reden?«

Jake murmelte etwas vor sich hin, das verdächtig nach ›Kindergarten‹ klang.

Mühsam bezwang Tom seine Ungeduld und wartete, bis sich die Teamchefs eine Sitzgelegenheit gesucht hatten. Mark nahm den Sessel, Jake den Schreibtischstuhl, damit blieb Tom die Wahl, stehen zu bleiben oder einen der filigranen Cocktailsessel an einem merkwürdig geschwungenen Tisch auszuprobieren.

Daniel schmunzelte und deutete auf den Platz neben sich auf dem Bett. Das war natürlich auch eine Möglichkeit, allerdings eine, die er hatte vermeiden wollen. Irgendwie fühlte er sich in der Sitzposition wie ein Schulkind, das einen Tadel kassierte. Es gab keinen logischen Grund dafür, dass er sich wegen des Anschlags auf Daniel und sich Vorwürfe machte, dennoch hatte er gegen Anflüge von schlechtem Gewissen zu kämpfen.

Trotz der lockeren Bemerkungen erkannte Tom bei seinem Teamchef eine Anspannung. Normalerweise gelang es Mark perfekt, seine Gefühle hinter einer undurchdringlichen Miene zu verbergen, doch Tom kannte ihn lange und vor allem gut genug, um hinter diese Fassade zu blicken.

»Fangen wir mit dem einfachen Teil an. Es gab eine Gruppe von fünf Marines, die einen netten Nebenerwerb gefunden hat. Für 25.000 Dollar pro Fall haben sie Unfälle arrangiert. Meistens starben irgendwelche unliebsamen Zeitgenossen an Genickbruch. Vermittelt wurden ihnen diese Aufträge auf einer Plattform im Darknet. Man ist ihnen durch einen reinen Zufall auf die Spur gekommen oder meinetwegen auch nicht durch Zufall, sondern durch eine Datenbankauswertung. Und ...«

»Sekunde. Kannst du das genauer erklären?«, hakte Tom nach, obwohl ihn die Ermittlungsmethode nicht wirklich interessierte. Alles, was er wollte, war etwas Zeit zu gewinnen, denn er ahnte bereits, worauf das Gespräch in irgendeiner Form hinauslaufen würde: Seine Vergangenheit. Und er war nicht bereit, darüber zu reden oder sich auch nur gedanklich damit zu beschäftigen.

»Sicher. Eines ihrer Opfer ist scheinbar eine Schlucht hinabgestürzt. Seine Frau hat nicht an einen Unfall geglaubt, und den Sheriff, der zufällig ihr Bruder ist, überredet, Nachforschungen anzustellen. Ihm fiel lediglich eine Auswertung der Handys ein, die in der Nähe des angeblichen Unfallortes ins Netz eingeloggt waren. Statt sich nur die Daten zum Todeszeitpunkt anzusehen, hat er eine Auswertung für einen Zeitraum von mehreren Tagen angefordert. Dabei fiel ihm eine Nummer aus einem anderen Bundesstaat auf. Die gehörte Dexter. Der hat sich für sehr schlau gehalten und sein Handy kurz vor der Tat ausgeschaltet. Aber beim Auskundschaften des Geländes hatte er es an. Das alleine wäre noch nicht verdächtig gewesen, doch er war im Polizeicomputer bereits wegen eines anderen angeblichen Unfalls erfasst worden. Da ist er wenige Kilometer vom Tatort entfernt geblitzt worden. Die Datenbank hat ihn als jemanden gekennzeichnet, den man sich genauer ansehen sollte, und das wurde getan.«

Mark sah Tom spöttisch an. »Du kannst dir gerne die vollständige Ermittlungsakte ansehen, aber dennoch bleibt für uns nur eine Frage interessant: Wer hat es auf dich abgesehen? Und wie können wir verhindern, dass du – oder das gesamte Team – noch mal ins Visier eines Killers gerätst.«

»Wieso? Die Mistkerle sind doch ausgeschaltet. Brownie hatte doch gesagt, dass er alle erwischt hat«, versuchte Tom ein Ausweichmanöver, das sich jedoch so lahm anhörte, wie er es befürchtet hatte.

Marks Miene wurde kalt. »Schluss mit dem Mist, Bannings!« Sein Teamchef wechselte in die deutsche Sprache. »Oder soll ich dich mit ›von Ehrenberg‹ anreden?«

Tom zuckte zusammen. Genau diese Verbindung hatte er unter allen Umständen vermeiden wollen. Als Tom von Ehrenberg hatte er Deutschland verlassen und danach bei der Familie seines Vaters gelebt, dessen Nachnamen er auch angenommen hatte.

»Ich wüsste nicht, was das jetzt soll«, wehrte er ab.

»Wir haben die Zahlung zurückverfolgen können, und zwar über mehrere Stationen bis zu einer Sparkasse in Plön. Und nun rate mal, welcher Name im Verwendungszweck stand? Deiner! Und zwar nicht Bannings.«

Wenn Tom die Hitze in seinen Wangen richtig deutete, lief er gerade rot an. Wut und Verlegenheit hielten sich die Waage. Er hatte Bilder vor Augen, die er über Jahre hinweg erfolgreich verdrängt hatte. Verdammt. Er sprang auf, sah dann Mark fest an. »Ich habe keine Ahnung, wer es auf mich abgesehen haben könnte.«

Mark nickte knapp. »Das habe ich auch nicht erwartet.

Aber du hast jetzt genau zwei Möglichkeiten: Entweder du meldest dich zum Innendienst und bist aus unserem Team raus, oder du klärst, was bei dir los ist. Dass du dich dafür mit deiner Vergangenheit auseinandersetzen musst und das eigentlich nicht willst, ist mir klar. Aber eine andere Wahl hast du nicht.«

Tom wollte Mark seine Weigerung wütend ins Gesicht brüllen, doch Daniel war schneller. »Das klingt nach einer guten Idee. Ich möchte jedenfalls wissen, wieso ich fast tiefgefroren worden wäre.«

»Sekunde mal«, begann Tom, bekam aber keine Gelegenheit auszureden.

Jake durchbohrte ihn förmlich mit seinem Blick. »Freut mich, dass du es auch so siehst, Doc. Dann bring ihn zur Vernunft und findet euch spätestens in einer Woche in Coronado ein. Wir sehen mal zu, was wir bis dahin noch rausgefunden haben.«

Daniel kniff die Augen etwas zusammen. »Wie wäre es, wenn du es uns jetzt schon verrätst? Ihr seid doch auf irgendwas gestoßen.«

Jake leugnete dies nicht, sondern deutete mit dem Kopf in Toms Richtung. »Seine Entscheidung. Ihr bekommt vollen Zugriff auf alles, was wir haben, wenn er sich entschieden hat. Wenn er die falsche Wahl trifft, kannst du dir schon mal die Bewerbungen von geeigneten Nachfolgern für ihn ansehen.«

Ohne ein weiteres Wort verließen die beiden Teamchefs das Zimmer.

Statt auf Verständnis stieß Tom bei seinem Freund nur auf Ärger. »Sag mal, spinnst du, Tom? Du weißt genau, dass du als potenzielle Zielscheibe eigentlich sofort aus dem aktiven Dienst abgezogen wirst. Du kannst froh sein, dass sie uns überhaupt die Möglichkeit geben, herauszufinden, was da los war. Und du führst dich auf wie ein störrisches Kind?«

Tom wollte widersprechen, doch jede Energie schien ihn verlassen zu haben. Er ließ sich rückwärts aufs Bett fallen und schloss die Augen. Wie sollte er da nur je wieder rauskommen? Er wollte sein Team nicht verlassen, sich aber auch nicht mit seiner Vergangenheit auseinandersetzen. Selbst auf der Bergstation, im tiefen Schnee, hatte er noch gekämpft, jetzt war die Situation ausweglos.

Angespannt wartete Tom darauf, dass Daniel etwas sagte. Eine Erklärung verlangte. Ihm Vorwürfe machte. Sein Freund schwieg. Schließlich öffnete Tom die Augen.

Daniel tippte auf seinem Smartphone herum? Was sollte das denn jetzt?

Erst als Tom sich wieder aufsetzte, sah sein Freund ihn an. »Die Fahrt von hier aus nach Coronado würde man theoretisch auch an einem Tag schaffen, wenn man sich abwechselt.«

»Na, das kannst du vergessen! Du würdest auch niemanden von uns ans Steuer lassen, wenn er sich in deinem Zustand befinden würde.«

Überraschend einsichtig nickte Daniel. »Stimmt. Also rechnen wir zwei Tage für die Fahrt. Damit haben wir dann immer noch ausreichend Zeit. Willst du die hier verbringen oder machen wir einen Abstecher zu deiner Großmutter? Das liegt eigentlich auf dem Weg, sogar ziemlich genau in der Mitte der Gesamtstrecke.«

Ehe alles so fürchterlich schief gelaufen war, hatte Tom vorgehabt, ein paar Tage bei seiner Großmutter zu verbringen, bevor er nach Deutschland zurückflog. Nun gefiel ihm der Gedanke plötzlich nicht mehr, ohne dass er sagen konnte, warum dies so war.

Mit gerunzelter Stirn sah Daniel ihn eine Zeit lang an, dann zeigte sich Ärger in seiner Miene. Noch ehe er etwas sagte, ahnte Tom, dass sein Freund in den Vorgesetztenmodus wechseln würde.

»Du kannst auch einfach den nächsten Flieger nehmen. Wohin auch immer. Ich werde dich nicht zurückhalten«, sagte Daniel ruhig.

Damit hatte Tom nicht gerechnet. Er war auf eine hitzige Auseinandersetzung vorbereitet gewesen, nicht auf dieses kühle Angebot. »Es ist dir also völlig egal, wenn ich aus dem Team fliege?«

»Das habe ich nicht gesagt. Mark hat recht. Es ist deine Entscheidung. Du kennst die Regeln und kannst froh sein, dass der Boss irgendeinen Dreh gefunden hat, wie du dabei bleiben kannst. Wenn du das nicht willst, dann geh einfach.«

»Einfach so?«

»Klar, warum nicht? Du bist volljährig. Tu, was du tun musst.«

Es reichte! Wütend sprang Tom auf, eilte zur Verbindungstür und schlug sie hinter sich zu. Dann wirbelte er herum und riss sie wieder auf. »Ich hätte gedacht, dass dir mehr an mir liegt. Also als Teammitglied, Lieutenant«, brüllte er Daniel an und warf die Tür wieder ins Schloss.

Der laute Knall war noch nicht verklungen, als ihm bewusst wurde, wie kindisch er sich benahm. Himmel, seine Zeit als Jugendlicher, der keinen Plan gehabt hatte, lag Jahre, eigentlich Jahrzehnte, hinter ihm. Ehe es noch peinlicher wurde, öffnete er die Tür wieder.

Daniel stand schon auf der anderen Seite und reichte ihm wortlos ein Glas mit einer goldfarbenen Flüssigkeit. Die blauen Augen seines besten Freundes funkelten amüsiert.

Tom nahm es, hob aber gleichzeitig abwehrend die andere Hand. »Ich brauche keinen Kommentar zu meinem etwas unglücklichen Auftritt.« Er stürzte das Getränk, das sich als Whisky entpuppte, in einem Zug hinunter.

»Etwas unglücklich? Ich hätte da noch ein paar passendere Bezeichnungen für.«

»Klappe«, knurrte Tom.

»Okay. Aber eine Frage: Hängst du an dem Laden hier? Ich habe gerade eine Mail von Mark bekommen, dass unten ein Mietwagen auf uns wartet. Wir könnten es locker heute noch bis zu deiner Großmutter schaffen.«

Tom sah auf die Uhr. Noch nicht einmal zwölf Uhr. Die Fahrzeit würde ohne Tankstopps rund acht Stunden betragen. Er wollte schon zustimmen, als ihm Daniels Blässe auffiel. Seinem Freund würde ein ruhiger Tag im Hotel besser bekommen, als ein langer Aufenthalt auf dem Beifahrersitz.

»Ich sage ihr Bescheid, dass wir morgen kommen. Heute solltest du dich noch etwas ausruhen. Ich bestelle uns Hamburger aufs Zimmer und dann sehen wir mal, was Netflix zu bieten hat.«

»Na gut«, stimmte Daniel überraschend friedfertig zu, was Tom erneut einiges über den gesundheitlichen Zustand seines Freundes verriet.

Das Essen war erstaunlich gut, sodass Tom nichts dagegen hatte, dass Daniel nach gut der Hälfte aufgab und ihm die restlichen Pommes und den Burger zuschob. Schon bei der zweiten Folge einer ihrer Lieblingsserien schlief Daniel tief und fest.

Kapitel 4

Tom schaltete den Fernseher aus und verließ lautlos das Zimmer. Was sollte er mit dem restlichen Tag anfangen? Der kleine Swimmingpool war für ein vernünftiges Schwimmtraining nicht geeignet, der Wellnessbereich war für ihn ähnlich anziehend wie ein Zahnarzttermin, damit blieb nur eine weitere Joggingrunde. Die Landschaft war zwar atemberaubend, aber mittlerweile kannte er jeden Baum an der Strecke.

Der schmale Pfad führte um einen See herum und war auf einer Seite von hohen Nadelbäumen eingerahmt, hinter denen die schneebedeckten Berggipfel aufragten. Die meisten Touristen bevorzugten die breiteren, ausgebauten Wege, aber Tom gefiel diese Strecke deutlich besser. Ab und zu huschten graue Eichhörnchen davon und flitzten einen Baumstamm hoch. Der Anblick war um einiges anziehender als die durchgestylten Damen mit den Steppjacken in grellen Farben, die auf der offiziellen Laufstrecke entlang schlenderten. Am Himmel entdeckte er einen Raubvogel, dessen Federn im Sonnenlicht goldfarben glänzten. Ein Falke. Außer seinen Schritten hörte er nur das Geräusch des Windes, der durch die Äste strich, und ab und zu einen Tierlaut.

Er geriet aus dem Rhythmus, als er an einem Uferstück vorbeikam, das wie ein Strand im Miniaturformat aussah. Er war an dieser Stelle etliche Male entlanggelaufen, aber nun hatte er plötzlich ein anderes Seeufer vor Augen. Auch dort hatte es einen Sandstrand gegeben, der groß genug für eine kleine Gruppe Teenager war. Hohe Bäume hatten ebenfalls das Bild geprägt, aber dann endete die Ähnlichkeit auch schon. Der See in der Nähe von Plön war so groß gewesen, dass er mehrere Stunden gebraucht hätte, um ihn zu umrunden. Das Wasser war dunkel gewesen, nicht so hell und klar wie in diesem Gebirgssee. Berge hatte es nicht gegeben, nur ein paar sanfte Hügel. Viele Jahre hatte er dort gelebt und die atemberaubende norddeutsche Seenlandschaft für selbstverständlich gehalten. Erst als er die Gegend verlassen hatte, hatte er begriffen, wie sehr er sie geliebt hatte.

Heute lebte er nur eine Autostunde von den Orten seiner Kindheit entfernt, hatte es aber bisher vermieden, dort hinzufahren. Im Moment war sogar der Gedanke verführerisch, in Colorado zu bleiben. Der amerikanische Bundesstaat war ausreichend weit von der Holsteinischen Schweiz mit ihrer Seenlandschaft entfernt.

Erst, als er nach Luft schnappte, bemerkte er, dass aus seinem normalen Joggingtempo ein Sprint geworden war. Dafür war er definitiv noch nicht wieder in Form und schon gar nicht so kurz nachdem er eine riesige Portion Hamburger mit Pommes gegessen hatte. Er verlangsamte das Tempo und blieb schließlich stehen. Ein wuchtiger Felsen lag direkt am Ufer. Tom sprang hinauf und blickte über die Wasseroberfläche. Seine Großmutter hatte ihm beigebracht, in der Natur zur Ruhe zu kommen. Vermutlich war er deshalb als Aufklärer und Späher so gut. Er konnte mit nahezu jedem Gelände verschmelzen, sodass seine Teamkameraden ihn gerne damit aufzogen, dass er sich unsichtbar machen konnte und ihm den Spitznamen ›Cougar‹ – Puma gegeben hatten. In gewisser Weise stimmte das. Er spürte das Wesen seiner Umgebung und passte sich ihm an. Automatisch stand er reglos auf dem Felsen und atmete flach. Vor ihm sprang ein Fisch aus dem Wasser. Die silbernen Schuppen glänzten in den Sonnenstrahlen. Ein Paar Enten näherten sich Tom, warfen ihm einen flüchtigen Blick zu und suchten dann den Grund nach Nahrung ab. Er gehörte einfach dazu. Vielleicht spürten die Tiere, dass er sie respektierte und ihnen niemals etwas tun würde.

Er grinste flüchtig, als er sich an einen Einsatz erinnerte, bei dem er sich über eine Begegnung mit einem Tier nicht gefreut hatte. Damals hatte ihn in den afghanischen Bergen eine Schlange überrascht. Erschrocken war er zurückgewichen und prompt einen kleinen Hügel hinunter gestürzt. Dafür hatte er sich einiges anhören dürfen. Schlagartig befand er sich gedanklich in seiner Kindheit. Wie oft hatte sein Großvater ihn kritisiert? Eigentlich hatte er es ihm nie recht machen können. Dunkel erinnerte er sich an Tage voller Lachen und Spaß. Das musste damals gewesen sein, als seine Eltern noch gelebt hatten. Danach war alles anders geworden. Zunächst hatte ihm seine deutsche Oma noch Geborgenheit vermittelt, dann war auch sie gestorben. Was hatte er danach noch gehabt? Einen ewig nörgelnden Großvater und … Mit Brachialgewalt stürmten Erinnerungen auf ihn ein, die er so lange erfolgreich verdrängt hatte. Nicht alles war schlecht gewesen. Im Nachbarhaus hatten Christian und Julie gewohnt. Er und Christian waren unzertrennlich gewesen und Julie … Sie war seine erste Liebe gewesen. Damals hatten sie sich am See getroffen und wer weiß, wohin ihre unbeholfenen Zärtlichkeiten geführt hätten, wenn ein Gewitter sie nicht zurück ins Haus getrieben hätte. Niemals hätte er gedacht, dass er noch am gleichen Abend etwas entdecken würde, dass es ihm unmöglich gemacht hatte, noch eine Nacht im Haus seines Großvaters zu verbringen. Hals über Kopf war er mit einer kleinen Reisetasche aufgebrochen. Heute wusste er, wie viel Glück er gehabt hatte, dass er es überhaupt bis nach Amerika zu seiner Großmutter geschafft hatte.

Wenige Meter vor ihm sprang erneut ein Fisch in die Luft. Ehe er wieder abtauchen konnte, tauchte über ihm ein Schatten auf. Ein Adler befand sich im Sturzflug und war schnell genug, um seine Krallen in die Forelle zu schlagen. Mit der Beute in den Fängen schraubte sich der majestätische Vogel wieder in die Höhe und krächzte dabei triumphierend.

Für Tom war der Raubvogel wie ein Sinnbild für das Schicksal: Es schlug jederzeit zu. Unbarmherzig und ohne Vorwarnung. Man lebte nur jetzt, heute, in diesem Moment. Für ihn war es keine leere Redensart, jeden Tag zu genießen, als ob es der letzte sein könnte. Instinktiv wusste er jedoch, dass er diese Fähigkeit verlieren würde, wenn er nicht mit seiner Vergangenheit abschloss. Sicher, er konnte die SEALs verlassen, und würde mit seinen Erfahrungen jederzeit einen gut bezahlten Job finden, aber das wollte er nicht. Einen Befehl von Mark hätte er ignorieren können, aber nicht die Vorstellung, dass Daniel oder ein anderes Teammitglied seinetwegen in Gefahr geriet. Es gab nur einen Weg, egal, wie er es drehte und wendete. Er musste herausfinden, wer es auf ihn abgesehen hatte und vor allem: warum? Wenn möglich wollte er das hinbekommen, ohne sich seiner Vergangenheit und seinem Großvater zu stellen. SEALs waren für ihr Improvisationstalent berühmt, daher sollte ihm das doch eigentlich gelingen.

Am nächsten Morgen musterte Daniel nach einem ausgiebigen Frühstück wenig begeistert den angekündigten Wagen. Mit Mühe verkniff sich Tom ein lautes Lachen. Der schwarze Minivan von Chrysler entsprach höchstens von der Farbe her dem Geschmack seines Freundes. Durch ihre Stationierung in Deutschland waren sie mit ihren dortigen Dienstwagen, PS-starke Mercedes Limousinen, eindeutig verwöhnt.

»Da fehlt nur noch der Aufkleber ›Baby an Bord‹«, knurrte Daniel.

»Die Karre soll uns an die Westküste bringen! Wir wollen keine Mädels aufreißen«, wies Tom ihn zurecht.

Erwartungsgemäß bedachte Daniel ihn mit einem vernichtenden Blick. »Wie gut, dass du fährst. Sandy würde mich ewig damit aufziehen, wenn sie mich am Steuer einer solchen Familienkutsche sieht.«

Der Vorlage konnte er nicht widerstehen, das wäre ja, als ob er einen Elfmeter nicht verwandelt hätte. »Ich denke eher, dass Sandy begeistert wäre, zu sehen, was sie erwartet, wenn ihr dann endlich in Sachen Familienplanung durchstartet.«

Prompt verschluckte sich Daniel und hustete. »Es gibt auch andere Fahrzeuge mit denen … Außerdem steht das noch nicht … Ich meine, wir wollen erst … Ach Mensch, kümmere dich ums Gepäck!« Sichtlich aufgewühlt riss Daniel die Tür auf und ließ sich auf den Beifahrersitz fallen.

Zufrieden vor sich hin pfeifend verstaute Tom ihre Rucksäcke und Taschen im Kofferraum.

Wenig später befanden sie sich auf dem Weg zum Monument Valley. Gut acht Stunden Fahrtzeit lagen vor ihnen, aber dank des Navis und der gut ausgebauten Straßen erwartete Tom keine besonderen Herausforderungen. Nun machte sich Marks vorausschauende Handlungsweise bezahlt. Sie hatten die Militärbasis gemieden und unter einem unverfänglichen Firmennamen die Hotelzimmer gebucht. Wer immer hinter ihm her war, konnte nicht wissen, wo er sich gerade befand.

Daniel wartete, bis Tom die Kleinstadt verlassen hatte, und schaltete dann das Radio ein. Eine Frauenstimme sang in voller Lautstärke *aram samsam*, mehr konnte Tom nicht verstehen. Er und Daniel lachten so laut, dass sie das Kinderlied übertönten. Daniel schlug mit der flachen Hand auf den Lautstärkeknopf.

»Das glaube ich jetzt nicht!«

»Gib bei Google 'ne Bewertung ab, dass der Vermieter nicht nur die Aschenbecher leert und den Innenraum saugt, sondern auch den Radiosender wieder auf was Neutrales umstellt. Kannst du dein Handy mit dem Ding verbinden und was Ordentliches abspielen? Es sei denn, du willst das weiterhören.«

»Ganz bestimmt nicht. Ich kenne das Lied nur, weil sie es in dem Hotel am Roten Meer während der Kinderdisco gespielt haben.«

»Ich kannte das schon aus dem Kindergarten, habe es aber immer gehasst und daran hat sich auch nichts geändert.«

Die ersten Takte eines Songs von Metallica erklangen

aus den Lautsprechern, was Tom wesentlich besser gefiel, allerdings alarmierte ihn, dass Daniel die Lautstärke ziemlich weit heruntergeregelt hatte.

Prompt atmete sein Freund tief durch. »Da es sich ja sowieso alles irgendwie um deine Vergangenheit dreht, fiel mir eben eine Frage ein, als ich ein passendes Album auf meinem Handy gesucht habe. Ist es okay, wenn ich dich was frage, oder willst du überhaupt nicht darüber reden?«

Was sagte es eigentlich über ihn aus, dass Daniel und er sich bedingungslos vertrauten und sein Freund nun zögerte, ihm eine Frage zu stellen? »Kommt drauf an, was du wissen willst. Ich weiß selbst noch nicht, wie ich mit der Situation umgehen soll. Probier es einfach.«

»Das klingt fair. Also gut. Ich dachte, ich kenne dich. Aber dann hast du mich plötzlich damit überrascht, dass du wie ein Profi singst. Hast du früher in einer Band gespielt? Die Art und Weise, wie du bei Lucs Hochzeit oder damals für Sandy und mich gesungen hast, das war Weltklasse.«

Das hatte Tom nicht erwartet. Die Frage wäre einfach zu beantworten gewesen, wenn er nicht wieder ungebetene Bilder von Christian und Julie vor Augen gehabt hätte. Jahrelang hatte er die Erinnerung erfolgreich verdrängt, jetzt sah er vor sich, wie Christian wild seine Gitarre bearbeitet hatte, während er für den Gesang zuständig war. Julie hatte ihnen nicht nur mit den Instrumenten und dem Verstärker geholfen, sondern ihn durch ihre Bewunderung, aber auch die ehrliche Kritik bestätigt, mit ihrer Band weiterzumachen. Ihre langen blonden Haare waren ständig zerzaust gewesen. Ihre Augenfarbe hatte je nach Stimmung zwischen blau und grün variiert. Ob sich ihre knabenhafte Figur weiterentwickelt hatte? Und überhaupt: Was mochte aus ihnen geworden sein? Wenige Stunden nachdem er und Julie beinahe …

Tom räusperte sich. »Wir hatten damals eine Band. Wir waren zu viert, eigentlich zu fünft, wenn man Julie mitzählt. Ihr Bruder Christian und ich waren die Bandleader, dazu kamen noch ein Schlagzeuger und einer, der ziemlich planlos auf dem Keyboard rumgehämmert hat. So eine typische Schülerband eben. Später habe ich mir mit Auftritten in einer Bar ein paar Dollar dazuverdient. Da fahren wir nachher dran vorbei. Ein echt mieser Schuppen, aber der Besitzer hatte Ahnung von Musik und hat mir ein bisschen was beigebracht.«

Tom hoffte, dass Daniel damit zufrieden war. Er beobachtete seinen Freund aus den Augenwinkeln und atmete auf, als Daniel sich zurücklehnte und die Augen schloss.

»Wer sind Christian und Julie?«, fragte ihn sein Freund dann doch noch.

Zu früh gefreut. »Nachbarskinder«, erwiderte Tom knapp.

Das schien Daniel zu reichen. Er sagte nichts mehr. Für exakt eine halbe Minute. »Du weißt schon, dass ich über deine Personalakte Bescheid weiß? Sorry, Tom, aber als Jake mir den Scheiß aufs Auge gedrückt hat, konnte ich nicht an deinem Lebenslauf vorbeisehen. Das ging einfach nicht, weil man für jeden bescheuerten Antrag irgendetwas daraus braucht.«

Tom umklammerte das Lenkrad fester. In der Akte standen Dinge, an die er definitiv nicht erinnert werden wollte. »Das hast du schon mal erwähnt.« Er atmete tief durch. Sein Freund konnte schließlich nichts dafür. »Ich weiß, was da drinsteht, aber ich kann dir versichern, dass fast alles nicht stimmt.«

»Das hat Mark mir auch gesagt, als er mich gebeten hat, die Beförderungen anzustoßen.«

Da es sich um offizielle Einträge handelte, verstand Tom nun nichts mehr. »Was? Woher will der das wissen?«

»Keine Ahnung. Du kannst ihn gerne fragen. Ich erinnere mich an vier Jugendstrafen. Meiner Meinung nach hast du nur eine Sache wirklich gemacht.«

»Und welche?«

»Du hast dem Sheriff eins in die Fresse gehauen. Und wenn du das getan hast, hatte er das auch verdient.«

Ohne ihm eine Chance zu einer Erwiderung zu geben, beugte Daniel sich vor, stellte die Lautstärke höher und war im nächsten Moment fest eingeschlafen.

Kapitel 5

Da die Straße nicht seine volle Aufmerksamkeit erforderte, gab es nichts, das Tom von der Vergangenheit ablenkte. Wie konnte es sein, dass Daniel und Mark ihm einfach so vertrauten und die eindeutigen Einträge in seinem Lebenslauf ignorierten? Wenn er sich nicht bei der Navy verpflichtet hätte, wäre er für Monate oder eher Jahre im Knast gelandet. Nur deswegen hatte er sich fürs Militär entschieden.

In dem Büro roch es durchdringend nach kaltem Rauch. Da der Richter dafür bekannt war, dass man ihn nie ohne Zigarette antraf und er sich sogar im Gerichtssaal nicht von seinen Glimmstängeln trennte, wunderte Tom das nicht. Was ihn jedoch überraschte, waren die freundliche Miene und die Tatsache, dass es überhaupt zu dem Treffen gekommen war. Er hatte keine Ahnung gehabt, wohin der Deputy ihn bringen würde. Wäre ihr Ziel ein abgelegener Ort in der Wüste gewesen, um ihn mit einer Kugel in den Kopf endgültig loszuwerden, hätte ihn das weniger überrascht.

»Setz dich«, bat Richter Jerkins.

Dass der weißhaarige Mann mit den gelben Fingernägeln ihm das nicht einfach befahl, konnte Tom nicht begreifen. Statt trotzig stehen zu bleiben, setzte er sich auf den gepolsterten Stuhl, der erstaunlich bequem war.

»Walter, lassen Sie uns alleine.«

Das klang schon eher wie ein Befehl.

»Mit allem Respekt, ich glaube nicht, dass ...«

»Haben Sie neuerdings ein Hörproblem, Walter? Dann müsste

ich Ihre Diensttauglichkeit überprüfen lassen.«

»Schon gut, Euer Ehren. Ich warte vor der Tür und …«

»Sie warten draußen! Vorm Haus! Ich möchte mit dem Jungen reden, ohne dass Sie oder Ihr Boss jedes Wort mitanhören. Muss ich noch deutlicher werden?«

Walter deutete auf die Akte, die auf dem Schreibtisch lag. »Hatten Sie Gelegenheit, sich das Protokoll anzusehen, Sir?«

»Hatten Sie Gelegenheit, zu begreifen, was meine Anordnung war? Ich kann es Ihnen auch leichter machen. Raus! Jetzt!«

Bisher hatte Tom nie mit dem Richter direkt zu tun gehabt, nun konnte er sich ein Schmunzeln kaum verkneifen. Es gefiel ihm, wie der Deputy zurechtgestutzt wurde.

Kaum war die Tür hinter Walter ins Schloss gefallen, entfernten sich stapfende Schritte. Wenig später wurde zaghaft geklopft. Ohne eine Aufforderung abzuwarten, kam eine Frau mit ebenfalls weißen Haaren in den Raum gestürmt. Sie balancierte ein Tablett mit einem Teller voller Kuchenstücke, einem Glas mit Saft und einem Becher Kaffee. Als sie es mit Schwung auf dem Schreibtisch abstellte, schwappte der Kaffee über den Rand.

Sie funkelte den Richter an. »Wenn du Lonestars Jungen nicht ordentlich behandelst, war das der letzte Kuchen für dieses Jahrzehnt«, drohte sie und war wieder verschwunden, ehe Tom begriffen hatte, dass es sich bei ›Lonestars Jungen‹ um ihn handelte.

Der Richter sah lächelnd auf die Tür. »Das war meine Frau Emmy. Ich liebe sie wie am ersten Tag und in meinen Augen ist sie immer noch ein Wirbelwind von vierzehn Jahren. Aber gut, deshalb sind wir nicht hier. Der Kaffee ist für mich. Emmy hat wohl nicht daran gedacht, dass ein Junge in deinem Alter auch schon etwas anderes als Saft trinkt.«

»Saft ist sehr nett und völlig ausreichend, Sir.«

»Gut. Greif zu, und erzähl mir, was in dem Protokoll steht.«

Schlagartig war Toms Hals so trocken, dass er befürchtete, keinen Ton hervorzubringen. Der Saft half ihm jedoch und aus ihm sprudelte die ganze Geschichte hervor. Er hatte lediglich ein paar Einkäufe für seine Großmutter erledigen sollen, die er natürlich auch ordnungsgemäß bezahlt hatte. Dennoch wurde er auf dem Rückweg vom Sheriff angehalten und beschuldigt, Alkohol aus dem Laden geklaut zu haben. Weder die Tatsache, dass es in dem Supermarkt gar keine Spirituosen gab, noch dass er nur Lebensmittel in seinem Rucksack hatte, überzeugte den Sheriff. Angeblich wäre die Beschreibung eindeutig. Der Streit eskalierte und es begannen sich immer mehr Zuschauer um sie herum zu versammeln. Vielleicht hätte sich alles irgendwie in Ruhe klären lassen, aber dann hatte der Sheriff einen etwa achtjährigen Jungen, der einfach nur an ihm vorbei wollte, so heftig geschubst, dass er zu Boden gegangen war und sich die Wange aufgeschürft hatte. Natürlich war der Kleine aus dem Reservat, während der Sheriff zur weißen Oberschicht gehörte. Als Tom dem Kind hochhelfen wollte, hatte der Sheriff ihn ebenfalls zu Boden schicken wollen. Wütend hatte Tom sich gewehrt und einen Glückstreffer gegen den Kiefer des Idioten gelandet. Das war's dann aber auch für ihn gewesen und er war auf dem Weg zum Polizeirevier ziemlich rau behandelt worden, doch das kannte er ja schon. Nicht zum ersten Mal war er verdächtigt worden und im Dreck gelandet. Bisher war er immer unschuldig gewesen oder so gut wie unschuldig. Trotzdem hatte es meistens mit miesen Jugendstrafen geendet. Heute hatte er zum ersten Mal tatsächlich gegen das Gesetz verstoßen.

Der Richter machte keine Anstalten, die Akte zu öffnen. »Ich weiß nicht, ob es gut oder schlecht ist, dass wir uns bisher nicht gegenübergesessen haben. Der Sheriff hat etliche Eintragungen veranlasst. Eine werde ich streichen können, die anderen nicht. Damit hat dein Lebenslauf einen ziemlich hässlichen Fleck. Dazu kommt noch unser heutiges Problem.«

Tom stürzte den restlichen Saft hinunter. »Muss ich ins Gefängnis?«, erkundigte er sich und war froh, dass seine Stimme nicht verriet, wie viel Angst er davor hatte.

»Ich will dir nichts vormachen. Die Situation ist schwierig, weil dein Wort gegen das der Polizisten steht. Wenn ich das Verfahren einstelle, wird der Sheriff eine Instanz höher gehen. Wir wissen beide, wie er dir und den anderen Teenagern aus dem Reservat gegenüber eingestellt ist.«

Wut kochte in Tom hoch. »Wenn Sie das wissen, warum tun Sie nichts dagegen?«

Gelassen trank der Richter einen Schluck Kaffee. »Wenn ich nichts dagegen tun würde, würdest du nicht hier sitzen! Gesetze sind manchmal unfair, weil ihre Vertreter nicht so funktionieren, wie sie es sollten. Aber was wäre die Alternative? Jeder macht sich seine eigenen Normen? Dann würden Chaos und Anarchie herrschen. Oder einfach weiter weglaufen, wenn einem etwas nicht passt? Das hast du schon einmal getan. Aber glücklich bist du nicht. Hier hast du deine Großmutter, die dich liebt. In Deutschland hattest du deinen Großvater, der sich ebenfalls um dich gekümmert hat. Damit hattest du mehr als viele andere Kinder, die ihre Eltern verloren haben.«

Jedes Wort traf Tom wie ein Messerstich. Er hatte nicht erwartet, dass der Richter so viel über ihn wusste. Was sollte er dazu sagen? Zum Glück wurde von ihm keine Antwort erwartet.

»Ich mache dir keinen Vorwurf, dass du die Probleme in Deutschland nicht gelöst hast, sondern ihnen ausgewichen bist. Die Situation hätte die meisten Sechzehnjährigen überfordert. Aber nun bist du fast neunzehn. Was willst du jetzt tun? Weiter mit dem Kopf durch die Wand? Weiter darauf warten, dass dir endlich ein Beruf vor die Füße fällt, der dich interessiert? Und solange mit

Jungs herumhängen, die dich immer weiter nach unten ziehen? Du magst bisher nicht an dem beteiligt gewesen sein, was der Sheriff dir vorwirft, aber es ist eine Frage der Zeit, bis du bei diesem Mist mitmachst, wenn du nichts änderst.« Er breitete die Arme aus. »Oder willst du wieder einfach weglaufen? Dann würde mich interessieren, wohin.«

Wenn er die Wärme in seinen Wangen richtig deutete, lief er knallrot an.

Eine Stunde später saß Tom seiner Großmutter, Nizoni Lonestar, gegenüber und hätte einiges dafür gegeben, ihrem Blick ausweichen zu können. Dass sie nicht den kleinen Tisch in der Küche nutzten, sondern seine Großmutter ihn ins Wohnzimmer gebeten hatte, unterstrich die Bedeutung des Gesprächs. Erstmals fühlte er sich in dem hellen Raum, dessen einfache Holzmöbel durch viele bunte Tücher und Decken gemütlich wirkten, unwohl.

Sie hatte ihm keinen Vorwurf gemacht, wartete aber auf eine Entscheidung, zu der er nicht bereit war. Nervös knickte er eine Ecke des Formulars um, das der Richter ihm gegeben hatte. Was würde er dafür geben, jetzt auf Storms Rücken durch die Wüste zu galoppieren und alles zu vergessen. Rabitt, der uralte Mischlingshund seiner Großmutter, presste fiepend seinen Kopf gegen Toms Bein. Das Tier spürte, dass sein Herrchen unglücklich war, und wollte ihn trösten.

Nach deutschem Recht war er volljährig, erwachsen, und damit müsste er eigentlich in der Lage sein, eine Entscheidung zu treffen, aber er fühlte sich wie ein Blatt, das im Wind herumgewirbelt wurde. Wie jemand, der keinen Einfluss darauf hatte, wo er landen würde.

Seine Großmutter lachte leise, nachdem er seine Gedanken ausgesprochen hatte. »Der Vergleich gefällt mir. Er zeigt mir, dass du verstanden hast, dass vieles von vielen Seiten auf dich einwirkt.«

»Und was soll ich tun?«

Bedächtig schüttelte sie den Kopf. »Oh nein, mein Junge. Du wirst deine Entscheidung treffen und danach erzähle ich dir etwas.«

»Verrätst du mit dann auch, warum der Richter so viel über mich wusste und warum der Sheriff so ein A… Ich meine, so ein unfairer Mistkerl ist?«

»Das kann ich schon jetzt tun. Der ehrenwerte Don Jerkins war ein guter Freund deines Großvaters. Sie waren unzertrennlich und Don war als Kind mehr bei deinen Urgroßeltern als bei seinen Eltern. Das war damals sehr ungewöhnlich.«

Tom hatte bereits am Tag seiner Ankunft den tiefen Graben, der sich zwischen den Weißen und den Navajos auftat, bemerkt und konnte daher einschätzen, wie selten eine solche Freundschaft war. Das Verhalten des Sheriffs war eher typisch für diese Gegend.

»Was den Sheriff angeht, so ist er kein so schlechter Mensch, wie du es denkst. Er ist streng, muss es aber auch sein. Sieh dir deine Freunde genau an und sag mir, ob es richtig ist, was sie tun?«

Unausgesprochen klang da die Frage mit, ob sein eigenes Verhalten richtig war. Er wies auf die Küche. »Ich helfe dir im Haus, ich helfe dir im Garten und ich versorge die Tiere. Es ist nicht so, dass ich nichts tun würde.« Er überlegte kurz. »Und ich verdiene durch die Touren auch etwas dazu.«

»Ist das die Art und Weise, wie du leben willst? Für ein Taschengeld Touristen durch das Valley führen? Kannst du damit ein Haus bauen und eine Familie ernähren?«

Die ruhige Nachfrage brachte ihn aus dem Konzept. Die Antwort würde ›nein‹ lauten. Wenn er zugab, dass er nicht die geringste Ahnung hatte, was er mit seinem Leben anfangen sollte, würde er sie enttäuschen. Vielleicht wusste sie es, aber es auszusprechen wäre noch einmal etwas anderes.

»Kannst du mir erklären, wie es kommt, dass es in unserer Familie so viele verschiedene Namen gibt? Du heißt Lonestar, mein Vater Bannings, ich von Ehrenberg. Da ist es kein Wunder, dass ich die Orientierung verliere.«

Seine Großmutter lachte. »Lonestar ist der Name meiner Familie. Dein Großvater hat ihn angenommen, aber formell hat unser Sohn den Familiennamen seines Vaters bekommen und der lautete Bannings. Deine Mutter hat ihn geheiratet und seinen Namen gewählt. Als dein Großvater dich adoptiert hat, wurde dein Name in ›von Ehrenberg‹, also seinen Namen, geändert.«

»Ich werde nie verstehen, warum er das getan hat. Er mochte mich doch überhaupt nicht. Darum werde ich das jetzt auch rückgängig machen!«

Seine Großmutter stand auf und schenkte sich aus einer Karaffe, die auf der Kommode stand, ein Glas Wasser ein. Sie drehte sich langsam zu ihm um. »Urteile nicht über Dinge, die du nicht kennst. Du hättest die Möglichkeit gehabt, alles zu erfahren. Da du das nicht wolltest, werden viele Jahre vergehen, ehe deine Fragen beantwortet werden. Es ist nicht an mir, das zu tun, was dein Großvater tun muss, der dich mehr als alles auf der Welt liebt. So sehr, dass er dich gehen ließ.«

Seine Großmutter wirkte so respekteinflößend, dass er nur stumm nickte, obwohl er am liebsten heftig widersprochen hätte. In den letzten zwei Jahren hatte er gelernt, dass seine Großmutter an eine Naturreligion glaubte und mit Geistern kommunizierte. Zunächst hatte er das als Marotte abgetan, dann aber begriffen, dass es nicht um solche Geister ging, wie er sie aus Horrorromanen kannte, sondern eher um das Interpretieren von Zeichen, die sie überall entdeckte: in den Wolken, im Flüstern des Windes und im Flug der Vögel. Wann immer sie eine Warnung ausgesprochen hatte, war diese gerechtfertigt gewesen. Wenn sie jetzt diesen Tonfall anschlug, dann glaubte er ihr, auch wenn er sie nicht verstand.

Er dachte an seinen deutschen Großvater, an das wenige, das er noch von seinen Eltern wusste, an das, was er liebte und dann hatte er sich entschieden. Es war nicht die Zukunft, die er sich erträumt hätte, aber der Weg seines Vaters, dem er folgen würde.

»Ich hätte gerne das Abitur gemacht und dann Tiermedizin studiert. Das Wissen aus dem Studium hätte ich dann mit dem ergänzt, was du mich gelehrt hast, und damit alle Tiere behandelt, die Hilfe brauchen. Aber das wird nicht gehen, denn ein Studium ist einfach nicht drin. Ich unterschreibe bei der Navy. Damit verdiene ich genug Geld, sodass du dir keine Sorgen mehr machen musst. Richter Jerkins hat mir schon erklärt, dass mir die Offizierslaufbahn versperrt bleibt, aber weil ich Sprachen so schnell lerne und schon einige gelernt habe, kann ich mich für ein spezielles Ausbildungsprogramm bewerben. Der Abschluss, den ich da bekomme, eröffnet mir später alle Berufswege und ist fast so gut wie ein Studium. Damit kann dann der Richter das Verfahren einstellen. Ich bin nicht der Erste, der sich fürs Militär und gegen das Gefängnis entscheidet. Das passt schon.«

Seine Großmutter sah ihn durchdringend an. »Ist es das, was du tun möchtest oder das, was du glaubst, tun zu müssen?«

Er zögerte keinen Moment. »Es ist ein Weg, den ich gehen möchte.«

Sie hob die Hände bis auf Brusthöhe. »Damit beginnt sich ein Kreis zu schließen, der geschlossen werden muss. Geh nun und reite mit Storm aus. Überprüfe, ob die Entscheidung dem Rauschen des Windes und dem Gesang der Freiheit standhält. Um sieben Uhr ist das Abendessen fertig.«

Kapitel 6

»Ich habe Hunger. Hältst du beim nächsten Burger King oder McDonalds an?«

Blinzelnd tauchte Tom aus der Vergangenheit auf und überprüfte als Erstes die Uhr und das Navi. Er war gut zwei Stunden gefahren, ohne sich wirklich daran zu erinnern. Wie war das möglich? Er dachte lieber nicht darüber nach, sondern war einfach nur dankbar, dass er keinen Unfall verschuldet hatte. Anscheinend hatte sein Unterbewusstsein einwandfrei funktioniert.

»Klar, mache ich. Sieh doch bei Google Maps nach, ob was in der Nähe ist, das dich reizt.«

»Gute Idee«, stimmte Daniel zu.

Während sein Freund nach der besten Gelegenheit für eine kurze Pause suchte, dachte Tom noch einmal über die Vergangenheit nach. So detailliert hatte er seit Jahren nicht mehr an den Tag gedacht, an dem er sich bei der Navy verpflichtet hatte. Plötzlich erinnerte er sich wieder an jedes Wort seiner Großmutter und entdeckte in ihnen eine Bedeutung, die ihm neu war. Konnte es tatsächlich sein, dass sie etwas über die heutige Bedrohung wusste? Vielleicht sogar Dinge über seinen deutschen Großvater, die ihm unbekannt waren?

Schlagartig ergaben viele einzelne Punkte einen Sinn, unter anderem auch Marks Vorschlag, sich erst in einer Woche in Coronado zu treffen. Ahnte sein Teamchef, dass er bei seiner Großmutter auf Hinweise stoßen würde? Erstmals gestand Tom sich ein, dass er der Sache auf den Grund gehen würde, selbst wenn er deswegen seiner eigenen Vergangenheit nicht länger ausweichen konnte.

In dem Fast-Food-Restaurant hatte es dermaßen nach verbranntem Fett gerochen, dass sie sich entschieden hatten, während der Fahrt zu essen. Missmutig beobachtete Tom, wie Daniel einen Hamburger nach dem anderen herunterschlang. Er brauchte deutlich länger, da er das Fahrzeug noch irgendwie in der Spur halten musste und das war nicht ganz einfach, wenn er gleichzeitig versuchte, von dem Hamburger abzubeißen, der so dick mit Fleisch, Speck, Käse, Zwiebeln und Tomaten belegt war, dass er den Mund kaum weit genug öffnen konnte.

»Du hättest besser ein paar dünnere genommen als dieses fette Ungetüm. Außerdem ist dein Teil von den Nährwerten her überhaupt nicht empfehlenswert.«

Tom knurrte nur. Seitdem sie die Berge und die letzten Ausläufer der Wälder hinter sich gelassen hatten, war der einspurige Highway 191 elendig langweilig zu fahren. Es gab nur sanfte Hügel, dazu Weideland rechts und links neben den Wildzäunen, die die Straße einrahmten. Es war ein trostloser Anblick, denn nur wenige Grasbüschel bedeckten die rote, vertrocknete Erde. Es reichte. Er setzte den Blinker und stoppte den Van in der Zufahrt zu einer Weide. Sofort kamen ein paar Rinder neugierig näher, vermutlich warteten sie auf ihre tägliche Heulieferung, denn auf dem trocknen Boden wuchsen nicht genug Grünpflanzen, um sie zu ernähren. In der Ferne sah er einen kleinen See, aber leider führte kein Weg dorthin. Nachdem sie nichts zu Fressen entdeckten, zogen die Tiere wieder ab.

Endlich konnte Tom sich in Ruhe seinem Hamburger widmen, ohne eine Riesensauerei anzurichten. Er war sogar noch schnell genug, um Daniel ein paar Pommes zu entreißen.

Daniel sammelte sämtliches Papier zusammen und verstaute es in der Tüte. »Mist, ein Mülleimer wäre jetzt nicht schlecht. Dann eben so.« Er warf die Tüte auf den Rücksitz.

Tom nahm sich den Becher mit der Cola und stieg aus. Gegen das Gatter gelehnt betrachtete er die Rinder, die einen gepflegten und gut genährten Eindruck machten. So sollten Tiere aufwachsen und nicht zu Hunderten den ganzen Tag in dunkle Ställe gezwängt herumstehen.

Daniel gesellte sich zu ihm. »Na, möchtest du hier gerne Cowboy spielen?«, zog sein Freund ihn auf.

»Warum nicht? Der Job könnte mir gefallen.«

»Wird aber nicht besonders gut bezahlt und dürfte in Norddeutschland auch schwierig werden. Oder hast du vor auszuwandern?«

Verdutzt sah Tom seinen Freund an. Sie waren zwar nun schon seit einigen Jahren offiziell in der Nähe von Rostock stationiert und brachen von Hamburg aus zu ihren Einsätzen auf, aber dennoch waren sie Amerikaner. Daniel hatte zwar eine deutsche Verlobte, aber das hörte sich für Tom so an, als ob Daniel Deutschland mittlerweile als seine Heimat betrachten würde.

Ehe er nachhaken konnte, grinste Daniel. »Das klang nun irgendwie schräg, aber ich kann mir tatsächlich nur noch schwer vorstellen, Ahrensburg zu verlassen. Wie ist das mit dir? Du hast ja beide Staatsangehörigkeiten.«

»Keine Ahnung. Mir gefällt die Wohnung auf dem

Bauernhof. Aber für immer ist das nichts.« Er deutete auf die Rinder. »Ein Leben als Cowboy aber auch nicht.«

Bis zu ihrem missglückten Training mit den Marines war er mit seinem Leben und seinem Job als SEAL zufrieden gewesen, jetzt kam er sich plötzlich wieder so planlos vor, wie er es als Teenager gewesen war. Mit dem Problem war er dann im Team wohl alleine, denn seine Kameraden hatten bereits die Frau fürs Leben gefunden und wussten anscheinend, was sie wollten.

Erst mit Verspätung bemerkte er, dass Daniel ihn besorgt ansah. »Was ist los?«, erkundigte sich sein Freund dann auch prompt.

»Ich weiß es nicht. Und genau das ist mein Problem. Ich weiß nicht, wie das alles zusammenhängt. Was ich nach meiner Zeit bei den SEALs machen soll. Wie ich es schaffen soll, ein vernünftiges Gespräch mit meinem Großvater zu führen. Und was meine Großmutter mit ihren merkwürdigen Anspielungen gemeint hat, als ich damals bei der Navy unterschrieben habe. Zusammengefasst heißt das also, dass ich überhaupt nichts weiß!«

Verdammt, er war mit jedem Wort lauter geworden.

Daniel sah ihn ruhig an. »Lass uns weiterfahren und dann erzählst du mir, was es mit den Anspielungen deiner Großmutter auf sich hat. Gemeinsam knacken wir das Rätsel schon.«

Da ihm nichts anderes übrig blieb, nickte Tom.

Kaum saßen sie wieder im Wagen, schilderte er seinem Freund die Bemerkung über einen Kreis, der durch seine Verpflichtung bei der Navy geschlossen worden sein sollte.

Daniel rieb sich übers Kinn. »Ich würde es niemals

wagen, die Äußerungen deiner Großmutter oder sonstiger älterer Damen mit beachtlichen Fähigkeiten anzuzweifeln, aber können die denn nicht ein einziges Mal Klartext reden? Statt immer so verklausuliert?«

Die Beschwerde brachte Tom zum Schmunzeln. Geduld gehörte nicht gerade zu Daniels Stärken, allerdings lächelte sein Freund bereits wieder. »Es war der Hammer, als sie den Admiral angerufen hat, damit der Mark vor einem gefährlichen Feuersturm warnt.«

Tom erinnerte sich noch an jedes Detail und nickte. Vor Jahren hatte Mark während der letzten Vorbereitungen eines Einsatzes einen Anruf des Admirals bekommen. Sofort danach stand sein Teamchef vor ihm und wollte wissen, ob Toms Großmutter schon öfters Visionen oder Ähnliches gehabt hätte. Er war aus dem Stottern nicht mehr rausgekommen, aber Mark blieb völlig ruhig und schließlich gelang es ihm, seinem Teamchef zu erklären, dass seine Großmutter tatsächlich schon Vorahnungen in Form von Träumen gehabt hatte, die dann so eingetroffen waren. Allerdings gab es andersherum keine Garantie dafür, dass sie vor Katastrophen immer vorgewarnt wurde.

Aus Angst vor dem prophezeiten Feuersturm, der das gesamte Team treffen würde, hatten sie ihre Strategie komplett geändert. Als sie das Nest der Terroristen im pakistanischen Bergland schließlich gesprengt hatten, war Jake in dem Unterschlupf auf etliche einsatzbereite Napalmgranaten gestoßen. Hätten sie, wie ursprünglich geplant, auf Anschleichen, Ausschalten der Wachposten und Erledigen des Rests in einem offenen Feuergefecht gesetzt, wäre von ihnen nicht viel übriggeblieben. Seitdem hatte Toms Großmutter bei sämtlichen Teammitgliedern einen Stein im Brett. Es gab nicht nur Geburtstagsgeschenke und Weihnachtsgrüße, sondern nach und nach hatte es jeder geschafft, sich persönlich bei ihr zu bedanken. Wie nicht anders zu erwarten, waren Mark und Jake die Ersten gewesen, die sie besucht hatten.

»Ich möchte immer noch zu gerne wissen, wie sie es geschafft hat, zum Admiral durchgestellt zu werden«, überlegte Daniel laut.

Tom grinste nur. »Muss ich dich echt dran erinnern, wie überzeugend sie sein kann?«

»Stimmt auch wieder. Aber apropos erinnern. Was fällt dir zu deinem Vater und seinem Job fürs Militär ein? Wenn sie von einem Kreis gesprochen hat, der sich schließen soll, muss ich irgendwie an ihn denken.«

»Hm, viel weiß ich eigentlich gar nicht. Als ich noch richtig klein war, so drei, vier Jahre, haben wir in Süddeutschland gewohnt, aber ich weiß nicht einmal wo genau. Dann sind wir in das Haus meines Großvaters gezogen und mein Vater war nur noch selten zu Hause. Wenn er mal da war, dann ziemlich lange. Es war eine sehr schöne Zeit, die perfekte Kindheit, die dann mit zwölf Jahren endete.«

Da Daniel wusste, dass Toms Eltern bei einem Autounfall ums Leben gekommen waren, fragte er nicht weiter nach. »Heißt das, dass sich deine Eltern und dein Großvater gut verstanden haben?«

Bilder aus seiner Kindheit blitzten vor seinem inneren Auge auf. Über diesen Punkt hatte er bisher niemals richtig nachgedacht, zu beherrschend waren die Erinnerungen an seine Zeit als Teenager, in der er eigentlich ständig Stress mit seinem Großvater gehabt hatte. »Ja, haben sie«, sagte er schließlich.

Plötzlich fiel ihm eine Szene ein, in der sich sein Vater und sein Großvater sehr ernst unterhalten hatten. Es war spät gewesen und sie hatten gedacht, dass er schon schlafen würde. Eine grüne Flasche hatte auf dem Tisch gestanden und eine merkwürdige Stimmung war in dem Raum gewesen. Wenn er es sich recht überlegte, schienen beide Angst gehabt zu haben. Dann hörte er die dunkle Stimme seines Großvaters, der seinem Schwiegersohn versprach, seine Familie zu schützen, egal, was es ihn kostete.

»Das hört sich an, als ob sie sich vertraut und sehr gemocht haben«, sagte Daniel.

Erst jetzt wurde Tom bewusst, dass er laut über seine Erinnerungen gesprochen hatte. »Ja, stimmt. Darüber habe ich nie richtig nachgedacht. Aber so war es. Wir waren glücklich, egal, ob wir zu viert oder zu fünft dort gewohnt hatten.«

»Und deine Großmutter? Also, deine deutsche meine ich.«

»Die ist auch schon länger tot. Ebenfalls ein Unfall. Glaube ich. Das war einige Zeit nach dem Tod meiner Eltern.«

»Hm.«

»Was ist?«

Daniel schwieg geraume Zeit, dann atmete er tief durch. »Geh mir nicht gleich an den Hals, aber für mich klingt das nach … Ich weiß gar nicht nach was genau. Ich wünschte mir, Sven wäre hier, und würde das alles mal sortieren.«

Sven? Damit war ihr gemeinsamer Freund Sven Klein gemeint, ein Hamburger Kommissar, dessen Kombinationsgabe berühmt war. Ihr Team hatte einige Male mit dem Polizisten zusammengearbeitet, aber viel wichtiger war, dass sie enge Freunde geworden waren. Nach und nach begriff Tom, worauf Daniel anspielte. Er gab unwillkürlich mehr Gas und umklammerte das Lenkrad fester. Wieso hatte er sich erst jetzt an das Gespräch erinnert? Gab es wirklich eine Verbindung zwischen dem, was er zu hören geglaubt hatte, und den Unfällen, bei denen seine Eltern und Großmutter gestorben waren?

»Hey, hier gelten immer noch 65 Meilen als Tempolimit!«

Er nahm den Fuß vom Gaspedal und bremste die Geschwindigkeit wenigstens etwas. »Sorry. Verbinde mal dein Handy mit der Anlage und wähle Svens Nummer.«

Ohne Fragen zu stellen, tat Daniel dies. Während die Verbindung hergestellt wurde, grinste er. »Du weißt schon, dass es drüben fast Mitternacht ist?«

»Ups.« Den Zeitunterschied hatte Tom komplett vergessen.

Das Gespräch wurde nach dem zweiten Klingeln angenommen. »Du hast Glück, dass ich noch nicht penne, Doc. Wo brennt es?«

»Ich bin nur die Sekretärin. Tom hatte Sehnsucht nach dir. Seit wann gehst du eigentlich so früh ins Bett? Wirst du langsam alt?«

Svens Schnauben hatte es in sich. »Moin Tom. Falls du drängeln willst, so schnell bin ich nun auch nicht. Die Akten sind im Zuständigkeitsbereich eines anderen Bundeslandes und da ranzukommen, ist unter normalen

Umständen schon nicht einfach. Bei deiner Familie kommt noch hinzu, dass da irgendwas nicht stimmt. Ich weiß nur leider noch nicht genau was. Aber an Unfälle glaube ich mittlerweile nicht mehr. Dazu passt dann auch, dass Brownie die gleichen Probleme hat, vernünftige Informationen über deinen Vater auszugraben. Falls du noch einen Tipp hast, irgendeine Kindheitserinnerung, die uns weiterhilft, wäre das ganz gut. So stochern wir im Nebel und hoffen, irgendwo auf Land zu treffen.«

Daniel formte stumm das Wort ›Mark‹. Darauf, dass sein Teamchef bereits ihre Hamburger Freunde alarmiert hatte, war er aber auch selbst schon gekommen. Er würde später darüber nachdenken, was das alles zu bedeuten hatte und wieso sich sein Ärger in Grenzen hielt. Im Moment dachte er einfach nur wie ein SEAL, der sich seit einigen Jahren neben militärischen Einsätzen auch mit polizeilichen Ermittlungen beschäftigte.

»Vielleicht habe ich tatsächlich noch etwas, worüber ich bisher nie gesprochen habe. Mein Großvater gehörte der Waffen-SS an und besitzt ein paar nette Auszeichnungen. Da er damals noch verdammt jung war, muss er einiges geleistet haben, um sich die zu verdienen.«

Sven schwieg und auch Daniel starrte ihn mit offenem Mund an.

»Ein Nazi?«, erklang schließlich Svens Stimme aus dem Lautsprecher. »Bist du ganz sicher? Viel haben wir noch nicht, aber das passt nicht. Außerdem …«

»Außerdem … was?«, schnappte Tom, als Sven nicht weiterredete.

»Nazis waren in der Regel verblendete Rassisten. Entschuldige, wenn ich dir das so unverblümt sage, aber du und dein Vater entspricht nicht gerade der arischen Vorstellung eines aufrechten Deutschen. Deine blauen Augen passen ja noch, aber deine Haare … Und damit meine ich nicht die Länge, auch wenn du sie ja im Vergleich zu früher schon fast kurz trägst.«

Da sie ihm immer noch bis auf die Schultern fielen, kommentierte Tom die Anspielung nicht.

Nun schüttelte auch Daniel den Kopf. »Wenn sich dein Vater und dein Großvater gut verstanden haben, müsste er sich geändert haben. So etwas kann passieren. Auch die größten Idioten wachen eines Tages auf. Wenn man Glück hat. Das gilt natürlich nicht für alle.«

»Guter Punkt, Doc. So weit war ich noch nicht. Nazi-Vergangenheit und später dann sozusagen geläutert, könnte schon eher passen. Danke für den Tipp. Damit habe ich einen Anhaltspunkt, dem ich nachgehen kann. Weshalb ruft ihr denn jetzt eigentlich mich an und nicht Alexander?«

Es war ein kleiner Trost, dass Daniel genauso ratlos aussah, wie Tom sich fühlte. »Wir waren hier am Diskutieren und wenn es darum geht, den Überblick zu bekommen, bist du eben unsere erste Wahl«, erwiderte Tom schließlich.

»Danke fürs Kompliment. Wenn ich was habe, schicke ich es euch direkt, dann müsst ihr nicht warten, bis euer Boss geruht, euch in Kenntnis zu setzen. Ihr seid zwar verdammt gut im Improvisieren, aber ich habe selbst aus dieser Entfernung gemerkt, dass ihr keine Ahnung hattet, dass Mark schon losgelegt hat. Oder anders ausgedrückt: Uns den Mist aufs Auge gedrückt hat.«

Das kommentierte Tom dann mal besser nicht. »Hat

Dirk denn schon was über den Kontoinhaber bei der Sparkasse rausgefunden, von der das Geld für die verdammten Marines kam?«

»Frag ihn das lieber nicht. Wir wissen nur, dass es sich um eine Briefkastenfirma handelt. Die haben ihre Spuren so gut verwischt, dass wir da bisher nichts haben. Du kannst dir bestimmt selbst vorstellen, wie mein geschätzter Partner das findet. Oder soll ich dir seine Stimmung beschreiben?«

Dirk Richter war nicht nur Svens Partner beim LKA, sondern auch Wirtschaftsprüfer und damit ein Genie, wenn es darum ging, der Spur des Geldes zu folgen. Bisher war er noch nie an seine Grenzen gestoßen, hoffentlich galt das auch für diesen Fall.

Sie verabschiedeten sich voneinander und im nächsten Moment wünschte sich Tom einen Helm. Daniel durchbohrte ihn förmlich mit seinen Blicken. Eigentlich hatte sein Freund selten schlechte Laune, aber er konnte durchaus stinksauer sein. Jetzt war es so weit.

»Ein Nazi? Dein Großvater war ein Nazi und daraus machst du so ein Geheimnis? Bist du irgendwie bescheuert? Glaubst du, ich würde dich dafür verantwortlich machen, dass jemand zwei Generationen vor dir total verblendet war? Du bist doch echt nicht ganz dicht, Bannings. Vielleicht solltest du mal bei Google den Begriff ›Freundschaft‹ eingeben, du Penner.«

Tom zog etwas den Kopf ein. So ganz unrecht hatte Daniel nicht. Da waren sie seit Langem eng befreundet, vertrauten sich gegenseitig ihr Leben an, standen sich näher als manche Brüder und dann verschwieg er ihm die Ursache für den Bruch mit seiner deutschen Familie.

Wobei der Begriff falsch war, es handelte sich ja nur noch um seinen Großvater. Ihm fiel noch nicht einmal ein vernünftiger Grund für seine Verschwiegenheit ein, aber darüber konnte er den Rest der Strecke nachdenken, denn so schnell würde Daniel ihm nicht verzeihen. Das dauerte mindestens hundertzwanzig Meilen oder, anders ausgedrückt, knapp zwei Stunden. Großartig. Und wieso setzte Mark alles Mögliche in Bewegung, um in Toms Vergangenheit herumzuwühlen? Wenigstens auf die Antwort kam er sofort. Weil Mark sich für alles verantwortlich fühlte und den Angriff auf einen seiner Männer persönlich nahm. Vermutlich würde sein Boss sogar weitermachen, wenn Tom sich entschied, das Team zu verlassen. Er horchte in sich hinein und stellte fest, dass das keine Option mehr war. Wenigstens ein Punkt auf seiner ellenlangen Liste war damit geklärt.

Kapitel 7

Als Tom auf den Highway 163 einbog, empfing ihn die vertraute Landschaft, die sich bis zu ihrem Ziel nicht mehr wesentlich ändern würde. Der Sand war jetzt rot. Die Grasbüschel immer noch spärlich gesät, bis es sie schließlich gar nicht mehr geben würde. Immer wieder tauchten schroffe Felswände neben der Straße auf. Ab und zu überquerten sie Flüsse, die sich weit unter ihnen durch enge Schluchten schlängelten und zu dieser Jahreszeit noch ausreichend Wasser führten. Unwillkürlich musste er an das Gebiet um den Grand Canyon denken. Nie hatte er etwas Beeindruckenderes gesehen, als die gewaltige Schlucht, die zu jeder Tageszeit in anderen Farben schimmerte, und einem das Gefühl gab, nur zu Gast auf dieser Welt zu sein. Vermutlich würde die Zeit nicht reichen, um mit Daniel einen Ausflug dorthin zu machen. Er verzog den Mund. Sein Freund wäre für eine Wanderung runter zum Colorado River kaum in der richtigen Verfassung. Das musste warten.

Die Natur hatte sich seit seiner Jugend nicht verändert, doch bei den Bewohnern sah das anders aus. Immer noch war die Gegend nur vereinzelt besiedelt. Aber an einigen wenigen Orten hatten sich Kleinstädte gebildet, in denen die Touristen alles fanden, was sie gewohnt waren: Hotels für jede Preisklasse und die bekannten Fast-Food-Restaurants. Früher hatte es Männer wie den Sheriff oder Richter Jerkins gegeben, die für ein großes Gebiet zuständig gewesen waren. Heute gab es nur noch ein Police Department, das etliche Kilometer entfernt war. Im Nachhinein musste er dem ungeliebten Sheriff zugestehen, dass er sich trotz seiner Fehler und Vorurteile bemüht hatte, für Ordnung zu sorgen. Es war leider Fakt, dass überwiegend Jugendliche mit indianischer Abstammung keinerlei Perspektiven sahen und überdurchschnittlich häufig zu Alkohol und Drogen griffen. Dennoch hätte es auch andere, fairere Wege gegeben. Wesentlich öfter, als bei den Fällen, die in seinem Lebenslauf verewigt waren, hatte er die Härte des Gesetzes zu Unrecht abbekommen. Wenn der Richter nicht gewesen wäre, hätte er vielleicht aus purem Trotz die kriminelle Laufbahn eingeschlagen, die ihm sowieso unterstellt worden war.

Häufig entdeckte er in den Ausläufern der Berge Trailer, vor denen mehrere Wagen standen. Er stellte sich lieber nicht vor, wie es war, dort zu leben. Fließendes Wasser gab es nicht. Strom wurde mit Dieselgeneratoren erzeugt. Die riesigen Satellitenschüsseln deuteten darauf hin, wie die Bewohner ihre Zeit verbrachten.

Daniel hatte die Augen geschlossen. Tom war nicht sicher, ob sein Freund schlief oder ihm einfach nur ausweichen wollte. Er reckte sich und suchte nach einer bequemeren Sitzposition. Noch war die Fahrt zwar eintönig, aber einigermaßen bequem, sobald er zum Haus seiner Großmutter abbog, würden sie ordentlich durchgeschüttelt werden. Statt Asphalt gab es auf den letzten Meilen nur noch eine Sandpiste.

»Sind wir schon hinter Mexican Hat?«, erkundigte sich Daniel überraschend.

Tom wusste, dass sich die Frage nicht auf den kleinen Touristenort bezog, den sie gerade durchquert hatten.

»Nein, liegt direkt vor uns. Spürst du schon die Strahlen?«

Wenigstens verzog sein missmutiger Beifahrer minimal die Mundwinkel. Als SEALs waren sie es gewohnt, mit der Gefahr umzugehen, aber der Ort, den sie gleich passieren würden, verursachte bei ihnen ein unbehagliches Gefühl. Recht dicht neben der Straße war Mitte der Neunzigerjahre ein riesiges Areal mit Beton abgedeckt worden. Darunter verbargen sich die Reste von Uranproduktionsstätten und sogar ein kontaminiertes Gebäude aus den Sechzigern, in dem eine Schule gewesen war. Auch wenn diese Zeit schon lange zurücklag, wurde Tom wütend. Natürlich hatte man eine so gefährliche Industrie weit ab von den wohlhabenden Weißen mitten in einem Indianerreservat errichtet. Und dann hatte es noch einmal fast dreißig Jahre gedauert, bis die Folgen zumindest etwas eingefangen worden waren. Welche Auswirkungen die Umweltschäden tatsächlich auf Menschen und Tiere hatten oder haben würden, war völlig unklar und interessierte auch nicht wirklich jemanden. Kaum einer der Touristen, die auf dem Weg ins Monument Valley waren, wusste, was am Ende des Sandweges hinter dem sanften Hügel lag: Eine riesige Fläche aus Beton, die mit über 275.000 Quadratmetern größer als so manche Stadt war.

»Willst du wegen der Naturverschandelung auf den Kriegspfad gehen?«, erkundigte sich Daniel anzüglich.

Immerhin sprach sein Freund wieder mit ihm. »Ich erwäge es ernsthaft. Wenn ich an die Einwohner von Halchita denke, die praktisch direkt neben diesem Mist leben müssen, weiß ich immer erst, wie gut ich es bei meiner Großmutter hatte, oder eben heute in Deutschland habe.«

Daniel grunzte eine Art Zustimmung.

Wenige Meilen vor dem Sandweg, der zu ihrem Ziel führen würde, entdeckte Tom ein Stück vor ihnen eine Tankstelle, die neu war. Aber nach einem Blick auf die Benzinanzeige, entschied er sich, weiterzufahren.

Im Rückspiegel bemerkte er einen schwarzen Mustang, der sich ihnen schnell näherte und keine Anstalten machte, langsamer zu werden. Unwillkürlich atmete er scharf ein. Sofort drehte sich Daniel alarmiert um.

Das Fahrzeug zog in einem Tempo, das deutlich über der Geschwindigkeitsbegrenzung lag, an ihnen vorbei und scherte knapp vor einem entgegenkommenden Truck wieder ein. Beim Überholen konnte Tom erkennen, dass zwei Männer in dem Sportwagen saßen. Einer war blond, der andere hatte wie Tom schwarze Haare und war indianischer Abstammung.

Daniel grinste flüchtig. »Das wäre doch was Passendes für uns gewesen.«

Tom wollte ihm gerade zustimmen, als direkt vor ihm ein verdreckter Pick-up vom Tankstellengelände fuhr und ihn zum Bremsen zwang. »So ein Idiot.«

Erst als er bemerkte, dass sein Freund die Augen zusammengekniffen hatte, wurde er misstrauisch. »Was ist?«

»Gib mal ordentlich Gas. Der Pick-up hatte dort regelrecht gewartet. Das kann kein Zufall sein, dass er dich so geschnitten hat. Der wollte sich an den Mustang hängen.«

Tom beschleunigte den Van, stieß aber bald an die Grenzen der Familienkutsche. Daniel hatte sich weit über den Beifahrersitz gebeugt und hievte einen Rucksack nach vorne. Er überprüfte bei ihren Pistolen die Magazine und lud die Waffen durch.

»Die sind hinter uns her und glauben, dass wir im Mustang sitzen«, überlegte Tom laut.

»Exakt meine Meinung. Und sie werden die in dem Flitzer nicht einfach bitten anzuhalten. Geht's nicht noch schneller?«

»Nur, wenn du schiebst. Mehr hat die Kiste nicht drauf. Da vorne!«

»Ich sehe es«, erwiderte Daniel und ließ die Fensterscheibe auf seiner Seite hinab.

Der Beifahrer im Pick-up hatte sich weit ins Freie gebeugt und feuerte mit einer Schrotflinte auf den Mustang, der jetzt deutlich langsamer dahinrollte.

Die Distanz zwischen ihnen verringerte sich schnell. Daniel gab einen ersten Schuss ab, der die Heckscheibe der Fahrerkabine des Pick-ups in Einzelteile zerlegte.

Die Fahrzeuge vor ihnen kamen zum Stehen. Der Typ mit der Schrotflinte zielte auf ihren Van. Tom trat voll auf die Bremse und riss das Lenkrad herum. Nach der gezielten Schleudereinlage befand er sich im rechten Winkel zum Pick-up. Daniel war darauf vorbereitet gewesen, feuerte und traf. Der Typ mit der Flinte hatte seine Munition erst meterweit an ihnen vorbeigejagt und ließ jetzt die Waffe fallen. Daniel hatte ihn perfekt in die Schulter getroffen, war aber nun ein leichtes Ziel für den Fahrer.

Tom sprang mit seiner Pistole in der Hand aus dem Wagen und zielte über die Motorhaube des Vans hinweg auf den Fahrer, der sein Gewehr ungefähr in Richtung Daniel hielt.

Sein Freund hatte sich aus dem Wagen fallen lassen und rollte sich blitzschnell über den Asphalt. Für einen Amateurattentäter war er damit kein leichtes Ziel.

»Waffe weg«, brüllte Tom ihn an. Prompt schwang das Gewehr in seine Richtung. Ihm blieb keine Wahl, er drückte ab und verfehlte sein Ziel nicht. Aufschreiend ließ der Kerl die Waffe fallen und umklammerte seine stark blutende Hand.

Daniel war bereits wieder auf den Beinen.

Besorgt warf Tom ihm einen schnellen Blick zu. Sein Freund war wieder auffallend blass. »Geht es?«

»Es reicht«, erwiderte Daniel knapp und war bereits auf dem Weg zu dem Typen mit der Schrotflinte. Tom kümmerte sich um den Fahrer und nutzte dessen Halstuch, um ihm die Hände auf dem Rücken zu fesseln.

Er grinste flüchtig, als er entdeckte, dass Daniel ebenso vorgegangen war. Schlagartig wurde er wieder ernst, als er das durchlöcherte Heck des Mustangs betrachtete. Er schluckte hart.

»Hallo? Sind Sie in Ordnung? Wir haben die Kerle ausgeschaltet.«

»Mein Freund … Er blutet!«, rief jemand voller Panik.

Daniel rannte bereits los, während Tom zurück zum Van sprintete und sich den Rucksack seines Freundes schnappte, in dem er eine medizinische Notfallausrüstung aufbewahrte.

»Kümmere dich um den Fahrer«, bat Daniel und versorgte den jungen Mann mit den langen schwarzen Haaren.

Der Blonde war auf den ersten Blick unverletzt, zitterte aber am ganzen Körper. Auch ein Schock konnte gefährlich werden. Mit Mitgefühl kam er hier jedoch nicht weiter.

»Hinsetzen.« Er drückte den Mann, der sich kaum auf

den Beinen halten konnte, auf den Boden. »Wie heißt du?«

»Joshua. Ich heiße Joshua. Der Wagen ist ganz neu. Wir wollten nur ... nur ein wenig Spaß haben.«

»Ganz ruhig. Mein Freund ist Arzt und kümmert sich um deinen Freund. Wenn es ernst wäre, würde er mich rufen.«

»Er ist nicht nur mein Freund! Er ist mein Partner. Mein Mann. Wir waren so glücklich. Wegen des Mustangs. Was waren das nur für Idioten? Haben die was gegen Indianer? Oder gegen männliche Paare?«

»Das klären die Cops. Wichtig ist erst einmal, dass du tief und gleichmäßig atmest und dich beruhigst.« Tom betrachtete den beschädigten Sportwagen und wechselte einen schnellen Blick mit Daniel, der ihm zunickte.

»Deinem Partner geht's gut. Was ist mit dir? Hast du dich beruhigt?«

Erstes Misstrauen zeigte sich in der Miene des Blonden. »Wer seid ihr? Doch keine normalen vorbeikommenden Passanten!«

»Doch. Wir waren auf dem Weg zu meiner Großmutter. Aber ansonsten sind wir Soldaten. Navy. Deshalb sind wir es gewohnt, schnell zu reagieren.«

»Ihr habt auf die Mistkerle geschossen!«

»War das ein Vorwurf?«

Joshua fuhr sich mit der Hand über die Stirn. »Nein, natürlich nicht. Eigentlich bin ich es gewohnt, logisch zu denken. Ich bin Anwalt, Strafverteidiger, aber irgendwie ist bei mir im Kopf noch ein ziemliches Durcheinander. Entschuldigen Sie, Sir.«

»Tom reicht. Ich telefoniere dann mal mit den Cops.«

Daniel hatte ihnen trotz der Versorgung des Verletzten zugehört. »Wir brauchen nur einen normalen Krankenwagen, keinen Hubschrauber. Ruf aber auch Brownie an. Sonst dauern die Formalitäten Stunden.«

»Hatte ich vor, sogar als Erstes.«

Tom schilderte dem NCIS-Agenten den Zwischenfall, erwähnte aber wegen der Zuhörer nicht, dass sie davon überzeugt waren, dass der Anschlag ihnen gegolten hatte. Darauf kam Brownie sofort von alleine. »Ich schicke euch einen Krankenwagen und die Highway Patrol oder wer immer dort zuständig ist. Das ist Navajo-Gebiet, oder?«

»Richtig. Früher hätte ich dir den Namen des Sheriffs nennen können, nun gibt es ein Police Department, das ein paar Meilen entfernt ist. Irgendeine Kleinstadt in Arizona glaube ich.«

Joshua richtete sich auf und wirkte wieder sicherer. »Wir befinden uns hier in Utah und nicht in Arizona, aber in dem Teil, für den die Navajo-Polizei zuständig ist.«

»Hast du das gehört, Brownie?«

»Einer meiner Agents stellt bereits die Verbindung her und jetzt schick mir die Koordinaten. Wir reden später.«

»Danke.«

Als er das Telefonat beendet hatte, sah er Joshua auffordernd an. »Hilfst du mir, die Straße abzusichern? Danach kannst du dann einen Krankenbesuch bei deinem Mann machen.«

»Na, klar.«

Nachdem er den ersten Schock überwunden hatte, entpuppte sich Joshua als wertvolle Hilfe. Der Anwalt schoss mit seinem Smartphone einige Fotos und hielt so die Positionen der Fahrzeuge fest, danach zog er die

Angreifer zusammen mit Tom unsanft an den Straßenrand und rangierte die Wagen von der Fahrbahn. Dass er den Pick-up nur Zentimeter vor den Füßen der Schützen zum Stehen brachte, gönnte Tom ihm.

Seinen Freund, der William hieß, hatte eine Schrotkugel unglücklich am Handgelenk getroffen, sodass er viel Blut verloren hatte. Daniel beruhigte die beiden Männer, dass die Verletzung zwar hässlich, aber nicht lebensgefährlich war. »Ihr habt Glück gehabt, dass die Idioten Schrotgewehre benutzt haben. Die Kugeln kommen gerade so durchs Blech, landen dann aber überwiegend im Rücksitz.«

»Na, ich werde mich bestimmt nicht deswegen beschweren«, stieß William mit zittriger Stimme hervor.

Daniel zögerte kurz und grinste dann. »Hast du irgendwelche Vorerkrankungen oder Allergien?«

»Nein, wieso?«

»Weil das, was ich dir jetzt verpasse, in einigen Bundesstaaten unters Betäubungsmittelgesetz fällt. Aber als Arzt im aktiven Dienst darf ich das in Notfällen verwenden und für mich sieht's aus, als ob die Schmerzen verdammt heftig wären.«

Nachdem Daniel ihm mit dem Autoinjektor einen Medikamentencocktail auf morphiner Basis gespritzt hatte, erholte William sich.

Joshua sah immer wieder auf die Uhr.

»Mach dir keine Sorgen, Daniel ist besser als jeder Notarzt«, beruhigte Tom ihn.

»Darum geht es auch gar nicht. Aber es kann nicht sein, dass …« Er lauschte angespannt. »Da, jetzt höre ich Sirenen. Es sind fast zwanzig Minuten seit deinem Anruf vergangen. Das ist unmöglich. Wir sind doch hier in den Vereinigten Staaten und nicht in einem Dritte-Welt-Land. Was wäre denn, wenn Daniel nicht hier gewesen wäre? William wäre verblutet! Oder wenn es ein anderer Notfall gewesen wäre!« Er hatte sich so in Wut geredet, dass er mit der flachen Hand auf das Wagenblech schlug.

Als schließlich der Polizeiwagen neben ihnen stoppte, fühlte sich Tom für einige Sekunden in seine Kindheit zurückversetzt und rechnete damit, im nächsten Moment Handschellen verpasst zu bekommen.

Stattdessen hielt der Police Officer zwar seine Hand in der Nähe seiner Dienstwaffe und sein Partner blieb zunächst im Wagen sitzen, aber er sah sie neutral, sogar freundlich abwartend an. »Sir? Sind Sie Lieutenant Eddings und Chief Bannings von der US Navy?«

Tom atmete auf. An den respektvollen Umgang musste er sich erst gewöhnen. »Ja, sind wir.«

Kapitel 8

Die Formalitäten hatten trotz Brownies Hilfe so lange gedauert, dass sie erst am frühen Abend vor dem Haus seiner Großmutter eintrafen.

Tom stieg aus dem Wagen, brachte es aber nicht fertig, auf das Haus zuzugehen. Bis jetzt hatte er sich zusammengerissen, nun drohten ihn die Schuldgefühle zu überwältigen. Seinetwegen wären beinahe zwei unschuldige junge Männer getötet worden! So etwas durfte sich nicht wiederholen! Was sollte er tun? Er wollte nicht noch mehr Menschen in Gefahr bringen und schon gar nicht diejenigen, die er liebte.

Vergeblich suchte er nach einem Ausweg. Aber es gab keinen. Ihm fiel nur ein, Daniel stehen zu lassen und einfach weiterzufahren. Danach musste er sich so lange von allen fernzuhalten, bis er geklärt hatte, worum es hier ging. Wie er das ohne die Hilfe der Navy und seiner Freunde schaffen sollte, wusste er nicht, aber er würde das schon irgendwie hinbekommen.

»Du bist manchmal so ein Idiot, dass ich mich frage, wie du es eigentlich durch das BUD/S-Training geschafft hast.«

Daniel baute sich förmlich vor ihm auf. Wenn sein Freund nicht so blass gewesen wäre und sich an der Tür festgehalten hätte, wäre es Tom leicht gefallen, ihn einfach zur Seite zu schubsen und sein Ding durchzuziehen. Aber so brachte er das nicht fertig.

Tom trat einen Schritt zurück und musterte die Wüstenlandschaft. Zunächst suchte er nur nach einer möglichen Bedrohung. Niemand konnte sich dem Haus seiner Großmutter ungesehen nähern. Schlagartig wurde ihm etwas klar. Dieser Ort lag so abgelegen, dass es keine Zeugen geben würde, wenn sich die Männer hier auf die Lauer gelegt hätten. Auch der geschwungene, fast fünf Meilen lange Sandweg wäre für einen Hinterhalt ideal. Damit hatten die Typen im Pick-up nicht gewusst, wo genau ihr Ziel gewesen war. Sie hatten nur die Richtung gekannt, aus der sie kommen würden. Wie konnte das sein?

Dennoch wäre es nur eine Frage der Zeit, bis sie die Verbindung zu seiner Großmutter ausgegraben hatten und das durfte nicht geschehen.

Daniel packte ihn an der Schulter. »Im Moment ist Nizoni sicher. Sie wussten nicht genau, wo du hinwolltest, sondern kannten nur die Gegend. Und du bist nicht schuld daran, dass es die beiden fast erwischt hätte.«

»Auf den ersten Punkt bin ich auch schon gekommen. Aber sie wussten, dass wir zu zweit sind, wie wir ungefähr aussehen und aus welcher Richtung wir unterwegs waren. Das verstehe ich nicht. Und was Joshua und William angeht … Erzähl mir gar nicht erst, dass du dir nicht die gleichen Gedanken machen würdest.«

»Vielleicht, aber ich wüsste auch, dass sie falsch wären. Willst du immer noch abhauen? Es wäre nett, wenn du das vergessen könntest, ich bin nämlich kaum in der Verfassung, dich aufzuhalten.«

Tom war nicht überrascht, dass Daniel ihn durchschaut hatte. Sie kannten sich einfach zu gut. Er schnaubte. »Und deswegen fällt dir nichts Besseres ein, als mich ans BUD/S zu erinnern? Übrigens war ich im Gegensatz zu dir Jahrgangsbester.«

»Sehr netter Vergleich, du weißt genau, dass in meinem Jahrgang nichts normal lief. Du wärst da nie durchgekommen! Also, halt die Klappe, Bannings. Wollen wir das jetzt hier draußen weiter bereden oder begrüßen wir Grandma, wie es sich gehört?«

»Das will ich euch aber auch geraten haben«, donnerte seine Großmutter, die plötzlich hinter ihm stand.

Wie machte sie das nur immer? Tom zuckte zusammen, während Daniel nur breit grinste. Sein Freund umarmte Nizoni als Erster und gab Tom damit Zeit, sich wieder zu fangen. Seiner Großmutter sah man nicht an, dass sie bereits über achtzig war. Sie war zwar mit den Jahren etwas fülliger geworden, hatte sich aber ihre aufrechte Gestalt bewahrt. Ihre langen weißen Haare hatte sie mit einem einfachen Stirnband zurückgebunden. Die weiße Bluse war mit bunten Stickereien verziert und fiel locker über ihre weite Jeans. Die pinkfarbenen Clogs an ihren Füßen hätten auch zu einem Teenager gepasst. Neben ihr stand hoch aufgerichtet eine Art Windhund, der sein Frauchen nicht aus den Augen ließ und nun leise knurrte, als die Umarmung von Nizoni und Daniel kein Ende zu nehmen schien.

»Hey, lass die beiden einfach, okay?«, sprach Tom ihn an und hockte sich vor ihn hin. Neugierig schnüffelnd kam der Hund näher. Tom entdeckte am Halsband ein Amulett mit einem Namen. Freya. »Du heißt ernsthaft wie eine nordische Göttin? Na, dann musst du ja was ganz Besonderes sein. Komm mal her, meine Kleine.« Er streckte die Hand aus und redete leise weiter in der Sprache seiner Großmutter auf sie ein.

Zunächst spitzte Freya nur die Ohren, dann machte sie einen Satz und im nächsten Moment fuhr die Zunge der Hündin begeistert über sein Gesicht. Tom versuchte, sie gleichzeitig lachend abzuwehren und ihr den Rücken zu kraulen. Das Resultat war eine wilde Rauferei, bei der er schließlich zusammen mit dem Hund über den Boden rollte. Freya bellte laut und Tom bekam vor Lachen Staub in den Mund, der ihn zum Husten brachte.

»Wenn es um Hunde oder Pferde geht, vergisst mein geschätzter Partner leider jegliche Manieren. Bitte nimm meine Entschuldigung für sein ungebührliches Verhalten an, Grandma.«

Daniels amüsierte Stimme erinnerte Tom daran, dass er tatsächlich jemanden vergessen hatte.

Aber da ertönte schon das helle Lachen seiner Großmutter, die schon vor Jahren beschlossen hatte, dass sie auch Daniel als Enkel betrachtete. »So soll es sein. Ich hatte Freya schon gesagt, dass heute ein Freund kommt, der mit ihr toben wird. Ansonsten kann das Mädchen nämlich auch böse werden. Aber sie ist sehr gut erzogen.« Klang da ein ›Im Gegensatz zu meinem Enkel‹ mit?

Reumütig rappelte sich Tom auf und begrüßte seine Großmutter ebenfalls mit einer herzlichen Umarmung. »Entschuldige bitte. Sie hat mich verzaubert.«

»Nun, ich bin ja schon froh, dass du nicht einfach weggefahren bist. Die Zeit des Weglaufens ist für dich nämlich vorbei und je eher du das begreifst, desto schneller wird alles gut. Wir gehen jetzt rein und essen eine Kleinigkeit. Danach legt sich Daniel hin und schläft so lange, bis er sich ausreichend erholt hat und die Schmerzen in seinem Kopf wieder erträglich sind. Ich habe da einen Tee, der ihm schneller und besser helfen wird, als dieses chemische Zeug des weißen Mannes.« Sie zwinkerte Daniel zu. »Dann reden wir beide.«

Sie drehte sich um, ohne eine Antwort abzuwarten, genau wissend, dass sie beide gehorchen würden. So war es schon immer gewesen, wenn sie diesen Ton anschlug und das würde sich wohl nie ändern.

»Wieso hast du mir nicht gesagt, dass du Kopfschmerzen hast?«

»Hätte das was geändert? Es musste getan werden. Punkt. Mich interessiert viel mehr, wie sie das so schnell bemerkt hat.«

Das würde dann wohl wieder auf eines der langen, extrem langweiligen Gespräche zwischen Daniel und Nizoni hinauslaufen, wenn sie die Schulmedizin mit dem verglichen, das seine Großmutter von ihren Vorfahren gelernt hatte. Aber Tom hatte nichts dagegen, im Gegenteil, so hatte er Zeit, sich um den Hund oder das Pferd seiner Großmutter zu kümmern, denn sie hatte noch nie ohne Tiere gelebt.

Kurz wurde ihm bewusste, wie viele Hunde und Pferde er schon kennengelernt hatte, die mittlerweile alle tot waren. Als er vor Trauer um den Verlust eines Hundes untröstlich gewesen war, hatte Nizoni ihm erklärt, dass er dankbar für die gemeinsame Zeit sein musste und das Ende letztlich unausweichlich war. Angst durchfuhr ihn, wenn er an das Alter seiner Großmutter dachte. Noch war sie gesund. Aber wie lange noch? Und dass sie hier so abgelegen und alleine wohnte, gefiel ihm auch nicht. Leider ließ sie keine Diskussionen über einen Umzug zu.

Er würde später einen weiteren Versuch unternehmen, Nizoni zu überreden, an ihrer Wohnsituation etwas zu ändern, jetzt folgte er seinem Freund erst einmal in die offene Küche. Anders als die traditionellen Rundbauten war das Haus rechtwinklig erbaut worden. Es gab einen Bereich, in dem die Schlafzimmer lagen und sogar zwei Badezimmer mit fließendem Wasser. Im anderen Teil befanden sich ein kleineres Wohnzimmer und die große Küche mit einer gemütlichen Essecke. Die Wände waren weiß und man erkannte die groben Steine, aus denen sie gemauert worden waren. Überall hingen bunte Bilder oder Decken, an manchen Stellen auch Sträuße aus getrockneten Kräutern, sodass nichts kalt oder steril wirkte. Im Gegenteil, das Haus schien jeden willkommen zu heißen und herzlich zu umarmen.

Tom sah sich in der Küche um und lächelte, als er auf dem Esstisch das Smartphone entdeckte. Seine Großmutter hatte sich der neuen Technik nie verschlossen. Während andere Familien Mikrowellen noch als unnütze Spielerei verteufelt hatten, war seine Großmutter von den Möglichkeiten des Geräts schon begeistert gewesen. Nun rührte sie allerdings in einem großen Topf herum.

»Hast du ausreichend Hilfe bei … Na, bei allem hier?«, erkundigte sich Tom vorsichtig.

»Selbstverständlich. Für mich alleine sind Garten und Haus mittlerweile viel zu groß, aber es gibt genug junge Menschen in der Gegend, mit denen wir sogar über einige Ecken verwandt sind, die mir zur Hand gehen und denen ich wiederum ein wenig Anleitung für ihr eigenes Leben geben kann.«

Das hieß dann wohl, dass seine Großmutter weiter dafür sorgte, dass einige Jugendliche nicht auf die schiefe Bahn gerieten. Und was war, wenn einer ihre Gutmütigkeit ausnutzte? Als ob sie ihn beruhigen wollte, legte Freya ihm ihren Kopf auf den Oberschenkel. »Stimmt. Du bist ja auch da und passt auf sie auf, oder?«

Die Hündin hob den Kopf und bellte leise.

Nizoni drehte sich langsam zu ihm um und richtete den Schöpflöffel auf ihn. »Du kannst dich auch mit Brot begnügen, wenn du mir nicht genug Menschenkenntnis zutraust, um zu beurteilen, wen ich in mein Haus und mein Herz lasse.«

Da musste er ihr recht geben. Schon früher hatte sie einige seiner Freunde auf Abstand gehalten, während sie andere herzlich aufgenommen hatte. Meistens reichte ein langer, prüfender Blick, dann stand ihr Urteil fest. Manche sagten, dass sie die Fähigkeit besaß, jemandem direkt ins Herz zu sehen – sowohl Menschen als auch Tieren. Tom hielt dies durchaus für möglich.

Nizoni drehte sich um. »Hol euch etwas zu trinken aus dem Kühlschrank und dann deckst du den Tisch. Daniel kann gerne auch ein Bier bekommen, aber zunächst bietest du ihm ein großes Glas von dem Wasser aus der Karaffe an.«

Tom kam sich wieder wie ein Teenager vor, während er die Dinge erledigte.

Seine Großmutter nickte ihm lächelnd zu. »Einer von den Jugendlichen, ein Großcousin von dir, Yaki, hat einen Online-Shop eingerichtet, mit dem er meine Decken verkauft. Du glaubst gar nicht, was die Sachen für ein Geld bringen. Wenn ich dir den Stundenlohn nenne, wirst du deinen Beruf wechseln. Und damit kann ich die Schule wunderbar unterstützen. Also denke gar nicht erst darüber nach, dass ich mein Leben ändern soll. Es ist gut, wie es ist, und irgendwann ist es vorbei. Und zwar dann, wenn meine Zeit gekommen ist. Vergeude also nicht unsere gemeinsamen Stunden mit Diskussionen, die du sowieso verlieren wirst.«

Tom öffnete den Mund und schloss ihn wieder, ohne etwas gesagt zu haben.

Das geschmorte Hühnchen mit den verschiedenen Gemüsesorten war köstlich. Sie unterhielten sich über harmlose Dinge und Daniels Gesichtsfarbe normalisierte sich, was entweder an dem Bier oder dem Wasser mit den diversen Kräutern lag. Tom tippte auf Letzteres.

Als sie fertig waren, stand Nizoni auf. »Ich bereite den Tee für Daniel vor und du hast Küchendienst. Danach wäre es nett, wenn du dich um die Pferde kümmerst. Das übernehmen sonst zwei Jungs, die eine Meile entfernt wohnen, heute jedoch nicht. Denn ich weiß, dass ihr eure Ruhe schätzt, und wollte nicht, dass neugierige Teenager hier herumlaufen, wenn ich mit meinem geheimnisvollen Enkel spreche.« Ihr Handy vibrierte. Nach einem schnellen Blick aufs Display sah sie Tom fest an. »Wir reden über die Vergangenheit, wenn alle Arbeiten erledigt sind. Daniel erfährt dann morgen alles, nachdem er sich erholt hat. Aber zunächst muss ich noch rasch eine WhatsApp an deinen deutschen Großvater schicken, dass es dir gut geht.« Völlig unbeeindruckt davon, dass Tom sie fassungslos anstarrte und das Gefühl hatte, die Erde bebte unter seinen Füßen, redete sie weiter und tippte dabei die Nachricht ein. »Was für ein Glück doch diese neue Technik ist. Ich erinnere mich noch, als Telefonate ein Vermögen kosteten und wir uns lange Briefe geschrieben haben.«

»Ihr habt Kontakt?«, schrie Tom beinahe.

»Das sagte ich doch gerade. Hast du dir denn nie überlegt, wie du Deutschland überhaupt verlassen konntest? Und bitte schrubb den Topf ordentlich, ich möchte da keine Ränder drin entdecken. Und sieh nach, ob die Wunde an der Flanke der Stute weiterhin problemlos verheilt. Sie kannst du natürlich nicht reiten, aber der junge Wilde wartet bestimmt schon auf dich. Also beeil dich.« Mit königlicher Würde wandte sie sich ab und nahm aus verschiedenen Tontöpfen einige Kräuter, die sie in einen Becher tat.

Dass Daniels Schultern plötzlich zuckten und sein Mund ein merkwürdiges Eigenleben entwickelt hatte, half Tom nicht weiter.

»Das schmutzige Geschirr steht direkt vor dir«, stieß sein Freund noch halbwegs verständlich hervor, ehe er laut loslachte.

Wenn Tom sich nicht sehr täuschte, stimmte seine Großmutter am anderen Ende des Raums in den Heiterkeitsausbruch ein. Nachdem er kurz überlegte, ob es ihn weiterbringen würde, wenn er seinen Freund erschoss und Nizoni anbrüllte, entschied er sich dafür, die ihm zugeteilten Aufgaben zu erledigen. Wenn er dann nicht die fälligen Antworten bekam, konnte er immer noch zu Plan A zurückkehren.

Kapitel 9

In der Nähe von Plön, Deutschland

Julie Metternich genoss das ungewohnt gute Aprilwetter in Norddeutschland. Die Bäume und Büsche zeigten nicht nur erste Blätter, sondern sogar schon einige Blüten. Das Grundstück endete direkt an einem See, auf dessen Wasseroberfläche sich die Sonnenstrahlen brachen. Die deutsche Schäferhündin jagte über die Rasenfläche und kein Humpeln erinnerte mehr an den bösen Autounfall, bei dem sie sich den Hinterlauf gebrochen hatte. Alles zusammen, inklusive des Bechers Kaffee in ihrer Hand, hätte gereicht, um sie in eine richtig gute Stimmung zu versetzen. Leider gab es da zwei Probleme: ihren Bruder und den Mann, den sie quasi als Großvater adoptiert hatte.

Die beiden hielten sie entweder für bescheuert oder für ein kleines Frauchen, das sie vor der großen, grausamen Welt beschützen mussten. Da sie ein Einser-Abitur und ein Studium der Tiermedizin in Rekordzeit mit glänzendem Abschluss und anschließender Promotion vorweisen konnte, war sie sicher, dass ein übertriebener Beschützerinstinkt für diese verflixte Schweigsamkeit verantwortlich war.

Jetzt war weibliches Geschick gefordert, um diese Phalanx an männlicher Dämlichkeit zu durchbrechen. Wenn sie nicht gewusst hätte, dass sie mit lautem Schreien das Gegenteil erreicht hätte, wäre das ihre erste Wahl gewesen.

Sie pfiff, um die Hündin zu sich zu locken, und erntete immerhin einen interessierten Blick, ehe Queen zu Karl von Ehrenberg trottete, der ein Stück entfernt auf der kleinen Terrasse saß. Am Vortag hatten Christian und sie den Holztisch mit den passenden Stühlen aus dem Schuppen geholt und dort aufgestellt. Karl liebte den Ort, an dem er gerne las oder einfach nur auf den See hinausblickte.

Seufzend ging Julie zu der Hündin und tastete routiniert die Flanke und das Gelenk ab. Keine Schwellung, alles so, wie es sein sollte.

Sie lächelte Karl an. »Kerngesund. Sie hat sich komplett erholt.«

»Und das hat sie nur dir und deiner Geduld zu verdanken. Du weißt gar nicht, wie viel mir das bedeutet«, erwiderte Karl.

Julie sah ihn unschuldig an. »So viel, dass du mir verrätst, was Christian und du aushecken?«

Er wich ihrem Blick aus und streichelte der Hündin über den Kopf. »Ich möchte nicht, dass du dich ausgeschlossen fühlst, aber das alles ist so heikel, dass ich dich da nicht reinziehen will.«

»Wenn ich sehe, wie mein Bruder sich mehr und mehr verändert, dann kann ich aber leider nicht die Augen verschließen! Sein Haus ist ein Schweinestall, er schläft zu wenig und sieht zehn Jahre älter aus, als er ist. Ich will doch nur wissen …« Sie warf die Hände in die Luft und ließ sie gegen die Oberschenkel fallen. »Was ist denn bei euch nur los? Du machst dir doch auch Sorgen, das merke ich doch.« Ein Gedanke kam ihr. »Hat es irgendwas mit dem Albtraum meiner Jugend zu tun?«

Ein flüchtiges Lächeln zeigte sich in Karls Miene, das sofort von tiefem Schmerz abgelöst wurde. Er rieb sich über die Augen und in diesem Moment sah sie ihm jedes einzelne seiner Jahre an. So ungern sie es sich auch eingestand, er war nun mal schon über neunzig.

»Tom geht es gut, ich habe vorhin mit meiner amerikanischen Freundin gechattet.« Er erhob sich und ging auf seinen Stock gestützt auf das Haus zu. Die Hündin folgte ihm. Dann war es wohl ihre Aufgabe, die restlichen Sachen zusammenzusuchen und reinzutragen.

Die brüske Art verletzte Julie nicht. Sie wusste nur zu gut, wie sehr er seinen Enkel vermisste. Wenn sie nur wüsste, wieso es vor all den Jahren zu diesem fürchterlichen Bruch zwischen Tom und seinem Großvater gekommen war. Vermutlich wäre ihr Leben völlig anders verlaufen, wenn er und sie zusammengeblieben wären. Statt einer verkorksten Ehe mit anschließender Scheidung wäre sie vielleicht die Frau eines Rockstars. Das Zeug dazu hätte Tom gehabt. Stattdessen war sie nun Tierärztin, lebte alleine in einem viel zu großen Haus und ihre Jugendliebe war ein Soldat geworden. Mit allem hätte sie gerechnet, aber nicht damit. Ein solcher Beruf passte überhaupt nicht zu dem Jungen, den sie gekannt – und geliebt – hatte. Sie schnaubte. Liebe … Was wusste man mit fünfzehn Jahren schon von Liebe? Nichts! Wenn sie nicht durch Karl ab und zu an Tom erinnert worden wäre, hätte sie ihn längst vergessen. Daran glaubte sie zwar nicht wirklich, aber dieser Gedanke gefiel ihr trotzdem.

Sie sammelte ihren Kaffeebecher, das Nachrichtenmagazin, in dem Karl gelesen hatte, und sein Smartphone ein und ging aufs Haus zu. In der Küche fiel ihr das Mobiltelefon beinahe aus der Hand, aber sie bekam es noch zu fassen, ehe es auf den Boden krachte. Das hätte ihr gerade noch gefehlt. Da sie mit dem Finger aufs Display gekommen war, sah sie jetzt das Hintergrundbild. Karl mit seiner Tochter, seinem Schwiegersohn und Tom, der stolz seine Schultüte in die Kamera hielt. Es fehlte nur Karls Frau, die das Foto geknipst hatte. Niemand, der diese fröhliche Aufnahme sah, konnte ahnen, welche Tragödien sich später abgespielt hatten, an denen die Familie zerbrochen war.

Queen hatte neugierig zu ihr hinübergeblickt, nun kehrte auch Karl in die Küche zurück und setzte sich an den Tisch. »Danke, dass du die Sachen reingeholt hast. Es ist doch noch ein wenig kühl draußen.«

Da noch die Sonne schien und der Sitzplatz sehr geschützt lag, nahm sie ihm die Begründung nicht ab. Dazu kam noch, dass er recht erschüttert wirkte. »Geht es dir wirklich gut?«

»Natürlich. So gut es einem in meinem Alter eben gehen kann.«

Bisher war er von schweren Krankheiten verschont geblieben. Karl hielt sich immer noch sehr gerade und war schlank. Wenn er behaupten würde, dass er erst Mitte Siebzig wäre, würde sie ihm das die meiste Zeit glauben.

»Ich merke aber, dass du etwas hast. Bitte halte mich nicht für neugierig, ich mache mir nur Sorgen.« Impulsiv beugte sie sich vor und fasste nach seiner Hand. »Wenn ich dir irgendwie helfen kann, sag das bitte. Es tut mir weh, dich so traurig zu sehen.«

Er sah an ihr vorbei aus dem Fenster hinaus auf den

See. »Auch Trauer gehört zum Leben. Es ist nur bitter, wenn man alles, wirklich alles für etwas gegeben hat, und am Ende feststellen muss, dass es doch nicht reicht.« Queen drängte sich leise fiepend an sein Bein. Nachdem er die Hündin gestreichelt hatte, sah Karl Julie wieder an. »Aber du hast recht. Es ist unfair von mir, dich und Christian ungleich zu behandeln. Es ist nur gerecht, wenn du die ganze Geschichte erfährst. Aber nicht mehr heute. Ich bin müde und freue mich auf ein paar ruhige Momente vor dem Flimmerkasten. Könntest du mit Queen noch eine Runde gehen? Sonst lasse ich sie einfach nachher hinten im Garten raus.«

»Natürlich gehe ich mit ihr – sofern Ihre Königliche Hoheit geruht, dich zu verlassen. Sie ist ja sehr eigen, wem sie ihre Aufmerksamkeit schenkt.«

Karl lächelte. »Ihre Ausbildung ist eigentlich hervorragend, sie hat nur ihren eigenen Kopf.«

»Eben«, erwiderte Julie. »Queen! Komm!«

In Zeitlupe richtete sich die Hündin auf und trottete zu ihr.

Karls Mundwinkel zuckten. »Nun ja, sie ist aber zu dir gekommen.«

Julie war zufrieden, dass er wieder entspannter wirkte. Sie seufzte laut. »Ja. Und in dem Tempo kannst du uns dann morgen früh zurückerwarten. Queen. Hol die Leine!«

Dieses Mal schoss die Hündin los und kehrte nach wenigen Sekunden mit dem gewünschten Gegenstand im Maul zurück.

»Na, also. Geht doch«, brummte Karl, stand mühsam auf und ging dann schon wieder deutlich sicherer in das angrenzende Wohnzimmer. Ehe er sich in seinen Fernsehsessel fallen ließ, schenkte er sich noch einen ordentlichen Schluck Whisky ein.

Julie schnaubte laut und befestigte den Karabinerhaken am Halsband. »Wenn's darum geht, draußen zu laufen, würde sie auch mit Lucifer persönlich gehen!«

»Typisch Frau. Man kann es ihnen nie recht machen«, gab Karl zurück und schaltete den Fernseher mit der Fernbedienung ein.

»Komm, Queen. Das müssen wir uns nicht sagen lassen.« Wahrscheinlich war es Zufall, aber es passte einfach, dass die Hündin einmal laut bellte. »Siehst du?«, rief sie Karl zu.

Er lächelte nur.

Obwohl Karls Haus geräumig war, genoss Julie es, sich mit der Hündin draußen im Sonnenschein zu bewegen. Das Wetter war in Norddeutschland extrem wechselhaft und sie würde jede Minute mit blauem Himmel ausnutzen. Erwartungsvoll sah Queen sie nach einigen Metern an. Julie grinste. Die Hündin war zwar eigensinnig, aber auch sehr gelehrig. Karls Ziel war es, dass Queen die gleiche Ausbildung wie ein Schutzhund der Polizei bekam. So weit es ihm möglich war, übernahm er dies, aber bei manchen Sachen musste Julie einspringen, weil seine Beweglichkeit die Übungen nicht mehr zuließ.

Julie ließ die Leine bewusst locker und dirigierte die Hündin mit Kommandos und Handzeichen. Zunächst befolgte Queen jeden Befehl, dann war eine im Boden wühlende Amsel interessanter.

Da die Hündin noch nicht einmal ein Jahr alt war,

brauchte sie viel Bewegung und Beschäftigung, sodass Julie am Ende über eine Stunde mit ihr unterwegs war. Auf dem Rückweg sah sie schon von Weitem, dass der Wagen ihres Bruders am Straßenrand stand. Das war so typisch! Zu ihrem Elternhaus, das direkt neben Karls lag, gehörte eine Auffahrt mit einer Garage, wo Platz für drei Fahrzeuge gewesen wäre, aber beides war so mit Gerümpel aller Art vollgestellt, dass er auf der Straße parken musste. Was war nur mit ihm los? Es sah ihm überhaupt nicht ähnlich, das Haus dermaßen zu vernachlässigen. Vielleicht sollte sie mal ein Machtwort sprechen, denn schließlich hatten sie das Grundstück gemeinsam geerbt und sie hatte es ihm unentgeltlich überlassen.

Einige Meter vor ihr stiegen zwei Männer aus einem weinroten Mercedes und sahen sich suchend um, wobei sie Julie und die Hündin auffallend lange betrachteten. Queen blieb stehen und knurrte leise. Ihre Ohren waren angelegt.

Die Männer wechselten einen Blick, sprangen dann in ihr Fahrzeug und fuhren schnell los. Nachdenklich sah sie ihnen nach. Hamburger Kennzeichen, aber mehr konnte sie nicht erkennen, weil das Nummernschild verdreckt war. Was wollten die hier? Es hatte ausgesehen, als ob sie zu Karls Haus gehen wollten und dann kalte Füße bekommen hatten, nachdem Queen und sie aufgetaucht waren. Das alles ergab doch überhaupt keinen Sinn!

Schnell lief sie weiter und betrat Karls Haus durch den Hintereingang, der direkt von der Terrasse in die Küche führte. Sie füllte Queens Wassernapf und ging dann zum Wohnzimmer. Wie erstarrt blieb sie stehen, als sie erste Worte aufschnappte, die Karl und ihr Bruder Christian wechselten. Ein Anschlag auf Tom? Gold? Den nächsten Satz verstand sie nicht, weil Queen plötzlich neben ihr stand und laut bellte. Verdammt. Sie liebte Tiere und diese Hündin ganz besonders, aber in diesem Moment hätte sie Queen, ohne zu zögern, zu Hundegulasch verarbeitet. Natürlich schwiegen die Männer nun.

»Jules?«, rief ihr Bruder prompt.

»Ja. Und ich heiße immer noch Julie!« Nur von Tom hatte sie diesen dämlichen Namen akzeptiert. Sie stürmte ins Wohnzimmer. Wenn sie sich nicht sehr irrte, hatten beide Männer ein schlechtes Gewissen.

»Was für ein Anschlag auf Tom?«, blaffte sie.

Karl räusperte sich. »Das Gespräch war nicht für dich bestimmt.«

Sie würdigte ihn keines Blickes, sondern fixierte ihren Bruder. »Pech. Spuck es aus, Christian. Du hast keine Chance!«

»Ich …«

»Krischan!« Sie benutzte absichtlich ihren alten Spitznamen für ihn.

»Mist. Karl, sie hat ein Recht … Also, wenigstens einen Teil sollte sie …« Es sprach für ihn, dass er keine Zustimmung abwartete. »Tom und sein Partner waren in einen Autounfall verwickelt, der nicht ganz normal war. Aber ihm geht es gut.«

Sie sollte sich auf den Unfall konzentrieren, stattdessen irrte das Wort ›Partner‹ wie ein Echo in ihrem Kopf umher. »Er ist schwul?«

Karl hielt sich eine Hand vor den Mund. Ihr Bruder kämpfte mit seinen zuckenden Mundwinkeln. »Ist das alles, was dich interessiert? Dann muss ich dich darauf aufmerksam machen, dass die offizielle Bezeichnung ›homosexuell‹ lautet.«

Ihr mörderischer Blick verfehlte die Wirkung nicht. Queen entfernte sich leise fiepend von ihr und Christian hob beide Hände. »Partner in seinem Team. Nicht in seinem Leben.«

»Team?«, hakte sie sofort nach, weil sie den Begriff nicht mit seiner Tätigkeit als Soldat in Verbindung brachte.

Karl verzog seinen Mund. »Heißt das nicht neuerdings überall so? Bei uns hieß es Zug. Sie arbeiten zusammen. Laut Nizoni ist Daniel in festen Händen. In meinem Schlafzimmer steht ein Foto von ihnen, wenn es dich interessiert.«

Das tat es. Sie wandte sich einfach ab und ging ins obere Stockwerk. Normalerweise gab es keinen Grund für sie, Karls Schlafzimmer zu betreten. Die akribische Ordnung nahm sie gar nicht richtig wahr. Sie sah nur das Foto, das in einem verschnörkelten Silberrahmen auf dem Nachttisch stand. Tom in einem verdreckten Tarnanzug. Seine schulterlangen Haare hatte er zu einem Pferdeschwanz gebunden, sodass seine markanten Gesichtszüge perfekt zur Geltung kamen. Die hohen Wangenknochen, der Mund, der zum Küssen einlud, diese strahlenden blauen Augen … Er hatte den Arm locker um die Schulter des gleichgroßen und vermutlich deutlich jüngeren Mannes gelegt, der mit seinen zerzausten blonden Haaren, die ihm bis in den Nacken fielen, auch attraktiv war, aber an Toms Aussehen nicht herankam.

In ihrer Erinnerung war er immer noch sechzehn. Dennoch war dieses Foto keine Überraschung. Er war zu dem Mann geworden, den sie schon damals in ihm gesehen hatte. Die enge Freundschaft der Männer war unübersehbar. Merkwürdigerweise ärgerte sie sich darüber. Auch wenn es fies war, hätte es ihr besser gefallen, wenn er unglücklich geworden wäre! So unglücklich, wie sie es gewesen war, als er sie einfach verlassen hatte. Wollte sie wirklich wissen, was da vorging? Sie horchte in sich hinein. Ja, aber nicht, weil sie neugierig war oder es sie interessierte, was aus Tom geworden war, sondern, weil sie sich um Karl und Christian Sorgen machte.

Froh, dass sie das für sich geklärt hatte, ging sie zurück ins Wohnzimmer und erkannte sofort, dass sie es niemals hätte verlassen dürfen. Beide Männer hatten nun sozusagen dicht gemacht. Heute würde sie außer Ausflüchten nichts mehr erfahren, aber ihre Zeit würde kommen. Immerhin hatte Karl ihr versprochen, ihr alles zu erzählen. Und seine Versprechen hielt er. Immer. Es war nur eine Frage der Zeit.

Kapitel 10

In der Nähe des Monument Valley, Arizona, USA

Tom rieb dem Wallach über die Flanke und lachte, als der ihn anstupste. »Du hast genug Krauleinheiten bekommen.«

Das Pferd schnaubte.

Tom lehnte sich gegen den Widerrist und rieb dem Schecken über den Hals. »Du bist verwöhnt.«

Wieder ein lautes Schnauben.

Der Ausritt durch die Wüste hatte ihnen beiden gutgetan. Das junge Pferd brauchte die Bewegung und für Tom war es wie früher gewesen. Frieden pur, während sie im wechselnden Tempo durch die Wüstenlandschaft geritten waren. Die untergehende Sonne hatte faszinierende Farben aus den Bergen hervorgezaubert und das Spiel mit Licht und Schatten war eindrucksvoll gewesen. Alle Probleme waren vorübergehend in weite Ferne gerückt. Es hatte nur die restliche Wärme des Tages, die Natur und das Pferd gegeben. Lange hatte er einem Raubvogel nachgesehen, der als dunkle Silhouette am Himmel kreiste und schließlich irgendwo am Horizont verschwunden war.

Das Pferd schüttelte den Kopf und drängte sich dann dichter an Tom.

Lachend wich er zurück. »Hey, langsam, Großer. Du bringst einiges auf die Waage. Und so leid es mir auch tut, ich muss jetzt los.«

Er kletterte über den Zaun, der aus stabilen Holzpfosten und Querbalken bestand.

Der Wallach wieherte empört. Anscheinend wollte er die Aufmerksamkeit, die Tom ihm gegeben hatte, nicht verlieren. Wenn seine Großmutter nicht gewesen wäre, hätte er weitere Zeit mit dem Tier verbracht, aber da er sich nicht zerteilen konnte, war das nicht möglich.

Langsam ging er auf das Haus zu, das in der Dämmerung wie ein dunkler Klotz vor ihm aufragte. Er hatte fast vergessen, wie schnell es in der Wüste dunkel wurde. Einen Übergang, wie er es aus Norddeutschland gewohnt war, gab es hier nicht. Auf der rückwärtigen Terrasse entdeckte er einen Lichtschimmer, der größer wurde.

Rasch ging er zu der Feuerschale, in der seine Großmutter Äste und auch ein paar Kräuter verbrannte, die angenehm rochen.

»Setz dich«, bat sie und deutete auf das Sitzkissen neben ihr.

Tom gehorchte und grinste, als sie ihm eine kalte Flasche Bier in die Hand drückte.

»Unsere Vorfahren würden mir was erzählen, aber ich denke, du kannst es brauchen, wenn ich die Geister der Vergangenheit beschwöre.«

Er hörte ihr das Lachen an und prostete ihr grinsend zu. »Kann ich dir noch etwas holen, ehe du beginnst?«

»Nein, aber dir. Drinnen liegt noch ein Fladenbrot mit einer wunderbaren Kräuterbutter. Nach dem langen Ritt kannst du etwas zu essen sicher gut gebrauchen.«

Er stellte die Flasche auf den Boden und biss schon auf dem Rückweg ein großes Stück von dem köstlichen Brot ab. Die selbstgebackenen Fladen aus Maismehl liebte er und vermisste sie eigentlich ständig. Nur einmal, ausgerechnet in einem Luxushotel in Ägypten, hatte er etwas Vergleichbares gefunden. Ein Auftrag hatte ihn in das Touristenresort geführt, in dem eine ältere Dame an einem Ofen Fladenbrot gebacken hatte. Obwohl tausende Meilen zwischen dem Ort am Roten Meer und Arizona lagen, hatte er damals einen Anflug von Heimweh verspürt und seiner Großmutter Fotos geschickt. Das war zwar eigentlich normal, aber während oder kurz nach Beendigung eines Auftrags dann doch eher ungewöhnlich.

»Pennt Daniel?«, erkundigte er sich mit vollem Mund.

»Er erholt sich«, korrigierte Nizoni ihn.

»Wird er morgen so fit sein, dass wir weiterfahren können? Ich würde gerne viel länger bleiben, aber ich möchte weder dich noch eines deiner Tiere in Gefahr bringen. Heute hatten wir Glück, dass sie nur ungefähr wussten, wo wir langfahren würden, aber darauf verlasse ich mich lieber nicht.«

»Dein Großvater und ich dachten uns, dass du dich so entscheiden würdest. Ich akzeptiere das, wenn du mir versprichst, möglichst schnell wiederzukommen.«

Das hatte sie noch nie von ihm gefordert und die Anspielung auf seinen Großvater ignorierte er lieber. »Das werde ich natürlich tun. Ich habe vor, diesen ganzen Mist zu klären, und dich dann länger zu besuchen.«

»Sehr schön, denn ich möchte mir die Frau, die dein Herz in den Händen hält, genau ansehen.«

Kaum waren die Worte bei ihm angekommen, verschluckte sich Tom an dem Brot. Erst nach einem großen Schluck Bier bekam er wieder Luft. Ehe er die völlig unzutreffende Bemerkung – denn schließlich gab es eine solche Frau nicht – kommentieren konnte, sprach seine Großmutter weiter und verfiel dabei in den Singsang, mit dem sie ansonsten Kindern und Jugendlichen von den Sagen ihrer Vorfahren erzählte. Dabei gelang es ihr, die Geschichten zum Leben zu erwecken. Prompt stiegen vor seinem inneren Auge Bilder aus der Vergangenheit auf.

Der Krieg war vorbei. Verloren. Der Traum vom Großdeutschen Reich ausgeträumt. Damit hatte Karl kein Problem, denn er war nie ein Anhänger von diesen schreienden Männern gewesen, die ein ganzes Volk in den Abgrund geführt hatten. Er trug zwar die zackige schwarze Uniform der SS, aber viel war von dem Glanz dieser Tracht nicht mehr übrig. Die Hose war staubbedeckt, die Jacke zerrissen. Wenn es nach ihm gegangen wäre, hätte er sie sich vom Leib gezerrt und wäre in einfacher Stoffhose und irgendeinem Oberteil zurück zu seinem Elternhaus gelaufen. Die Entfernung von knapp dreißig Kilometern war kein Problem für einen jungen Mann in seinem Alter. Auf dem Papier war er noch nicht zwanzig, doch er fühlte sich wie fünfzig. Wenn er seinem Vater nicht sein Ehrenwort gegeben hätte, den Kampf fortzuführen, hätte er sich schon längst abgesetzt. Allerdings war er ehrlich genug, sich einzugestehen, dass er von der Sache überzeugt war, der sich seine Familie verschrieben hatte.

Er glaubte an den Wert der Geschichte, an die Botschaften von den Gegenständen, die aus schon lange untergegangen Reichen stammten. Ihn interessierte der materielle Wert des Goldes nicht, er bewunderte die Handwerkskunst der Pharaonen, der Maya, der Inka und natürlich der alten Perser. Langsam fuhr er mit dem Zeigefinger den Linien der goldenen Maske nach und umkreiste den grünen Edelstein, der in der Mitte der Stirn prangte. Unglaublich, dass dieses Kunstwerk vor über dreitausend Jahren entstanden war.

Wer war der junge Mann gewesen, dessen Gesicht hier nachgebildet worden war? Welche Tragödie verbarg sich hinter dem frühen Tod? Ein Rivale?

Etwas polterte laut. Erschrocken fuhr er zusammen und sah aus der Dachluke. Die Sonne ging schon unter. Wie hatte er nur so leichtsinnig sein können, die Zeit zu vergessen? Das Geräusch von Stiefeln auf der Treppe. Noch waren die Männer in den Stockwerken unter ihm, aber sie würden sich garantiert auch den Dachboden vornehmen. Hektisch sah er sich um. Nichts, keine Möglichkeit, sich zu verstecken. Wenn er doch wenigstens diese Kisten in Sicherheit bringen könnte ... Aber wie sollte er das anstellen? Der Schatz war verloren. Sein Leben verwirkt. Er würde sein Elternhaus nicht mehr wiedersehen. Seine Mutter hatte immer so jung gewirkt, aber der Krieg hatte viele Falten in ihr Gesicht gezeichnet. Nun würden noch mehr dazukommen.

Als die Tritte der Stiefel lauter wurden, tastete er nach seiner Luger. Acht Kugeln. Die würde er noch nutzen. Vielleicht, ganz vielleicht reichte es.

Ungebärdige Wut stieg in ihm auf, als er an den Deppen dachte, der die Kisten auf dem Dachboden verstaut hatte. Alleine hätte er etliche Male gehen müssen und Tage gebraucht, um die Gegenstände in dem alten Pferdefuhrwerk zu verstauen. Er brachte es ja nicht einmal fertig, die schweren Holzbehälter anzuheben und so zu verschieben, dass sie eine wirkungsvolle Barrikade gegen die Angreifer bildeten. Es war vorbei. Das Erbe seiner Familie und das ganzer Nationen unwiederbringlich verloren.

Er legte sich auf den Boden und zielte über eine Kiste hinweg mit zitternden Händen auf die Tür, durch die die feindlichen Soldaten jeden Moment kommen würden.

Das Erste, was er sah, waren zwei Gewehre. Dann betrachtete er die Männer. Kaum älter als er selbst. Der Blonde hatte einen zarten Flaum auf der Oberlippe. Der Schwarzhaarige hatte Augen, die viel zu alt für sein jungenhaftes Gesicht wirkten. Sah er auch so aus? Er wusste es nicht und würde es nun wohl auch nicht mehr erfahren.

Sie starrten sich an. Keiner schoss. Karl hatte in den letzten Wochen schon abgedrückt. Zur Selbstverteidigung. Gegen seine eigenen Landsleute. Das Gefühl, getötet zu haben, verfolgte ihn. Diese Männer konnte er nicht erschießen. Es ging einfach nicht. Sie waren unschuldig. Er ließ die Luger auf den Boden fallen. Obwohl er es nicht wollte, verzogen sich seine Lippen zu einem Grinsen.

»Ihr werdet es mir nicht glauben, aber wir stehen auf derselben Seite. Nun drückt schon ab, damit ich es hinter mir habe. Wenigstens kann mein Vater mir dann wieder einmal erzählen, was ich alles falsch gemacht habe.«

Die Uniformen der Männer waren völlig verdreckt, aber die amerikanische Flagge war gut sichtbar. Er stutzte. Wieso eigentlich Amis? Er hätte mit Tommys, also Engländern, gerechnet. Aber letztlich war es egal, wer ihm eine Kugel in den Kopf jagte. Jedenfalls wenn er Glück hatte. Mit etwas Pech machten sie ein Fest daraus, einen in der schwarzen Uniform erwischt zu haben. Wenn sie nur wussten, wie falsch sie damit lagen.

»Sie tragen die Kluft der Waffen-SS«, sagte der Blonde in akzentfreiem Deutsch. »Möchten Sie uns vielleicht irgendwas sagen?«

»Sie sind Deutscher?«

»Jude!«, gab der Mann voller Zorn zurück.

Beschwichtigend hob Karl die Hände. »Ich wollte nur … Ihre Sprache … Machen Sie mit mir, was Sie wollen, aber bitte gehen Sie mit dem Inhalt der Kisten behutsam um. Die rechts sind egal, die können einiges ab, aber in diesen, auf dieser Seite sind wertvolle Kunstgegenstände drinnen. Zeugen einer lang vergessenen Kultur. Es …«

Die Männer sahen sich an. Die Mündungen ihrer Gewehre wiesen nun auf den Boden. Der Blonde sah ihn prüfend an, ehe er seine Waffe wieder in Anschlag brachte und direkt auf Karls Herz zielte.

»Wenn Sie uns was zu sagen haben, tun Sie es genau jetzt«, fuhr er Karl an.

Der Schwarzhaarige drückte die Mündung einfach wieder hinunter. »Langsam. Gib ihm eine Chance. Einer von der Waffen-SS, der sich Sorgen um Kunstwerke macht ...«, bat er auf Englisch.

»Yes, Sir. Vielleicht ...«, erwiderte der Blonde in der gleichen Sprache.

Erstmals schöpfte Karl Hoffnung. Er brachte das eine Wort kaum über die Lippen.

»Midas«, flüsterte er. »Midas«, wiederholte er dann lauter.

Der Schwarzhaarige mit der auffallend braunen Gesichtsfarbe lächelte. »Warum denn nicht gleich so. Müssen wir sämtliche Kisten mitnehmen?«

»Ähm ... ja. Bitte.«

»Gut. Nur Gold und Silber, oder auch Bilder?«

Erst jetzt glaubte Karl wirklich daran, dass sie auf der gleichen Seite standen. »Nur Metall und Edelsteine, nichts Empfindliches. Mehr konnte ich nicht ... Ich weiß nicht, wo der Rest ist. Dafür habe ich das hier ...« Er klopfte auf eine der Kisten und stemmte dann den Deckel hoch.

Der Mann trat näher und reichte ihm eine Wasserflasche. »Trink. Du hast es geschafft, mein Junge.« Erst dann sah er sich den Inhalt in der Kiste an, riss die Augen auf und fegte etwas Stroh zur Seite. »Holy Shit! Davon war nicht die Rede. Wenn das den Falschen in die Hände fällt.«

Der Dunkelhaarige starrte immer noch auf den Inhalt und stand so, dass der Blonde nichts erkennen konnte. Er ließ den Deckel wieder fallen. »Ist überall das gleiche drinnen?«

Karl nickte, nahm einen Schluck und musste husten. Das war kein Wasser, die Flüssigkeit brannte wie reiner Alkohol. Aber das Zeug half ihm, wieder klarzusehen. Er war tatsächlich auf seine Kontaktmänner gestoßen.

Die Soldaten lachten. Der Blonde zwinkerte ihm zu. »Ich besorge dir mal was Ordentliches zum Anziehen. So kannst du uns nur in Handschellen begleiten und das möchtest du vermutlich nicht.«

»Ähm … nein, Sir.«

Der Blonde zog einen Mundwinkel hoch. »Er ist Offizier. Ich bin nur Kanonenfutter. Du musst nicht vor mir salutieren.«

»Wie habt ihr mich gefunden? Ich verstehe das nicht. Ich sollte doch einen ganzen Gebäudezug weiter nördlich im Keller auf euch warten.«

Der Schwarzhaarige schmunzelte. »Das erklären wir dir später. Sei jetzt erst einmal froh, dass wir dich gefunden haben. Und dass wir weise genug waren, zu reden und nicht zu schießen.«

Kapitel 11

»Karl ist natürlich mein Großvater. Meinst du mit dem Schwarzhaarigen deinen Mann? Also meinen Großvater väterlicherseits? Wie geht's weiter? Die Nazi-Uniform … Ich dachte …«

Nizoni hob gebieterisch eine Hand. Obwohl ihre Mundwinkel belustigt zuckten, verstummte er sofort.

»Die Fünfjährigen warten ungeduldig auf den Fortgang der Geschichte, weil sie wissen wollen, ob der große Adler gegen das Böse gewinnt. Ich sehe im Moment keinen Unterschied zwischen ihnen und dir.«

Mühsam zwang sich Tom zur Ruhe. »Es gibt einen Unterschied zwischen Kindern, die einer alten Sage lauschen, und einem Mann, der auf der Suche nach seiner Vergangenheit ist.«

»Sehr gut gekontert, Kind meines Sohnes. Hol mir ein Glas Weißwein und ich erzähle dir noch ein, zwei Dinge.«

Der Widerspruch zwischen ihrem Getränkewunsch und der Ausdrucksweise brachten ihn zum Schmunzeln. Außerdem verschaffte ihm der kurze Ausflug in die Küche etwas Zeit, seine Gedanken zu sortieren. Es gab zahlreiche Informationen einzuordnen. Als SEAL hatte er keine Probleme mit dem Improvisieren. Im Gegenteil, gerade ihr Team war darin geübt, aber das Gesamtbild warf mehr Fragen auf, als es beantwortete. Er goss den Wein in ein Gefäß aus grünem, durchschimmerndem Glas, das wie ein Pokal geformt war, und nahm sich eine neue Flasche Bier mit raus.

Erst nachdem seine Großmutter einen Schluck getrunken hatte, stöhnte er übertrieben. »Ich dachte, ich wäre in einem Alter, in dem ich die Fakten präsentiert bekomme. Stattdessen muss ich mich mit Halbwissen und Andeutungen begnügen. Wer ist denn die Frau, die du für mich erwartest?« Mist, das hatte er nicht fragen wollen.

Nizoni lachte leise. »Das wirst du schon selbst herausfinden. Mir hat es der Rauch verraten und ich sehe sie bereits hinter dir stehen.«

Großartig. Das half ihm ja weiter. Und wieso musste er ausgerechnet jetzt an Julie denken? Vermutlich war sie längst verheiratet, hatte drei Kinder und wog vierzig Kilo mehr. Wobei ihn Letzteres gar nicht unbedingt stören würde. Sie war ein ziemlich dürrer Teenager gewesen, dem ein paar Rundungen bestimmt gut gestanden hätten. Obwohl ihre kleinen Brüste auch schon ... Er befahl sich, diese Gedanken sofort zu beenden, und war kurz davor, sich einen Teil des Biers als Abkühlung über den Kopf zu schütten. Auch wenn er die Warnungen seiner Großmutter respektierte und ernst nahm, glaubte er nicht an jede der Geschichten, die sie beim Verbrennen von irgendwelchen Kräutern zu sehen glaubte. Trotzdem war die Erinnerung an die leidenschaftlichen Stunden mit Julie am See wieder so präsent, als wäre es gestern gewesen.

Nach einem weiteren Schluck Bier traute er seiner Stimme wieder. »Da du nicht direkt widersprochen hast, gehe ich davon aus, dass Karl und der Schwarzhaarige meine Großväter waren. Damit ist dann auch klar, wie sich meine Mutter und mein Vater getroffen haben. Früher habe ich da nie drüber nachgedacht, aber ein amerikanischer Soldat hatte eigentlich keinen Grund, nach

Schleswig Holstein zu reisen.«

Die Augen seiner Großmutter funkelten amüsiert. »Das würde ich so nicht sagen. Trainieren nicht SEALs an der Küste mit deutschen Einheiten?«

Wieder einmal verblüffte sie ihn mit ihrem Detailwissen. »Das ist richtig, aber mein Vater war doch kein … In was für einer Einheit war er eigentlich?« Und wieso hatte er sich das nie zuvor gefragt?

»Das wird Karl dir erzählen.«

Am liebsten hätte er vehement widersprochen und Antworten gefordert, aber er wusste, dass er damit nichts erreichen würde. »Du kannst mich nicht zwingen, mit ihm Kontakt aufzunehmen. Denn das hatte ich sowieso schon vor.«

»Das muss eine männliche Logik sein, die ich nicht verstehe. Ich will dich überhaupt nicht zwingen, etwas zu tun, das du nicht tun willst! Es ist nur so, dass es Dinge gibt, die ich nur vom Hörensagen kenne. Du solltest sie aus erster Hand erfahren. Ich habe dir erzählt, was ich dir erzählen wollte!« Sie hob den Weinpokal an ihre Lippen und trank.

»Und ich bin dir dankbar für das, was du mir erzählt hast. Dennoch brennen mir zwei Fragen auf der Seele. War Karl nun bei der SS? Ich habe es dir nie gesagt, aber das war der Grund, warum ich …«

Sie hob eine Hand und sofort schwieg er. »Du hast in seinen Sachen gestöbert, obwohl du es nicht durftest. Und du hast dir eine Wahrheit herbeigerufen, die du sehen wolltest, weil sie dir in den Kram passte.«

Tom schloss die Augen und konzentrierte sich auf die Wärme der Flammen in seinem Gesicht. Er hätte den

Vorwurf zu gerne abgestritten, aber eigentlich war ihm schon nach Daniels Reaktion klar geworden, dass er nicht ehrlich zu sich selbst war. Er hatte die ständigen Auseinandersetzungen mit seinem Großvater gehasst. Der Fund der Sachen hatte ihm den perfekten Anlass geboten, einfach abzuhauen und sich dabei im Recht zu fühlen. Richtig wäre es gewesen, Antworten von seinem Großvater zu fordern. Aber er war dazu nicht bereit gewesen, vermutlich hätte er sie auch nicht bekommen. Heute war alles anders. Er würde die Fragen stellen und nicht locker lassen, ehe er vernünftige Antworten erhalten hatte.

»Das werde ich nicht abstreiten«, lenkte er ein. Obwohl er es kaum fertig brachte, die nächste Frage zu stellen, zwang er sich dazu. »Meine Eltern … Sind sie wirklich bei einem Unfall ums Leben gekommen?«

Seine Großmutter starrte geraume Zeit stumm in die Flammen. »Ich weiß es nicht. Mein Herz und mein Kopf sagen jedoch, dass die Menschen sie getötet haben, die mir schon deinen Großvater genommen haben. Das sind die, die es nun auf dich abgesehen haben. Finde es heraus und sorge für Gerechtigkeit!«

»Das werde ich«, versprach Tom, ohne zu zögern.

Seine Großmutter sah ihn fest an. »Aber ohne, dass dir oder denen, die du liebst, etwas passiert! Opfer werden gefordert und erbracht werden müssen. So ist es leider. Ich wünsche, es wäre anders. Aber ich erwarte, dass du zu mir zurückkehrst! Mit deiner Frau!«

Tom nickte stumm, obwohl ihm die Angst um seine Freunde fast die Luft abschnürte. Er war nicht bereit, Opfer zu bringen, spürte jedoch, dass es dazu kommen würde. Den Teil mit seiner angeblichen Frau überhörte er und schob ihn auf eine gewisse Schrulligkeit seiner Großmutter, die sich natürlich Urenkel wünschte.

Nizoni stand auf. »Nichts im Leben ist umsonst. So etwas gibt es nicht einmal in den Sagen, die wir unseren Kindern erzählen. Überleg dir das gut, ehe du einen Weg einschlägst, von dem es keine Wiederkehr gibt.«

Sie ging mit dem Weinpokal in der Hand ins Haus und ließ ihn alleine zurück. Freya folgte ihrer Herrin nicht, sondern legte ihren Kopf auf seinen Oberschenkel.

Eine unglaubliche Stille umfing ihn. Über ihm leuchteten unzählige Sterne am dunklen, aber wolkenlosen Himmel. Den Kopf in den Nacken gelegt sah er in die Unendlichkeit. Wie immer überwältigte ihn die Weite, die er dort erblickte. Er wusste, dass das Licht der Sterne, die er nun sah, Millionen von Jahren unterwegs gewesen war. Vermutlich gab es einige Himmelskörper heute nicht mehr. Vielleicht war es das Erbe seines Vaters, dass er trotz seiner Kenntnisse in Astronomie dort oben die Unendlichkeit sah, und damit etwas, das den menschlichen Verstand überforderte.

Die Warnung seiner Großmutter war überflüssig gewesen. Er hatte sich entschieden und würde seine Meinung nicht ändern. Dennoch war es ein merkwürdiges Gefühl, dass er in einen Kampf zog und keinerlei Vorstellung hatte, wer eigentlich sein Gegner war. In seinem Team war er für die Aufklärung zuständig. Es wurde Zeit, dass er diesen Job auch bei dem Fall übernahm, der ihm mehr bedeutete, als jede ihrer vergangenen Missionen. Einige Minuten lang genoss er den Blick ins All, die Stille und die Gesellschaft des Hundes. Dann zog er sein Handy aus der Hosentasche und schrieb eine kurze Mail an Mark: »*Schick mir alles, was du hast. Jetzt. Mit Sven habe ich schon Kontakt aufgenommen.*« Auf Anrede und Gruß verzichtete er.

Die Antwort ließ nur wenige Sekunden auf sich warten. »*Wurde aber auch Zeit.*« Es folgte noch ein Link zu einem Server. Auch ohne Erklärung wusste er, dass er dort sämtliche Informationen finden würde, die sein Boss und ihre Hamburger Freunde bisher zusammengestellt hatten.

Er kraulte Freya den Kopf. »Ein Jammer, dass du kein Bier holen kannst.«

Mit der nächsten Flasche in der Hand begann er vor der Feuerschale damit, sich die Dokumente durchzulesen. Viel Neues fand er nicht, aber es war ein Anfang. Und er wusste schon, wo er weitere Antworten bekommen würde: bei seinem Großvater. Erstmals hatte die drohende Begegnung mit ihm ihren Schrecken verloren und er versprach sich nicht nur Informationen, sondern auch eine Art Frieden mit seiner Vergangenheit.

»Sechzehn Stunden!«, wiederholte Daniel gefühlt zum hundertsten Mal. »Ich schlafe nie so lange! Und aus medizinischer Sicht macht es überhaupt keinen Sinn, dass ich mich so gut fühle.«

Tom dachte daran, wie oft sein Freund ihn oder eines der anderen Teammitglieder mit hinterhältigen Tricks dazu gebracht hatte, Schmerz- oder Schlafmittel zu schlucken. Sein Mitleid war daher maximal in homöopathischen Dosen vorhanden, dass es nun den Teamarzt selbst erwischt hatte.

»Du fühlst dich doch besser, also hör mit deinem Gemecker auf oder du kannst den nächsten Greyhound-Bus nehmen, um an die Westküste zu kommen!«

Sichtlich beleidigt verschränkte Daniel die Arme vor der Brust. »Es ist deine Großmutter, also darf ich mich ja wohl bei dir wegen ihr beschweren.«

»Weil dir ihre Kräutermischung geholfen hat? Weil du selbst gesagt hast, dass du wieder schneller flugtauglich sein wirst? Großartige Logik, Lieutenant!«

Daniels Mundwinkel zeigten minimal nach oben. »Du tust ja so, als ob ich ein quengelndes Kind wäre.«

»Wirklich? Tja, dann habe ich ja mein Ziel erreicht. Wenn ich Gas gebe, sind wir in fünf Stunden auf der Basis. Mach irgendwas Sinnvolles …«

»Und was?«

»Schlafen?«, bot Tom an und erntete wie erwartet einen mörderischen Blick.

Mit einem gemurmelten Fluch nahm Daniel seinen Tablet-PC aus dem Rucksack und begann zu lesen. Tom konnte nicht widerstehen, seinen Freund weiter zu ärgern. »Schon praktisch die Dinger, oder?«

»Was meinst du genau? Da höre ich doch wieder irgendeine Gemeinheit raus.«

Tom grinste breit. »Ich meine ja nur, dass es eben mit zunehmendem Alter schwieriger wird, auf dem Handy zu lesen …«

»Du bist doch echt …« Daniel fügte noch ein paar gemurmelte Flüche hinzu, die Tom ignorierte.

Die Fahrt verging wie im Fluge. Daniel, der zusätzlich Google Maps zum Navigieren nutzte, manövrierte sie um jeden Stau, sodass sie San Diego früher als erwartet vor sich hatten. Tom genoss die Aussicht von der Coronado-

Bay-Bridge, die auf die Halbinsel führte, auf der auch die Base lag, bis ihm plötzlich einfiel, dass ein SEAL bei einem fingierten Autounfall hier fast ums Leben gekommen wäre. Auch Daniel blickte auf das Wasser tief unter ihm. »Also ich möchte hier nicht runterfallen«, sagte er leise.

Tom nickte stumm und wollte etwas sagen, als Daniels Handy vibrierte. Sein Freund überflog die Nachricht. »Info von Mark. Zieländerung. Wir fahren nicht mehr zur Base.«

Tom rollte mit den Augen. »Das fällt ihm ja früh ein. Soll ich hinter der Brücke wenden?«

»Nein, geradeaus weiter. Wir treffen uns bei *Black Cell*.«

Da Daniel so nachdenklich klang, wie Tom sich fühlte, verzichtete er auf Nachfragen, die sein Freund nicht beantworten konnte. Die Firma kannte er, nicht nur, weil Mark an ihr beteiligt war. Sie wurde immer dann beauftragt, wenn die SEALs nicht offiziell tätig werden durften. Über ziemlich wackelige rechtliche Umwege, die keinen von ihnen interessierten, wurden sie und ein, zwei andere SEAL-Teams aber dann doch häufig aktiv. Einige Male hatten sie sogar direkt für die Firma gearbeitet und waren dafür von der Navy freigestellt worden. Ursprünglich war es ein deutsches Unternehmen gewesen, das dann einen amerikanischen Ableger gegründet hatte. Sämtliche Inhaber waren gut miteinander befreundet, wobei ihr eigener Teamchef letztlich auch dort das Sagen hatte.

Daniel rieb sich übers Kinn. »Wenn ich an die Unterlagen denke, die Mark dir geschickt hat, tippe ich darauf, dass die deutsche Firma den Auftrag übernimmt.«

»Würde ich auch sagen. Aber ohne ausreichende Legitimation werden die Ermittlungen schwierig.«

Daniel schüttelte sofort den Kopf. »Das glaube ich nicht. Sie werden so etwas arrangieren wie damals bei den Kinderhändlern.«

An den Fall dachte Tom nicht gerne zurück. Daniel und Sandra hatten sich zwar bei den Ermittlungen kennengelernt, aber die Art des Verbrechens hatte sie alle stark belastet. Sein Freund war mit einem offiziellen LKA-Ausweis ausgestattet worden, sodass er problemlos mit der deutschen Polizei zusammenarbeiten konnte. Während des Falls waren sie auch zum ersten Mal dem späteren Mann von Daniels Schwester begegnet, der … Schlagartig begriff Tom, worauf das hinauslief. »Irre ich mich, oder sind Alexander und Ann nicht gerade mit Mirko in San Diego?«

Daniel atmete scharf ein. »Na klar. Wie konnte ich das vergessen? Wir haben doch sogar noch darüber geredet, wie schade es ist, dass wir uns verpassen, weil wir zu deiner Großmutter wollten, während sie am Pazifik sind. Ich wette, *Black Cell* wird offiziell für Alexanders Abteilung aktiv. Das passt doch perfekt.«

Daniels Schwager, mit dem Tom eng befreundet war, leitete in Hamburg das Dezernat für Organisierte Kriminalität und griff gerne zu unkonventionellen Mitteln. Das passte tatsächlich. Außerdem vermieden sie mit dem neuen Treffpunkt, dass Toms Anwesenheit in Kalifornien bei den falschen Leuten bekannt wurde. Wie es aussah, hatte sein Boss mal wieder an alles gedacht.

Kapitel 12

Als Tom vor dem Gebäude hielt, in dem die Firma untergebracht war, empfing Alexander sie breit grinsend. Er zielte mit einem Finger auf sie. »Ihr schuldet mir was dafür, dass ihr meinen Urlaub stört.«

Tom grinste zurück. »Ich habe mir das nicht ausgesucht, war aber ein idealer Vorwand, um den Schnee in Colorado gegen die Sonne Kaliforniens zu tauschen.«

Lachend umarmte Alexander ihn kurz aber herzlich, ehe er Daniel genauso begrüßte. »Meine Frau ist mit Mirko im Pool. Ich finde, Daniel sollte erst mal die beiden begrüßen, ehe es ernst wird. Wir treffen uns im Firmengebäude in Phils Büro. Er ist unterwegs und wir haben dort unsere Ruhe.«

»So sehr ich meine Schwester und meinen Neffen auch liebe, wieso sollte ich …?« Daniel brach mitten im Satz ab. Unsicher legte er den Kopf schief und sprintete los, als Alexander nickte.

Tom und Alexander folgten ihm etwas langsamer, kamen aber noch rechtzeitig, um mitanzusehen, wie Daniel in voller Kleidung in den Pool hechtete, um dort seine Verlobte zu umarmen.

»Na, hoffentlich ist sein Handy wasserdicht«, kommentierte Alexander den Anblick trocken.

»Laut Werbung ja.«

Mark kam aus dem Gebäude und betrachtete die beiden lächelnd, die alles um sich herum vergessen hatten. Es war typisch für ihren Teamchef, dass er es organisierte, dass Partner oder Familienmitglieder eingeflogen wurden, wenn einer von ihnen verletzt worden war. Wieder einmal wurde Tom bewusst, wie viel Glück er mit seinem Team hatte. Viele strenge Navy-Konventionen galten nicht, sondern es ging bei ihnen trotz oder gerade wegen ihres gefährlichen Jobs wesentlich menschlicher und herzlicher zu als in vielen anderen Einheiten. Und das hatte er ernsthaft verlassen wollen?

Tom nickte Mark zu. »Großartige Idee, Boss. Oder muss ich nun eher Alexander so anreden?«

Marks Augen funkelten amüsiert. »Na, da hat sich ja jemand schon einiges zusammengereimt. Lass Daniel erst mal das Wiedersehen feiern. Wir reden drinnen kurz über die Rahmenbedingungen und dann kannst du auch das Wetter genießen. Nach der langen Fahrt und der Menge an Informationen kannst du eine Auszeit bestimmt gebrauchen.«

Nicht nur die kalifornische Sonne reizte Tom. Neben dem Firmengebäude gab es hier drei Wohneinheiten, die sich den großen Pool in der Mitte teilten. Alle Bewohner kannte er, war mit einigen befreundet und sah sie viel zu selten. Außerdem konnte er es nicht erwarten, an den Strand zu gehen. Für die Kinder war der Pazifik zu gefährlich, aber als SEAL würde er die Brandung genießen.

Im Büro hielt sich lediglich Jake auf, der ihm jedoch nur flüchtig zuwinkte, und dann weiter auf eine Tastatur einhämmerte.

Tom konnte sich eine anzügliche Bemerkung nicht verkneifen. »Weiß Phil, dass du dich an seinem PC austobst?«

Jake grinste flüchtig. »Was kann ich dafür, wenn er nicht vor Ort ist. Oder anders: Alles muss man selbst machen. Aber wenigstens Kalil hilft mir per Remote von Texas aus.«

Tom schenkte sich bedauernd ein Glas Mineralwasser ein. Damit fiel dann ein Treffen mit Kalil, der ansonsten in einem der Häuser auf dem Grundstück wohnte, schon mal aus. Jake, Kalil und Phil waren nicht nur Experten im Umgang mit jeder Art von IT, sondern auch erfahrene Hacker, die sich sämtliche Informationen besorgen konnten, die sie brauchten.

Wenige Sekunden später fluchte Jake herzhaft. »Unser Wirtschaftsprüfer hatte mal wieder den richtigen Riecher. Das stinkt alles zum Himmel.« Er verzog den Mund. »Das aufzuräumen wird kein Vergnügen.«

Neugierig trat Tom hinter ihn und betrachtete den Bildschirm. Das waren eindeutig Bankdaten. Die Kontostände lagen im hohen sechsstelligen Bereich, teilweise sogar über einer Million. Die Namen der Inhaber sagten ihm jedoch nichts. »Wer sind die Leute oder Firmen?«

»Genau das ist die Frage. Was du hier siehst, sind Konten bei einer ehrwürdigen Schweizer Bank. Ich komme zwar an deren System ran, aber nicht an die Unterlagen in Papierform. Nur dort wird man erfahren, welche echten Personen hinter den Decknamen stecken.«

»Ich dachte, die Zeit der Nummernkonten wäre dort vorbei.«

Jake drückte auf eine Taste. »Ist sie auch, aber sieh dir mal diese Liste an.«

Tom erkannte den Zusammenhang sofort. »Die sind alle in den fünfziger Jahren eröffnet worden. Einige sogar noch früher!«

»Richtig. Und jetzt sieh dir mal die Umsätze an. Ich habe eine kleine Auswertung gebastelt, die über sämtliche Konten geht.«

Mark stand jetzt neben ihm. Gemeinsam blickten sie auf den Monitor. Erstaunlich wenige Transaktionen wurden angezeigt. Auffällig war die Höhe der Beträge, kaum einer war kleiner als hunderttausend Euro. Die Eingänge waren unregelmäßig, aber es ließen sich einige Zeiträume identifizieren, in denen recht viel Geld reingekommen war.

»Was meint Dirk dazu?«

Jake seufzte. »Im Prinzip diente diese Spielerei nur dazu, seine Theorie zu bestätigen. Wir warten auf Alexander, dann erklären wir dir, wie die Informationen, die Mark dir schon zugeschickt hat, mit der Theorie zusammenpassen, die unsere Freunde vom LKA entwickelt haben. Und vor allem, wie wir dagegen vorgehen wollen.«

Bei diesen Geldbewegungen und der Vergangenheit seines Großvaters, die Nizoni angerissen hatte, musste Tom an ein Thema denken, über das er in der letzten Nacht ein wenig gelesen hatte. »Reden wir hier über die sogenannte Raubkunst der Nazis?«

Seine Frage schlug ein wie eine Bombe.

Alexander, der gerade das Zimmer mit einem Sixpack gut gekühlter Bierdosen betreten hatte, hielt ihm eine hin. »Die bekommst du nur, wenn du uns verrätst, wieso du uns schon einen Schritt voraus bist.«

Grinsend nahm Tom die Dose und zuckte mit der Schulter. »Sieht man doch sofort, wenn man sich die Kontobewegungen anguckt«, behauptete er.

Mark durchbohrte ihn mit einem Blick. »Wie wäre es mit einem Ausflug auf den Hindernisparcours, statt ein, zwei Stunden am Strand?«

Lachend gab sich Tom geschlagen. »Ich habe ein paar Informationen über die Vergangenheit meines Großvaters bekommen, in denen Kunstgegenstände eine Rolle spielten. Wenn der erste Zeitraum der Geldeingänge mit dem Zweiten Weltkrieg zusammenhängt, könnten die Monate in den achtziger Jahren vielleicht in Verbindung mit dem Golfkrieg stehen. Da war das doch auch ein Thema, oder? Habt ihr schon klären können, in welcher Einheit mein Vater war? Ich wette, dann sind wir wieder ein Stück weiter.«

»Jetzt hast du mich komplett abgehängt«, gab Alexander zu und ließ sich in den bequemen Schreibtischsessel fallen, in dem sonst Phil saß oder eher residierte.

Wenn Tom Marks Miene richtig deutete, hatte eigentlich sein Boss den Platz anvisiert gehabt. Wenn das Thema nicht so ernst gewesen wäre, hätte er was zu dem Punkt gesagt, aber das wäre in diesem Moment absolut unpassend. »Die Bekanntschaft meiner Familien väterlicher und mütterlicherseits geht zurück bis zum Zweiten Weltkrieg, den ersten Nachkriegstagen, um genauer zu sein. Durch die Freundschaft meiner Großväter haben sich auch meine Eltern getroffen. Meine Großmutter meint, dass der Autounfall, bei dem sie ums Leben kamen, kein Zufall gewesen ist. Mehr Details kenne ich noch nicht. Ich weiß nur noch, dass Nizonis Mann und ihr Sohn fürs amerikanische Militär gearbeitet haben.«

Mark runzelte die Stirn. »Und was ist mit deiner Meinung, dass dein deutscher Großvater ein Nazi war?«

»Es könnte sein, dass ich da falschlag. Genaueres werde ich erst wissen, wenn ich mit ihm gesprochen habe. Ich schätze mal, dass das übermorgen sein wird. Trotzdem verstehe ich nicht, was Nazis, irgendwelche verschwundenen Kunstgegenstände und die Schweizer Bankkonten mit mir zu tun haben. Oder wieso wir uns dafür interessieren. Sind wir nun als Indiana Jones unterwegs und suchen das verschollene Bernsteinzimmer?«

Jake prostete ihm mit seiner Bierdose zu. »Der Gedanke kam mir auch schon. Das wäre mal eine interessante Jagd, die mich reizen würde. Leider dürften sämtliche Informationen darüber vernichtet worden sein oder in Archiven verstauben, das macht es dann schon wieder nicht mehr so spannend. Wir sollten damit warten, bis alles digitalisiert vorliegt.«

Alexander rollte mit den Augen. »Das kannst du machen, wenn du im Ruhestand bist. Um Toms Frage zu beantworten … Genau bei dem Punkt tappen wir im Dunkeln. Wir sind bis in die Schweiz gekommen, weil Dirk der Spur des Geldes gefolgt ist und dabei ein wenig rechts und links geguckt hat. Valide ist das alles nicht. Oder anders ausgedrückt: Die Staatsanwaltschaft würde uns in der Luft zerreißen, aber wir haben Glück. Beim Kieler LKA verfolgt man einem ähnlichen Verdacht, der von eventuell korrupten Beamten bis zu verschwundenen Dingen aus der Asservatenkammer reicht. Irgendwas wird man ja mit dem Geld machen und das wird bestimmt nichts im Sinne von Wohltätigkeit sein. Wir wissen ja schließlich von einem Fall, in dem damit ein Team von Killern bezahlt wurde.«

Tom fiel etwas ein. Er deutete auf den Monitor. »Die

Kontosalden sind ja noch recht nett, aber wenn ich das richtig sehe, gibt es seit etlichen Monaten keine Zuflüsse mehr, sondern nur noch Ausgaben.«

Jake stutzte. Im gleichen Moment wurde ihm eine neue Mail angezeigt. Er überflog die Nachricht und schüttelte den Kopf. »Auf diesen Punkt hat Dirk mich auch gerade aufmerksam gemacht. Behalte das mal im Hinterkopf. Wir müssen also rausfinden, was mit dem Geld geschieht und woher sie sich neues besorgen. Wer immer ›sie‹ auch sind. Wegen der Einheiten und Aufgaben deiner Vorfahren beim US-Militär zapfe ich mal die entsprechenden Datenbanken an. Das müsste ja rauszufinden sein. Ach so, wenn ich sage, dass wir das rausfinden, dann meine ich offiziell natürlich dich.«

Alexander nickte, ehe Tom nachhaken konnte. »Ganz genau. Du wirst in deiner Funktion als *Black Cell*-Mitarbeiter als Berater fürs Hamburger LKA tätig und bekommst sogar einen passenden Ausweis. Einen Navy-Angehörigen hätte der Polizeipräsident nicht genehmigt bekommen, aber ein externer Berater als Sonderermittler ist kein Problem. Frag mich aber bitte nicht nach der Logik. Sven versucht, über seine Kontakte in Kiel herauszubekommen, wie weit die Kollegen dort sind. Damit ist dann auch klar, dass mein Chef auch ihn und Dirk auf den Fall angesetzt hat. Wenn du personelle Unterstützung von uns brauchst, bekommst du sie. Das gilt natürlich nicht nur für meine Abteilung, sondern auch fürs Drogendezernat. Ansonsten hat dein Boss dir bestimmt auch noch was zu sagen.« Alexander deutete mit dem Kopf auf Mark.

Sein Teamchef nickte knapp. »Für dich gilt das gleiche,

wie damals bei Daniels Ausflug zum LKA. Wir sind in der Nähe und wenn du uns brauchst, sind wir da. Dass ich erwarte, dass du mich auf dem Laufenden hältst, ist ja wohl selbstverständlich und das gilt ausdrücklich auch für Dinge, die vielleicht persönlich sind. Wir werden schon Lösungen finden, wie wir Sachen aus den Akten raushalten, die du dort nicht sehen willst, aber wir wollen trotzdem über solche Punkte informiert werden. Nicht, um dich zu nerven, oder weil wir neugierig sind, sondern weil wir alle wissen, dass man leicht wichtige Punkte übersieht, wenn man zu sehr persönlich involviert ist.«

Die ausführliche Erklärung war typisch für Mark, der das auch einfach als Befehl hätte formulieren können. »Mache ich«, versprach Tom daher sofort, denn ihm gefiel das geplante Vorgehen.

Wenn jemand die Wahrheit ans Tageslicht bringen konnte, dann diese Gruppe von Männern, die gemeinsam schon einige spektakuläre Erfolge verbucht hatte, weil sie ihre unterschiedlichen Fähigkeit optimal kombinieren konnten. Wäre da nicht die Warnung seiner Großmutter, dass es Opfer geben würde, hätte er sich begeistert auf den Fall gestürzt. Mittlerweile war er neugierig, was es mit der Rolle seines Großvaters auf sich hatte. Anscheinend sah seine Vergangenheit völlig anders aus, als er gedacht hatte und er brannte darauf, die Wahrheit zu erfahren.

Daniel war mit Sandra zu einem Spaziergang zwischen den Klippen aufgebrochen, bei den Vorbereitungen fürs abendliche Grillen hätte er nur gestört und auf die Gesellschaft seiner Teamchefs hatte er keine Lust. Nachdem Tom beinahe eine Stunde geschwommen war, obwohl das

Wasser noch recht niedrige Temperaturen hatte, wusste er nicht mehr, was er tun konnte. Wenn es möglich gewesen wäre, hätte er sich nach Deutschland gebeamt, um seinen Großvater zu besuchen. Nach all den Jahren, in denen er sich ein Treffen nicht hatte vorstellen können, war er nun ungeduldig wie ein Kind am Heiligabend, ehe es die Geschenke gab.

Schließlich setzte er sich mit einer Dose Bier auf einen der Felsen und betrachtete den Sonnenuntergang. Es gab schlechtere Ort auf der Welt und dennoch ...

Er horchte angespannt, als er Schritte auf dem schmalen Weg zwischen den Klippen hörte und ermahnte sich dann, es nicht zu übertreiben. Das Gelände und die Häuser waren mit modernster Sicherheitstechnik ausgestattet. Niemand konnte sich den Klippen unbefugt nähern. Am anderen Ende des Pfades lag das Grundstück eines weiteren SEALs. Luc DeGrasse war mit seinem Team jedoch am anderen Ende der Welt unterwegs. Dennoch war es unmöglich, von dort aus unbemerkt zu seinem Standort zu gelangen. Luc hatte vor seinem Haus einen langen, seicht abfallenden Sandstrand, der für die Kinder besser geeignet war. Von hier aus konnte Tom beobachten, dass dort eine Frau und ein Kind mit einem Hund im flachen Wasser tobten. Beim Anblick von Lucs Familie verspürte er einen Stich in der Magengegend. Er war kein eifersüchtiger oder neidischer Mensch, aber in diesem Moment begriff er, dass etwas in seinem Leben fehlte. Noch vor wenigen Tagen hätte er das entschieden abgestritten, aber nun klangen ihm die Worte seiner Großmutter noch im Ohr. Ob in Deutschland tatsächlich eine Frau auf ihn warten würde? Genervt von seinen

Überlegungen schüttelt er den Kopf und trank einen Schluck Bier. Erst als es sich jemand neben ihm auf dem Felsen bequem machte, fielen ihm die Geräusche wieder ein. Alexander. Sein Freund hatte zwei Dosen Bier und eine Flasche Whisky mitgebracht.

»Ich dachte, du könntest was Stärkeres gebrauchen. Und vielleicht auch ein wenig Gesellschaft.«

Tom brummte etwas, das als Zustimmung durchging. »Ich bin in Ordnung«, sagte er dann.

»Das habe ich auch nicht bestritten, aber der schnelle Wechsel vom Schnee in die Wüste und dann an den Pazifik hat es in sich. Das ist ein ziemlich hohes Tempo. Dazu noch die Geschichte mit deinem Großvater. Du musst nicht alles mit dir alleine ausmachen. Du hast Freunde. Mich zum Beispiel. Wenn du reden willst, mach es. Wenn du schweigen willst, ist es auch okay. Aber das musst du nicht alleine tun.«

Tom griff nach der Flasche und öffnete sie. »Hast du Gläser?«

»Brauchst du eins?«

Statt zu antworten, trank er einen Schluck aus der Flasche. »Ich war mal mit Daniel bei so einer Rodelbahn. Man nimmt Schwung, stößt sich ab und kann dann nur noch aufpassen, dass man nicht aus dem Eiskanal fliegt. So fühle ich mich gerade.«

Alexander nahm ihm die Flasche aus der Hand und trank selbst. »Guter Vergleich. Vergiss nie, dass du viele Menschen hast, die alles dafür tun, dass es zu keinem Crash kommt.«

Sein Freund hatte eine abenteuerliche Vergangenheit, die ihn auch auf die andere Seite des Gesetzes geführt hatte. Den Weg zurück hatte Alexander nur dank einiger Freunde gefunden, zu denen auch Tom sich zählte. Daher würde er den Rat nicht einfach abtun. »Ich weiß das. Eigentlich. Aber …« Nach einem weiteren Schluck Whisky gelang es ihm, seine Befürchtungen in Worte zu fassen. »Ich habe Angst, dass mein Leben am Ende nicht mehr so sein wird, wie es jetzt ist. Und bisher war ich damit zufrieden.«

Alexander nahm sich erneut die Flasche. »Ich weiß, was du meinst. Mir ging es damals auch so. Aber sieh dir an, wo ich heute stehe. Was gefällt dir besser, mein Leben als genialer, aber einsamer Millionendieb oder der brave Familienvater mit einem Job bei der Polizei und so vielen Freunden, dass sie schon nerven?«

»Nun ja, vom Einkommen her …«

Alexander versetzte ihm einen Stoß in die Rippen.

Zumindest in einem Punkt gab Tom ihm recht. Er war nicht alleine und musste die nächsten Tage nicht ohne Freunde überstehen. Das war schon mal verdammt viel wert.

Kapitel 13

Eigentlich sollte Tom sich bei seinem Job an Langstreckenflüge gewöhnt haben, doch er hasste sie inbrünstig. Jedes Wackeln oder Luftloch sorgte bei ihm für Übelkeit, sodass er heilfroh war, wenn er schließlich wieder festen Boden unter den Füßen hatte.

Über den Komfort des Fliegers konnte er sich nicht beschweren, denn sein Teamchef hatte den Firmenjet von *Black Cell* quasi beschlagnahmt und Rob, einem der amerikanischen Geschäftsführer, grinsend mitgeteilt, dass es nicht seine Aufgabe wäre, die Gulfstream von Hamburg zurück nach Kalifornien zu schaffen.

Vermutlich hätte die Aktion unter anderen Umständen für Ärger gesorgt, aber es war jedem klar gewesen, dass Toms Name besser auf keiner Passagierliste erschien.

Endlich setzte der Jet, oder eher Mark und Jake, die als Piloten im Cockpit saßen, zur Landung an. Das weitere Vorgehen war klar. Zu Hause ausschlafen und dann am nächsten Tag das Treffen mit seinem Großvater. Alexander war mit seiner Familie noch in Kalifornien geblieben und würde planmäßig in einer Woche zurückkehren, aber das SEAL-Team war vollständig an Bord, inklusive Daniel und Sandra. Dass die beiden einen längeren Aufenthalt in der Sonne seinetwegen abgelehnt hatten, rechnete Tom ihnen hoch an.

Aus dem Fenster sah er, dass Fahrzeuge auf sie warteten, konnte aber keine Einzelheiten erkennen. Erst als die Gulfstream extrem dicht neben den Wagen zum Stehen kam und ihnen einige Männer und Frauen zuwinkten, wusste Tom, wer sie erwartete.

Die meisten Teammitglieder wurden von ihren Partnerinnen abgeholt. Auf Daniel und Sandra ging Sven zu. »Ich habe gegen Dirk verloren und muss euch Turteltauben nach Ahrensburg kutschieren. Bist du wieder fit, Daniel?«

»Aber so was von. Wenn du mich noch mal Turteltaube nennst, beweise ich es dir«, gab Daniel zurück.

»Und das ist nun der Dank dafür, dass man Taxi spielt! Warte kurz, ich beschwere mich bei deinem Teamchef über deine Manieren.« Sven sah zu Mark hinüber, der seine Frau küsste. »Okay, ich verschiebe das auf später. Wenn ich ihn jetzt störe, erschießt er mich.«

»Tu's ruhig«, schlug Daniel vor. »Aber gibst du mir vorher deinen Wagenschlüssel?«

Tom ignorierte das Geplänkel und lächelte Dirk an, der sich gegen seinen Audi lehnte. »Bist du mein Taxi?«

»Messerscharf kombiniert. Willkommen zurück. Ich habe dir auch was mitgebracht.«

Dirk reichte ihm einen LKA-Ausweis, der Toms deutschen Namen enthielt. »Wir waren unsicher, welche deiner Persönlichkeiten wir nehmen sollten.«

»Das passt schon.«

»Gut, sonst ändern wir das. Wenn du magst, erzähle ich dir unterwegs, was wir schon wissen. Du kannst dir aber auch bis morgen eine Schonfrist gönnen.«

Tom winkte seinem Team zum Abschied lediglich zu. »Lass uns loslegen.«

Die Fahrt vom Flughafen nach Bargteheide war nicht übermäßig lang, reichte aber, da Dirk nicht viel Neues zu bieten hatte. Doch das wenige, das er und sein Partner ausgegraben hatten, hatte es in sich.

Der Name seines ehemaligen Freundes Christian Metternich wurde mit dubiosen Vorfällen bei der Kieler Polizei in Verbindung gebracht, bei denen wertvolle Gegenstände aus der Asservatenkammer verschwunden waren. Dabei ging es keineswegs um Drogen, Bargeld oder Waffen, wie Tom erwartet hatte, sondern um Kunstwerke.

»Kunst«, wiederholte er nachdenklich.

Dirk nickte und überholte mit einem abenteuerlichen Manöver einen Trecker. »Ganz genau. Wir waren zunächst unsicher, ob der Tipp unseres Oberbosses über Unregelmäßigkeiten in Kiel überhaupt mit unserem Fall zusammenhängt. Aber bei Kunst und wenn man berücksichtigt, dass dieser Metternich ein Nachbar deines Großvaters ist und …« Dirk brach mitten im Satz ab und runzelte die Stirn. »Verdammt. So weit haben wir gar nicht gedacht. Kennst du den?«

»Ja. Er war früher mein bester Freund und seine Schwester …« Tom räusperte sich und bekam gerade noch die Kurve. »… ein echter Quälgeist. Wir hingen eigentlich ständig zusammen rum.«

»Na, das ist ja ein Ding. Würdest du dem was Krummes zutrauen?« Dirk verzog den Mund. »Vergiss die Frage. Du hast ihn ja bestimmt seit Ewigkeiten nicht mehr gesehen. Oder hattet ihr Kontakt?«

»Nein, hatten wir nicht. Hat sich einfach nicht ergeben. Also weiß ich auch nicht, was ich von ihm zu halten habe.« Dirk nahm das ohne Kommentar zur Kenntnis, sodass Tom weitersprach. »Er ist also bei der Polizei?«

»Ja. Bei der Kieler Kripo. Aber irgendwas passte Sven da nicht. Frag mich nicht was, das ist einer der Fälle, wo mein Partner erst mal weiter nachforscht, ehe er das normale Volk an seinen Gedanken teilhaben lässt.«

Tom grinste breit. Es war kein Geheimnis, dass die Männer ein verdammt gutes Team waren, dennoch krachte es ab und an zwischen ihnen, was meistens an Svens legendären Wutausbrüchen lag.

»Kunst«, nahm er den vorherigen Faden wieder auf. »Meine Großmutter erwähnte die sogenannte Raubkunst und nun kommst du mit so einem Zeug, das aus der Asservatenkammer verschwindet.«

Dirk seufzte laut. »Eben. Das kann und wird kein Zufall sein. Und genau das ist das Problem! Gib mir ein paar Bilanzen zum Auswerten, seitenlange Zahlenwerke, das ist okay, aber dieser ganze Kunstkram ist für mich total unverständliches Gedöns und interessiert mich ehrlich gesagt auch nicht. Wenn du es nicht wärst, würde ich mir sonst was überlegen, um den Fall loszuwerden. Die Materie ist mir einfach zu trocken und zu langweilig.«

Dirk bog auf den Feldweg ein, der zu ihrem Ziel führte. Der Bauernhof gehörte Thomas, einem Freund von Alexander. Thomas hatte gemeinsam mit Alexander und einigen anderen Männern ein Vermögen auf der falschen Seite des Gesetzes verdient und genoss heute seinen Ruhestand auf dem Hof. Er musste kein Geld mehr verdienen und kümmerte sich liebevoll um seine Tiere.

Seit etlichen Monaten bewohnte Tom eine Wohnung oberhalb des Pferdestalls, die er mittlerweile auf vier Zimmer ausgebaut hatte. Die Vormieter hatte der Geruch nach Tieren gestört, Tom liebte ihn. Wie alles auf dem Hof hielt Thomas auch die Ställe in Ordnung, sodass es keineswegs nach Mist oder ähnlich unangenehmem Zeug roch, sondern nach all dem, was er schon als Kind geliebt hatte.

Dirk stoppte direkt vor dem Stall. Max, ein schwarzer Labrador, blickte kurz Tom an, lief dann aber auf Dirk zu und forderte ein paar Streicheleinheiten, die der Hund auch sofort bekam.

»Ich würde dir ja mit dem Gepäck helfen, bin aber beschäftigt«, rief Dirk ihm zu.

Ohne die Hundekekse in Dirks Jeans, die Max garantiert erschnuppert hatte, wäre Tom vernünftig begrüßt worden. Er wollte gerade entsprechend antworten, da lenkte ihn das Geräusch von donnernden Hufen ab. Auf der Weide neben dem Stall galoppierte ein schwarzer Hengst heran. Tom vergaß Dirk und seine Sachen im Kofferraum des Audi und begrüßte erst einmal King. Er liebte dieses Pferd und hatte das Gefühl, dass der Hengst seine Gefühle erwiderte.

Vertrauensvoll legte Tom seine Wange an den großen Kopf und genoss den warmen Atem, der ihn streifte.

»Häng deinen Job an den Nagel und werde Züchter. Den untreuen Kerl kannst du haben«, ertönte die Stimme von Thomas, seinem Vermieter und Kings Besitzer. »Wenn du nicht da bist, toleriert er mich gerade eben so. Es wäre schön, wenn du ihn ein wenig bewegen könntest. Ich durfte den Herren nur an der Longe laufen lassen.«

Tom war der Einzige, der das eigenwillige Pferd ritt. Widerwillig verließ er den Hengst und begrüßte Thomas. »Das steht ganz oben auf meiner Liste. Lass mich nur schnell auspacken.«

»Klar. Bleibst du ein bisschen?«

»Vermutlich schon.«

»Super. Dann kannst du dich um das Mistviech kümmern.«

Der Hengst stieg mit den Vorderhufen hoch und schnaubte.

»Vorsichtig, er versteht dich!«, zog Tom ihn auf.

Thomas' Schnauben war nur geringfügig leiser als das des Pferdes.

»Ich habe hier übrigens noch einiges für dich. Die gesammelte Post, inklusive einem Geburtstagspäckchen, das einen Umweg über die Staaten gemacht hat.«

»Geburtstag? Ich hatte doch gar nicht …«

Von seinem Ton alarmiert kamen Dirk und der Hund näher. Kaum hatten die beiden sie erreicht, begann Max zu knurren. Sein Nackenfell sträubte sich und er legte die Ohren an.

Thomas war zu erfahren, um das Verhalten des Hundes leichtfertig abzutun. Er stellte langsam eine große, mit rosafarbenen Blumen bedruckte Plastiktasche auf den Boden und wich dann zurück.

Dirk packte Max am Halsband und zog ihn weg.

Tom folgte ihnen. »Erzähl mir mehr über mein Geburtstagsgeschenk, das gut vier Monate zu früh eingetroffen ist.«

»Groß wie ein Schuhkarton. Stabiles Packpapier, das mit Glückwünschen verziert ist. Es hat verschiedene Adressaufkleber, die auf einen gewissen Irrweg hindeuten. Eine Militärbasis in Virginia, dann Rostock und dort hat jemand deine Adresse draufgekritzelt.«

Dirk rieb sich übers Kinn. »Ich dachte, es gibt klare Vorschriften für Post an euch.«

Thomas hob eine Hand. »Ach ja, die Glückwünsche sind in einer krakeligen Schrift, wie von einem Kind.«

»Dann hat da wohl jemand Mitleid gehabt und die Vorschriften ignoriert«, überlegte Dirk laut und umfasste Max' Halsband fester. »Stellt sich nur die Frage, was da drinnen ist: Drogen oder Sprengstoff?«

Max bellte laut. Thomas brachte den Ansatz eines Grinsens zustande. »Sprengstoff … Er war früher bei der Polizei und ist bisher nie in die Nähe des Päckchens gekommen. Meine Frau hatte es im Vorratsraum aufbewahrt, wo er aus gutem Grund nicht rein darf.«

»Großartig. Wo ist Doc, wenn man ihn braucht?«, beschwerte sich Dirk. »Da der Mist bisher nicht hochgegangen ist, wird er es jetzt auch nicht plötzlich tun und …« Er brach mitten im Satz ab und drehte sich langsam einmal um die eigene Achse. Ohne Vorwarnung ließ Dirk den Hund los, trat Tom die Beine weg, packte Thomas am Arm und riss ihn mit sich zu Boden.

Tom kam nicht einmal dazu, an eine Beschwerde zu denken. Kugeln flogen beängstigend dicht über sie hinweg und schlugen hinter ihnen in die Wand der Scheune ein.

»Scharfschütze«, erklärte Dirk überflüssigerweise und hielt den laut bellenden Max wieder am Halsband fest. »In dem Paket ist bestimmt auch ein Sender. Die haben auf dich gewartet.«

Tief durchatmend nickte Tom. »Ich wäre da nicht so schnell drauf gekommen.«

»Reiner Zufall. Ich musste gerade an einen Fernauslöser denken, da lag der Gedanke an einen Sender und

Beobachter nahe. Aber ich habe ja auch keinen Langstreckenflug hinter mir. Sei froh, dass die den Schützen erst wecken mussten oder so etwas. Du wärst ein leichtes Ziel gewesen, als du da mit deinem Pferd rumgemacht hast.«

»Es ist immer noch mein Pferd! Meine Schrotflinte ist drinnen. Hat jemand von euch was am Mann, das laut ist und Blei verschießt?«, wollte Thomas wissen und wirkte dabei eher wütend als verängstigt.

»Ich habe meine Sig«, sagte Dirk und zog seine Waffe. »Hilft uns auch nicht wirklich weiter. Ich habe etwas da drüben am Knick gesehen.«

Tom betrachtete nachdenklich erst die Baumreihe am anderen Ende der Weide, die Dirk erwähnt hatte, und dann den Hof. Der Audi, ein Trecker und ein Anhänger mit Strohballen gaben ihnen ausreichend Deckung.

»Ich habe eine Idee. Wenn ihr hier ein wenig hin und her rennt, um die Aufmerksamkeit auf euch zu ziehen, komme ich vielleicht dicht genug an den Mistkerl ran.«

»Und wie willst du das machen? Fliegen?«, hakte Dirk nach.

»So in etwa. Ich …« Eine weitere Salve flog über ihre Köpfe hinweg.

Dirk schob ihm seine Pistole und zwei Ersatzmagazine zu. »Dann leg los, du Vögelchen. Wir spielen hier ein wenig fangen.«

Thomas seufzte. »Ich verlasse das Haus nie wieder ohne Schrotflinte«, murmelte er. »Wenn der Schweinepriester Max oder King auch nur Haar krümmt, bleibt nichts mehr von ihm übrig, das im Gefängnis verrotten kann.«

Dem hatte Tom nichts hinzuzufügen und auch Dirk,

der als Mitarbeiter des LKA andere Prioritäten haben sollte, knurrte zustimmend.

Tom wartete, bis Dirk mit Max an seiner Seite lossprintete und sich vor einigen ungezielten Schüssen hinter dem Reifen des Treckers in Deckung warf. Dann hechtete er ebenfalls los, robbte unter dem Zaun hindurch und sprang auf Kings Rücken. Der Hengst bäumte sich auf, aber Tom hielt sich an der Mähne fest. Er war ihn oft genug ohne Zaumzeug und Sattel geritten und konnte ihn problemlos mit den Oberschenkeln dirigieren. Ein Scharfschütze hatte aus der Distanz keine Chance, ein sich schnell bewegendes Ziel anzuvisieren, und das würde Tom nun ausnutzen. Er musste King nur rechtzeitig in Sicherheit bringen, ehe es in den Nahkampf überging.

In einem Slalomkurs galoppierte er bis ans andere Ende der Weide und ließ sich dort vom Rücken gleiten. Problemlos rollte er sich auf dem Grasboden ab und musste lediglich nach Luft schnappen. Sein Manöver durfte eigentlich kaum aufgefallen sein, da King so weitergerannt war, dass ihm das Pferd als Sichtschutz gedient hatte. Wenn er es richtig mitbekommen hatte, waren nur wenige Schüsse in seine Richtung abgegeben worden und hatten ihn weit verfehlt.

King rannte weiter über die Weide und war damit hoffentlich außer Gefahr. Tom robbte so schnell er konnte unter dem Zaun hindurch und weiter zu den Bäumen hinüber. Im Gelände möglichst wenig aufzufallen, gehörte zu seinen Spezialitäten und das würde er dem verdammten Mistkerl nun beweisen.

Nachdem er die Bäume erreicht hatte, schob er sich Zentimeter für Zentimeter vorwärts und lauschte dabei auf jedes Geräusch. Die Natur schien den Atem anzuhalten. Kein Vogel zwitscherte, kein kleines Tier huschte durchs Unterholz. Alles, was er hörte, stammte von dem Mann, auf den er es abgesehen hatte. Jemand atmete laut. Ein leiser Fluch. Ein Ast knackte unter einem Schuh oder Stiefel.

Tom achtete darauf, dass er keinen Busch berührte. Sich in dem Gelände lautlos zu bewegen, war ein Kinderspiel. Dazu kam noch die Ablenkung durch Thomas und Dirk. Immer wieder wurden Schüsse abgefeuert, die ihm zeigten, dass die Aufmerksamkeit nicht ihm galt. Er erreicht sein Ziel schneller als erwartet.

»Wo ist der nur geblieben?«, beschwerte sich jemand mit osteuropäischem Akzent.

Tom fluchte innerlich, der Kerl würde kaum ein Selbstgespräch führen. Wieso hatte er nicht mit mehr als einem Gegner gerechnet?

»Weiß nicht. Wir versuchen es noch einmal, dann hauen wir ab. Mir gefällt das nicht«, erwiderte ein Mann, der vermutlich aus den Niederlanden stammte.

»Für die beiden werden wir nicht bezahlt. Unser Zielobjekt muss irgendwo zwischen Feld und Bäumen am Boden liegen.«

»Dann steh doch auf und sieh nach!«, schlug der Niederländer vor.

Na, den Männern konnte er doch helfen. Tom richtete sich auf und trat mit Dirks Pistole im Anschlag hinter dem Baumstamm hervor. »Sucht ihr mich? Waffen weg und langsam umdrehen. Sofort!«

Die Männer hatten auf dem Bauch gelegen. Der Dickere warf sich jetzt herum, war jedoch klug genug, sein

Gewehr nicht anzurühren. Für den Dünneren galt das nicht. Der Idiot drehte sich langsam um und riss dann seine Pistole hoch.

Tom blieb keine Wahl. In die Schulter getroffen sackte der Kerl zurück und stieß abwechselnd Flüche auf Russisch und Schmerzenslaute aus.

»Wenn du dich deinem Kumpel nicht anschließen willst, solltest du auf Dummheiten verzichten.«

Der Niederländer wirkte nicht übermäßig verängstigt, sondern eher verärgert. Das überraschte und alarmierte Tom zugleich. Wenigstens machte er keine Anstalten, nach seinem russischen Gewehr zu greifen. Die Dragunov war nicht nur bei den regulären Streitkräften, sondern auch bei Killern aller Art eine beliebte Waffe.

»Ganz ruhig, wir sind doch alle Profis«, begann der Typ.

»Exakt. Und damit weißt du, dass du der Verlierer bist. Wer hat euch beauftragt, mir eine Kugel in den Kopf zu jagen?«

»So läuft das nicht. Zahlungen und Auftrag kommen übers Internet. Was weiß denn ich, wem du in die Quere gekommen bist? Ich kann dir nur sagen, dass dein Ableben jemandem sechzigtausend Euro wert war. Dafür legt man sich dann auch mal ein paar Tage auf die Lauer.«

Die aktuelle Preisliste für Tötungsaufträge kannte Tom natürlich nicht, aber ihm erschien es recht viel Geld für einen Schuss aus der Entfernung. Dazu kam noch die akribische Vorbereitung mit dem Paket. Das war schon ein anderes Kaliber als die Hinterwäldler mit dem Pick-up in Arizona.

»Ich dachte, ich sollte in die Luft fliegen?«, hakte er

ironisch nach.

»Das Geld wäre auch dann fällig gewesen. Hauptsache, du wärst tot. Und ich bin ziemlich zuversichtlich, dass wir das noch erreichen.«

Für einen winzigen Moment war der Blick des Dicken an Tom vorbeigehuscht. Schlagartig erinnerte er sich an Dirks Bemerkung, dass jemand den Scharfschützen erst ›geweckt‹ hätte. Wo sich zwei Verbrecher herumtrieben, konnten es ebenso gut drei sein. Instinktiv warf er sich zur Seite. Eine Kugel verfehlte ihn nur knapp, flog so dicht an seinem Kopf vorbei, dass er das Gefühl hatte, sie hätte sogar einige Haare gestreift. Jetzt hatte er ein Problem. Der Dicke angelte bereits nach seinem Gewehr und den Standort des Dritten kannte er nicht.

Er musste … Ehe er handeln konnte, krachte es laut hinter ihm, dann ein Stöhnen, sofort gefolgt von Dirks Ruf: »Sicher!«

Damit war die Angelegenheit dann wohl geklärt. Er grinste den Dicken auffordernd an. »Na los, schnapp dir deine Dragunov. Ich kann es nicht erwarten, dir auch eine Kugel zu verpassen. Wohin hättest du sie denn gerne? Ins Knie?«

Dirk trat neben ihn. In seinen Haaren hingen etwas Moos und mindestens ein kleiner Ast. »Ich hasse dieses Herumgekrieche im Gestrüpp«, begrüßte er Tom und hob dann eine Glock höher. »Außer dem ehemaligen Besitzer von dem Teil habe ich niemanden mehr gesehen. Haben sie schon ausgepackt oder müssen wir noch nachhelfen?«

Die Mündung von Dirks Pistole zielte jetzt auf das Knie des Dicken, der prompt ein Stück zurückrutschte.

»Der Herr wollte mir gerade sämtliche Kontaktdaten

geben, als wir unterbrochen wurden. Stimmt doch, oder?«, erkundigte sich Tom betont freundlich.

Zwei Minuten später hatten sie eine Aussage und ein Handy, auf dem sie eine Kontoverbindung und eine Telefonnummer finden würden.

Dirk telefonierte bereits mit zwei Mitarbeitern des Drogendezernats, die ihnen schon öfter geholfen hatten. »Ich möchte, dass ihr es wie eine Rauschgiftsache aussehen lasst. Und die drei Kerle sollten verschwinden. Irgendwohin, wo sie ein paar Tage lang nur mit ihrem Anwalt reden können.« Als er die Verbindung trennte, schüttelte Dirk leicht den Kopf. »Das kostet uns eine Kleinigkeit. Kat und Lars wollten gerade Feierabend machen. Sie sind unterwegs und schicken uns ein paar Streifenwagen vorweg. Hatte ich mich wirklich beschwert, dass mir dieser Fall zu trocken und langweilig ist?«

Thomas und Max quetschten sich durch die Büsche. »Verdammt. Nun habe ich alles verpasst!«, beklagte sich Toms Vermieter, senkte seine Schrotflinte und tat nichts, um Max zurückzuhalten, der knurrend über dem Dicken aufragte.

Kapitel 14

Unschlüssig stand Tom eine knappe Stunde später neben Dirks Audi. Das Paket mit dem Sprengstoff hatte ein Experte der Polizei entschärft und mitgenommen. Die Konstruktion war einfach aber effektiv gewesen und hätte ihn vermutlich getötet. Es sprach für Thomas' Nerven, dass er die Vorstellung, tagelang Sprengstoff aufbewahrt zu haben, mit einer lockeren Bemerkung wegsteckte. Trotzdem konnte Tom kaum in seine Wohnung zurückkehren, wenn er befürchten musste, weitere Attentäter anzulocken. Thomas hatte Familie – und da waren auch noch die Tiere.

»Unser Gästezimmer gehört dir«, bot Dirk erneut an.

»Danke. Aber irgendwie …« Tom sah auf die Uhr. Sein Zeitgefühl war völlig durcheinandergeraten. Gefühlt war es früher Mittag, aber in Wirklichkeit schon später Nachmittag. »Es wäre großartig, wenn du noch einen Augenblick hierbleiben könntest und die Gegend im Auge behältst. Ich packe schnell ein paar Sachen zusammen, setze mich auf mein Motorrad und besuche meinen Großvater.«

Dirk kratzte sich am Kopf. »Willst du da pennen? Das ist doch … Okay, ist deine Sache. Aber was hältst du davon: Ich nehme deine Kiste und du meinen Audi.« Er deutete mit der Hand auf die dunklen Wolken, die sich über ihnen zusammenzogen. »Ansonsten wirst du ziemlich nass werden, aber bis nach Ahrensburg komme ich schon noch trocken. Morgen tauschen wir irgendwann zurück und du schnappst dir einen eurer Dienstwagen. Außerdem hast du so kein Problem mit dem Gepäck. Wenn du es dir noch überlegst, kannst du auch mitten in der Nacht bei uns auftauchen. Mir ist klar, dass du Daniel nicht stören willst, was nebenbei totaler Schwachsinn ist. Unser medizinischer Quälgeist ist wieder fit und sein Haus groß genug, dass du ihm und Sandra nicht in die Quere kommst.«

Tom berührte Dirk flüchtig am Arm. »Danke. Gute Idee. Die gefällt mir.«

»Dann zisch ab und pack zusammen, was du brauchst.«

Als Soldat war er es gewohnt, seine Sachen schnell und effizient zusammenzusuchen. Eine halbe Stunde später stand er wieder neben Dirks Audi und sah seiner Enduro nach. Ein Rucksack mit frischen Klamotten, ausreichend Munition und anderen Kleinigkeiten befand sich bereits im Wagen.

King stampfte aufgeregt hinter dem Zaun hin und her, aber leider hatte er keine Zeit für einen langen Ritt. Den hätte er genauso gut wie das Pferd gebrauchen können.

Thomas rieb sich übers Kinn. »Also, ich hätte kein Problem damit, wenn du bleibst.«

»Aber ich. Wir müssen davon ausgehen, dass sie meine Adresse kennen. Wir klären den ganzen Mist und dann sehen wir weiter.« Er betrachtete wieder den Hengst. »Aber es spricht ja nichts dagegen, dass ich in den nächsten Tagen kurz vorbeikomme und ihn ein wenig bewege.«

»Das klingt nach einem Plan. Ich halte die Augen offen und wenn mir was auffällt, kümmere ich mich darum und melde mich bei dir.«

»Mir wäre es lieber, du würdest dich nur melden und kein Risiko eingehen.«

»Und mir wäre es lieber, wenn wir jetzt ein Bier trinken und dann grillen. So ist es eben ... Dir ist hoffentlich klar, dass du jederzeit Bescheid sagen kannst, wenn du Hilfe brauchst? Und du weißt, dass mich Gesetze nicht übermäßig interessieren. Ich schulde dir noch was, weil du Alexander damals geholfen hast, und bin sofort da, wenn du einen Ton sagst. Ich kann auch noch ein, zwei Männer zusammentrommeln.«

»Danke. Ich weiß das zu schätzen. Hoffe aber, dass es nicht nötig sein wird.« Er sah zu dem Pferd, dann zu seiner Wohnung hoch. Mit Thomas zu grillen, hätte ihm auch um einiges besser gefallen, als jetzt noch zu seinem Großvater zu fahren. Eigentlich hatte er die Begegnung noch gedanklich vorbereiten wollen, nun blieb ihm nur zu improvisieren.

Erst als Tom auf die A21 abgebogen war, fiel ihm ein, dass er den Weg nach Plön nicht exakt kannte, sondern nur die grobe Richtung. Er lebte zwar schon seit geraumer Zeit wieder in Norddeutschland und war etliche Male in Kiel, Bad Segeberg oder an der Ostsee gewesen, aber den gesamten Bereich der Holsteinischen Schweiz mit den unzähligen Seen hatte er bewusst oder unbewusst gemieden.

Er gab die Adresse ins Navi des Audi ein und warf einen Blick auf die Route. Die kürzeste Strecke führte an Bad Segeberg vorbei und ersparte ihm so den Feierabendverkehr und die unzähligen Ampeln.

Er hatte gerade an Andi Pohl gedacht, der mit seiner

Familie in Segeberg wohnte, als ihm ein Anruf seines Freundes im Armaturenbrett angezeigt wurde.

Tom nahm das Telefonat an, kam aber nicht einmal dazu, sich zu melden.

»Wann gedenkst du mich denn darüber zu informieren, dass du bis zum Hals in der Scheiße steckst?«, fuhr Andi ihn kalt an.

Tom verzog den Mund und wünschte sich einen Moment lang, dass er sein Handy nicht mit dem Multimediasystem des Audi gekoppelt hätte. Andi war Teamchef beim KSK und neben Daniel sein engster Freund. Der deutsche Soldat neigte nicht dazu, rumzubrüllen, konnte aber durchaus laut werden. Anscheinend stand dies kurz bevor.

»Ich hatte bisher kaum Zeit, Luft zu holen.« Das stimmte zwar nicht ganz, aber es konnte nicht schaden, ein wenig auf Mitleid zu spielen.

»Wo bist du?«

»Auf der A21. Ich habe mir Dirks Audi geliehen und …«

»Ach? Und die Handyverbindung scheint ja einwandfrei zu funktionieren! Bist du auf dem Weg zu uns?«

»Nein. Ich fahre nach Plön.«

Andi schwieg. Sein Freund kannte – ebenso wie Daniel und Alexander – zumindest einige Einzelheiten von Toms Vergangenheit. »Zu deinem Großvater?«

»Ja. Wie weit weißt du Bescheid?«

Andi schnaubte so laut, dass sein Ärger unverkennbar war. »Zu wenig! Es hat Probleme in Colorado gegeben, bei denen du und Daniel fast draufgegangen wärt und dann irgendwas in Bargteheide.«

»Ehe ich einen vollständigen Bericht abgebe, Herr Major ... Verrätst du mir, woher du die Informationen hast? Ich habe noch nicht einmal mit Mark über Bargteheide gesprochen.«

»Das solltest du dann vielleicht nachholen. Und zwar sehr schnell, denn wenn ich Bescheid weiß, wird er es wohl auch tun.« Andi war die Schadenfreude anzuhören und prompt zuckte Tom zusammen. Sein Teamchef wäre garantiert nicht besonders erfreut, dass er sich nicht sofort gemeldet hatte. Aber das musste warten.

»Dirk hätte nicht ...«

»Vergiss es. Ich habe es von Anna und die von ... Keine Ahnung. Die Frauen haben da wohl irgendeine WhatsApp-Gruppe, zu der wir leider keinen Zugang haben. Aber du solltest Dirk besser kennen. Der hält dicht, auch gegenüber Mark.«

Der Vorwurf saß. In Gedanken entschuldigte sich Tom bei Dirk. »Wir sollten Jake auf die Frauen ansetzen. Ich will wissen, worüber die sich austauschen.«

»Das ist das erste vernünftige Wort, das du heute von dir gibst. Was hältst du davon, wenn du nach dem ... Besuch bei deinem Großvater bei uns vorbeifährst? Das Gästezimmer ist frei und wir würden uns freuen. Von Plön aus ist es nur ein Katzensprung bis zu uns. Und irgendwas sagt mir, dass du nach dem Treffen einen Whisky gebrauchen kannst.«

»Einen? Danke fürs Angebot. Ich weiß aber nicht, wann ich ...«

»Interessiert nicht. Wenn es zu spät ist, schick mir eine WhatsApp, damit ich dir aufmachen kann, ohne dass du das ganze Haus weckst. Ich warte auf dich und so lange mach bitte keinen Blödsinn. Und … ruf Mark an!«

»Ja, Sir«, erwiderte Tom ironisch, aber das bekam Andi schon nicht mehr mit, weil sein Freund aufgelegt hatte.

Tom atmete zweimal tief durch und sagte sich, dass er froh sein konnte, dass er mit Daniel, Andi und Alexander, aber auch den anderen SEALs und LKA-Mitarbeitern so verdammt gute Freunde hatte. Kurz dachte er an Christian und Julie. Damals waren sie die Einzigen gewesen, die ihm wirklich nahegestanden hatten. Dass er sie ohne Abschied verlassen hatte, nagte noch immer an ihm. Wenigstens das würde er heute anders machen. Vielleicht bekam er jetzt ja sogar die Gelegenheit, sich für sein Verhalten zu entschuldigen. Bei Julie rechnete er sich dafür gute Chancen aus, bei Christian würde er zuerst klären müssen, ob und inwieweit sein ehemaliger Freund in die Sache verwickelt war.

Ein dezenter Gong signalisierte den nächsten Anrufer. Mark. »Ich wollte mich gerade melden, Boss«, begrüßte er seinen Teamchef. Dass er daran nur dank Andis Aufforderung gedachte hatte, musste er ja nicht erwähnen.

»Zu großzügig, Chief. Ich dachte schon, ich muss neuerdings meine Frau fragen, wenn ich wissen will, was mit meinem Team ist!«

Das kommentierte er dann lieber nicht, wünschte sich aber gleichzeitig, dass ein Blitz die Handys der Frauen zerstörte. Ihm reichte das aktuelle Durcheinander komplett, da brauchte er nicht noch Querschüsse aus der Richtung.

Je näher Tom Plön kam, desto mehr Erinnerungen stürzten auf ihn ein. Einiges hatte sich verändert, dort gab es eine neue Tankstelle, daneben sogar ein kleines Einkaufszentrum inklusive Baumarkt, aber genauso vieles war gleich geblieben. Schließlich verließ er die Bundesstraße 76 und fuhr die letzten Meter Richtung See. Kurz vor dem Haus seines Großvaters entdeckte er auf der gegenüberliegenden Straßenseite eine Parklücke, in der er den Audi problemlos unterbringen konnte.

Er betrachtete die beiden Gebäude, mit denen er so vieles verband. Links das alte Haus, das man mit den Erkern und den Giebeln durchaus auch als Villa bezeichnen konnte, daneben der typische, schlichte Nachkriegsbau, in dem Christian und Julie aufgewachsen waren. Die Bauweise war jedoch nie das Entscheidende gewesen, sondern die direkte Lage am See. Heute mussten alleine die Grundstücke einen hohen sechsstelligen Betrag wert sein, wenn nicht sogar noch mehr. Erst jetzt fiel ihm ein, dass sein Großvater weggezogen sein könnte. Doch das hätte ihm Dirk bestimmt gesagt. Er runzelte die Stirn, als ihm auf den zweiten Blick etwas Merkwürdiges auffiel. Bei seinem Großvater waren der Vorgarten und die Fassade so gepflegt, wie er es in Erinnerung hatte. Aber was war bei den Nachbarn los? Die Auffahrt war mit zerlegten Möbeln und Holzresten zugestellt. Die Büsche überwucherten die Einfahrt und das kleine Rasenstück war eine Ansammlung verschiedener Unkräuter. Er spürte einen Anflug von heftigem Bedauern, als ihm klar wurde, dass Christian und Julie dort nicht mehr lebten. Sofort rief er sich zur Ordnung. Die beiden waren schließlich mittlerweile auch zu alt, um bei ihren Eltern zu wohnen! Vermutlich hatte sich da jemand beim Immobilienkauf übernommen und nun keine Zeit und kein Geld mehr, um Haus und Garten in Schuss zu halten. Hatte er ernsthaft erwartet, in den letzten Jahren wäre hier die Zeit stehen geblieben und die Geschwister kämen herausgerannt, um ihn freudestrahlend zu begrüßen? Er sollte es wirklich besser wissen. Und außerdem sollte er langsam aussteigen. Er fuhr sich mit beiden Händen übers Gesicht und wollte die Tür öffnen, als er zurückschrak.

Etwas Großes presste sich gegen das Seitenfenster, braune Augen visierten ihn, weiße Reißzähne blitzen auf. Instinktiv zuckte er zurück und tastete nach seiner Waffe. Erst dann erkannte er, dass der Schäferhund lediglich neugierig, aber kein bisschen aggressiv war. Erleichtert atmete er auf.

»Erschieße sie bitte nicht. Es klingt abgedroschen, aber sie will tatsächlich nur spielen. Kommst du noch mit rein oder wolltest du nur von außen sehen, ob das Haus noch steht?«

Sein Großvater zog die Hündin am Halsband zurück. Nun hatte er genug Platz zum Aussteigen, hätte aber wesentlich lieber den Motor gestartet und wäre mit durchdrehenden Reifen getürmt.

So hatte er sich ihre erste Begegnung nach all den Jahren definitiv nicht vorgestellt.

Sein Puls raste, als er die Tür öffnete. Sofort riss die Hündin sich los und sprang ihn an, ihre Zunge fuhr über seinen Hals und ihr Atem strich über seine Haut.

»Hey, du Hübsche. Du bist aber ganz schön stürmisch.« Er kraulte ihr den Rücken und schob sie dann energisch ein Stückchen weg. »Sitz!«

Tatsächlich gehorchte sie und sah ihn aufmerksam an.

Er kletterte vorsichtig aus dem Wagen, denn der Platz,

den die Schäferhündin ihm ließ, reichte gerade ebenso für seine Füße.

»Eigentlich ist sie ein bisschen besser erzogen. Sie ist zwar wild, aber so etwas habe ich noch nie erlebt. Das nennt sich wohl Liebe auf den ersten Blick.«

»Wie heißt sie denn?«

»Queen.« Die Hündin bellte einmal, als ob sie die Aussage bestätigen wollte, und ihr Besitzer streichelte ihr schmunzelnd über den Kopf. »Wenn sie brav ist auch mal Queenie oder ansonsten häufig ›dummer Köter‹.« Die Liebe zu dem Tier war seinem Großvater anzusehen.

Das war dann die erste Überraschung, denn früher hatte er kein Tier im Haus geduldet.

»Entschuldige, dass ich dich ohne Vorwarnung überfalle, aber …«

»Ich wurde vorgewarnt. Von deiner Großmutter. Und nun geht einer meiner sehnlichsten Wünsche in Erfüllung. Ich habe immer gehofft, dass ihr euch kennenlernt. Schon als sie sich in mein Herz geschlichen hat, musste ich an dich denken.« Er drückte Tom die Leine in die Hand. »Nimm du sie mit rein.«

Ohne seine Zustimmung abzuwarten, wandte sich Karl von Ehrenberg ab und ging langsam auf das Haus zu. Damit hatte Tom die Gelegenheit, sich kurz zu fangen. Sein Großvater war alt geworden, aber er wirkte einigermaßen fit. Viel auffälliger war die Herzlichkeit, die hinter der etwas ruppigen Art durchschimmerte. An die konnte Tom sich nicht sofort erinnern. Dann kamen ihm Bilder aus der Kindheit in den Sinn. Damals hatte sein Großvater ihn im Garten durch die Luft gewirbelt. Er hatte ihm das Schwimmen im See beigebracht, weil sein

Vater monatelang unterwegs gewesen war. Wieso hatte er nicht früher daran gedacht, dass es eine Zeit vor ihren Problemen gegeben hatte? War er ein so egoistischer und dermaßen verblendeter Teenager gewesen?

Queen sprang, zerrte an der Leine und beendete damit wirkungsvoll seine Grübeleien.

»Langsam, Eure Majestät! Ich entscheide, wenn es weitergeht. Sitz!«

Die Hündin setzte sich, sah ihn aber beleidigt an.

Tom wartete fünf Sekunden und nickte dann. »Und jetzt komm.«

Irrte er sich oder schritt die Hündin jetzt mit königlicher Anmut und trug ihre Nase deutlich höher als zuvor?

Sein Großvater empfing ihn an der Haustür. Erst jetzt bemerkte Tom, dass er sich auf einen Stock stützte. »Du gehst genau richtig mit ihr um«, lobte er Tom.

»Was ihr aber nicht passt …«

Schmunzelnd nickte Karl von Ehrenberg. »Und das verbirgt sie nicht. Es gibt Menschen, die sagen, Tiere haben keine Mimik. Die kennen Ihre Königliche Hoheit noch nicht.«

Ehe Tom ihm seine Hilfe anbieten konnte, stieß sein Großvater die Haustür auf.

Tom spürte, dass die Hündin sofort losstürmen wollte. »Warte!«, befahl er.

Queen sah ihn an und bellte. »So ist brav.« Er beugte sich vor und löste die Leine vom Halsband. »Und jetzt flitz los!«

Die Hündin blieb sitzen.

Sein Großvater lachte leise und reichte Tom einen Hundekeks. »Sie wartet.«

»Darauf hätte ich auch kommen können.« Er warf die Rascherei in die Luft und wie der Blitz sprang Queen hoch, fing sie und verspeiste sie innerhalb von Sekunden. Erst dann lief sie ins Innere.

»Du gehst mit ihr um, als ob ihr euch seit Ewigkeiten kennt.«

»Ich komme mit Tieren gut klar.«

»Davon habe ich gehört. Trotzdem tut es mir leid, dass sie dir einen Schrecken eingejagt hat. Ich dachte, da beobachtet jemand das Haus und wollte demjenigen mal Queen vorstellen. Sie hat jedoch neugierig statt aggressiv reagiert, als ob sie dich kennen würde. Häng deine Jacke da hin und komm mit in die Küche.« Unsicher wich der ältere Mann seinem Blick aus. »Es sei denn, du möchtest gleich wieder fahren.«

»Nein. Ich wollte mir dir reden.«

»Das habe ich gehofft.«

Kapitel 15

Sein Großvater öffnete den Kühlschrank und schloss ihn wieder, ohne etwas herausgenommen zu haben. »Ich weiß nicht, was ich dir anbieten kann. Wasser, Cola? Oder ein Bier? Vielleicht lieber einen Kaffee? Oder was Stärkeres?«

Tom saß auf einem der Stühle, die er noch kannte. Bis auf ein paar neue technische Geräte hatte sich nichts in der Küche mit der integrierten Essecke geändert. »Cola klingt gut. Oder ein Bier, wenn du eins mittrinkst. Da ich noch fahren muss, scheidet alles andere aus, auch wenn ich es gebrauchen könnte.«

»Das geht mir auch so. Ich hätte nie gedacht … nur gehofft … aber doch nicht so …« Seine Hand zitterte, als er zwei Flaschen Jever auf den Tisch stellte.

Tom wartete, bis sein Großvater ihm gegenübersaß. Vom Essplatz aus hatte man tagsüber einen wunderbaren Blick über den See, nun lag der Garten im Dunkeln. Alles war trotz der langen Zeit so vertraut, dass er sich ein wenig wie der Teenager fühlte, der er damals gewesen war.

»Wenn du befürchtest, dass dich jemand beobachtet, sollten wir über Sicherheitsmaßnahmen reden.«

»Ach was. Die wollen ja was von mir, deswegen können sie mich nicht einfach so umbringen.« Er prostete Tom zu, trank einen Schluck Bier und kniff dann die Lippen zusammen. »Sie können nur alle töten, die mir nahestehen, und darauf setzen, dass ich alles tue, um die Übrigen zu schützen.«

»Meinst du damit auch meine Eltern?«

Der alte Mann nickte kaum merklich.

Tom trank einen Schluck Bier. »Hast du deshalb nie versucht, mich zurückzuholen? Weil ich bei Nizoni in Sicherheit war?«

»Auch.«

Sie wechselten einen langen Blick. Tom hätte zu gerne unzählige Fragen gestellt, aber er war nicht als verloren gegangener Enkel hier, sondern als SEAL, als Ermittler. Gefühle mussten warten.

»Dann wird es Zeit, dass du mir erklärst, worum es eigentlich geht.«

Wie zuvor schon seiner Großmutter gelang es nun auch Karl, die Vergangenheit vor seinen Augen lebendig werden zu lassen.

Karl hatte gedacht, dass nach seiner Begegnung mit den Amerikanern sämtliche Probleme gelöst waren. Für einige kostbare Augenblicke hatte er geglaubt, in Sicherheit zu sein und seinen Auftrag erfüllt zu haben. Er hatte eine sandfarbene Hose aus festem Stoff und einen schwarzen Pullover erhalten, die er bereitwillig gegen seine alte SS-Uniform eingetauscht hatte.

Auf Förmlichkeiten legten die Männer keinen Wert, sondern hatten ihn gebeten, einfach die Vornamen zu verwenden. Arthur war eindeutig indianischer Abstammung, war aber mindestens genauso gebildet wie Karl. Seine Fragen zu den Kunstwerken hatten ein enormes Wissen offenbart. Unter anderen Umständen hätte er es genossen, sich mit einem anderen Mann über die einzelnen Epochen auszutauschen. David, der Jude, war freundlich, aber deutlich zurückhaltender, hatte jedoch ordentlich mit angepackt, als es galt, die schweren Kisten zu tragen. Obwohl sie sich zusätzlich zu den

Fahrern Hilfe von einer Handvoll Männern geholt hatten, die sich auf der Straße herumgetrieben hatten, hatten sie es dennoch kaum geschafft, die Kisten herunterzuschleppen. Unter den amüsierten Blicken des amerikanischen Offiziers hatte er die Vertäuung zweimal überprüft. Den Lastwagen war die schwere Beladung anzumerken. Wie viele Kilos mochten es insgesamt sein? Er hatte es aufgegeben, darüber nachzudenken.

Unwillkürlich zog Karl den Kopf ein, als er das typische Geräusch von Flugzeugmotoren hörte. Auch die anderen Männer suchten den Himmel ab. Doch die Sirenen schwiegen. Kein Geheul kündigte den nächsten Bombenangriff an. Die Kampfhandlungen waren offiziell vorbei, aber daran mussten sie sich noch gewöhnen.

Arthur rieb sich mit dem Unterarm übers Gesicht. »Lass uns sehen, dass wir unser erstes Etappenziel erreichen.«

»Und wo ist das?«

»Ein Ort namens ... Plon.«

Obwohl der Amerikaner den Namen falsch aussprach, erkannte Karl ihn sofort. Er hätte beinahe völlig unpassend gelacht. »Meinst du Plön?«

»Ja, sagte ich doch.«

David lächelte flüchtig. »Nun ja, darüber könnte man streiten. Kennst du dich da aus?«

»Und ob. Ich komme aus Plön. Was macht den Ort denn zum Etappenziel?«

»Die Nähe zur Ostsee. Wir übernachten dort und dann geht es weiter. Leider kommt unser Schiff erst morgen Mittag in Reichweite eines Landungsbootes. Danach bist du uns dann endgültig los und deine Schätzchen sind in Sicherheit.«

Karl betrachtete die Kisten, die so schwer waren, dass die Lastwagen beängstigend tief lagen. Einige waren ihm egal, aber bei den Restlichen hätte er den Inhalt monatelang studieren können, musste nun aber damit zufrieden sein, dass die unschätzbaren Kunstwerke in Sicherheit waren.

»Es kommt eine andere Zeit. Dann sehen wir uns die Sachen gemeinsam an. Ich sorge dafür, dass du Zutritt zu ihnen bekommst. Egal, in welchem Museum sie am Ende landen«, versprach Arthur ihm.

»Kannst du Gedanken lesen?«

»Nein, aber mein Hund guckt immer so, wenn er einen Keks haben will.«

Die drei Männer lachten.

Neben ihnen waren noch drei Fahrer anwesend, die in den Kabinen warteten und in unregelmäßigen Abständen die Asche ihrer Zigaretten aus dem Fenster schnippten.

»Aufsitzen«, befahl Arthur und gab Karl ein Zeichen, mit ihm zum vorderen Lastwagen zu gehen.

Karl kommentierte es nicht, dass die Türen mit roten Kreuzen auf weißem Untergrund verziert waren. Ihm war jedes Mittel recht, den Inhalt der Kisten in Sicherheit zu wissen.

Wie oft war er die Strecke von Plön nach Kiel schon gefahren? Damals, mit seinen Eltern. Er wusste es nicht, erkannte jedoch kaum etwas wieder. Sie holperten durch Schlaglöcher, die so groß waren, dass ein Schäferhund drin Platz hatte, und kamen an Häusern vorbei, die einfach nur entsetzlich grau waren, wenn nicht sogar eingestürzt oder zumindest teilweise zerstört. So sah dann wohl die Zukunft eines besiegten Volkes aus.

»Und die Bevölkerung muss die Taten einiger weniger ausbaden«, dachte er und merkte erst an Arthurs fragendem Blick, dass er seinen Gedanken laut ausgesprochen hatte.

Er übersetzte die Bemerkung und der Amerikaner nickte.

»Das ist unfair, war aber immer so und wird immer so sein. Ein paar Männer wie wir versuchen dennoch, das Beste draus zu

machen. Und sei es nur, die Geschichte zu retten.«

Der Amerikaner verstand ihn wirklich!

An den ersten Straßensperren reichte der Anblick der roten Kreuze, damit sie passieren konnten. Wenn Karl es richtig einschätzte, besetzten überwiegend britische Soldaten die Kontrollposten, die nicht einmal ihre Papiere sehen wollten.

Kurz vor Plön tauchte aus heiterem Himmel eine weitere Sperre auf. Schon beim ersten Blick hatte Karl ein mulmiges Gefühl. Irgendetwas war dieses Mal anders, ohne dass er benennen konnte, was ihn störte. Unruhig rutschte er auf dem harten Sitz hin und her. Hoffentlich irrte er sich und sie wurden ohne Umstände durchgewunken.

Das Erste, das ihm schließlich einen handfesten Grund für sein Misstrauen gab, war die schlecht sitzende Uniform des Briten, der sie nach ihren Papieren, dem Grund der Fahrt und ihrer Ladung fragte.

Dank seines Privatlehrers, der heute eine Erinnerung an ein anderes Leben zu sein schien, sprach Karl fließend englisch – ganz im Gegensatz zu dem angeblichen Soldaten. Hatte Arthur bisher entspannt gewirkt, so registrierte Karl nun auch eine gewisse Anspannung bei seinem Sitznachbarn. Der Fahrer beantwortete sämtliche Fragen in einem freundlichen, beinahe unterwürfigen Ton. An der Seite drohte anscheinend keine Gefahr.

Karl verrenkte sich fast den Nacken, um festzustellen, was hinter ihm geschah.

David war ausgestiegen und gestikulierte wild, während er mit einem Mann sprach, den Karl nicht richtig erkennen konnte. Beim letzten Wagen schien alles ruhig zu sein.

Ein weiterer Soldat trat zu ihnen. Nun sprang Davids Fahrer aus der Kabine und eilte mit einem Gewehr in der Hand auf die Gruppe zu.

»Ich glaube ...«, begann Karl, brachte den Satz aber nicht zu Ende, weil ein Schuss fiel. Der Fahrer sackte zusammen. David wich einen Schritt zurück und blieb stehen, als zwei Gewehre auf ihn zielten.

Urplötzlich standen auch vor ihrem Lastwagen zwei Soldaten mit ihrem Gewehr im Anschlag. Gedanklich strich Karl das Wort Soldaten und ersetzte es durch Freischärler. Das waren keine regulären Truppen, oder wenn, dann keine Briten.

»Raus aus dem Wagen«, befahl der Typ, der ihren Fahrer befragt hatte.

Den Tonfall kannte er. Karls Hand zitterte, als er den Zusammenhang begriff. *»Vertrau mir«*, flüsterte er Arthur zu und hoffte, dass sein Plan gelang. Er hatte einige Trümpfe in der Hand – sofern er die Nerven behielt.

Bewusst schwungvoll sprang er aus dem Wagen und stellte sich gerade hin. *»Wer hat hier das Kommando?«*

»Warum willst du das wissen, Kleiner?«, erwiderte ein bärtiger Typ, der auf einer nicht angezündeten Zigarette herumkaute. *»Und wieso sprichst du so gut Deutsch? Ich dachte, ihr seid Amis?«*

Langsam sah Karl einen nach dem anderen an, dann fixierte er den Kerl vor sich. *»Die korrekte Anrede lautet immer noch ›Herr Hauptsturmführer‹. Wer wir sind und was wir machen, geht Sie überhaupt nichts an. Können Sie mir mal verraten, wie wir mit einem Mann weniger diesen Dreckswagen fahren sollen? Sie Idiot!«*

Die Gewehre zielten zwar noch auf sie, aber die Männer waren unsicher geworden.

Der Mann spuckte seine Zigarette aus. *»Sie tragen keine Uniform«*, sagte er sichtlich verunsichert, aber noch keineswegs überzeugt.

»Natürlich nicht. Wir sind in einem Auftrag unterwegs, der Sie überhaupt nichts angeht! Sagen Sie Ihrer Bande von Hinterwäld-

lern, dass sie nicht abdrücken sollen, wenn ich nun meinen Ausweis hervorziehe.«

Karl warf Arthur, der direkt neben ihm stand einen Seitenblick zu und hoffte, dass der Amerikaner ihn verstand. Lange würde er mit seinem Bluff nicht durchkommen. Mit der linken Hand suchte er scheinbar in der Hosentasche herum, mit der rechten tastete er nach der Luger in seinem Hosenbund.

Er dachte nicht mehr nach, handelte nur. Waffe hochreißen. Abdrücken. Zwei Kugeln für den Mann vor ihm. Sich zu Boden werfen, sich umdrehen. Einer der Soldaten legte auf David an. Wieder zwei Kugeln in den Oberkörper. David sah ihn an. Den Mund leicht geöffnet. Ihre Blicke trafen sich. Kurz schien die Zeit stillzustehen, alles einzufrieren. Karl rollte sich herum. Einige wälzten sich am Boden, andere lagen still. Wer war Freund, wer Feind? Einer hatte ein Gewehr auf Arthur gerichtet. Wieder drückte er zweimal ab, verfehlte sein Ziel, versuchte es erneut und traf.

Der Pulvergestank brachte ihn zum Würgen. Eine eigentümliche Stille lag über dem Straßenstück. Dann trällerte eine Amsel ihr Lied. Karl umklammerte die Luger, obwohl er wusste, dass das Magazin leer geschossen war.

Er blickte in den Himmel hinauf, bis Davids Gesicht ihm den Blick versperrte.

»Bist du in Ordnung?«

Arthur schob ihn zur Seite. »Lass ihn. Ich glaube, es war sein erstes Mal.«

Die Worte hallten in seinem Kopf nach. Es war nicht sein erstes Mal, aber nie war er so dicht dran gewesen. Das andere waren Schießereien aus einiger Entfernung gewesen, bei denen es ihm erspart geblieben war, die Wunden zu sehen. Er hatte wieder getötet. Leben genommen. Dabei liebte er die schönen Dinge des Lebens.

Niemals hatte er einen Abzug drücken wollen, seine Uniform und die Waffe nur für ein notwendiges Übel gehalten. Nun weinten Mütter um ihre Söhne, Frauen um ihre Männer, wuchsen Kinder vaterlos auf.

Und wenn er nichts gemacht hätte? Dann wäre er tot. Und Arthur. Und David. Und ihre Fracht wäre verloren. Trotzdem widersprach sein Handeln allem, was ihm einmal wichtig gewesen war.

Karls Hände zitterten so stark, dass er seine Bierflasche umgeworfen hätte, wenn Tom sie nicht festgehalten hätte.

»Danke«, sagte er mit rauer Stimme und betrachtete dann die leere Flasche.

Es war unverkennbar, wie sehr seinen Großvater die Erzählung mitgenommen hatte. »Ich hole Nachschub. Möchtest du etwas essen? Kann ich dir etwas machen oder was bestellen?«

Erschreckend matt schüttelte Karl den Kopf. Tom musterte den Inhalt des Kühlschranks. Dann hatte er sich entschieden. Er stellte zwei neue Flaschen Bier auf den Tisch, zur Not würde er eben hier schlafen, und bestrich dann vier Scheiben Graubrot dick mit Butter und verteilte ordentlich Schinken und Mettwurst darauf.

Nachdem er die Teller vor ihnen platziert hatte, lächelte er entschuldigend. »Du hast ausgesehen, als wenn du es gebrauchen konntest.«

»Das stimmt, aber ich wollte dir keine Mühe machen.«

»Das tust du nicht. Mein Boss sagt immer, dass es dieser Punkt ist, der uns von den Verbrechern unterscheidet: Egal, wie richtig und gerechtfertigt es war, abzudrücken, die Gesichter verfolgen uns. Man wird die Fragen niemals los, wer um sie getrauert hat und wie sie zu denjenigen geworden sind, die uns mit den miesesten Absichten gegenüberstanden.«

Karl schnitt ein Stück von seinem Mettwurstbrot ab, aß es jedoch nicht. »Nizoni hat mir einiges von Mark erzählt. Alles, was ich gehört habe, klingt nach einem klugen Mann.«

»Nun ja, ich hätte da auch noch ein paar negative Eigenschaften zu bieten, aber er ist der beste Teamchef, den man sich vorstellen kann. Er weiß genau, wie er das Beste aus uns rauskitzeln kann und das tut er. Ohne ihn wäre ich jetzt nicht hier. Ich war kurz davor, wieder wegzulaufen.«

Das hatte er nicht zugeben wollen und wunderte sich über seine offenen Worte.

Karl schwieg einige Zeit, dann schüttelte er leicht den Kopf. »Nein, das hättest du nicht getan. Damals warst du ein Junge, heute bist du ein Mann, der zu seiner Verantwortung steht.« Er stieß einen Laut aus, der irgendwo zwischen Schnauben und Lachen angesiedelt war. »Und du hilfst mir, meine Last zu tragen. Nie hätte ich damit gerechnet, dass du mich eines Tages verstehst und mich die Worte deines Teamchefs trösten.«

»Es war falsch davonzurennen, und dir keine Chance zur Erklärung zu geben. Du warst nie in der SS.«

Karl lächelte verschmitzt. »Eigentlich schon. Heute würde man es einen Undercovereinsatz nennen, damals sprach man von einer verdeckten Mission.« Er wurde wieder ernst. »Es war richtig, dass du gegangen bist. Ich war so mit mir selbst beschäftigt, dass ich dir keinen Halt geben konnte. Das tut mir unendlich leid. Es war jedoch falsch, dass du dich nicht von deinen Freunden verabschiedet hast. Besonders Julie hat sehr gelitten.«

Das frische Brot schmeckte plötzlich wie Pappe. »Wenn ich es ungeschehen machen könnte, würde ich es tun.«

Queen hatte bisher so dicht neben Karl auf dem Boden gelegen, dass sie seine Beine berührte. Vielleicht hatte der Hund gespürt, dass sein Herrchen den Kontakt gebrauchen konnte. Nun hob sie den Kopf und bellte zweimal.

Karls Augen glitzerten plötzlich. »Jetzt kannst du dich zumindest entschuldigen.«

Es klingelte zweimal kurz hintereinander. Tom stand auf, hörte dann, dass die Haustür bereits geöffnet wurde.

»Karl? Queenie? Alles klar bei euch? Ich wollte nur fragen, ob …«

Julie stürmte in die Küche, bemerkte Tom und erstarrte mitten in der Bewegung. »Du? Hier?«

Er bekam keine Gelegenheit, auch nur ein Wort zu sagen. Sie holte aus und verpasste ihm eine Ohrfeige, die es in sich hatte. So viel zu seinen Fähigkeiten als SEAL. Er hatte nicht einmal ansatzweise eine Ausweichbewegung hinbekommen, geschweige denn auch nur an eine Abwehr gedacht.

»Wie kannst du es wagen, hier einfach aufzutauchen? Und dann noch so gut auszusehen! Du bist doch echt der Letzte!« Ihre Hand fuhr zum Mund. »Oh verdammt. Ich komme wieder, wenn der weg ist. Wenn Queenie noch raus muss, kann er das ja übernehmen. Es sei denn, er löst sich vorher wieder in Luft auf!« Sie verschwand so schnell, wie sie aufgetaucht war.

Während Tom ihr fassungslos nachsah, verspeiste sein Großvater genüsslich sein Brot. Wenn er nicht völlig daneben lag, kicherte der alte Mann sogar.

»Also das mit der Entschuldigung, an die ich dachte, wird kompliziert«, überlegte Tom laut und starrte immer noch auf die Tür, durch die Julie verschwunden war. Was für ein Temperament. Und dann noch ihre Figur und diese blitzenden blauen Augen. Er konnte es nicht erwarten, sie wiederzusehen und … Tja … Und was? Für die Gedanken, die ihm gerade in den Sinn kamen, würde er vermutlich mehr einstecken als eine Ohrfeige.

Nach einem Schluck Bier kam er zurück auf das Thema zu sprechen, das ihn interessierte.

»Hat es denn geklappt, die Kisten am nächsten Tag per Schiff zu verfrachten?«

Sein Großvater schob seinen leeren Teller zur Seite. »Nur die Kisten, mit denen Arthur gerechnet hatte, wurden verschifft. Die anderen … Nun, wir hatten nachts einiges zu tun, die Ladung zu sichern. Am nächsten Morgen kam dann die Ernüchterung. Zwei platte Reifen an einem der Wagen. Damit war es ausgeschlossen, die Ostsee wie geplant zu erreichen. Wir haben uns getrennt. Arthur und David haben sich einen neuen Wagen besorgt und die Kunstwerke in Sicherheit gebracht und ich die restlichen Kisten verschwinden lassen.«

»Was war denn da drin?«

»Goldbarren. Alle mit Nazisymbol. David kam als erster darauf, woher die stammten, weil er wusste, was seinen jüdischen Verwandten zugestoßen war.«

»Aus den KZ? Eingeschmolzene Wertgegenstände?«

»Das haben wir vermutet. Arthur und später dein Vater haben ihr Leben dem Schutz von Kunstgegenständen gewidmet. Du musst mal deinen Teamchef fragen, ob er dir Details besorgen kann. Im ersten Irak-Krieg hat dein Vater Unglaubliches geleistet. Alles im Auftrag der Army.«

Von Minute zu Minute wirkte sein Großvater müder. »Und das Gold?«, fragte Tom dennoch.

»Genau darum geht es. Es ist wie ein Fluch und obwohl ich mich daran nicht bereichert habe, oder zumindest nicht wesentlich, hat es mich alles gekostet. Das ist eine lange Geschichte. Ich würde die gerne auf morgen verschieben. Ehe du gehst, wobei du auch gerne hier schlafen kannst, möchte ich dir etwas zeigen. Komm bitte mit.«

»Ich habe einem Freund versprochen, vorbeizukommen, aber wenn du dich besser fühlst, bleibe ich.« Das klang nicht so, wie es eigentlich gemeint war. Vieles hatten sie in ihrem Gespräch ausgeklammert und dennoch standen sie sich jetzt näher als jemals zuvor. Vielleicht mit Ausnahme der Zeit, in der Tom noch ein kleines Kind gewesen war.

»Du musst nicht bleiben. Ich bin der Einzige, der weiß, wo das Gold ist. Von daher können sie mir nichts tun. Vermutlich ist es für dich jedoch sicherer, wenn du dich nicht hier aufhältst. Ich möchte, dass du gut auf dich aufpasst.«

»Reicht es denn nicht, den Ort bekannt zu geben, und dann ist der Albtraum vorbei?«

»Wenn das doch so einfach wäre, mein Junge.«

Tom konnte sich nicht vorstellen, warum diese Lösung ausschied, aber er verschob alle weiteren Fragen und folgte seinem Großvater ins Schlafzimmer. Auf dem

Nachttisch entdeckte er ein Bild, das ihn und Daniel zeigte. Sie trugen beide verdreckte Tarnanzüge, grinsten aber zufrieden in die Kamera. »Das Bild hast du von Nizoni.«

»Ja. Und viele, viele Informationen. Als du bei ihr deine Verletzung ausgeheilt hast, wäre ich beinahe zu euch geflogen, aber es erschien mir unpassend, deine momentane Schwäche auszunutzen.«

Er setzte sich aufs Bett und löste ein Wandpaneel, das quer über dem Kopfende angebracht war. Tom pfiff leise durch die Zähne, als er das geräumige Fach dahinter entdeckte. »Hier findest du mein Notebook und auf der Festplatte daneben habe ich alles gesichert. Nur für den Fall, dass der Herrgott mich heute Nacht zu sich holt.« Tom wollte widersprechen, aber Karl ließ ihn nicht zu Wort kommen. »Wenn meine Zeit gekommen ist, ist es so. Ich habe da kein Problem mit, schon gar nicht, wo ich dich noch einmal treffen durfte. Es sind Daten, die vieles erklären, leider nicht alles. Ich weiß jedoch nicht, was ich damit machen soll. Aber gemeinsam schaffen wir das.«

Neben den technischen Geräten entdeckte Tom eine Luger und einen Gegenstand, den er nicht erkennen konnte. Sein Großvater griff nach ihm und gab Tom einen dunkelblauen Samtbeutel. »Darum geht es.«

Tom öffnete die Verschnürung. Schon als er die Form gefühlt hatte, war ihm klar gewesen, was er in der Hand hielt. Einen Goldbarren. Er wog ihn prüfend in der Hand. »Was ist denn so ein Ding wert?«

»Der wiegt etwas über ein Kilo. So ungefähr fünfzigtausend Euro.«

»Und davon gibt es mehrere Kisten?«

»Ja. Dein Vater hat mal vor Ewigkeiten den Inhalt ausgerechnet. Er meinte, dass es insgesamt bis zu vierzigtausend Barren gewesen sein könnten.«

Tom war immer gut in Mathe gewesen, aber nun scheiterte er an der Anzahl der Nullen. »Das wäre dann ein dreistelliger Millionenbetrag.«

Die Mundwinkel seines Großvaters zuckten. »Hänge noch eine Stelle ran. Wenn es dich tröstet, ich habe mich auch vertan. Aber so ganz stimmt seine Rechnung nicht, denn er hat ja nur die Größe der Kisten als Basis genommen. Immerhin konnten wir die Kisten mithilfe der Fahrer und ein paar Tagelöhnern schleppen, auch wenn es eine ganz fiese Plackerei war. Und irgendjemand hatte sie vorher auch auf den Dachboden geschafft. Natürlich haben die stabilen Kisten auch ohne Inhalt ordentlich was gewogen. Realistischer ist es, wenn du von einem Wert von nur ungefähr zweihundertfünfzig Millionen Euro ausgehst, vielleicht auch ein paar mehr.«

»Nur?« Tom ließ sich auf das Bett fallen. »Das erklärt einiges. Aber nicht, wieso jemand bei der hiesigen Sparkasse eine Menge Geld auf die Reise schickt, um mich zu töten.«

Sein Großvater setzte sich schwerfällig neben ihn. »Ich kenne die Antworten auch nicht. Vielleicht sind wir morgen schlauer.«

»Gut. Noch eine letzte Frage. Wie ist Christian in all dieses verwickelt?«

Ein Schatten legte sich über Karls Miene. »Das muss er dir selbst erzählen.«

»Na gut. Ich glaube, für heute reicht es wirklich. Wir reden dann morgen weiter.«

Kapitel 16

Kriminaloberkommissar Christian Metternich war so müde, dass er kaum noch die Augen offen halten konnte. Das war nicht gut, denn ein Großteil seiner Arbeit begann erst noch. Er hatte das Gebäude des Kieler Landeskriminalamts bereits am Nachmittag verlassen, um wenigstens noch zwei oder drei Stunden zu schlafen, aber die kurze Pause endete abrupt, als irgendwo im Haus eine Tür krachend ins Schloss fiel. Automatisch griff er nach seiner Pistole, die auf dem Nachttisch lag.

»Christian!«

Das war seine Schwester. Die hatte ihm gerade noch gefehlt. Nicht nur, dass sie ihm den kostbaren Schlaf geraubt hatte, nun würde auch noch die endlose Leier losgehen:

Was Karl und er vor ihr verbargen?

Etwas, das sie nicht das Geringste anging und sie höchstens in Gefahr brachte.

Wieso er Haus und Grundstück so vernachlässigte?

Weil der Tag nun mal keine achtundvierzig Stunden hatte!

Wieso er ihr aus dem Weg ging?

Tat er überhaupt nicht, siehe einfach Antwort zwei.

Die nächste Tür fiel krachend ins Schloss. Der Gedanke, eine Kommode vor die Tür zu schieben und sich eine Decke über den Kopf zu ziehen, um weiterzuschlafen, war verführerisch, aber undurchführbar. Auch wenn sie manchmal gehörig nervte, liebte er seine Schwester und sie würde niemals einfach so vorbeischneien, um ihm unangenehme Fragen zu stellen. Die waren lediglich ein Nebeneffekt – ähnlich wie die Mücken am wunderschönen Seeufer in warmen Nächten.

Er legte die Waffe weg und ging ins Erdgeschoss. Das Wohnzimmer war leer. Er fand sie in der Küche. Julie saß am Tisch, ein Glas mit Cola vor sich, und sah so verloren aus, dass sich sein schlechtes Gewissen mit Brachialgewalt meldete.

»Hey, Kleine. Wer hat dir wehgetan? Ich verprügele ihn. Sofort.« Er setzte sich neben sie und leerte ihr Glas in einem Zug.

Ob es ihr alter Spruch oder der Diebstahl ihres Getränks war, wusste er nicht, aber sie funkelte ihn an. Das gefiel ihm gleich viel besser.

»Das war meins.«

»Es ist meine Küche!«

»Unsere«, korrigierte sie lächelnd.

»Verklag mich doch«, setzte er ihr gewohntes Geplänkel fort.

»Entschuldige die Störung, aber ich konnte nicht nach Hause. Ich bin zum Abreagieren am See lang, aber das hat nicht gereicht.«

»Mein Angebot gilt noch: Ich verprügele jeden, der dich geärgert hat.«

Ihr Lächeln erreichte die Augen nicht. »Das würde mir sogar gefallen, aber es könnte sein, dass du in dem Fall den Kürzeren ziehst.« Ihre Wangen röteten sich. »Außerdem habe ich schon zugeschlagen.«

Seine Schwester, die keinem Tier etwas zu Leide tun konnte, die jede Spinne oder Wespe fing und ins Freie setzte, hatte jemanden geschlagen? »Ich fürchte, das musst du mir erklären. Brauchst du einen Anwalt?«

»Nein, ich kann mir nicht vorstellen, dass er mich verklagt. *Er* ist zurück. Und da bin ich eben durchgedreht, als er plötzlich in Karls Küche saß, als wenn er nie weggewesen wäre. Und dann habe ich auch noch was sehr Dummes gesagt und fühle mich nun so unglaublich bescheuert.«

Christian wollte gerade nachfragen, wen sie denn nun eigentlich meinte, als ihm die Antwort dämmerte. Es gab nur einen Menschen, der unerwartet bei Karl auftauchen und Julie in einen solchen Ausnahmezustand versetzen konnte. Was hieß das für ihn? Für das, was er plante? Und vor allem für Karl und Julie? Er brauchte nun definitiv etwas Stärkeres.

Wortlos stand er auf und entdeckte auf der Arbeitsplatte inmitten des Durcheinanders aus Geschirr und nicht weggeräumten Einkäufen eine Flasche Rum. Wo kam die denn her? Er konnte sich nicht erinnern, die gekauft zu haben. Egal. Er schenkte jeweils einen ordentlichen Schuss in zwei Gläser, füllte den Rest mit Cola auf und tat noch zwei Eiswürfel hinein.

»Wir reden über Tom, ja?«, erkundigte er sich, glaubte aber nicht daran, dass er sich irrte.

»Über wen sonst?«, fauchte Julie und trank einen großen Schluck des Cola-Rum-Gemischs. »Danke dafür. Und dass du dir die Zeit nimmst.«

»Kein Ding. Erzähl. Du hast ihn geschlagen und beschimpft? Damit ist er doch noch gut weggekommen. Wo ist das Problem.«

»Damit hätte ich kein Problem. Ich habe ihm eine

Ohrfeige verpasst, die er verdient hatte, und ihn dann angebrüllt, wie er es wagen kann, einfach so aufzutauchen und dabei noch so gut auszusehen.«

Sekundenlang starrte er seine Schwester an. Dann bemühte er sich. Ernsthaft. Doch er hatte die Szene vor Augen und konnte nicht anders. Das Lachen brach aus ihm heraus.

Julies Lippen zitterten, einen Moment befürchtete er, sie würde in Tränen ausbrechen, doch dann lachte sie ebenfalls. »Mit der Ohrfeige kann ich leben, obwohl ich darauf nicht gerade stolz bin. Aber wie soll ich ihm nach der Bemerkung jemals wieder unter die Augen treten?«

»So wie früher. Wenn es dir die Sache erleichtert, hau ihm erst noch eine rein. Außerdem kann es ja sein, dass er sofort wieder verschwindet.« Christian bemerkte selbst, dass sein letzter Satz viel zu bitter klang.

»Ich glaube nicht, dass er das tun wird. Er und Karl schienen sich zu verstehen und ernsthaft zu unterhalten.«

Dann traf Karls Verdacht wohl zu, dass es jemand auf Tom abgesehen hatte. Vermutlich hatte das seinen ehemaligen Freund dazu gebracht, hier aufzutauchen. Er sah auf die Uhr und überprüfte dann die Benachrichtigungen auf seinem Handy. Nichts. So spät war es noch nicht. Dass Karl ihn nicht angerufen oder ihm wenigstens eine Mail oder eine WhatsApp geschickt hatte, alarmierte ihn. Die Folgen von Toms Auftauchen konnte er einfach nicht einschätzen. War es nun gut oder schlecht? Als SEAL musste er einiges drauf haben, andererseits brachte Tom vielleicht alle in Gefahr, wenn er tatsächlich mit einer Zielscheibe auf dem Rücken herumlief.

»Braucht dich heute eines der Viecher oder willst du

hier pennen?«

»Das hört sich an, als ob du gleich gehst.« Wieder wirkte sie verloren und er biss die Zähne zusammen. Ausgerechnet heute hatte er einen Termin, den er nicht absagen konnte. Wochenlang hatte er auf dieses Treffen hingearbeitet.

»Ich muss leider tatsächlich noch einmal los. Aber du kannst gerne hier schlafen. Ich würde mich freuen und mich besser fühlen, wenn du nicht alleine bist. Du bist ziemlich durcheinander.«

Und warum lässt du mich dann alleine?, schien ihr Blick zu sagen. Sie lächelte etwas unsicher. »Alles gut. Danke, dass ich Dampf ablassen durfte. Ich trinke noch aus und fahre dann nach Hause. Oder vielleicht lasse ich den Wagen auch stehen.«

»So viel Rum war da nicht drin. Überlege es dir in Ruhe. Und nun erzähl. Wie sah er denn aus? Ich meine, außer verdammt gut.«

***

Auf der Fahrt nach Bad Segeberg zu Andi führte Tom beinahe ununterbrochen Telefonate. Einerseits bewahrte ihn dies davor, sich mit seinen widersprüchlichen Gefühlen auseinandersetzen zu müssen, andererseits verhinderte dies auch, dass er genau das tat. Diese ambivalente Stimmung war Neuland für ihn. Normalerweise wusste er, was er wollte und die einzige Frage war, wie er dies erreichte.

Statt Mark und Daniel umfassend zu informieren, hätte er lieber die Musikanlage bis zum Anschlag aufgedreht und alle offenen Fragen ausgeblendet.

Vor Andis Haus erwartete ihn eine Überraschung. Gegen einen schwarzen Mercedes-Kombi gelehnt, grinste ihm Dirk entgegen.

»Milliarden in Gold? Also mit halben Sachen hältst du dich echt nicht auf. Ich will meinen Wagen wieder haben. Dem hier fehlen vernünftige Boxen.« Dirk warf ihm einen Autoschlüssel zu. »Mit vielen Grüßen von deinem Boss. Der gehört ab sofort zu eurem Fuhrpark, inklusive Blaulicht und gefülltem Waffentresor im Kofferraum.«

»Danke, aber ich wäre auch nach Ahrensburg gefahren, damit …«

Dirk winkte ab. »Hör schon auf. Ich hatte heute Abend nichts mehr vor und die halbe Stunde Fahrt ist nicht der Rede wert.«

»Als Wirtschaftsprüfer solltest du Hin- und Rückfahrt in deine Berechnung einbeziehen«, zog Tom ihn auf.

»Du mich auch«, gab Dirk breit grinsend zurück. »Und du solltest in deine Überlegung einbeziehen, dass ich einen weiteren Grund hatte, hier vorbeizusehen.«

»Und was wolltest du von Andi?«, fragte Tom ungläubig.

Dirk grinste. »Nichts.« Er deutete mit dem Kopf auf das Haus auf der gegenüberliegenden Straßenseite. »Mein hochgeschätzter Partner hat mich gebeten, mir Martin persönlich vorzuknöpfen. Hat aber nichts gebracht. Martin weiß genauso wenig wie wir, was wir von deinem Kumpel halten sollen.«

»Du meinst Christian?«

»Klar. Wenigstens bekomme ich meinen Wagen zurück. Deine Enduro steht bei uns in der Garage. Du kannst sie dir jederzeit holen. Sieh zu, dass du Feierabend machst. Auf mich warten Alex und Pascha und auf dich ein netter Abend mit Andi. Du siehst aus, als wenn du den gebrauchen kannst.«

»Stimmt. Hast du nicht eben bei der Aufzählung deinen Sohn vergessen?«

»Nee. Der ist doch froh, wenn er mit seinen Kumpels in Ruhe zocken kann ... Wir sehen uns morgen. Irgendwann und irgendwo. Bis dahin hast du hoffentlich noch ein paar Informationen von deinem Großvater und wir sind auch einen Schritt weiter. Wenn es um so viel Geld geht, bist du bei Sven und mir schon mal *gold*richtig.«

Tom schmunzelte über das Wortspiel und winkte ihm zum Abschied zu.

Eine halbe Stunde später hatte er seinem Freund alles erzählt und bereitete sich darauf vor, Andis Whiskyvorrat deutlich zu dezimieren. Tom wusste einfach nicht weiter. Die Informationen schwirrten in seinem Kopf herum und er konnte nicht einmal seine Gefühle benennen.

Andi fuhr sich mit der Hand durch die dunkelbraunen, kurzen Haare. In seinen blauen Augen spiegelte sich eine Mischung aus Mitgefühl und Verwirrung. Der deutsche Offizier hatte viele Fähigkeiten, aber seine Gefühle konnte er nicht besonders gut verbergen.

»Bisschen viel für einen Tag«, stellte Andi schließlich fest und schenkte ihre Gläser wieder voll.

Der achtzehn Jahre alte Lagavulin war zu schade, um ihn herunterzustürzen, dennoch tat Tom genau das und Andi füllte ihm sofort nach. »Das hast du dir mehr als verdient. Auch wenn ich nicht glaube, dass es hilft. Ich versuche, das alles zu sortieren, aber besonders weit komme ich damit nicht. Das muss Sven übernehmen.«

»Sehe ich auch so. Ein Goldschatz aus dem Zweiten Weltkrieg, der gejagt wird, macht ja noch Sinn. Aber was hat Christian damit zu tun? Wieso der Anschlag auf mich? Und zuvor offensichtlich schon auf meinen Großvater und meine Eltern?«

Andi nippte an seinem Whisky. »Eben. Und dazwischen etliche Jahre, in denen nichts passiert ist. Was ist der Auslöser? Niemand lässt so eine Gelegenheit links liegen und erinnert sich nur alle fünfzig Jahre oder so daran.«

»Eben.« Wieso kam ihm ausgerechnet jetzt Julie in den Sinn?

Prompt kniff Andi die Augen etwas zusammen. »Und was noch?«

»Nichts Wichtiges.«

»Vergiss es. Erzähl.«

Da sein Freund keine Ruhe geben würde, gab er nach.

Andi lachte. »Na, du veranstaltest ja ein Chaos! Dagegen ist Pat der reinste Chorknabe. Nun also auch noch eine Frau.«

»Ja. Und genau das hat meine Großmutter mir prophezeit, aber ich denke gar nicht daran, mich deswegen mit ihr einzulassen!«

»Natürlich solltest du das nicht deswegen tun, weil Nizoni es dir vorhergesagt hat, sondern eher, weil da eindeutig die Funken zwischen euch sprühen. Wie oft hat sich deine Großmutter eigentlich schon bei ihren Vorhersagen geirrt?«

Die Frage ignorierte Tom. Ihm fiel nicht eine Gelegenheit ein. Dennoch lag sie dieses Mal falsch. Er hatte überhaupt keine Zeit für Julie, es würde maximal für eine Entschuldigung und etwas Smalltalk reichen. Außerdem konnte er sich nicht vorstellen, dass sie etwas anderes als Wut für ihn empfand.

Kapitel 17

Nach einem Frühstück mit Andis Familie, das völlig chaotisch verlaufen war, und ihm gerade deswegen gefallen hatte, war Tom wieder auf dem Weg zu seinem Großvater. Zunächst war er unschlüssig gewesen, wohin er fahren sollte, hatte dann aber eingesehen, dass er seinen Freunden beim LKA in Hamburg keine Hilfe wäre. Die Antworten, die er brauchte, lagen in Plön. Entweder bei seinem Großvater oder vielleicht auch bei Christian, wobei der vermutlich arbeiten würde.

Andi hatte laut geseufzt, als Anna, seine Frau und eine erfahrene Reporterin, angekündigt hatte, sich das Thema auch vorzunehmen. Da sie mit ihrer Beharrlichkeit und ihren Quellen dem LKA in der Vergangenheit schon einige Male weitergeholfen hatte, gefiel Tom der Gedanke. Er hätte es auch trotz Andis drohender Blicke nicht fertiggebracht, ihren Fragen auszuweichen. Schließlich ging es hier um seine Vergangenheit und nicht um militärische Geheimnisse. Anna hatte ihm jedoch noch versprechen müssen, auf Alleingänge jeder Art zu verzichten. Andi hatte bei seiner Forderung beifällig genickt, ihre Tochter laut gelacht und Anna aufgebracht geschnaubt.

Tom parkte direkt vor dem Haus und musste schmunzeln, als er daran dachte, wie Queen am Vortag plötzlich am Seitenfenster aufgetaucht war.

Auf sein Klingeln hin blieb es im Haus ruhig. Kein Hundegebell, und vor allem niemand, der ihm öffnete.

Hatte sein Großvater vergessen, dass sie verabredet waren? Das konnte er sich kaum vorstellen. Er trat zurück und musterte die Vorderfront. Nirgends brannte Licht. Kein Lebenszeichen. War er mit Queen unterwegs? Das passte nicht, denn Karl hatte erwähnt, dass sie erst abends eine Runde drehten und er sie vorher immer in den Garten ließ.

Toms Puls beschleunigte sich. Mit gefährlichen Situationen konnte er umgehen, aber nun hatte er schlicht und einfach Angst. Angst um seinen Großvater – und auch um den Hund.

Er musste an Karls Überzeugung denken, dass ihm nichts passieren könne. Darauf hätte sich Tom nie verlassen dürfen, sondern für einen zusätzlichen Schutz sorgen müssen. Es war ihm so logisch erschienen, dass er selbst die Zielscheibe war. Und jetzt? Vergeblich versuchte er, sich zu einzureden, dass er es übertrieb. Vielleicht hatte er von seiner Großmutter mehr geerbt, als ihm bewusst war, denn instinktiv wusste er, dass etwas nicht stimmte. Aber das würde er nicht klären, wenn er weiterhin vor der Tür stand.

Mit seiner Waffe in der Hand ging er ums Haus herum. Zunächst schien alles ruhig und friedlich. Die Wasseroberfläche des Sees glitzerte im frühen Sonnenlicht. Auf dem Rasen suchten Vögel nach Nahrung. Laut schnatternd flogen einige Kanadagänse über ihn hinweg. Ohne sein schlechtes Gefühl hätte er die Idylle genossen.

Auf dem ersten Blick sah die Terrassentür geschlossen aus, aber der breite Spalt verriet ihm, dass sie nur angelehnt war. Fassungslos starrte er auf das Loch im Glas. Verzweifelt wünschte er sich, dass es dafür eine harmlose

Ursache geben könnte, aber als SEAL erkannte er ein Einschussloch, wenn er eins sah.

Seine Hand zitterte, als er die Tür aufstieß. Auf dem Küchenboden fand er Karl. Langsam ließ er sich neben ihm nieder. Dass jede Hilfe zu spät kam, war offensichtlich. Kopfschuss. Aus einiger Entfernung. Durch die Glasscheibe hindurch. So weit die Fakten, die ihn im Moment nicht interessierten.

Sie hatten sich gerade wiedergefunden, sich vorsichtig angenähert. Nun hatten sie keine Chance mehr, diesen Weg weiterzugehen. All die Jahre. Verschenkt. Wieso war er nur so stur gewesen? Wieso?

Der Anblick der Austrittswunde am Hinterkopf blieb Tom erspart. Sein Großvater sah bis auf die Schussverletzung an der Stirn friedlich aus. Der Tod war schnell und ohne Vorwarnung gekommen, dennoch tröstete ihn dieses Wissen nicht.

Er wollte irgendetwas tun, wusste aber nicht was. Schließlich hatte er sich so weit im Griff, dass er auf seinem Handy den Notruf wählte und eine halbwegs vernünftige Erklärung hervorbrachte. Das Hamburger LKA. Es wäre sinnvoller gewesen, Sven oder Dirk anzurufen. Noch ein Gespräch schaffte er nicht. Tom beschränkte sich auf eine kurze WhatsApp. Seiner Großmutter schickte er eine etwas längere Nachricht und versprach ihr, sich zu melden, sobald er es konnte. Er wusste, dass sie ihn verstehen und ihm Zeit geben würde.

Er schloss die Augen und wartete gegen die Wand gelehnt. Worauf wusste er nicht. Den Neuanfang, den er sich vorgestellt hatte, würde es nicht mehr geben.

Überraschend schnell traf ein Streifenwagen ein. Die

Besatzung rief nach einem Blick auf die Leiche Verstärkung. Als die eintraf, änderte sich die Stimmung. Als Verwandter und Erster am Tatort und dazu noch jemand, der nur das Nötigste sprach, galt Tom quasi vom ersten Augenblick an als Verdächtiger.

Eine ungeschickte Bewegung von Tom reichte, und durch seine offene Jacke entdeckte der korpulente Kommissar die Sig im Schulterholster. Sofort verpassten sie ihm Handschellen. Er hätte die Polizisten mühelos entwaffnen oder ihnen erklären können, dass Pistolenkugeln andere Verletzungen verursachten, aber dafür fehlte ihm die Energie. Dennoch riss ihn das Gefühl des Metalls an seinen Handgelenken aus seiner Lethargie. Er würde den Täter finden und die Aufgabe, der sich sein Großvater verschrieben hatte, zu Ende bringen. Nicht als SEAL oder Angestellter von *Black Cell*, sondern als Enkel. Er wurde nicht zum ersten Mal von Polizisten fälschlicherweise verdächtigt, damit wurde er fertig. Und dann würde es einige Rechnungen zu begleichen geben.

***

Christian Metternich zögerte, sein Haus zu verlassen. Wenn er zum Nachbarhaus ging, stand nichts mehr zwischen ihm und der Realität, der er sich stellen musste. Bittere Selbstvorwürfe tobten in ihm, seit er das Eintreffen der verschiedenen Einsatzfahrzeuge bemerkt hatte. Zunächst hatte ihn minutenlang unsagbares Entsetzen gelähmt, dann hatte er sich, ohne es wirklich zu wollen, auf den Weg gemacht.

Er schaffte es bis an die Straße und lehnte sich

schließlich Halt suchend gegen seinen Wagen. Ein uniformierter Kollege warf ihm einen misstrauischen Blick zu. Christian ahnte, wie er wirkte, bestenfalls wie ein neugieriger Nachbar vermutlich eher wie ein heruntergekommener Penner. Letzteres stimmte mit seiner Selbsteinschätzung überein. Um die Imitation eines Lächelns bemüht, fischte er seinen Dienstausweis aus seiner Jacke und hielt ihn hoch. Dann war er so weit, dass er sich dem Tatort stellen konnte.

»Metternich, Kripo Kiel. Ich kenne den Besitzer des Hauses und es sieht aus, als ob es einen Zusammenhang zu einem meiner Fälle geben könnte. Was habt ihr bisher?«

»Fragen Sie den Alten. Hauptkommissar Bär. Nicht zu übersehen, nomen is omen, oder wie heißt das? Kein besonders netter Anblick da drinnen. Wir haben einen Mann beim Opfer angetroffen. Keine Ahnung, ob das nun wirklich der Täter ist. Der hätte doch kaum auf uns gewartet, oder? Trotzdem hat Bär ihm Handschellen verpasst, weil er jede Aussage verweigert hat und ihm auch nicht verraten wollte, warum er mit einer P226 herumläuft.«

Eine Sig Sauer P226? Wie sie die SEALs nutzten? Nicht auch das noch. Christian strich sich die Haare zurück, die dringend einen vernünftigen Schnitt oder wenigstens eine Wäsche gebrauchen könnten, und überlegte, ob er nicht umkehren und einfach abhauen sollte. In den letzten zwei Tagen hatte er keine drei Stunden geschlafen und konnte kaum noch klar denken. Wieder siegte sein Pflichtbewusstsein. Er schuldete es Karl, sich dem Unausweichlichen zu stellen.

»Danke, Kollege.«

Zügig durchquerte Christian den Flur, nickte den Beamten der Spurensicherung flüchtig zu und blieb dann mitten im Türrahmen zur Küche stehen. Nichts hatte ihn auf den Anblick vorbereitet. Karl wirkte friedlich, fast schlafend, aber auch ungewohnt klein und schmächtig, keine Spur von dem Mann, der seinen Garten und sein Haus mit nur wenig Hilfe in Ordnung gehalten hatte. Die Blutlache auf dem stets sauberen Boden hätte ihn geärgert.

Über den absurden Gedanken blinzelnd zwang Christian seine Aufmerksamkeit weg von der Leiche des Mannes, den er wie einen Vater oder eher Großvater geliebt hatte. Es gelang ihm nicht. Sie beide hatten jahrelang von ihrer Beziehung profitiert, nur ihr letztes Vorhaben hatten sie nicht mehr zu Ende gebracht. Er hockte sich neben Karl hin und achtete nicht auf die irritierten Blicke der Kollegen oder die gründliche Musterung durch den Mann, dessen Anwesenheit er im Moment noch ignorierte. Sanft legte er dem Toten eine Hand auf die unverletzte Wange.

»Ich bekomme sie, Karl. Das schwöre ich dir. Wir waren so nahe dran«, flüsterte er ihm kaum hörbar zu.

»Darf ich erfahren, wer Sie sind und was Sie hier machen?«, erkundigte sich ein Mann mit gewaltigem Bierbauch, der drohend über Christian aufragte.

Unbeeindruckt stand er auf und zwang den Polizisten zurückzutreten. »Metternich, Kripo Kiel. Erstens war das Opfer ein guter Freund von mir und zweitens gibt es eine Verbindung zu einem meiner Fälle. Was haben Sie bisher?«

»Nicht viel. Ein Anruf ging bei der Notrufzentrale ein.

RTW und die Kollegen trafen gleichzeitig ein. Die Tatwaffe liegt vermutlich dort auf der Kommode. Viel hat offensichtlich nicht dazugehört, den Alten …«

Christian knirschte vor Ärger mit den Zähnen. »Ich sagte eben, dass der Mann mein Freund war, vielleicht achten Sie ein wenig auf Ihre Ausdrucksweise, Herr Kollege?«

»Entschuldigen Sie. Wir trafen einen Mann direkt neben dem Opfer an. Er behauptet, dass er uns angerufen hat, aber hat sonst keinen Ton gesagt. Mir fiel auf, dass er eine Waffe trägt. Wir haben ihn vorläufig festgenommen.«

Erstmals erlaubte sich Christian dem forschenden Blick seines ehemals besten Freundes zu begegnen. Über zwanzig Jahre fielen von ihm ab und er hätte ihn am liebsten mit Fragen überhäuft, dann kehrten die Wut und die Enttäuschung darüber zurück, dass Tom ohne Abschied geschweige denn Erklärung gegangen war und sich nie wieder gemeldet hatte. Aber dafür hatten sie keine Zeit. Trotz der auf den Rücken gefesselten Hände wirkte Tom entspannt, nur seine ausdruckslose Miene verriet, dass er sich keineswegs so lässig fühlte, wie seine Körperhaltung es vermitteln wollte. In seinen Augen erkannte Christian den tiefen Schmerz. Das überraschte ihn. Er hätte nicht damit gerechnet, dass Tom um seinen Großvater trauern würde.

Mit einem leisen Fluch ging er zu ihm. »So hatte ich mir ein Wiedersehen nicht vorgestellt. Dreh dich um.«

Wortlos gehorchte Tom und kommentierte es nicht, dass Christian seine Handschellen löste.

»Dein Handy. Bitte«, forderte Christian.

Tom zog ein Mobiltelefon aus der Innentasche der

Lederjacke und gab es Christian. Mit einem Tastendruck holte er die letzten Anrufe aufs Display.

»Du solltest darüber nachdenken, einen Sperrcode zu nutzen«, belehrte er Tom, ehe er es Bär reichte. »Fürs Protokoll. Er hat den Notruf abgesetzt und wäre kaum so dämlich, hier brav zu warten, wenn er seinen Großvater umgebracht hätte. Oder sind Sie da anderer Meinung?«

Bärs Miene verhieß nichts Gutes. »Das hätte er sagen können, bleibt noch die Waffe.«

Christian verzichtete darauf, klarzustellen, dass Tom das laut Bärs vorheriger Aussage getan hatte, und griff stattdessen zu dem Holster, das neben einer filigranen Porzellanschüssel völlig fehl am Platze wirkte. Er zog die Pistole hervor und untersuchte sie. Die P226 wies Gebrauchsspuren auf, war aber top gepflegt. Das Magazin rastete wie von selbst ein. Kaum sichtbare Abnutzungen an der Picatinny-Schiene verrieten, dass die Waffe häufig mit Laservisier oder Taschenlampe eingesetzt wurde.

»Verdammt schönes Stück.« Christian warf Tom die Waffe zu. »Führst du einen Waffenschein mit oder soll ich für dich bürgen?« Er wartete keine Antwort ab. »Er ist berechtigt, die Waffe zu tragen, weitere Einzelheiten können wir später klären. Das ist keine Sache für die Allgemeinheit, im Moment muss Ihnen mein Wort reichen. Außerdem sollten Sie feststellen können, dass aus der Waffe kein Schuss abgegeben worden ist. Davon abgesehen, dass man keinen Rechtsmediziner braucht, um den Unterschied zwischen einer Kugel aus einem Gewehr und aus einer Pistole zu erkennen. Oder glauben Sie ernsthaft, Ihr angeblicher Täter hat den Schuss durch die Scheibe der Terrassentür abgefeuert und dann in der

Küche auf Sie gewartet?«

Ein Kollege wandte sich rasch ab, aber Christian hatte das Grinsen noch gesehen.

Bär schnappte nach Luft und atmete schnaubend aus. »Nachdem Sie bereits selbstherrlich sämtliche Entscheidungen getroffen haben, bleibt mir nichts anderes übrig, als das zu akzeptieren, oder?«

»Ich wollte uns nur Zeit sparen«, lenkte Christian halbherzig ein, da der Hauptkommissar eigentlich zuständig und zudem noch ranghöher war.

Tom hatte immer noch kein Wort gesagt, holte aber nun seine Brieftasche hervor und zeigte Bär einen Waffenschein. »Das Dokument dürfte zunächst genügen oder brauchen Sie noch mehr?«

»Nein, das reicht. Hören Sie, wenn das Ihr Großvater ist, dann … Also gut, unser Start war vermutlich nicht ideal. Mein Beileid.«

Tom nahm den Ansatz der Entschuldigung mit einem knappen Nicken zur Kenntnis.

»Wir müssen miteinander reden und zusammenarbeiten, Tom. Es gibt da Einiges, das du erfahren musst. Scheiße, es tut mir leid, was hier passiert ist.«

»Du kannst dir bestimmt denken, dass ich etliche Fragen habe. Du scheinst mehr über mich zu wissen, als ich über dich.«

»Vermutlich ist das so. Aber wundert dich das? So, wie du mit uns in Kontakt geblieben bist? Du hättest genauso gut tot sein können. Na ja, wärst du ja auch fast.« Bewusst betont musterte Christian Toms Oberkörper. »Trotzdem waren wir heilfroh, dass dein Freund dich wieder zusammengeflickt hat.«

Toms deutliche Überraschung bei der Anspielung auf eine einige Monate zurückliegende Schussverletzung verschaffte Christian nur eine kurzfristige Befriedigung. Trauer, Müdigkeit und auch Wut über das Verhalten seines ehemaligen Freundes forderten seinen Tribut.

»Gib den Kollegen deine Kontaktdaten, irgendwas, wie wir dich erreichen können, und mach deine verdammte Aussage. Ich melde mich«, fuhr er ihn an.

Wieder ignorierte Christian die teils neugierigen, teils verständnislosen Blicke der anwesenden Beamten und Toms verwirrte Miene. Erst mit Verspätung hatte er sich an Karls Notebook und die Festplatte erinnert. Wenn die Täter das gefunden hatten, waren ihre monatelangen Nachforschungen umsonst gewesen, denn Karl hatte ihm nur ein paar Dateien als Kopie überlassen. Das war einer der wenigen Punkte, über den sie sich regelmäßig gestritten hatten.

Er jagte die Treppe in den ersten Stock hoch und atmete erleichtert auf, als keine Spuren darauf hindeuteten, dass die Täter Zeit gehabt hatten, das Haus auseinanderzunehmen. Wie schon etliche Male zuvor löste er das Holz am Kopfteil des Bettes und verstaute die externe Festplatte, die kaum größer als eine Schachtel Zigaretten war, in seiner Jackentasche.

»Leg sie aufs Bett«, erklang unerwartet Toms Stimme hinter ihm.

Erschrocken fuhr er herum. Die Treppe gab knarrende Geräusche von sich, ebenso der Dielenboden, aber Tom hatte sich absolut unbemerkt genähert. »Deshalb nennen sie dich also Cougar. Du hast mir fast einen Herzinfarkt beschert. Was soll das? Die gehört mir.«

»Zusammenarbeit und Anlügen schließen sich gegenseitig aus, Christian. Versuch die Unschuldsmiene bei anderen, bei mir hat das schon vor zwanzig Jahren nicht funktioniert. Das Notebook gehörte Karl. Er hat mir gesagt, wo ich das Teil und die Platte finde und noch einiges mehr. ›Hinlegen‹ habe ich gesagt und ich wiederhole mich nicht gerne. Verrat mir lieber, wieso du so gut über mich Bescheid weißt.«

Unauffällig tastete Christian nach seiner Walther. »Du vergisst, wer hier der Polizist ist. Ein Wort von mir reicht und du wirst dich …«

Mit einem Satz war Tom bei ihm und entriss ihm die Dienstwaffe. Mit einem verächtlichen Schnauben landete sie unter dem Bett. »Beeindruckende Vorstellung. Wenn du so viel über mich weißt, sollte dir klar sein, dass ich hier jederzeit rauskomme. Und noch was für dein verdammtes Protokoll: Wenn du glaubst, dass ich das hier dir überlasse oder brav warte, bis du dich meldest, hast du dich geirrt. Wir sehen uns.« Er steckte die Festplatte ein, nahm sich das Notebook und ging.

Die letzten Worte klangen wie eine Drohung, Christian ließ sich aufs Bett sinken und verfluchte den Tag, sein eigenes gedankenloses Verhalten, den Verlust eines Freundes und einfach alles. Als er den Anflug von Selbstmitleid überwunden hatte, gelang es ihm, seine Dienstwaffe unter dem Bett hervorzuangeln.

Er war davon ausgegangen, dass Tom das Haus längst verlassen hatte, stattdessen stand er regungslos auf dem Flur und starrte durch die offene Tür in sein altes Zimmer. Christian wusste, dass Karl nichts angerührt, sondern lediglich regelmäßig sauber gemacht hatte, und hatte eine ungefähre Vorstellung, was der Anblick bei dem SEAL auslöste.

Mit erstaunlich unsicheren Schritten betrat Tom das Zimmer und legte seine Hand auf einen Stapel Wäsche, der ordentlich zusammengefaltet auf seinem Jugendbett lag. »Das waren die Sachen, die im Wäschekorb waren. Er hat nie … Ich dachte …«

Als ob es keine jahrelange Trennung gegeben hätte, legte Christian ihm tröstend eine Hand auf den Rücken. »Es ist nicht deine Schuld. Er hätte mit einigen Worten den ganzen Streit aufklären können, aber das hat er nicht. Ich glaube, er wollte dich schützen, obwohl er dich jeden Tag vermisst hat. Ich weiß nicht, wie er es geschafft hat, aber er war ständig auf dem Laufenden. Was du machst, wo du bist, er wusste einfach alles. Außer mit mir hat er mit niemandem darüber gesprochen, da kannst du absolut sicher sein.«

Fahrig fuhr Tom sich mit einer Hand über die Augen, dann straffte er sich. »Er hatte Kontakt mit meiner Großmutter. Du solltest dich besser ausschlafen, Christian. Du siehst einfach nur beschissen aus. Ich melde mich.«

»In zwanzig Jahren?«, hakte er sarkastisch nach. »Und wenigstens habe ich keine Mädchenfrisur«, legte er beißend nach.

Von Tom kam ein Laut, der einem unterdrückten Lachen glich. »Pass bloß auf, was du sagst, Kleiner. Heute hast du Schonfrist, das nächste Mal gibt's die passende Antwort.« Plötzlich riss Tom die Augen auf. »Verdammt, wo ist eigentlich …«

Er sprach den Satz nicht zu Ende, sondern rannte aus

dem Haus. Christian sah ihm kopfschüttelnd nach und hörte noch die erschrockenen Reaktionen einiger Polizisten. Wenigstens schoss keiner ...

Bei dem Tempo hatte Christian keine Chance, ihn einzuholen. Das Aufflackern der alten Vertrautheit hatte ihn tief berührt und erneut fluchte er über seinen unbeholfenen Versuch, sich die Festplatte anzueignen. Ohne es zu wollen, kehrte er ins Schlafzimmer zurück und nahm ein gerahmtes Foto vom Nachttisch des alten Mannes. Die langen Haare zurückgebunden und breit grinsend blickte Tom in die Kamera. Ein blonder Mann im verdreckten Tarnanzug stand so dicht neben ihm, dass sich ihre Schultern berührten. Die Freundschaft und Vertrautheit der Männer war unverkennbar. Erstmals gab Christian gegenüber sich selbst zu, dass er die Männer um ihre Freundschaft beneidete und der scharfe Stich in der Magengegend nichts anderes als Eifersucht war. Wie oft hatten sie sich als Kinder geschworen, später Seite an Seite für das Gesetz zu kämpfen? Ein Teil dieser Fantasien war Wirklichkeit geworden, aber eben nur ein Teil und diese totale Erschöpfung und Desillusionierung waren auch nie Teil ihrer Träumereien geworden. Mühsam riss er sich zusammen und bereitete sich auf die berechtigten Fragen der Kollegen vor, die er nicht einmal ansatzweise beantworten konnte.

Kapitel 18

Tom ignorierte die Blicke der Polizisten, die irgendwo zwischen Neugier und Misstrauen angesiedelt waren. In Rekordtempo hatte er jeden Raum im Erdgeschoss durchsucht, fand aber keine Spur von Queen.

Ein jüngerer Polizist, der laut seinem Namensschild Stäcker hieß, vertrat ihm den Weg, als er in die Küche gehen wollte.

»Sie suchen den Hund? Mir sind Napf und Futter aufgefallen. Ich hatte mal einen ähnlichen Fall. Tiere verkriechen sich gerne, wenn er nicht hier drinnen ist, hat er sich vielleicht im Garten versteckt. Lassen Sie uns nachsehen. Am besten wir gehen durchs Wohnzimmer raus und lassen die Kollegen ihren Job machen.«

»Natürlich. Entschuldigen Sie, ich hatte nicht weiter nachgedacht.«

»Das ist verständlich.«

Tom blieb noch kurz im Türrahmen stehen. »Er könnte sie durch die Küche rausgelassen haben und dann … Sucht schon jemand draußen nach dem Standort des Schützen?«

»Nein. Kommen Sie, wir sehen uns um. Bitte achten Sie auf eventuell vorhandene Spuren.«

Stäckers Art gefiel Tom, sodass er sich zu einer gewissen Offenheit entschloss. »Eigentlich weiß ich, wie man sich an Tatorten verhält. Aber wenn man selbst indirekt betroffen ist, verlassen einen doch mal die Kenntnisse.«

»Überhaupt kein Problem. Wie heißt der Hund?«

»Queen.«

»Ups, da ist bei der Lady wohl eine Entschuldigung fällig.«

Sie sahen sich die Büsche entlang des Rasens an, wurden aber nicht fündig. Dafür stieß Tom auf eine Stelle, an der ihm die Abdrücke in der Erde verdächtig vorkamen. »Sehen Sie mal. Hier könnte sich jemand hingehockt haben. Er hätte freies Schussfeld gehabt und bei der Entfernung braucht man nicht zwingend ein Stativ.« Er verdrängte den Gedanken, dass er über den tödlichen Schuss auf seinen Großvater sprach. Das musste warten.

Stäcker folgte seinem Blick. »Ich denke, Sie haben recht. Die Flugbahn der Kugel passt perfekt.« Er zögerte. »Wenn ich von Ihrer Waffe ausgehe, haben Sie Erfahrung mit solchen Verbrechen. Mir erscheinen sowohl das Kaliber als auch das Ziel ungewöhnlich.« Seine Wangen röteten sich. »Ich möchte Ihren Schmerz nicht verstärken, aber wäre nicht ein Schuss in die Herzgegend naheliegender?«

Toms Respekt vor dem Polizisten wuchs. »Darüber habe ich auch schon nachgedacht. Ein Profi hätte anders gehandelt.« Er deutete auf den Bereich direkt am Seeufer. »Und vor allem hätte er dort gestanden. Hier hätten Karl oder einer der Nachbarn ihn sehen können. Ich begreife das einfach nicht …«

Stäcker wollte etwas sagen, aber sie hörten beide gleichzeitig ein leises Fiepen.

Tom sprintete los. Unter den ausladenden Ästen einer Tanne, die dicht am Ufer stand, fand er die Hündin. Sie lag auf der Seite und hechelte leise.

Stäcker hielt bereits sein Smartphone in der Hand. »Es

gibt hier in der Gegend eine mobile Tierärztin. Ich rufe sie an.«

Tom nickte nur, setzte sich neben die Hündin und streichelte sie sanft. Verletzungen sah er nicht. Vorsichtig tastete er sie ab, entdeckte aber keine Auffälligkeiten. Er zog seine Jacke aus und legte sie unter Queens Kopf.

»Vergiftet oder betäubt«, überlegte Stäcker laut. »Sie braucht auf jeden Fall Wasser. Ich bin gleich wieder da.«

Stäcker kehrte nicht alleine zurück, Christian folgte ihm. »Verdammt, an Queen habe ich überhaupt nicht gedacht. Was hat sie?«

»Tierarzt ist unterwegs«, antwortete Stäcker und stellte eine flache Schale mit Wasser auf den Boden.

Tom hob ihren Kopf etwas an und sprach weiter auf sie ein.

»Kommen Sie, wir irritieren sie nur.« Als Christian nicht reagierte, zog Stäcker ihn kurzerhand mit sich.

Tom war ihm für die Aktion nicht nur wegen Queen dankbar. Er hatte im Moment keine Nerven, um sich mit Christians dubioser Rolle auseinanderzusetzen. Das Wasser hatte eine belebende Wirkung auf die Hündin. Ihr Blick wurde klarer und sie leckte schwach über Toms Hand.

»Keine Angst, meine Schöne. Das wird schon wieder.«

Aus dem Augenwinkel bemerkte er, dass jemand über den Rasen lief, aber seine Aufmerksamkeit galt weiter Queen. Er redete leise in der Sprache seiner Großmutter auf sie ein. Er wusste nicht wieso, aber die Wörter in Navajo hatten auf Tiere eine beruhigende Wirkung.

»Atmet sie regelmäßig? Ich möchte mir ihr Maul ansehen. Mach mal Platz, aber ohne, dass du den Kontakt zu ihr verlierst.«

Julie! Bis auf einen scharfen Atemzug verbarg Tom seine Überraschung. Sie war die Tierärztin, die der Polizist alarmiert hatte? Und er hatte gedacht, der Tag könnte nicht noch katastrophaler werden.

Für einen Augenblick starrte Julie auf das Schulterhalfter, das ohne Jacke gut sichtbar war, dann untersuchte sie routiniert Queen, während Tom die Hündin streichelte und auf sie einredete.

Schließlich wandte sie sich ab und holte etwas aus ihrem Rucksack. »Ohne Laboruntersuchung muss ich mich auf mein Gefühl verlassen«, erklärte sie mit leiser, ruhiger Stimme. »Ich hoffe, wir bekommen sie mit einem leichten Stärkungsmittel wieder auf die Beine. Ich nehme sie dann mit zu mir und ...«

»Nein«, widersprach Tom bestimmt. »Sie bleibt bei mir.«

Julie verharrte mitten in der Bewegung. Ihre Augen blitzten vor Ärger, aber sie setzte ohne weiteren Kommentar eine Spritze in eine Hautfalte der Hündin. Dabei ging sie so geschickt vor, dass Queen lediglich zusammenzuckte.

»Wir warten jetzt ab. Danach sehen wir, ob sie eine weitere stationäre Behandlung braucht oder nicht. Wenn ja, dann nehme ich sie mit. Es sei denn, du kannst mir einen Abschluss als Tierarzt vorweisen.«

Wie schaffte sie es nur, so viel Entschlossenheit zu vermitteln und gleichzeitig beruhigend auf Queen einzuwirken? Tom verzichtete darauf, die Diskussion fortzusetzen, denn er konnte seinen Ärger nicht verbergen und spürte, dass sich seine Stimmung auf die Hündin übertrug.

Er entschied sich für Plan B, ignorierte Julie und erzählte Queen auf Navajo von der Schönheit der Wüste. Es dauerte nicht lange, dann kämpfte sich die Hündin hoch, schüttelte sich und presste sich dicht an Toms Bein.

Probehalber ging er mit ihr ein Stück am See entlang. Die Hündin bewegte sich langsamer als sonst, etwas unsicher, erholte sich aber von Sekunde zu Sekunde.

Stäcker kehrte zurück und reichte Tom eine Handvoll Hundekuchen.

Er bedankte sich mit einem Lächeln und atmete auf, als Queen die Leckerei im Flug fing und krachend verspeiste.

»Kann ich mir aus dem Haus holen, was ich für sie brauche?«

»Ich helfe Ihnen. Die Kollegen sind noch dabei, Spuren auszuwerten, und nehmen sich gleich den Bereich im Garten vor, den Sie entdeckt haben. Sie sollten noch ein paar Minuten warten. Der … Rechtsmediziner ist gleich fertig, dann wird das Opfer abtransportiert.«

Erst als er den erstickten Laut neben sich hörte, erinnerte Tom sich an Julie. Sie hatte ihre Hände zu Fäusten geballt, Tränen liefen ihr über die Wangen. Ohne nachzudenken, zog er sie in eine enge Umarmung.

Sie verbarg ihr Gesicht an seiner Schulter. Hinter ihrem Rücken signalisierte Tom dem Polizisten, der die Szene sichtlich verlegen beobachtete, Queen festzuhalten, die Anstalten machte, zum Haus zu laufen. Stäcker hielt sie mit einem Griff ans Halsband und einigen weiteren Hundekuchen zurück.

Nachdem Queen versorgt war, galt seine Aufmerksamkeit Julie. Tom streichelte ihr über den Rücken.

»Es tut mir so leid«, sagte er sinnloserweise und wusste nicht einmal, wofür er sich entschuldigte. Für seine Flucht nach Amerika vor so vielen Jahren? Oder für Karls Tod, an dem er sich schuldig fühlte, weil er den Beteuerungen seines Großvaters geglaubt hatte, dass er in Sicherheit wäre?

Mit einem Ruck löste sich Juli aus seiner Umarmung und wich zurück. »Entschuldige. Mein Beileid.«

Tom wusste nicht, was er sagen sollte, und nickte nur. »Danke, dass du dich um Queen gekümmert hast. Können wir später in Ruhe reden? Über ... alles.«

Julie betrachtete die Hündin und schnaubte. »Großartig, Tom. Wirklich. Du kommst zurück. Karl ist tot. Und entscheidest mal eben so, dass du Queen nimmst.«

»Ich ...«

Sie drehte sich um und eilte davon. Vermutlich war das besser so. Er hätte sowieso nicht gewusst, was er zu ihren Vorwürfen sagen sollte. Den neugierigen Blick von Stäcker, der natürlich jedes Wort gehört hatte, ignorierte er.

Im Gras entdeckte er einen Ball. Er warf ihn für Queen und lobte die Hündin ausgiebig, als sie ihn zurückbrachte. Der kurze Anflug von Normalität hatte ihm geholfen, seine Beherrschung wiederzufinden. Er wusste wieder, was zu tun war. Einige Sachen zusammensuchen, Kopf freibekommen, weitermachen. Immerhin wartete die Festplatte in seiner Jacke auf eine genaue Analyse.

Tom war mit Queen einen Weg an einem der Plöner Seen entlanggegangen, den er früher geschätzt hatte, weil dort kaum Touristen unterwegs waren. Das hatte sich nicht geändert, er traf lediglich zwei andere Hundebesitzer, die es akzeptierten, dass er keine Lust auf ein Gespräch hatte. Er ließ Queen jeweils kurz ihre Artgenossen begrüßen und lief dann mit ihr weiter. Obwohl er sie aufmerksam beobachtete, konnte er keine Auffälligkeiten feststellen. Sie schien sich komplett erholt zu haben.

Unter den Ästen einer Trauerweide entdeckte er einen Stein, der groß genug zum Sitzen war. Während Queen im flachen Wasser planschte und etwas trank, überprüfte Tom sein Handy. Die Menge der eingegangenen Mails und WhatsApp-Nachrichten hatte es in sich. Wenn er die beantworten wollte, saß er hier stundenlang herum. Die meisten ignorierte er, lediglich die von Mark und Daniel rief er auf.

»Schöner Scheiß. Melde dich. Komm vorbei. Du störst nicht! Tust du nie. Dass ich das extra sagen muss …«, schrieb sein Freund.

Sein Teamchef hielt sich ebenfalls kurz. *»Nimm dir die Zeit, die du brauchst. Pass auf dich auf.«* Dass Mark den letzten Punkt extra betonte, zeigte, wie gefährlich sein Boss die Lage einschätzte.

Was sollte er tun? Er wusste noch nicht einmal, wie er mit den Ermittlungen weitermachen sollte. Das hing vom Inhalt der Festplatte ab. Ob er dort Informationen fand, die ihm Klarheit über Christians Rolle verschafften? Er sollte nach Hamburg oder Ahrensburg fahren, wollte aber keinen seiner Freunde sehen. Marks Nachricht wirkte, als ob sein Teamchef ihn verstehen würde. Blieb die Frage, inwieweit die anderen dafür Verständnis hatten, wenn er eine Zeit lang abtauchte. Es kam ihm einfach falsch vor, Plön zu verlassen, obwohl er dies nicht vernünftig begründen konnte. Sein Großvater war tot, das Haus würde noch stundenlang von der Polizei untersucht werden. Was wollte er hier? So gerne er auch Christian ins Verhör genommen hätte, würde er ohne konkrete Anhaltspunkte bei ihm nichts erreichen.

Ihm fiel Julies Verhalten ein. Neben Trauer waren bei ihr auch Ärger und Wut unverkennbar gewesen.

Queen kam angelaufen und legte ihren Kopf auf seinen Oberschenkel. Tom sah auf die Uhr. Erst halb elf. Der ganze Tag lag noch vor ihm.

»Was meinst du? Wollen wir Julie besuchen? Mehr als rausschmeißen kann sie uns ja nicht.«

Die Hündin bellte einmal, vermutlich kannte sie den Namen tatsächlich. »Schade, dass du mir ihre Adresse nicht sagen kannst. Mal sehen, ob wir im Internet fündig werden.«

Eine Suche bei Google reichte und er hatte ihre Handynummer und ihre Adresse. Damit blieb ihm ein Umweg über die Polizeicomputer erspart.

»Dann sehen wir doch nach, ob sie zu Hause ist.«

Bei seinem Wagen angekommen, gab Tom Queen etwas zu trinken und fütterte sie. Er atmete auf, als die Hündin erst zögerlich, aber dann doch vernünftig aß. Wenigstens ein Problem war gelöst. Während sie auf einem Kauknochen herumkaute, startete er sein Notebook und schloss die Festplatte an. Beim Zugriff auf die Daten wurde ein Passwort verlangt. Natürlich. Warum sollte denn auch irgendetwas einfach sein?

Nun brauchte er auch noch die Hilfe von Jake, ihrem Computerexperten. Wenn er es alleine versuchte, löschte er vermutlich gleich das gesamte Internet. Er schickte ihm eine Mail und bekam sofort eine Antwort, gleichzeitig wurde der Lüfter des Notebooks lauter. So, wie er Jake kannte, griff er bereits auf die Festplatte per Remotezugriff zu.

Wie viel Akku hast du noch?

Damit war dann hoffentlich das Notebook und nicht er selbst gemeint. *100%*, schrieb er zurück.

Gut. Die Verschlüsselung ist sehr hochwertig, es wird etwas dauern, sie zu knacken. Kennst du Begriffe, die bei dem Passwort eine Rolle spielen könnten?

Tom überlegte kurz. *Queen, Gold, Midas, Nizoni, Arthur, David*, fielen ihm ein,

Danke. Ich melde mich. Sorg dafür, dass der Computer zwei Stunden lang Strom hat. Der Akku sollte reichen, solange du nicht auf die Idee kommst, parallel mit Daniel zu zocken. Stand-by-Modus reicht mir. Pass auf dich auf und gönn dir eine Pause. Tut mir leid, wie es gelaufen ist.

Tom rieb sich über die Augen. Der normale, leicht frotzelnde Umgangston half ihm ein wenig. Er verstaute das Notebook im Fußraum vor dem Beifahrersitz. Jetzt gab es keinen Grund mehr, den Besuch bei Julie aufzuschieben. Er wollte es gleichzeitig hinter sich bringen und aufschieben. Dermaßen ambivalente Gefühle waren ihm bisher fremd gewesen und schienen nun normal zu sein. Er konnte nur hoffen, dass er bald wieder normal funktionierte.

Kapitel 19

Abwägend betrachtete Julie die Flasche Weißwein im Kühlschrank. Es war zu früh für Alkohol. Andererseits war es irgendwo auf der Welt die passende Zeit. Sie füllte ein Glas zur Hälfte. Wenn sie sich das nicht nach dem Morgen verdient hatte, wann dann? Wieso hatte sie eigentlich nichts Stärkeres im Haus? Sie könnte es gebrauchen. Die Antwort würde lauten, weil ihr soziales Leben eine Katastrophe war. Da sie die nicht hören wollte, nicht einmal in Gedanken, verdrängte sie die unerwünschte Überlegung.

Kaum hatte sie den ersten Schluck getrunken, musste sie daran denken, dass sie mit Karls Tod ziemlich genau die Hälfte ihres Freundeskreises verloren hatte. Außer ihm gab es nur noch einen glücklich verheirateten Kollegen, auf den sie ihr Handy umgestellt hatte. Die letzten Jahre hatte sie sich erfolgreich darauf konzentriert, ihre Praxis aufzubauen. Zeit für Freunde oder gesellige Abende hatte sie schlicht und einfach nicht gehabt.

Durch Karl und ihren Bruder hatte sie bisher nichts vermisst. Erst hatte sich ihr Bruder seit Monaten von ihr zurückgezogen und nun … Sie stürzte den Rest des Weins hinunter. Besser ging es ihr dadurch nicht. Ein leichtes Schwindelgefühl erinnerte sie daran, dass sie nichts gefrühstückt hatte. Sie füllte ihr Glas erneut und schnappte sich eine Tüte Chips aus dem Vorratsschrank. Für andere mochten Eis oder Schokolade ein Seelentröster sein, für sie waren es Chips.

Es klingelte. Was war an dem Schild: »Praxis geschlossen, wenden Sie sich an Dr. Teuffel«, so schwer zu verstehen? Sie hatte doch sogar die Telefonnummer und Adresse von Tobias angegeben!

Einfach ignorieren. Irgendwann würde der Besucher schon verschwinden. Es klingelte erneut. Dieses Mal begleitete ein lautes Bellen das Geräusch. Verdammt. Menschen konnte sie abwimmeln, Tiere nicht.

Sie eilte zur Tür, öffnete sie und hätte sie sofort wieder zugeknallt, wenn dieser verdammte Mistkerl nicht seinen Fuß dazwischen gestellt hätte.

»Was willst du?«, fuhr sie Tom an.

Queen winselte leise. Sofort meldete sich ihr schlechtes Gewissen. Die Hündin hatte so viel durchgemacht! Julie überhörte die leise Stimme, die sie daran erinnerte, dass dies auch für Tom galt.

»Hey, meine Schöne. Ich war nicht sauer auf dich. Tut mir leid.«

Niemand konnte so beleidigt gucken wie die Schäferhündin. Erst nachdem ihr Tom einen Hundekuchen gegeben hatte, würdigte Queen Julie wieder eines Blickes.

»Es tut mir leid. Und ehe du fragst: Alles. Und damit meine ich alles. Können wir trotzdem kurz miteinander reden?«

»Warum? Damit du mir auch noch das Haus wegnehmen kannst? Meinetwegen, das gehört sowieso der Bank. Bedien dich.«

Sie wandte sich ab und ging in die Küche. Ob er ihr folgte oder nicht, war ihr egal. Wenn Queen nicht gewesen wäre, hätte sie ihn niemals reingelassen, sondern ihm die Tür gegen den Fuß gedonnert! Und natürlich wenn sie nicht diesen verletzlichen Ausdruck in seinen Augen bemerkt hätte. Wieso musste sie auch so einen scharfen Blick haben? Bei Tieren ging es ja in Ordnung, dass sie die Gefühle spürte, aber doch nicht bei Tom! Der sollte ihr egal sein. War es aber nicht. Und damit hatte sie ein Problem. Ein überaus attraktives. Wieso hatten über zwanzig Jahre nicht gereicht, um das zu ändern?

Sie füllte für Queen Wasser in einen Suppenteller und setzte sich auf einen der Stühle. Wieso hatte sie eigentlich einen Tisch mit vier Stühlen in der Küche stehen, wenn sie sowieso nie Besuch bekam? Ihr Leben war eindeutig ein Trümmerhaufen und bestand nur noch aus Fragen, deren Antworten sie nicht kannte oder nicht kennen wollte.

Tom stand zögernd mitten im Raum, während Queen trank.

»Im Schrank über der Spüle sind Gläser, Cola und noch einiges anderes findest du im Kühlschrank.«

»Danke.« Er betrachtete neugierig den Krug, in dem Zitronenscheiben und Minzstängel in gefiltertem Wasser schwammen. Er würde doch nicht ... Doch. Er würde. Karl und Christian hatten ihre Wasserkreationen immer misstrauisch oder amüsiert betrachtet, aber niemals probiert.

»Wo soll ich beginnen?«, fragte er sie.

»Wo drin sind Christian und Karl verwickelt? Wer hat ihn umgebracht?«

»Wow, das nenne ich einen Kaltstart. Ich weiß nicht, wer der Mörder ist, aber ich werde ihn finden und er wird dafür bezahlen.«

»Wieso trägst du eine Waffe?«

Tom zögerte und holte dann einen Ausweis aus seiner Brieftasche, den er ihr hinschob.

»Hamburger LKA? Das verstehe ich nicht. Ich dachte, du bist Soldat!«

»Bin ich.«

Julie stopfte sich eine Handvoll Chips in den Mund und wünschte sich, sie könnte Tom so zermahlen, wie sie es mit dem Salzgebäck tat. Konnte er nicht in vollständigen Sätzen mit ihr reden?

»Okay, so sind die Regeln: Entweder du antwortest vernünftig oder du verschwindest. Ist doch ganz einfach, oder?«

Tom zog die Tüte zu sich rüber. »Du hast einen super Geschmack. Das Wasser ist großartig und das ist meine Lieblingssorte.«

»Wenn du glaubst, so um die Antworten herumzukommen, dann ...«

»Tue ich gar nicht. Ich suche nur nach einem vernünftigen Anfang.«

Für einen Moment wirkte er so verloren, dass sie fast nach seiner Hand gegriffen hätte. Dann tat sie es einfach.

Er hob minimal die Mundwinkel und sie hatte den Eindruck, dass er eine Entscheidung getroffen hatte.

»Meine Einheit arbeitet ziemlich oft mit der Polizei zusammen, wir übernehmen so ähnliche Aufgaben.«

Davon hatte sie doch schon mal was gelesen. »Du meinst eine Spezialeinheit? Das KSK hat doch solche Jobs in Afghanistan erledigt.«

»Das weißt du?«

Sie zog ihre Hand zurück, unterdrückte aber eine bissige Antwort. Toms Worte klangen, als ob er sie für völlig uninformiert hielt, doch Herablassung hatte nie zu seiner Art gehört und sie war vermutlich ein wenig empfindlich. »Ja, da war mal ein Bericht über die Schäferhunde, die manchmal Teil solcher Teams sind. Die können mit Fallschirmen abspringen, tragen Kameras in einem speziellen Geschirr und … Egal. Du gehörst also zu denen?«

Plötzlich hatte sie Bilder aus Rambo und ähnlichen Filmen vor Augen. Sie hatte sich immer vorgestellt, dass er … Ja, was eigentlich? Jedenfalls irgendwas anderes machen würde. Obwohl sie sich in dem Bereich nicht auskannte, war ihr instinktiv klar, dass es ungewöhnlich war, dass er ihr gegenüber so offen sprach. Das verbuchte sie als Pluspunkt, der jedoch bei der beeindruckenden Negativliste nicht weiter auffiel.

»Ja. Also nicht zum KSK, sondern zu den amerikanischen SEALs.« Er sah zu Queen. »Karl wollte, dass wir uns anfreunden, deshalb konnte ich sie dir nicht überlassen. Ich hatte das Gefühl, er hat sie für mich gekauft. Falls das dumm klingt, entschuldige ich mich dafür.«

Sie hätte das zu gerne abgestritten, aber ihre Ehrlichkeit siegte. »Das glaube ich auch. Ihre Majestät ist das, was man einen Männerhund nennt. Wir kommen gut miteinander aus, aber letztlich duldet sie mich nur. Karl hat sie geliebt und für dich wird sie das gleiche empfinden oder tut es schon. Außerdem hat sie dank dir noch gar nicht begriffen, dass sie ihr Herrchen nie wiedersehen wird.«

Tom ballte die Hand zur Faust, aber sie hatte das leichte Zittern noch bemerkt.

Ehe sie sich für ihre wenig einfühlsamen Worte entschuldigen konnte, zeigte er auf die Hündin. »Wir haben uns gestern und auch heute gut verstanden. Karl erwähnte, dass er sie ausbildet?«

»Ja, wobei er mir das meiste überlassen hat. Sie ist dabei, das zu lernen, was Schutzhunde so drauf haben müssen.«

»Und wie ist ihr Angriffsbefehl?«

Sie stutzte. »Du kennst dich ja wirklich aus.«

Er grinste flüchtig. »Für Militärhunde gilt das gleiche wie für ihre Kollegen bei der Polizei: Bei ›fass‹ holen sie höchstens ein Fass Bier, es gibt ein anderes Wort, bei dem sie angreifen.«

»Wir können gleich mit ihr nach draußen gehen, dann zeigen wir dir ein paar Tricks. Sie ist an Schussgeräusche gewöhnt und kann auch schon einige Sprengstoffe identifizieren. Aber erst zurück zu Karl. Ich weiß genau, dass er und Christian etwas vor mir verborgen haben. Was ist das? Wieso musste ein so alter, harmloser Mann sterben? Und wieso war er alleine, wenn er in Gefahr war? Wo warst du? Wo war Christian? Und kannst du bei deinem Job überhaupt einen Hund halten?«

Schlagartig verdunkelte sich Toms Miene.

Es war, als fühlte sie seinen Schmerz. Wie konnte er ihr so fremd und doch so vertraut sein? Wie konnte es sein, dass sie so sauer auf ihn und dennoch unendlich besorgt um ihn war?

»Das war kein Vorwurf!«, stellte sie klar. »Ich will es nur verstehen. Begreifen kann ich es nicht, aber vielleicht irgendwann verstehen.«

»Die beiden haben dir nichts erzählt? Gar nichts?«

»Nein. Christian ist seit ein paar Monaten nicht mehr er selbst. Ich erkenne ihn nicht wieder. Er vernachlässigt sich, das Haus, mich. Einfach alles.«

»Zu deiner Frage wegen Queen.« Die Hündin hörte ihren Namen, kam angetrottet und legte wieder ihren Kopf auf Toms Oberschenkel. Anscheinend war das nun einer ihrer Lieblingsplätze. »Ich habe keine Ahnung, wie ich das mit ihr mache. Es muss einfach irgendwie passen. Bisher habe ich immer auf ein Pferd oder einen Hund verzichtet, weil der Beruf vorging. Aber nun weiß ich nicht einmal, ob ich am Ende überhaupt noch einen Job habe, oder genauer gesagt, haben will.«

»Dann suchst du dir eben etwas anders! Außerdem weichst du gerade meinen Fragen aus.«

Tom stand auf und füllte sein Wasserglas erneut. »Nein, das mache ich nicht. Du schießt nur so viele Schüsse ab, dass ich mich bemühe, sie strukturiert abzuarbeiten. Mir geht es nicht um meinen Job, sondern um mein Team. Wir sind wie … Familie. Die verlässt man nicht so einfach. Aber das muss warten. Zurück zu Karl.«

»Moment noch. Es ist doch nicht gerade üblich, dass man so offen über seine Zugehörigkeit zu einer Spezialeinheit spricht, oder?«

Tom erwiderte ihren prüfenden Blick offen. »Nein, ist es nicht. Aber ich wollte nicht gleich mit Ausflüchten beginnen. Außerdem bin ich sicher, dass du das nicht an die große Glocke hängst. Allerdings …«

»Was?«, schnappte sie, als er nicht weitersprach.

Er hob einen Mundwinkel zu einem schiefen Grinsen. »Na gut. Aber gehe nicht auf mich los, wenn du eigentlich auf deinen Bruder sauer bist. Ich habe mich nur gefragt, warum Karl und Christian dir das verschwiegen haben. Sie sind oder waren exzellent über mein Leben informiert, kennen sogar Details von Aufträgen. Damit hatte ich nicht gerechnet.«

Wut kochte in ihr hoch. Anscheinend hatte ihr Bruder ihr so viel mehr verschwiegen! Wieso? Sie hatte das Gefühl, ihn nicht mehr zu kennen. »Danke, dass du dich nicht so verhältst, wie die beiden es getan haben.«

Seine blauen Augen schienen direkt in ihre Seele zu blicken. »Auch wenn sie dich schützen wollten, war es falsch, dich so auszuschließen. Das tut weh.«

Schon früher hatte er immer verstanden, was in ihr vorging. Das hatte sich also nicht geändert. »Ja. Aber nun erzähl bitte, worum es hier eigentlich geht. Und wieso du zurückgekommen bist.«

Und das tat er. Während Julie ihm aufmerksam zuhörte und sich dabei etliche Male zwingen musste, ihn nicht zu unterbrechen, schenkte sie sich ein drittes Glas Wein ein. Von wegen Alkohol half nicht! Ohne würde sie schreiend aus der Küche rennen, vermutlich bis zur Ostsee. Zweimal hatte man versucht, Tom zu töten? Gold im Wert von Millionen oder Milliarden Euro irgendwo in der Nähe versteckt? Wahnsinn. Und das Wort traf es noch nicht einmal annähernd. Obwohl sie das Gefühl hatte, ihr Kopf konnte keine weiteren Informationen verarbeiten, fehlte ein wichtiges Detail, als Tom endlich schwieg.

»Was für eine Rolle spielt Christian dabei?«

»Ich hatte gehofft, dass du das weißt. Er hat vorhin versucht, sich die Festplatte und das Notebook von Karl anzueignen. Oh verdammt, das habe ich vergessen. Lässt du mich wieder rein, wenn ich das Gerät hole? Jake, das ist mein stellvertretender Teamchef, killt mich, wenn die Stromzufuhr abbricht. Ich hatte nicht vor, dich so lange aufzuhalten. Eigentlich wollte ich überhaupt nicht, aber … Also?«

»Mach«, erwiderte sie lediglich, weil sie noch längst nicht wusste, was sie über Tom und alles andere sagen oder auch nur denken sollte.

Wenige Minuten später stand sein Notebook auf der Arbeitsplatte und besetzte die Steckdose, die für ihren Toaster reserviert war.

»Noch vier Prozent Akkuleistung, das wäre fast schief gegangen.«

Julie betrachtete das Gerät. »Dann musst du wohl noch hierbleiben.«

»Ich habe einen Adapter für den Wagen.« Abwartend sah er sie an.

»Ich möchte nicht alleine sein. Wenn du noch Zeit hast, zeigen Ihre Hoheit und ich dir, was wir bisher gelernt haben.«

»Sehr gerne. Ich wüsste im Moment sowieso nicht, wo ich hinsollte. Mich reizt es weder, meine Freunde und Kollegen zu treffen, obwohl ich das wohl tun sollte, noch irgendwo herumzuhängen.«

»Weil du niemanden in Gefahr bringen willst …« Tom stritt ihre Überlegung nicht ab. »Niemand kennt unsere Verbindung. Hier bist du sicher.«

Tom deutete auf die fast leere Flasche Wein. »Liegt es daran oder bist du im Nebenjob Polizistin? Du bist verdammt schnell und gut mit deinen Schlussfolgerungen. Andererseits warst du schon in der Schule ein Ass. Erzählst du mir von dir? Wir könnten etwas essen und danach zeigst du mir, was Queen draufhat.«

Sie stand auf und setzte sich sofort wieder, weil die

Welt ein wenig schwankte. »Willst du kochen?«

Tom öffnete den Kühlschrank und nickte dann. »Vertraust du mir?«

»Nur in Bezug auf eine Mahlzeit und vielleicht revidiere ich meine Meinung, wenn es nicht schmeckt.«

Er legte sich eine Hand aufs Herz. »Autsch. Das tut weh, aber das habe ich wohl verdient.«

Sie wussten beide, dass in dem scheinbar harmlosen Schlagabtausch so viel mehr mitschwang.

Sein Omelette überraschte sie. Er benutzte ein paar übrig gebliebene Kartoffeln, eine Paprika, Käse, Mettwurst und die restlichen Eier. Von einem Abstecher in ihren Garten kehrte er mit einer Handvoll Kräutern zurück. Schließlich trennte er sogar noch sein Notebook für einen Augenblick vom Strom, um zwei Scheiben Brot zu toasten, die er mit Butter bestrich und mit feingehakter Petersilie bestreute.

So sehr sie sich auch versuchte zu erinnern, ihr fiel keine Gelegenheit ein, bei der jemand für sie gekocht hatte.

Es sah nicht nur köstlich aus, sondern schmeckte auch so. Der leichte Anflug eines Schwips verflog, zumal sie sich nun konsequent auf Wasser beschränkte.

Julie gelang es, gleichzeitig zu essen, und ihm die wichtigsten Stichpunkte aus ihrem Leben zu erzählen. Viel gab es da nicht. Ein glänzendes Abi, ein schnelles Studium und die Gründung der mobilen Tierarztpraxis.

»Das bedeutet, du hast hier keine Räume für die Tiere?«

»Nur für Notfälle. Ich kann ein paar Patienten aufnehmen und eines der Zimmer ist als Behandlungszimmer eingerichtet, aber es ist keine konventionelle Praxis.«

»Warum arbeitest du als mobiler Tierarzt?«

»Bei Großtieren ist es normal, dass der Arzt ins Haus kommt, bei Kleintieren nicht, dabei ist ein Besuch in der Praxis extrem stressig für sie. Im Wartebereich sitzen Katzen und Hunde, teilweise eingesperrt in engen Transportboxen. Das ist meistens ein Höllenlärm. Dazu dann noch verängstigte Nager wie Meerschweinchen oder Kaninchen oder Chinchillas. Kaum eine Praxis hat genügend Platz für getrennte Wartezimmer.«

»Das klingt gut. Dann liegt dir das Wohl der Tiere mehr am Herzen als ein hohes Einkommen.«

»Stimmt, aber ich komme ganz gut zurecht. Reich wird man nicht, aber für dieses Haus hat es gereicht.«

»Es ist sehr schön, nur die Lage hat mich überrascht.«

Das war noch nett ausgedrückt. In Mitten eines Gewerbegebiets rechnete niemand mit einem Wohngebäude. »Nun ja. Es gibt ein Spielcasino, das auch Sportwetten anbietet. In dem Mehrfamilienhaus auf der anderen Seite werden oben die Zimmer stundenweise vermietet und unten wohnt eine Flüchtlingsfamilie. Der Sohn ist sehr nett und hat mir schon einige Male mit dem Garten geholfen. Oben an der Ecke sind Supermarkt und Bäcker. Was will man mehr?«

Er sagte nichts.

Julie grinste. »Der Garten hat mich überzeugt, aber ich würde sofort etwas besser Gelegenes kaufen, wenn ich das Geld hätte.«

»Warum hast du nicht das Haus deiner Eltern behalten? Die jetzigen Besitzer verwandeln es in einen Schrottplatz.«

Sie stand so schnell auf, dass ihr Stuhl umzukippen drohte. Sofort sprang auch Queen auf. »Erinnere mich nicht daran! Du darfst genau einmal raten, wer dort wohnt und alles, wirklich alles vernachlässigt. Inklusive seiner Körperpflege und … Ach, einfach alles. Entschuldige, ich wollte nicht so über meinen eigenen Bruder herziehen. Ich hole Queens Sachen.«

Tom hielt sie am Arm fest, als sie an ihm vorbeilaufen wollte. »Das war kein Lästern über Christian. Ich habe es als die Worte einer sehr besorgten Schwester aufgefasst. Wir klären, was mit ihm los ist. Jetzt erinnere ich mich auch, dass er gegenüber einem der Polizisten gesagt hatte, dass er ein Nachbar wäre. Ich habe da nicht sofort geschaltet.«

»Du rechnest ja auch nicht damit, dass er sich so verändert! Ich bin gleich wieder da.«

Obwohl sie es gewesen war, die sich seiner Berührung entzogen hatte, vermisste sie die Wärme seiner Hand. Das konnte ja noch lustig werden! Vorsichtshalber schob sie ihre Reaktion auf den Wein.

Als sie zurückkehrte, blickte Tom auf das Display des Monitors. »Wir haben Zugriff auf die Festplatte.«

»Dann willst du dir die Dateien ansehen?«

»Nein, ich habe Jake geschrieben, was ich wissen möchte. Er kümmert sich darum.«

»Wie? Er ist doch dein Boss. Und der macht einfach, was du sagst? Wie ist eigentlich dein Rang? Bist du Offizier?«

»Nein, das ging nicht wegen … der Vorstrafen. Ich bin Chief, also Unteroffizier. Aber bei den SEALs geht es nicht streng hierarchisch zu. Jeder tut, was er am besten kann. Diese Ermittlungen leite ich und die anderen helfen mir.« Er zeigte ihr wieder sein schiefes Lächeln und zum ersten Mal erreichte es seine Augen. »Trotzdem gibt es keinen Zweifel daran, wer das Sagen hat.«

»Vorstrafen? Damit hast du mich daran erinnert, dass du mir nichts über dich erzählt hast! Das holen wir nach. Ich will alles wissen.«

Sie wandte sich ab, ehe er zustimmen oder ablehnen konnte.

Der Garten war ihr Lieblingsort und der Grund, warum sie die wenig ansprechende Lage ertrug. Ein alter Baumbestand, eine weitläufige Rasenfläche und zwei Beete. Eines mit Kräutern und Gemüsepflanzen, eines mit bunten Stauden, das im Sommer von Bienen und Schmetterlingen belagert wurde.

»Wenn man diesen traumhaften Ort, den See und das Haus meines Großvaters kombinieren könnte«, überlegte Tom laut.

Sie ahnte, dass die Worte nicht für sie bestimmt waren und kommentierte sie nicht, dabei war ihr das auch schon oft durch den Kopf gegangen. Karl hatte Wert auf einen pflegeleichten Garten gelegt und einen konservativen Geschmack gehabt. Die Büsche dort verdienten maximal die Bezeichnung nett und Blumen suchte man vergeblich.

Queen verhielt sich vorbildlich. Sie brachte auf Befehl das jeweilige Spielzeug und führte auch sämtliche Anweisungen korrekt aus. Es wirkte, als ob die Hündin Tom beeindrucken wollte, und das gelang ihr. Er betrachtete jede Übung mit Stolz und lobte Queen überschwänglich. So ungern Julie es auch zugab, die beiden passten perfekt zusammen.

»Sie hat eine unglaubliche Auffassungsgabe und kennt viele Wörter. Karl hatte ihr auch noch ein paar Dinge beigebracht, die ich dir hier nicht zeigen kann. Das holen wir irgendwann nach. Geh mal bitte zu der Kastanie und stell dich hinter den Stamm.«

Julie lenkte die Hündin ab und wartete, bis von Tom keine Spur mehr zu sehen war.

»Hol Tom«, befahl sie dann. »Wo ist Tom? Bring ihn zu mir. Los!«

Queen rannte los, allerdings an der Kastanie vorbei und blieb bellend vor einer Weide stehen. Dann ging sie um den Stamm herum und wenig später hörte Julie, dass Tom energisch protestierte.

Lachend lief sie zu ihnen. Mann und Hund lieferten sich eine spielerische Balgerei, bei der Tom jederzeit die Kontrolle behielt.

Genau so sollte es sein.

Julie pfiff laut. Queen sprang zurück. »Bring ihn mir! Hol Tom!«

Die Hündin schnappte nach Toms T-Shirt und zerrte ihn zu Julie.

»Brav. Sehr gut, mein Mädchen.« Zufrieden legte sich Queen auf den Rasen und verspeiste ihren Hundekuchen. Julie hätte gewettet, dass sie dabei grinste.

»Du hast versucht, sie auszutricksen«, warf Julie ihm vor. »Ich würde sagen, eins zu null für die Dame mit der Fellnase.«

Queen hob den Kopf und bellte.

Lachend hob Tom die Hände. »Ihr habt gewonnen.«

Als sie zurück zum Haus gingen, änderte sich Queens Verhalten urplötzlich. Ihre Nackenhaare stellten sich auf und sie knurrte leise.

Julie blieb stehen. Tom benötigte keine Erklärung. Er hatte bereits die Pistole aus dem Schulterhalfter gezogen. »Bleib hier. Ich sehe nach, wer sich dort herumtreibt. Ich gehe davon aus, dass sie so nicht auf den Postboten reagiert?«

»Nein. Und Pakete werden an eine Packstation geliefert.«

»Na, dann. Komm mit Queen. Bei Fuß!«

Die Hündin folgte ihm, ohne zu zögern. Glaubte er ernsthaft, Julie würde brav abwarten? Nachdem sie ihre Schrecksekunde überwunden hatte, rannte sie ebenfalls los.

Kapitel 20

Dirk Richter genoss den Luxus, von seinem eigenen Arbeitszimmer aus arbeiten zu können. Mit einem nicht ganz legalen Trick hatte Jake ihm den Zugriff auf die Programme und Daten ermöglicht, die er auch im Büro nutzte. So blieb ihm bei Bedarf die Fahrt erspart und er hatte seine Ruhe.

Neben ihm fiepte Pascha leise im Schlaf. Die Pfote des Labradormischlings zuckte im Traum.

Nun ja, weitestgehend seine Ruhe.

Er war heute jedoch nicht aus Bequemlichkeit zu Hause geblieben, sondern hatte sich dazu entschieden, nachdem er von Karl von Ehrenbergs Tod erfahren hatte. Dieser Fall machte ihn wahnsinnig. Egal, wie er es drehte und wendete, er kam keinen Schritt weiter. Das hätte ihm schon unter normalen Umständen die Stimmung verhagelt, doch hier ging es um Tom, einen Freund. Es gab keinen logischen Grund, dass jemand jahrelang, sogar jahrzehntelang, einen Goldschatz nicht beachtete und dann aus heiterem Himmel Druck auf Karl ausübte. Und wieso sollte jemand den einzigen Menschen umbringen, der wusste, wo das Gold lag? Wobei er bisher noch nicht einmal sicher war, ob es diesen Schatz aus der Nazizeit tatsächlich gab. In gewisser Weise klang das Ganze nach einem Mythos. Andererseits gab es Dinge wie das Bernsteinzimmer, die während des Zweiten Weltkrieges nachweislich verschollen waren.

Von Zuhause aus hatte er nicht nur Zugriff auf den

Polizeicomputer, sondern auch auf Datenbanken, die die SEALs im Rahmen der Terrorbekämpfung nutzten. Bisher hatte er in diesen Quellen keinen Ansatzpunkt gefunden, wenn das nicht bald der Fall war, wusste er nicht weiter. Wenn er nur nicht das Gefühl gehabt hätte, irgendetwas zu übersehen.

Nachdenklich drehte er einen Ball in der Hand, der eigentlich Pascha gehörte.

Als die Tür zu seinem Zimmer geöffnet wurde, hatte er schon einen bissigen Kommentar für seine Frau wegen der Störung parat, doch nicht sie, sondern Mark betrat den Raum. Ohne Begrüßung ließ sein Freund sich in seinen Lieblingssessel fallen und sah einen Moment zu lange auf die Whiskysammlung in dem Regal.

»Es ist nicht zu früh«, stellte Dirk fest.

»Wenn du es sagst.«

Einen Augenblick später standen zwei Gläser vor ihnen. Statt zu einem der torfigen Single Malt zu greifen, hatte Mark eine leichtere Sorte gewählt, die sie seltener tranken. Der zwölf Jahre alte Glenmorangie Lasanta passte mit seinem milden Aroma perfekt zur Situation und Tageszeit.

Nachdenklich betrachtete Dirk seinen Freund, nachdem sie den ersten Schluck getrunken hatten. Diese unnahbare Miene kannte er.

»Dich beschäftigt nicht nur dieser Wahnsinn rund um Tom.« Er formulierte den Satz absichtlich als Feststellung und überlegte gleichzeitig, wo es noch brennen könnte. Ihm fiel nichts ein.

»Stimmt. Es gibt feste Pläne, unser Team zu verlegen. Zurück an die Ostküste.«

Der Whisky schmeckte plötzlich wie Spülwasser. Für Soldaten war es normal, dass sie versetzt wurden. Viel zu lange hatten sie es für selbstverständlich gehalten, dass die SEALs offiziell von Rostock aus operierten, jedoch überwiegend bei der Bundespolizei in der Nähe von Lübeck trainierten, von Hamburg aus zu ihren Einsätzen aufbrachen und hier ihren Lebensmittelpunkt hatten. Da der Admiral gleichzeitig Marks Vater war, hatte keiner eine Gefahr für diese komfortable Konstellation gesehen. Bis jetzt.

»Verdammte Scheiße«, fiel Dirk nur ein. »Bis auf Fox und vielleicht Jake hat jeder hier Familie, Freunde, einfach alles. Welches Arschloch hat sich denn den Mist ausgedacht?« Als Mark antworten wollte, winkte Dirk ab. »Vergiss es. Wenn dein Vater nicht dagegen ankommt, kann es nur diese schlechte Karikatur eines Präsidenten sein. Warum?«

»Weil wir zu oft eigene Wege gegangen sind – und wegen der Zusammenarbeit mit *Black Cell*.«

»Was beides immer überaus erfolgreich war. Der spinnt doch total! Der hat sein Hotel neben dem Weißen Haus und verdient sich daran eine goldene Nase und uns macht er wegen *Black Cell* an?«

»Es geht nicht darum, dass wir uns bereichert hätten. Den Vorwurf konnte der Admiral locker kontern, dank dir ist die Buchführung beider Firmen wasserdicht. Ihn stört es, dass wir im Verborgenen operieren und er mit uns keine Schlagzeilen machen kann. Das ist die Quittung.«

Schweigen breitete sich zwischen ihnen aus, während sich Dirks Gedanken überschlugen. Einen groben Ausweg konnte er erkennen, denn sie hatten sich schon zu oft über den aktuellen amerikanischen Oberbefehlshaber geärgert. Doch es gab etliche kritische Punkte, wenn das funktionieren sollte. »Es wäre kein Problem, wenn dein Team aussteigt und nur noch für *Black Cell* arbeitet«, erklärte Dirk und wusste bereits, das Mark dies auch klar gewesen war – und was seinen Freund davon abhielt. »Du kannst nicht einfach hinschmeißen, weil du sonst die anderen Teams im Stich lässt. Oder anders ausgedrückt, dein Nachfolger würde Brian, Rage oder Luc werden. Richtig? Ich tippe auf Luc. Und das möchtest du ihm nicht zumuten.«

»Fast richtig. Das wäre normal, aber mit diesem Präsidenten ist nichts normal. Man würde keinem von ihnen den Job anbieten, sondern die Teams würden zurück in den regulären Dienst versetzt werden. Gleichzeitig würde mein Vater seinen Abschied einreichen.«

Der Schwachsinn brachte Dirk dazu, sein Glas in einem Zug zu leeren. Seit Jahren operierten einige Teams der SEALs außerhalb ihrer normalen Aufgabenbereiche, indem sie entweder eng mit nationalen Polizeibehörden zusammenarbeiteten oder diesen Aspekt gleich selbst miterledigten. Der Admiral hatte zunächst alleine drei der Einheiten geführt und sich später die Aufgabe mit Mark geteilt. Die nun insgesamt sechs Teams waren überaus erfolgreich. Es gab keinen Grund an dieser Vorgehensweise etwas zu ändern – außer dem selbstgefälligem Gehabe eines Politikers.

Für jeden der SEALs war es Alltag, dass sie regelmäßig einige Wochen unterwegs und damit von ihren Partnern und Kindern getrennt waren, aber ein Umzug nach Amerika wäre ein ganz anderes Kaliber. Dirk hatte keine Idee, wie seine Freunde das bewältigen sollten. Pats Frau und Tochter, Marks Familie, Daniels Verlobte … Niemand von ihnen konnte Deutschland einfach mal eben so verlassen.

»Das weiß der Mistkerl doch bestimmt ganz genau«, murmelte Dirk leise.

Mark hatte ihn trotzdem verstanden. »Davon kannst du ausgehen. Er ist über unsere persönlichen Verhältnisse garantiert informiert.«

»Was sagt Jake dazu?« Marks Miene beantwortete die Frage. »Verstehe, du hast noch nicht mit ihm darüber gesprochen.«

Dirk starrte in sein leeres Glas. »Es gibt eine Möglichkeit. Die ist nicht perfekt, aber eine mögliche Lösung, bei der nur wenige auf der Strecke bleiben.«

Ratlos sah Mark ihn an. Dirk wollte ihm gerade seine Idee erklären, als ihn ein Gedanke durchzuckte. »Verdammt, das ist es. Deshalb dieser unregelmäßige Griff nach dem Gold.«

Mark stellte sein Glas so heftig auf dem Tisch ab, dass Dirk besorgt überprüfte, ob das Holz gelitten hatte. »Erklär mir, was du meinst!«

»Okay, zunächst zum Navy-Schwachsinn. Mach mir eine Liste der SEALs, die ihren Abschied einreichen würden, wenn sie zurück in den regulären Dienst müssten. Ich kann nicht abschätzen, ob es alle sind. Aber was ich kann, ist eine saubere Kalkulation aufzustellen, wie viele Teams die beiden *Black Cell*-Firmen verkraften könnten. Ich wette, das haut hin. Zur Not können wir eine Kapitalerhöhung durchführen, wir alle haben einige

Reserven und die DeGrasse sowieso. Außerdem wären weitere Anteilseigner möglich. Denk nur an Lucs Vater, der wäre begeistert , wenn er sich beteiligen könnte.«

»Schon, aber ich nicht, denn dann nervt Thomas Schroeder nicht nur Luc, sondern auch uns.«

Dirk lachte. »Wäre dir dein Vater lieber? Der könnte ja auch einsteigen.«

Mark stöhnte bei der Vorstellung.

So langsam bekam Dirk Mitleid mit seinem Freund. »Besorg mir die Liste, am besten mit ihren Gehaltsstufen. Ich erstelle eine Prognoserechnung über drei Jahre, dann sehen wir weiter.«

»Hast du da nicht einen Punkt vergessen?«

Dirk schüttelte den Kopf. »Du denkst an die Ressourcen der Navy, auf die wir zugreifen? Entweder werden wir die als Spesen umlegen oder wir sichern uns wie bisher vertraglich die Ausrüstung, Flugzeuge, Hubschrauber und so weiter. Das ist ein Problem, aber ein lösbares. Wir stehen finanziell gut genug da, um eine Zeit lang solche Auslagen vorzuschießen. Außerdem können wir uns ja ein bisschen was von dem Gold abzweigen, wenn wir es gefunden haben.«

Marks Blick hatte es in sich. »Vergiss das lieber ganz schnell. Du siehst da tatsächlich eine Möglichkeit? Ich hatte das für utopisch gehalten.«

Dirk hob demonstrativ eine Augenbraue. »Das heißt dann wohl, dass du allmählich die Fähigkeiten aus deinem früheren Job als Wirtschaftsprüfer verlernst. Tja, das Alter macht vor keinem Halt, aber dafür hast du ja mich.«

Der gönnerhafte Ton verfehlte seine Wirkung nicht. Marks Augen funkelten amüsiert. »Wenn du dich wirklich mit mir anlegen willst, lass uns einen Termin ausmachen. Du wählst die Waffe.«

»Ich komme drauf zurück. Es gibt da tatsächlich ein, zwei Nahkampftricks, die ich gerne mal testen möchte.«

»Gut. Und nun verrate mir, was du noch meintest. In Bezug auf Toms Fall.«

»Sofort. Denk du mal lieber darüber nach, ob das mit dem Gold nicht auch eine Möglichkeit wäre. Mir kommt da gerade ein Gedanke. Ich forsche da mal nach.« Um Mark keine Möglichkeit zu geben, die Diskussion fortzusetzen, kam Dirk sofort zum nächsten Punkt. »Mir war es bisher bei unserem oder Toms Fall ein Rätsel, warum nur zeitweise dem Gold nachgejagt wurde. Der Grund kann eine ähnliche Situation wie bei uns sein: Ein Mensch oder eine Firma, die nur zu bestimmten Zeitpunkten ein Sparschwein schlachten muss.«

Die Tür flog auf und Sven stürmte ins Zimmer. Er bedachte die Whiskygläser mit einem Nicken, schenkte sich in Dirks Glas einen Fingerbreit ein und leerte es in einem Zug. »Das habe ich gebraucht. Ich habe deinen letzten Satz gehört. Die Zeitpunkte, an denen Geld gebraucht wurde, finden wir raus. Da ist der Tod von Toms Eltern, seine Reise zu seiner Großmutter … Endlich mal ein Ansatzpunkt! Ich wäre in Hamburg fast durchgedreht, weil ich nicht weiterkam. Und warum schüttet ihr schon mittags den guten Stoff in euch hinein?«

Dirk überließ es Mark, ob er Sven in die Pläne der Navy einweihen wollte, rechnete jedoch nicht damit. Zu seiner Überraschung tat der SEAL es.

Zwischen Svens Augenbrauen bildete sich eine Falte. »Es ist gut, dass Dirk einen Plan B aus dem Hut zaubert, aber ich kann mir nicht vorstellen, dass euer Oberboss das wirklich durchzieht. Er hat schon zu oft solche Ankündigungen gemacht und dann den Schwanz eingezogen. Wenn ich auch nur ansatzweise mit meinem Verdacht richtig liege, könnte dieser Fall solche Schlagzeilen verursachen, dass ihr ein paar Wochen oder Monate Ruhe habt.«

Dirk holte ein weiteres Glas aus dem Regal, da es nicht so aussah, als ob Sven seins wiederhergeben würde. »Ich dachte, dein Vormittag war frustrierend.«

»Das kommt drauf an, wie man es sieht. Ich habe nichts über die Rolle von Christian Metternich herausfinden können. Entweder ist er ein korruptes Arschloch oder sein Einsatz ist so hoch aufgehängt, dass niemand außer einem oder zwei Kollegen Bescheid wissen.«

Kopfschüttelnd füllte Dirk die Gläser erneut. »Ich kann mir nur schwer vorstellen, dass Martin so etwas nicht erfahren würde. Seine Jungs müssten ihm doch im Ernstfall den Hintern retten.«

Mark, der den Leiter des Mobilen Einsatzkommandos in Kiel ebenfalls kannte und schätzte, nickte sofort. »Sehe ich auch so.«

»Damit schlägt der Zeiger Richtung Arschloch aus. Jake hat die Festplatte von Toms Großvater geknackt. Auch dort gibt es keinen Hinweis auf verdeckte Ermittlungen. Wegen der restlichen Informationen bin ich hier, die wollte ich mir mit Dirk gemeinsam ansehen, wobei das so viel ist, da brauchen wir Unterstützung. Aber eins habe ich noch. Brownie war erfolgreich. Toms Vater gehörte einer ganz speziellen Einheit der Army an, die haben schwerpunktmäßig Kunstgegenstände gesichert, zum Beispiel im Irak. Da haben sie sich ein Feuergefecht mit amerikanischen Soldaten geliefert, die das Museum plündern wollten. Karl hat Unterlagen über die Mistkerle gespeichert, denn die haben nicht von alleine so gehandelt, sondern wurden offenbar beauftragt. Und die inzwischen aufgelöste Sicherheitsfirma *Blackwater* ist da auch drin involviert. Das ist kein Rattennest, auf das wir da gestoßen sind, sondern etwas viel Größeres.«

Da Dirk sich nicht daran erinnern konnte, dass sein Partner mit einer Einschätzung jemals falschgelegen hatte, seufzte er. »Das hat uns gerade noch gefehlt. Hast du denn auch noch eine Theorie, warum jemand ausgerechnet denjenigen umgebracht hat, der anscheinend weiß, wo das Gold liegt?«

»Klar. Ich gehe davon aus, dass wir es mit verschiedenen Parteien zu tun haben.«

»Das wird ja immer besser. Wir reden also über Verbrecher, die ausreichend finanzielle Mittel und entsprechende Beziehungen haben, um einen Killer anzuheuern und auch keinerlei Skrupel, einen älteren Herrn umzulegen. Dazu noch einen oder mehrere korrupte Polizisten in Kiel und ein durchgeknalltes Staatsoberhaupt. Habe ich noch was vergessen?«

Sven hob sein Glas. »Ja. Nachzufüllen.«

***

Christian Metternich starrte an die Decke seines Schlafzimmers. Es war riskant gewesen, sich krankzumelden, aber noch gefährlicher wäre es gewesen, übernächtigt und frustriert zum Dienst zu erscheinen.

Dann sollte sein Vorgesetzter lieber denken, er litt an den Folgen eines Katers. Seinem Ruf würde das keinen weiteren Schaden zufügen, der war bereits erfolgreich ruiniert.

Wieso hatten sie Karl erschossen? Er verstand es einfach nicht. Karl hätte doch aufgrund seines Wissens sicher sein müssen. Nun war der Mann, der ihm Großvater und Freund zugleich gewesen war, tot. Der Schmerz über den Verlust war schon enorm, aber in Kombination mit den Selbstvorwürfen unerträglich. Als ob das nicht alles schlimm genug wäre, hatte er auch keinen Zugriff auf Karls Daten. Tom würde nach dem Zwischenfall mit der Festplatte niemals mit ihm zusammenarbeiten. Vielleicht hätten sie eine Chance, wenn sein ehemaliger Freund ihm vertrauen würde, doch das würde er nicht tun.

Er musste hier raus. Die Decke drohte ihm auf den Kopf zu fallen. Dazu der Dreck und die Unordnung. Theoretisch hätte er die unerwartete freie Zeit zum Aufräumen oder Schlafen nutzen sollen, aber dafür fehlte ihm die Energie.

Früher wäre Christian den schmalen Sandweg, der einmal um den See herumführte, entlang gejoggt, heute reichte seine Kondition nur für einen schnellen Spaziergang. Die frische Luft tat ihm gut, dazu die Einsamkeit, weil kaum jemand diesen Pfad kannte. Früher waren Tom, Julie und er regelmäßig hierhergekommen. Sie hatten die Stellen gekannt, an denen man ins Wasser kam, ohne sich in Schlingpflanzen zu verheddern, oder die Bäume, auf deren stabilen Ästen man weit hinaufklettern konnte. Tom und er waren ständig zusammen gewesen, nichts hatte sie trennen können. Streits hatten nur wenige

Minuten gedauert. Irgendwann hatte seine nervige kleine Schwester sich ihnen angeschlossen. Nach den ersten Tagen, in denen sie das Mädchen ständig mit irgendwelchem Zeug aufgezogen hatten, war ihr Respekt vor Julie gewachsen. Sie schwamm wie ein Fisch und kletterte furchtlos wie ein Eichhörnchen die Bäume hinauf.

Abends hatten sie dann meistens zusammen gegessen, erst abwechselnd bei Tom und ihnen, später dann nur noch bei ihren Eltern. Ganz langsam hatte sich ihre Beziehung verändert. Plötzlich hingen Tom und Julie mehr und mehr zusammen, das ging so weit, dass er sich als fünftes Rad am Wagen fühlte. Zwischen den beiden sprühten die Funken und sie verbrachten etliche Stunden zu zweit. Statt eifersüchtig zu reagieren, gönnte Christian ihnen das Glück. Tom und er hatten noch genug Dinge, die sie ohne Julie verband. Die Band. Toms tiefe Stimme und Christians gefühlvolles Spiel am Bass. Sie hatten so großartige Pläne gehabt. Niemals hätte er damit gerechnet, dass alles von einem Tag auf den anderen ohne Vorwarnung zerbrechen könnte. Sicher, er hatte gewusst, dass es zwischen Tom und Karl regelmäßig heftig krachte, aber dass es so schlimm geworden war, dass Tom ohne Abschied nach Amerika flog, hätte er nie für möglich gehalten. Weder Julie, noch er und schon gar nicht ihre gemeinsame Band waren Tom wichtig genug gewesen, um zu bleiben oder sich zumindest zu verabschieden. So viel zum Thema Freundschaft!

Er wäre dumm, wenn er noch einmal den gleichen Fehler beginge, und auf eine Zusammenarbeit mit Tom setzte. Unter einer Trauerweide blieb er stehen und sah auf die Wasseroberfläche hinaus. Ein Haubentaucherpaar schwamm an ihm vorbei. Bachstelzen jagten auf der Suche nach Insekten im Tiefflug über den See. Seine trüben Gedanken passten nicht zu dieser Idylle. Sein Magen knurrte und erinnerte ihn daran, dass er wieder einmal eine oder mehrere Mahlzeiten ausgelassen hatte. Es war Zeit, umzukehren. Mit etwas Glück fand er noch eine Pizza im Eisfach. Abrupt wandte er sich ab. Etwas zischte an ihm vorbei. Kugeln schlugen dort in den Stamm der Weide ein, wo er eben noch gestanden hatte. Mit rasendem Puls warf er sich zu Boden. Wo war der Schütze? Wie hatte er ihm unbemerkt folgen können? Die Fragen mussten warten, zunächst musste er diesen Ort lebend verlassen.

Äste krachten. Jemand kam auf seinen Standort zu. Mit seiner Walther war er gegenüber einem Gewehr im Nachteil und hatte keine Chance. Wenn er nicht hier sterben wollte, hatte er nur eine Wahl.

Wenigstens würde sich jetzt zeigen, ob sein Handy wirklich so wasserdicht war, wie die Werbung versprochen hatte, schoss es ihm durch den Kopf, als er sich schnell ins Wasser gleiten ließ und abtauchte.

Durchfroren und durchnässt, aber wenigstens noch lebend erreichte er sein Haus. Zwei Spaziergänger hatten ihn mit einer Mischung aus Neugier und Misstrauen gemustert, aber nicht angesprochen. Er konnte sich ungefähr vorstellen, was für ein Bild er abgab. Seine Haare waren nicht nur nass, sondern auch mit Schlick und Schlamm verziert. Damit passten sie wenigstens zu seiner Lieblingsjeans und der teuren Jacke, die er ebenfalls abschreiben konnte.

In der Küche ließ er die nassen Kleidungsstücke auf den Boden fallen. Nur noch mit seiner Unterhose bekleidet, schüttete Christian Cola und Rum in ein Glas, wobei der Anteil des alkoholischen Getränks überwog. Unwillkürlich musste er an Julie denken, verdrängte den Gedanken aber sofort, weil sich gleichzeitig sein schlechtes Gewissen zu Wort meldete.

Im Moment müsste er hier sicher sein. Aber wie lange? Und wie sollte er aus der Lage, in die er sich selbst gebracht hatte, wieder herauskommen?

Ohne Karls Daten war das aussichtslos und die waren außer Reichweite. Inmitten seiner Müdigkeit kam ihm eine Idee. Er war nicht der Einzige, der die Dateien brauchte und das konnte er ausnutzen. Das war seine letzte Chance. Wenn er die vergab, war er so gut wie tot und konnte sich eigentlich auch gleich selbst eine Kugel in den Kopf jagen.

Kapitel 21

Julie hob ein Stück Kantholz auf, das aus unerfindlichen Gründen am Rand des Rasens lag und rannte um das Haus herum. Wenn Tom und Queen den direkten Weg nahmen, würde sie eben dafür sorgen, dass ihnen niemand in den Rücken fiel.

Sie sprintete um die Hausecke und rechnete damit, dort Tom und eine unbekannte Anzahl von Gegnern vorzufinden. Stattdessen prallte sie aus vollem Lauf mit jemandem zusammen. Gemeinsam gingen sie zu Boden.

Die unbekannte Person gab einen Schmerzlaut von sich. Julie rappelte sich als Erste wieder auf und sah sich vergeblich nach ihrer behelfsmäßigen Waffe um. Erst dann betrachtete sie die Frau genauer, die sie umgerannt hatte. Kurze, dunkelbraune Haare mit einigen helleren Strähnen, eigentlich ganz nett – bis auf das Schulterhalfter, in dem eine wuchtige Pistole steckte.

Julie sprang auf die Frau zu. »Bleiben Sie bloß unten! Und wehe, Sie greifen nach Ihrer Waffe!«

Statt verängstigt wirkte die Unbekannte amüsiert. Unbeeindruckt von Julies Drohung stand sie auf und klopfte sich den Dreck von der Jeans. »Erdolchen Sie mich mit Ihren Blicken, wenn ich Ihnen meinen Ausweis zeige?«

»Vielleicht! Irgendwo sind noch mein Freund und mein Hund!«

»Dein Freund? Dann können wir uns auch duzen. Der müsste Tom heißen. Beim Nachnamen muss ich gerade passen, der ändert sich irgendwie stündlich.« Sie reichte

Julie einen Ausweis.

Julies Gedanken wirbelten durcheinander. Sie hätte niemals so viel Wein trinken sollen. »LKA Hamburg? Die sind hier nicht zuständig! Dass weiß ich auch nach drei Gläsern Wein!«

Verflixt, den letzten Satz hätte sie sich besser geschenkt.

Die Frau lachte laut. »Hast du noch ein Glas übrig? Ich könnte auch eins gebrauchen. Mein Name ist Sandra. Ich bin die Freundin von dem da. Und der ist wiederum der Partner von deinem Freund.«

Hinter Julie bellte Queen laut.

Sie ahnte Böses. Langsam drehte sie sich um und ihre schlimmsten Befürchtungen trafen ein. Tom und der Blonde von dem Foto in Karls Schlafzimmer standen dort. Tom grinste von einem Ohr zum anderen. »Ich bin also dein Freund? Gut zu wissen ...«

Da er zum ersten Mal an diesem Tag richtig entspannt wirkte, verzichtete Julie auf eine Korrektur oder eine Diskussion, die sie vermutlich verlieren würde.

»Wo kommt ihr denn her?«

Der Blonde trat vor. »Hey, ich bin Daniel. Sorry, für den Überfall. Wir haben uns einfach Sorgen gemacht und Toms Handy angepeilt. Dass das nicht okay war, weiß ich selbst. Aber als er einfach abgetaucht ist, hatte ich Horrorvorstellungen, was mit ihm sein könnte.«

»So was, wie dass er den nächsten Flieger nach Amerika nimmt und erst über zwanzig Jahre später wieder auftaucht?«, schnappte Julie.

Tom zuckte zusammen. Beinahe hätte sie es bereut, dass das Lächeln aus seinem Gesicht verschwunden war.

Aber nur beinahe.

»So ist das also«, murmelte Sandra. »Hast du jetzt noch ein Glas Wein über?«

»Eine ganze Flasche«, erwiderte Julie und ging durch den Garten zurück ins Haus. Wie erwartet folgte Sandra ihr. Die Männer zogen es vor, mit Queen auf dem Rasen zu spielen und sich dabei zu unterhalten.

»Dein Freund ist Amerikaner?«, fragte Julie.

»Ja. Eigentlich sogar Verlobter. Die beiden sind im gleichen Team. Du weißt, was Tom macht?«

»Ja, das hat er mir erzählt.«

Sandra pfiff leise durch die Zähne. »Darauf kannst du dir was einbilden. Sie sind in der Hinsicht extrem verschwiegen. Mir hat Daniel erzählt, er wäre Arzt und hat vergessen zu erwähnen, wo er das ist.«

»Und wie hast du darauf reagiert, als er dir die Wahrheit erzählt hat?«

»Mit einem Treffer in den Magen.«

Es war unvernünftig, dennoch schenkte sich Julie auch noch ein Glas Wein ein. »Dann sind wir Schwestern im Geiste oder wie das heißt. Ich habe Tom eine Ohrfeige verpasst, als er einfach so wieder vor mir stand.«

»Er ist damals abgehauen? Obwohl ihr ein Paar wart?«

»Ja.«

»Ich liebe Tom wie einen Bruder, aber das geht gar nicht. So ein Mistkerl!«

Sie prosteten sich zu und tranken.

»Gehört der Hund dir?«, fragte Sandra dann.

»Ja. Nein. Also eigentlich nicht. Ich hätte sie genommen, wenn Tom nicht aufgetaucht wäre. Bei ihnen war es Liebe auf den ersten Blick und Karl hatte immer die

Hoffnung, dass Queen und Tom sich kennenlernen.«

»Es ist kein richtiger Trost, aber sie haben sich noch einmal getroffen.«

Julie drehte ihr Glas in der Hand. Sicherheitshalber hatte sie nur genippt. »Kann es sein, dass Toms Besuch wie ein Katalysator gewirkt hat? Also der Grund für den Mord war?«

»Ich weiß es nicht. Ehrlich gesagt, habe ich bisher nur Fragen und keine Antworten. Jede Theorie, die wir bisher hatten, passte nicht. Sag mal, kennst du einen früheren Freund von Tom? Christian Metternich. Er ist …« Sandra verstummte abrupt. »Sekunde, so heißt du doch auch. Ich habe das Praxisschild gesehen, aber nicht gleich geschaltet.«

»Ja. Er ist mein Bruder. Und ehe du weiterfragst: Ich weiß nur, dass er und Karl Geheimnisse vor mir hatten.«

Tom und Daniel kamen in die Küche. »Nehmt euch ruhig das Bier aus dem Kühlschrank«, lud Julie sie ein.

Das ließen sich die Männer nicht zweimal sagen. Es war typisch für Tom, dass er erst Queen frisches Wasser gab und sich dann bediente.

»Ich habe deinen letzten Satz eben gehört. Besteht eine Chance, dass Christian dir sagt, was los ist?«, fragte Tom.

Julie wünschte sich, ihre Antwort würde anders ausfallen. »Nein, ich habe es ein paar Mal versucht. Er ist total verändert und …« Schlagartig wurde ihr bewusst, dass sie mit Tom und zwei Fremden über ihren Bruder sprach.

Es war wie früher, Tom durchschaute sie sofort. »Ich will ihm helfen, nicht ihn ins Gefängnis bringen. Ich muss wissen, was hier los ist. Möchtest du, dass Karls Tod ungesühnt bleibt? Außerdem befürchte ich, dass dein Bruder ein gefährliches Spiel spielt und jede Hilfe gebrauchen kann. Von uns bekommt er die, und zwar ohne dass uns die Einhaltung der Gesetze besonders interessiert.«

Sandra hustete demonstrativ, widersprach aber nicht.

»Was ist mit der Festplatte von Karl? Ist da nicht was drauf, das euch hilft und verrät, was mit Christian los ist?«

»Bisher leider nicht«, erklärte Daniel. »Es handelt sich überwiegend um Firmendaten, die wir noch nicht ganz durchschauen, und jede Menge verschlüsselter Dateien, aber ein Experte ist da dran. Außerdem gibt es etliche Beschreibungen von Kunstobjekten aus der ganzen Welt. Uns fehlt der rote Faden. Oder um es ganz klar zu sagen: Wir haben keine Ahnung, wie wir weitermachen sollen.«

Sandra verzog den Mund. »Aber wir brauchen dringend einen Durchbruch. Sonst ist Tom weiter in Gefahr.«

Tom hatte die letzten Minuten nachdenklich auf das Notebook neben dem Toaster gestarrt. »Ich habe eine Idee. Es gab da vorhin einen Polizisten, der hieß Stäcker, der hat einen ziemlich guten Eindruck gemacht.«

»Den kenne ich. Er hat einen Hund aus einem rumänischen Tierheim, den er abgöttisch liebt«, warf Julie ein.

Tom zwinkerte ihr zu. »Das bestätigt meine Meinung von ihm. Könnte er nicht was arrangieren?« Er überlegte kurz. »Ich dachte an ein Szenario mit Polizisten, die heute und morgen den ganzen Tag im Haus meines Großvaters sind und etwas suchen. Sie werden aber nicht fündig, obwohl es laut einer Zeugenaussage irgendetwas geben soll? Ein Notebook? Einen Notizblock? Irgendetwas.«

Daniel prostete Tom mit der Flasche zu. »Du meinst

einen Köder? Wir legen uns auf die Lauer und warten, wer anbeißt?«

»Genau. Je nachdem, wer es ist, nehmen wir ihn fest oder folgen ihm.«

»Klingt nach einem Job für den besten Aufklärer im Team.«

Die Männer grinsten sich an, Sandra rollte mit den Augen, hielt aber bereits ihr Smartphone in der Hand. »Ich rufe Sven an. Der bekommt das hin. Damit ist unser Abendprogramm für morgen klar, aber was ist mit deinem Hund?« Sie wurde ernst. »Und können wir uns darauf verlassen, dass du Christian nicht vorwarnst?«

Julie brach es fast das Herz, aber sie musste keine Sekunde überlegen. Schon früher hatte sie ihren Bruder manchmal vor sich selbst schützen müssen. »Wenn ihr mir euer Wort gebt, dass ihm nichts passiert und dass ihr ihm helft, dann ja.«

Daniel wich ihrem Blick nicht aus. »Eine Garantie, dass ihm nichts passiert, wenn er dort auftauchen sollte, kann ich dir nicht geben. Aber ich verspreche dir, so gut wie irgend möglich auf ihn aufzupassen.«

Die ehrlichen Worte überzeugte sie mehr als eine lässig dahin gesagte Floskel.

Julie trank einen weiteren Schluck Wein. »Also gut. Ich warte ab, was ihr morgen erreicht. Unter einer Bedingung: Ihr haltet mich bei allen Punkten auf dem Laufenden. Ich bin realistisch genug, um zu wissen, dass ich euch nicht helfen kann. Dennoch will ich alles wissen. Ich habe Karl wie einen Großvater geliebt und er war ein sehr enger Freund.«

Queen stand auf, reckte sich und bellte einmal.

Lächelnd deutete Julie auf die Hündin. »Sie sieht das auch so.«

Daniel und Sandra sahen Tom an. »Einverstanden. Du erfährst alles, vielleicht nicht immer sofort, aber möglichst zeitnah. Ansonsten bestehe ich darauf, dass du dich von jeder Gefahr fernhältst. Ich würde es nicht ertragen, wenn dir auch noch etwas geschieht.«

»Hm«, brummte Sandra. »Wenn wir jede Gefahr für Julie ausschließen wollen, solltet ihr zu uns ziehen. Die Adresse kann niemand kennen, während es nicht ausgeschlossen ist, dass …«

Queen knurrte laut.

Die Männer hatten ihre Waffen so schnell in der Hand, dass Julie irritiert blinzelte. Irgendwie war es beruhigend, dass Sandra ihre Pistole in normaler Geschwindigkeit zog.

»Sagt mir bitte, dass noch jemand aus dem Team Sehnsucht nach mir hatte«, sagte Tom leise und beobachtete den Garten.

Daniel ließ den Flur Richtung Haustür nicht aus den Augen. »Negativ. Leider.«

Queen rannte mit gesträubtem Nackenfell durch die Küche.

»Sie kommen aus beiden Richtungen«, übersetzte Julie das Verhalten der Hündin.

Mit dem Fuß schob Daniel die Küchentür zu. »Ihr beide sorgt dafür, dass niemand hier durchkommt. Wir beide räumen draußen auf.«

»Wir drei«, korrigierte Tom und zeigte auf Queen. »Julie, wie lautet der Befehl?«

»P-A-C-K«, buchstabierte Julie.

»Danke. Queen. Bei Fuß. Langsam, meine Schöne, und ganz leise.«

Mit wild pochendem Herz blickte Julie den Männern nach, die plötzlich wie verwandelt wirkten. Dennoch hatte Tom ihr zugezwinkert. Sie wäre reif fürs nächste Glas Wein, aber das musste nun wirklich warten. Normalerweise hätte sie Angst haben sollen, vielleicht bildeten der Wein und der völlig verrückte Tagesablauf eine Art Schutzschild. Ihr Gehirn funktionierte einwandfrei.

»Es bringt nichts, wenn wir uns hier aufhalten, damit helfen wir ihnen nicht.«

Sandra wirkte irritiert, aber dann machte sie eine einladende Geste. »Was meinst du?«

»Den Weg durch die Küche können wir leicht versperren, die Gefahr droht draußen, bei dem Weg ums Haus herum, da, wo wir uns getroffen haben.«

Blitzschnell räumte Julie den Tisch ab, indem sie sämtliches Geschirr auf die Arbeitsplatte stellte.

Sandra begriff ihre Überlegung ohne weitere Erklärung und half ihr. Gemeinsam schoben sie den Tisch vor die Tür. Julie stellte noch ihre Kartoffelkiste und eine Kiste mit Cola, die sie nur für Christian kaufte, auf die Platte.

Sie waren gerade fertig, als ein lautes Knacken von der Haustür her erklang.

»Sie sind drinnen«, flüsterte Julie und blickte hektisch zur Terrassentür. Mit Waffen kannte sie sich nicht besonders gut aus und besaß auch keine, aber sie hatte einen sehr stabilen Fleischhammer. Sie riss ihn aus der Schublade und eilte zur Tür.

Sandra hielt sie zurück. »Wir müssen uns Richtung Straße halten, damit wir die Männer nicht stören.«

»Ist mir klar, nur … Sind denn da schon welche im Garten? Oder kommen die erst? Oder …«

Sandra legte ihr eine Hand auf den Rücken. »Vermutlich sind sie schon dort, aber darum kümmern sich unsere Männer. Wir passen auf, dass nicht noch mehr unangemeldete Besucher erscheinen.«

Unsere Männer klang gut. Julie zwang sich zu einem Nicken. »Na, dann los. Das ist immer noch mein Grundstück. Auch wenn die Lage nicht ideal ist, höchstens eins c oder so, lasse ich es mir nicht gefallen, dass sich hier solche Mistkerle herumtreiben.«

»Die Einstellung gefällt mir. Da ich die Walther habe, bleibst du bitte hinter mir.«

»Ist das die Firma oder der Name der Pistole?«

Sandras Mundwinkel zuckte. »Der Hersteller.«

Die Polizistin schob die Terrassentür auf und ging sofort nach rechts. Julie folgte ihr. Vielleicht wäre sie sich ohne den Wein lächerlich vorgekommen, aber nun erschien ihr der Hammer wie eine sinnvolle Waffe.

Aus dem Inneren des Hauses ertönten Flüche. Da hatte jemand gemerkt, dass der Weg durch die Küche versperrt war. Sekundenlang herrschte Stille. Sandra blieb stehen und brachte die Waffe in Anschlag.

Zwei Männer, einer blond, einer mit Halbglatze stürmten um die Ecke.

»Polizei! Keine Bewegung! Waffen weg«, befahl Sandra.

Die Männer stoppten zwar, lächelten aber spöttisch.

»Wollt ihr beiden Hübschen es mit uns aufnehmen? Beeindruckendes Arsenal habt ihr da«, sagte der Blonde.

Sandra feuerte einen Warnschuss ab und erwiderte das

Grinsen mit gleicher Münze. »Finde ich auch.«

Der Blonde starrte sie an, doch die Halbglatze hechtete auf Julie zu. Ihr Training war Jahre her, dennoch handelte sie instinktiv. Sie wich seitlich aus, rempelte dabei Sandra an und schlug zu. Sie traf das Handgelenk des Mistkerls, das laut knackte. Seine Pistole landete auf dem Boden. Mit einem Schmerzenslaut bückte er sich, um die Waffe wieder aufzuheben. Das war eine Einladung, die sie nicht ausschlagen konnte. Julie benutzte den Fleischhammer erneut, dieses Mal zielte sie auf den Kopf.

Der Idiot gab einen Grunzlaut von sich, der sie an ein Wildschwein erinnerte, und brach dann zusammen.

Die Welt schien zu stoppen. Julie starrte den bewusstlosen Mann an. Den hatte sie niedergeschlagen. Und wenn sie das nicht getan hätte, dann …

Schüsse erklangen. Lautes Hundegebell. Toms Befehl: »Pack!« Weitere Schüsse.

Der Boden schwankte unter ihr. Sie sah, dass Sandras Gegner auf dem Boden lag, die Hände mit Plastikschlingen auf dem Rücken gefesselt, wusste aber nicht, wie es so weit gekommen war. Der Mohn, dessen Blüten sie so mochte, und der den Weg zum Garten säumte, hatte gelitten. Alleine dafür hätte sie zu gerne noch einmal zugeschlagen.

»Sicher!«, rief Daniel. »Sandy?«, fügte er deutlich besorgter hinzu.

»Sicher«, gab Sandra so laut zurück, dass Julie zusammenzuckte.

»Sie haben meinen Mohn kaputt gedrückt. Was sind das nur für widerliche Individuen.«

»Ähm … ja. Ich füge Sachbeschädigung der Anklageliste hinzu«, versprach Sandra.

»Gut!«

Tom und Daniel kamen zu ihnen.

»Hinten hatten sich drei Männer postiert«, erklärte Daniel, der seine Schulter umklammerte.

»Du bist verletzt«, stellte Sandra fest und wurde blass.

Julie musterte beide Männer besorgt. Tom schien unverletzt und Daniel war höchstens angekratzt. »Wo ist Queen?«

»Bewacht die Männer. Sie liebt es, loszuknurren, wenn sich einer bewegt.«

Daniel berührte seine Verlobte am Arm. »Es ist nur ein Streifschuss. Ich war einen Tick zu langsam.«

Sandra funkelte ihn an. »Weil du nicht fit genug bist! Du hast dich doch noch gar nicht von dem Angriff in Colorado erholt und gehörst eigentlich ins Bett! Wieso drei? Fünf von dem Kaliber sind doch viel zu viele für eine einfache Tierärztin.« Sie blickte Julie an. »'tschuldige. Ist nicht böse gemeint.«

Tom brachte ein schiefes Grinsen zustande. »Vermutlich haben sie damit gerechnet, dass mit Julie nicht zu spaßen ist. Oder sie haben mich hier erwartet.«

Julie wurde leicht schwindelig, aber sie kämpfte das Gefühl nieder und zog Daniels Hand von der Wunde. Ein Blick reichte. »Das muss genäht werden. Komm mit, ehe du umkippst.«

»Das ist nicht …«

»Halt den Mund. Ich habe jetzt gerade keine Nerven für widerspenstige Patienten!«, fuhr sie ihn an.

Daniel klappte den Mund auf und schloss ihn wieder, ohne ein Wort gesagt zu haben.

Sandras Augen funkelten vor Vergnügen und auch Toms Mundwinkel entwickelten ein interessantes Eigenleben.

Julie ignorierte beide.

In der Küche drückte sie Daniel auf einen Stuhl, zog ihm die Jacke aus und schnitt den Ärmel seines T-Shirts mit einer Schere ab. Sie drückte ihm ein sauberes Geschirrtuch in die Hand. »Raufpressen, ich bin sofort zurück.«

In ihrem Behandlungszimmer lag immer ein Rucksack mit den wichtigsten Utensilien und Medikamenten griffbereit.

Als sie mit ihrer Notfallausrüstung zurückkehrte, blitzte Daniel sie aufgebracht an. »Ich bin Arzt und brauche nun wirklich keine …«

Sie ließ ihn nicht ausreden. »Gut, einverstanden.«

Unter seinem ungläubigen Blick drückte sie ihm Desinfektionsmittel und eine Nadel in die Hand. »Zeig mir, wie du die Wunde selbst nähst. Ich bin gespannt. Kann ich das filmen und auf YouTube hochladen? Das wäre so ein Geniestreich, dass die Klicks mir bestimmt das Haus abbezahlen.«

Sandra hatte bisher leise telefoniert, dabei jedoch Daniel beobachtet. Nun wandte sie sich ab, doch Julie hatte ihr Lächeln noch gesehen.

Tom murmelte etwas davon, dass er die Handschellen der überwältigten Männer überprüfen wollte, was natürlich kompletter Schwachsinn war, denn Queen befand sich noch draußen. Außerdem hätten die SEALs die Verbrecher niemals unbewacht gelassen, wenn sie noch gefährlich wären. Sie sollte sich den Wein wirklich merken, der schmeckte nicht nur gut, sondern half ihr auch beim Analysieren der ungewohnten Lage.

Da Daniel sie nur noch mit bösen Blicken bombardierte, interpretierte sie sein Verhalten als Zustimmung, ihn verarzten zu dürfen.

Die Wunde war nicht besonders tief und würde eine kaum sichtbare Narbe hinterlassen. Ohne Naht kam sie jedoch nicht aus. Julie desinfizierte den Bereich, setzte eine leichte lokale Betäubung und schloss die Wundränder.

»Du bist doch Tierärztin«, knurrte Daniel unerwartet.

»Stimmt. Und es gibt einen eklatanten Unterschied zu meinen sonstigen Patienten: Du hast kein Fell! Aber damit komme ich klar.«

Sandra lachte laut los. »Soweit ich die Gesetze kenne, dürfen Tierärzte Erste Hilfe leisten und werden sogar in Krisensituationen als Humanmediziner herangezogen.«

Daniel brummte etwas Unverständliches. Julie schnitt den Faden ab. »Bestehst du auf dem Standardverfahren?«, erkundigte sie sich bewusst neutral.

»Und was wäre das?«

»Ein Leckerli, weil du so brav gewesen bist! Hundekuchen oder Möhrchenscheibe?«

Es sprach für ihn, dass er nach einem aufgebrachten Schnauben ebenfalls lachte. »Danke.«

»Bitte.«

Nachdem sie nichts mehr zu tun hatte, wurden Julies Knie plötzlich weich.

Tom war zurückgekehrt und drückte sie auf einen der Stühle. »Ich räume ein wenig auf. Die Polizei trifft jeden Moment ein. Dann musst du nur noch ein paar deiner

Sachen zusammensuchen und hast es geschafft.«

»Wieso Sachen zusammensuchen?«

»Du kannst hier nicht bleiben. Daniels Adresse kennt niemand. Seine Doppelhaushälfte ist groß genug, sodass wir beide heute Nacht dableiben können.«

Zischend stieß Sandra die Luft aus. »Ein Glück. Ich dachte schon, ich muss dich mit vorgehaltener Waffe dazu zwingen.«

»Aber ...«, begann Julie.

Sandra legte ihr freundschaftlich einen Arm um die Schultern. »Na komm. Nun fang du bitte keine Diskussion an. Ich erzähle dir dann auch, wie ich an unserem ersten Abend Tom in Daniels Bett entdeckt habe und dachte, er wäre eine Frau und die beiden liiert.«

Da ihr keine andere Wahl blieb, nickte Julie. Außer einem Hotel hätte sie keine Alternative gehabt. Sandra war ihr schon jetzt sympathisch und die Geschichte klang interessant. »Okay. Ich bin gleich wieder da.«

»Weibliche Logik muss man nicht verstehen«, sagte Daniel leise.

Sie fuhr herum. »Soll ich deine Wunde mit Jod behandeln oder meinen Fleischhammer noch einmal rausholen?«

Wenigstens zuckte er zusammen.

Kapitel 22

Leise Schritte rissen Tom aus dem Schlaf. Einen kurzen Augenblick war er alarmiert und hätte beinahe zur Waffe gegriffen, dann entspannte er sich.

Julie ging in die Küche. Er hätte es vorgezogen, sich mit ihr das Gästezimmer zu teilen, aber es sicherheitshalber nicht einmal im Spaß vorgeschlagen. Und eigentlich auch nicht wirklich gewollt, oder wenn, dann weil das Bett dort einfach bequemer war als die Couch im Wohnzimmer.

Es war beeindruckend gewesen, wie sie die Nerven behalten und Daniel versorgt hatte. Sie hatte jedes Lob abgelehnt und ihre cooles Verhalten auf den reichlich genossenen Wein geschoben. Das war totaler Blödsinn. Sie hatte den Alkohol über einen längeren Zeitraum getrunken und brauchte für ihren Job vermutlich sonst auch ein robustes Nervenkostüm. Ihm war jedoch nicht entgangen, wie verletzlich sie gewirkt hatte, als das Gespräch ein weiteres Mal auf die dubiose Rolle ihres Bruders gekommen war. Die übrige Zeit hatte sie sich hervorragend mit Daniel und Sandra verstanden. Er begriff nicht, wieso ihm das wichtig gewesen war, aber es hatte ihm etwas bedeutet.

Ihm kamen Nizonis Worte in Erinnerung. Empfand er noch etwas für Julie? Nach all den Jahren? Na sicher. Eine gewisse Vertrautheit war noch da oder hatte sich gleich wieder eingestellt. Sie war für ihn wie eine Schwester. Und auch unter Geschwistern durfte man feststellen, dass ihre

Augenfarbe ihn immer noch faszinierte. Meistens strahlten sie in einem klaren Blau, aber ab und zu schlich sich ein deutlicher Grünschimmer ein, dann wurde es gefährlich.

Bei der Vorstellung, dass sie einen der Kerle mit einem Fleischhammer niedergestreckt hatte, unterdrückte er ein Lachen. Jetzt, im Nachhinein, hatte er immer noch Angst um sie, aber auch das war zwischen Freunden eine normale Reaktion. Und da er ein Mann war, konnte er auch mit Wohlgefallen, aber ohne tiefere Bedeutung feststellen, dass sich ihre Figur an den richtigen Stellen gerundet hatte.

In der Küche polterte etwas laut.

Rasch stand er auf und war froh, dass seine Jogginghose griffbereit lag, die eine gewisse körperliche Reaktion auf Überlegungen verbarg, die bei Geschwistern definitiv nicht angebracht waren. Das lag dann eben daran, dass er sich zu lange keine Ablenkung mehr gegönnt hatte. Das letzte Mal war bereits ... Seine Gedanken machten eine Vollbremsung, als ihm bewusst wurde, dass es Monate her war, dass er nach einem Training in Florida mit einigen Kameraden losgezogen war und sich mit einer Braunhaarigen, deren Namen er nicht einmal mehr wusste, ein paar Stunden lang vergnügt hatte. Das kam eben dabei raus, wenn der gesamte Freundeskreis in festen Händen war. Es wurde höchste Zeit, dass er mit Mike, einem deutschen Soldaten, mal wieder loszog.

Wieder polterte etwas. Wieso stand er eigentlich noch hier im Flur herum?

Julie fuhr erschrocken herum, als er in die Küche stürmte. Sie geriet ins Straucheln und er konnte sie gerade noch festhalten.

Ihre Haare rochen nach Blumen und ihre Haut fühlte sich unter seinen Händen warm und weich an.

»Wieso stehst du hier mit einem so dünnen Top herum?«, fuhr er sie an.

Sie verengte die Augen und machte Anstalten, ihn anzufauchen. Stattdessen warf sie den Kopf zurück und sah ihn herausfordernd an. »Verwirrt dich etwa mein Outfit, mein großer, starker Krieger?«

Sie hatte doch tatsächlich den Nerv, einen Schritt zurückzutreten und sich aufreizend wie ein Model am Strand in Positur zu stellen.

»Ich ...«, begann er und wusste nicht, in welcher Sprache er den Satz weiterführen sollte, dabei beherrschte er einige.

Sie tippte ihm mit dem Zeigefinger gegen die Brust. »Hast du schlecht geschlafen oder bist du morgens immer so schräg drauf? Am Strand trage ich weniger, Daniel ist in festen Händen und du könntest der letzte Mann auf der Welt sein und ich würde dich nicht mit der Kneifzange anfassen. Du bist also sicher vor mir! Und nun ...«

Es reichte! Er riss sie an sich und küsste sie. Nach einem erschrockenen Luftschnappen erwiderte sie den Kuss. Ihre Lippen waren weich und fest zugleich. Ihre Zunge neckte ihn.

Verdammt. So hatte er sich das nicht vorgestellt und dann vergaß er endgültig jeden Gedanken, als seine Hand wie ferngesteuert den Weg unter ihr Top fand.

Erst als sie ihn energisch von sich wegschob, kam er wieder zur Besinnung.

Julies Wangen hatten sich gerötet. »Das war nur ...

wegen der alten Zeiten.«

Sie wich vor ihm zurück und stieß prompt gegen die Arbeitsplatte.

»Sicher«, stimmte er zu, um sich selbst davon zu überzeugen, glaubte jedoch keine Sekunde daran.

Er räusperte sich. »Ich hätte damals niemals ohne Abschied gehen dürfen. Wenn ich könnte, würde ich es ungeschehen machen.«

»Ich habe nicht gewusst, wie angespannt die Lage zwischen dir und Karl gewesen ist.«

»Konntest du auch nicht, ich habe nie darüber gesprochen. Aber heute … Es ist … Also, mein Job und eine Beziehung … Das geht nicht gut.«

Julies Augen schimmerten fast grün. »Habe ich dich um eine Beziehung gebeten? Daran kann ich mich gar nicht erinnern. Und nebenbei, Daniel und Sandra scheinen es verdammt gut hinzubekommen. Also was genau willst du mir eigentlich sagen?«

»Möchtest du einen Kaffee?« Das Ablenkungsmanöver war zwar mehr als durchsichtig, aber ihm fiel nichts anderes ein.

Schmunzelnd nickte Julie. »Du bist ausgewichen. Eins zu null für mich! Was sollte ich sonst in der Küche wollen? Ich finde nur keine Kaffeebohnen. Und ohne funktioniert der Wunderapparat da nicht. Bei der Suche sind mir zwei Tupperschüsseln auf den Kopf gefallen …«

»Ich hätte dich warnen sollen, den Schrank da oben, niemals ohne Helm zu öffnen. Da bewahrt Sandra ihre Sammlung an Plastikdosen nach dem Reinstopf-Prinzip auf.«

»Das habe ich gemerkt. Ich wollte dich nicht wecken.«

»Es ist spät genug. Setz dich. Ich kümmere mich um ein Frühstück.«

»Ich nehme noch mal das gleiche wie eben zum Kaffee.«

Meinte sie etwa den Kuss? Tom starrte sie an. »Trinkst du den Kaffee mit Milch?«

»Ja. Zwei zu null für mich.«

Das Spiel hatten sie früher auch oft gespielt – mit dem Unterschied, dass er damals regelmäßig haushoch gewonnen hatte. Das konnte ja noch lustig werden, zumal er ihren verführerischen Geschmack immer noch auf seinen Lippen spürte. So viel zum Thema ›Julie war für ihn wie eine Schwester‹.

Er hatte sich nie für feige gehalten, war jedoch heilfroh, als erst Queen in die Küche getrottet kam und wenig später Sandra und Daniel folgten.

Beim gemeinsamen Frühstück gelang es ihm mühelos, eine freundschaftliche Distanz zu Julie zu bewahren. Gleichzeitig störte ihn dies gewaltig – ebenso wie die beiläufigen Berührungen zwischen Daniel und Sandra. Was war nur mit ihm los?

Tom atmete auf, als sich die Frauen zurückzogen, um irgendwas zu erledigen. Es sprach für seinen Zustand, dass er nicht einmal mitbekommen hatte, was die beiden vorhatten. Queen legte wieder ihren Kopf auf seinen Oberschenkel.

Geistesabwesend kraulte er die Hündin. »Und du bist das nächste Problem, meine Schöne. Was mache ich denn nur mit dir?«

Daniel verbarg die untere Gesichtshälfte hinter seinem Kaffeebecher. »Vermute ich richtig, dass das andere

Problem lange blonde Haare, blaugrüne Augen und eine sehr nette, kurvige Figur hat?«

»Kümmere dich um deinen Scheiß«, fuhr Tom seinen Freund so heftig an, dass Queen erschrocken zurückzuckte. »Oh Mann! Entschuldigt. Beide. Ich werde noch wahnsinnig! Können wir uns bitte auf die Planung von unserem Einsatz heute Abend konzentrieren?«

Auf Daniels breites Grinsen hätte Tom gerne verzichtet. Nachdem sein Freund gestern ein weiteres Mal seinetwegen verletzt worden war, konnte er ihm noch nicht einmal gedanklich eine reinhauen, weil ihm das unfair erschienen wäre.

Nach einem Schluck stellte Daniel den Becher weg. »Die Ansage vom Boss war doch deutlich. Du sagst, was wir machen sollen, und wir springen. Was hast du dir denn gedacht?«

Er stürzte seinen Kaffee herunter, obwohl der noch viel zu heiß war, danach hatte Tom sich so weit im Griff, dass er sich auf ihren Plan konzentrieren konnte.

Kurz und knapp erklärte er seinem Partner die vorgesehenen Männer und ihre geplanten Rollen und wartete gespannt auf Daniels Urteil.

Das Schweigen zog sich hin, schließlich nickte Daniel. »Ich finde nichts dran auszusetzen, keinen einzigen offenen Punkt. Verdammt guter Plan und nebenbei bemerkt, wäre ich nicht darauf gekommen. Vor allem die psychologische Komponente gefällt mir. Du übst massiven Druck aus, ohne Gewalt anzuwenden. Wirklich gut. Das ist dann wieder einer der Momente, wo ich es bedauere, mit dir kein eigenes Team führen zu können. Gemeinsam könnten wir einiges erreichen.«

Das Lob freute Tom. »Du würdest Mark verlassen?«

»Ja. Eigentlich nicht. Keine Ahnung.«

»Noch mal fürs Protokoll, mit meinen Jugendstrafen bekomme ich keine Zulassung zum Offizierslehrgang. Das ist ausgeschlossen, egal, wie viele Orden und Auszeichnungen ich während der Einsätze verdient habe.«

»Ich weiß. Und Mark auch. Es nervt ihn ganz gewaltig, dass er mit seinem Einfluss da an seine Grenzen stößt. Deswegen bin ich über jede Aktion, die über *Black Cell* läuft, froh, weil es da diese dämlichen Unterschiede nicht gibt.«

Ehe Tom antworten konnte, bellte Queen laut.

»Sorry, Lady. Dich habe ich vorübergehend vergessen. Pass auf, wir gehen kurz raus, dann gibt's ein zweites Frühstück für dich und Daniel erklärt unseren Freunden, wer welche Aufgabe hat.«

Aufgebracht stellte Daniel den Becher zurück, aus dem er gerade trinken wollte. »Und wieso sollte ich das tun?«

»Weil du gerade drauf hingewiesen hast, dass es bei *Black Cell* keine Rangunterschiede gibt und für die Navy gilt, dass ihr tun müsst, was ich sage. Ist dir alles klar oder soll ich dir noch eine Skizze erstellen?«

Daniel schnaubte. »Wenn das ein Trick ist, um mich ans Telefon und das Notebook zu fesseln, dann ...«

»Dann liegst du richtig, Doc. Du würdest jeden von uns zur gleichen Tätigkeit verdonnern, wenn es ihn dermaßen erwischt hätte. Viel Spaß.«

»Darf ich dann wenigstens fragen, was mein hochgeschätzter Partner vorhat?«

»Ja, darfst du. Ich habe ein Date mit King nachzuholen und ganz ehrlich: Ich muss den Kopf freibekommen, das gelingt mir hier nicht.«

Mit seiner Ehrlichkeit hatte er Daniel überrumpelt. Statt die Diskussion fortzusetzen, nickte sein Freund nur.

»Typisch. Sobald jemand mit Fell auftaucht, vergisst du alles andere. Sieh zu, dass du dich um das schwarze Ungeheuer kümmerst, und nimm Queen mit. Die verteilt hier überall ihre Haare.« Die Hündin sah Daniel mit schräggelegtem Kopf so lange an, bis er einknickte. Er tätschelte ihren Rücken. »Wobei du das natürlich darfst. Eine so wohlerzogene und hübsche Dame wie du ist hier jederzeit willkommen.«

***

Dirk trommelte mit den Fingern auf seinem Schreibtisch herum. Auf seinem Notebook startete der Bildschirmschoner, ein sicheres Zeichen dafür, wie lange er die Tastatur schon nicht mehr berührt hatte. Er griff nach seinem Kaffeebecher und musste feststellen, dass der schon wieder leer war.

Als er in der Küche für Nachschub sorgte, wurde ihm bewusst, dass seine Stimmung im Keller war und seine Familie ihm deswegen auswich. Verdenken konnte er es ihnen nicht. Vermutlich wäre es sinnvoller gewesen, er hätte mit Pascha eine Runde gedreht, statt das seinem Sohn zu überlassen. Vielleicht wäre ihm dann endlich der entscheidende Gedanke gekommen. Er hörte, dass die Haustür geöffnet wurde, und bemühte sich um einen einigermaßen netten Gesichtsausdruck.

Im Windfang stieß er nicht nur auf Tim und Pascha, sondern auch Mark sah ihn mit einem schiefen Grinsen an.

»Ich musste mir schon anhören, dass deine Laune genauso mies ist wie meine.«

Die Begrüßung brachte ihn wenigstens zum Schmunzeln. »Kennst du das Gefühl, dass die Lösung vor dir liegt, aber du zu dämlich bist, sie zu erkennen?«

Statt Mark antwortete Tim. »Das war neulich in Mathe bei mir so.«

»Und wie hast du das gelöst?«, erkundigte sich Mark.

»Ich musste dann los, weil ich mit Jan Karate hatte. Mitten in einer Kata habe ich plötzlich gemerkt, was ich falsch verstanden hatte. Das war total easy, nur ein dämliches Vorzeichen.«

Dirk legte seinem Sohn eine Hand auf die Schulter. »Und dann hast du eine Eins geschrieben ...«

»Stimmt. Und als Belohnung sind wir nach Scharbeutz gefahren, haben mit Pascha getobt und einen riesigen Eisbecher gegessen.«

Alex kam die Treppe aus dem ersten Stock herunter und lächelte Dirk an. »Da du jetzt eine Gebrauchsanweisung hast, um dein Problem zu lösen, haut ab, fahrt an den Strand oder macht sonst was. Aber starr nicht noch länger auf dein Notebook. Das wird dich nicht weiterbringen.«

Mark nickte. »Das klingt nach einem Plan. Wie wäre es vorher mit einem Zwischenstopp in Lübeck auf dem Schießstand? Und danach an die Ostsee?«

Dieses Mal hatte Dirk kein Problem, ein Grinsen hinzubekommen. »Bleibt nur noch die Frage, ob du vorher noch einen Kaffee möchtest.«

»Kekse sind auch noch da«, erklärte Tim und lief schon in die Küche. Mit drei Stück in der Hand kam er zurück. »Noch.«

Alex rollte nur mit den Augen. »Er hat doch gerade gefrühstückt. Ich habe keine Ahnung, wo er das alles lässt.«

Mark winkte ab. »Das wird noch schlimmer. Nicki hat zeitweise mehr gegessen als ich – und sich anschließend über Süßigkeiten und Chips hergemacht.«

Alex riss die Augen auf. »Okay, ich werde hier einiges umorganisieren. Schokolade und Puddings verschwinden sowieso schon ständig wie von Zauberhand.«

Im letzten Moment unterdrückte Dirk einen Kommentar. Daran war nicht Tim schuld, sondern Sven, den seine Frau wieder mal zur gesunden Ernährung verdonnert hatte.

Als Dirk sich auf den Beifahrersitz von Marks Wagen fallen ließ, hatte sich seine Stimmung bereits deutlich gebessert.

»Hast du eigentlich gerade Langeweile oder was wolltest du bei mir?«, fragte er seinen Freund.

»So ähnlich. Mich nervt das Warten darauf, dass Tom uns braucht. Die anderen Jungs sind ganz gut beschäftigt, aber nachdem ich Jake den Papierkram aufs Auge gedrückt hatte, wusste ich nicht mehr, was ich tun sollte. Ich weiß, dass du und Sven keine Hilfe braucht, aber anbieten wollte ich es euch wenigstens.«

»Sven sieht sich mit Jake und Brownie die Vergangenheit an. Sie haben ein paar Puzzlestücke ausgegraben.

Außerdem lässt mein Partner die Drähte nach Kiel weiterglühen. Mein letzter Stand war, dass er wegen Toms Freund eine Spur verfolgt, aber nur mit Jakes Hilfe weiterkommt. Die beiden wollten sich melden, wenn sie was haben.«

»Und was ist mit dir? Wo hakt es?«

Dirk hielt den Atem an, als Mark kurz vor der Autobahnauffahrt noch einen älteren Mann in einem Golf überholte, der annähernd im Schritttempo unterwegs war. Dass sein Freund dem Gegenverkehr erschreckend nahekam, interessierte ihn nicht.

»Wenn du nicht drüber reden willst, ist es auch okay.«

»Quatsch. Ich muss nur noch warten, bis sich mein Puls normalisiert hat. Du fährst heute wie ein … Ich sage es dir, wenn mir der richtige Begriff einfällt.«

»Dass ich noch erlebe, dass dir die richtigen Worte fehlen …«

»Spinner. Also gut. Vielleicht brauche ich ja dein brillantes SEAL-Wissen oder deine eingerosteten Fähigkeiten als Wirtschaftsprüfer, um darauf zu kommen, was nicht passt.« Marks schneller, eindeutig verärgerter Seitenblick gefiel Dirk. »Ich bin sicher, dass plötzlicher Geldbedarf der Grund für diese unregelmäßigen Aktionen in Verbindung mit dem Gold ist. Dank Svens bisherigen Recherchen wissen wir, dass auch Kunstwerke generell eine Rolle spielen. Auch die sind auf dem Schwarzmarkt ein Vermögen wert und damit meine ich Beträge, die pro Gegenstand im siebenstelligen Bereich liegen.«

»Über eine Million?«, hakte Mark nach.

»Sehr schön, die grundlegenden mathematischen Regeln kennst du also doch noch.«

»Also weißt du …«

»Schon gut. Hör lieber weiter zu. Ich habe nach Firmen gesucht, die in den jeweiligen Jahren Probleme hatten und diese auf wundersame Art und Weise bewältigt haben. Und keine einzige gefunden, die ins Raster passt. Eigentlich glaube ich an meine Theorie, aber es wäre wahnsinnig schwierig, solche Geldspritzen unbemerkt in die Bilanz reinzubekommen.«

»Aber nicht unmöglich. Dir würde es gelingen, oder?«

»Ja. Und dir vermutlich auch.«

»Danke für dein plötzlich wiedererwachtes Vertrauen in meine Fähigkeiten. Hast du noch mehr über eine passende Firma? Was würde die kennzeichnen?«

»Genau an diesem Punkt bin ich verzweifelt.«

»Dann zunächst was anderes. Welche Jahre habt ihr ausgewählt?«

»Die Todesjahre von Toms Eltern, seiner Großmutter und Toms Abreise nach Amerika. Und natürlich die Gegenwart. Wobei wir nicht ganz sicher sind, ob Karls Frau eines natürlichen Todes gestorben ist.«

Mark wechselte in die dritte Spur und trat das Gaspedal des Audi durch. Vor Dirks geistigem Auge tauchten wieder die Jahreszahlen und die großen zeitlichen Abstände auf. Was übersah er? Instinktiv spürte er, dass er einen wesentlichen Aspekt nicht berücksichtigt hatte, aber grundsätzlich richtig lag.

Dank Marks Fahrweise erreichten sie das Trainingsgelände in Lübeck in neuer Bestzeit. Nur mit den Motorrädern waren sie in der Vergangenheit noch schneller gewesen, weil sie mit den Maschinen keine Rücksicht auf die allgegenwärtigen stationären Blitzer in Lübeck nehmen mussten.

Die Schießanlage, die der deutschen Bundespolizei gehörte, war auf dem neuesten Stand. Sven und Dirk wussten es zu schätzen, dass ihre amerikanischen Freunde es ihnen ermöglichten, hier zu trainieren.

»Scheibe oder Videogame?«, erkundigte sich Dirk.

»Letzteres.«

»Sehr schön.« Darauf hatte Dirk gehofft. Während sie sich als Schützen zwischen schlichten Spanplatten bewegten, projizierte eine hochmoderne Computeranlage nahezu realistische Situationen auf die Flächen und registrierte die Treffer, wobei sich echte Ziele und harmlose Menschen oder Tiere abwechselten. Selbst Profis hatten schon die eine oder andere laut miauende Katze irrtümlich erschossen und dafür einen ordentlichen Punkteabzug kassiert.

Um den Schwierigkeitsgrad zu erhöhen, wählte Mark ein nächtliches Szenario, während Dirk die normale Munition aus ihren Pistolen entfernte und die Waffen mit elektronischen Magazinen ausrüstete.

Dirk und Mark verstanden sich blind. Während einer vorrückte, deckte der andere ihn. Ihre Trefferquote lag bei hundert Prozent. Mark sah vorsichtig um eine Hausecke herum, als Dirks Blick auf eine fiktive Wahlwerbung fiel. Er ließ seine Waffe sinken.

»Das ist es. Natürlich.«

Marks Grinsen war in dem dämmrigen Licht kaum zu sehen. »Kannst du dir den Geistesblitz ein paar Minuten merken? Wir haben noch ungefähr zehn Meter bis zum Ausgang.«

Dirk nickte knapp. »Das muss ich schon deshalb, weil

es dich umhauen wird, wenn ich dir sage, womit wir es zu tun haben.«

Die Augen seines Freunds glitzerten in der Dunkelheit. »Wird es nicht, weil ich so etwas befürchtet habe, seit Marines als bezahlte Killer auf SEALs losgegangen sind.«

»Ganz genau. Das ist einer der Punkte, die nicht zu einem Konzern als Drahtzieher passt. Das war mir schon klar, nur der Rest nicht.«

Eine Sirene erklang und das Licht bekam einen Rotschimmer.

»Unsere Zeit läuft ab«, erklärte Mark überflüssigerweise, da Dirk die Anlage kannte.

»Dann sieh zu, dass wir weitermachen, Captain. Oder soll ich die Führung übernehmen? Dann werden wir heute wenigstens noch fertig.«

Dirk ließ ihm keine Chance, zu antworten, sondern sprintete los. Hinter den Fenstern eines Mehrfamilienhauses wurden zwei Silhouetten sichtbar. Dirk drückte ab, warf sich hinter einem Mülleimer in Deckung und feuerte auf einen Mann am Ende der Straße.

Er war nicht ganz sicher, aber zumindest ziemlich, dass die Gegner, die er erschossen hatte, bewaffnet gewesen waren. Das Ende des Kurses lag bereits vor ihm.

Mark landete mit einem Hechtsprung neben ihm und wurde dabei nur knapp von einem Laserstrahl verfehlt.

»Kommt da noch was?«, erkundigte sich Dirk.

»Ich denke schon. Jake hat mal wieder alles neu programmiert.«

»Es ist so verführerisch, einfach loszusprinten.«

»Und genau das dürfte tödlich sein.«

Egal, wie sehr sich Dirk auch anstrengte, er konnte

keine mögliche Bedrohung ausmachen. »Ich habe keine Zeit, also im doppelten Sinne. Ich will hier raus und wir überschreiten gleich das Limit. Ich sprinte los und du versuchst, schnell genug zu sein.«

»Deal.«

Dirk richtete sich etwas auf und rannte dann in einem wilden Zickzackkurs auf die Tür zu, die mit einem grünen Schild gekennzeichnet war. Hinter ihm erklangen gleich fünf Schüsse. Der Computer sorgte dafür, dass die Geräusche absolut realistisch waren, nur der Korditgestank fehlte.

Dirk erhaschte noch einen Blick auf einen roten Strahl, dann hatte er den Ausgang erreicht.

Gebannt starrten sie wenige Minuten später auf den Monitor, der die Auswertung ihrer Trainingsrunde anzeigte.

Dirk rieb sich übers Kinn. »Ha. Ich lebe noch, nur ein Kratzer an der Schulter. Unsere Taktik ist aufgegangen, aber das Ende war fies. Da denkst du, du hast es hinter dir und dann musst du noch mal volles Risiko gehen. Die Erkenntnis hat was.«

»Das war wohl Sinn der Sache. Und nun erzähl. Was glaubst du?«

»Wir oder ich habe an der falschen Stelle gesucht. Wir müssten es schon mit einem Unternehmen, wie Google oder Facebook zu tun haben, wenn wir die Zeit und den enormen Einfluss berücksichtigen.«

»Einfluss?«, hakte Mark sofort nach.

»Sie operieren weltweit: in Colorado, Arizona, Plön.«

»Guter Punkt. Weiter. Auf wen passt das?«

Dirk kniff die Augen zusammen. »Wenn du mich nicht

ständig unterbrechen würdest, würde ich es dir auch ohne Aufforderung verraten. Auf eine Partei oder zumindest eine politische Richtung. Eine, die weltweit vernetzt ist, überall Kontakte hat von verbrecherischen Marines bis zu Hinterwäldlern in Pick-ups. Deren Vergangenheit zurück bis in die Nazizeit reicht.«

»Eine rechte Gruppierung«, spann Mark den Faden fort. »Aber nicht im extremistischen Sinne, die würden nicht solange unerkannt agieren können, sondern eher bürgerlich rechts. Ruf Jake an. Er und die anderen sollen in dieser Richtung weitergraben, alleine schaffst du das nicht. Das Gebiet ist einfach zu groß. Ich räume inzwischen hier auf.«

»Dann denkst du, ich liege richtig?«

»Davon kannst du ausgehen. Allerdings bleibt damit noch die Frage, wer die Gruppierung ist, die Toms Großvater ermordet hat.« Mark sah auf sein Handy und überflog eine Nachricht. »Und nimm dir für heute Abend nichts vor. Daniel hat gerade eine Mail mit Toms Plänen geschickt.«

Kapitel 23

»Ich fasse es nicht, dass er einfach Reiten gegangen ist«, wiederholte Julie.

Sandra nickte betont ernst. »Das hast du auf unterschiedlichste Arten bereits sehr deutlich zum Ausdruck gebracht. Wobei mir die erste Form, die die Worte *verdammter Mistkerl* und *langhaariger Egoist* enthielt, am besten gefiel.«

Verlegenheit machte sich zusätzlich zur Wut auf Tom in Julie breit. »Entschuldige, dass ich dich so volltexte. Aber ich weiß nicht, was ich jetzt machen soll: Ich will euch nicht zur Last fallen. Nach Hause soll ich nicht, zu meinem Bruder auch nicht.«

Nun kam auch noch Selbstmitleid hinzu. Sie merkte selbst, wie kläglich sie klang. Wenn er ihr doch wenigstens Queen hiergelassen hätte. Seit seinem Auftauchen war ihr gesamtes Leben nur noch ein Chaos. Dazu kam noch, dass sie nicht einmal wusste, was sie für ihn empfand. Es hatte sich so verdammt gut angefühlt, ihn zu provozieren und aus der Reserve zu locken. Geändert hatte das jedoch nichts. Er war wieder einfach davongerannt.

Sandra griff nach Julies Hand und drückte sie fest. »Du fällst uns nicht zur Last. Denk das bitte nicht. Tom ist nicht nur ein Freund, sondern eher so etwas wie ein Bruder für Daniel und mich. Und damit gilt das dann auch für dich. Kann ich irgendwas tun, damit du dich wohler fühlst?«

»Tom erschießen?«, schlug Julie vor.

Sandra grinste breit. »Sie können einen dazu treiben, dass man sich das wünscht. Andererseits würdest du nicht so sauer reagieren, wenn du nicht noch etwas für ihn empfinden würdest.«

»Das leugne ich. Jedenfalls so lange, bis du mir das Gegenteil beweist. Unsere Gefühle füreinander sind längst verjährt!«

Daniel kam in die Küche. »Was ist verjährt?«

»Nichts!«, erwiderten Julie und Sandra wie aus einem Mund.

»Aha. Das muss ich dann wohl nicht verstehen. Wir haben was. Einen neuen Ansatz, dabei könnten wir eure Hilfe gebrauchen.«

»Meine auch?«, erkundigte sich Julie.

»Ja, sicher. Du hast doch Zeit, oder?«

»Mehr als genug.«

»Sehr schön. Auf der Festplatte von Karl befinden sich Unmengen von Dateien, teilweise in uralten Formaten. Also aus Programmen, die irgendwann in den Neunzigern mal angesagt waren. Bisher haben wir uns nur auf die aktuellen Daten konzentriert, weil wir dort Hinweise auf Christians Rolle vermutet haben und herausfinden wollten, wer die Hintermänner sind oder worum es überhaupt geht. Nun hat Dirk eine andere Idee, die sehr gut klingt. Dafür müssen wir aber tief in die Vergangenheit eintauchen. Und da ist jeder Blickwinkel und jede helfende Hand wertvoll.«

»Ich habe mein Notebook gestern eingesteckt und kann sofort loslegen.«

»Fast sofort. Dein Gerät bekommt ein Update, damit es absolut sicher ist, und dann kannst du starten.«

Sandra seufzte. »Klingt spannend … Aber ich mache natürlich gerne mit, mein Boss hat ja aus dem Urlaub signalisiert, dass ich euch uneingeschränkt helfen kann und soll.«

»Stimmt. Ein Jammer, dass Stephan und seine Familie bei Rick sind. Wir könnten die gut gebrauchen.«

Julie musste nicht nachfragen, Sandra erklärte ihr sofort, dass Stephan Reimers nicht nur ihr Vorgesetzter und Leiter des Hamburger Drogendezernats, sondern auch ein guter Freund der SEALs war.

»Und was machen wir mit Christian? Ich will nicht, dass ihm etwas passiert, egal, in was er verwickelt ist. Er mag ein Idiot sein, ist aber kein schlechter Mensch und immer noch mein Bruder.«

Daniel wich ihrem forschenden Blick nicht aus. »Das ist auch Toms Einstellung. Nun ja, bis auf die verwandtschaftliche Beziehung. Eine Frage vorweg: Hältst du es für möglich, dass sich dein Bruder auf einen Undercovereinsatz eingelassen hat?«

»Nein!«, erwiderte Julie spontan, wurde dann jedoch nachdenklich. »Vielleicht doch. Aber das ist schwer vorstellbar. Er hat dafür doch gar keine Ausbildung. So etwas würde allerdings erklären, warum er sich so verändert hat. Und wie passt Karl zu einer solchen Überlegung?«

Daniel verzog den Mund zu einem humorlosen Grinsen. »Genau das ist das Problem. Außerdem haben Dirk und Sven exzellente Kontakte nach Kiel. Dennoch hat keiner von ihnen einen Hinweis in diese Richtung gefunden. Es ist also nicht mehr als eine vage Theorie.«

»Wieso kann ich ihn das nicht einfach fragen?«

»Weil er dir bisher auch nichts verraten hat.«

»Stimmt auch wieder. Und jetzt?«

»Tom klärt das, aber auf seine Art und Weise.«

Daniels verschlossener Gesichtsausdruck verriet ihr, dass sie über diesen Punkt nichts erfahren würde. Vermutlich hing das mit den Plänen für den Abend zusammen. Merkwürdigerweise vertraute sie Tom in diesem Punkt. »Und was ist mit der Zeit bis dahin?«

»Im Moment ist Christian in Kiel an seinem Arbeitsplatz. Einer aus dem Team lässt ihn nicht aus den Augen. Dein Bruder soll einen recht fertigen Eindruck gemacht haben, sonst gab es keine Auffälligkeiten.«

Das reichte ja auch schon, denn fertig hatte er in den letzten Monaten eigentlich immer gewirkt.

»Na gut, dann hole ich mal mein Notebook.«

Als Julie mit dem Gerät zurückkehrte, befand sich Sandra auf ihrem Smartphone mit einem blonden Mann mit beeindruckenden grauen Augen im Videochat. Mit seinem Aussehen machte er Tom fast Konkurrenz, allerdings nur fast. In Sachen Kleidung lag er jedoch weit vor dem SEAL. Das lässige Sakko zu dem weißen T-Shirt war elegant und leger zugleich.

Sandra hielt das Handy in Julies Richtung. »Julie, das ist Stephan Reimers, mein Chef und gleichzeitig auch ein Freund von Tom. Stephan, das ist Toms Freundin Julie. Oder jedenfalls war sie es vor zwanzig Jahren. Wie der aktuelle Status ist, weiß ich nicht.«

Er nickte ihr freundlich zu, während Julie noch an Sandras Worten zu knabbern hatte. Da sie sich selbst am Vortag so vorgestellt hatte, konnte sie das nun kaum korrigieren. Und dann war da ja auch noch der Kuss.

Sandra beendete das Gespräch mit der Aufforderung,

den Urlaub zu genießen und sich keine Sorgen zu machen. Sie lächelte Julie an. »Es ist typisch für ihn, dass er nicht direkt bei den anderen nachfragt, weil die beschäftigt sind.«

Julie nickte geistesabwesend und beobachtete ihr Notebook, auf dem ein blauer Ladebalken den Fortschritt einer kryptischen Installation anzeigte.

»Brauchst du deine Ruhe? Wäre es sonst okay, wenn wir beide hier arbeiten?«, fragte Sandra.

»Na klar. Kein Problem. Aber wegen Tom … Also, ich bin nicht wirklich seine Freundin. Und sehen eigentlich alle SEALs und LKA-Beamten so umwerfend gut aus?«

Sandra schmunzelte. »Mach so weiter und ich öffne uns die nächste Flasche Wein. Ja, tun sie. Wobei Tom und Stephan eine Klasse für sich sind. Daniel kommt knapp dahinter.«

»Er sieht aus wie ein achtzehnjähriger Surfer, dabei ist er promovierter Arzt«, überlegte Julie laut.

»Stimmt. Aber du siehst auch jünger aus und hast einen Doktortitel. Daneben gibt es noch Pat, der Christian im Auge behält. Er ist Ire, aber auch Amerikaner, hat rote Haare, blaue Augen und einen unglaublich frechen Charme. Dann ist da Fox, der aussieht wie ein Highlander, gut zwei Meter groß und ein echtes Muskelpaket. Zu den beiden Teamchefs sage ich lieber nichts, da musst du dir selbst ein Bild machen. Ich würde sie als attraktiv mit harter Schale, aber weichem Herz bezeichnen. Als Daniel verletzt wurde, hat Mark sofort dafür gesorgt, dass ich zu ihm fliegen kann. So etwas tut nicht jeder.«

Julie merkte ihr an, dass Sandra vor den beiden

Respekt hatte und war gespannt, ob sie die Männer kennenlernen würde. Es klang fast so, als ob Sandra dies erwartete.

Sandra deutete mit ihrem Kaffeelöffel auf Julie. »Und nun habe ich auch eine Frage. Wieso ist Tom zu King geflüchtet? Er hätte hier genug zu tun gehabt und so schnell schlägt ihn nichts in die Flucht.«

Julie spürte, dass sich ihre Wangen rot färbten, vermutlich knallrot. »Ich … ich habe ihn geküsst.«

Mit halb geöffnetem Mund starrte Sandra sie an und lachte dann los. »Perfekt. Das muss ihn ja ordentlich erschüttert haben. Die Mordanschläge auf ihn schüttelt er wie ein paar Regentropfen ab, aber du bringst ihn dazu, mitten im Einsatz abzuhauen. Na, das verrät mir ja mal eine ganze Menge. Und was empfindest du für ihn? Also unter dem ganzen Ärger?«

Julie wäre der Antwort gerne ausgewichen. Doch zwischen Sandra und ihr entwickelte sich eine Freundschaft und dazu gehörte dann auch Ehrlichkeit. »Ich weiß es nicht genau. Damals war er alles für mich, und ich war am Ende, als er einfach so gegangen ist. Mein Leben war die letzten Jahre ganz okay, mein Job ist klasse, aber der Rest … Alles war so fürchterlich bequem, sogar meine Ehe. Dass die nur drei Jahre gehalten hat, wundert mich eigentlich nicht wirklich. Jetzt, wo Tom wieder da ist, wirkt es, als ob die Farbe zurückgekehrt ist, und vorher alles schwarzweiß war. Und dennoch ist es anders. Jetzt bin ich es, die …« Sie wusste nicht weiter.

»Wow«, kommentierte Sandra ihre wirre Erklärung. »Meine erste große Liebe war auch Tom, allerdings Tom Cruise. Ich versuche, mir gerade vorzustellen, wie es gewesen wäre, ihn als Freund gehabt zu haben, der dann einfach gegangen wäre.«

»Bei mir drehte sich damals wirklich alles um Tom. Er sah gut aus, hat mir zugehört, war der Sänger einer Band, den sie alle angehimmelt haben …«

»Ich verstehe. Und heute bist du erwachsen, stehst im Leben und weißt, was du willst. Selbst wenn dir bisher das Chili in deinem Alltag gefehlt hat, weißt du jetzt, wo du es findest und nimmst es dir. Das finde ich cool. Du bist ein Vorbild für alle Frauen, Schwester! Darauf ein Stück Schokolade.«

Julie prustete los. So hatte sie sich bestimmt nicht gesehen, wobei die Situation tatsächlich ein wenig zutraf. Heute war sie es, die Tom in die Enge trieb. Und kein Mann küsste eine Frau so leidenschaftlich, wenn sie ihn kaltließ. Damit boten sich doch einige nette Perspektiven.

Sandra holte eine Packung mit Lindt-Pralinen aus dem Küchenschrank, die Julie liebte, ihr aber meistens zu teuer waren.

»Greif zu. Sag dir einfach, dass die Männer uns dazu treiben. Würdest du dich denn auf das Chili, also Tom einlassen?«

Bei der Frage musste Julie nicht lange überlegen. »Natürlich. Ich weiß ja jetzt, dass ich es überlebe, wenn er einfach wieder geht.« Sie nahm sich die Praline, die mit Karamell gefüllt war. »Und solange er da ist, werde ich es genießen.«

Sandra wählte eine mit Marzipan, die als Nächstes auf Julies Liste gestanden hätte. »Ich glaube nicht, dass du ihm noch eine Chance gibst, zu gehen. Das Leben mit einem SEAL ist nicht einfach, aber machbar, und vor allem lohnt es sich.«

»Was lohnt sich?«, fragte Daniel, der mit einem leeren Kaffeebecher in die Küche kam und Sandras letzten Satz gehört hatte.

»Nichts«, erwiderten die beiden Frauen wieder absolut synchron.

Zwei Stunden später hatte Julie das Gefühl, ihr Kopf finge bald an, zu qualmen. Die technische Ausstattung war durchdacht und für ihren Zweck perfekt geeignet. Sämtliche Dateien waren in einer Cloud gespeichert. Jeder, der Zugriff darauf hatte, konnte sie nach eigener Vorliebe sortieren, jedoch auch bei anderen Benutzern nachsehen, wie die vorgingen. Daneben gab es eine Art Pinnwand, auf der Anmerkungen notiert wurden.

Durch ihre wissenschaftliche Ausbildung ging Julie strukturiert vor. Da sich anscheinend die meisten auf die aktuellen Dateien konzentrierten, schlug sie einen anderen Weg ein. Nachdem sie sich die ältesten Notizen durchgelesen hatte, mit deren Konvertierung ihr Textverarbeitungsprogramm einige Probleme hatte, nahm sie sich die dazugehörigen Tabellen mit Zahlen vor.

Relativ schnell stieß sie auf ein Schema, dessen Bedeutung sich ihr jedoch nicht erschloss.

Sie notierte den Zusammenhang auf der Pinnwand und widmete sich der nächsten Datei. Wenn es darauf ankam, war sie der geduldigste Mensch der Welt. Das galt für Tiere ebenso wie für Ermittlungsarbeiten. Letztere waren ihr zwar neu, fesselten sie jedoch.

Sie rief die nächste Tabelle auf und sah sich als Erstes an, wer die erstellt hatte. Toms Vater. Kurz bevor er gestorben war. Damals hatte es schon Computer gegeben? Sie überprüfte die Dateiinformationen und schüttelte über sich den Kopf, als sich die Feststellung bestätigte. Nur, weil sie damals noch ein Kind gewesen war, erschien ihr die Zeit wie tiefstes Mittelalter? Irgendetwas stimmt da mit ihrer Wahrnehmung nicht.

Sie stieß auf eine Liste mit Geldbeträgen, hinter denen jeweils ein Datum, zwei lange Zahlenreihen und eine kryptische Anordnung von Zahlen und Buchstaben standen. Irgendetwas kam ihr an der Anordnung jedoch bekannt vor. Das war kein Code oder wirres Gekritzel, sondern da steckte ein System hinter, wie in einer Bücherei, in dem Bücher nach Sachgebieten geordnet waren.

Sie pickte sich eine Kombination heraus und gab sie bei Google ein. Einen Treffer bekam sie nicht angezeigt, aber einen Vorschlag, ob sie eventuell nach einem anderen, ähnlichen Begriff suchen wollte.

Sie klickte auf den Link und hätte beinahe triumphierend aufgeschrien. Ihr wurde der Katalog eines Museums angezeigt, der Buchstabensalat hatte sie direkt zu einem Gemälde geführt.

Es war Zeit für einen nächsten Eintrag auf der Pinnwand. Dieses Mal formulierte sie es als Frage: »Bin auf Geldbeträge gestoßen, die vermutlich zu Kunstwerken aus einem Museum stammen. Hat jemand zufällig ein passendes Verzeichnis mit den Katalognummern gefunden? Daneben gibt es Zahlen, die wie Kontonummern aussehen. Kennt sich damit jemand aus?«

Julie schrak zusammen, als Sandras Smartphone vibrierte. Sie war so in ihre Arbeit vertieft gewesen, dass sie alles um sich herum vergessen hatte.

»Hey, Dirk. Was gibt's?« Sandra hörte kurz zu und lächelte dann verschmitzt. »Ob ich weiß, wer Julie ist? Na logisch. Warum?« Wieder eine Pause. »Ach so. Verstehe. Ja, sie sitzt mir gegenüber. Wir sind in zehn Minuten da.«

Betont sanft legte Sandra ihr Smartphone weg. »Sag mal, wie machst du das eigentlich? Ich höre von dir nur das Klappern der Tastatur und nun werden wir ins Allerheiligste zitiert. Wobei ich vermutlich nur mitdarf, weil ich weiß, wer und wo du bist.«

Wieder einmal bewies Daniel sein Gespür fürs richtige Timing. »Gibt's was Neues?«

Sandra deutete mit dem Handy auf Julie. »Frag sie. Dirk hat gerade angerufen und darum gebeten, dass wir möglichst gestern dort erscheinen.«

Daniel pfiff leise durch die Zähne. »Nicht schlecht, Julie. Ich komme mit. Hier bin ich durch und dann erfahre ich alles aus erster Hand.«

Hilflos hob Julie die Hände. »Ich weiß doch noch nicht einmal, was ich gefunden habe!«

»Das werden wir gleich erfahren«, erwiderte Daniel, zwinkerte ihr zu und stutzte dann. »Ach, der Herr gibt sich auch wieder die Ehre.«

Laut bellend stürmte Queen in die Küche und stürzte sich auf den Wassernapf. Wieder einmal registrierte Julie nebenbei, dass die Hündin den Verlust ihres Herrchens überraschend gut überwunden hatte. Da dies Toms Verdienst war, verbuchte er damit ein paar Pluspunkte bei Julie. So gerne sie Queen auch behalten hätte, es blieb dabei: Die Hündin war auf Männer fixiert und bei Tom war es Liebe auf den ersten Blick gewesen.

»Was ist denn hier los?«, fragte Tom an niemand Bestimmten gewandt, wobei er Julie einen Moment länger ansah.

»Dein Mädchen hat einen Treffer in Karls Daten gelandet. Wir treffen uns bei Dirk.«

Kopfschüttelnd betrachtete Tom Julie. »Wieso überrascht mich das eigentlich nicht? Na dann, komm.«

»Ich bin nicht sein Mädchen!«, protestierte Julie, stand jedoch auf.

Daniel grinste breit. »Dann eben seine Tierärztin, obwohl das irgendwie missverständlich klingen könnte.«

Mit unschuldiger Miene, die Julie keinen Moment täuschte, klappte Sandra ihr eigenes Notebook zu. »Wieso eigentlich? Dich hat sie doch auch verarztet. Vermutlich werden Rindviecher aller Art von ihr mit abgedeckt.« Die Polizistin berührte Tom im Vorbeigehen am Arm. »Ich hoffe, du hattest einen netten Vormittag. Wir hatten ihn jedenfalls.«

Tom knurrte etwas, von dem Julie nur *Kindergarten* und *Weiber* verstand. Das ging zu weit.

Sie verstaute das Notebook in ihrem Rucksack und warf ihn sich über die Schulter. Strahlend lächelte sie Daniel an. »Kann ich bei dir mitfahren? Ich kenne die Adresse ja leider nicht und mein *Ex*-Freund hat bestimmt noch was Besseres vor. Vielleicht muss er ja noch in den Streichelzoo, um der bitteren Realität zu entfliehen.« Im Vorbeigehen gab sie dem völlig verdatterten Tom einen Kuss mitten auf den Mund, der höchstens ein, zwei Sekundenbruchteile zu lange dauerte.

Sie schaffte es bis zur Haustür, dann wurde sie an der Schulter gepackt, herumgewirbelt und solange geküsst, bis sie vergaß, wer sie war und was sie vorgehabt hatte.

»Ich weiß nicht, wo das hinführt und wo das endet, aber vergiss das ›Ex‹!«, forderte Tom.

In seinen blauen Augen brannte ein Feuer. Noch nie hatte er so gefährlich, aber auch anziehend ausgesehen – wie eine Raubkatze vor dem Sprung.

Julie gelang mit unendlich viel Mühe ein knappes Nicken. »Wie du meinst. Aber nur auf Bewährung. Um der alten Zeiten willen.«

So, wenigstens hatte sie das letzte Wort gehabt. Obwohl sie zu gerne gewusst hätte, wer das kleine Intermezzo verfolgt hatte, verzichtete sie darauf, zurückzusehen, wohl wissend, dass Tom dies unendlich stören würde. Wenn ihre neue Rolle war, ihn in den Wahnsinn zu treiben, könnte sie sich daran durchaus gewöhnen.

Eine Stunde später kam Julie ordentlich ins Schwitzen. Sie hatte mit Mark und Dirk weitere Männer aus Toms Team und Freundeskreis kennengelernt, die tatsächlich so beeindruckend waren, wie sie es Sandras Beschreibung entnommen hatte. Jeder begegnete ihr freundlich und interessiert, dennoch merkte sie ihnen an, dass sie auch eine dunkle, gefährliche Seite hatten. Wieso spürte sie das nicht bei Tom oder Daniel? Das war unlogisch, denn die Männer arbeiteten zusammen.

Tom war ihr seit dem Betreten des Arbeitszimmers, das auf Julie eher wie ein Wohnzimmer wirkte, keinen Zentimeter von der Seite gewichen. Er saß so dicht neben ihr auf der Couch, dass sie seine Wärme spürte und so ungern sie es zugab, dafür war sie dankbar. Als sie eine flapsige Bemerkung über Dirks Bruder auffing, die darauf hindeutete, dass die Geschwister ein schwieriges Verhältnis zueinander hatten, begriff sie den Grund für ihre Unsicherheit: Christians dubiose Rolle.

Obwohl sie ihn zu gerne angebrüllt und ihm vielleicht sogar zusätzlich den Hintern versohlt hätte, blieb er ihr Bruder. Sie liebte ihn und wollte nicht, dass ihm etwas geschah. Das ging so weit, dass sie ihn nicht im Knast sehen wollte, selbst wenn er das verdient hatte.

Sie bemerkte den Blick, den Dirk ihr zuwarf. Er war ihr von Anfang an einfühlsamer als Mark erschienen, zu dem sie lieber ausreichend Abstand hielt.

»Brüder können die Pest sein«, sagte er nun unvermittelt.

»Kannst du Gedanken lesen?«

Er zwinkerte ihr zu. »Manchmal. Hör auf, dir um ihn Sorgen zu machen. Tom hat eine Idee, die für jemanden, der lieber Fellnasen als Menschen um sich herum hat, überraschend gut ist. Außerdem schätze ich die Chance fünfzig-fünfzig, dass wir gar nicht dran drehen müssen, um ihm den Aufenthalt im Gefängnis zu ersparen.«

Automatisch blickte Julie aus dem Fenster. Auf dem Rasen tobten Pascha und Queen und verstanden sich offenbar prima. Erst dann sickerte die Bedeutung von Dirks Worten in ihr Bewusstsein. »Das heißt, ihr würdet ihn nicht verhaften, wenn er Mist gebaut hat?«

»Ohne Haftbefehl können wir ihn sowieso nur festnehmen. Einen Mord können und würden wir nicht vertuschen. Aber Toms Bedingung war, dass wir ein bis zwei Augen zudrücken, wenn er durch eigene Blödheit in was reingeschliddert ist und es nur um Vermögensdelikte geht.«

Statt Erleichterung fühlte Julie Wut in sich aufsteigen.

Ohne nachzudenken, boxte sie Tom hart in die Seite. »Und wieso sagst du mir so etwas nicht? Du bist doch echt der Letzte!«

Außer Tom betrachteten sämtliche Männer plötzlich das Spiel der Hunde.

»Sag mal, geht's dir noch gut? Soll ich vielleicht mal zurückschlagen? Wenn du einen Punchingball brauchst, dann kauf dir einen!«

»Das wäre nicht das Gleiche, als wenn ich dir zeige, was ich von deiner dämlichen Verschwiegenheit halte! Meinst du nicht, dass es mich was angeht, was ihr mit Christian vorhabt?«

»Schon, aber ... Es ist eben schwierig.«

»Schwierig? Was ist denn daran bitte schön schwierig? Ich sitze hier mit deinen Freunden und Kollegen und helfe euch, Daten auszuwerten, die meinen Bruder ins Gefängnis bringen könnten. Und du hirnloser Idiot hältst es nicht für notwendig, mir zu sagen, dass ihr das gar nicht so eng seht?«

Dirk räusperte sich laut. »Auch wenn Tom mich dafür umbringt: Ich verstehe deine Sicht der Dinge. Ich würde wahnsinnig gerne Popcorn holen und euch weiter zusehen. Könntet ihr den Streit trotzdem auf morgen verschieben? Uns rennt die Zeit weg. Und nebenbei: Wir haben es Julies genialem Geistesblitz zu verdanken, dass wir den ersten konkreten Hinweis auf Namen und Kunstwerke aus der Zeit nach dem Zweiten Weltkrieg haben.«

Als Tom etwas sagen wollte, reichte ein Blick von Mark, um ihn zum Schweigen zu bringen, ehe er auch nur ein Wort über die Lippen gebracht hatte. Was gäbe sie dafür, diesen Kniff auch zu können!

Da sie Dirks Ermahnung ernst nahm, konzentrierte sie sich wieder auf die Dateien. »Es gibt noch mehrere Aufstellungen aus dem Zeitraum. Wenn ich die Summen aufaddiere, wird mir schwindelig. Habt ihr denn das Museum schon gefunden?«

»Ja. Irak, Bagdad. Wir hatten schon Hinweise, dass Toms Vater dort tätig war und etliche wertvolle Kunstwerke gerettet hat, aber eben nicht alle. Wir haben zwei Gegenstände verfolgen können. Beide sind in den Wirren des ersten Golfkrieges verloren gegangen und Gerüchten zufolge später auf dem Schwarzmarkt für viel Geld verkauft worden.«

»Und wer hat sich damit eine goldene Nase verdient?«

Dirk lachte laut. »Julie, du bist unbezahlbar! Wir hatten die gleiche Überlegung und diesen Einsatz genau deswegen ›Midas‹ getauft. Wir verwandeln zwar nicht alles, was wir anfassen in Gold, aber die Rettungsaktion im Zweiten Weltkrieg lief auch schon unter diesem Namen.«

Nun musste sie auch schmunzeln. »Siehst du, das mit dem Gedankenlesen klappt auch andersherum. Wohin führt die Spur des Geldes?«

Jedes Anzeichen von Humor verschwand aus Dirks Miene. »Die von den Kunstwerken nirgendwo hin. Die Objekte kamen vom Schwarzmarkt zurück in die Museen. Aber von den Konten, die du ebenfalls gefunden hast, führen Spuren zu Parteien und damit in höchste Regierungskreise diesseits und jenseits des Atlantiks. Wir wissen jetzt, worum es geht, sind aber meilenweit davon entfernt, das beweisen zu können.« Er tippte auf das Notebook. »Diese Dateien würden niemals als Beweismittel ausreichen. Wir brauchen mehr, vor allem das Gold.«

»Warum denn das?«

»Das Gold brauchen wir, damit die Gefahr für Tom vorbei ist. Und dann brauchen wir konkrete Namen. Es reicht nicht, wenn wir nur die grobe Richtung kennen, in die das Geld gewandert ist. Und zum anderen müssen wir belegen, dass wir uns die Dateien nicht selbst gebastelt haben, sondern dass sie authentisch sind.«

»Und wie wollt ihr das machen?«

Dirk sah Tom an. »Vermutlich hätte uns das weitergeholfen, was dein Großvater dir sagen wollte. Jetzt können wir nur noch hoffen, dass Christian weitere Informationen hat.«

Kapitel 24

Christian fragte sich, ob sein Lebensstil der letzten Monate seinen Verstand bereits ernsthaft geschädigt hatte. Er konnte froh sein, dass er den Tag ohne erneuten Anschlag überstanden hatte und hätte sich besser ausruhen sollen. Stattdessen kauerte er um elf Uhr nachts im Schatten der Hauswand hinter einem Busch und kämpfte gegen den Schlaf an, während sein Bett keine zwanzig Meter entfernt im Nachbarhaus auf ihn wartete.

Selbst wenn die Täter zurückkommen sollten, wäre er kaum in der Lage, es mit ihnen aufzunehmen. Eine unauffällige Observation in seinem alten Opel? Das konnte er vergessen. Damit blieb die Frage, was er hier eigentlich tat. Frustriert ignorierte er die feuchte Erde, setzte sich und lehnte sich gegen die Wand.

Wenn er richtig lag, gab es zwei Parteien. Einmal die, die das Gold haben wollten, und die, die genau das verhindern wollten. Beide mussten davon ausgehen, dass sich noch Daten in Karls Haus befanden. Wenn sie nicht von selbst drauf gekommen waren, würden sie das auch im Polizeibericht nachlesen können, auf den sie garantiert Zugriff hatten. Welcher Idiot war nur so dämlich gewesen, diese Möglichkeit dort schwarz auf weiß zu verewigen?

Wenn nicht eine hohe Wahrscheinlichkeit bestanden hätte, dass sie sich Karls Haus noch mal vornahmen, könnte er in einem warmen Zimmer sitzen. Vielleicht sogar Tom die Zusammenhänge und seinen eigentlichen

Job erklären. Gemeinsam hätten sie eventuell eine Chance, wo er alleine scheiterte. Leider hatte er keine Ahnung, ob und wann sich der SEAL melden würde. Egal, was er in den letzten Wochen anfasste, es ging schief.

Seine Augen fielen zu. Fluchend bohrte er sich die Fingernägel in die Handfläche, um wach zu bleiben. Viel zu spät spürte er, dass er nicht länger alleine war. Seine Hand fuhr zum Gürtelholster, da landete er bereits mit dem Gesicht voran im Beet. Sein rechter Arm wurde auf den Rücken gedreht und ein Knie bohrte sich schmerzhaft in seinen Rücken. Vergeblich bäumte er sich auf und versuchte freizukommen. Eine Hand an seinem Hinterkopf presste sein Gesicht tief in die Erde.

»Ganz ruhig. Keine Bewegung«, befahl eine leise Stimme direkt an seinem Ohr, während ihm die Waffe abgenommen und er schnell und routiniert abgetastet wurde.

Scheinbar gehorsam gab Christian den Widerstand auf. Der Druck an seinem Hinterkopf verschwand. Endlich bekam er wieder Luft und konnte Erde ausspucken. Unauffällig tastete er mit der linken Hand über den Boden und bekam einen Stein zu fassen. Ehe er sein Vorhaben in die Tat umsetzen konnte, wurde ein Fuß auf seine Hand gestellt.

»Lass den Scheiß besser, wenn du hier lebend rauskommen willst.«

Obwohl er sich heftig wehrte, hatte er keine Chance. Seine Hände wurden mit Kabelbindern zusammengeschnürt und als er nach seinem Gegner trat, auch noch seine Knöchel. Hilflos lag er verdreckt und durchnässt am

Boden und konnte in der Dunkelheit nicht einmal erkennen, mit wem er es zu tun hatte.

»Ihr macht einen Fehler. Lasst mich frei.«

»Sonst was?«, erkundigte sich einer der Männer spöttisch.

»Hör auf mit dem Scheiß. Wir bekommen Gesellschaft. Die Show beginnt. Sorg dafür, dass er die Klappe hält«, befahl der andere.

Noch mehr Gesellschaft? Christian war davon ausgegangen, dass ihn die potenziellen Einbrecher erwischt hatten. Überrascht hob er den Kopf. Sofort legte sich eine Hand drohend über seinen Mund und Nase.

»Du kannst es auf die sanfte oder auf die harte Tour haben. Einen Laut und du wirst es bereuen.«

Krampfhaft nach Luft ringend versuchte Christian, die Hand loszuwerden. Sein Gegner schnaubte ungeduldig. »Einsicht ist wohl nicht gerade deine Stärke?«

Endlich verschwand der erbarmungslose Griff. Keuchend öffnete Christian den Mund, sofort wurde ihm zusammengeknüllter Stoff in den Rachen gestopft. »Du atmest jetzt ganz ruhig und gleichmäßig durch die Nase. Hast du das begriffen? Reg dich nicht unnötig auf, du kannst dich hinterher beschweren.«

Die arrogante Belehrung brachte ihn zum Kochen, dennoch blieb ihm keine Wahl, als zu tun, was von ihm verlangt wurde. Aus Trotz zu ersticken, wäre dann wohl doch übertrieben.

Angespannt verfolgte er, dass die beiden Männer anscheinend über Headsets mit weiteren Kumpanen kommunizierten. Zumindest einer von ihnen hielt ein Nachtsichtgerät in der Hand.

»Schwarzer Daimler, E-Klasse, Limousine. Ist einmal vorbeigefahren. Kehrt jetzt zurück. Verdammt, der hält mitten auf der Straße, zwei steigen aus, zwei bleiben im Wagen. Wird verdammt schwer, da ran zu kommen.«

»Ach was. Das schafft er.«

»Hast du die Kamera?«

»Alles einsatzbereit. Das Theater kann beginnen.«

Absolute Ruhe senkte sich über sie. Widerstrebend verzichtete Christian auf weiteren Widerstand, der ihm vermutlich eine Reise in die Bewusstlosigkeit eingebracht hätte. Außerdem hatte er keine Ahnung, welche der beiden Gruppierungen der gefährlichere Gegner war. Immerhin lebte er noch. Schritte knirschten auf dem Kiesweg, der zur Haustür führte. Einer der Männer schien die Haustür aufbrechen zu wollen. Dann brach die Hölle los.

Halogenscheinwerfer flammten auf, eine Sirene schickte nervtötende, jaulende Geräusche durch die Nacht. Ein Motor wurde hochgejagt und quietschende Reifen deuteten auf einen schnellen Aufbruch hin.

»Das war's. Jetzt können wir uns um unseren verhinderten Einbrecher kümmern«, stellte einer der Männer trocken fest.

Der Strahl einer Taschenlampe huschte über sein Gesicht, dann wurden seine Fußfesseln durchgeschnitten und er unsanft hochgezogen. Hustend und würgend versuchte er, den Stoff in seinem Mund loszuwerden, und war erfolgreich. »Was glaubt ihr eigentlich, wer ihr seid? Ich bin Polizist und ich werde euch…«

Beide lachten.

»Jetzt hast du uns aber wirklich beeindruckt. Außerdem wissen wir, wer du bist. Also halt die Klappe, oder wir stopfen dir wieder was in den Hals.«

»Mein Partner hat noch vergessen, zu erwähnen, dass du jetzt schön brav mitkommst oder wir ernsthaft sauer werden.«

Ratlos versuchte Christian in der Dunkelheit die Gesichtszüge der Männer zu erkennen. Einer hatte blonde Haare, der andere dunkle. Beide besaßen einen abartigen Sinn für Humor. Scheinbar bereitwillig hob er eine Schulter. »Sieht ja nicht aus, als ob ich eure nette Einladung abschlagen könnte. Wo soll es denn hingehen?«

Ohne eine Antwort abzuwarten, holte Christian zu einem Fußtritt aus. Elegant wich der Mann neben ihm aus und trat ihm gegen das Knie. Stöhnend ging er zu Boden und sein Gesicht wurde erneut tief in die Erde gedrückt. Egal, wie sehr er sich wehrte, er konnte den festen Griff nicht abschütteln. Sauerstoffmangel trübte seine Gedanken, seine Muskeln erschlafften. Kurz bevor er in die Bewusstlosigkeit abglitt, wurde er auf die Seite gedreht.

»Was hast du nicht verstanden, als mein Partner gesagt hat, dass du dich benehmen sollst?«

Er brachte nur noch ein gequältes Keuchen als Antwort hervor.

»Na komm schon, ehe deine Kollegen hier auftauchen. Das hättest du auch einfacher haben können.«

Wieder wurde er hochgezogen und mehr taumelnd als sicher gehend erreichte er einen dunklen A6. Der Mann öffnete die hintere Tür. »Rein mit dir und gib dir keine Mühe. Die Kindersicherung ist aktiv. Das Springen aus einem fahrenden Auto klappt sowieso nur im Film.«

Erschöpft ließ Christian sich auf den Sitz fallen und

wehrte sich nicht, als er angeschnallt wurde, obwohl der Gedanke an einen gezielten Kopfstoß verdammt verführerisch war. Doch die Antwort wäre vermutlich wieder äußerst unangenehm. Der Anblick einer Sporttasche auf dem Boden wirkte surreal, weckte in ihm aber gleichzeitig die Hoffnung, die Entführung zu überleben. Erstmals sah er die Männer, die ihn überwältigt hatten. Beide schienen Ende dreißig oder Anfang vierzig zu sein. Einer blond mit zerzaust abstehenden Haaren, der andere ein Typ mit dunkelbraunen Haaren und braunen Augen, die ihn keineswegs unfreundlich musterten, ehe die Tür zugeknallt wurde.

Wenige Augenblicke später setzte sich der Wagen in Bewegung. Mit einigen Knopfdrücken am Lenkrad schaltete der Dunkelhaarige die Lautsprecher der Stereoanlage so, dass sie nur im hinteren Teil aktiv waren. Die angenehmen Klänge von Dire Straits umschmeichelten ihn, verhinderten aber auch erfolgreich, dass er der leisen Unterhaltung auf den Vordersitzen folgen konnte. Anscheinend ging es um irgendwelche Belanglosigkeiten: den Geburtstag eines gemeinsamen Freundes, einen geplanten Konzertbesuch, die Niederlagenserie des HSV und irgendwas mit Kindern im Teenageralter.

Wären die ständigen prüfenden Blicke in Rückspiegel und Kosmetikspiegel nicht gewesen, hätte er an einen harmlosen Ausflug mit Freunden denken können, aber so hatte er immer noch keinen Anhaltspunkt, wer seine Gegner waren, wusste nur, dass sie Ahnung vom Nahkampf hatten und nur so viel Gewalt anwandten, wie sie mussten.

Egal wie sehr er sich bemühte, die Musik und die

schaukelnden Bewegungen des Audi ließen seine Augen zufallen. Er musste mitbekommen, wohin sie fuhren. Es blieb bei der Absicht, denn nach wenigen Minuten schlief er trotz der unbequemen Haltung tief und fest.

Eine Berührung an der Schulter riss Christian aus dem Schlaf. Unwillig drehte er sich weg, konnte der Hand aber nicht entkommen. Ein gequältes Knurren entfuhr ihm. Es konnte noch nicht Morgen sein und er brauchte dringend einige Stunden Ruhe.

»Also Nerven hat er, das muss man ihm lassen.«

»Ich glaube eher, dass er völlig fertig ist. Nun komm schon. Wir haben nicht die ganze Nacht Zeit. Aufwachen! Es wird Zeit für ein paar Antworten.«

Die Stimmen brachten schlagartig die Erinnerung an die Ereignisse vor Karls Haus zurück. Er fuhr hoch und sah sich blinzelnd um. Ein Parkhaus, so gut wie leer. Die ideale Umgebung, um jemand auseinanderzunehmen und endgültig fertigzumachen. Unbeholfen stieg er aus und versuchte, die Müdigkeit aus seinen Gedanken und seinen Gliedern zu vertreiben. Mehr als eine Chance würden seine Gegner ihm nicht lassen. Langsam wich er zurück, als der Dunkelhaarige die Tür schloss. Durchdringend wurde er gemustert, schließlich grinste der Mann. »Du liegst völlig falsch. Sieh dich genau um, dann entdeckst du etliche Kameras. Der Laden hier wird rund um die Uhr per Video überwacht. Wenn wir dich umlegen wollten, hätten wir auf dem Weg hierher bessere Gelegenheiten gehabt. Entspann dich und akzeptier endlich, dass du im Moment nichts an deiner Lage ändern kannst. Du verschwendest nur deine Kraft und machst uns sauer.«

»Und was soll ich jetzt deiner Meinung nach tun? Euch brav zur Schlachtbank folgen? Vergiss es. Solange ich mich bewegen kann, werde ich mich wehren. Wer seid ihr und was wollt ihr von mir?«

»Schlachtbank?«, wiederholte der Blonde mit einem leisen Lachen. »Was Melodramatischeres ist dir nicht eingefallen? Wir haben ein paar Fragen und müssen einiges Grundsätzliches klären, mehr nicht. Wenn es unangenehm wurde, hattest du dir das selbst zuzuschreiben und noch mal warne ich dich nicht. Benimm dich oder ich werde ernsthaft sauer und glaube mir, das möchtest du nicht. Was willst du mit auf den Rücken gefesselten Händen gegen zwei bewaffnete Männer unternehmen?«

Christian blieb ihm die Antwort schuldig und starrte auf den Betonboden. Mit einem leichten Stoß lenkte der Dunkelhaarige ihn in die gewünschte Richtung.

Nichts auf dem Weg durch das Treppenhaus oder die tristen Korridore verriet ihm, wo er sich befand. Sobald irgendwo ein Schild auftauchte, versperrte einer der beiden ihm die Sicht. Endlich hielten sie vor einer Tür an. Mit dem Fuß stieß der Dunkelhaarige sie auf und schob Christian in den Raum. »Bleib stehen.«

Obwohl er sich für die unbeherrschte Reaktion verfluchte, konnte er nicht verhindern, dass er zusammenzuckte, als der Mann plötzlich ein Kampfmesser in der Hand hielt. »Ganz ruhig.« Mit einem Schnitt durchtrennte er die Kabelbinder und deutete auf ein graues Sideboard. »Wasser und Gläser. Bedien dich. Ich besorge Kaffee. Wir sind gleich zurück. Mach solange keinen Blödsinn.«

Ratlos ließ sich Christian auf einen der unbequemen

Plastikstühle fallen. Dem verspiegelten Fenster am anderen Ende des Raumes gönnte er keinen Blick. Er hatte genug Verhöre geleitet, um zu wissen, dass er durch einen Einwegspiegel beobachtet wurde. Eine andere Behörde? Geheimdienst? Wenn die Männer Amerikaner gewesen wären, hätte er geahnt, wer dahinter steckt, aber das waren eindeutig Deutsche.

Die Tür sah stabil aus und ließ sich nur von außen öffnen. Vor den Fenstern waren Außenjalousien angebracht, zu denen er keinen passenden Schalter sehen konnte, vermutlich wurden die vom Nebenraum gesteuert, wieder wurde ihm kein Anhaltspunkt gegeben, wo er sich befand.

Der Dunkelhaarige erschien wie angekündigt mit einer Thermoskanne und drei Bechern. Auch der Blonde tauchte wieder auf und ließ sich genau gegenüber von Christian nieder. Er deutete auf die Kanne. »Wir trinken alle dasselbe unerträgliche Zeug. Such dir einen Becher aus. Keine Tricks, keine Drogen«, versprach er.

Überrascht, dass sie seine Gedanken erraten hatten, griff Christian zu und musterte ungläubig den Becher mit Micky Maus. »Nett. Erfahre ich jetzt endlich, worum es geht?« Das heiße Getränk war bitter, half ihm jedoch, wach zu bleiben.

»Sicher, aber dabei gilt es, eine gewisse Reihenfolge einzuhalten. Hättest du den Finger am Abzug, könntest du mit deinen Fragen loslegen. So beginnen wir. Aber ich mache dir die Sache leichter und verrate dir, was wir schon wissen.«

Gespielt entspannt lehnte Christian sich zurück und breitete einladend die Hände aus. »Bitte, ich kann es kaum erwarten. Soll ich in der Zwischenzeit ausrechnen, was auf Entführung und Körperverletzung steht?«

Der Blonde ließ ihn nicht aus den Augen und verzog keine Miene. »Tu dir keinen Zwang an. Ich zittere schon vor Angst. Also gut, Christian. Auf dem Papier bist du Oberkommissar mit einer beschissenen Erfolgsquote und hängst deine Zeit hinterm Schreibtisch ab. Vor zwei Jahren sah das ganz anders aus, damals warst du so was wie der Shootingstar in deiner Abteilung, jetzt bist du das letzte Arschloch, dem man gerade die Ablage überlässt. Und ich bin damit noch gar nicht bei zwei Gemälden und einem silbernen Leuchter, der aus der Asservatenkammer verschwunden ist, nachdem du dort gewesen bist.«

Der durchdringende Blick des Blonden gefiel Christian ebenso wenig wie dessen Worte und vor allem der spöttische Unterton. Er sah zu dem Dunkelhaarigen, fand dort aber nur mildes Interesse. »Na und. Von verschwundenen Asservaten weiß ich nichts. Es ist eben nicht besonders gut für mich gelaufen. Das kann doch passieren.«

»Sicher kann es das. Aber wenn so etwas passiert, dann bekommt der Betroffene in der Regel kein Gehalt, wie es einem Hauptkommissar zusteht, und in der Personalabteilung existiert keine gut versteckte Beurteilung, in denen er in den höchsten Tönen gelobt wird. Du ermittelst seit zwei Jahren verdeckt und ich will wissen gegen wen, und was seit einigen Tagen oder auch länger schief läuft. Denn egal, was du gerade tust, ein regulärer Undercoverjob sieht anders aus, also verarsch mich gar nicht erst.«

Der Blonde hatte seine Stimme nicht erhoben, im Gegenteil, er wirkte freundlich und verständnisvoll, dennoch fuhr Christian so schnell hoch, dass sein Stuhl umkippte.

Zu spät wurde ihm klar, dass er damit die Worte des Blonden indirekt bestätigte und ahnte, dass sein Gesicht die Wahrheit verriet. Er winkte ab, als er die kampfbereite Haltung des Dunkelhaarigen erkannte. »Schon gut, ich habe mittlerweile begriffen, dass du einiges drauf hast. Ich werde den Schwachsinn nicht kommentieren, den ihr euch da zusammengebastelt habt.« Ihm kam ein Gedanke. Es gab eine mögliche Erklärung. Wenn er falschlag, würde er sich erst lächerlich machen und dann wäre er tot. Aber darauf kam es jetzt auch nicht mehr an

Obwohl er vor Wut über seine Enttarnung und vermutlich auch vor Angst leicht zitterte, bemühte er sich um einen gelassenen Ton, als er sich zu dem Einwegspiegel umdrehte. »Regeln wir das von Angesicht zu Angesicht? Die Sache mit der Festplatte war daneben. Tut mir leid, Tom. Krieg ich noch eine Chance? Ansonsten sage ich kein Wort mehr, glaubt doch, was ihr wollt.«

Völlig erschöpft hob er den Stuhl auf und ließ sich darauf fallen. Es hätte zu seinem beschissenen Tag gepasst, dass er mit seiner Vermutung falschlag und sie ihn jetzt für komplett durchgedreht hielten. Die Mienen der beiden Männer waren absolut undurchdringlich. Er vergrub sein Gesicht in den Händen und wartete. Als die Tür geöffnet wurde, blickte er nicht hoch, auch nicht, als jemand direkt neben ihm stehen blieb.

Kapitel 25

Ratlos sah Tom – im wahrsten Sinne des Wortes – auf Christian herab. Mit der trotzigen Art, die er bisher gezeigt hatte, konnte er umgehen, aber mit dieser niedergeschlagenen Haltung sah es anders aus. Zunächst hatte er über die Headsets verfolgt, wie Dirk und Sven mit ihm umgegangen waren, dann über die Mikrofone im Verhörraum. Das Verhalten seines ehemaligen Freundes hatte ihn abwechselnd zum Grinsen und zum Kopfschütteln gebracht. Als das Schweigen anhielt, entschloss er sich für einen flapsigen Beginn. »Weißt du, wir benutzen Tarnfarbe, wenn wir nicht gesehen werden wollen, und schmieren uns kein halbes Beet ins Gesicht.«

Christian sah ihn nicht an. »Du verdammter Scheißkerl. Und was sollte das alles? Bist du jetzt zufrieden? Wieso hast du dich nie gemeldet? Woher wisst ihr das alles?« Christians Stimme schwankte.

Noch zu gut erinnerte Tom sich an die unerwartete Geste des Trosts im Haus seines Großvaters. Die Vermischung ihrer privaten Beziehung und der Ermittlungstätigkeit überraschte ihn nicht, da Christian völlig erschöpft war.

Sanft legte er ihm eine Hand auf die Schulter und hockte sich auf die Tischkante. »Es tut mir unglaublich leid, wie alles gelaufen ist. Damals meine ich. Lass uns später darüber reden. In Ruhe. Heute ist es etwas anderes. Wir mussten erst wissen, auf welche Art und Weise du in den Mist verwickelt bist. Hättest du mir ehrlich geantwortet, wenn ich dich gefragt oder mit unserer Theorie konfrontiert hätte?«

»Eben. Theorie. Ihr wisst gar nichts«, erwiderte Christian.

»Na sicher, deine Reaktion war ja auch überhaupt nicht aufschlussreich. Vergiss es, Christian. Sei lieber froh, dass wir dich da rausgeholt haben und nicht die anderen über dich gestolpert sind.«

»War ja wirklich eine sehr nette Behandlung.«

Tom schnaubte abfällig. »Dirk sagte es schon, du hattest es dir selbst zuzuschreiben, wenn es ungemütlich wurde. Wir konnten nicht riskieren, dass der Einsatz deinetwegen aufflog. Aber noch einmal: Die Klärung deiner Rolle war Teil der heutigen Aktion.«

Christian blinzelte. »Es tut mir leid, dass ich die Festplatte mitnehmen wollte. Das war nicht in Ordnung, aber ich habe überhaupt nicht mehr gedacht, sondern nur noch funktioniert. Erfahre ich nun endlich, wo wir sind? Und mit wem arbeitest du zusammen?«

Tom legte seinen LKA-Ausweis vor Christian auf den Tisch und signalisierte Sven fortzufahren.

»Sven Klein, Erster Kommissar beim LKA Hamburg und mein Partner Dirk Richter. Den Raum nutzen wir abwechselnd als Besprechungsraum oder Verhörzimmer. Unsere Büros sind gleich neben an. Alsterdorf, Polizeistern, falls du noch nicht drauf gekommen bist.«

»LKA?«, wiederholte Christian und starrte immer noch auf Toms Ausweis. »Das verstehe ich nicht. Du bist doch ein SEAL, oder nicht? Wieso arbeiten ein Navy SEAL und das LKA zusammen? Und wie seid ihr an die Informationen über mich herangekommen?«

»Nicht auf offiziellem Weg, aber mein Boss ist ein begnadeter Hacker und ein Freund vom Kieler LKA war so nett, uns einige Zugangscodes zu verraten. Damit war es fast ein Kinderspiel. Ich werde mich nicht dafür entschuldigen, Christian. Dein Auftritt gestern war nicht besonders gelungen, dazu kamen die widersprüchlichen Informationen. Ich musste erfahren, auf welcher Seite du stehst, aber du kannst mir glauben, dass ich verdammt erleichtert war, als Dirk darauf gekommen ist, dass dein Gehalt nicht passt, und wir dann noch die Beurteilung entdeckt haben. Das wurde allerdings wieder zunichtegemacht, als wir festgestellt haben, dass der, der sie geschrieben hat, tot ist. Erst nach deiner Reaktion auf Svens Zusammenfassung waren wir sicher.«

»Großartig. Wie bist du denn drauf, wenn du achtundvierzig Stunden nicht gepennt hast? Und wenn außerdem noch ein Freund ermordet wird, ein anderer plötzlich wieder auftaucht, auf dich geschossen wird, du in Klamotten durch den verdammten See schwimmst und dann auch noch von zwei Komikern entführt wirst?«

»Komikern?« Dirk stieß sich gähnend von dem Tisch ab. »Ich hätte dir eine Kugel verpassen sollen. An wem bist du dran? Was ist in Kiel los?«

»Das zu erklären, dauert Stunden. Ich hoffe, für heute Abend geht ein Schnelldurchlauf in Ordnung. Seit etlichen Monaten verschwinden teure Kunstgegenstände, die eigentlich als verloren gegangen galten, aus der Asservatenkammer. Ich sollte der Sache nachgehen, stieß aber auf wahre Gummiwände. Es war einfach kein Durchkommen. Gleichzeitig wurde der Verdacht immer größer, dass mit dem Geld irgendwelche Seilschaften finanziert wurden, die wir auch nicht richtig durchblickt haben. Vielleicht rechte Parteien, vielleicht was ganz Anderes. Wir hatten nur Ideen, keine konkreten Hinweise.« Tom und Sven wechselten einen Blick, der Christian natürlich nicht entging. Er atmete scharf ein. »Als ich mit einem Freund darüber sprach – damit meine ich Karl, Toms Großvater –, wurde es völlig abstrus. Er erzählte mir eine Geschichte, die weit zurückreichte, und ähnlich lief.«

Christian griff nach seinem Becher, der jedoch leer war. Tom füllte ihn ohne Aufforderung nach.

Der Kieler Polizist stürzte den Kaffee in einem Zug hinunter. »Es hängt alles irgendwie zusammen, aber ich weiß nicht wie. Sowohl Toms Eltern als auch meine spielten ebenfalls eine Rolle dabei.«

»Deine Eltern?«, hakte Tom erstaunt nach.

»Ja. Autounfall vor zehn Jahren. Die Parallele zum Tod deiner Eltern muss ich ja wohl nicht erklären.«

»Nein. Aber ich verstehe das nicht.«

»Willkommen im Club. Mein Vater war Anwalt und hat niemandem was getan. Karl war auch ratlos. Wir sind ja auch erst jetzt darauf gestoßen. Und dann ... Für meinen Vorgesetzten in Kiel lege ich meine Hand ins Feuer. Vermutlich musste er deshalb sterben. Von wegen Verkehrsunfall. Es war riskant, aber ich habe weitergemacht, probiert, meine Legende aufrechtzuerhalten, und den Eindruck zu vermitteln, dass ich bestechlich wäre und mich auch schon bedient habe. Die angeblich verschwundenen Wertgegenstände sind natürlich nicht wirklich weg. Es kam gestern, nein vorgestern, endlich zu einer Kontaktaufnahme, aber ich weiß nicht, ob ich sie überzeugt habe. Ein paar Stunden später flogen mir die Kugeln um die Ohren.«

»Und trotzdem bist du heute zur Arbeit gefahren. Das war total leichtsinnig«, warf Tom ihm vor.

»Was hätte ich denn sonst machen sollen?« Er atmete tief durch. »Was war heute am Haus deines Großvaters los?«

»Wir haben durchsickern lassen, dass im Haus noch Daten vermutet werden und für den nächsten Tag eine entsprechende Durchsuchung angekündigt. Wie erhofft, wollte sich jemand vorher die angeblichen Sachen sichern. Wir haben die Typen fotografiert und ihrem Wagen einem Sender verpasst. Zwei von uns verfolgen sie. Hör zu, du schläfst dich erst mal aus, wir reden morgen weiter.«

»Das hatte ich ja auch vor, wenn ihr nicht ...«

Tom konnte sein Lachen nicht zurückhalten. »Ich werde mich ganz bestimmt nicht dafür entschuldigen, dass wir erst einmal klären mussten, ob wir mit dir zusammenarbeiten oder dich aus dem Verkehr ziehen sollten.«

»Na super. Soll ich hier in einer Arrestzelle pennen oder was habt ihr euch gedacht?«

»Ich fahre dich zurück«, bot Tom an.

»Gut. Jetzt. Für heute habe ich genug von dir und deinen Freunden.«

Mühsam verkniff Tom sich einen scharfen Kommentar, der die Situation nur weiter hätte eskalieren lassen. »Wie du meinst.«

Den Weg zur Tiefgarage legten sie schweigend zurück. Wortlos deutete Tom auf einen schwarzen Mercedes-Kombi der E-Klasse.

»Nett. Deiner? Anscheinend werden Unteroffiziere verdammt gut bezahlt.«

»Nein, werden sie nicht. Das ist ein Dienstwagen, den ich mir nehmen kann, wenn ich ihn brauche. Willst du jetzt weiter schmollen? Dann verrate mir doch bitte, was du an meiner Stelle getan hättest. Wenn du nicht so bescheuert gewesen wärst, dich mit Dirk anzulegen, wäre es nur ein wenig unbequem geworden.«

»Fahr einfach und halt die Klappe.« Christian lehnte sich zurück und schloss die Augen.

Tom dachte überhaupt nicht daran, den Motor zu starten. »Wenn du es so haben willst, dann such dir ein Taxi. Von dir nehme ich keine Befehle entgegen.«

Ruckartig öffneten sich die Lider wieder. »Ich begreife sowieso nicht, dass du zum Befehlsempfänger geworden bist. Offizier hätte ich noch verstehen können, aber Unteroffizier? Das hättest du doch nicht nötig gehabt.«

»Dann weißt du wohl doch nicht alles über mich. Ehe du mein Team nicht kennst, solltest du mit deinem Urteil zurückhaltender sein. Wie sieht's aus? Soll ich dich beim nächsten Taxistand absetzen?«

»Nein. Wenn du mich bitte nach Hause fahren würdest ...«

»Na also, es geht doch.«

Christian schlug mit geschlossenen Augen nach ihm, verfehlte ihn jedoch um Längen und hatte dabei die Mundwinkel nach oben gebogen. »Du arroganter Hund.«

»Wuff.«

Endlich lachten sie gemeinsam. »Ich bin verdammt froh, dass du hier bist, Tom«, nuschelte Christian, ehe er einschlief.

Gedankenverloren parkte Tom vor Christians Haus und blickte dabei zum Nachbargrundstück hinüber. Ihre Zimmer hatten direkt gegenüber gelegen. Wie oft hatten sie sich abends noch durch die offenen Fenster unterhalten? Der Anblick seines unberührten Jugendzimmers hatte ihn ebenso tief getroffen wie Christians überraschender Trost. Ihm ging Christians Vorwurf nicht aus dem Kopf, dass er sich nie gemeldet hatte. Jahrelang hatte er es geschafft, aufkeimende Schuldgefühle sofort zu verdrängen, jetzt musste er sich ihnen stellen.

Sanft packte er Christian an der Schulter und schüttelte ihn energischer, als dieser nicht reagierte. »Komm schon, soll ich dich vielleicht reintragen?«

»Was ist denn jetzt schon wieder?«, kam es kaum verständlich zurück.

»Wir sind da. Die letzten Meter ins Bett wirst du jawohl noch alleine schaffen, oder?«

Schwerfällig stieg Christian aus und lehnte sich gegen den Wagen.

»Anscheinend nicht«, sagte Tom mehr zu sich selbst und zog ihn förmlich zur Haustür. Fluchend suchte er in Christians Jacke nach dem Schlüssel und blieb im Flur stehen. »Komm schon, Mann, schläfst du immer noch oben?«

Blinzelnd sah Christian an ihm vorbei, dann klärte sich sein Blick. »Ja. Ich schaff das schon. Was ist mit dir?«

»Was sollte mit mir sein? Ich habe dich abgeliefert und gut ist.«

»Du kannst hier schlafen, wenn du willst. Ich weiß nicht, wo du wohnst, aber es muss saumäßig spät sein und ich glaube nicht, dass du nebenan zur Ruhe kommst. Außerdem klebt ein Siegel an der Tür. Gästezimmer oder Couch im Wohnzimmer. Mach, was du willst.« Christian wartete keine Antwort ab, sondern drehte sich um und ging schwer auf das Geländer gestützt in den ersten Stock. Unschlüssig sah Tom ihm nach, dann folgte er ihm.

Schmunzelnd sah er, dass Christian bereits schlafend quer auf seinem Bett lag. Es hatte nicht einmal gereicht, um die dreckverschmierten Schuhe auszuziehen. Kopfschüttelnd holte Tom das Versäumnis nach, zog Christians Dienstwaffe aus dem Holster und legte sie auf einen Stapel Zeitschriften, die den Nachttisch bedeckten. Auf dem Boden fand er eine zusammengeknüllte Decke, die er über ihm ausbreitete, ehe er sich im Schlafzimmer umsah. Von den Möbeln seiner Eltern war nichts mehr zu sehen, von der früher in dem Haus herrschenden Ordnung allerdings auch nicht. Leere Colaflaschen standen neben dem Bett, direkt daneben Chipstüten und Schokoladenpapier. Der Boden war übersät mit Kleidungsstücken.

Bei einem Rundgang stellte Tom fest, dass sein Eindruck vom Schlafzimmer auch für den Rest des Hauses galt. Lediglich auf dem Schreibtisch im Wohnzimmer herrschte akribische Ordnung.

Mit gerunzelter Stirn schnappte sich Tom eine Rolle Müllsäcke aus der Küche und begann, das schlimmste Chaos zu beseitigen. Nachdem der Geschirrspüler lief und er Christians verstreute Kleidungsstücke aus dem Bad und dem Schlafzimmer in einen Wäschekorb gestopft hatte, lenkte ihn nichts mehr von der Vergangenheit ab. Fluchend ließ er sich auf die Couch im Wohnzimmer fallen. Sein Blick fiel auf ein Foto von Christian und Julie. Er selbst hatte die Aufnahme gemacht und später der Mutter der beiden geschenkt. Beide lachten sorglos in die Kamera und wenige Minuten nach dem Foto hatten sie sich mit einer wilden Wasserschlacht im See Abkühlung von der Sommerhitze verschafft. Julie ... Sie machte ihn wahnsinnig. Etliche Male hatte er in ihr den quirligen Teenager wiedererkannt. Schon früher war sie mal ernsthaft, dann überraschend albern gewesen. Heute hatte sie eine messerscharfe Zunge und wich keiner Herausforderung aus. Er kannte sie und kannte sie doch nicht, wusste nicht einmal, was er von ihr wollte. Früher hatte sie ihren Bruder und ihn bewundert. Diese Zeiten waren definitiv vorbei. Nicht geändert hatte sich hingegen, dass sie ihn verwirrte und anzog. Dafür hatte er keine Zeit. Und es war auch falsch, sich als ihr Freund zu bezeichnen. Ein Freund verschwand nicht einfach. Das hätte er ja vielleicht noch erklären können, dass er sich bei den Geschwistern nie mit einem Anruf oder einem Brief gemeldet hatte, jedoch nicht.

Trotz seiner widersprüchlichen Gefühle wäre er am liebsten zu Daniel gefahren. Es hätte ihm gereicht, zu wissen, dass sie und Queen im gleichen Haus schlafen. Was sagte das denn nun schon wieder über ihn aus? Er horchte in sich hinein und konnte es nicht abstreiten: Er vermisste beide. Doch sein Pflichtbewusstsein siegte. Christian war möglicherweise in Gefahr und sie hatten längst nicht alle Punkte geklärt. Es war vernünftiger, wenn er hier übernachtete.

Tom nahm sein Handy. Julie verdiente zumindest eine WhatsApp. *»Schlafe heute Nacht bei Christian. Alles gut.«*

Es dauerte keine Sekunde, da vibrierte sein Handy.

Julie.

»Du schläfst bei ihm, weil du auf ihn aufpassen willst!«, begrüßte sie ihn.

»Wie kommst du darauf?«

»Weil du Queen sonst nicht alleine gelassen hättest.«

»Stimmt. Dich aber auch nicht. Er war völlig übermüdet. Morgen müssen wir noch über einiges reden.«

»Dann ist er kein Verbrecher?«

»Nein, nur ein Idiot.«

»Das war er schon immer. Genau wie du. Deshalb versteht ihr euch ja so gut.«

Tom bemerkte sofort, dass sie von der Gegenwart sprach. »Stimmt. Und das gleiche gilt für uns.«

Sie zögerte kurz. »Geht es dir denn gut? Euer Vorhaben klang gefährlich.«

»Eins zu null für mich. Du hast das Thema gewechselt.«

»Gar nicht. Das war geklärt. Sehen wir uns morgen?«

»Na sicher. Du hast zwei Dinge, die ich brauche.«

»Queen ist klar ... Sie hat dich übrigens überall gesucht. Wenn es morgen bei dir später wird, melde dich bitte. Ich lasse sie dann noch mal mit Pascha spielen, damit sie abgelenkt wird. Und was brauchst du noch von mir?«

»Das gleiche Frühstück wie heute.« Er blickte auf die Uhr. »Ich meine gestern.«

Ehe sie nachfragen konnte, legte er auf. Hatte er eben tatsächlich mit ihr am Telefon geflirtet? Die Erinnerung an den Kuss reichte jedenfalls, damit seine Hose verdammt unbequem wurde. Das durfte noch nicht wahr sein. Er war wirklich ein Idiot.

Schlafen konnte er so vergessen. Er verschob die Couch etwas, um freien Blick auf das Haus seines Großvaters zu haben. Sollte jemand einen erneuten Einbruchversuch unternehmen, würde er feststellen, dass die Bewegungsmelder noch aktiv waren. Das helle Halogenlicht würde Tom nicht entgehen.

Er holte seinen Rucksack aus dem Wagen und platzierte sein Notebook auf dem Tisch. Eigentlich diente die schnelle Internetverbindung via Satellit dienstlichen Zwecken, aber nicht zum ersten Mal nutzten er und Daniel ihre Ausrüstung für andere Zwecke. Das Spiel war kaum gestartet, da ging auch schon ein Chat-Fenster auf.

»Alles klar? Wo steckst du?«

»Christian. Behalte das Haus im Auge.«

»Wenn du meinst …«

»Alles erledigt?«

»Sicher. Adresse bekannt. Überprüfung läuft. Rest morgen. Hätte Sandy fast ausgesetzt.«

»?«

»Noch ein ›fahr nicht zu dicht ran‹ und sie hätte zu Fuß gehen können.«

Tom lachte und antwortete mit einem höhnisch grinsenden Smiley. *»Sie wird schon wissen, warum sie dich ermahnen musste.«*

Prompt bekam er virtuell den Mittelfinger gezeigt. *»Soll ich vorbeikommen?«*, bot Daniel an.

»Nein.«

»Hör auf zu grübeln. Die Vergangenheit kannst du nicht mehr ändern. Du warst noch keine siebzehn. Lust auf eine Runde?«

Es war typisch für seinen Freund und Partner, dass der seine Stimmung trotz der Entfernung erkannte und ihn ablenken wollte. Aber Daniels Vorschlag klang gut, nach einigen Runden würde er hoffentlich schlafen können.

»Ja«, bestätigte er und startete bereits ein Computerspiel, in dem sie schwer bewaffnet die Welt vor den Gangstern des einundzwanzigsten Jahrhunderts retten würden, während neben ihm seine Sig Sauer griffbereit lag.

Kapitel 26

Tom schrak hoch. Einen Augenblick lang dachte er, sich auf Daniels Couch zu befinden. Falsch. Er war bei Christian geblieben und das war anscheinend die richtige Entscheidung gewesen. Ein Geräusch an der Haustür hatte ihn aus dem Schlaf gerissen.

Mit der Pistole bereits in der Hand stand er auf und zog sich lautlos seine Schuhe an. Noch hielt die Tür dem Angriff stand. Er schickte eine kurze WhatsApp an Daniel und entschied sich dann dagegen, Christian zu wecken. In seinem desolaten Zustand würde der ihn nur behindern.

Angespannt presste Tom sich gegen die Wand im Flur und lauschte. Mit einem Knacken gab das Schloss nach. Leise Schritte. Mindestens zwei Männer hatten das Haus betreten und standen im Windfang, der nahtlos in den Flur überging. Von dort aus führten Türen in die Küche, ins Wohnzimmer und in ein kleines Badezimmer. Diesen Bereich konnte Tom abdecken, die Treppe ins obere Stockwerk machte die Situation jedoch kompliziert. Er musste verhindern, dass jemand dorthin gelangte. Das war fast unmöglich, wenn es sich um zu viele Gegner handelte. Jetzt wünschte er sich, er hätte Christian doch geweckt.

Tom stieß sich von der Wand ab. »Polizei! Keine Bewegung«, rief er.

Die offizielle Warnung hätte er sich sparen können. Schallgedämpfte Schüsse wurden abgefeuert und verfehlten ihn nur, weil er sich schnell genug zu Boden warf, abrollte und dabei mit einer Kommode kollidierte. Er erwiderte das Feuer. Eine Gestalt ging zu Boden, zwei weitere traten den Rückzug an.

Damit ging die erste Runde an ihn, doch er bezweifelte, dass das schon alles war. Wo zum Teufel blieb Christian? Die Schüsse aus der Sig Sauer waren so laut, die weckten einen Toten, nur den Kieler Polizisten anscheinend nicht.

Aus dem Wohnzimmer und der Küche gelangte man in den Garten. Wenn Tom an der Haustür gescheitert wäre, würde er es dort versuchen.

Er sprintete den Flur entlang, sprang über den am Boden liegenden Mann und jagte mit vollem Tempo aus der Haustür. Die Taktik ging auf. Mindestens einer hatte den Eingang bewacht, schoss auf ihn, verfehlte ihn jedoch deutlich.

Tom warf sich hinter seinem Mercedes in Deckung und musterte schnell die Nachbarhäuser. Endlich. Hinter vereinzelten Fenstern ging Licht an. Hoffentlich riefen die Anwohner die Polizei. Eventuell hatte Daniel das auch bereits erledigt. Seine Idee, sich die Kerle alleine vorzunehmen, war jedenfalls ziemlich unüberlegt gewesen. Dafür waren es zu viele. Neben einem Lebensbaum entdeckte er den Typen, der, von einem Haufen Gerümpel nur notdürftig gedeckt, die Haustür beobachtet hatte und nun mit der Waffe im Anschlag nach Tom Ausschau hielt. Dem konnte er helfen. Tom gab zwei Schüsse ab. In die Beine getroffen ging der Mann schreiend zu Boden.

Lautlos schlich Tom durch die Dunkelheit um das Haus herum und nutzte die Schatten der Büsche, um sich unbemerkt dem Garten zu nähern. Wenigstens in dieser

Hinsicht war er den Männern überlegen. Wie viele waren es noch? Zwei? Drei?

Einer stand offen auf der Terrasse und blickte ins Wohnzimmer. »Da steht ein Notebook«, sagte er laut und machte Anstalten, die Scheibe einzuschlagen.

Es reichte! »Das vergiss mal ganz schnell. Waffen weg«, rief Tom und trat vor.

Beide Männer wirbelten herum.

Hinter sich hörte Tom ein leises Geräusch. Er wollte sich umdrehen, zu spät. Ein harter Schlag traf ihn am Hinterkopf. Er landete auf dem nassen Gras und schaffte es gerade noch, einem Fußtritt auszuweichen, den er mehr ahnte, als tatsächlich sah.

»Wer ist das?«, erkundigte sich einer, der näher kam. Tom versuchte, sich wegzurollen, war aber zu benommen. Er hörte weder die Antwort, noch sah er den nächsten Tritt rechtzeitig, der ihn am Kopf traf. Eine undurchdringliche Schwärze senkte sich über ihn und löste die Vorwürfe ab, dass ihn jemand von hinten überrascht hatte. Das Letzte, das er vor Augen hatte, war ein Bild von Julie und Queen. Dann gab es nichts mehr.

***

Schlaftrunken stolperte Christian die Treppe hinunter. Ungläubig blickte er auf den Mann, der in einer Blutlache im Flur lag. Die Tür stand weit offen.

Martinshörner kamen näher, mindestens zwei Streifenwagen hielten vor dem Haus.

Uniformierte Polizisten sprangen aus den Fahrzeugen und zogen ihre Waffen.

Langsam, die leeren Hände deutlich sichtbar, ging Christian ihnen entgegen. »Ich bin ein Kollege! Kripo Kiel. Und ich weiß selbst nicht, was los ist …«

»Wir wurden benachrichtigt, dass Schüsse gefallen sind. Da drüben liegt einer.«

»Drinnen auch.« Im Schein einer Taschenlampe untersuchte einer der Polizisten den Mann, der vor dem Lebensbaum lag. »Bewusstlos, verletzt. Ruf einen RTW.«

Tom! Wo war der SEAL? Und wie konnte es sein, dass Christian diesen Kampf verschlafen hatte? Die Schüsse hatten sich nahtlos in seinen Traum eingefügt, dennoch … Das hätte nie passieren dürfen.

»Es hielt sich hier noch ein … Kollege von uns auf. Bitte, wir müssen ihn finden.« Christian nahm dem Polizisten einfach die Taschenlampe aus der Hand und ignorierte dessen Protest. Im Vorgarten entdeckte er niemanden. Er ging ums Haus herum, leuchtete in jede Ecke. Zunächst entdeckte er nichts Auffälliges.

»Da!«, rief der Polizist, der ihm gefolgt war und den Strahl seiner Maglite auf den Rasen gerichtet hatte.

Im nassen Gras waren deutliche Abdrücke erkennbar – und Blut.

»Verdammt.«

Der uniformierte Kollege leuchtete nach und nach die gesamte Terrasse aus. Nichts.

»Und das haben Sie verpennt? Das ist der reinste Kriegsschauplatz. Vorne lagen mehr als eine Handvoll Hülsen herum.«

»Ich war zwei Tage ohne Pause im Einsatz«, verteidigte sich Christian geistesabwesend. Ein Teil seines Verstandes funktionierte wieder einwandfrei. Es gab keinen Grund, eine Leiche mitzunehmen, das hieß, dass Tom noch lebte. Aber wie lange?

Mit wie vielen hatte es sein Freund hier alleine aufgenommen? Die Betonung lag auf dem Wort ›alleine‹. Wie hatte das alles nur passieren können?

»Sie werden einiges zu erklären haben«, sagte der Polizist, klang dabei aber mitfühlend.

»Ich weiß«, gab Christian müde zurück. »Ich muss ins Haus. Ich brauche ein paar Dinge und muss dringend telefonieren. Das hier ist kein normaler Tatort, sondern etwas anderes, viel Größeres.«

Langsam nickte der uniformierte Kollege. »Darauf bin ich schon selbst gekommen. Im Nachbarhaus war doch auch gerade erst der Teufel los. Hängt das zusammen?«

Christian brummte nur etwas Unverständliches. Er würde einen Fall mit diesen Dimensionen kaum mit einem Streifenpolizisten diskutieren. Er ging zurück zur Vorderseite, kam aber nicht dazu, das Haus zu betreten.

Ein weiterer Polizeiwagen kam zum Stehen. Er stutzte, als er den schweren Mercedes mit Kieler Kennzeichen und Blaulicht auf dem Dach sah.

Zwei Männer stiegen aus, die unterschiedlicher nicht sein konnten. Einer muskulös und durchtrainiert, bekleidet im typischen zivilen Polizeioutfit aus Lederjacke und Jeans, während der andere dünn, beinahe hager war und mit den weißblond gefärbten Haaren und der zerrissenen Jeans ganz bestimmt kein Polizist, sondern eher ein Punker war.

»Was wollen Sie denn hier?«, fuhr Christian den Typen an.

Der muskulöse Typ hielt ihm einen Ausweis hin. »Arbeite mal an deinem Ton, Kollege. Wir sind auch nicht scharf darauf, uns hier die Nacht um die Ohren zu hauen.«

Der Punker sah sich bereits um. »Sehr viel Aufwand für einen einfachen Einbruch. Die sind ja in Armeestärke erschienen.« Nachdenklich blickte er zum Nachbarhaus hinüber. »Und warum hatten sie es anscheinend direkt auf dich abgesehen? Die Spurensicherung und das ganze Tamtam sind unterwegs, die brauchen uns nicht. Aber wir beide werden uns jetzt mal in Ruhe unterhalten. Gibt es einen Raum, in dem wir keine Spuren zerstören?«

»Wohnzimmer«, schlug Christian vor und fühlte sich reichlich überfahren.

In dem Raum angekommen, versetzten ihm der Anblick von Toms Notebook und die zerwühlte Decke auf der Couch einen schmerzhaften Stich. Gleichzeitig fiel ihm auf, dass jemand Ordnung geschaffen hatte. Ohne die beachtliche Staubschicht hätte er das Haus nicht wiedererkannt.

Mit Verspätung bemerkte er die Blicke, die die Männer tauschten. Der Punker zeigte auf den Computer. »Den nehme ich mit. Mark wäre nicht begeistert, wenn der den Falschen in die Hände fällt.«

Der muskulöse Typ nickte und sah aus dem Fenster. »Er hat sich die Couch so hingestellt, dass er das Nachbarhaus im Blick hatte. Der Angriff hier hat ihn überrascht.«

Langsam nickte der Punker. »Und es waren zu viele, die einiges drauf hatten. Wie viele schätzt du?«

»Sechs, sieben. Wir müssen schnell sein, Markus. Verdammt schnell. So brutal, wie sie vorgegangen sind, bleibt ihm nicht viel Zeit. Sie werden von ihm was erfahren wollen, und wir wissen noch nicht einmal, ob er reden könnte, wenn er wollte.«

Christian verlor die Nerven, als sie sich unterhielten, als ob er nicht da wäre. »Wer seid ihr?«, brüllte er unbeherrscht los.

Ein kühler Blick des Punkers traf ihn. »Wir sind diejenigen, die versuchen, den Wahnsinn wieder einzufangen, den du veranstaltet hast. Es gibt genug Kollegen in Kiel, denen man trauen kann, und damit nicht den geringsten Anlass für einen derartigen Alleingang. Markus König, LKA Kiel. Und mein Partner Bjarne Marx.«

Der Vorwurf traf Christian. »Partner? Ernsthaft? Und von welchem Dezernat? Für exotische Vögel?«

Mit einem Satz war Bjarne bei ihm und packte Christian fest am Kragen. Der Kieler Polizist hatte sich so schnell bewegt, dass Christian an eine Abwehrbewegung nicht einmal gedacht hatte. »Jetzt hör mal gut zu. Niemand, also wirklich niemand, macht meinen Partner dumm an. Überlege dir lieber mal, wie viele Tote schon auf dein Konto gehen, weil dein Vorgehen einfach nur unverantwortlich war. Aber wir werden alles tun, damit nicht auch noch einer von Marks Männern dazugehört. Hast du das verstanden?«

Er gab ihm einen Stoß, der Christian auf die Couch beförderte.

Markus grinste breit. »Tja, da hast du in ein Wespennest gestochen, denn wir sind nicht nur beruflich Partner.«

»Wer ist Mark?« Christian beantwortete sich die Frage selbst. »Toms Boss? Dann kennt ihr seinen Job?«

»Hey, zeitweise funktioniert sein Verstand noch«, lobte ihn Bjarne voller Spott und wandte sich dann an Markus. »Du bist das Genie. Nimm ihn dir vor, mach am besten eine Videoschaltung zu Sven oder Dirk oder beiden. Ich halte euch die Kollegen vom Leib.«

Wieso hatte Toms Teamchef Kontakte zum Kieler LKA? Er hätte noch etliche Fragen und noch mehr Kommentare zum Vorgehen der beiden gehabt, verschob das jedoch alles auf später. Jetzt ging es nur um Tom.

Markus hatte ihn durchdringend gemustert und nickte schließlich zufrieden. »An dem großen Ganzen sind unsere Hamburger Freunde dran. Ich will von dir jetzt alles wissen, was in Kiel schiefgelaufen ist und wer da mit drinsteckt. Vielleicht finden wir so eine Spur zu Tom. Und überleg, was sie von ihm wollen könnten. Denn ich begreife nicht, warum sie ihm nicht einfach eine Kugel in den Kopf gejagt haben.«

»Ich auch nicht«, gab Christian zu. »In der Küche waren sie nicht, soweit ich gesehen habe. Spricht was gegen Kaffee und Cola?«

»Ich dachte schon, du fragst nie.«

Eine Stunde später fühlte sich Christian wie durch einen Fleischwolf gedreht. Das Aussehen des Polizisten hatte getäuscht. Von wegen Punker. Markus war schnell, wenn es galt Verbindungen zu ziehen, und hatte trotz der komplizierten Materie keine Probleme, ihm zu folgen.

Die Erwähnung der Hamburger Polizisten und Toms Boss hatten ihn überzeugt, offen zu sein, und er musste zugeben, dass ihm dieser Austausch gefiel. So hatte er sich seine Arbeit vorgestellt und so war sie am Anfang auch gewesen.

»Verrätst du mir jetzt, für welches Dezernat ihr arbeitet?«

Markus nickte geistesabwesend. »Eigentlich fürs Wirtschaftsdezernat, aber ich bin zum MEK abgestellt. Eines der Teams vereinigt Ermittlung und Zugriff. Ich hatte einen Auftritt in Raisdorf, deswegen waren wir so schnell hier. Wir waren noch am Abbauen.«

»Das erklärt dein Outfit. Du spielst in einer Band?«

»Ja, Bass und Gesang.«

»Tom und ich haben das früher auch getan. Er war als Sänger richtig gut.«

Markus sah zu den Gitarren, die in einer Ecke des Wohnzimmers standen. »Was du gespielt hast, muss ich ja nicht fragen. Wenn wir den Mist geklärt haben, machen wir mal was zusammen. Ich habe von meinem Cousin gehört, dass Tom bei einigen Gelegenheiten gesungen hat. Die Auftritte sollen bei seinen Kameraden legendär sein.«

»Kennst du ihn überhaupt?«

»Ja, flüchtig. Der Boss meines Cousins ist einer von Toms engsten Freunden und ich kenne Mark und natürlich unsere Hamburger Kollegen. Das reicht. Lass mich mal eben was überprüfen.«

Markus sah bedauernd zu Toms Notebook und zuckte dann mit den Schultern. »Ach, Scheiß drauf. Mein Handy muss reichen.« Nachdem er einige Zeit auf seinem Smartphone herumgetippt hatte, schüttelte er den Kopf. »Ich begreife es nicht. Wenn ich es ungefähr hochrechne, beläuft sich der Gewinn aus den verschwundenen Dingen im Bereich der sichergestellten Kunstwerke in hohen sechsstelligen Bereich. Maximal. Hier reden wir über Gold im Wert von etlichen Millionen. Wie passt das zusammen? Auf der Fahrt hierher habe ich von eurer Theorie mit der Finanzierung von Parteien oder politischen Gruppen gehört. Einerseits ist der Ansatz gut, aber er erklärt weder diese unterschiedlichen Dimensionen noch Karls Tod. Es fehlt die persönliche Komponente. Das wahre Motiv.«

Bjarne war ins Wohnzimmer zurückgekehrt und hatte Markus' letzten Satz gehört. Er legte seinem Partner eine Hand auf die Schulter. »Sei nicht so ungeduldig. Wenn es so einfach wäre, hätten Dirk und Sven schon den Durchblick. Mir gefällt der Punkt mit der persönlichen Komponente. Die hat bisher niemand untersucht.«

Christian sprang so schnell auf, dass er sich am Couchtisch stieß. Er ignorierte den Schmerz. Für einen kurzen Augenblick hatte er ein Gesamtbild vor Augen gehabt, es war jedoch zu schemenhaft gewesen, um es deutlich zu erkennen. Aber einen offenen Punkt erkannte er jetzt.

»Sie waren doch zu dritt. Damals. Karl hat später nur noch von Toms indianischem Großvater gesprochen. Was ist eigentlich mit David geschehen? Und wie hieß der überhaupt mit Nachnamen?« Christian schlug mit der Faust auf den Tisch. »Wieso ist mir das nie aufgefallen? Karl hat das Thema doch ziemlich auffällig vermieden!«

Bjarne durchbohrte ihn förmlich mit einem kalten Blick. »Beruhig dich. Du hilfst niemandem, wenn du jetzt ausflippst.«

Markus hielt bereits sein Smartphone in der Hand und wartete darauf, dass eine Verbindung hergestellt wurde. Er hielt sich nicht mit einer Begrüßung auf. »Du hast

Dateien von Karl erwähnt. Steht da was über die Identität des dritten Mannes, der an der Sicherstellung der Kunstgegenstände und des Goldes beteiligt war?«

Da Markus den Lautsprecher eingeschaltet hatte, konnte Christian verfolgen, dass am anderen Ende der Leitung zunächst geschwiegen und dann geflucht wurde.

»Den habe ich nicht auf dem Plan gehabt, sondern dachte, dass der schon lange tot wäre«, erklärte Sven Klein, der Hamburger Polizist. »Wir holen das nach. Guter Ansatz.«

»Der kam von Christian. Habt ihr sonst noch was?«

»Ja, Dirk hat sich nach unserem Ausflug nach Plön wieder an den PC gesetzt, weil ihm auch eine Idee gekommen ist. Hört Christian zu? Es wird ihm nicht gefallen, was wir jetzt wissen.«

Bjarnes mahnender Blick war überflüssig. »Red schon«, forderte Christian ungeduldig, aber beherrscht.

»Toms Großvater hatte kein geregeltes Einkommen aus einem Beruf oder einem Angestelltenverhältnis. Mindestens zweimal im Jahr wurden große Bareinzahlungen auf ein Konto getätigt, von denen er seinen Lebensunterhalt bestritten hat. Ab und zu gab es höhere Summen, die dann weitergeleitet worden sind. Dirk hat eine Spur zu einem Anwalt weiterverfolgt, der mit dem Geld vor ein paar Jahren seine Kanzlei eröffnet hat.«

»Mein Vater«, überlegte Christian laut.

»Das ist richtig. Ein Kieler Kollege hat die Akten zu dem angeblichen Verkehrsunfall bereits angefordert. Wenn ihr in Plön fertig seid, liegen die auf Markus' Schreibtisch. Ich kann euch aber jetzt schon sagen, dass es Parallelen zu dem angeblichen Unfall gibt, bei dem Toms

Eltern gestorben sind. Daneben geht Dirk noch weiteren Umsätzen nach.«

Markus hatte die Stirn in Falten gelegt. »Wieso kommt ihr so spät darauf, euch Karls Kontobewegungen anzusehen?«

»Weil er erst seit achtundvierzig Stunden tot ist, es vorher keine Veranlassung dafür gab und wir nicht wussten, dass er neben dem offiziellen Konto bei einer Sparkasse auch noch eins bei der Deutschen Bank hatte, wo er aufgrund seines Aktiendepots und seiner Festgelder ein gern gesehener Kunde war.«

»Und das Finanzamt?«, hakte Markus nach.

»Guter Punkt. Er hat alles brav versteuert, indem er eine Gesellschaft bürgerlichen Rechts dazwischen geschaltet hat. Einzelheiten kann dir mein Partner erklären, ich habe nur Bahnhof verstanden und habe nebenbei auch seit fast vierundzwanzig Stunden nicht gepennt. Wie macht ihr weiter?«

»So lange wir keine neuen Anhaltspunkte haben, konzentrieren wir uns auf die klassische Polizeiarbeit. Wir haben einen Festgenommenen, der vermutlich schweigen wird, aber wir versuchen es wenigstens. Es wäre nett, wenn ihr mir Zugriff auf Karls Daten verschaffen könntet. Ich weiß, dass ihr da dran seid, aber manchmal hilft ein Blick mehr.«

»Davon musst du mich nicht überzeugen. Den letzten Treffer hat uns eine Tierärztin beschert. Du hast schon eine Mail mit den Zugangsdaten zur Cloud.«

»Julie?«, brüllte Christian unüberlegt los. »Was hat meine Schwester denn mit euch zu tun?«

Selbst übers Telefon spürte er, wie sich die Stimmung

abkühlte. »Einer musste sich ja um sie und ihre Sicherheit kümmern. Das haben wir übernommen.«

Seine Beine gaben plötzlich unter ihm nach und er schaffte es gerade noch, sich auf die Couch fallen zu lassen. »Sie weiß von nichts. Ich habe sie doch bewusst aus allem herausgehalten.«

»Anscheinend nicht. Sie hat ähnlichen Besuch wie Tom bekommen. Aber er und Daniel haben dafür gesorgt, dass sie die Angelegenheit überlebt hat.«

»Und wo ist sie jetzt?«

»In Sicherheit.«

Die Verbindung wurde getrennt, ehe Christian weitere Fragen stellen konnte. Verzweifelt fuhr er sich durch die Haare. Wieso hatte er nichts davon gewusst? Und wie hatte das geschehen können?

Dass Markus ihn jetzt mitfühlend ansah, machte ihn nur noch aggressiver.

Als könne er Gedanken lesen, war Bjarne mit einem Satz bei ihm und drückte ihn zurück auf die Couch. Christian hatte noch nicht einmal gemerkt, dass er aufstehen wollte.

»Wir müssen etwas Grundsätzliches klarstellen. Du hast teilweise Mist gebaut, konntest aber nicht ahnen, worum es hier geht. Dich trifft weder an Karls Tod noch an Toms Verschwinden eine Schuld. Du kannst dich jetzt im Selbstmitleid vergraben oder du handelst und denkst wie ein Polizist. Was die Ermittlungen angeht, sind genug Experten beteiligt. Wenn Markus fertig ist, brauchen die dich nicht. Aber ich. Wir beide suchen uns einen ruhigen Ort und ich will alles über deine Undercovertätigkeit wissen. Mit wem hast du gesprochen? Welche Treffen gab es? Was war dein exaktes Ziel? Einfach alles. Danach überlegen wir, inwieweit du verbrannt bist, oder ob wir noch irgendwas davon nutzen können. Verstanden?«

Es reichte nur für ein Nicken. Eigentlich war keine Frage geklärt, Tom nach wie vor in Lebensgefahr oder bereits tot, dennoch fühlte Christian sich besser, beinahe so, als ob er kurz vorm Boden von einem Sicherheitsnetz aufgefangen worden war. Gleichzeitig wurde ihm bewusst, dass er dies alles Tom und dessen Freunden verdankte. Er überlegte lieber nicht, wie es ihm ohne Toms unerwartetes Wiederauftauchen ergangen wäre.

Kapitel 27

Tom hätte die hämmernden Kopfschmerzen nicht gebraucht, um zu wissen, dass er ernsthafte Probleme hatte. Immerhin lebte er noch. Damit war das nächste Ziel klar, sich nicht umbringen lassen und eine Fluchtmöglichkeit finden. Alternativ käme auch ein Spiel auf Zeit infrage, bis sein Team ihn fand, aber er würde die erste Möglichkeit bevorzugen.

Angespannt lauschte er. Kein Geräusch gab ihm einen Hinweis darauf, wo er sich befand oder ob andere Menschen anwesend waren. Da er weder Verkehrslärm, noch Vogelgezwitscher oder irgendetwas anderes hörte, musste er sich in einem gut isolierten Bereich aufhalten. Die Erkenntnis war nicht geeignet, um ihn zu beruhigen. Ganz im Gegenteil. Da wohl kaum jemand für seinen ungestörten Schlaf sorgen wollte, ging es wahrscheinlich darum, dass niemand es bemerkte, wenn sie sich ihn vornahmen. Wer immer ›sie‹ auch waren. Das waren dann ja großartige Aussichten.

Ihre Ausbildung bereitete SEALs in gewisser Weise auf brutale Verhöre vor, aber Tom hatte niemals vorgehabt, diese Erfahrung selbst durchzumachen. Er hatte miterlebt, wie Jake und Dirk daran beinahe zerbrochen wären. Das hatte ihm gereicht.

Vorsichtig setzte er die Bestandsaufnahme fort und achtete darauf, dass er seine Atmung nicht änderte und sich nur unauffällig bewegte. Er saß aufrecht, durch ein Seil an die Lehne eines Stuhls fixiert und die Hände auf den Rücken gefesselt.

Langsam öffnete er die Lider einen Spalt. Nichts. Seine Augen waren verbunden.

Das war eines der psychologischen Spielchen, die seine Angst und Unsicherheit verstärken sollten – und es funktionierte. Unwillkürlich zerrte er fester an den Fesseln, erreichte aber nur, dass sich das dünne Plastikband, stärker in seine Handgelenke grub.

Angespannt wartete er, aber es erfolgte keine Reaktion. Anscheinend war er alleine. Er wiederholte die Aktion, dieses Mal vorsichtiger. Tatsächlich. Die Fesseln waren überraschend dünn, glichen den Kabelbindern, die sie früher verwendet hatten. Wenn er richtig lag, hatte er eine Chance, sie loszuwerden. Mit ausreichend Spielraum kombiniert mit genügend Kraft und Schnelligkeit könnte man sie zerreißen. Aus diesem Grund nutzten sie mittlerweile eine breitere Variante. Im Training war es ihnen nach mehreren Versuchen gelungen, diese Art von Fesseln zu sprengen, dabei waren ihre Gelenke durch Lederhandschuhe geschützt worden. Diesen Luxus hatte er hier nicht, aber das würde ihn nicht davon abhalten. Zunächst brauchte er jedoch etwas Spielraum, um für ausreichend Schwung zu sorgen. Das würde dauern und Geduld erfordern. Hoffentlich ließen sie ihm die Zeit.

Der Schlag kam buchstäblich aus dem Nichts und traf ihn hart in der Magengegend.

Keuchend schnappte Tom nach Luft. So viel zum Thema, er war alleine.

»Willkommen zurück unter den Lebenden. Wenn Sie weiterleben wollen, beantworten Sie uns ein paar Fragen und wir sehen weiter.«

Obwohl er auf Englisch angesprochen wurde, antwortete Tom auf Deutsch, während er bereits überlegte, woher der Akzent stammt. Naher Osten? »Dann sollten wir uns in einer Sprache unterhalten, die ich besser verstehe.«

Neben ihm lachte jemand. Trotz der rauen Stimme eindeutig eine Frau. »Ein Angehöriger der US Navy, der keine Kenntnisse der englischen Sprache aufweist?«

Sie wussten also, wer er war. Das verbesserte seine Lage nicht, im Gegenteil. Jeden Versuch, harmlos zu wirken, konnte er vergessen.

Der nächste Hieb traf ihn am Kinn. Trotz der verbundenen Augen sah er Sterne.

»Nehmen Sie das als Unterweisung dafür, dass wir uns nicht für dumm verkaufen lassen«, erklärte die Frau ihm auf Deutsch.

Sie nutzte die Sprache mit einem kaum merklichen Akzent, jedoch mit altertümlichen Formulierungen. Ein vager Gedanke durchzuckte Tom, den er nicht richtig zu fassen bekam.

»Wie kommt ein Angehöriger des amerikanischen Militärs an einen Ausweis des Hamburger LKA?«, fragte nun wieder der Mann auf Englisch.

Tom drehte den Kopf in die Richtung, in der er den Typen vermutete. »In dem die zuständige Abteilung ihn mir überreicht.«

Dieses Mal spürte er den Schlag, ehe er getroffen wurde, und schaffte es, den Kopf wegzudrehen. Die Faust schrammt an seiner Wange vorbei.

»Lass das. So kommen wir nicht weiter«, befahl die Frau.

Jemand stand nun direkt hinter ihm. Toms Kopf wurde nach vorne gedrückt. »Schön stillhalten. Wäre doch schade, um die langen Haare.«

Sein Puls raste, aber nach einem Ruck fiel die zerschnittene Augenbinde zu Boden. Tom blinzelte in das helle Licht einiger Neonröhren, dann konnte er die beiden deutlich erkennen. Die Frau trug ebenso wie ihr Begleiter eine Skimaske, die ihre Gesichtszüge fast völlig verbarg. Immerhin erkannte er, dass sie ihre weißblonde Haare zu einem Pferdeschwanz zurückgebunden hatte, der ihr auf den Rücken fiel. Warum der Aufwand? Hatte er doch eine Chance, das hier lebend zu überstehen? Er beantwortete sich die Frage selbst. Exakt den Eindruck wollten die beiden erwecken, aber das konnten sie vergessen. Wenn er ihre Fragen beantwortet hatte, würde die Belohnung aus einer Kugel bestehen.

Die Frau umklammerte Toms Kinn. »Sie sind clever genug, um beurteilen zu können, dass Sie hier nicht rauskommen. Ihre Freunde wissen nicht, wo Sie sind. Draußen sind noch mehr von uns. Damit haben Sie die Informationen, die Sie benötigen, um zu dem Resultat zu kommen, dass es für Sie nur weitergeht, wenn wir dies zulassen. Beantworten Sie unsere Fragen und alles wird gut für Sie.«

Tom ignorierte das Pochen in seinem Kiefer. Das Miststück wusste genau, welche Punkte extreme Schmerzen hervorriefen. »Na sicher doch. Glauben Sie ernsthaft, ich falle auf so billige Versprechen rein? Wir wissen beide, wie das hier endet. Aber ich entscheide, ob ich vorher Ihre Fragen beantworte oder nicht. Und nun raten Sie mal, wie ich mich entschieden habe!«

In den blauen Augen lag keinerlei erkennbares Gefühl. »Sie wissen, dass jeder redet. Es ist nur einer Frage der Zeit und der korrekten Anwendung von Schmerzen und Drogen. Wollen Sie sich das wirklich antun? Wem hat Ihr Großvater das Gold gegeben? Wer waren seine Kontaktleute? Wie wurde der Transfer abgewickelt?«

Sie verstärkte den Druck. Übelkeit stieg in Tom auf und er konnte ein Stöhnen nicht länger unterdrücken. Er versuchte, die Fragen einzuordnen. Es ging ihnen nicht um das Gold, sondern darum, wer davon profitiert hatte. Das verstand er nicht. »Falscher Adressat. Das hat nur mein Großvater gewusst. Sie hätten ihn nicht umbringen sollen.«

Als sie ihn endlich losließ, bekam er keine Gelegenheit, aufzuatmen. Jetzt übernahm der Mann. Dessen Haarfarbe konnte Tom nicht erkennen. Das Alter schätzte er irgendwo zwischen vierzig und sechzig ein, braune Augen, deutlich wärmer, als die der Frau, aber in Sachen Gewalttätigkeit stand er ihr in nichts nach.

»Falsche Antwort«, wurde ihm mitgeteilt, dann schlug der Typ hart zu.

Er traf immer die Punkte, die zu maximalen Schmerzen führten, aber keine lebensgefährlichen Schäden hinterließen.

Gefühlt gab es an seinem Körper keine Stelle mehr, die nicht schmerzte, dennoch ermahnte Tom sich, durchzuhalten. Er hatte einen groben Plan. Das war nicht viel. Aber alles, an das er sich klammern konnte. Es konnte nicht ihr Ziel sein, ihn totzuprügeln, denn dann würden sie nichts mehr erfahren.

Die Fragen wurden wiederholt, er antwortete nicht.

Nach einem Treffer in die Seite knackte eine Rippe bedrohlich. Der nächste Schlag traf ihn am Kinn. Blut lief aus Toms Mundwinkel, als er kaum noch bei Bewusstsein war und den Kopf nicht länger aufrecht halten konnte. Dennoch blendete er die Schmerzen aus. Einen Teil seines Ziels hatte er erreicht. Der Stuhl, auf dem er saß, wackelte. Das hieß, dass sich die Bodenverankerung deutlich gelockert haben musste. Es hatte sich ausbezahlt, dass er so weit irgendwie möglich mit einer Gewichtsverlagerung auf die Schläge reagiert hatte. Damit hatte er nicht nur die Wirkung der Treffer reduziert, sondern auch die Verschraubung war instabil geworden.

Viel brauchte er nicht mehr. Eine letzte Provokation sollte reichen. Er zwang seinen Kopf in den Nacken, suchte und fand den Blickkontakt zu der Frau. »Ich dachte, Sie hätten mittlerweile begriffen, dass das bei mir nichts bringt …«

Aus dem Augenwinkel sah er, dass die Faust des Mannes erneut auf ihn zuschoss.

»Nicht!«, rief die Frau, aber da wurde Tom bereits wieder in die Seite getroffen.

Der Stuhl kippte um und die Frau fluchte auf Hebräisch.

»Erster Teil erledigt«, dachte Tom, als er hart mit der Schulter auf dem Boden aufschlug, dann wurde es endgültig schwarz um ihn.

***

Alexander Frank hätte zufrieden sein sollen. Seine Frau und sein Sohn lieferten sich eine wilde Wasserschlacht, das Wetter in Kalifornien war perfekt, der Strand ein Traum. Dennoch sah er minütlich aufs Handy und überprüfte, ob es neue Nachrichten aus Deutschland gab.

Er hatte seiner Familie keinen Urlaubsabbruch zumuten wollen, aber in Gedanken war er bei Tom.

Sein Smartphone vibrierte. Die Mail von Mark war lang, verdammt lang, und nach den ersten Absätzen zitterte seine Hand, doch er las konzentriert weiter.

Der Auftrag, den seine Freunde ihm zugedacht hatten, war schwierig, aber nicht unmöglich zu erfüllen. Gleichzeitig verstärkte sich seine Angst um Tom zu blanker Panik. Es war unglaublich, was für weite Kreise die Angelegenheit zog.

Etwas flog auf ihn zu, viel zu heftig wehrte er den Ball ab. Die entsetzte Miene seines Sohnes brachte ihn zur Besinnung.

Er sprang auf. »Entschuldige, Mirko. Ich habe mich fürchterlich erschrocken.« Mit einer übertriebenen Grimasse stürzte er sich auf seinen Sohn. »Was fällt dir eigentlich ein, mich zu stören? Das wird jetzt bestraft!«

Mirko war verdammt schnell, doch Alexander holte ihn in den flachen Wellen ein. Nach einer minutenlangen Balgerei hob er den Jungen hoch.

»Ab sofort gibt's nichts mehr zu essen. Du wirst mir zu groß und zu schwer!«

»Von wegen. Daniel sagt, dass ich mal größer werde als du.«

»Daniel hat keine Ahnung.«

»Er ist Arzt! Und er hat dein Bein wieder zusammengeflickt.«

Alexander knurrte laut. »Wenn ich sage, dass du kleiner bleibst, dann tust du das auch! Habe ich schon erwähnt, wie scharf mein Messer ist?«

Lachend warf er Mirko in die Wellen und folgte ihm. »Bist du sauer, wenn ich mich für ungefähr drei Stunden absetze?«

»Wegen Tom?«

»Ja, indirekt. Mark hat mich um einen Gefallen gebeten.«

»Aber es ist nichts Gefährliches, oder?«

»Natürlich nicht. Die Zeiten sind längst vorbei. Ich soll nur einem alten Mann ein paar Grüße ausrichten.«

»Okay, das ist nett von dir. Aber soll ich dir ein Geheimnis verraten?«

»Was?«

»Mama hat unsere Flüge vorverlegt, weil du dir sonst die ganze Zeit nur Gedanken machst, wir fliegen morgen früh zurück. Dafür fahren wir danach noch mal in den Harz oder nach Rügen oder an die Schlei.«

Alexander umarmte den Jungen fest, der sich das ausnahmsweise gefallen ließ. Seine Familie war eindeutig die beste, die sich ein Mann wünschen konnte.

»Dann trockne ich mich jetzt ab und du und Mom könnt ein Eis essen gehen, während ich arbeiten muss.«

»Och, du Armer ...«

Alexander beschränkte sich auf einen drohenden Blick, der seinen Sohn wie beabsichtigt zum Lachen brachte. Schnell wandte er sich ab und beglückwünschte sich innerlich dafür, dass es ihm für ein paar Minuten gelungen war, zu verbergen, wie es in ihm aussah. Mirko hatte es nicht verdient, unter dem Job seines Vaters zu leiden.

Alexander stoppte seinen Mietwagen an dem Wachposten, der an der Zufahrt zu der Privatstraße stand, und überlegte, ob ihm sein deutscher Polizeiausweis helfen würde. Vermutlich nicht, aber einen Versuch war es wert.

Der junge Mann, der eine schwarze Pseudouniform trug, die bei dem Klima vermutlich eine Höchststrafe war, lächelte ihn freundlich an.

»Special Agent Browning hat Ihre Ankunft avisiert, Sir. Wenn Sie einfach dem Weg weiter folgen, gelangen Sie zum Haupthaus.«

»Vielen Dank. Verraten Sie mir bitte eins. Was kostet so ein Aufenthalt in dieser Umgebung im Monat ungefähr?«

Der Mann lachte. »Exakt das hat mich Special Agent Browning auch gefragt. Die Tarife beginnen bei fünftausend Dollar und hängen dann davon ab, was für Zusatzpakete Sie buchen.«

»Fünftausend geht ja noch.«

»Oh, Sie fragten ja nach den monatlichen Kosten. Das wären dann zwanzigtausend.«

»Okay, das ist noch mal eine andere Kategorie. Vielen Dank.«

Alexander hielt vor dem Haupteingang hinter einem Fahrzeug, das genauso wenig wie sein eigenes in diese luxuriöse Umgebung passte und vermutlich Brownie gehörte. Obwohl er den Agenten sah, der im Schatten einer Palme auf ihn gewartet hatte, nahm er sich Zeit, die Umgebung auf sich wirken zu lassen.

Wenn er nicht gewusst hätte, dass es sich um eine Seniorenresidenz handelte, hätte er auf Luxushotel oder Millionärsvilla getippt. Alleine die Aussicht auf den Pazifik oder alternativ die Berge war unbezahlbar. Und hier lebte der ehemalige Vorgesetzte von Arthur und David, den Jake nach langem Suchen in etlichen Datenbanken ausfindig gemacht hatte? Das war einige Preisklassen zu hoch für die Pension eines Weltkriegsveteranen, der aus keiner reichen Familie stammte. Wenn einer wusste, was aus David geworden war, dann der ehemalige Colonel. Blieb nur die Frage, ob sie ihn zum Reden brachten. Eins war jedoch sicher, dieser Mann hatte von den Kisten mit dem Gold und den Kunstwerken gewusst, denn er hatte damals den Auftrag gegeben, die Sachen in Kiel zu bergen und zu dem Schiff zu bringen. Doch wie sollten sie beweisen, dass er danach von dem restlichen Gold profitiert hatte, das in Plön verschwunden war?

Brownie schlenderte auf ihn zu »Das ist dann selbst für dich eine Preisklasse zu hoch, oder?«

Mit dem Verzicht auf eine Begrüßung und den Anspielungen auf seine Vergangenheit konnte Alexander leben. »Kommt drauf an, ob ich wieder in den alten Job wechsele.«

Der NCIS-Agent lachte und wirkte dabei wie ein anderer Mensch. Mit den auffallend grünen Augen, den kurzgeschnittenen schwarzen Haaren und dem faltigen Gesicht vermittelte er ansonsten einen harten Eindruck, aber Alexander kannte ihn gut genug, um sich davon nicht täuschen zu lassen. Der Agent war ein guter Freund und besaß einen beißenden Sinn für Humor.

»Schön, dass du da bist und deinen Urlaub unterbrichst.«

»Kein Problem. Hast du dir eine Taktik überlegt?«, fragte er.

Brownies Grinsen wurde breiter. »Eine, die dir gefallen wird. Böser Cop – guter Cop. Du darfst der nette sein.«

»Es wird mir ein Vergnügen sein. Haben wir noch irgendwelche neuen Vorgaben von der anderen Seite des Atlantiks?«

Brownie verstand die Frage so, wie sie eigentlich gemeint war. Er legte Alexander eine Hand auf den Rücken. »Ich weiß, wie nahe ihr euch steht und was Tom in Somalia für dich riskiert hat. Leider gibt es keine Neuigkeiten, aber Bannings ist hart und gut. Er wird es schaffen und so lange durchhalten, bis wir ihn rausholen oder er selbst abhauen kann. Ich staune immer noch, was er in Colorado geleistet hat.«

Alexander schluckte und blickte aufs Meer hinaus. Da er seiner Stimme nicht traute, nickte er nur. Als sie gemeinsam auf den Eingang zugingen, hatte er sämtliche Ängste zur Seite geschoben. Er hatte eine Aufgabe, die Tom helfen konnte, also würde er sich darauf konzentrieren.

Der alte Herr, der sie empfing, war beinahe einen Kopf kleiner als Brownie und Alexander. Er hielt sich aufrecht, der Blick aus seinen grauen Augen war klar. Nur die Hand, mit der er sich auf den Stock stützte, zitterte leicht.

»Ich begrüße Sie in meinem bescheidenen Reich und frage mich nach dem Grund Ihres Besuchs. Bitte gehen Sie durch auf die Terrasse. Ich habe um ein Kaffeegedeck für uns gebeten.«

»Von bescheiden kann ja wohl keine Rede sein«, knurrte Browning leise und ging an dem ehemaligen Colonel vorbei.

Alexander sah ihm kopfschüttelnd nach. »Entschuldigen Sie bitte das Benehmen meines Partners, Colonel Jackson. Er ist wegen des Schicksals eines Kollegen sehr beunruhigt. Sie haben es sehr schön hier. Die Residenz ist ein Traum.«

Er hielt dem forschenden Blick stand. »Läuft das hier auf das Spiel ›guter Cop – böser Cop‹ hinaus? Ich sehe ausreichend fern und bin mit allen wesentlichen Ermittlungstaktiken vertraut.«

Alexander lächelte nur unverbindlich und setzte darauf, dass ihr Plan trotzdem funktionierte, denn etwas aus der Theorie zu kennen oder in der Praxis selbst zu erleben, war ein Unterschied. »Nein, Sir. Damit würden wir Sie und Ihre Erfahrung beleidigen. Wir benötigen Ihre Hilfe.«

»Na, dann kommen Sie mal mit.«

Alexander passte sein Tempo dem des alten Mannes an. Brownie stand bereits auf der Terrasse, von der man wiederum einen atemberaubenden Blick auf den Pazifik hatte.

»Nett. Wirklich nett.« Der NCIS-Agent ließ sich auf einen der vier Stühle fallen. »Es wäre doch ein Jammer, das hier gegen die grauen Wände eines staatlichen Altersheimes zu tauschen. Oder gegen eine Einzimmerwohnung mit Blick auf die nächste U-Bahn-Station.«

»Verdammt, Brownie, halt die Klappe. Wir sind hier, um Colonel Jackson um Hilfe zu bitten! Das erreichen wir bestimmt nicht mit wilden Drohungen.«

Alexander wartete, bis sich Jackson gesetzt hatte, und nahm dann selbst Platz. Er übernahm es, die drei filigranen Tassen mit Kaffee zu füllen und nach einem Blickwechsel mit Brownie übernahm er den Anfang des Gesprächs.

»Sie sind einer der ganz wenigen Männer, die sich noch an Arthur Lonestar erinnern. Deshalb sind wir heute hier.«

Jacksons Augen leuchteten auf. »Arthur war ein Held. Niemand hätte bei seinem Anblick für möglich gehalten, was für ein gebildeter Mann er war. Ein Blick reichte und er konnte die Epoche eines Kunstwerkes auf den Monat genau bestimmen.«

»Ein ungewöhnliches Talent für einen Soldaten«, warf Alexander ein.

»Für seine Aufgabe war es perfekt. Er vereinigte tapferen Kampfesmut und Ehrfurcht vor der Kunst. Wie oft finden Sie das?«

Brownie fixierte ihn über den Rand seiner Tasse hinweg. »Na, hoffentlich reicht Ihre Bewunderung für den Mann aus, sodass wir seinen Enkel retten können.«

Jackson ignorierte den Agenten und sah Alexander fest an. »Sagen Sie mir, was passiert ist.«

Obwohl Brownie den Kopf schüttelte, entschloss sich Alexander für Ehrlichkeit, jedenfalls weitestgehend. Er schilderte den Werdegang von Melvin Bannings, Arthurs Sohn und Toms Vater, das Schicksal von Karl und die Entführung von Tom. »Wir wissen, dass alles mit dem Gold zusammenhängt. Und wir wissen, dass Sie davon wissen. Ich wette, dass das Zeug ihnen diese nette Umgebung hier ermöglicht. Damit können wir leben. Dass Tom stirbt, können wir allerdings nicht akzeptieren. Wir wissen mittlerweile vieles, aber uns fehlt ein wichtiges Bindeglied. Wer spielt da noch mit, den wir bisher übersehen haben?

Unsere Recherchen haben uns zu David geführt – und zu Ihnen.«

Alexander hielt den Atem an. Wenn es sie weitergebracht hätte, hätte er Jackson geschüttelt und angebrüllt.

Das Schweigen dehnte sich endlos aus. Mühsam auf seinen Stock gestützt, richtete sich Jackson auf und sah aufs Meer hinaus. »Ich habe mich geirrt. Ich durchschaue Ihre Taktik, und dennoch wirkt sie. Natürlich helfe ich Ihnen, damit Lonestars Jungen nichts passiert. Eigentlich wissen Sie alles, es fehlt Ihnen tatsächlich nur eine Komponente, die Sie übersehen haben.« Sein Blick schweifte in die Ferne. »Karl ist jetzt also auch tot. Das war dumm, denn damit ist das Gold für immer in einem der Seen verschwunden.« Er stellte sich gerader hin und sah auf Brownie hinab. »Von Ihnen will ich eine Zusicherung, dass nichts von dem, was ich Ihnen nun erzähle, gegen mich verwendet wird!«

»Die haben Sie hiermit. Ich hoffe, mein Wort als Agent reicht Ihnen.«

»Nein, aber Ihr Wort als Gunnery Sergeant des US Marine Corps tut es.«

Brownie prostete ihm mit seiner Kaffeetasse zu. »Sie haben sich also über uns informiert.«

Jackson schnaubte. »Nur über Sie. Über ihn habe ich nichts herausgefunden.« Er nickte in Alexanders Richtung. »Und nun hören Sie zu. Dann wissen Sie, mit wem Sie es zu tun haben. Was Sie daraus machen, ist dann Ihre Sache. Nur eins vorweg: Nizoni wusste nichts oder wenn überhaupt dann nur das, was Karl ihr in den letzten Jahren erzählt hat. Sie hat genau wie ihr Mann nie auch nur einen Cent akzeptiert. Sie sprach immer von dem

Bösen, das ihr erst den Mann und später dann auch den Sohn genommen hat.«

Schon bei diesen Worten lief es Alexander kalt den Rücken hinunter. Und das war nichts gegen die Angst, die er empfand, als Jackson fortfuhr. Toms Überlebenschancen bewegten sich im nicht messbaren Bereich.

Kapitel 28

Ein Schwall Wasser riss Tom aus seiner Bewusstlosigkeit. Dank seines Trainings war ihm sofort klar, wo er sich befand. Er öffnete die Augen nicht, stöhnte schwach und drehte sich unbeholfen weg. Als seine Bewegung schon im Ansatz gestoppt wurde, blieb er reglos liegen.

Hoffentlich nahmen sie ihm die Show ab. Er atmete flach, während er angespannt lauschte.

»Du hast ihn zu stark rangenommen«, warf die Frau jemandem vor.

»Scheiße, ich hätte den Standard unserer Männer nicht auf SEALs übertragen dürfen«, verteidigte sich der Mann auf Hebräisch.

Das Paar lachte. Tom schloss sich ihnen gedanklich an. Seit einem halben Jahr lernte er die hebräische Sprache. Reden war noch ein Problem, aber er verstand sie fast perfekt. Und das war etwas, das nur sein Team wusste, jedoch in keiner Akte stand.

War der israelische Geheimdienst tatsächlich so verrückt, in Deutschland einen amerikanischen Soldaten zu entführen und brutal zu verhören? Die Vorstellung war absurd.

»Was machen wir, wenn er weiter schweigt? Weiß er überhaupt was? Ich wäre dafür, jedes Risiko auszuschalten und ihm eine Kugel in den Kopf zu jagen«, schlug der Mann vor.

»Ich auch, aber du weißt, wie er darüber denkt. Es war schwer genug, ihm glaubhaft zu machen, dass wir den

Alten nicht umgebracht haben«, erwiderte die Frau.

»Deine Idee, das Ganze wie eine Aktion von Amateuren aussehen zu lassen, war erstklassig. Wie lange willst du noch nach seiner Pfeife tanzen?«

Schweigen. Tom wartete angespannt. Wenn er sich nicht sehr täuschte, hing von der Antwort auch ab, wie lange er noch leben würde. In dieser Position war er ihnen hilflos ausgeliefert.

Endlich hörte er einen tiefen Atemzug, der von der Frau stammte. »Es geht nicht um mein Ego, sondern um das große Ganze. Sicher, der Nachschub ist abgeklemmt. Doch was ist mit den Unmengen an Finanzmitteln und Pretiosen, die noch irgendwo warten? Wir müssen alle Fäden kappen. Die deutsche Justiz wird nichts unternehmen. Daher werden wir erst die Namen identifizieren und dann auf unsere Art und Weise für Gerechtigkeit sorgen. Wir beginnen heute Abend mit dem Herrn Kommissar. Ich habe mich doch nicht drei Abende mit ihm abgegeben und mich im höchsten Grade gelangweilt, um jetzt darauf zu verzichten, die Früchte zu ernten. Ich erledige ihn im PZE. Du kommst dazu, wir stellen die Unterlagen sicher und sehen uns auf seinem Computer um. Danach entscheiden wir, was wir mit Karls Enkel machen. Vielleicht hast du recht, und ein Unfall wäre die beste Möglichkeit. Aber das Szenario muss absolut überzeugend sein, sonst geht es uns an den Kragen. Es war immer klar, dass ihm und Karl nichts passieren sollte.«

»Vielleicht haben wir Glück und der SEAL ist bis heute Abend krepiert. Dann können wir ehrlich behaupten, nichts mit seinem Tod zu tun zu haben.«

Die Frau seufzte. »Es ist ein Jammer. Wäre ich zwanzig Jahre jünger, wäre er genau mein Typ. Ich bin immer noch der Meinung, dass er uns etwas verschweigt. Wir beide nehmen uns das PZE vor. Die Männer sollen sich diese Tierärztin schnappen. Sie wird das ideale Druckmittel sein, um ihn zum Reden zu bringen. Danach haben die beiden einen bedauerlichen Unfall.«

»Guter Plan, Ava. Und das mit dem ›er wäre dein Typ gewesen‹ überhöre ich mal.«

Wenn Tom das Geräusch richtig interpretierte, küssten sich die beiden. Hoffentlich blieb es dabei. Er hatte genug damit zu tun, die Angst um Julie in den Griff zu bekommen, da brauchte er keine abartigen Situationen zu belauschen. PZE ... Woher kannte er den Ausdruck? Ein Jammer, dass er die Abkürzung nicht mal eben googeln konnte. Er hatte den Begriff schon gehört. Nur wo?

Andi ... Nein, Anna hatte den Begriff im letzten Jahr bei einem gemeinsamen Grillen benutzt, und zwar in Verbindung mit ihrem Nachbarn Martin. Genau, Martin Harms arbeitete im PZE und hatte angeboten, sie mit dorthin zu nehmen, weil sie an dem Ort ein Interview führen wollte. Damit war ein Polizeigebäude in Kiel gemeint gewesen. Er hatte leider keine Ahnung, welches, doch das würde er herausfinden.

Wie spät mochte es sein? Ihm war jedes Zeitgefühl abhandengekommen, die Gespräche hatten ihm keinen Anhaltspunkt dafür geliefert. Sein Magen meldete mehrere ausgefallene Mahlzeiten. Vermutlich hatten sie ihn nach der Auseinandersetzung bei Christians Haus noch betäubt, damit war er komplett abgehängt. Verzweifelt bemühte er sich, das leise Kichern auszublenden. Es war besser, Zeuge einer derartigen Vorführung zu werden, als weitere Schläge einzustecken.

Trotzdem atmete er auf, als er hörte, dass sich Schritte entfernten. Anscheinend hatten die Turteltauben es vorgezogen, ihre Aktion an einem anderen Ort fortzuführen. Das verschaffte ihm eine Atempause und er konnte beginnen, die Informationen zu sortieren.

Er hatte sich zu früh gefreut.

»Überprüf noch mal, ob er sicher verwahrt ist. Ich möchte keine unliebsame Überraschung erleben und manchmal sind diese SEALs genau für eine solche Überraschung gut«, befahl die Frau.

Der Kerl erfüllte den Auftrag mit einem Tritt in Toms Seite, der ihm die Luft aus der Lunge trieb. Seine Schultern protestierten gegen die Überdehnung, als die Fesseln überprüft wurden. Es kostete ihn alles an Beherrschung, was er hatte. Aber er hatte keine Wahl, er musste den Bewusstlosen überzeugend spielen, ansonsten würde der Mann dafür sorgen, dass er es wieder wäre, und er konnte endgültig jede Chance auf eine Flucht vergessen.

»Ich trau ihm nicht«, sagte der Mistkerl laut.

Der Schlag oder Tritt traf Tom an der Schläfe. Ein stechender Schmerz durchfuhr ihn, dann verschwand jeder Gedanke – und der kleine Hoffnungsschimmer, den er gehabt hatte.

***

Es war bereits später Nachmittag und Julie wartete immer noch auf Informationen. Die Angst um Tom stieg ins Unermessliche und dies übertrug sich auf Queen, die missmutig in der Ecke lag.

Sandra hatte einige Male versucht, sie aufzumuntern, musste aber auch an ihrem Notebook arbeiten.

Die kurze Phase der Erleichterung, als Tom ihr geschrieben hatte, dass Christian zwar ein Idiot sei, aber nicht auf die dunkle Seite der Macht gewechselt war, hatte nicht lange angehalten. Seit sie von Toms Verschwinden erfahren hatte, war ihre Welt dunkel geworden. Damit sollte sie sich später auseinandersetzen. Jetzt musste sie erst einmal die Wartezeit überstehen.

Keiner der Männer hatte Zeit, um ihr Informationen zu liefern. Halt, das war falsch. Sie würden es tun, wenn es etwas Neues geben würde.

Als es an Daniels Haustür klingelte, fuhr sie erschrocken zusammen. Sandra blickte nur kurz hoch. »Machst du auf?«

»Sicher.«

Dass nicht einmal Queen auf den Besucher reagierte, zeigte ihr, in welchem Zustand sich die Hündin befand. Erstaunt sah sie die Frau an, die vor ihr stand.

»Hey. Ich bin Alex, die Frau von Dirk. Die Männer schicken mich. Sie brauchen jemanden, der eine weitere Auswertung erstellt, und wir dachten, euer Hund kann vielleicht etwas Ablenkung gebrauchen. Du wärst dann dichter dran.«

»Fahr mit«, rief Sandra ihr quer durchs Haus zu. »Hier drehst du nur durch.«

Fünf Minuten später waren sie auf dem Weg. Eine Viertelstunde später spielte Queen mit Pascha und dem Sohn von Dirk und Alex auf dem Rasen.

»Danke«, brachte sie gerade noch hervor.

Alex legte ihr einen Arm um die Schultern. »Such es

dir aus; Küche, Essecke oder du kommst mit hoch. Ich habe auch ein paar Daten bekommen. Mein Arbeitszimmer ist groß genug. Bei Dirk ist leider kein Platz mehr.«

»Klar«, stimmte Julie zu, bewegte sich aber nicht.

Alex warf ihre blonde Haarmähne zurück und fasste sie zu einem Pferdeschwanz zusammen. »Es wäre Blödsinn, wenn ich dir sage, dass du dir keine Sorgen machen sollst, aber denk daran, dass Tom für solche Momente perfekt ausgebildet ist. Er hat mehr drauf als so mancher normale SEAL und das ist schon eine Menge.«

Die sachliche Erklärung half Julie mehr als ellenlange Beschwichtigungen. »Erklär mir, was ich tun soll.«

»Vieles kann Jake automatisch auswerten. Aber wir haben diverse Konten, bei denen wir uns die Umsätze ansehen müssen. Wir suchen Muster aller Art. Auffälligkeiten. Mein Mann hat gesagt, dass du einen Blick für solche Dinge hast.«

»Stimmt. Ich habe Statistik und Stochastik an der Uni geliebt und für meine Diss gebraucht.«

»Hu, du hast promoviert? Cool. Na, dann komm. Den Rest erkläre ich dir oben. Wie sieht's mit Essen und Trinken aus?«

»Weißwein«, entfuhr es Julie.

Alex stutzte, dann lachte sie. »Du gefällst mir, ich habe einen tollen Pinot Grigio. Wer behauptet hat, dass Alkohol keine Lösung wäre, hat keine Ahnung, zu was unsere Männer uns so treiben.«

Die Arbeit am Notebook lenkte sie tatsächlich ab. Sicherlich half es auch, dass Queen beschäftigt war. Oder der Wein half ihr. Eine gute Stunde später überflog sie die Aufstellung und überprüfte sie auf Fehler. Sie fand keine.

Nach einem weiteren Schluck Wein traute sie sich, Alex anzusprechen, die ihr gegenübersaß und an ihrem eigenen Computer arbeitete.

Die Situation erinnerte sie an die Zusammenarbeit mit Sandra in Daniels Küche und war dennoch anders.

»Kannst du dir das bitte mal ansehen?«, bat sie Alex.

Über Julies Schulter hinweg musterte Dirks Frau schweigend die Aufstellung. »Oh mein Gott. Das ist unfassbar. Ich glaube, mir wird schlecht, und du bist noch besser, als Dirk es gesagt hat. Wie bist du nur auf die Idee gekommen, dir diese kleinen Beträge anzusehen, die in Summe … Wie viele Millionen ausmachen?«

»Vier Komma fünf.«

»Ein Jammer, dass das Arschloch schon zurückgetreten ist. Ich würde ihn sonst … Was sollen wir denn nun …« Sie sprintete zur Tür.

»Dirk!«, brüllte sie so laut, dass es in Julies Ohren schmerzte.

Sekunden später stand Dirk hinter ihr, starrte kurz auf den Bildschirm und gab ihr dann einfach einen Kuss auf die Wange. »Perfekt. So was haben wir gesucht. Mach weiter. Es muss noch mehr geben. Salami oder Schinken oder was Anderes? Die Hunde schlafen unten. War eine gute Idee, dass du Queens Decke mitgenommen hast.«

»Was?« Julie verstand nichts mehr.

Alex schüttelte den Kopf. »Erstens, er ist zufrieden und möchte noch mehr solche Auswertungen. Denn damit kann er den Staatsanwalt beeindrucken. Zweitens, wir wollen Pizza bestellen. Was magst du? Drittens, Queen geht's gut.«

»Danke für die Übersetzung. Salami und Peperoni.«

Als Dirk gegangen war, stürzte Julie den Rest des Weins hinunter. Wenn sie Alkoholikerin wurde, war das Toms Schuld. Bisher hatte sie ihre Auswertung nur als Zahlenreihe angesehen, jetzt sickerte die Bedeutung in ihr Bewusstsein.

»Die Partei hat so viel Geld für den Wahlkampf in Hamburg bekommen?«, überlegte sie laut.

Alex hatte sich auf die Kante ihres Schreibtisches gehockt. »Ich habe mich die letzten Stunden durch die Vorschriften für Parteifinanzierung gelesen. Solche schwarzen Kassen sind strikt verboten. Spenden müssen offen ausgewiesen werden. Und zwar aus gutem Grund. Ansonsten sind den verschiedenen Lobbyisten Tür und Tor geöffnet.«

Julie schnaubte. »Sind sie doch sowieso. Denk doch nur an die nächste Unterstützung für die Autoindustrie.«

»Stimmt auch wieder. Es ist so schon schlimm.« Sie tippte auf den Monitor von Julies Notebook. »Aber das hier ist noch schlimmer. Überleg mal, für welche politische Richtung der Kandidat stand.«

»Er war ein Hardliner, sehr weit rechts, und ein Idiot, der …« Sie brach mitten in der Aufzählung ab. »Das hattet ihr doch schon vermutet. Dass es um die Unterstützung von rechten Parteien geht. Aber ich begreife nicht, warum auf diesen unermesslichen Goldschatz nur so sporadisch zugegriffen wird. So handelt doch kein normaler Mensch.«

Alex nickte. »Genau das ist die entscheidende Frage, und der Grund, warum wir uns diese Umsätze ansehen.«

»Wir suchen also nach dem gemeinsamen Nenner, der uns das Verhalten erklärt.«

»Genau. Das zweite Konto von Karl hat uns zu weiteren Konten in Deutschland und in der Schweiz geführt. Von dort aus ging es noch einmal weiter zu ungefähr fünfzig weiteren, die wir uns jetzt alle einzeln vornehmen. Bisher konnten wir nur der Spur des Geldes folgen, jetzt haben wir eine konkrete Partei, sogar einen bestimmten Kandidaten, der von dem Gold profitiert hat.«

»Cui bono. Wem nützt es?«, überlegte Julie laut und lächelte entschuldigend. »Ich lese gerne Krimis.«

»Zum Glück. Damit ist der eine Strang so gut wie abgearbeitet, aber es gibt noch mehr Fäden, deren Bedeutung wir nicht kennen.«

Julie verstand, was Alex meinte. »Hm, im Prinzip gleicht diese Arbeit meiner.«

»Jetzt hast du mich abgehängt.«

»Aus vielen einzelnen Informationen erstelle ich ein Gesamtbild, also von den Symptomen hin zur Diagnose.«

»So gesehen hast du recht. Für solche Dinge haben wir mit Sven einen absoluten Experten. Er versteht es wie kein anderer, aus einem Flickenteppich ein Kunstwerk zu machen.«

»Kunstwerk«, wiederholte Julie nachdenklich. »Die habe ich ganz vergessen.«

»Was meinst du?«

»Diese Katalognummern aus dem Museum. Wie passen denn das Gold und die Kunstwerke zusammen? Klar, mit dem Gold finanzierst du irgendwas für irgendwen. Aber was hat das mit Dingen wie Goldmasken oder Statuen oder so zu tun?«

Alex hob die Hände. »Keine Ahnung. Ich glaube, wenn wir das beantworten können, haben wir den Fall gelöst.«

Juli nickte geistesabwesend. »Alles begann mit Karl. In diesem Haus in Kiel … Da gab es beides. Gold und die ersten wertvollen Kunstwerke. Was ist, wenn …«

»Sekunde. Vergiss bloß nicht, was du sagen wolltest!«

Dieses Mal rief Alex lautstark nach Sven.

»Was ist? Ich war gerade in der Küche. Glaubst du ernsthaft, man hört dein Gebrüll unten im Arbeitszimmer?«

»Hat doch funktioniert, oder? Und nun halte die Klappe!« Sie wandte sich an Julie. »Jetzt. Sprich weiter.«

Julie rief eine Datei auf, in der die Abstammung eines Fohlens dokumentiert war. Es sprach für Sven, dass er lediglich eine Augenbraue hob, aber den Anblick nicht kommentierte.

»Was ist, wenn es gar keine Verbindung gibt? Die Ausgangslage, also Karl, das Gold und die Kunstwerke in Kiel sind die Eltern hier oben. Von denen gab es zwei Fohlen, die so gut waren, dass sie weiter zur Zucht verwendet worden sind. Einmal dieser Zweig, der zu einem erfolgreichen Springpferd geführt hat. Aber daneben auch zu diesen Nachkömmlingen, die in der Dressur ihre Schleifen verdienen. Sämtliche Pferde haben die gleichen Urahnen, aber das war's auch mit der Gemeinsamkeit.«

Sven fuhr sich mit den Händen durch die Haare, die daraufhin zu allen Seiten abstanden. »Wir haben ganz frische Informationen aus Kalifornien, die sämtliche meiner Überlegungen gesprengt haben, aber in deine Theorie passen. Zwei verschiedene Pfade …« Er tippte auf eine Stelle in dem Stammbaum. »Die sich vielleicht ab und zu noch mal gekreuzt haben, weil es die Stammväter noch gibt. Karl, Arthur und David. So machen wir weiter. Wir trennen uns von der Idee eines gemeinsamen Gesamtbildes und verfolgen deine Theorie. Damit haben wir eine reelle Chance, auf die Hintermänner zu stoßen, statt weiter im Nebel herumzustochern. Dein Ansatz ist wirklich gut. Vielleicht waren wir zu dicht dran oder ich habe mich zu sehr auf das Gesamtbild konzentriert. Vermutlich wäre ich erst morgen auf einen ähnlichen Ansatz gekommen, wenn überhaupt. Du hast uns zum zweiten oder dritten Mal Zeit gespart.« Erstmals grinste er breit. »Wir sollten also Tiermedizin studieren oder mehr Weißwein trinken …«

Julie lachte, dann überfiel sie wieder die Angst um Tom. Bisher hatte die Arbeit für etwas Ablenkung gesorgt. »Hilft uns das auch, Tom zu finden?«, fragte sie und erschrak, wie unsicher ihre Stimme klang.

Sven musste nichts sagen, sie konnte die Antwort von seiner Miene ablesen.

Kapitel 29

Absolute Stille umgab Tom, als er wieder zu sich kam. Immerhin lebte er noch, schoss es ihm durch den Kopf. In seinem Schädel hämmerte es dermaßen, dass er ein Stöhnen nicht unterdrücken konnte. Er hatte eindeutig zu viel eingesteckt und war mittlerweile weit von seiner Bestform entfernt. Aber Aufgeben war keine Option, schon gar nicht, wenn er hier rausmusste, um für Julies Sicherheit zu sorgen. Die Wahrscheinlichkeit war groß, dass sie bei Daniel war und die Adresse seines Freundes konnte keiner kennen. Andererseits waren diese Typen verdammt gut informiert gewesen und hatten in irgendeiner Form Zugang zu Daten über ihn. Wie passten Israeli ins Bild? Alleine die Frage verstärkte seine Kopfschmerzen. Das alles musste warten.

Langsam machte er sich wieder an eine Bestandsaufnahme. Es war dunkel, so gut wie kein Licht drang in den Raum, in dem er sich befand. Tom lockerte seine verspannten Muskeln und schaffte es, sich in eine bequemere Position zu manövrieren. Testweise zog er an den Fesseln und atmete auf. Etwas Spielraum war vorhanden. Jetzt musste er nur noch kräftig und schnell genug sein. Energisch kämpfte er die Ungeduld nieder. Er hatte einen, vielleicht zwei Versuche, danach konnte er froh sein, wenn er durch die Schnitte nicht verblutete. Früher hätte er sofort losgelegt, aber er war nicht mehr der ungeduldige Teenager, der am liebsten mit dem Kopf durch die Wand wollte, sondern ein ausgebildeter Soldat.

Gleichmäßig atmend konzentrierte Tom sich. Plötzlich hatte er das stolze Lächeln seiner Großmutter vor Augen, wenn er etwas sehr gut gemacht hatte. Das hieß wohl, dass er auf dem richtigen Weg war. Wie beim Nahkampftraining sammelte er sich, wurde ganz ruhig und riss dann mit einer gewaltigen Kraftanstrengung die Arme auseinander.

Der rasende Schmerz in seinen Schultern und Handgelenken brachte ihn zum Aufschreien, aber er war frei. Blut floss über seine Hand. Mühsam befreite er sich von dem Stuhl, der durch seinen Sturz schon reichlich zertrümmert gewesen war, und rappelte sich hoch. Als er halbwegs sicher stand, versuchte er, das Ausmaß seiner Verletzung einzuschätzen. Mittlerweile hatten sich seine Augen an die Lichtverhältnisse gewöhnt und er konnte mehr erkennen, dazu gehörte dann auch die Gewissheit, dass der Blutverlust zu einem Problem werden konnte. Der Schnitt war nicht groß, aber tief, hinzukam, dass sein Handgelenk schon in Colorado einiges abbekommen hatte und gerade verheilt gewesen war. Mit Mühe riss er ein Stück von seinem T-Shirt ab und wickelte es fest um die Wunde. Vernünftig befestigen konnte er es nicht, aber das sollte erst einmal reichen. Unwillkürlich musste er an Julie denken, wie sie sich Daniel erst vorgenommen und dann behandelt hatte. Ihre Hilfe oder die ihres Teamarztes wäre ihm jetzt ausnahmsweise sehr willkommen gewesen.

Tom tastete über den Boden und untersuchte die Trümmer des Stuhls. Holz. Sehr massiv. Ein Stück, vermutlich von der Lehne, gab einen vernünftigen Knüppel ab. Das war ein weiterer Punkt für ihn.

Der Raum war nicht übermäßig groß, sodass er nach kurzem Suchen die Tür fand. Abgeschlossen. Jetzt wurde es kompliziert. Mit dem richtigen Werkzeug konnte er ein Schloss knacken, doch das hatte er nicht. Da sie sich nach innen öffnete, schied Gewalt aus, zumal sie überaus massiv wirkte. Er verzog den Mund, als er über die Oberfläche strich. Stahl. Verdammt. Fenster entdeckte er keine. Tom fuhr über die Mauer. Ebenfalls massiv. Was hätte denn gegen die amerikanische Leichtbauweise gesprochen, für die ein gezielter Tritt reichte? Frustriert lehnte er sich gegen die Wand. Viel erreicht hatte er nicht, dafür nun zusätzlich zu den Schmerzen auch noch Hunger und vor allem einen höllischen Durst.

Ein leises Knacken ließ ihn herumfahren. Er umfasste das Holzstück fester.

Die Tür wurde langsam aufgeschoben.

»Total überflüssig, nach dem zu sehen. Der ist platt.«

»Einmal pro Stunde lautet der Befehl und der wird befolgt.«

»Ich bin nicht mehr beim Bund!«

Tom kniff die Augen bis auf einen kleinen Spalt zusammen. Wenn er nicht völlig daneben lag, würden jeden Moment die grellen Neonröhren eingeschaltet werden.

Für einen kurzen Augenblick wären die Männer geblendet. Das musste er ausnutzen.

Obwohl er sich gedanklich darauf vorbereitet hatte, lähmte ihn die plötzliche Helligkeit für einen Sekundenbruchteil, dann sprang er einen Schritt nach vorne und schlug zu. Er verließ sich vollständig auf seinen Instinkt, wirbelte herum, traf erneut, duckte sich, als ein ungelenker Tritt in seine Richtung zielte und landete einen weiteren

Treffer. Obwohl er bei Weitem nicht so schnell war wie sonst, reichte es, um die beiden Typen niederzuschlagen. Als sie bewusstlos vor ihm lagen, atmete er auf und musste sich an der Wand abstützen.

Mehr als einige Sekunden Pause gönnte er sich nicht. Er durchsuchte die Männer und nahm ihnen ihre Waffen, Handys und Brieftaschen ab. Mit einer Glock in der Hand verließ er den Raum und blickte sich ratlos um.

Wo zum Teufel war er? Hochregale, in denen Kartons und Kisten lagen, umgaben ihn. Ein Blick aus einem der Fenster verriet ihm, dass es später Nachmittag oder früher Abend sein musste. Er hatte verdammt viel Zeit verloren. Langsam arbeitete er sich an der Wand entlang und erreichte ein leeres Büro. Tom wollte bereits weitergehen, als er die Gegenstände bemerkte, die auf einem Sideboard lagen. Das waren seine Sachen! Mit zwei Schritten war er in dem Raum und hielt sein eigenes Handy, seine Waffe und seine Brieftasche wieder in der Hand. Neben einem Schreibtisch lag eine Stofftasche. Er nahm sie und verstaute die erbeuteten Gegenstände, steckte noch einen Autoschlüssel ein, der auf dem Schreibtisch lag, und ging weiter. Durch eine Doppelflügeltür betrat er einen Verkaufsraum. Ungläubig sah er sich um. Eine Küchenausstellung? Tom rief auf seinem Smartphone Google Maps auf. Sofort wurde ihm sein Standort angezeigt. Ein Laden für Küchen am Kieler Ostufer.

Durch den Notausgang verließ er das Geschäft und ignorierte dabei, dass er so die Alarmanlage auslöste. Sein Verschwinden würde sowieso bemerkt werden.

Er drückte auf die Fernbedienung des Autoschlüssels und bei einem weißen SUV, der direkt vor dem Laden stand, gingen die Scheinwerfer an.

Nur wenige Passanten waren unterwegs, lediglich ein Mann, der seinen Pudel ausführte, sah zu dem Geschäft herüber. Sollte er. Tom stieg in den Wagen und fuhr los. Er folgte den Wegweisern zur Kieler Innenstadt und stoppte vor dem Fährterminal. Erst jetzt gestattete er sich, aufzuatmen. Auf dem Beifahrersitz entdeckte er eine original verschlossene Flasche Wasser und leerte sie durstig.

Dann war er so weit, dass er Mark anrufen konnte. Sein Teamchef meldete sich beim ersten Klingeln, beschränkte sich jedoch auf ein ›Ja‹. Kein Wunder, schließlich wusste sein Boss nicht, wer Zugriff auf sein Telefon hatte.

»Ich bin es. Ihr müsst für Julies Sicherheit sorgen. Sie sind hinter ihr her, um sie als Druckmittel gegen mich zu benutzen.«

»Sie ist bei Dirk und damit in Sicherheit. Wo bist du und wer sind ›sie‹?«

»Keine Ahnung, Israeli. Ex-Militär oder aktiv. Einer sprach vom ›Bund‹. Wohl Deutscher. Ich weiß es nicht. Sie hatten ein paar Fragen, waren aber so unhöflich, dass ich abgehauen bin.«

Mark schwieg einige Sekunden. »Wo bist du? Sollen wir dich einsammeln?«

Tom sah auf das hellerleuchtete Kreuzfahrtschiff am Kai. »Nein. Ich habe hier noch was zu erledigen. Eine Frau, lange weißblonde Haare, Alter unbekannt, vielleicht um die Fünfzig, plant etwas im PZE. Ich habe mit ihr noch eine Rechnung offen.«

»Verdammt, Tom. Überlass uns das!«

Er sah auf die Uhr im Display. »Bis ihr hier seid, ist es zu spät. Ich bin vor Ort und übernehme das.«

Ehe sein Boss die Diskussion fortsetzen konnte, trennte er die Verbindung. Das würde später noch Ärger geben, doch damit würde er fertig werden.

Eine halbe Stunde später hatte Tom sich einen Überblick über das Gelände verschafft, auf dem zahlreiche Kieler Polizeidienststellen untergebracht waren. In den verschiedenen Gebäuden waren nur sehr vereinzelt Zimmer erleuchtet, was Tom nicht weiter erstaunte. Am Samstagabend wurde in Behörden normalerweise nicht gearbeitet. Dies erleichterte ihm einerseits die Suche nach der unbekannten Frau, andererseits war es ihm um diese Uhrzeit nicht möglich, das Gelände offiziell zu betreten. Sein Hamburger Ausweis würde ihn niemals am Pförtner vorbeibringen. Damit blieb nur der illegale Weg. Das erschwerte die Angelegenheit, machte sie aber nicht unmöglich.

Tom hatte bereits eine Stelle gefunden, an der dies möglich sein sollte. Hinter einigen Wohnhäusern wurde das Areal lediglich von einem hohen Zaun mit Stacheldraht am oberen Ende eingezäunt. Es gab dort weder Scheinwerfer noch Bewegungsmelder. Dahinter befand sich ein Parkplatz, auf dem verschiedene Einsatzfahrzeuge, Wohnmobile und normale PKW standen. Tom tippte darauf, dass es sich sowohl um beschlagnahmte Wagen als auch private Camper von Beamten handelte, die die Abstellfläche nutzten. Von dort aus würde er sämtliche Gebäude erreichen.

Unter normalen Umständen wäre der Zaun kein Hindernis gewesen, aber ohne entsprechende Ausrüstung konnte die Begegnung mit dem Stacheldraht fiese Folgen haben. Weitere Verletzungen konnte er sich nicht leisten. Er spürte die Auswirkungen der letzten Stunden bereits jetzt am ganzen Körper und durch den provisorischen Verband am Handgelenk sickerte immer noch Blut. Für eine ausreichend dicke Decke hätte er einen Monatssold gegeben, aber es musste eben auch ohne gehen.

Ein Baum, der dicht an dem Gelände wuchs, gab ihm ausreichend Sichtschutz und der Stamm sogar noch zusätzlichen Halt, sodass die Kletterpartie ein Kinderspiel war. Er umfasste einen Pfosten und wollte sich gerade hochziehen, als er spürte, dass er nicht länger alleine war. Verdammt. Wieso hatte er nichts gehört?

Unauffällig tastete er nach seiner Waffe.

»Das würde ich lassen«, teilte ihm jemand ruhig, aber bestimmt mit.

»Wie ich es dir gesagt habe. Er wird es exakt an dieser Stelle versuchen«, freute sich ein zweiter Mann.

»Können wir den Punkt verschieben? Du hast die Wette gewonnen und der nächste Abend beim Griechen geht auf mich.«

Was waren denn das für Typen? Tom versuchte ein weiteres Mal, an seine Sig zu kommen.

»Himmel, hör auf mit dem Scheiß! Willst du ernsthaft über den Stacheldraht? Die Letzten, die das versucht haben, lagen tagelang im Krankenhaus. Das waren ein paar Kids, die es auf einen beschlagnahmten Lamborghini abgesehen hatten. Sieh dir mal seine Hand an …«

Der Braunhaarige hatte die Stirn gerunzelt. »Schon bemerkt. Hinsetzen, Tom. Ehe ich dich nicht durchgecheckt habe, wirst du das PZE nicht betreten.«

»Wer ...?«

»Mein Freund hat hinsetzen gesagt.« Mit einem Satz war der Mann mit den hellblonden Haaren bei ihm und drückte ihn mühelos zu Boden. Verdammt, was sagte das über seinen Zustand aus?

»Leuchte mal«, bat der andere, nahm sich dann aber noch die Zeit, Tom kurz anzusehen. »Viele Grüße von einem Freund von mir, den du vorhin am Telefon ziemlich respektlos abgewürgt hast. Wir wollten uns heute Abend den Auftritt einer Band hier ganz in der Nähe ansehen und waren zum Glück schon in Kiel. Ich bin Jan und das ist Jörg.«

Jörg nickte ihm zu. »Er hat noch unsere Titel vergessen. Ich bin Oberkommissar und Jan Major und Doktor. Sag mal, wie lautet da eigentlich die korrekte Anrede? Darüber habe ich mir noch nie Gedanken gemacht. Na, egal, wir sind dir jedenfalls beide vorgesetzt, also mach uns keinen Ärger.«

Jan holte verschiedene Dinge aus seinem Rucksack, die Tom nicht gefielen.

»Eben«, setzte er die Tirade von Jörg fort, ehe er den behelfsmäßigen Verband entfernte. »Es reicht, dass Mark stinksauer auf dich ist. Du musst es dir nicht auch noch mit uns verderben. Wir helfen dir. Aber nach unseren Bedingungen und als Erstes steht bei dir ein schneller Check auf dem Programm. Das da an deiner Hand gefällt mir nicht.«

In dem Haus hinter ihnen ging das Licht an. »Wer ist denn da?«, rief eine Frau.

»Ein Polizeieinsatz. Alles unter Kontrolle. Machen Sie

sich keine Sorgen!«, erklärte Jörg der Anwohnerin.

Langsam begriff Tom, wer die Männer waren. Sein Teamchef war mit Männern befreundet, die ein Stück entfernt an der Schlei wohnten. Einer war Arzt und ehemaliger KSK-Angehöriger, der andere Polizist.

Er zog seinen Arm zurück, obwohl die Wunde am Gelenk höllisch schmerzte. »Wir haben keine Zeit dafür! Wir müssen aufs Gelände und ...«

Jörg legte ihm eine Hand auf die Schulter. »Es befinden sich kaum Kollegen dort. Und von denen, die da sind, wird niemand das Gelände verlassen, dafür sorgen meine Jungs. Außerdem durchkämmen sie bereits die Gebäude, in denen wir deine Freunde vermuten. Es kann eigentlich nur ums Dezernat für Organisierte Kriminalität gehen.«

Das klang gut, außerdem hatte er gegen die beiden sowieso keine Chance. Tom gab nach und ließ zu, dass Jan ihn verarztete.

Genau wie Daniel sonst, zog der ehemalige KSK-Angehörige ihn während der Behandlung hemmungslos auf. Da Tom für die Ablenkung dankbar war, ging er auf die Frotzeleien ein.

Nachdem er eine Breitseite dafür kassiert hatte, dass er einer Frau hinterherjagte, fiel ihm eine Bemerkung von Andi ein.

»Für einen Landarzt bist du ja noch erstaunlich gut in Form.«

Jan ließ einen Autoinjektor sinken. »Vielleicht solltest du die nächsten Stunden einfach entspannt pennen und denen die Arbeit überlassen, die sich damit auskennen ...«

Jörgs Handy vibrierte und schlagartig verschwand jeder Humor bei dem Polizisten. »Sie haben einen toten

Kollegen gefunden. Hauptkommissar im Bereich Organisierte Kriminalität, keine sichtbaren Verletzungen. Bjarne tippt auf Gift.«

Als Tom automatisch aufstehen wollte, hielt Jan ihn zurück. »Warte.« Er jagte ihm die Spritze in den Oberschenkel. »In zwei Minuten fühlst du dich besser. Du müsstest das von Daniel kennen. Eine Mischung aus Schmerzmittel und Muntermachern. Unmittelbar nach dem Einsatz wirst du dich ausruhen und erst wieder aufstehen, wenn es dir ein Mediziner erlaubt. Verstanden?«

»Laut und deutlich. Sie werden das Gelände nicht durch den Haupteingang verlassen. Wenn sie sich vorher umgesehen haben, versuchen sie es auch hier, in diesem Bereich.«

»Stimmt. Leider können wir nicht einfach ihre Handys anpeilen, also machen wir uns unsichtbar und überwachen den Zaun an dieser Stelle. Das schaffen wir zu dritt.«

»Nicht ganz«, widersprach Jörg. »Ich schicke Bjarne ans obere Ende der Häuser, da könnte ebenfalls jemand durchschlüpfen.«

Jan drückte Tom eine Plastikflasche und einen Energieriegel in die Hand. »Runterwürgen. Sofort.«

Auch wenn Tom ihm für die Hilfe dankbar war und er sich bereits deutlich besser fühlte, war er maximal genervt. Der Kerl war ein exakter Klon von Daniel – nur ranghöher.

Jörg rieb sich übers Kinn und sah Jan an. »Sag mal, war das eigentlich wirklich deine brillante Vorhersage, dass wir ihn hier aufgabeln würden, oder lag das an den Daten, die Jake dir aufs Handy geschickt hat?«

Tom unterdrückte gerade noch ein lautes Lachen. Die beiden gefielen ihm. Der Umgangston glich dem in seinem Team und die Erwähnung von Mark und Jake gab ihm ein sicheres Gefühl.

Jan ignorierte die Frage, verstaute seine Sachen blitzschnell im Rucksack und zog eine Walther aus seinem Schulterhalfter. »Auf elf Uhr. Es geht los.«

Schlagartig war auch Jörg ernst. »Fit genug, um mitzuspielen?«, fragte er Tom leise.

»Ja«, gab er entschieden zurück und entdeckte dann auch die beiden Gestalten, die sich zwischen den Fahrzeugen in Richtung Zaun bewegten.

Jan drückte Tom ein Headset in die Hand, das er sofort aufsetzte. »Du bleibst hier, wir bewegen uns ein paar Meter weiter nach rechts und links.«

Eine unbekannte Stimme drang aus dem Kopfhörer. »Ein Mann und eine Frau. Sie sind hinter einem Wohnmobil in Deckung gegangen. Hantieren mit einem Rucksack, mittlere Größe.«

»Verlier sie bloß nicht aus den Augen«, befahl Jörg.

»Keine Angst, Boss. Wollen wir ihnen Feuer unterm Hintern machen?«

»Ich bitte darum«, antwortete Jörg.

In einem der Gebäude ging hinter zahlreichen Fenstern Licht an, dann flammten auch noch die Scheinwerfer rund um den Parkplatz auf.

Die beiden hinter dem Wohnmobil erstarrten für einen Moment, dann rannten sie auf den Zaun zu, ungefähr dorthin, wo sich Jörg verbarg. Der Mann kletterte mühelos in die Höhe und durchtrennte den Stacheldraht. Dann streckte er der Frau den Arm entgegen, die sich hochziehen ließ.

Sie sprangen auf der anderen Seite hinunter und landeten direkt vor der Mündung von Jörgs Pistole.

»Guten Abend. Ich hätte noch einige Fragen an Sie. Unter anderem zu Ihrer unkonventionellen Art und Weise, das Areal zu verlassen. Und natürlich zu dem plötzlichen Tod von Hauptkommissar Baumann.«

Der Mann und die Frau bewegten sich voneinander weg.

Sofort gab Jan seine Deckung auf und gähnte demonstrativ. »Uralter Trick. Der funktioniert nicht. Runter auf dem Boden, aber sofort.«

Trotz der unmissverständlichen Warnung griff der Mann in seine Jackentasche.

Mit zwei großen Sätzen war Tom bei ihm, hielt sich gar nicht erst mit einer Warnung auf, sondern schickte ihn mit einem Kinnhaken zu Boden.

»Bitte versuch es weiter. Es ist mir ein Vergnügen.«

Die Frau erkannte ihn zuerst. »Wie ist das möglich?«, stammelte sie.

»Tja, Ava. Sie sollten einen SEAL eben nicht unterschätzen. Darüber können Sie ein paar Jahre lang in einem deutschen Gefängnis nachdenken.«

»Ich genieße diplomatische Immunität!«, gab sie sofort zurück.

Jörg legte den Kopf schief. »Hat da auch jemand gerade ein Rauschen gehört? Wann geht eigentlich der nächste inoffizielle Flug in die USA? Dort gilt ihr Ausweis garantiert nicht. Ist Guantanamo eigentlich noch offen? Mit dem Anschlag auf einen US-Soldaten passt sie doch perfekt dorthin.«

Tom grinste breit. Er würde dem deutschen Polizisten mindestens ein Bier ausgeben. Und wenn er über die Behandlung hinweg war, auch Jan.

Das selbstbewusste Auftreten der Frau bekam einen empfindlichen Dämpfer. Damit hatte er die ideale Ausgangsbasis für weitere Fragen – und vor allem Antworten.

Kapitel 30

Tom wusste die Vorteile zu schätzen, die es mit sich brachte, dass die Kieler Polizisten das Kommando übernommen hatten. Besonders hatte ihm gefallen, dass Jan einen prüfenden Blick auf ihn warf und dann einen der Männer gebeten hatte, für Essen und Getränke zu sorgen.

Jetzt hätte er sich allerdings einen Fluchtweg gewünscht. Den Blick von Jan konnte er problemlos einordnen, denn Daniel hatte den auch drauf.

»Alle raus aus dem Zimmer! Außer Tom«, befahl Jan und nahm erneut einige Dinge aus seinem Rucksack, die Tom auch jetzt nicht gefielen.

Jörg hob eine Augenbraue. »Du weißt schon, dass das mein Büro ist?«

»Jetzt nicht. Würdest du dich in Gegenwart von Fremden untersuchen lassen wollen?«

»Wir können das ganz einfach lösen. Du steckst deinen Kram wieder weg und schaltest den Arztmodus aus und ich …«, versuchte Tom, dem Unausweichlichen zu entkommen.

»Vergiss es«, unterbrach Jan ihn.

Grinsend gab Jörg auf und zwinkerte Tom zu. »Sei bloß vorsichtig, in dieser Stimmung ist mit ihm nicht zu spaßen.«

»Ich kenne das von Daniel. Sie sind unausstehlich, wie verwandelt.«

»Stimmt.«

»Wenn ihr so weitermacht, habe ich bestimmt auch

noch größere Spritzen und stumpfe Nadeln. Sieh lieber zu, dass die Jungs Tom nicht alles wegfuttern. Ich brauche nur ein paar Minuten.«

Minuten klang machbar, aber Tom hatte sich getäuscht. Jan war ebenso erfahren und gründlich wie Daniel. Am Ende hatte er eine Klammer am Handgelenk, einen festen Verband um den Unterarm, einen bandagierten Oberkörper und schlechte Laune. Sein einziger Trost war, dass Jan ihm nicht hatte entlocken können, wie lange er bewusstlos gewesen war.

Seine Stimmung besserte sich erst, als er den Berg aus Pommes, Hamburgern und Cola-Bechern im benachbarten Großraumbüro entdeckte.

»Iss und trink erst mal ordentlich und dann erzähl uns alles, was du über die Herrschaften weißt, die wir festgesetzt haben«, befahl Jan.

Jörg grinste schief. »Schalt mal einen Gang zurück, Jan. Nun übernehmen wir und das Militär hat Pause.« Jan schnaubte und blickte vielsagend auf Tom. Jörg winkte ab. »Wieso Militär? Du meinst den geschätzten Kollegen vom Hamburger LKA? Der, dem wir gerade ein wenig Amtshilfe geleistet haben, und bei dem sich jetzt rein zufällig eine Verbindung zu einer unserer eigenen Ermittlungen ergeben hat?«

Jan hob die Hände und griff nach einem Hamburger. »Botschaft angekommen.«

Sichtlich bedauernd betrachtete Jörg den Berg aus Fast Food. »Lasst mir was übrig.« Er lächelte Tom zu. »Ehe du loslegst, berichten wir erst einmal, was wir schon wissen. Beginnen wir damit, wer wir eigentlich sind. Mein Boss kennt deinen recht gut. Euer Vorgehen, Ermittlung und

Zugriff zu kombinieren, hat den Leiter des MEK interessiert und ...«

Tom nickte mit vollem Mund. »Ich kenne Martin. Er hat mich deswegen schon ein paar Mal stundenlang ausgefragt, wenn wir uns bei einem gemeinsamen Freund getroffen haben. Andi kennt ihr auch, oder?«

Jörg nickte. »Sehr gut, dann überspringen wir diesen Teil. Mein Team ist sehr ähnlich wie deins unterwegs. Nachdem dieser Fall sämtliche Dimensionen gesprengt hat, haben wir ihn übernommen, inklusive der Führung eines verdeckten Ermittlers, der bisher semi-erfolgreich war.«

»Christian? Deine Formulierung ist nett, die muss ich mir merken.«

»Genau. Er ist bereits wieder unterwegs, dieses Mal allerdings mit einem vernünftigen Backup.«

Tom war weiterhin dankbar dafür, dass die Kieler Polizisten eingegriffen hatten. Sie machten einen vernünftigen Eindruck, dennoch hatte er ein schlechtes Gefühl. Er hatte schon zu oft bei Sven und Dirk mitbekommen, wie nervig das Kompetenzgerangel war.

Jörg musterte ihn prüfend und lächelte dann. »Ich wette, ich weiß, was du gerade denkst.«

Das ging nun wirklich zu weit! »Na, sicher doch.«

»Einen Fuffi?«

Das leicht verdiente Geld würde sich Tom nicht entgehen lassen. »Deal!«

»Du machst dir Gedanken, wie es mit den Zuständigkeiten aussieht, und hast Angst, dass wir uns mehr mit den Hamburgern streiten, als echte Fortschritte zu machen.«

Fluchend holte Tom einen Schein aus seiner Brieftasche und knalle ihn vor Jörg auf den Tisch.

Jan schüttelte den Kopf. »Das war unfair, Jörg.«

»Ach was, SEALs verdienen genug. Meinst du, ich hätte ihm sagen sollen, dass wir Sven und Dirk uneingeschränkt unterstützen?« Er grinste Tom an. »Die beiden haben weiterhin das Sagen. Wir unterstützen euch nur mit allem, was euch hilft. Kiel hat das sogar offiziell abgesegnet, weil offensichtlich ist, dass es hier ein paar faule Eier im Gelege gibt. Wir hätten das aber sonst auch inoffiziell so durchgezogen.«

Tom betrachtete den Geldschein. Blitzschnell schnappte Jörg ihn sich. »Vergiss es. Wir können ihn gemeinsam auf den Kopf hauen, mehr ist nicht drin.«

»Okay, das ist ein Angebot.«

Tom schaffte das Kunststück, gleichzeitig zu essen und Jörg eine Zusammenfassung von dem zu liefern, was er bisher wusste.

Jan stand auf. »Okay, wenn ihr jetzt mit eurem Spezialeinheiten-Gedöns fertig seid, würde ich Tom gerne ins Hotel fahren. Fürs Verhör der beiden braucht ihr ihn doch nicht, oder?«

Jörg zeigte lässig mit dem Daumen in Richtung seines Freundes. »Er ist eben schon zu lange draußen. Gib mir erst noch ein paar Anhaltspunkte, worauf wir achten sollen oder was du wissen willst. Wir tauschen uns morgen in Ruhe aus und reden noch mal über alles, auch über das, was Christian bisher an verwertbarem Material zusammengetragen hat.«

Bedauernd stellte Tom fest, dass es keine Pommes mehr gab. »Gegenvorschlag: Lass uns gemeinsam bei der

Frau starten und dann übernimmst du. Verträgt es dein Selbstbewusstsein, wenn ich eine ziemlich fiese Einleitung raushaue?«

»So von wegen, sie ist deiner Aufmerksamkeit nicht wert? Klar. Mach.«

»Sie hat übrigens was mit dem Kerl am Laufen. Er ist ihr garantiert nicht gleichgültig und er hat nichts von diplomatischer Immunität erwähnt.«

»Klingt gut. Das ist ein Hebel.«

Tom und Jörg wollten sich auf den Weg zum Besprechungszimmer machen, als Jan sie zurückhielt. »Jörg? Lass deinen Wagenschlüssel hier, ich kann Tom kaum auf der Ninja mitnehmen.«

Eine weitere Bemerkung kam Tom in den Sinn, die er mal aufgeschnappt hatte. Jan fuhr das gleiche Modell wie Alexander und hing ebenso abgöttisch wie sein Freund an dem Motorrad. »Gegenvorschlag: Du überlässt mir deine Kleine.«

Jans entsetzter Blick brachte sie zum Lachen.

Erstmals sah Tom die Frau im hellen Licht ohne Maske. Mit dem Alter hatte er richtig gelegen. Wäre der eiskalte Blick nicht gewesen, hätte er sie attraktiv genannt.

Während Jörg sich ihr gegenübersetzte, blieb Tom neben der Tür stehen. »Tja, Ava Goldemann, da haben Sie ja ordentlich verrissen. Was wird nur Ihr Großvater zu dieser erbärmlichen Vorstellung sagen? Wir informieren ihn übrigens gerade darüber, dass Sie und Ihr Geliebter meinen Großvater umgebracht haben. Das wird bestimmt eine lustige Familienzusammenführung.« Er trat an den Tisch heran und schlug mit der flachen Hand leicht auf die Platte. »In ungefähr fünfzehn Jahren! Und das auch nur, wenn Sie jetzt auspacken. Den Rest überlasse ich dir, Jörg. Ich habe Besseres zu tun. Die Frau ist erledigt. Übernimm die Formalitäten und sag mir, ob wir sie in den Staaten verschwinden lassen oder ob ihr sie im Knast durchfüttern wollt.«

Ohne eine Erwiderung abzuwarten, verließ er den Raum. Auf dem Flur empfing ihn Jan, der den Auftritt durch einen Einwegspiegel verfolgt hatte. »Nette Taktik. Aber nun reicht es für heute. Wir haben dir ein Zimmer besorgt, wo dich keiner finden wird. Du brauchst endlich Ruhe. Und ehe du eine Diskussion anfängst … Ich habe heute noch eine Verabredung mit einem geschätzten Kollegen, also verschwende nicht meine Zeit.«

Tom fielen etliche Dinge ein, die er noch erledigen wollte. Mit Julie reden, klären, was mit Christian war, dann sollte er sich bei Mark entschuldigen und … Er gähnte und gab nach, als Jan ihn nur stumm ansah und sich seine geprellten Rippen trotz der Schmerzmittel in Erinnerung brachten.

»Wir nehmen den Hintereingang«, erklärte Jan, als er am Hotel vorbeifuhr. »Es ist schon älter, aber innen top. Der Blick auf die Förde ist klasse und sie haben für uns, also fürs Kieler LKA, ein paar wichtige Grundsätze außer Kraft gesetzt. Es hat vier oder fünf Sterne, also solltest du es für eine Nacht aushalten.«

»Ich könnte auch nach Hamburg fahren, wenn ihr mir einen Wagen überlasst«, gab Tom zurück.

Jan würdigte ihn nicht einmal einer Antwort, sondern rangierte Jörgs Passat durch eine enge Einfahrt und hielt neben einigen Müllcontainern.

Jan stieg aus und sah sich suchend um.

Tom folgte seinem Beispiel und wollte ihn gerade damit aufziehen, ob sie nun den Hinterausgang aufbrechen sollten, als sich die Stahltür öffnete. Er erhaschte noch einen Blick auf etwas Braunes, dann sprang Queen laut bellend an ihm hoch und fuhr mit ihrer Zunge über seine Wange.

»Verflixt, du blöder Köter. Du kannst doch nicht ... Tom!«

Im nächsten Moment umarmte Julie ihn so fest, dass er nach Luft rang. Er ignorierte seine schmerzenden Rippen, schloss sie in seine Arme und wehrte gleichzeitig die Hündin ab.

»Sollen wir ihm helfen?«, fragte Jan halbherzig jemanden, den Tom nicht erkennen konnte.

»Nee. Das gehört nicht zu meinem Job als Taxifahrer. Ich bin Daniel. Du musst Jan sein. Schön, dass wir uns endlich treffen, darauf warte ich schon eine ganze Zeit. Ich habe einiges von dir gehört.«

»Ich auch von dir. Lass uns in die Bar gehen. Da gibt's ein vernünftiges Bier. Für durchgeknallte Hunde oder weinende Frauen bin ich nicht zuständig, denn ich bin ebenfalls nur Taxifahrer.«

Tom würde die beiden später umbringen. Nun musste er erst einmal Julie und Queen beruhigen.

Neugierig sah sich Tom in der Suite um. Das Badezimmer war vom Feinsten, die sonstige Einrichtung schon älter und nicht sein Geschmack, aber sauber, und der Ausblick auf die Förde musste tagsüber traumhaft sein. Für Queen standen zwei Näpfe bereit und für Julie und ihn eine gut gefüllte Minibar und eine Auswahl an Sandwichs. So ließ es sich aushalten. Nun fehlte nur noch eine Gebrauchsanweisung für den Umgang mit Julie. Nach der Begrüßung, bei der tatsächlich ein paar Tränen geflossen waren, hatte sie sich darauf beschränkt, ihn mit Blicken zu bombardieren.

Er hätte sich liebend gerne Jan und Daniel angeschlossen, aber zum einen wäre das ihr gegenüber unfair gewesen, und zum anderen konnte er sich gut vorstellen, was die beiden zu seinem Auftauchen sagen würden. Die verdammten Mediziner würden es fertigbringen, ihn höchstpersönlich ins Bett zu verfrachten. Darauf konnte er nun wirklich verzichten.

»Ich wollte nicht, dass du dir Sorgen machst«, begann er.

Julie setzte sich auf die Bettkante und schoss sofort wieder hoch. »Habe ich aber. Wenn du dich hinlegst, erzähle ich dir, was wir nun wissen. Wir sind einen ganzen Schritt weiter.«

»Wir?«, fragte er verblüfft nach.

»Ja. Ich brauchte eine Ablenkung und konnte Dirk und Sven helfen. Zahlen sind überall gleich, egal, ob es um Zahlungen oder Krankheitsfälle geht.«

Die Logik musste er nicht verstehen. »Aha. Und was machst du hier?«

»Das weiß ich selbst nicht so genau, aber du bist der Erste, der es erfährt, wenn ich es weiß! Jetzt leg dich endlich hin, ehe ich sauer werde. Du brauchst dringend Ruhe.«

Ausgerechnet jetzt musste er gähnen. »Und was hast

du vor?«

Unschlüssig sah sie sich um und zuckte dann mit der Schulter. »Das Bett ist riesig. Der Platz reicht für uns beide.«

»Ich ... Äh ...«

»Komm bloß nicht ins Stottern. Ich will nichts von dir. Außerdem dürftest du dazu gar nicht in der Lage sein. Du bist eben ein alter Freund, der mir mal sehr am Herzen gelegen hat und ...«

Er fasste nach ihrem Arm und ließ sich mit ihr zusammen aufs Bett fallen, drehte sich aber so, dass sie neben ihm landete. »Falls das eine Herausforderung sein soll ... Außerdem: Alte Freunde küsst man nicht so, wie du es in der Küche getan hast.«

»Woher willst du das wissen? Gibt's dafür eine Verordnung?« Sie küsste ihn sanft auf die Stirn. »Ich ziehe dich jetzt aus ...«

»Klingt gut ...«

»Vergiss es! Also, was ich sagen wollte, ich ziehe dich aus, decke dich zu und dann schläfst du. Ich habe nicht nur meine Zahnbürste dabei, sondern auch mein Notebook und was zu lesen, werde mich also nicht langweilen. Wie gesagt: Wenn du brav bist, gibt's noch eine kurze Zusammenfassung.« Sie grinste schelmisch. »Und ganz vielleicht auch noch ein Gute-Nacht-Küsschen.«

Nur eins war sicher: Julie brachte ihn völlig durcheinander. Als Soldat wusste er, wann er sich zurückziehen musste, um eine Situation neu zu bewerten. Das war jetzt definitiv der Fall.

Tom stand auf. »Wir reden gleich. Ich sehe mal nach, wie es im Badezimmer aussieht.«

Julie blieb liegen und lächelte. »Mach das. Daniel hat mir ein paar Dinge für dich mitgegeben. Die habe ich da hingelegt. Aber vergiss die Dusche. Das geht erst morgen früh, danach wechsele ich dann die Verbände.«

»Was zum Teufel … Wann hast du denn das geplant? Seid ihr Ärzte alle per Standleitung miteinander verbunden, oder was?«

Gelassen hielt sie seinem wütenden Blick stand. »Sicher. Hast du noch nie vom geheimen Mediziner-Netzwerk gehört? Unser erstes Ziel ist es, das Leben unserer Patienten zu retten. Das Zweite dann, sie in den Wahnsinn zu treiben.«

Dass er die Tür hinter sich zuknallte, war vermutlich kindisch, aber es tat ihm gut.

Als er ins Schlafzimmer zurückkehrte, saß Julie am Schreibtisch und tippte auf ihrem Notebook. Queen lag quer auf dem Bett. Er war im Irrenhaus, eindeutig.

»Runter da!«, befahl er.

Queen gähnte und wenn er sich nicht täuschte, streckte sich die Hündin noch länger aus.

Immerhin drehte sich Julie zu ihm um. »Dein Hund, deine Erziehung«, stellte sie schmunzelnd klar.

Wenn er nicht die Auswirkungen der letzten Stunden gespürt hätte, wäre er gegangen. Irgendwohin. Alles war besser als dieses Gefühlschaos, das Julie in ihm auslöste.

»Runter, Queen«, befahl er erneut, dieses Mal bestimmter.

Immerhin sah die Hündin ihn an, blieb jedoch liegen. Er zerrte sie am Halsband vom Bett und erntete einen beleidigten Blick. Mit hängendem Schwanz trottete Queen zu ihrem Napf und legte sich dort auf eine Decke.

»Sie gehorcht sonst besser, aber da sie erst Karl und dann für ein paar Stunden dich verloren hat, ist sie etwas durch den Wind.«

So weit war Tom auch schon selbst gewesen und hätte die Hündin fast zurückgerufen.

»Was habe ich denn verpasst?«, knurrte er und hoffte, dass der Themenwechsel nicht so offensichtlich war.

»Eins zu null für mich«, begann Julie, verzichtete dann jedoch darauf, ihn weiter zu ärgern, sondern fasste kurz und knapp die Parteienfinanzierung zusammen, die sie entdeckt hatten. »Wir sind so weit, dass wir sagen können, es handelt sich um gezielte Kampagnen oder bestimmte Kandidaten, die gefördert wurden. Weitere Gelder sind in völlig unterschiedliche Projekte geflossen, allerdings nicht in nette. Wir sind auch auf eine Verbindung von Karl zu Schwarzmarktauktionen gestoßen, in denen Gemälde oder andere Kunstwerke veräußert wurden. Aber so richtig können wir das noch nicht einordnen, weil die Gegenstände wieder im ursprünglichen Museum gelandet sind.«

»Dann muss ich mir das wie verschiedenen Geraden vorstellen, bei denen es ab und zu Verbindungsstücke gibt?«

»Ja, das Bild beschreibt unseren derzeitigen Stand sehr gut. Nun warten alle gespannt darauf, was du zu berichten hast und ob mein Bruder noch etwas beisteuern kann.«

Plötzlich sah er ihr die Angst wieder an, die sie um ihn ausgestanden hatte und um Christian wohl immer noch empfand.

»Hey, mach dir keine Sorgen. Du siehst doch, dass es mir gut geht.«

»Deine Definition von ›gut‹ entspricht nicht meiner!«, schnappte sie. Sie stand auf, stapfte zweimal durch das komplette Zimmer und setzte sich dann auf die Bettkante.

Die Gelegenheit ließ Tom sich nicht entgehen. Mit einem Ruck zog er sie so an sich, dass ihr Kopf an seiner Schulter landete. »Entspann dich. Mir ist nichts passiert.«

»Doch. Ich könnte jetzt deine Verletzungen aufzählen oder dir beschreiben, was alles in deinem Blick liegt. Du konntest noch nie etwas vor mir verbergen.«

Ihre Worte katapultierten ihn direkt zurück in die Auseinandersetzung mit Ava und ihrem Komplizen. Wieder fühlte er die Hilflosigkeit und musste einen verspäteten Anflug von Angst unterdrücken.

»Es ist gut gegangen, nur darauf kommt es an«, erwiderte er schließlich und wusste nicht, ob dieses Fazit ihr oder ihm galt.

»Wenn ich hier so neben dir liege, ist es fast wie früher.«

»Eins zu eins. Dieses Mal hast du das Thema gewechselt. Gefahr gehört zu meinem Job. Es ist nicht immer so dramatisch wie heute, aber es ist nicht einfach, mit einem SEAL zusammen zu sein.« Verflixt, das hatte er nicht sagen wollen, dennoch wartete er angespannt auf ihre Reaktion. Sie schwieg. Also lag es an ihm, das Gespräch fortzusetzen. »Was meintest du damit, dass es fast wie früher wäre?«

»Du bist härter. In allen Bereichen. Damit meine ich nicht nur deine Muskeln.« Ihre Hand fuhr über seinen Bauch und prompt stellte er fest, dass er keineswegs so angeschlagen war, wie er gedacht hatte.

Julie erstarrte kurz und prustete dann los. »Vergiss es.

Du schläfst jetzt!«

Wie hatte sie das bemerkt? Er hatte nun definitiv andere Vorstellungen, als zu schlafen.

Mit einem Satz sprang Queen aufs Bett und streckte sich neben Tom aus.

»Siehst du? Du hast keine Chance gegen uns Frauen. Du bist umzingelt. Schlaf, Tom. Morgen sehen wir weiter.«

Schwang da ein Versprechen in ihren Worten mit? Oder war das Einbildung? Obwohl er es nicht wollte, forderten die Anstrengungen der letzten Stunden ihren Tribut. Seine Augen schlossen sich und er schlief ein.

Kapitel 31

Christian konnte es immer noch nicht fassen, dass sich sein Leben – oder zumindest seine Ermittlungen – in den letzten Stunden komplett geändert hatte, und zwar zum Besseren hin. Er musste lediglich die nagende Angst um Tom in den Griff bekommen. Aber alles konnte er wohl nicht haben. Irgendwo in diesem Partygetümmel verbarg sich jemand, der ihn im Auge behielt und zur Not helfen würde. So ein Backup hatte er immer vermisst. Dazu kam noch die Ankündigung, dass einer seiner potenziellen Geschäftspartner auf seiner Seite stehen würde. Leider vertrauten ihm die Kieler Polizisten nicht genug, um ihm den Namen seines Mitstreiters zu verraten, aber vielleicht war dieser Weg tatsächlich die bessere Strategie, denn so bestand keinerlei Gefahr, dass er sich oder ihn verraten würde.

Das Ambiente in dem Club war edel und entsprach sogar einigermaßen seinem Geschmack. Die Servierdamen, die mit Tabletts voller Getränke und kleinen Fingerfood-Snacks herumliefen, hätten sofort bei *Germany's Next Top Model* mitmachen können. Gedämpfte Loungemusik passte perfekt zu den bequemen Cocktailsesseln und der dezenten Beleuchtung. Der Teppich war so dick, dass er dies sogar unter den Sohlen seiner Schuhe spürte.

Wenn jetzt noch irgendetwas geschah, dann wäre er zufrieden. Sollte es zu keiner Kontaktaufnahme kommen, lag dies nicht an ihm. Der teure Anzug, dazu sein leicht schlampiges Auftreten und die Augenringe passten zu seinem Cover.

Er nippte an dem teuren Rotwein und musterte die Schwarzweißfotos an der Wand, als er angerempelt wurde.

»Verzeihen Sie bitte. Ich war in die Fotos vertieft«, sagte der Mann mit der auffallenden Brille laut. »Ich habe eine Nachricht für Sie: Tom ist in Sicherheit. Hauptkommissar Baumann wurde im PZE getötet. Sie könnten als Ersatzspieler für ihn infrage kommen. Seien Sie vorsichtig!«, fügte er kaum hörbar hinzu, lächelte noch einmal entschuldigend und ging weiter.

Das war dann wohl sein Backup gewesen … Christian starrte auf die Aufnahme einer Brücke, die über eine tiefe Schlucht führte, bis er seine Gefühle wieder im Griff hatte. Er konnte schließlich kaum einen Freudenschrei ausstoßen, weil Tom in Sicherheit war. Das musste warten. Baumann also. Den hatten sein ehemaliger Vorgesetzter und er im Visier gehabt, jedoch weder eindeutige Hinweise noch Beweise gegen den Kommissar gefunden.

»Entschuldigen Sie, wir hätten einen geschäftlichen Vorschlag, den wir Ihnen gerne unterbreiten würden«, erklang eine tiefe Stimme hinter Christian.

Er musste seine gesamte Beherrschung aufbieten, um eine gelangweilte Miene aufzusetzen. Endlich. Endlich war der Durchbruch zum Greifen nahe, auf den zunächst er alleine und dann später auch mit Karl so lange hingearbeitet hatte. Langsam drehte er sich um und musterte sein Gegenüber.

Alles an dem Mann sah nach Geld aus. Die teure Uhr, der Anzug, sogar die dünne Brille.

»Als Beamter sind mir Nebenjobs nur in geringem Maß gestattet«, erwiderte er.

»Das ist mir bekannt. Allerdings weiß ich auch, dass Sie ein zusätzliches Einkommen sehr gut gebrauchen könnten. Sie haben da ein paar sehr kostspielige Interessen.«

»Das Glück wird sich auch wieder wenden«, gab Christian kurz angebunden zurück und wandte sich erneut dem Foto zu.

»Wollen Sie sich nicht anhören, worum es geht?«

Christian zögerte und nickte dann, ohne sich umzudrehen. »Na gut.«

»Folgen Sie mir bitte.«

Dann hatte es sich also gelohnt, in der exquisiten Pokerrunde am Vorabend ein kleines Vermögen zu verlieren. Er verdrängte lieber den Gedanken daran, wie knapp es gewesen war, denn das Geld, das ihm zur Verfügung gestellt worden war, hatte er damit aufgebraucht. Vielleicht war das Schicksal ja doch auf seiner Seite und hatte ihm Hilfe geschickt, ehe er aufgeben musste.

In dem Nebenraum, in den er geführt wurde, war es absolut ruhig. Die mit weinrotem Stoff bezogenen Wände mussten schallgedämmt sein. Ein riesiger Marmorkamin beherrschte eine Wand. Die Fenster waren hinter hellen Vorhängen verborgen. Ein Pokertisch aus edlem Mahagoni stand in der Mitte des Zimmers und zog seinen Blick magisch an. Ein weiteres Spiel? Das würde nicht zu dem avisierten Nebeneinkommen passen. Außerdem hatte er durchblicken lassen, dass seine finanziellen Mittel am Ende waren und er bereits das Haus beliehen hatte.

Auch wenn vieles mittlerweile deutlich runder lief,

blieb die Frage offen, wer es auf ihn abgesehen hatte. Erst die Schüsse, dann der Überfall, den Tom vereitelt hatte. Wie passte das zusammen, wenn sie ihn brauchten? Er verschob die Überlegungen auf später und musterte die drei anwesenden Männer. Wenn er sich nicht täuschte, war derjenige, der ihn angesprochen hatte, der Anführer.

»Setzen Sie sich doch«, bat er und deutete einladend auf einen der gepolsterten Stühle an dem Spieltisch.

Christian folgte der Aufforderung. Ein Mann mit einem auffallend dünnen Bart stellte sofort ein Kristallglas mit einer goldenen Flüssigkeit vor ihn und lehnte sich dann neben dem Kamin an die Wand.

Der dritte Mann, ein grauhaariger Mittfünfziger, trug einen deutlich billigeren, schlecht sitzenden Anzug und postierte sich neben der Tür. Die Ausbuchtung unter seiner Schulter deutete auf eine Waffe hin.

»Ein zwanzig Jahre alter Jamaica-Rum, eine echte Rarität. Ich habe gehört, Sie sind ein Kenner auf dem Gebiet«, erklärte sein Gastgeber, als er sich ihm gegenübersetzte.

»Stimmt.« Er zwang sich zu einem Lächeln. »Muss ich alleine trinken? Worum geht es denn?«

»Sie kommen gerne schnell auf den Punkt? Sehr gut. Das spart uns allen Zeit. Trotzdem muss ich sichergehen, dass Sie es ehrlich meinen.«

»Womit?«

Seine Frage wurde ignoriert. Der Mann mit dem Bart trat mit einem Gerät näher, das nicht größer als ein Smartphone war. Er stellte sich dicht neben Christian und fuhr damit über seinen Rücken.

»Was soll der Blödsinn? Glauben Sie etwa, ich bin

verwanzt? So ein Schwachsinn.«

»Man kann in der heutigen Zeit leider niemandem mehr trauen. Aber da wir zu dritt sind, würde Ihr Wort alleine niemals ausreichen, falls ich mich mit meiner Einschätzung getäuscht haben sollte.«

Christian trank einen Schluck und nickte anerkennend. Der Rum hatte Klasse. »Vielleicht kommen Sie endlich mal zum Punkt. Ich hatte mich hier auf einen netten Abend, vielleicht mit ein, zwei Spielchen gefreut. Stattdessen werfen Sie mit Andeutungen um sich.«

Der Grauhaarige zückte sein Handy, eilte auf den immer noch unbekannten Gastgeber zu und zeigte ihm etwas auf dem Display. Kurz zeigte sich deutliche Verärgerung in der Miene seines Gegenübers.

»Ich will kein Aufsehen und das wird er auch nicht wollen. Lass ihn rein. Das könnte sogar interessant werden«, befahl er und wandte sich dann wieder Christian zu. »Eine unerwartete Verzögerung, noch einen Moment Geduld bitte.«

Christian zeigte seinen Missmut deutlich und hoffte, dass er seine Unsicherheit damit ausreichend tarnte. Er hatte das Gefühl, kurz vor einem Durchbruch zu stehen, aber gleichzeitig befürchtete er, dass die Sache aus dem Ruder lief.

Ein weiterer Mann betrat das Zimmer. Sein Anblick reichte aus, dass Christian ein kalter Schauer über den Rücken lief. Obwohl er lächelte und durchaus attraktiv war, strahlte er etwas Kaltes, Gefährliches aus. Dazu passte die Narbe auf seiner rechten Wange. Schwarze Haare fielen ihm bis in den Nacken, den blauen Augen schien kein Detail zu entgehen.

»Stanko, mein Freund. Ich freue mich, dich bei bester Gesundheit zu sehen. Ich dachte, du wärst tot.«

Der Mann grinste lediglich. »Wie heißt es so schön: Die Gerüchte über meinen Tod waren übertrieben. Dennoch bin ich eigentlich nicht hier. Ich wollte mit dir alleine sprechen. Deine Männer gehen in Ordnung, aber wer ist das?« Er deutete lässig auf Christian.

»Jemand, der mir helfen wird, das zu bekommen, was ich haben möchte. Wenn du an dem gleichen Ding dran bist, haben wir ein Problem.«

»Haben wir nicht. Es ist genug für uns beide. Die Alternative wäre ein herber Verlust für uns beide. Willst du es ernsthaft darauf ankommen lassen, wer von uns die besseren Männer hat?«

»Nein. Du weißt, dass es mir um den Profit geht und ich jedes Projekt streng kalkuliere. Dann ist deine Crew auch wieder am Start?«

»Ja. Eigentlich sind wir im Ruhestand, aber diese Sache reizt uns.«

Christian erhob sich. »Ich freue mich ja immer, wenn sich alte Freunde wiedersehen, aber ich gehe dann mal lieber, damit Sie das gebührend feiern können.«

Ein Nicken reichte und der Typ mit dem Bart drückte Christian zurück auf den Stuhl. Er protestierte genau so viel, wie man es von ihm erwarten würde.

»Wofür braucht ihr ihn?«, erkundigte sich Stanko.

Der immer noch namenlose Mann zuckte mit der Schulter. »Ich bin nicht sicher, ob du weißt, worum es hier geht.«

Stanko fasste in seine Sakkotasche und legte einen Gegenstand auf den Tisch, der Christian zum Luftschnappen brachte. Ein Goldbarren mit Nazisymbol. »Jetzt überzeugt?«

Christian beobachtete den zweiten Mann genau, war aber nicht sicher, ob er mit dem Gold etwas anfangen konnte.

»Was weißt du darüber?«, fragte der Typ schließlich.

Stanko zögerte keine Sekunde. »Da, wo der herkommt, liegt noch mehr rum. Das steht in direkter Verbindung zu dem, was du abziehen willst. Also können wir unser Wissen kombinieren und genug verdienen, dass es für drei Leben reicht, oder wir lassen es. Ich wiederhole mich nicht gerne, Dimitri, aber für dich mache ich eine Ausnahme: Wer ist das? Wofür ist er erforderlich? Ansonsten würde ich es begrüßen, wenn er verschwindet. Meinetwegen endgültig, denn ich bin nicht scharf darauf, dass jemand erfährt, dass ich wieder im Geschäft bin.«

Christians Puls raste. Er schob den Stuhl zurück, verharrte jedoch reglos, als der Bartträger eine Pistole auf ihn richtete. »Sie sind verrückt geworden! Ich bin Polizist …«

Stanko bedachte Dimitri mit einem aufgebrachten Blick. »Der Feststellung schließe ich mich an! Ein Bulle? Spinnst du? Ich bin froh, dass ich die losgeworden bin.«

Dimitri schnaubte. »Als ob die dich jemals am Arsch gekriegt hätten. Du warst wie ein verdammtes Phantom. Travemünde wäre mein Gebiet gewesen! Mich haben sie durch die Mangel gedreht, während du und deine Jungs unter Palmen gelegen habt.«

»Vielen Dank, dass du das vor ihm erwähnst. Soll ich ihm jetzt selbst eine Kugel in den Kopf jagen oder was hast du dir gedacht?«

»Ach was. Der sagt nichts. Dem steht das Wasser bis

zum Hals. Er hat Spielschulden ohne Ende, ihm sitzt jemand im Nacken und er hat eine bezaubernde Schwester, der nichts passieren soll. Sein einziger Ausweg bin ich.«

Christian spürte, dass er rot anlief. Hoffentlich dachten sie, dass das an seiner Beschreibung als kompletter Versager lag. In Wahrheit war er wütend, dass sie Julie ins Spiel brachten. Außerdem begriff er nicht, wieso dieser Stanko einen der Goldbarren besitzen konnte. Er stürzte den Rest des Rums hinunter.

»Wer sind Sie eigentlich? Und was wollen Sie von mir?«, fragte er scharf und bemerkte, dass seine Stimme schwankte.

Dimitri seufzte und hob seine rechte Hand. Sofort reichte der Bartträger ihm eine Ledermappe, aus der er ein Blatt nahm und es Christian hinschob. »Sechshunderttausend Euro. Fällig bis morgen Mittag. Wenn Sie zahlen können, können Sie gehen. Ansonsten halten Sie den Mund, bis Sie gefragt werden. Dann sind Ihre Schulden für eine geringe Gegenleistung getilgt und Sie hören und sehen nie wieder etwas von uns.«

Christians Hand zitterte, als er auf die Pistole zeigte. »Und wieso sollte ich Ihnen trauen? Für mich sieht es so aus, als ob Sie mich am Ende sowieso umbringen werden.«

»Das täuscht. Wir brauchen Sie lebend.« Das unausgesprochene ›Noch‹ hing zwischen ihnen.

»Ich mag ja Pech im Spiel gehabt haben, aber ich bringe niemanden um!«

»Sie übertreiben, mein junger Freund. Ihre Aufgabe wird absolut harmlos sein. Sie beantworten uns ein paar

Fragen, mit denen Sie niemandem schaden, und öffnen uns eine oder zwei Türen. Das ist alles. Sie bekommen nun die Gelegenheit darüber nachzudenken, während ich mit meinem alten Freund ein paar Rahmenbedingungen kläre. Solange warten Sie bitte im Nebenzimmer. Den Rum können Sie mitnehmen. Oder eine der Escortdamen. Sie sollen es ja bequem haben und meine Gastfreundschaft ist legendär.«

Endlich begriff Christian, wer Dimitri war. Der russische Name war reine Show, ein Spitzname, den man Dieter Rogalski wegen seiner Vorliebe für eine prunkvolle Umgebung verpasst hatte. Die Kieler Unterweltgröße war von dem Namen geschmeichelt gewesen und hatte ihn übernommen. Normalerweise trat er nicht selbst in Erscheinung, sodass man ihm niemals etwas hatte nachweisen können. Mit ihm hatte Christian weder gerechnet noch eine Vorstellung, was das für ihn bedeutete.

Selbst bewaffnet hätte er gegen die Überzahl keine Chance gehabt. Er folgte dem Bartträger in den Nebenraum, der zwar kleiner, aber ebenso prächtig eingerichtet war.

»Geben Sie mir Ihr Telefon«, bat der Typ ihn.

Zähneknirschend gehorchte er.

»Machen Sie keinen Blödsinn«, ermahnte ihn der Bartträger und verließ das Zimmer.

Christian ignoriere den bequemen Sessel und das Bücherregal. Er schob den Vorhang zurück. Ein massives Gitter verhinderte, dass er auf diesem Weg hier rauskäme. Außer den in Leder gebundenen Büchern, die passable Wurfgeschosse abgaben, entdeckte er nichts, das als Waffe geeignet war. Er hätte die Rumflasche mitnehmen sollen, doch auch die wäre keine Hilfe gegen eine Pistole.

Obwohl er sich ausgesprochen dämlich vorkam, presste er sein Ohr gegen die Tür und schnappte tatsächlich einzelne Worte auf. Wenn er deren Sinn richtig verstand, sollte er den Männern Zugang zur Asservatenkammer verschaffen. Und dafür brauchten sie ihn nun mal lebend. Sie wussten nicht, woher das Gold stammte, sondern nur, dass es existierte. Anscheinend brachten sie ihn nicht direkt damit in Verbindung. Oder doch? Christian schloss die Augen. Wenn er doch niemals dieser Spur nachgegangen wäre, dann würde Karl noch leben!

Verdammt, dieser Stanko sprach zu leise. Christian konzentrierte sich auf Dimitris Antwort. Schutz? Wovor mussten sie sich schützen?

Er dachte an die Theorie von Toms Hamburger Kollegen, dass es mehrere Parteien gab. Diese Überlegung hatte viele seiner Fragen beantwortet und er verstand nicht, wieso er nicht früher darauf gekommen war. Doch auf welcher Seite spielten Dimitri und Stanko mit? Er tippte auf Kunsträuber, die von dem Gold erfahren hatten, und dem Schatz hinterherjagten. Vermuteten sie Hinweise in der Asservatenkammer? Mit beiden Händen fuhr er sich durch die Haare und wünschte sich, er könnte endlich offen mit Tom über den Fall reden, denn er hatte den Überblick komplett verloren. Und das eigentlich seit dem Zeitpunkt, an dem sein Vorgesetzter bei einem angeblichen Verkehrsunfall ums Leben gekommen war.

Er zuckte zusammen, als plötzlich das Geräusch von Schüssen erklang. Der Knall war gedämpft, aber dennoch eindeutig. Dann hörte er hektische Schreie.

Die Tür wurde aufgerissen. Der Schwarzhaarige, dieser

Stanko, stand vor ihm. »Wenn du am Leben bleiben willst, kommst du jetzt mit und tust genau das, was ich dir sage! Verstanden?«

Christian war zu geschockt, um zu antworten.

Mit einem Satz war der Mann bei ihm und presste ihm die Mündung einer Walter unters Kinn. »Ich habe dich was gefragt!«

»Ist ja gut!«, stieß er hervor.

Stanko zerrte ihn am Arm aus dem Zimmer. »Ich passe auf deinen Goldjungen auf. Wir reden morgen miteinander. Pass auf dich auf.«

Dimitri starrte weiter auf die Tür, die in den Club führte. »Du auch. Wäre schade, wenn unser Deal platzen würde.«

»Wird er nicht«, versprach Stanko.

Kapitel 32

Stanko zog ihn zu einem der Fenster. Wütend schüttelte Christian den Griff ab. »Danke für die Hilfe, aber ich kann alleine gehen!«

»Sicher?« Sein Begleiter grinste ihn an und wirkte dabei für einen flüchtigen Moment wie verwandelt. »Übrigens. Hier dein Handy.«

Verdutzt nahm Christian das Gerät entgegen und verstaute es in der Hosentasche. »Die Fenster sind vergittert«, erklärte er ihm, als Stanko einen Vorhang zur Seite schob.

»Dieses nicht. Nennt sich Notausgang und das findet man raus, wenn man vorher eine vernünftige Aufklärung betreibt. Mein Wagen steht um die Ecke. Meine Jungs halten uns den Rücken frei. Kommst du freiwillig mit oder möchtest du lieber bewusstlos durch die Gegend geschleppt werden? An deinem Job für uns hat sich nichts geändert. Oder hast du das Geld, das du verspielt hast, irgendwo herumliegen?«

Dimitri hatte ihr Gespräch verfolgt und zeigte Stanko das Daumen-Hoch-Zeichen, während etwas gegen die Tür schlug, die dem Ansturm jedoch standhielt.

Da er keine Wahl hatte, folgte Christian ihm. Problemlos sprang er aus dem Fenster und landete neben einem Rosenbusch im Garten. Er wollte zur Straße laufen, doch sein Begleiter hielt ihn zurück. »Zu gefährlich. Da treiben sich zu viele rum und in der Dunkelheit können wir nicht sicher sein, wer zu uns gehört.«

Ein leiser Pfiff erklang vor ihnen aus einem Gebüsch.

»Da rüber«, befahl Stanko und zerrte ihn ein weiteres Mal mit sich. Allmählich wurde Christian stinksauer.

Gerade als sie die Büsche erreicht hatten, flogen ihnen im wahrsten Sinne des Wortes Kugeln um die Ohren. Stanko beförderte ihn mit einem Schubs zu Boden und dieses Mal hatte Christian gegen die Behandlung nichts einzuwenden.

»Scheiße. Seid ihr in Ordnung?«, fragte jemand, dessen Stimme Christian bekannt vorkam.

»Ich glaube, meine Jacke hat was abbekommen«, knurrte Stanko.

»Das wirst du überleben.«

»Schießen wir zurück oder hauen wir ab?«, erkundigte sich Stanko erstaunlich ruhig.

»Abhauen. Es ist einfach zu unübersichtlich. Das Aufräumen überlassen wir dem MEK. Denen kann Dimitri dann den Unschuldsengel vorspielen. Kommt mit, hinter dem Ende des Gartens ist eine Straße, die frei ist. Da haben wir einen Wagen stehen. Wir müssen nur durch die Büsche und über einen niedrigen Zaun.«

Jetzt erkannte Christian den Mann, der sie empfangen hatte. »Sven?«

»Später«, wehrte der Hamburger Kommissar ab. »Wir müssen hier weg.«

Erst als sie auf dem Rücksitz von Dirks Audi saßen und Stanko sich die aufgeklebte Narbe von seiner Wange entfernte, begriff er endgültig den Zusammenhang. »Na, das nenne ich mal einen Auftritt.«

Stanko lächelte flüchtig. »Alexander Frank, LKA Hamburg. Du hast dich gut gehalten. Hat jemand eine Idee, wer uns dazwischen gefunkt hat?«

Dirk schüttelte den Kopf. »Dafür habe ich meinen Partner. Ich habe komplett den Überblick verloren, den ich eigentlich auch nie hatte. Darum interessiert mich nur noch, wo ich heute Abend pennen kann.«

Prompt gähnte Christian.

Sven sah auf sein Smartphone. »Morgen früh müssen wir uns ernsthaft unterhalten. Bisher fehlen uns noch ein paar Informationen von dir, Christian, dazu kommt noch das, was wir dank Tom wissen. Es wäre Zeitverschwendung, nach Hause zu fahren. Ich bringe euch ins Hotel und stimme mich danach noch kurz mit Jörg ab.«

»Wer ist das?«, hakte Christian sofort nach.

»Der Boss von Bjarne, den du schon kennst. Morgen starten wir in Kiel und machen dann normal von Hamburg oder eher Ahrensburg aus weiter«, erklärte Sven.

Alexander brummte zustimmend. »Da stoße ich dann wieder zu euch. Ich müsste jetzt irgendwie an meinen Wagen rankommen. Ich will hier keinesfalls gesehen werden.«

»Ach? Und ich dachte, du willst zurück, weil deine Frau dich sonst umbringt …«

»Hör bloß auf. Das ist auch nicht ausgeschlossen. Rate mal, wie begeistert sie war, als ich sofort nach der Landung losgefahren bin. Immerhin weiß ich jetzt so halbwegs, was Dimitri vorhat. Von dem Gold kennt er Gerüchte. Ihm hat da mal jemand ein Foto gezeigt und er sollte sich melden, wenn ihm so ein Barren über den Weg läuft. Eine Verbindung zu Christian wegen des Goldes hat er nicht gezogen, aber ich bin nicht sicher, ob er da die Wahrheit gesagt hat. Angeblich geht's ihm nur darum, Zugriff auf den Polizeicomputer und die Asservatenkammer zu bekommen. Ich bin jedoch sicher, dass er nur ein relativ kleiner Fisch ist, und für jemanden arbeitet.«

Die Einschätzung verschlug Christian die Sprache. »Also mir hat er gereicht. Woran denkst du?«

»Weiß ich noch nicht. Ich denke jedoch, dass derjenige, der Dimitri angegriffen hat, hinter dir her war. Alles andere ergibt überhaupt keinen Sinn. Und das bedeutet, dass du und deine Schwester ab sofort von der Bildfläche verschwindet.«

Sven nickte und sah wieder auf die Uhr.

»Hast du noch irgendwas vor?«, erkundigte sich Christian anzüglich.

Statt der erwarteten humorvollen Antwort blieb Sven ernst. »Ich hatte mit einer Rückmeldung gerechnet und das gefällt mir nicht.«

Der Ton alarmierte Christian und er überlegte fieberhaft, was er vergessen haben könnte. »Was lag denn noch an?«

Dirk drehte sich zu ihm um. »Zum denkbar ungünstigsten Zeitpunkt gab es Bewegung an einem Haus an der Ostsee, in der Nähe von Großenbrode. Ein paar Freunde wollten sich dort umsehen und wir haben nichts mehr von ihnen gehört.«

»Was soll da sein?«

»Das wollten wir herausfinden. An dem Abend, als du Karls Haus beobachtet hast, sind wir den Möchtegern-Einbrechern bis dorthin gefolgt.«

»Und dann habt ihr sie verloren?«

»Ja. Beamte hatten die Straße überwacht, nachdem Daniel und Sandra weitergefahren waren, dennoch war das Haus leer, als die Kollegen zugegriffen haben. Wir haben keine Ahnung, wie das sein kann. Über die Besitzer haben wir nichts herausgefunden. Als uns heute am frühen Abend Aktivitäten auf dem Gelände gemeldet wurden, sind Freunde hingefahren, um sich umzusehen. Blöderweise waren wir, Tom und Daniel zu dem Zeitpunkt nicht mehr in der Nähe, sodass sie mit weniger Männern als üblich auskommen müssen.«

»Die SEALs? Amerikanische Soldaten werden auf deutschem Boden aktiv? Seid ihr verrückt geworden?«

Das Schweigen der Männer verriet ihm, dass er sich mit seinem Ausbruch gehörig in die Nesseln gesetzt hatte.

***

Mark Rawlins hatte keine Probleme mit gefährlichen Missionen, aber dieser Fall lag komplett anders und bereitete ihm Kopfzerbrechen. Sonst war es meistens die Aufgabe von Tom, das Gelände und die Umgebung aufzuklären. Heute hatten sie lediglich eine Drohne mit relativ kurzer Flugzeit und eingeschränkter Nachtsicht. Das alleine wäre kein Problem gewesen, viel schwieriger war es, die Situation einzuschätzen und zu bewerten.

Sie bewegten sich nicht am Rande der Legalität, sondern hatten die Grenze eigentlich schon überschritten. Mit Dirk oder Sven an ihrer Seite hätten sie eine Legitimation für ihre Aktion gehabt. Selbst Toms Anwesenheit hätte dank seines LKA-Ausweises genügt, um sich eine wackelige Rechtfertigung zu basteln.

»Wer sind diese Kerle?«, knurrte er und winkte ab, als Jake ihn lediglich ironisch ansah und sich dann wieder auf die Steuerung der Drohne konzentrierte.

Sie hatten ihre Fahrzeuge absichtlich ein Stück entfernt auf einem größeren Parkplatz abgestellt. Im Schutz einiger Bäume hatte Jake die Drohne gestartet, um ihnen einen Überblick über das letzte Haus in dieser Straße zu verschaffen. Die Bilder wurden parallel auf die Handys von Fox und Pat übertragen, die sich einige Meter entfernt am Strand aufhielten.

»Hey, Boss. Hier wird's langsam ungemütlich. Ein Typ hat schon dreimal nachgesehen, was wir hier machen. Langsam fallen wir auf.«

Jake verzog den Mund und war schneller als Mark. »Dann sorgt dafür, dass ihr unauffällig wirkt!«

»Und was stellst du dir vor? Soll ich so tun, als ob ich ein Date mit Fox habe, oder was?«

»Zum Beispiel«, erwiderte Mark.

Ein unterdrücktes Keuchen drang aus dem Kopfhörer, dann wurde der Befehl bestätigt.

»Das gefällt mir alles nicht«, stellte Jake überflüssigerweise fest. »Wenn du mich fragst, sind das Regierungsangestellte. BKA, Personenschützer, irgendwas in der Richtung. Wenn ich den Wärmesignaturen trauen kann, halten sich rund fünfzehn Personen abwechselnd im Haus oder im Garten auf. Warum ist da so viel Bewegung? Ich verstehe das nicht.«

»Kann die Drohne das Kennzeichen der schwarzen Limousine filmen?«

»Ich versuche es, aber das ist riskant.«

»Tu es«, befahl Mark.

Wenig später atmete Jake tief durch. »Es beginnt mit BD, dann folgt die Zahl 9. Mehr kann ich nicht erkennen. Es ist schon zu dunkel und wirklich schlauer bin ich damit auch nicht.«

Mark hielt bereits sein Smartphone in der Hand und rief Google auf. »Dienstfahrzeuge aus dem Innenministerium haben dieses Kennzeichen. Einen solchen Mercedes wird kein kleiner Angestellter fahren, dazu die Personenschützer ... Das gefällt mir nicht. Wir können kein Feuergefecht mit deutschen Polizisten riskieren.«

»Abbruch?«

»Nein. Ich will von allen Männern und Frauen in dem Haus Fotos haben. Und ich will wissen, wie es hinter dem Haus aussieht. Damit fangen wir an. Lass die Drohne höher steigen.«

»Hatte ich vor. Was willst du wissen?«

»Mir lässt es keine Ruhe, dass die Männer, die versucht haben, in Karls Haus einzubrechen, einfach verschwunden sind. Dass sie sich in Luft aufgelöst haben, schließe ich mal aus.«

Jake seufzte, als er auf sein Smartphone blickte. »Da ist was, aber ich kann nicht erkennen was.«

»Dann geh dichter ran!«

»Bin schon dabei. Ist dir denn klar, dass es eine Frage von Minuten ist, bis sie uns hier entdecken? Wie willst du die Personen unter den Umständen identifizieren? Hingehen und freundlich nach ihren Ausweisen fragen?«

»Sehr witzig.«

Jake verzog den Mund. »Ich hole den Vogel zurück, der Akku ist gleich hinüber.«

»Gut, wir ziehen uns zurück. Erst einmal. Treffpunkt ist der Parkplatz gegenüber von den Ferienhäusern.«

»Ein Glück, ich hatte schon Angst, dass Fox noch einen Striptease hinlegen muss«, erklang Pats Stimme aus dem Kopfhörer.

Obwohl es keinen Grund zum Lachen gab, musste Mark ein Grinsen unterdrücken. Die Sprüche des Iren waren wieder einmal unglaublich und lösten die Anspannung.

Auf dem Weg zu ihren Fahrzeugen nutzten Mark und Jake die Deckung der Büsche und waren überzeugt, dass niemand sie bemerkt hatte. Auch hinter dem Mercedes und dem Audi gab es einen dichten Bewuchs, sodass sie ihr Ziel ungesehen erreichten. Nur wenige Augenblicke später trafen Pat und Fox ein.

»Mit so viel Betrieb hätte ich hier nicht gerechnet. Jake, wie viele hast du gezählt?«, fragte Mark.

»Es bleibt bei ungefähr fünfzehn.«

»Das Ding ist ein stinknormales Ferienhaus, hat maximal drei Räume. Ich tippe auf ein konspiratives Treffen«, fügte Pat hinzu.

Fox verzog den Mund. »Eigentlich würde ich ihm zustimmen, aber ich vermisse das zweite repräsentative Fahrzeug. Der Daimler ist klar, aber der Rest ist eher Mittelklasse. A4, Opel Vectra.«

»Guter Punkt«, lobte Jake und sah auf sein Handy. »Ich glaube, ich habe was«, sagte er schließlich.

Die Köpfe der vier Männer stießen fast zusammen, als sie auf das Display blickten.

»Ein Boot am Ende der Steinmole. Das glaube ich jetzt nicht. Wieso habe ich das nicht gesehen?«, überlegte Pat laut.

»Weil es steingrau und damit perfekt getarnt ist, ohne die Restwärme der Maschinen wäre es mir auch entgangen.«

Mark betrachtete nachdenklich einen VW-Bus, der etliche Meter entfernt stand. Das Fahrzeug war ihm schon aufgefallen, als sie eingetroffen waren. Bisher hatte sich dort niemand gezeigt. Vermutlich saß der Fahrer mit seinen Begleitern in einem der Ferienhäuser und genoss den Abend am Meer. Es war unwahrscheinlich, dass der Wagen heute noch einmal bewegt wurde.

»Vermutlich sind sie auch nach dem versuchten Einbruch mit dem Boot verschwunden. Unser Ziel ist klar. Ich will wissen, wer sich in dem Haus trifft. Fotos sind die Minimalanforderung, wenn jemand was von den Gesprächen aufschnappt, umso besser. Kein Schusswaffengebrauch außer im absoluten Notfall.«

»Reicht es, dass die Gefahr besteht, Handschellen verpasst zu bekommen?«, erkundigte sich Pat prompt.

»Natürlich nicht. Der Einsatz ist übrigens absolut freiwillig. Ich habe vollstes Verständnis, wenn euch das Risiko zu groß ist. Wir sind nicht offiziell hier und werden es nie gewesen sein.«

Pat kniff die Augen zusammen. »Wenn wir den Scheiß nicht klären, hat Tom doch exakt null Aussichten auf sein altes Leben, oder übersehe ich da was?«

»Nein, das ist so.«

»Und warum stellst du dann so dämliche Fragen?«

»Verdammt, Pat! Arbeite an deinem Ton gegenüber Mark!«, fuhr Fox den Iren an.

»Wieso? Wir sind doch nicht offiziell hier. Was ich in meiner Freizeit mache, geht dich gar nichts an. Wie sieht der Plan aus, Boss?«

Vergeblich bemühte sich Mark, ernst zu bleiben. Dass Jake unterdrückt lachte, half ihm wenig. »Ich dachte an eine Aufklärung aus vier Richtungen. Dicht genug beieinander, dass man sich zur Not unterstützen kann.«

Pat rieb sich übers Kinn. »Einer von rechts, einer von links, einer von vorne. Hinten ist das Meer. Macht dann insgesamt drei. Was übersehe ich?«

Mark deutete auf den VW-Bus. »Wo ein Surfbrett ist, dürfte noch mehr Ausrüstung sein. Ich nehme mir erst das Boot vor und arbeite mich dann ans Haus ran.«

Fox atmete tief durch, verzichtete aber auf jede Diskussion. »Dann sehe ich mal nach, was ich in dem Bus für dich finde, Boss.«

Der SEAL musste nicht einmal das Fahrzeug aufbrechen, sondern wurde in einer großen Metallkiste fündig, die am Heck befestigt war. Wenig später lagen zwei Neoprenanzüge mit passenden Schuhen, ein wasserdichter Rucksack und sogar ein Set mit Signalraketen neben Marks Audi. Mit Flossen wäre die Auswahl beinahe perfekt gewesen.

Pat hielt den einen Anzug hoch. »Verdammt, der gehört einer Frau, und zwar einer kleinen, schlanken.«

Mark nahm den anderen. »Der passt mir.«

»Das ist mir klar, aber ich habe ein mieses Gefühl, wenn du dir das Boot alleine vornimmst. Außerdem wird der Schwimmausflug ohne Flossen verdammt anstrengend.«

»Ich komm klar.«

»Schon, aber ...«

»Vergiss es, Pat. Notier dir mal das Kennzeichen von dem Bus. Irgendwie müssen wir dem Besitzer später eine Entschädigung zukommen lassen.«

Jake wartete, bis sich Fox und Pat ein paar Meter entfernt hatten. »Ich gebe es nur ungern zu, aber der Ire hat recht. Mir gefällt es auch nicht, dass du dir das Boot alleine vornehmen willst. Wir wissen nicht einmal, wie groß der Kahn ist.«

»Es muss dir auch nicht gefallen. Da es keine Alternative gibt, machen wir es so, wie ich gesagt habe.«

Mit mehr Schwung als erforderlich verstaute Jake die Drohne im Kofferraum. »Ist ja gut. Ehe du es noch als Befehl formulierst … Die Headsets sind wasserdicht. Bevor ich mir die Vorderseite vornehme, installiere ich bei dem Papiercontainer etwas, das laut kracht und qualmt. Wenn du Probleme bekommst, sag es. Wir inszenieren dann ein kleines Ablenkungsmanöver.«

Kapitel 33

Mark hatte die Wahl zwischen einer längeren Schwimmstrecke oder einer ungemütlichen Art und Weise, sich dem Meer zu nähern. Er entschied sich für die zweite Variante. Da der Strand weithin einsehbar war, wie Pat und Fox zuvor hatten feststellen müssen, robbte er über den Sand auf das Meer zu. Das letzte Stück war mit Steinen übersät, aber sie hatten schon schlechtere Einsatzbedingungen gehabt. Das Wasser war kühl, als Mark sich hineingleiten ließ, aber durch den Anzug würde ihm nach dem ersten Kälteschock schnell wieder warm werden. Lautlos schwamm er mit regelmäßigen Kraulschlägen zunächst einige Meter hinaus und änderte dann seinen Kurs, um sich parallel zum Ufer fortzubewegen. Seine einzige Orientierungsmöglichkeit waren die Straßenlaternen, die bereits ein ganzes Stück entfernt waren.

Die Strecke zu seinem Ziel konnte er nicht abschätzen. Mittlerweile war es so dunkel, dass selbst das Haus nur noch ein schemenhafter Umriss war. Von dem Boot war nichts zu sehen. Wieso brannte an Bord kein Licht? Zumindest die grünen und roten Positionsleuchten waren Pflicht. Hatten sie sich geirrt und er stieß auf eine menschenleere Jacht? Dagegen sprach sein Gefühl.

Langsamer als zuvor schwamm er weiter. Immer noch kein Zeichen von dem Boot. Es konnte sich doch nicht in Luft aufgelöst haben! Leider bestand eine gewisse Wahrscheinlichkeit, dass er es verfehlt hatte. Das Salzwasser brannte in seinen Augen und minderte sein Sehvermögen noch mehr. Mark hätte einiges dafür gegeben, auf ihre übliche Ausrüstung zugreifen zu können, die unter anderem eine Schwimmbrille mit Nachtsicht beinhaltete. Angespannt lauschte er und hörte ein leises Plätschern, das ungewöhnlich klang. Lautlos schwamm er auf das Geräusch zu. Die dicke Gummiwulst erkannte er erst, als er mit der Hand dagegen stieß.

Mark hielt sich an der Außenwand des Schlauchbootes fest und atmete tief durch. Das wäre fast schief gegangen. Vorsichtig bewegte er sich weiter entlang des Beibootes und erreichte eine Schwimmplattform. Jake hatte nicht übertrieben. Die Farbe der Jacht machte sie beinahe unsichtbar. Mark glaubte keine Sekunde daran, dass diese Lackierung zufällig gewählt worden war.

Leise Stimmen drangen an sein Ohr. Angestrengt starrte er in die Dunkelheit, dann riskierte er es, auf die Plattform zu klettern. Die Lichtverhältnisse waren so schlecht, dass er nicht sicher war, ob sich außer ihm noch jemand an diesem Ort aufhielt. Als ob er es gedanklich herbeigerufen hätte, kam der Mond hinter ein paar Wolken hervor. Sofort konnte er besser sehen. Die Plattform war leer, aber genau über ihm beugte sich ein Mann über die Reling, blickte jedoch zum Glück auf den Horizont.

Mark rollte sich blitzschnell mehrmals um die eigene Achse und presste sich gegen die Wand. Hier war er vor Blicken geschützt und hatte die Leiter aufs höhergelegene Deck neben sich.

»Der ganze Aufwand ist übertrieben. Es würde doch reichen, die Mole zu bewachen.«

»Mensch, genieß den Abend auf See und hör mit deinem Gemecker auf!«

»Ich würde lieber mit meiner Frau vorm Fernseher hocken … Was meinst du, wie lange die noch sabbeln?«

»Bin ich Hellseher, oder was?«

Schritte entfernten sich.

Mark riskierte es, die Leiter hochzuklettern. Zur Not konnte er immer noch ins Wasser springen und niemand würde je erfahren, wer der heimliche Besucher gewesen war.

Unerwartet drang Pats Stimme aus dem Ohrstecker. »Nur Wachposten, die sich langweilen. Das Haus ist leer. Wiederhole. Leer. Sämtliche Zimmer eingesehen, alles dunkel.«

»Tja, dann hat unser Boss wohl mal wieder richtig gelegen, und die sind alle auf dem Boot. Wir gehen an den Strand runter und warten auf dich«, teilte Jake ihm mit.

Den Kopf in den Nacken gelegt, sah Mark auf das Oberdeck. Das Boot war länger und wesentlich größer als erwartet. Wo mochte die Besprechung stattfinden? Jeder Jachtbesitzer, der was auf sich hielt, würde nicht auf den Meerblick verzichten. Damit standen die nächsten Punkte fest: Den Wachposten ausweichen und durch jedes Fenster oder Bullauge blicken. Das sollte machbar sein. Zweimal musste er sich hinter Aufbauten verbergen, um Wachen auszuweichen, dann hatte er das Deck umrundet, aber keinen Hinweis auf die Besucher des Schiffs gefunden.

Er sprintete die Treppe zum Oberdeck hinauf und musste sich erneut hinter einem Kasten verstecken, um einen Wachposten passieren zu lassen. Wenn er in diesem Bereich nicht fündig wurde, hatte er ein Problem. Mark schlich den breiten Gang entlang und spähte in jedes

Fenster. Nichts. Schließlich erreichte er den Bug des Schiffes. Vor ihm befand sich eine weitere Sonnenterrasse, über ihm nur noch die Brücke mit dem Steuerstand.

Nachdenklich betrachtete er den Bereich. Wenn er sich nicht sehr täuschte, war unter der Brücke ein Salon, dessen Panoramascheiben einen ungehinderten Blick auf die Ostsee ermöglichten. Aus dem Inneren drang kein Licht, was auf eine spezielle Verglasung hindeutete, die wie ein Einwegspiegel wirkte. Wenn das stimmte, war es zu riskant, dort vorbeizuschleichen, und vor allem würde er nicht ins Innere sehen können.

Ein lautes Knacken ertönte in seiner Nähe, dann ein scharrendes Geräusch. Vorsichtig spähte Mark ein zweites Mal um die Ecke herum. Perfekt. Jalousien waren an den Scheiben hochgefahren und ein schwacher Lichtschein drang jetzt nach außen. Keine Spezialverglasung, sondern ein Sichtschutz. Jetzt sollte ein Blick auf die, die sich im Inneren aufhielten, drin sein, vielleicht sogar noch mehr. Er holte sein Smartphone aus dem Rucksack und aktivierte die Kamera-App. Nachdem er einen Schritt nach vorne getreten war, erkannte er drei Männer und eine Frau, die an einem runden Tisch saßen. Keiner der Anwesenden kam ihm bekannt vor.

Mark schoss einige Aufnahmen und verstaute das Smartphone wieder im Rucksack. Mehr würde er nicht erreichen. Es war höchste Zeit, zu verschwinden.

Er wandte sich ab und erstarrte. Ein Wachposten kam direkt auf ihn zu und konnte ihn nicht verfehlen.

»Halt! Wer ...?«

Mark flankte über die Reling und landete sicher auf

dem darunterliegenden Deck. Ein Schuss wurde abgegeben, verfehlte ihn jedoch deutlich. Er hechtete erneut über das Geländer. Ehe er ins Wasser eintauchte, schrammte etwas glühend heiß über seinen Oberschenkel.

Scheinwerfer durchbrachen die Dunkelheit. Mark tauchte tiefer hinab und versuchte gleichzeitig, die Entfernung zur Jacht zu vergrößern.

Als er auftauchen musste, wurde er im nächsten Moment von einem grellweißen Licht geblendet. Der Motor des Schlauchbootes wurde gestartet. Es reichte für zwei schnelle Atemzüge, dann musste Mark sich wieder unter Wasser in Sicherheit bringen. Er hörte, dass Gewehre abgefeuert wurden, konnte aber nicht sehen, wie dicht die Schützen an ihm dran waren. Nur eins stand fest: Er hatte ein ernsthaftes Problem und keine Idee, wie er den Wettlauf gegen die Scheinwerfer und das Beiboot ohne vernünftige Tauchausrüstung oder wenigstens Flossen gewinnen sollte.

Da seine Gegner erwarten würden, dass er zum Strand flüchtete, schlug er die entgegengesetzte Richtung ein. Damit entfernte er sich von den Ferienhäusern und möglicher Hilfe durch seine Männer, aber das riskierte er. Der Wellengang hatte zugenommen und erschwerte ihm das Tauchen. Nach einigen Schwimmzügen drehte er sich auf den Rücken und erschrak. Er war noch viel zu dicht an der Jacht. Die Strömung trieb ihn zurück und ohne Flossen konnte er den Kampf gegen die Elemente nicht gewinnen. Es war eine Frage von wenigen Sekunden, bis er wieder in Reichweite der Scheinwerfer war. Wenn das geschah, hatte er ein ernsthaftes Problem. Seine Gegner waren darauf aus, ihn zu töten, das hatten sie schon mit ihren Schüssen bewiesen.

»Mark?«, hörte er plötzlich Jakes Stimme.

Das Motorengeräusch des Schlauchbootes würde seine leise Stimme übertönen. »Ich wollte nördlich von dem Boot wegschwimmen. Das klappt nicht. Zu starke Strömung.«

»Ich habe deine Position auf dem Display. Schwimm einfach aufs offene Meer hinaus. Wir fischen dich raus.«

»Wie ... Ach so, mein Handy?«

»Klar. Du klingst angeschlagen.« Eine deutliche Frage schwang in der Feststellung mit.

»Nur ein Kratzer.«

»Halte einfach durch und dich von den Idioten fern.«

Das war leichter gesagt, als getan, dennoch bestätigte Mark die Forderung und schwamm in langsamen Schwimmzügen weiter aufs offene Meer hinaus. Aus dem Pochen in seinem Oberschenkel wurde nach kurzer Zeit ein heftiger Schmerz, den er verdrängte.

Das Geräusch des Schlauchbootes wurde lauter. Mark drehte sich erneut auf den Rücken und fluchte. Die Jacht lag weit hinter ihm, aber das Beiboot kam auf ihn zu. Wie konnte das sein? Hatten die Mistkerle Wärmescanner? Dann hatte sich sein Problem gerade verschärft.

»Jake?«

»Ich sehe es«, gab sein Freund zurück. »Wir arbeiten dran. Drei Minuten, Mark. Die musst du durchhalten.«

»Kein Problem«, gab er lässig zurück, obwohl er sich keineswegs sicher fühlte, das zu schaffen.

Unter Wasser konnten sie es vergessen, ihn ausfindig zu machen. Mark schwamm einige Meter knapp unter der Oberfläche und sah sich dann wieder um. Es funktionierte. Das Schlauchboot dümpelte auf den Wellen. Vermutlich suchten sie ihn vergeblich.

Im Licht der Scheinwerfer erkannte er, dass das Boot drehte und wieder Kurs auf ihn nahm.

Mark tauchte und änderte die Richtung. Als er wieder Luft holen wollte, durchfuhr ihn ein Krampf im verletzten Oberschenkel. Er unterdrückte einen Schmerzlaut, schluckte jedoch Wasser. Verdammt. Vernünftige Schwimmzüge konnte er so vergessen. Er musste froh sein, wenn er sich in dem Zustand über Wasser halten konnte. Auf dem Rücken treibend ließ er das Boot nicht aus den Augen. Noch hatten sie ihn nicht ausfindig gemacht. Angespannt lauschte er, als er ein Rauschen hörte, das er nicht einordnen konnte.

»Halt dich bereit, Mark. Du musst verdammt schnell sein«, forderte Jake plötzlich.

Mark wollte ihn gerade anfahren, dass sein Freund sich gefälligst deutlicher ausdrücken sollte, da wurde das Rauschen lauter, hinzukam nun noch ein Knarren. Irgendetwas war dicht vor ihm.

Einen Moment lang sah Mark nur einen weißen Schatten, dann erkannte er, dass es sich um einen Windsurfer handelte, dessen Board sich nach einer eleganten Wende direkt vor ihm befand.

»Hoch mit dir«, befahl Pat.

Mark zog sich bäuchlings aufs Board, achtete dabei darauf, den Iren nicht aus dem Gleichgewicht zu bringen, und hielt sich an den Seiten fest.

Pat drehte das Segel wieder in den Wind und sie flogen förmlich über die Wasseroberfläche.

Mark hörte noch einen irritierten Ruf aus Richtung des

Schlauchbootes, dann genoss er die Geschwindigkeit. Der Ire hatte wieder einmal sein unglaubliches Gespür für Wind und Wellen unter Beweis gestellt.

»Hat Jake dich dirigiert?«, rief Mark ihm zu.

»Ja. Das war der reinste Blindflug, aber hat ja geklappt. Halt dich fest, ich muss noch eine Halse fahren, um unser Ziel zu erreichen.«

»Lass dir Zeit. Ist zwar etwas unbequem, aber hat was.«

Ihr Lachen schallte übers Wasser.

Als sie das flache Wasser erreichten, gab Marks Bein unter ihm nach. Fluchend hielt er sich am Surfbrett fest. Mit Pats Hilfe schaffte er es an Land und ließ sich in den Sand fallen.

Pat zog das Brett und das Segel an den Strand. »Schaffst du es bis zum Wagen?«

Mark biss die Zähne zusammen, nickte und rappelte sich hoch. »Himmel, Boss. Ich meinte mit meiner Hilfe und nicht alleine. Du bist doch echt …«

Den Rest schluckte Pat klugerweise hinunter. Erst als sie den Strand verlassen hatten, erkannte Mark, wo sie sich befanden: ein paar Kilometer von dem letzten Ferienhaus entfernt an der Promenade des kleinen Ortes. Einige Kneipen waren noch geöffnet und Spaziergänger unterwegs. Niemand würde es wagen, sie hier anzugreifen. Der Ort war verdammt gut gewählt, denn viel länger hätte Pat ohne vernünftige Ausrüstung kaum durchgehalten. Der Ire zitterte bereits vor Kälte.

Ein Mann bot seine Hilfe an.

»Vielen Dank, ist nicht nötig. Er ist nur böse umgeknickt«, wehrte Pat ab.

»Sie haben ja gar keinen Anzug an«, wunderte sich der hilfsbereite Passant.

»War ja nur ein kurzer Trip, da lohnt sich der nicht.«

Der Audi und der Mercedes parkten verbotenerweise auf einem Behindertenparkplatz nur wenige Meter entfernt. Pat öffnete ihm die Tür und lief dann zum Daimler. Mark ließ sich auf den Beifahrersitz fallen und schloss die Augen. Das war knapp gewesen. Zu knapp.

»Fahr los«, befahl er Jake, der ihn prüfend ansah.

»Du blutest stark. Krankenhaus?«

»Nein, eine ruhige Ecke, um einen Verband anzulegen. Ist nur ein Kratzer.«

Jakes missmutiges Brummen interpretierte er als Zustimmung.

An einem Parkplatz an der Bundesstraße Richtung Heiligenhafen stoppte Jake den Audi. Während Pat bereits wieder trockene Kleidung trug, hatte Mark Probleme, den Neoprenanzug auszuziehen. Schließlich verlor er die Geduld und schnitt ihn sich mit seinem Kampfmesser vom Leib. Prompt begann die Wunde heftig zu bluten.

»Verdammt, Mark. Und das nennst du einen Kratzer?«

Jake presste ein Handtuch auf die Wunde, die zugegebenermaßen tiefer war, als Mark gedacht hatte.

»Das muss genäht und ordentlich behandelt werden.«

»Geht nicht. Unser Doc ist in Kiel. Viel wichtiger sind die Fotos. Die müssten schon in der Cloud sein, schick die Aufnahmen an Sven. Ich will wissen, wer sich da getroffen hat und wieso offizielle Personenschützer bei so einem Feuergefecht mitgemacht haben.«

Verdammt, er hatte sich nicht danach erkundigt, was die anderen herausgefunden hatten. Er wollte gerade nachhaken, als Fox mit einem trockenen Jogginganzug und einem Verbandskasten an den Wagen herantrat. Er verband die Wunde und wechselte dabei über Marks Kopf hinweg einen Blick mit Jake.

»Was immer ihr vorhabt: Vergesst es.«

»Keine Ahnung, was du meinst. Ich wollte nur die Fotos an Sven mailen und dich zu ein oder zwei Ibus überreden.«

Mark würgte die Tabletten mit etwas Wasser herunter und lehnte sich zurück. Er würde es niemals zugeben, aber die Schmerzen hatten es in sich. »Ab nach Hause. Für heute Nacht reicht es.«

»Da sind wir ausnahmsweise mal einer Meinung, Boss«, erwiderte Fox und wandte sich wortlos ab.

Kopfschüttelnd sah Mark ihm nach und schloss die Augen. »Weck mich, wenn wir da sind.«

»Sicher.«

Irgendwas an Jakes Ton störte ihn, aber er kam nicht mehr dazu, nachzufragen. Eine tiefe Müdigkeit senkte sich über ihn.

Ein fester Griff an seiner Schulter weckte ihn.

»Verdammt, euch kann man echt keinen Tag alleine lassen. Das sieht übel aus. Ich muss mir das oben ansehen.«

Die Stimme kannte er. Daniel. Wo kam der denn her?

Er fuhr hoch, wurde aber sofort zurückgedrückt. »Sekunde noch, Boss. Ich will erst …«

Mark stieß ihn einfach zurück. »Vergiss es. Mir geht es gut. Und ich will ganz bestimmt nicht, dass du …«

»Sekunde, Daniel. Überlass das einfach mir. Mir hat er

nichts zu sagen.«

Mark stutzte. »Jan? Was machst du denn hier?«

»SEALs Vernunft beibringen.«

»Damit meinst du hoffentlich nicht mich!«

»Wenn du mich so fragst … Doch. Der Blutverlust ist beachtlich, und die Wunde viel zu tief. Von alleine wächst das nicht zusammen. Entweder du lässt dir von uns helfen, ins Hotelzimmer zu kommen, und wir verarzten dich dort, oder ich rufe einen Rettungswagen und du kannst denen erklären, woher die Schussverletzung stammt. Die deutschen Meldepflichten kennst du ja wohl.«

»Das würdest du nicht wagen!«

»Willst du es drauf ankommen lassen?« Jan wartete keine Zustimmung ab, sondern nickte Daniel zu. »Los, Doc. Fass mit an. Wenn wir ein weiteres Mal den Hintereingang und den Lastenaufzug nehmen, schaffen wir es ungesehen bis in dein Zimmer.«

Mark wusste, wann er verloren hatte, und er war ehrlich genug, sich einzugestehen, dass die Ärzte nicht völlig falschlagen. Die Schmerzen zogen mittlerweile durch den gesamten Körper und er fühlte sich ungewohnt schwach.

Eine halbe Stunde später war die Wunde genäht. Egal, was er ihnen angedroht hatte, die Mediziner ließen sich nicht davon abbringen, ihn an einen Tropf zu hängen. Mit Daniel und Jan wäre er vielleicht noch fertig geworden, aber gegen Jake, der jeden Handgriff mit vor der Brust verschränkten Armen beobachtete und ihn mit drohenden Blicken bombardierte, hatte er keine Chance. Normalerweise hätte er die professionelle Behandlung durch zwei Ärzte gewürdigt, aber das galt nicht, wenn er der Patient war. Auch wenn ihm die Notfallausrüstung der Männer das Krankenhaus ersparte, hielt sich seine Dankbarkeit in engen Grenzen, war praktisch nicht existent. Schließlich heilte eine derartige Schramme auch von alleine.

Als Daniel endlich zufrieden war, trat der Teamarzt mit einem fiesen Gesichtsausdruck zurück und zeigte Jan das Daumen-Hoch-Zeichen. »Jederzeit wieder, Jan. Zu zweit macht es doch gleich doppelt so viel Spaß.« Er wandte sich wieder an Mark. »Gute Nacht, Boss. Morgen müsstest du wieder gehen können. Wir gehen dann jetzt auch mal …«

»… in die Bar«, ergänzte Jan unnötigerweise.

»Kommst du mit Jake?«, lud Daniel ihn ein.

»Logisch. Nur noch eine Sekunde.« Ehe Mark es verhindern konnte, hatte Jake sich das Smartphone vom Nachttisch geschnappt und grinste ihn spöttisch an. »Nur, damit dich auch ja niemand stört.«

Er würde sie erschießen. Alle. Bevor er sein Vorhaben verkünden konnte, schlief er bereits.

Kapitel 34

Christian blickte sich unbehaglich um. Besonders wohl fühlte er sich nicht. Und das lag nicht an dem Besprechungsraum des Hotels, der mittlerweile durch die Bierflaschen, Snacks und kalten Platten sogar etwas Gemütliches hatte. In einer Ecke lag ein Haufen Jacken, auf einem Tisch Munitionsschachteln und Ausrüstungsgegenstände wie Nachtsichtgeräte und GPS-Sender. Wofür die gebraucht werden sollten, war ihm ein Rätsel. Ein Notebook war mit einem Whiteboard verbunden, sodass er die Aufstellung von Zahlen bequem lesen konnte – die ihm allerdings nichts sagte.

Wenn wenigstens Tom hier gewesen wäre! Stattdessen kannte er von den meisten Männern gerade mal den Namen, konnte sie aber nicht einschätzen. Dirk und Sven, die Hamburger Polizisten, saßen etwas abseits und redeten leise miteinander. Als er näher trat, schüttelte er den Kopf. Es ging um ein Spiel von Dirks Lieblingsverein, der wieder einmal in letzter Sekunde verloren hatte. Großartig. Das half ihm weiter!

Von den Kieler Polizisten waren Markus und Bjarne anwesend. Beide interessierten sich mehr für ihre Handys als für die offenen Fragen bei ihren Ermittlungen. Noch großartiger!

Blieben nur noch die Amerikaner, die zu Toms Team gehörten, und um die er lieber einen Bogen machte. Sie redeten entspannt mit Jan, einem braunhaarigen Mann, dessen Rolle er nicht begriff. Der war Deutscher und anscheinend Arzt – oder doch Offizier bei der Bundeswehr? Auf jeden Fall beneidete Christian Jan dafür, dass er so locker mit den SEALs umging. Selten hatte er sich so fehl am Platz gefühlt. Niemand hatte ihn kritisiert, dennoch spürte er, dass sie ihm die Schuld gaben. Woran wusste er nicht so genau, vermutlich an allem, inklusive Karls Tod. Das konnten sie sich sparen, denn das tat er schon selbst.

»Hey, willst du ein Bier? Du siehst aus, als wenn du eins gebrauchen könntest.« Der rothaarige SEAL hielt ihm eine geöffnete Flasche hin.

»Danke, Pat. Richtig?«

»Ja. Lass mich raten, du fühlst dich wie eine Jungfrau im Bordell.«

Der Vergleich war so absurd, dass Christian lachen musste. »Passt.«

»Dachte ich mir. Ist Pech für dich, dass dein alter Kumpel ausgeknockt ist. Sonst wäre es leichter. Wir kennen uns alle schon ziemlich lange.«

»Das merke ich. Und es freut mich ja auch, dass ihr es euch hier gemütlich macht. Aber ist das nicht reine Zeitverschwendung?«

»Sagt das derjenige, der in einigen Monaten nicht so viel erreicht hat, wie wir in ein paar Tagen?«, fragte jemand, der direkt hinter ihm stand.

Christian drehte sich um. Der Riese stand hinter ihm oder eher: ragte über ihm auf. Mit zwei Metern und reichlich Muskelbergen erinnerte Fox ihn an Conan den Barbaren.

Er räusperte sich und zwang sich dazu, nicht zurückzuweichen. Stattdessen hob er grüßend sein Bier. »Perfekte Zusammenfassung des aktuellen Status. Hast du dabei auch bedacht, dass ich völlig alleine war? Wenn ich die Anwesenden durchzähle, komme auf eine höhere Zahl als eins. Aber wenn du so schlau bist, verrätst du mir, auf was wir warten?«

Fox' Mundwinkel bewegten sich minimal nach oben. »Auf Jörg. Danach geht's hier rund. Also genieß die Atempause. Ich könnte mir vorstellen, dass der eine oder andere danach noch Fragen an dich hat.«

»Ich hätte auch noch eine. Wer ist der Deutsche, der sich so gut mit Daniel und Jake versteht?«

Pat grinste von einem Ohr zum anderen. »Ein ganz normaler Landarzt, den wir adoptiert haben.«

»Das macht doch keinen Sinn«, widersprach Christian.

Markus und Bjarne kamen zu ihnen und hatten die letzten Sätze gehört. Während Bjarnes Aufmerksamkeit weiter seinem Handy galt, sah Markus ihn freundlich an. »Von wegen, ihr habt ihn adoptiert. Davon abgesehen, dass er dich dafür ganz schön fertig machen würde, gehört er zu uns! Jan hat uns, also dem Kieler LKA, schon einige Male geholfen und gehört einfach dazu. Außerdem sind er und Jörg beste Kumpel. Du schuldest mir übrigens was.«

»Weshalb?«

»Unser Auftritt heute Abend ist geplatzt. Beim Nachholtermin kannst du uns unterstützen. Entweder Verstärker aufbauen oder auch in die Saiten hauen. Das klären wir noch. Hat er sich jetzt endlich gemeldet?«

Mit Verspätung begriff Christian, dass die Frage wieder Bjarne galt.

»Ja. Jörg parkt gerade vorm Hotel ein«, erklärte Bjarne.

Nur ein paar Minuten später erkannte Christian die Stimmung in dem Raum nicht wieder. Das Notebook sollte anscheinend abwechselnd von Jake, Jörg und Sven bedient werden, da die drei gemeinsam an einem Tisch saßen.

Dirk stand neben dem Whiteboard und moderierte das Gespräch mit einer Bierflasche in der Hand, aber ansonsten hoch konzentriert.

Nach einigen einleitenden Worten, die für Christian nicht neu waren, ging es direkt zur Sache.

Jake zeigte auf dem Board einige Fotos. Obwohl sie leicht verschwommen waren, konnte man die Gesichter gut erkennen. Lediglich einer der Männer kam Christian bekannt vor.

»Das sind die Teilnehmer von dem Treffen auf der Jacht. Ehe ich auf die Namen eingehe, die wir kennen, etwas zu den Umständen. Einen Wagen konnten wir dem Innenministerium zuordnen, von dem Kennzeichen haben wir nur Fragmente, aber der Wagentyp, eine Mercedes E-Klasse, deutet auf einen Beamten mindestens im Rang eines Staatssekretärs hin. Der Kripo in Neustadt wurde ein Schusswechsel gemeldet. Dieser wurde von Personenschützern des BKA bestätigt, die jedoch keine Angaben zu der Person gemacht haben, die sie geschützt haben. Sie haben lediglich ausgesagt, dass die Schüsse von einem privaten Sicherheitsdienst abgegeben worden sind, um einen terroristischen Angriff abzuwehren. Besonders glücklich soll der Beamte darüber nicht gewesen sein.«

Christian trat näher an die Fotos heran. »Das sind dann die, die hinter dem versuchten Einbruch bei Karl stecken. Also die, die hinter dem Gold her sind. Richtig?«

Sven nickte. »Ja, genau.«

»Wer sind die? Wieso Innenministerium?«

»Das wissen wir noch nicht sicher. Zwei der Männer konnten wir mit einer einfachen Bildsuche über Google identifizieren. Das sind einflussreiche Vertreter zweier Parteien. Einmal einer bürgerlich rechten und einer relativ neuen und sehr weit rechten.«

»Regierungspartei und Newcomer«, übersetzte Christian. »Schon allein, dass die beiden Männer an einem Tisch sitzen, ist ein Skandal. Und zu wem gehören die Leibwächter? Also die, die geschossen haben?«

Mit der Maus zog Jake einen Kreis um die Frau. »Zu ihr. Und wir wissen nicht, wer sie ist. Noch nicht. Der dritte Mann arbeitet im Innenministerium. Zu ihm gehören die offiziellen Personenschützer, die sich an der Treibjagd auf den angeblichen Terroristen übrigens ausdrücklich nicht beteiligt haben.«

»Ich habe den schon mal irgendwo gesehen, ich weiß nur nicht wo«, murmelte Christian leise.

Dirk beugte sich vor. »Ich hätte nichts dagegen, wenn es dir wieder einfällt.«

Christian hob entschuldigend die Hände und zermarterte sich gleichzeitig sein Gehirn.

Jake klickte die Fotos weg. »Interessant sind noch die Jacht und auch der Treffpunkt. Wir tippen darauf, dass die Frau aus Dänemark gekommen ist. Und so ein Kahn in der Größe kostet irre viel Geld, dazu noch die Söldner … Da reden wir über hohe sechsstellige Beträge.« Der SEAL sah Christian an. »Und dennoch scheinen sie Geld zu brauchen und jagen dem Gold hinterher.«

Sven stand auf und stellte sich neben Dirk. »Damit hätten wir eine der Parteien. Und das im wahrsten Sinne des Wortes, denn wie mein geschätzter Partner schon ausgegraben hat, floss oder fließt das Gold über Umwege zu gewissen politischen Parteien. Und zwar nicht nur das Gold, sondern auch Geld von Schweizer Nummernkonten.«

»Was ist das für Geld?«, fragte Fox und kam Christian damit zuvor.

»Wir sind nicht ganz sicher«, begann Dirk. »In einigen Fällen konnten wir eine Verbindung zur Raubkunst herstellen. Das heißt, dass Nazis Juden Kunst abgejagt und versilbert haben. Das Geld haben sie dann im Ausland in Sicherheit gebracht.«

»Und das liegt da noch?«, platzte Pat heraus.

Dirk nickte. »Ja. Und es wird noch drauf zugegriffen. Auch da reden wir über hohe sechsstellige Summen. Ich konnte einige verfolgen und bin wieder bei Parteien gelandet. Ratet mal, welche … Den nächsten Teil des Abends übernimmt Jörg.«

Der Kieler Polizist lächelte Christian zu, ehe er Sven ablöste. »Ich habe nicht ganz so spektakuläre Erkenntnisse zu bieten und vor allem hat Christian die Basis dazu geschaffen. Es gibt seit Monaten oder Jahren Gerüchte, dass Dinge aus der Asservatenkammer verschwinden. Drogen waren nie ein Thema, aber Waffen, Bargeld und vor allem Kunstgegenstände. Nachdem man einige Beamte erwischt hatte, die einen schwungvollen Handel mit Waffen aufgezogen hatten, dachte man, man hätte das Loch gestopft. Aber es gab einen Kommissar, der nicht daran glaubte. Christian, übernimm du.«

»Ähm. Ja, klar. Also … Mein damaliger Boss war eigentlich fürs Betrugsdezernat zuständig und hat sich wahnsinnig für Kunst interessiert, vor allem Gemälde, mit denen ich nichts anfangen konnte. Ihm ist aufgefallen, dass bei der vermeintlichen Klärung der verschwundenen Asservate die Kunstgegenstände völlig außer Acht gelassen worden waren. Außerdem wurden die Gegenstände von den überführten Beamten alle am Körper rausgeschmuggelt. Das war bei Statuen und Bildern, die ebenfalls verschwunden sind, nicht möglich. Ganz im Gegenteil, eine Maske, die der Zoll sichergestellt und bei uns verwahrt hat, wog so viel, da hätte man drei Mann zum Tragen gebraucht.«

»Die brauchten Hilfe und waren top organisiert«, meinte Pat.

»Genau. Das dachte sich mein Chef auch. Wir haben aus der Videoüberwachung, den Besuchsprotokollen und einigen anderen Quellen einen Kreis von Verdächtigen ermittelt. Es zeichnete sich schnell eine Gruppe von Personen ab, die alle eins gemeinsam hatten: Sie brauchten Geld. Die Gründe waren total unterschiedlich, eine teure Scheidung, sich beim Hausbau übernommen, Spieler … Das war dann unser Ansatzpunkt. Ich wollte ins gleiche Muster passen, damit mich jemand anspricht. Wir haben an einer Legende gebastelt und ich habe losgelegt. Da wir nicht sicher waren, wer wo an dem Mist beteiligt ist, haben wir das Ding alleine durchgezogen oder vielmehr wollten es gemeinsam durchziehen.« Christian schluckte hart und trank von seinem Bier. »Keine Ahnung, was schief gelaufen ist oder mit wem Reiner gesprochen hat. Es gab einen Verkehrsunfall, bei dem er und seine Frau ums Leben gekommen sind. Danach habe ich alleine weitergemacht.« Er geriet ins Stocken. »Nicht ganz alleine. Karl, Toms Großvater und mein Nachbar. Wir kamen eines Abends ins Gespräch.« Er musste lächeln, als er sich an die Situation erinnerte. »Nun, das stimmt eigentlich nicht ganz. Er passte mich vor meinem Haus ab und hielt mir einen Vortrag über mein verkorkstes Leben. Ich konnte die Enttäuschung in seinem Blick nicht ertragen und verriet ihm die Wahrheit. Wir redeten die halbe Nacht. Dabei erfuhr ich, dass sein Schwiegersohn ein Experte für Raubkunst war. Wir reden jetzt also über Melvin Bannings, Toms Vater, der bei der Army gewesen ist. Melvin hat dafür gesorgt, dass unzählige Kunstgegenstände in den Wirren diverser Kriege gesichert worden sind. Zum Beispiel in Bagdad. Das klingt jetzt nach einem langweiligen Schreibtischjob, aber das täuscht. Seine Ausbildung hat er bei den Green Berets gemacht und es gab einige Feuergefechte, um Museen oder andere Sammlungen zu schützen. Einige Tage später erzählte mir Karl dann von dem Nazigold. Das war's, mehr habe ich nicht.« Er schlug sich gegen die Stirn. »Stopp, das ist Blödsinn. Zwei Dinge fehlen noch, die ... Ich fange mal mit dem ersten Punkt an. In den letzten Tagen kam es zu einer Kontaktaufnahme. Ich hatte noch mal eine ordentliche Summe in einer exquisiten Pokerrunde verloren und wurde heute Abend in einen Club eingeladen.« Christian sah auf die Uhr und gähnte. »Nun ja, es lief eigentlich alles großartig. Dimitri, eine Kieler Unterweltgröße, wollte mir gerade einen Auftrag geben, als die Hölle losbrach. Ich glaube, jetzt ist wieder Jörg dran.«

Bjarne schoss hoch. »Nee, ich übernehme das. Wir

wissen jetzt dank Christian, dass Dimitri hinter den Räubereien in der Asservatenkammer steckt. Neben Prostitution und dem normalen Mist hat er ein Vermögen mit gestohlenen Kunstwerken gemacht. Der Schwarzmarkt für derartige Dinge ist wahnsinnig.« Er deutete auf Dirk. »Er hat schon erste Zahlungen gefunden und verfolgt. Da ist der Sack dicht. Wir sind im Moment nur nicht sicher, ob Dimitri auch für den angeblichen Unfall von Christians Boss verantwortlich ist. Es passt nicht so ganz in sein Profil. Möglich sind auch ein echter Unfall oder die Verursacher sind im Bereich der Goldjäger angesiedelt.«

Dirk nickte ihm zu. »Dann zum nächsten Punkt, den wir dank Tom abhaken können. Dabei geht es um die Frage, wer Karl getötet hat.« Er sah Christian kurz direkt an. »Danach kommen wir zu dem Thema, das Karl, Toms Vater und deinen Vater betrifft.« Dirks Gesichtsausdruck ließ nun jede Freundlichkeit vermissen. »Ich gehe davon aus, dass es sich dabei um die Geschäfte handelt, die du eben noch erwähnen wolltest.«

Obwohl er spürte, dass er rot anlief, hielt er dem forschenden Blick stand. »Natürlich hätte ich das noch erwähnt! Darum habe ich ja von zwei Punkten gesprochen«, gab er entschieden zurück und war zufrieden, dass er ausnahmsweise ruhig und beherrscht klang. Es musste ja niemand wissen, dass er sich erst vor wenigen Augenblicken zur absoluten Offenheit entschieden hatte, nachdem er sich vorher gegenüber Markus und Bjarne auf Halbwahrheiten beschränkt hatte.

Die nächsten Erklärungen von Jörg rauschten an Christian vorbei. Er wusste ja bereits, dass eine Gruppe Israeli das Ziel gehabt hatte, die Geldzuwendungen an rechte Gruppierungen zu stoppen. Neu war ihm nur, dass Ava sich als eine Verwandte von David entpuppt hatte. Jörg war jedoch der Überzeugung, dass David nichts von dem eigenmächtigen Vorgehen von Ava und ihren Männern gewusst hatte und dieses auch niemals gebilligt hätte. Toms Aussage war an dem Punkt eindeutig gewesen. Christian stutzte, als Dirk eine Übersicht aufrief, in der die hervorragende wirtschaftliche Situation des Konzerns dargestellt wurde. Wo war die Verbindung zu ihrem Fall?

Wieder war Pat am schnellsten. »Ich kenne den Konzern, aber der hat doch seinen Sitz in der Schweiz. Und bei den Zahlen hat er es kaum nötig, sich Geld von uralten Nummernkonten zu holen.«

»Stimmt. Wir interessieren uns für den Hauptgesellschafter, auf den man erst stößt, wenn man sich durch diverse Holdings gräbt.« Dirk klickte und das Bild eines älteren Mannes mit Kippa, der traditionellen Kopfbedeckung jüdischer Männer, wurde gezeigt. »Darf ich vorstellen. David Goldemann. Er ist derjenige, der gemeinsam mit Karl von Ehrenberg und Arthur Bannings in den Tagen nach Kriegsende die Kunstwerke und das Gold in Kiel abgeholt hat. Wie viele Milliarden er auf seinem Konto hat, kann ich nicht abschätzen, aber es sind etliche. Und wenn ihr mich fragt, ist der Grundstein seines Unternehmens auf Nazigold gebaut.«

Ein Raunen ging durch den Raum.

Dirk rief die nächste Tabelle auf, die aus einer Aufzählung von Hilfsorganisationen und sechsstelligen Summen bestand. »Das ist ein kleiner Überblick über die Spenden, die David Goldemann in einem Monat tätigt. Ähnlich wie Bill Gates hat er einen Großteil seines Vermögens einer Stiftung übertragen und setzt sich für viele gute Dinge ein. Ich bezweifle ernsthaft, dass er direkt in die Verbrechen verwickelt ist. Aber es gibt da noch einen Zweig, den er vermutlich unterstützt hat, wenn das Gold alleine nicht mehr ausgereicht hat. Christian?«

»Genau. Das war das, was ich noch ansprechen wollte. Die Bergung des Goldes war ungeheuer aufwändig und Karl hat sich daher nur selten daran bedient. In den letzten Jahren, genauer gesagt seit dem Tod von Toms Vater, dann noch weniger. Er hat sich jedoch nicht daran bereichert, sondern gemeinsam mit anderen …« Christian hob eine Hand und ließ sie wieder fallen. »Es ist schwierig, zu erklären. Zwei der drei Männer, die sich damals in Kiel getroffen haben, waren echte Kunstliebhaber. Daher war es logisch, dass Toms Vater in die Fußstapfen seines eigenen Vaters getreten ist und im Auftrag der Army Kunstgegenstände gerettet hat. Doch man kam nicht immer offiziell weiter. Manchmal sind Karl und Arthur andere Wege gegangen und haben in illegalen Auktionen alle anderen überboten, um anschließend die ersteigerten Kunstwerke einem Museum zur Verfügung zu stellen. Dafür haben sie das Gold genutzt. Beteiligt waren an diesen Unternehmungen später dann auch Toms Vater und mein eigener. David Goldemann wurde nie erwähnt, aber ich wette, er hat ihnen auch ab und zu geholfen.«

Im Raum war es nun absolut still. Der Lüfter des Notebooks war deutlich zu hören.

Christian deutete auf das Whiteboard. »Ich habe keine Ahnung, wie die einzelnen Fäden zusammenhängen. Da scheint es ein Muster zu geben, aber ich erkenne es nicht.«

Sven klickte auf die Maus und ging ans Whiteboard.

Er lächelte Christian zu. »Das Muster ist auch noch nicht ganz deutlich, aber wir haben das Wollknäuel schon entwirrt und können uns auf die einzelnen Enden konzentrieren. Das wären die Dame auf dem Boot, die meiner Meinung nach dem Gold hinterherjagt, und diejenigen, die es heute auf Dimitri und indirekt auf Christian abgesehen hatten. Wenn wir das beides geklärt haben, ist der Fall gelöst.«

»Wenn's weiter nichts ist«, warf natürlich wieder Pat ein.

Dirk schüttelte den Kopf. »Sorry, eine weitere Frage ist noch offen.«

»Und welche?«, hakte Jörg ungeduldig nach, als Dirk keine Anstalten machte, weiterzureden.

»Na ja. Wer erklärt das Ganze morgen Mark und Tom …? Wir können das nette Meeting kaum noch mal wiederholen.«

Allgemeines Gelächter ertönte.

Als es wieder ruhig wurde, übernahm Sven noch einmal das Wort. »Es war ja wirklich nett in Kiel. Aber ab morgen agieren wir wieder von Hamburg aus, wobei unsere Kieler Kollegen herzlich eingeladen sind.«

Jörg stöhnte übertrieben laut. »Eigentlich sind unsere Schreibtische auch ohne euch voll genug. Ich schlage einen Kompromiss vor: Wir treffen uns morgen früh erst einmal hier und danach fahrt ihr dann zurück.«

Dirk reckte sich. »Klingt nach einem Plan. Dann beginnt jetzt der gemütliche Teil des Abends und bestell das Frühstück nicht zu früh!«

Kapitel 35

Ein leises Fiepen, das einfach nicht aufhörte, riss Tom aus dem Schlaf. Er blinzelte und schrak hoch. Es war schon hell und er sah direkt auf Queens Nase. Verwirrt brauchte er einen Moment, um sich zu orientieren, dann bemerkte er Julie, die dicht neben ihm noch schlief.

Was für ein Durcheinander! Und die Erkenntnis bezog sich sowohl auf Julie als auch darauf, dass er den gesamten Abend verschlafen hatte. Vermutlich hatte er etliches versäumt. Julies zerzauste Haare und ihr verrutschtes T-Shirt brachten ihn auf Gedanken, die nicht zu einem Hund passten, der dringend raus wollte, und schon gar nicht zu ihrem Beziehungsstatus, der irgendwo zwischen alter Freundin und ›keine Ahnung‹ lag.

Vorsichtig schob er sich aus dem Bett, zog sich schnell seine Jeans und ein Sweatshirt über, steckte Handy und Brieftasche ein, schnappte sich die Leine und verließ mit Queen auf den Fersen den Raum. Fluchend drehte er auf dem Flur wieder um. Wie konnte er nur ohne seine Waffe losziehen!

Schnell holte er das Versäumnis nach und warf der Hündin einen entschuldigenden Blick zu. »Jetzt aber wirklich. Entschuldige, meine Kleine.«

Die *Kleine* gab ein Geräusch von sich, das verdächtig nach einem unterdrückten Knurren klang.

Vor dem Hotel stürmte sie zum nächsten Gebüsch. Rasch lief Tom ihr nach und befestigte die Leine an ihrem Halsband. Das hätte er eigentlich schon vorher machen sollen, aber es schlicht und einfach vergessen.

Aufmerksam sah er sich um, konnte aber weder ein bekanntes Gesicht noch eine mögliche Bedrohung entdecken. Der Restaurantbereich im Hotel war bereits erleuchtet gewesen, aber er wollte dort nicht offen in Erscheinung treten, ehe er ein paar Dinge geklärt hatte.

»Komm, Queen. Wir finden hier bestimmt auch einen anderen Ort, an dem es Kaffee gibt.«

Er schlug den Weg zur Förde ein und genoss die frische Brise. Um halb sieben Uhr waren am Wochenende nur ein paar Jogger und einige Hundebesitzer unterwegs. Queen kam aus dem Schnuppern gar nicht mehr heraus. Nach einem Kaffee hielt Tom vergeblich Ausschau, dabei konnte er dringend einen gebrauchen. Schließlich wurde er an einem Kiosk fündig. Das Zeug war nicht nur stark, sondern sogar günstig.

Mit seiner Beute in der Hand setzte er sich auf eine Bank und überflog auf seinem Smartphone die Mails und WhatsApp-Nachrichten.

Er begann mit der letzten, die erst vor zwei Minuten abgeschickt worden war und von Julie stammte. *Wo seid ihr????*

»Unsere Königliche Hoheit musste raus. Dringend.«

Wieso schrieb er ›unsere‹? Das musste warten. Er zwang sich, ihre Antwort zu ignorieren und rief stattdessen die Mails von Sven und Jörg auf. Obwohl beide sich knapp fassten, hatte er Mühe, die Menge an Informationen zu verarbeiten. Vieles war nun beantwortet, aber noch waren einige entscheidende Punkte offen.

Ein weißer Pudel stolzierte an ihnen vorbei. Queen beobachtete ihn so interessiert, dass Tom die Leine fester fasste.

»Ein bisschen mehr Geschmack, bitte«, sagte er zu ihr auf Navajo und erntete einen beleidigten Blick.

Gedankenverloren sah er einem Segelboot nach, das bereits auf der Förde kreuzte und dabei einer Fähre gefährlich nahekam. Sehr spät leitete der Skipper ein Wendemanöver ein und bekam ein lautes Hupen von dem Schiff zu hören.

»Da liebt einer das Risiko, das hätte auch schiefgehen können«, sagte jemand hinter ihm.

Erschrocken fuhr Tom zusammen. Die Stimme erkannte er sofort, hätte aber weder an diesem Ort noch zu dieser Uhrzeit mit seinem Teamchef gerechnet.

Mark setzte sich neben ihn und Tom bemerkte sofort, dass er sein Bein bestimmt nicht zum Spaß ausstreckte. Queen beschnupperte ihn neugierig und nach einigen Kraueinheiten hatte sie ihn akzeptiert.

»Ist das unser neues Teammitglied?«, fragte Mark.

Tom wusste nicht, was er dazu sagen sollte. »Das Zeug dazu hätte sie«, wählte er eine möglichst neutrale Antwort.

Sein Boss ging nicht näher darauf ein. »Bist du auf dem neuesten Stand?«

»Ich kenne von Sven und Jörg die Kurzfassung.«

Mark lehnte sich zurück und musterte ihn durchdringend. »Möchtest du mir vielleicht erzählen, wie du Jörg und Jan getroffen hast?«

Queen hob den Kopf und sah ihn ebenfalls abwartend an.

»Ehrlich gesagt nicht. Ich kann mich noch nicht mal für den Mini-Alleingang entschuldigen, weil ich wieder so handeln würde. Ich war vor Ort und mir ging es gut. Was ist eigentlich mit deinem Bein?«

»Nichts. Aber wenn du Jan und Daniel umlegen willst, bin ich dabei.«

Sie lachten und Queen legte sich wieder entspannt hin.

»Um neun Uhr geht's weiter. Frühstück und Abstimmung des weiteren Vorgehens. Das Hotel stellt uns wieder einen Besprechungsraum zur Verfügung.« Mark grinste breit. »Und dieses Mal sind wir beide dabei.«

»Du warst gestern Abend … Oh, verstehe. Deshalb hast du es auch auf unsere Ärzte abgesehen.«

»Genau. Wobei wir uns nur Daniel vornehmen können. Jan wollte heute Morgen zurück zu seiner Frau und seinem Kind fahren. Sollten wir seine Hilfe brauchen, ist er sofort da.«

»Das ist gut zu wissen.« Tom wusste nicht so recht weiter.

Mark sah zwar mit undurchdringlicher Miene auf die Förde hinaus, aber Tom glaubte, eine gewisse Anspannung bei ihm zu spüren. »Hast du dir schon überlegt, was du machen wirst, wenn alles vorbei ist?«

Damit hatte sein Teamchef ihn abgehängt. »Wie meinst du das?«

»Du bist der Alleinerbe deines Großvaters, damit gehören das Haus und das Geld auf seinen Konten dir.«

So weit hatte er keine Sekunde gedacht. Was sagte das eigentlich über ihn aus? Tom sah Queen an, die ihm wieder den Kopf auf den Oberschenkel legte. »Mir reicht es, dass er die Hündin für mich gekauft hatte.«

Mark stutzte. »Hat er das?«

Tom erzählte ihm von dem Treffen mit seinem Großvater.

»Es ist unglaublich traurig, dass ihr euch sofort wieder verloren habt«, sagte Mark voller Mitgefühl.

»Wenn ich an die Zeit denke, die wir verschenkt haben … Ich hätte mich früher bei ihm melden müssen.«

»Das kannst du nicht mehr ändern, darum bringt es auch nichts, sich deswegen den Kopf zu zerbrechen. Alles hat seine Zeit und es gibt Dinge, die sollen einfach so passieren.«

»Jetzt klingst du schon fast wie Nizoni«, versuchte Tom einen Scherz, spürte aber, dass der völlig misslang. Marks Worte hallten in ihm nach. Alles hatte seine Zeit … Dazu noch die Erkenntnis, dass er bei seinem Großvater zu lange gewartet hatte … »Tust du mir einen Gefallen, Boss?«

Mark sah nicht ihn, sondern die Hündin an. »Ich denke, ich komme mit ihr klar. Hau schon ab. Aber sei pünktlich um neun Uhr bei der Besprechung. Sonst schicke ich Queen los, damit sie dich holt.«

»Woher weißt du, was ich fragen wollte?«

»Mensch, Bannings. Glaubst du, wir sind blind?«

Darauf ging er lieber nicht ein. »Da, noch halbvoll und echt gut.« Tom drückte Mark den Kaffeebecher in die Hand und sprintete los.

Er hörte noch, dass sein Teamchef die Hündin fragte, ob sie eigentlich Hunger hätte. Die beiden würden schon zurechtkommen.

Vor dem Hotelzimmer wäre er fast wieder umgekehrt. Er war sich sicher, hatte aber auch Angst – wesentlich mehr, als bei seiner Begegnung mit Ava und ihren Kumpanen. Entschieden öffnete er die Tür.

Julie lag auf dem Bett und tippte auf ihrem Notebook herum.

»Schon bei der Arbeit?«, begrüßte er sie und fand die Frage reichlich dämlich.

Sie klappte den Computer zusammen und stellte ihn auf den Nachttisch. »Guten Morgen, Tom. Wie geht's dir?«

Formeller ging es wohl nicht. Damit verstärkte sie seine Unsicherheit, allerdings auch seine Entschlossenheit. Irgendwann sollte er über die ambivalenten Gefühle nachdenken, die sie in ihm auslöste, aber nicht jetzt.

»Gut.« Er grinste sie an. »Gut genug.«

Sie riss die Augen etwas weiter auf. War die Anspielung angekommen? »Der blaue Fleck am Kinn sieht schon mal gefährlich aus«, stellte sie fest und setzte sich auf die Bettkante.

»Das täuscht.«

»Wo ist Queen?«

»Die habe ich ausgesetzt, damit wir unsere Ruhe haben.«

»Du hast ... Was?«

»Du hast die Aussicht noch gar nicht bewundert.« Er fasste nach ihrer Hand und zog sie mit einem Ruck hoch. »Ist die Förde nicht traumhaft? So in der Morgensonne?«, fragte er und bugsierte sie zum Fenster.

»Sag mal, spinnst du?«

»Nö. Ich habe nur nach einer romantischen Sache gesucht. Das Bild an der Wand passte nicht, die Aussicht wenigstens ein bisschen.«

Julies Instinkte funktionierten, sie wollte von ihm zurückweichen, doch das ließ er nicht zu, sondern zog sie in eine enge Umarmung.

»Was willst du?«, fragte sie und er konnte den Ton ihrer Stimme nicht einordnen.

»Dich«, gab er zurück. »Und ehe du fragst. Ich werde nie wieder ohne Abschied gehen. Ich habe keine Ahnung, wohin das mit uns führt. Nicht die geringste Idee, wie wir mit unseren Jobs und unseren unterschiedlichen Wohnorten klarkommen wollen. Eigentlich weiß ich überhaupt nichts, nur, dass ich jetzt mit dir zusammen sein möchte.«

Ihre Augen glänzten. »Und da bist du sicher?«

»Ja, in diesem Moment bin ich ganz sicher, dass das auch für morgen, übermorgen und die Tage danach gelten wird. Aber ich kann dir nichts versprechen, weil ich nicht weiß, wie ich es einhalten soll und ob es funktioniert.«

»Mir reicht es, dass du es jetzt willst. Lass uns Stück für Stück herausfinden, was wir wollen und was möglich ist. Aber es spricht nichts dagegen, dass wir die nächste Stunde sinnvoll verbringen, wenn wir es beide wollen.«

»Hast du denn einen Vorschlag, was sinnvoll wäre?«, fragte er sie, während seine Hände unter ihr T-Shirt glitten.

Ihr schelmisches Lächeln hätte ihn warnen müssen. »Sicher. Wir beginnen mit einer Dusche.« Ehe er protestieren konnte, legte sie ihren Kopf an seine Schulter. »Natürlich zu zweit, denn die Massagedüsen reizen mich schon die ganze Zeit und als Ärztin bin ich verpflichtet, dich ganz genau zu untersuchen. Schließlich muss ich sicher sein, dass du für den Tag fit genug bist.«

Mit dem Vorschlag konnte er leben. Dann verzichtete er wohl besser auf den Hinweis, dass sie eigentlich Tierärztin war.

Stattdessen beugte er sich vor und knabberte an ihrer Unterlippe, zog sanft daran. Sie kam ihm so leidenschaftlich entgegen, dass er alles um sich herum vergaß.

Julie löste sich für seinen Geschmack viel zu schnell von ihm. »Wenn du so weitermachst, schaffen wir es nicht bis zur Dusche.«

»Stimmt.« Er hob sie auf die Arme und ignorierte ihren Einwand, dass sie zu schwer wäre. Seine Rippen meldeten wegen der Aktion zwar leisen Protest an, aber das überhörte er. Ohne sich mit Ausziehen aufzuhalten, betrat er mit ihr die geräumige Duschkabine.

»Wage es nicht …«, begann Julie, doch da zog er bereits an dem Hebel. Perfekt temperiertes Wasser schoss aus etlichen Düsen und durchnässte sie. Statt verärgert zu reagieren, lachte Julie hell. »Du bist verrückt.«

»Falsch. Du machst mich verrückt!« Seine Lippen fuhren sanft über ihre Wangen, ehe er sie losließ und ihr das T-Shirt über den Kopf zog. Ihr Versuch, sich von der Kleidung zu befreien, endete in einem lachenden Chaos und wurde immer wieder von Zärtlichkeiten unterbrochen. Als sie endlich nackt in seinen Armen lag, küsste er sie langsam und zärtlich.

Julie schmiegte sich an ihn. »Das kannst du viel besser als früher.«

Ein Lachen stieg in ihm auf. »Nicht nur das …«

Sie bog sich ihm entgegen, während er sie weiter küsste und dabei zärtlich über ihren Rücken streichelte. Schnell drehte sie den Spieß um. Er hatte das Gefühl, ihre Hände waren überall, nur nicht dort, wo er es sich am meisten wünschte.

»Deine Schultern sind viel breiter, die Hüften aber

immer noch so schmal. Und dann deine Oberschenkel … Muskulös, aber nicht übertrieben. Du hast dich echt gut gehalten, Tom.«

Es reichte. Er umfasste ihre Brüste und küsste die Spitzen. »Eindeutig gewachsen.«

»Hey …« Was immer sie sagen wollte, es endete in einem Laut, der ihm gefiel.

Ihre Finger fuhren durch seine Haare. Er zog sie wieder an sich. Ihre Haut war feucht vom Wasser und ihrer Leidenschaft. Er hob sie hoch und sie umschlang ihn mit den Beinen. Sie passten perfekt zusammen. Sanft und zärtlich kamen sie zum Höhepunkt.

Das Abtrocknen entwickelte sich zu einer liebevollen Balgerei, die auf dem Bett endete. Zärtlich küsste er ihren Nacken. Dann wirbelte sie so schnell herum, dass sie ihm fast einen Kopfstoß versetzt hätte.

»Es ist wie früher und völlig neu zugleich.«

»Stimmt.« Wieder trafen sich ihre Lippen, und sie fielen in einen Rhythmus, der nun schon vertraut war.

Viel später sah Julie ihn an und spielte mit einer seiner Haarsträhnen. »Wir können unsere Haarbänder gemeinsam nutzen.«

»Sicher, besonders was Rosafarbenes würde gut zum Tarnanzug passen.«

»Als ob ich solche Farben tragen würde.« Unsicherheit löste ihre entspannte Miene ab. »So war es noch nie. Nur mit dir.«

Er rollte sich mit ihr auf die Seite. »Du weißt genau, was ein Mann hören möchte.« Als sie wütend nach Luft schnappte, sprach er schnell weiter. »Mir geht's genauso. Es gibt da so einen Spruch, mit dem ich nie etwas anfangen konnte: Die Vergangenheit ist der Prolog.«

»Ein SEAL, der Shakespeare zitiert! Das passt perfekt. Und ich bin gespannt, wie es weitergeht.«

»Das werden wir sehen. Hauptsache, es geht weiter. Vielleicht stimmt es, dass es für alles den richtigen Zeitpunkt gibt und das ist nun unserer.«

Sie schmiegte sich wieder an ihn, als ihr Handy eine wilde Melodie zu spielen begann. »Mist. In dreißig Minuten müssen wir unten sein. Und wir sollten vorher noch das Chaos beseitigen. Sag mal, hast du eigentlich trockene Klamotten?«

Sein entsetzter Gesichtsausdruck brachte sie zum Lachen.

Kapitel 36

Tom schuldete Daniel etwas dafür, dass sein Freund ihm Ersatzklamotten eingepackt hatte. Er würde jedoch später noch mit Julie ausführlich darüber reden, dass sie ihm dies erst nach einer gefühlten Ewigkeit mitgeteilt hatte. Nur den Rasierapparat hatte er vergeblich gesucht, den er eigentlich dringend gebraucht hätte. Da Julie der Drei-Tage-Bart jedoch gefiel, konnte er damit leben. Außerdem fielen so die Prellung nicht so auf, die er Avas Freund zu verdanken hatte.

Im Besprechungsraum war ein großartiges Frühstücksbuffet aufgebaut, von dem sich bereits fleißig bedient wurde.

Tom musste grinsen, als er auf Svens Teller gleich drei Schokoladencroissants entdeckte.

Sven sah ihn drohend an. »Sag nichts! Wir haben schon das erste Verbrechen des Tages aufgeklärt!«

»Das Geheimnis der verschwundenen Schokolade?«, zog Julie ihn auf.

Tom verbarg sein Erstaunen darüber, wie ungezwungen Julie mit dem Polizisten umging. Anscheinend hatte sie mit dem Ausmaß ihrer Zusammenarbeit nicht übertrieben.

Mit dem angebissenen Croissant zielte Sven auf sie. »Vorsichtig, deine Position als ehrenamtliche Analystin ist sonst in Gefahr. Nee, der Mordanschlag auf Christian am See. Der geht aufs Konto von Toms Freundin Ava. Das war rein vorsorglich, falls er etwas über den Verbleib des

Goldes wüsste.«

»Und uns hat er davon natürlich kein Wort gesagt. Er ist doch echt …«, begann Julie, brach aber ab, als Tom sie am Arm berührte.

»Das kannst du ihm selbst sagen. Er ist gerade eingetroffen.«

Christian kam eilig auf sie zu.

»Ich gehe dann mal«, sagte Sven und gesellte sich zu Dirk und Jörg.

Stumm sahen sich Christian und Tom an. Keiner wusste, wie er beginnen sollte.

Julie warf die Hände in die Luft und hätte dabei fast ihren Bruder am Kinn getroffen. »Mensch, können Männer bescheuert sein. Umarmt euch, gebt euch einen Kuss oder haut euch. Dann ist aber auch gut und wir kümmern uns um das, was wirklich zählt. Nebenbei werde ich meinem Bruder auch noch sehr ausführlich mitteilen, was ich von seiner völlig überzogenen Verschwiegenheit halte.«

Nachdem er einmal tief durchgeatmet hatte, nickte Christian knapp. »Dir eine reinzuhauen, weil du damals einfach gegangen bist, wäre verdammt verführerisch, aber du siehst aus, als ob du schon genug eingesteckt hast.«

Tom schnaubte. »Du solltest mal den anderen sehen …«

»War's das denn jetzt?«, erkundigte sich Julie betont höflich.

Christian sah Tom weiter an. »Was erwartest du jetzt? Dass wir einfach zur Tagesordnung übergehen und da weitermachen, wo wir vor über zwanzig Jahren aufgehört haben?«

»Hast du eine bessere Idee?«, schnappte Tom und ärgerte sich sofort über seine Reaktion. Mit Aggressivität erreicht er nichts. »Ich dachte, wir wären einen Schritt weiter, nachdem ich dich ins Bett gesteckt und deinen Schlaf bewacht habe«, fügte er wesentlich ruhiger hinzu.

Es arbeitete heftig in Christians Miene, dann zog er Tom mit einem Ruck an sich. »Ich hätte dir das nie verziehen, wenn sie dich umgebracht hätten.«

Die Logik hinterfragte Tom lieber nicht und umarmte ihn fest. Es würde noch einige Zeit dauern, bis sie herausgefunden hatten, wo sie heute standen, aber ein Anfang war gemacht. Und wie würde Christian darauf reagieren, dass Tom und Julie wieder zueinandergefunden hatten? Kompliziert traf es noch nicht einmal ansatzweise, wenn er seine aktuelle Situation beschreiben sollte, und dabei hatte er noch nicht einmal Marks Fragen berücksichtigt, wie er sich seine Zukunft vorstellte. Dazu kam noch, dass Julie plötzlich auch sehr nachdenklich wirkte. Hatte er zu viel von ihr erwartet? Normalerweise platzte sie damit raus, wenn ihr etwas nicht passte.

Sie ignorierte seinen fragenden Blick und sah sich aufmerksam um. Endlich zeigte sich der Ansatz eines Lächelns in ihren Mundwinkeln.

»Kennst du das Gefühl, in der Achterbahn zu sitzen? Ich meine den Moment, wenn die Bahn losfährt und es kein Zurück mehr gibt?«

Tom nickte langsam. »Das ging mir vorhin so, als ich mit Queen draußen war. Ich war nicht sicher, ob ich wirklich einsteigen sollte, aber dann habe ich mich auf die Fahrt und die Aufregung gefreut. Ich hoffe, dir geht es auch so.«

»Ja, schon, aber plötzlich ist da auch wieder dieses mulmige Gefühl im Magen, weil man nie weiß, was hinter der nächsten Kurve liegt.«

Die Unsicherheit in ihren sonst so strahlenden Augen fuhr ihm direkt ins Herz. Ihm war jetzt egal, dass Christian und vermutlich noch einige andere zusahen und zuhörten. Tom griff nach ihrer Hand. »Hinter der nächsten Kurve liegt ein Looping, der dich in den Himmel katapultiert. Dann folgen ein paar aufregende Kurven. Es wird auch mal rasant nach unten gehen, doch danach kommt gleich wieder die nächste Steigung.«

»Und irgendwann kommt man an und steigt aus«, sagte sie leise.

Tom schüttelte den Kopf. »Nein, man kann auch sitzen bleiben und weiterfahren.«

»Sag mal, seid ihr bescheuert? Wollt ihr heute in den Hansapark, oder was?«

Christians verständnislose Miene verriet, dass er kein Wort begriffen hatte und das war auch besser so.

Julie schlug ihrem Bruder leicht gegen die Brust. »Noch viel vom Leben du lernen musst, junger Padawan.«

»Was?«

Christian sah seine Schwester nach dem Star Wars-Zitat so entgeistert an, dass Tom lachen musste.

Vielleicht wäre es auf einen handfesten Geschwisterstreit hinausgelaufen, doch Queen sorgte für eine willkommene Abwechslung, als sie laut bellend in den Raum stürmte, während Mark ihr mit etwas Abstand folgte. Begeistert sprang die Hündin abwechselnd an Tom und Julie hoch und hielt nach einigen Krauleinheiten schnuppernd ihre Nase Richtung Buffet.

»Oh nein«, sagte Tom und umfasste ihr Halsband fester.

Mark kam zu ihnen und drückte ihm die Leine in die Hand. »Sie gehorcht perfekt. Jedenfalls so lange kein Buffet in der Nähe ist.«

»Danke, dass du dich um sie gekümmert hast, Boss.«

»Kein Ding«, erwiderte Mark und steuerte das Frühstücksbuffet an.

Tom deutete auf einen der Vierertische. »Möchtest du dich setzen? Dann bringe ich dir was mit.«

»Gute Idee«, stimmte Julie zu.

Christian sah nun nachdenklich zwischen ihnen hin und her. »Ist mir was entgangen? Müsste ich was wissen?«

»Nein«, sagten Tom und Julie wie aus einem Mund.

Tom belud einen Teller für Julie mit einer Mischung aus deftigen und süßen Sachen und nahm sich eine große Portion Rührei, die er mit reichlich Speck verzierte.

»Perfekte Wahl«, lobte Julie ihn, als er an den Tisch zurückkehrte. Sie schnappte sich den Teller mit Rührei und gab Queen etwas von dem Speck ab.

»Äh …«, fiel Tom nur ein und warf seinem geplanten Frühstück noch einen bedauernden Blick zu. »Fütter sie besser nicht am Tisch. Das gewöhnen wir ihr nie wieder ab.«

»Stimmt. Dann versuch du doch, ihrem Blick zu widerstehen.«

Wenige Augenblicke später reichte Tom der Hündin eine Scheibe Mettwurst und ignorierte Julies wissendes Lächeln.

Suchend blickte sich Tom schließlich um. Die SEALs waren vollzählig anwesend, dazu kamen noch Dirk und

Sven sowie Bjarne, Jörg und Christian. Überraschenderweise waren sogar Dirks Frau Alex und Sandra eingetroffen, die ihm auf seine verblüffte Nachfrage lediglich erklärt hatten, das Frühstück genießen zu wollen, was er ihnen keine Sekunde abnahm. Worauf warteten sie?

Die Antwort bekam er wenig später. Nicht wesentlich langsamer als zuvor Queen stürmte eine Frau in den Raum, die sofort die gesamte Aufmerksamkeit auf sich zog. Das lag nicht nur an ihren langen, rotbraunen Haaren, sondern vor allem an der Energie, die sie ausstrahlte. Sie blieb in der Mitte des Raumes stehen, entdeckte Tom, der bereits aufgestanden war, und hing im nächsten Moment an seinem Hals.

Über Annas Schulter hinweg lächelte Tom Julie beruhigend zu, da ihre Augen Blitze schleuderten. »Das ist Anna, sie gehört zu Andi.«

»Und wer ist Andi?«

»Das bin ich«, erklärte sein Freund, der bereits neben Julie stand.

»Bin ich froh, dass dir nichts passiert ist. Ich habe darauf bestanden, dass wir persönlich vorbeikommen, weil ich herausgefunden habe, wer die Dänin ist, die auf Mark geschossen hat«, verkündete Anna.

Mit einem amüsierten Lächeln begrüße Mark die beiden. »Nur um das klarzustellen: *Sie* hat nicht geschossen.«

»Ist ja auch egal. Hauptsache, euch geht's allen gut. Ich glaube, wir sind nachher ein ganzes Stück weiter. Dann müsst ihr sie nur noch ausschalten und wir müssen das Gold finden. Das wird der Aufmacher des Jahres. Das verspreche ich euch. Ihr werdet meinen Artikel überall lesen können.«

»Sie sind Journalistin?«, fragte Julie völlig verdattert.

»Ja, aber eine, die nur schreibt, was mein Mann und Mark genehmigen.« Andi räusperte sich. »Na ja, fast nur. Manchmal müssen wir Frauen ein paar Entscheidungen treffen und den Männern auf die Sprünge helfen. Und vergiss das ›Sie‹. Tom ist für mich wie ein Bruder. Er gehört wie Mike zur Familie.«

»Und wer ist Mike?«

»Mein Stellvertreter, der im Urlaub ist und sich wahnsinnig ärgern wird, wenn er erfährt, was er hier versäumt hat«, erklärte Andi und schubste seine Frau sanft in Richtung Sven. »Du wirst erwartet.«

»Stimmt. Wir klären den Rest später.«

»Was für einen Rest sollen wir denn klären?«, fragte Julie, der man ansah, dass sie sich reichlich überfahren fühlte.

Anna zwinkerte ihr zu. »Na, zum Beispiel musst du jetzt, da du mit Tom zusammen bist, unbedingt in unsere WhatsApp-Gruppe!«

»Ihr seid zusammen?«, brüllte Christian fast.

Tom schloss kurz die Augen und kämpfte erfolgreich gegen die Versuchung an, mit Julie einfach wegzulaufen. Irgendwohin, wo es keine Probleme gab und sie ihre Ruhe hatten.

Da niemand antwortete, war das wohl seine Aufgabe. Er sah Christian fest an. »Sind wir. Und jetzt halte die Klappe und dich aus unserem Leben raus!«

»Aber …«

Julie zielte mit ihrem ausgestreckten Zeigefinger auf

ihren Bruder. »Hast du irgendetwas an Toms Worten nicht verstanden? Du hast doch auch dein eigenes Ding mit Karl durchgezogen und mich monatelang im Unklaren gelassen. Halt die Klappe und lass mich in Ruhe.«

Andi fuhr sich durch die Haare. »Hätte ich das gewusst, hätte ich mir Popcorn mitgebracht.«

»Woher weiß deine Frau eigentlich, dass Tom und ich … Na ja, dass da was ist?«, erkundigte sich Julie sichtlich ratlos bei Andi.

Sein Freund tippte aufs Smartphone. »Da bin ich überfragt. Ich wusste jedenfalls bis eben von nichts. Vermutlich hängt es mit der WhatsApp-Gruppe zusammen, denn irgendwie wissen sie immer alles.«

Im Gegensatz zu Tom konnte Andi nicht sehen, dass Sandra und Alex hinter ihm seine Worte gehört hatten und Julie nun angrinsten.

Erneut kamen Tom Fluchtgedanken in den Sinn, dieses Mal jedoch ohne Julie.

Nach einem lauten Pfiff von Mark kehrte Ruhe ein.

»Sven, fang an«, bat Mark, oder befahl er vielmehr.

Prompt erntete sein Teamchef einen vielsagenden Blick des Hamburger Polizisten, den er ignorierte.

»Wie viel hat er abgekriegt?«, erkundigte sich Andi leise und schnappte sich das halbe Brötchen, das Tom sich gerade belegt hatte.

»Mehr, als er sich anmerken lässt. Und hol dir gefälligst selbst was zu essen.«

»Hm. Das wird interessant. Vielleicht werde ich doch nicht nur als Taxifahrer gebraucht.«

Tom ahnte, in welche Richtung die Gedanken seines

Freundes gingen. Wenn Mark nicht hundertprozentig fit war, würde der nächste Einsatz schwierig werden. Da konnte die Unterstützung von Andi hilfreich sein.

»Ich hole uns Nachschub«, kündigte Tom an. Zuhören und sich am Buffet bedienen, schloss sich schließlich nicht aus, zumal er kaum Neuigkeiten von Sven erwartete.

Er hätte mehr auf den Teller häufen sollen, denn auch Christian griff fleißig zu, aber wenigstens hatte er sich nun eine eigene Portion Rührei gesichert. Mit seiner Einschätzung hatte Tom richtig gelegen, es gab so gut wie keine neuen Erkenntnisse. Ava Goldemann und ihr Komplize hatten geredet. Die Drohung mit ihrem Großvater hatte Wirkung gezeigt, war allerdings nicht mehr als ein Bluff gewesen. Es war Sven nicht gelungen, mit dem israelischen Milliardär Kontakt aufzunehmen. Der Hamburger Polizeipräsident wollte es nun persönlich übers Auswärtige Amt versuchen, rechnete sich jedoch auch schlechte Chancen aus. Außerdem wurde geprüft, inwieweit die diplomatische Immunität galt und vor der Strafverfolgung wegen eines Mordes und zweier Mordversuche schützte.

»Für uns ist dieser Strang erfolgreich abgeschlossen«, endete Sven. »Es bleiben ja auch noch zwei weitere Fragen übrig, die dafür sorgen, dass uns nicht langweilig werden wird. Anna, du bist dran.«

Er klickte noch auf ein Notebook und das verschwommene Bild einer Frau mit Kopftuch in einem parkähnlich angelegten Garten wurde auf dem Whiteboard angezeigt.

Anna wies mit der Hand auf das Foto. »Das war bisher das einzige bekannte Bild von Agnes Falstroeg. Seit gestern haben wir noch die Aufnahme von Mark. Die Ähnlichkeit ist vorhanden, aber erst die Jacht hat mich hundertprozentig überzeugt, dass ich richtig liege. Die ist damals in Kiel gebaut worden und über die Auftraggeberin ist durchgesickert, dass es sich um eine exzentrische dänische Milliardärin handelt. Vermutlich lebt sie abwechselnd auf dem Schiff und in ihrem schlossähnlichen Haus in der Nähe von Kolding. Außerdem ist mir ihr Name schon vorher aufgefallen, als ich Informationen über einige Kunstgegenstände gesammelt habe. Dirk hat meine Hypothese mittlerweile auch noch mit passenden Zahlen untermauert. Ihr kennt doch bestimmt den schwedischen Milliardär, der IKEA gegründet hat. Sie ist sozusagen sein dänisches Gegenstück, hat mehr Geld, als man sich vorstellen kann. Ihr gehören etliche Firmen und sie spendet auch eine Menge für alle möglichen Zwecke. Besonderes Kennzeichen: Sie tritt nie in der Öffentlichkeit auf. Politisch äußert sie sich selten, aber wenn, dann hört man bei ihr eine erzkonservative Einstellung heraus. Über ihre Familiengeschichte ist wenig bekannt. Es gab mal Artikel, dass ihre Großeltern aus Deutschland stammen würden und den Nazis recht nahe standen, aber die sind uralt. Merkwürdigerweise hat niemand den Punkt weiterverfolgt, vielleicht hat man die neugierigen Journalisten mit Geld oder Drohungen mundtot gemacht. Wir vermuten, dass sie die Gesinnung ihrer Vorfahren weiterführt.«

»Nette Dame«, kommentierte Pat die ausführliche Erläuterung.

»Es wird noch netter. Ein guter Kumpel aus Hamburg

deine Eltern und deine Großmutter gestorben sind. Es tut mir leid, doch das ist ein deutliches Muster. Wir gehen davon aus, dass Karl der Forderung dann jeweils nachgegeben hat, was ja nicht weiter verwunderlich ist.«

Tom verdrängte den Gedanken, was sein Großvater durchgemacht haben musste. Die Vorstellung würde ihn wahnsinnig machen.

»Und wie passt die jetzige Aktion dazu? Dem Konzern geht's doch gut, aber offensichtlich will wieder jemand ans Gold«, hakte Julie nach.

»Guter Punkt«, lobte Dirk. »Die Antwort darauf dürfte in Russland und China liegen. Mittlerweile gibt es einen anderen, noch erfolgversprechenderen Weg, Einfluss auf die öffentliche Meinung zu nehmen. Man nutzt nicht länger charismatische Kandidaten und bringt sie an die Spitze, sondern die Meinungsbildung erfolgt durch Social-Media-Attacken. Aber ein solches Vorgehen kostet irre viel Geld. Für China und Russland ist das kein Problem, für ein privates Unternehmen durchaus. Besonders, wenn alles unauffällig, also unterhalb des Radars geschehen soll. Du brauchst Server, Experten und und und. Wir vermuten, dass etwas in der Art gestartet werden soll.«

Dieses Mal war es Jake, der nach einem Blick auf sein Smartphone den Kopf schüttelte. »Wenn an dem Ding über die Atlantik-Brücke so viele Unternehmen beteiligt sind, wäre es doch möglich, die finanziellen Mittel ohne das Gold zusammenzubekommen.«

Dirk nickte. »Stimmt. Für alle zusammen wäre das kein Problem. Darum vermuten wir, dass die Dame aus Dänemark in diesem Fall einen Alleingang unternimmt. Für sie alleine wäre es schwierig, einen so großen

Mittelabfluss durch die regulären Bilanzen zu leiten. Da bestände schon die Gefahr, dass ein Wirtschaftsprüfer misstrauisch wird. Ich vermute, dass ihre schwarze Kasse erschöpft ist und sie deshalb ein für alle Mal eine ausreichende Reserve mit dem Gold anlegen will.«

Mark rieb sich übers Kinn und sah Dirk an. »Kannst du die Theorie mit deiner Spur des Geldes belegen?«

Dirk erwiderte den forschenden Blick gelassen. »Ja. Einem Staatsanwalt wird es für eine Anklageerhebung formell nicht reichen, aber mir würde es reichen, um bei einem Angriff auf die Residenz der Dame als Erster aus dem Flugzeug zu springen.«

Allgemeines Gelächter ertönte, denn zumindest die SEALs und die Hamburger Polizisten wussten, dass Fallschirmabsprünge Dirk große Überwindung kosteten.

»Dann reicht mir das auch«, gab Mark zurück und nickte Jake zu.

Anna war die wortlose Kommunikation nicht entgangen. »Ich habe euch ein Dossier über die Frau zusammengestellt. Ihr habt es in eurem Maileingang.«

Christian schien mit seinen Gedanken meilenweit weg zu sein, doch jetzt legte er sein Brötchen zurück auf den Teller. »Habt ihr eine Idee, was es mit dem Treffen auf dem Boot auf sich haben könnte?«

Sven nickte. »Unser Boss meinte, dass es um schlichte Parteienfinanzierung ging. Der Staatssekretär im Innenministerium ist gleichzeitig für die Finanzierung einer gewissen bayrischen Partei zuständig. Daneben kann es auch um Absprachen bei den nächsten Gesetzesänderungen gegangen sein. Es stehen einige Reformen an, die durchweg überraschend unternehmerfreundlich sind, aber kaum eine soziale Komponente beinhalten. Lange Rede, kurzes Fazit: Das Treffen passt ins Bild.«

Sven deutete auf die Leinwand. »Damit wäre dann der zweite Faden durchleuchtet, da hakt es sozusagen noch am Abschneiden, aber das müssen wir hier nicht erörtern.«

Dieses Mal waren es Jake und Andi, die einen stummen Blick wechselten. Tom ahnte, dass ihr Team gerade verstärkt worden war und der nächste Einsatz nicht legal abgesegnet sein würde. Er konzentrierte sich wieder auf Sven, als dieser nun über Christians Rolle und die verschwundenen Kunstgegenstände sprach und auch noch einmal die Rolle von Karl und Toms Vater bei der Wiederbeschaffung von Kunstwerken erwähnte.

Sven war sein Frust deutlich anzusehen. »Der gestrige Überfall auf Dimitri würde von der Dimension her zu der Dänin passen, aber ich finde keine Verbindung. Vermutlich sind es verschiedene Verbrechen.«

Julie sprang auf. »Nein. Ihr seht die Verbindung nur nicht, aber sie ist da.«

Alle Blicke richteten sich auf sie.

»Julie! Halt dich da raus«, forderte Christian sie leise, aber bestimmt auf. »Sei froh, dass du hier zuhören darfst, aber das heißt nicht, dass du …«

»Mensch, halt du die Klappe! Wenn wir unser Wissen schon früher kombiniert hätten, wäre manches gar nicht passiert.«

»Kombiniert?«, wiederholte Christian und war plötzlich kreidebleich. »Natürlich! Das Gold ist mit Karls Tod nicht verloren.«

Kapitel 37

Totenstille folgte auf den Ausbruch der Geschwister.

»Red schon«, wandte sich Tom schließlich direkt an Christian, der wie erstarrt wirkte. Dann legte er Julie eine Hand auf den Arm. »Und du vergiss bloß nicht, was du sagen wolltest.«

Christian fasste sich an den Hals und zerrte am Rand seines T-Shirts. »Karl hat da mal was erwähnt … Er wollte nie verraten, wo es ist, um uns zu schützen. Aber er es gab da einen Moment, da sagte er, dass man es finden könne, wenn die drei Unzertrennlichen zusammenarbeiten würden und du …« Er deutete auf Tom. »… deine Herzdame getroffen hättest.«

Dirk und Sven sahen sich an. Schließlich übernahm der Wirtschaftsprüfer das Wort. »Okay, das hört sich an, als ob noch zusätzlich eine Schatzsuche auf uns wartet. Ich schätze, mit den drei Unzertrennlichen seid ihr gemeint, oder?«

»Ja. Es war spät und wir hatten einiges getrunken. Deshalb hatte ich es auch vergessen. Karl relativierte es nämlich sofort und erklärte, dass er nur einen Spaß gemacht hatte und es ihm eigentlich um den wahren Reichtum gehen würde, so was wie Zufriedenheit im Leben oder so. Irgendwie habe ich damals gar nicht begriffen, dass er über uns gesprochen hat. Mir war das völlig entfallen. Erst jetzt verstehe ich, was er da eigentlich gesagt hat.« Er atmete tief durch. »Entschuldigt. Das kam nur etwas überraschend, kann aber natürlich warten. Was meintest du, Julie? Welche Verbindung siehst du denn zwischen dem Verschwinden von Kunstwerken und der superreichen Dänin?«

Tom hätte ihn am liebsten angebrüllt, dass der spöttische Ton sie nicht weiterbrachte und Christian sich bisher auch nicht gerade mit Ruhm bekleckert hatte, aber er bekam seinen Ärger in den Griff.

»Ich hau ihm später eine rein«, versprach er Julie leise.

Sie lächelte Tom zu und bedachte ihren Bruder mit einem bösen Blick, verzichtete aber darauf, den Streit fortzusetzen. »Ich zeige es euch im Internet. Das ist besser als jede lange Erklärung. Außerdem haben wir jetzt auch eine Verbindung zu meinem Vater. Ich habe bisher nicht geahnt, dass der Unfall gar keiner war, weil mein Bruder mir kein Wort verraten hat. Aber nun liegt das ja auf der Hand, denn ich komme bereits auf drei auffällige Verkehrsunfälle.«

Sie ging zu dem Notebook, wo Sven sie lächelnd empfing.

»Vermutlich liegst du mit dem Verdacht wegen der Unfälle richtig und bei deiner Kombinationsgabe solltest du dir Gedanken darüber machen, bei uns anzufangen. Deine Viecher kannst du dann ja in deiner Freizeit versorgen.«

»Was für Freizeit?«, erkundigte sich Dirk spöttisch.

Julie schmunzelte und entspannte sich wieder deutlich. Tom nahm sich vor, sich später bei den Hamburgern für das einfühlsame Verhalten ihr gegenüber zu bedanken. Julie tippte etwas ein und das Gemälde eines Rennpferdes mit einem Jockey in einer altertümlichen Kluft auf dem Rücken erschien auf dem Whiteboard.

»Vor fünf Jahren hat mir mein Vater das Bild gezeigt. Ich hatte da gerade einen Abkömmling des Hengstes erfolgreich behandelt. Er erzählte mir, dass er es nur kurz in Verwahrung hätte und es bald in einem Museum hängen würde.«

»Verdammt«, rief Christian dazwischen und stand auf. »Du hast den Fall tatsächlich geknackt, denn ...«

Tom drückte ihn zurück auf den Stuhl. »Setz dich und halt die Klappe. Weiter, Julie.«

Queen bellte und da dies wie eine Zustimmung wirkte, wurde wieder vereinzelt gelacht.

Auch Julie lachte. »Danke, Queen. Ich bin kein Kunstexperte und weiß gerade mal, ob mir etwas gefällt oder nicht. Dieses Bild ist mir in Erinnerung geblieben, weil der Maler das Tier exakt getroffen hat. Ein anderes Gemälde aus dieser Reihe ist jedoch aus der Asservatenkammer in Kiel verschwunden. Darauf war ein auffälliger Schimmel. Daran erinnere ich mich genau. Als ich den Artikel über den Diebstahl in der Zeitung gelesen hatte, musste ich an meinen Vater denken. Und ich würde jede Wette eingehen, dass beide Bilder nun bei dieser verrückten Dänin hängen. Solche Sammler gibt es doch öfter, oder?«

Dirk nickte begeistert. »Das passt perfekt und erklärt einiges. Sie hat einmal mit dem Gold ihren Mist unterstützt, sich aber auch ihr eigenes Kunstmuseum aufgebaut – durch Diebstähle aus der Asservatenkammer und eben durch die Raubkunst. Wenn ihre Familie tatsächlich zu den Nazis gehörte, hat sie natürlich entsprechende Verbindungen.«

Sven wirkte geistesabwesend. »Sekunde. Ich glaube

…« Er tippte rasend schnell auf die Tastatur und rief wieder das Foto auf, das Mark auf der Jacht geschossen hatte. Wortlos tippte er anschließend auf eine Stelle im Hintergrund. An einer getäfelten Wand hing das Gemälde eines Schimmels. Dann gab er Julie einen Kuss auf die Wange. »Großartige Arbeit.«

Dirk lächelte. »Ab sofort sollten wir regelmäßig eine Tierärztin mit an Bord holen. Ich gleiche das noch mal ab, aber das ist reine Formsache. Das Ding da wird das verschwundene Bild sein. Gibt es eine genaue Aufstellung der Kunstgegenstände, die in Kiel gestohlen worden sind?«

Christian sah seine Schwester ungläubig an und es dauerte einige Sekunden, ehe er antwortete. »Ja, sicher. Das Zeug stammt aus vier Sammlungen und dazu gibt es noch einige Einzelstücke. Das waren Beschlagnahmungen aus Steuerstrafsachen und vom Zoll – und es sind noch einige Dinge in der Halle, die ins Beuteschema passen, also für die Dänin interessant sein könnten. Denn es wird nach deren wahren Eigentümern geforscht und damit meine ich die Museen, denen die Sachen zustehen. Es ergibt plötzlich tatsächlich alles einen Sinn. Da sie ja offensichtlich darauf aus sind, dass ich ihnen Zugang zu den Sachen verschaffe, sollten wir das nutzen.«

Jörg stimmte ihm sofort zu. Dann rieb sich der Kieler Polizist übers Kinn. »Wenn ich es richtig sehe, haben wir noch drei Baustellen: Eine Schatzsuche, einen Zugriff in Dänemark, über den ich lieber nichts weiter hören möchte, und ein paar Kunstwerke in der Asservatenkammer als Köder. Wie machen wir daraus einen Fall für den Staatsanwalt?«

Sven blickte immer noch auf das Foto von der Jacht. »Über die gestohlenen Kunstobjekte. Ich muss noch ein paar Details klären, aber wir stellen Christians Ermittlungen in den Vordergrund und ziehen von dort aus die Verbindungen zu Agnes Falstroeg. Anders bekommen wir sie nicht. Nur das können wir ihr nachweisen.«

»Das ist mir zu wenig«, widersprach Dirk sofort. »Ich würde einen zweiten Köder nutzen.«

»Du denkst an das Gold?«, hakte sein Partner nach. »Du vergisst, dass wir das nicht haben.«

»Noch nicht. Ich denke an eine Taktik aus zwei Nadelstichen und dann dem finalen Todesstoß.«

Mark stand auf und ging zum Buffet. Dort angekommen drehte er sich um und zwinkerte Dirk zu. »Großartig. Unsere Fälle werden von einer Tierärztin geklärt und ein Wirtschaftsprüfer macht unsere Einsatzplanung. Lasst uns den Rest hier vernichten und dann geht's um die Details!«

Tom hätte durchaus schon wieder Hunger gehabt, doch viel mehr interessierte es ihn, dass er einen ungeheuren Stolz auf Julie empfand. Sie hatte nicht nur die perfekten Puzzleteile geliefert, sondern sich auch vor seinen Freunden behauptet. Er wäre zu gerne zu ihr gegangen und hätte mit ihr darüber gesprochen, aber Anna, Sandra und Alex hatten sie in Beschlag genommen. Neben ihm streckte sich Queen auf dem Boden aus und ihm kam eine Idee.

Er beugte sich zur Hündin hinab. »Hol Julie. Los!«

Zahlreiche neugierige Blicke verfolgten die Hündin, die Julie erfolgreich zu Tom bugsierte. Als sie schließlich lachend vor ihm stand, erklang Applaus.

»Gewöhne dir das besser nicht an.«

»Habe ich auch nicht vor, das war reine Notwehr. Zum einen möchte ich nicht wissen, was die Frauen dir alles erzählen. Davon stimmt natürlich nur die Hälfte. Und zum anderen wollte ich mit dir irgendwohin, wo wir alleine sind und …« Queen bellte. »Also fast alleine. Wir werden es schon erfahren, wenn wir wieder gebraucht werden. Heute ist schließlich Sonntag und Jörg hat mir vorhin gesteckt, das wir das Zimmer noch bis Montag früh haben.«

»Hast du denn noch genug trockene Klamotten, um …«

Er küsste sie einfach, um sie daran zu hindern, etwas auszuplaudern, für das sie zu viele Zuhörer hatten.

»Pferdebilder!«, meldete sich Christian ungebeten zu Wort. »Ich weiß noch, wie du den Blödsinn gesammelt und in Alben eingeklebt hast. Ich hätte nie gedacht, dass uns das mal so einen Durchbruch verschafft. Sven hat recht. Großartige Arbeit, Jules.«

»Danke, Krischan. Und schön, dass du wieder auf Kurs bist.«

Die Nutzung der alten Spitznamen war ein erster Schritt zur Normalität, nicht nur in Bezug auf die Geschwister. Obwohl Tom liebend gerne mit Julie alleine gewesen wäre, sah er Christian einladend an. »Komm mit. Du wirst im Moment auch nicht gebraucht, oder?«

»Ich störe euch doch nur.«

»Dann würde ich dich nicht fragen. Nun komm schon.«

Die Sonne tauchte die Kieler Förde in ein helles Licht. Alles wirkte plötzlich freundlich und einladend. Zahlreiche Segelboote waren auf dem Wasser unterwegs, jedoch überraschend wenige Spaziergänger, was vielleicht auf den Wetterbericht zurückzuführen war, der Dauerregen angekündigt hatte. Tom kannte jedoch das wechselhafte Wetter in Norddeutschland und war es gewohnt, jede Minute mit gutem Wetter auszunutzen.

Obwohl sie die ersten Meter Richtung Innenstadt und Kreuzfahrtterminal schweigend zurücklegten, war die Atmosphäre zwischen ihnen nicht angespannt.

Christian lachte plötzlich. »Wenn sich nichts geändert hat, sehen wir gleich ein paar richtig niedliche SEALs«, versprach er seiner Schwester.

Julie und Tom verstanden die Anspielung auf das Seehundbecken in Höhe des GEOMAR sofort, denn schließlich war ›Seal‹ das englische Wort für die Robben.

»Kennst du schon die Schlagzeile von morgen?«, erkundigte sich Tom bei Julie.

Ihre Augen glitzerten vor Vergnügen, als sie den Kopf schüttelte.

»Polizist in Förde versenkt«, erklärte Tom und wich lachend einem angedeuteten Schlag von Christian aus.

Einen Moment lang war es wie früher, dann sah Christian ihn ernst an. »Zeigst du mir bei Gelegenheit mal ein bisschen was von deinem Kram? Ich kenne höchstens Männer wie Bjarne, die in meinen Augen schon verdammt viel drauf haben.«

»Sicher. Kein Problem. Vielleicht haben wir mal die Chance, die Schießanlage in Lübeck zu nutzen. Die musst du dir wie ein gigantisches Videospiel vorstellen, nur dass man sich real drin bewegt und auf alles feuert.«

Julie rollte mit den Augen. »Wenn das jetzt auf ein echtes Männergespräch hinausläuft, gehe ich shoppen.«

»Sorry, Jules«, sagte Christian und sah Tom plötzlich unsicher an. »Wirst du in das Haus deines Großvaters einziehen? Passt das überhaupt zu deinem Job?«

Bisher hatte Tom Julies Hand locker umfasst. Jetzt drückte sie seine für einen Moment so fest, dass es beinahe schmerzte.

Er ignorierte Christian und sah Julie fest an. »Plön ist als Dauerwohnsitz aktuell nicht sinnvoll. Aber ich werde nicht wieder einfach verschwinden und wir werden eine Lösung finden. Ich werde das Haus nicht verkaufen, sondern vielleicht zeitweise oder sonst irgendwann später nutzen. Ewig werde ich den Job, den ich im Moment mache, nicht machen.« Er stutzte, als er über seine Worte nachdachte. »Wobei ich zukünftig vielleicht doch tatsächlich den Job machen werde, den ich gerade mache.«

Julie knuffte ihn in die Seite. »Mach mir eine Skizze oder übersetze, was du meinst.«

»Ich bin zur Zeit vom Militär freigestellt und arbeite für eine private Sicherheitsfirma, die wiederum vom LKA beauftragt wurde.«

»So habt ihr das also gedreht. Nicht schlecht. Kenne ich den Laden?«, erkundigte sich Christian.

Tom zögerte. Es war zu früh, offen über die Verbindung von *Black Cell* und den Hamburger Polizisten zu reden. »Nein, das ist ausgeschlossen. Die Firma fliegt unterhalb des Radars.«

Vor ihnen lag nun das Seehundbecken. Begeistert

beobachtete Julie die Tiere eine Zeit lang. Dann sah sie einige Sekunden auf die Förde hinaus.

»Lasst uns den Sonntag sinnvoll nutzen.«

»Was meinst du?«, fragte Tom, dem ihr Gesichtsausdruck nicht gefiel.

»Wir sollten uns das Haus deines Großvaters ansehen. Zu dritt. Vielleicht finden wir einen ersten Ansatzpunkt. Ich habe euch so verstanden, dass ihr eine Falle in Verbindung mit der Asservatenkammer stellen wollt und es daneben um diese Dänin geht. Aber das geht doch alles erst morgen los, oder? Damit hätten wir heute ein paar freie Stunden.«

Christian stöhnte laut. »Einige Dinge ändern sich nie. Du warst früher schon eine Sklaventreiberin.«

»Zu Recht! Ohne mich hättet ihr jeden Auftritt vergeigt! Und wenn du nicht auf Schatzsuche gehen willst, dann räum den Saustall auf, in den du *unser* Haus verwandelt hast.«

»Jetzt geht das schon wieder los«, seufzte Christian. Er wandte sich an Tom. »Hältst du das Risiko für vertretbar?«

»Ja. Übernachten würde ich in keinem der Häuser, aber dafür haben wir ja noch die Hotelzimmer und morgen überlegen wir uns etwas Neues. Ich gebe es nur äußerst ungern zu, aber im Prinzip hätten wir uns in Karls Haus schon längst nach Hinweisen umsehen müssen. Niemand wird so verrückt sein und tagsüber erneut zuschlagen. Außerdem sind wir bewaffnet und die Polizei wäre auch in wenigen Minuten vor Ort.«

Christian rieb sich übers Kinn. »Guter Punkt. Ich sorge dafür, dass ein Streifenwagen auf der Straße steht.

Das sollte jeden abschrecken, den die verrückte Dänin bezahlt. Die Israeli können wir ja schon ausschließen. Und ich denke dann mal darüber nach, dass meine kleine Schwester uns erzählt, wie wir unseren Job zu erledigen haben.«

Tom grinste Julie schief an. »Und wieder einmal tun wir, was du sagst. Einige Dinge ändern sich wohl nie.«

»Oh doch. Es hat sich einiges geändert«, erwiderte sie und bedachte ihn mit einem Blick, bei dem ihm schlagartig heiß wurde.

»Es war deine Idee! Ich hätte für den restlichen Tag noch einige andere gehabt, und keine von denen hätte deinen Bruder oder Queen eingeschlossen.«

»Erst die Pflicht, dann das Vergnügen, das solltest du eigentlich inzwischen gelernt haben …«

Es gab Schlachten, die konnte er nur verlieren. Er pfiff nach Queen, die er verbotenerweise ohne Leine hatte laufen lassen. Bisher war die Hündin brav neben ihnen geblieben, aber das Warten am Seehundbecken hatte sie zu sehr gelangweilt, sodass sie auf Entdeckungstour auf einer benachbarten Wiese gegangen war.

Als Tom die Haustür aufschloss, war er froh, das Haus nicht alleine betreten zu müssen. Nicht nur Julie und Christian waren mit ihm nach Plön gefahren, sondern auch Daniel und Sandra hatten sie begleitet. Während Christian darauf eher zurückhaltend reagiert hatte, freute sich Julie über die zusätzliche Gesellschaft. Zwischen ihr und Sandra schien sich eine Freundschaft anzubahnen und auch mit Daniel verstand sie sich gut.

Julie blieb im Windfang stehen und drehte sich einmal

um die eigene Achse. »Ich habe keine Ahnung, wo ich anfangen soll. Ich würde sagen, dass Tom, vielleicht aber auch Daniel und Sandra eher auf Hinweise stoßen. Wir sind einfach zu dicht dran.«

Daniel nickte und ging an ihr vorbei ins Wohnzimmer. »Hier bist du also aufgewachsen? Das Haus ist ja riesig.«

»Es war eine Art Sommerresidenz. Der ganze Bereich, auf dem die benachbarten Häuser stehen, gehörte früher zu diesem Haus.«

»Was heißt früher? Vor oder nach dem Krieg?«, fragte Sandra.

»Danach. Es gab so eine Art Gebietsreform oder Enteignung. Die meisten anderen Häuser in der Nachbarschaft sind direkt nach Kriegsende entstanden. Das Ziel war, dass die Bewohner sich selbst versorgen konnten. Deshalb wurden Nutzgärten angelegt und der Platz reichte, um Hühner, Hasen oder Enten zu halten. Warum interessiert dich das?«

»Ich überlege, wie es hier aussah, als das Gold versteckt wurde.« Sandra ging in die Küche und blickte auf den See hinaus. »Ich wette, dass es irgendwo unter Wasser liegt.«

Christian und Tom waren ihr gefolgt.

»Dazu passt die Aussage, dass die Bergung schwierig wäre«, stimmte Christian Sandras Überlegung zu. »Die Seen sind hier riesig, wir hätten keine Chance, alle abzusuchen.«

»Gibt es Möglichkeiten, das Gold aus der Luft zu orten? Mit einer Drohne?«

Dieses Mal übernahm Tom die Antwort. »Jake ist auch schon auf die Idee gekommen, aber das wird nichts. Der

Untergrund ist zu schlickig, um ein Bodenradar zu nutzen.«

»Dann muss die Antwort im Haus liegen. Suchen wir eine Positionsangabe? Eine Karte? Ein Foto?«, sagte Sandra und sah weiter auf den See hinaus.

»Wenn ich das wüsste, würde ich es dir sagen«, erwiderte Tom.

Sandra wirbelte zu ihm herum. »Das war ein Selbstgespräch! Da brauche ich keine Kommentare.« Sie zeigte mit dem Finger auf Christian. »Es drehte sich darum, dass ihr drei zusammenkommen müsst und Tom auf seine Herzdame treffen soll. Das kann doch nicht so schwer sein. Wo befindet sich hier im Haus etwas, das euch drei verbindet?«

»Mein ehemaliges Kinderzimmer«, fiel Tom nach kurzem Überlegen ein. »Da haben wir früher manchmal rumgehangen.«

»Ich hätte ans Seeufer gedacht«, widersprach Christian. »Wir haben uns mehr bei uns drüben aufgehalten. Wenn wir hier waren, dann unten am Wasser.«

»Stimmt auch wieder.«

Tom sah unschlüssig zum See, dann hatte er sich entschieden. »Es bringt nichts, wenn wir alle am gleichen Fleck suchen. Da treten wir uns nur auf die Füße. Wir sollten uns aufteilen.«

Queen bellte und rannte zur Küchentür, die nach draußen führte.

»Die Lady will draußen suchen. Ich helfe ihr. Nehmt euch was anderes vor«, sagte Tom und hoffte, dass keiner merkte, dass es ihm widerstrebte, sein altes Kinderzimmer zu betreten.

»Ich übernehme dein Zimmer«, kündigte Julie an.

Siedend heiß fielen Tom einige Songtexte ein, die er damals geschrieben hatte. Es war ganz bestimmt keine gute Idee, wenn Julie die fand. »Ich ... ähm ... Nimm du Queen mit raus. Ich übernehme das Zimmer doch lieber selbst.«

»Musst du noch ein paar Playboy-Hefte verschwinden lassen?«, erkundigte sich Julie anzüglich.

Wenn Tom die Wärme in seinen Wangen richtig deutete, wurde er gerade rot.

»Ich möchte mich einfach erst einmal überall umsehen, ist das in Ordnung, Tom?«, fragte Sandra.

»Natürlich. Ich weiß noch, wie du das Kommando im Escape Room übernommen hast. Tob dich aus.«

»Hast du?«, fragte Julie.

»Klar, einer muss den Männern ja sagen, wo's langgeht. Wir waren schneller wieder draußen als alle anderen und haben sogar Mark und Jake mit ihren Frauen geschlagen, die sonst immer gewonnen hatten. Und das obwohl uns einer im Team fehlte.«

»Das hast du ja auch mehr als ausgeglichen«, lobte Daniel seine Verlobte und gab ihr einen Kuss. »Dann zeig mal, was du drauf hast, Sandy.«

Es war ein merkwürdiges Gefühl, mit Daniel zusammen sein altes Zimmer zu betreten. Tom schaffte es gerade mal, sich einmal umzusehen, dann ließ er sich auf sein altes Bett fallen.

»Du brauchst eindeutig einen Whisky«, teilte Daniel ihm mit, eilte davon und kehrte wenig später mit einer Flasche und zwei Gläsern zurück.

Sein Freund setzte sich neben ihm aufs Bett und

schenkte in beide Gläser einen Fingerbreit ein.

Sie prosteten sich zu.

»Auf Karl«, sagte Tom leise und musste hart schlucken, als die Trauer ihn zu überwältigen drohte.

Nachdem er getrunken hatte, fühlte er sich etwas besser. »Ausnahmsweise habe ich nichts gegen deine Medizin«, versuchte er einen Scherz.

Daniel grinste. »Ist ja sogar dein Lieblingszeug. Das ist doch der Talisker, den auch Nizoni dir geschenkt hatte, oder?«

Tom blinzelte. »Den Dark Storm gibt's nicht überall, den muss man online kaufen. Ich habe den mal bei Dirk kennengelernt und war begeistert.«

Daniel griff nach der Flasche und drehte sie in der Hand. »Dann ist das wohl ein glücklicher Zufall.«

Tom nahm sie ihm aus der Hand. »Glaube ich nicht. Er stand in engem Kontakt mit Nizoni und hatte ein paar Dinge für meine Rückkehr vorbereitet.«

Er hielt die Flasche gegen das Licht. »Hier steht was. Auf dem Glas. Eine Zahl.«

Sandra stürmte ins Zimmer und hielt das Foto in der Hand, das auf Karls Nachttisch gestanden hatte. »Habt ihr auch eine Zahl? Ich habe eine! Auf der Rückseite von dem Bild, hauchzart mit Bleistift notiert. Wir suchen also Zahlen! Und die ergeben dann ein Wort?«

Tom schüttelte den Kopf. »Nein, eher eine Positionsangabe. Das heißt, wir suchen vier zweistellige Zahlen und zwei fünfstellige. Wir müssen die dann noch in die richtige Reihenfolge bringen. Da der Ort in der Nähe sein muss, wird es jedoch relativ einfach sein, unsere Fundstücke zu kombinieren.«

»Verstanden. Wo habt ihr die Zahl her?«

»Hier auf der Flasche. Die ist kaum zu erkennen.«

Laute Schritte polterten die Treppe hoch. »Wir haben an einem Baumstamm eine römische Zahl entdeckt. Hilft uns das weiter?«, fragte Julie.

Sandra nickte. »Das ist perfekt. Mensch, wenn wir weiter so schnell sind, haben wir noch einen komplett freien Nachmittag vor uns.«

Sandras optimistische Einschätzung erfüllte sich nicht. Obwohl sie nun wussten, wonach sie suchten, kamen sie zunächst nicht weiter.

Julie entdeckte schließlich eine fünfstellige Zahl in Karls Smartphone, die er bei ihren Kontaktdaten notiert hatte.

Christian lobte seine Schwester überschwänglich. »Super, das war dann wohl der Punkt mit der Herzensdame. Damit fehlen uns noch eine fünfstellige Zahl und eine zweistellige. Könnten wir die zur Not auch irgendwie schätzen?«

Daniel schüttelte den Kopf. »Leider nicht. Es gibt hier einfach zu viele Seen und wir wissen nicht, wo die Männer damals die Nacht verbracht haben. Vielleicht könnte uns dieser israelische Milliardär diese Frage beantworten, aber wer weiß, ob der sich daran noch erinnert – wenn er überhaupt mit uns reden würde.«

»Also müssen wir weiter suchen«, stellte Julie seufzend fest. »Ich bestelle erst einmal eine Runde Pizza.«

»Gute Idee. Und bitte auch ausreichend Cola«, bat Daniel.

Während sie die Pizza aßen, wirkte Sandra nachdenklich. Schließlich legte sie ihr Stück weg, ohne abgebissen zu haben. »Christian fehlt noch. Es muss einen Fundort geben, der mit ihm zusammenhängt. Wir haben Julie im Smartphone, euch drei am See, Tom beim Whisky und auf dem Foto. Wo ist deine Zahl? Er hat doch gesagt, ihr drei müsstet wiedervereinigt sein. Gibt es etwas, das für dich und Karl eine bestimmte Bedeutung hat? Ein Getränk? Ein bestimmter Platz? Ein Buch?«

»Wir haben entweder im Wohnzimmer oder hier gesessen. Karl hat seine Büchersammlung geliebt, aber ich konnte mit den ganzen Bildbänden nie etwas anfangen und habe ihn gerne damit aufgezogen. Aber er hat mal … Sekunde!«

Christian kehrte mit einem großformatigen Buch zurück, das er schwer auf den Tisch fallen ließ und dabei Julies Teller nur knapp verfehlte.

»Manchmal könnte ich dich …«, murmelte sie, drehte dann das Buch aber bereits so hin, dass sie den Titel erkennen konnte. »Das alte Griechenland – Schätze und Kunstwerke? Wie bringt uns das weiter?«

»Karl hat da mal einen Vergleich gezogen, in den er sich richtig reingesteigert hat. Es ging ihm dabei sowohl um sein Leben oder seine Mission als auch um meine Ermittlungen.«

Sandra kniff die Augen zusammen. »Die Irrfahrten des Odysseus?«

»Exakt. Von einem Tempel und den Wandgemälden war er begeistert und hätte die zu gerne mal in natura gesehen. Irgendwann fahre ich da hin und sehe sie mir für ihn an.«

Tom und Julie wechselten einen Blick. Christian hatte vermutlich nicht einmal gemerkt, dass er seinen

Gedanken laut ausgesprochen hatte.

Tom stand auf. »Es wird dauern, bis du das Ding durchgeblättert hast. Ich sehe mal nach Queen.«

Die Hündin war im Garten perfekt aufgehoben und konnte jederzeit ins Haus kommen, aber Tom brauchte einen Moment für sich.

Er schaffte es nicht länger, die Gefühle im Griff zu behalten, die die Suche nach Hinweisen in ihm auslöste. Sein Großvater hatte die Verstecke sorgfältig ausgesucht und vielleicht vorgehabt, in seinem Testament einen Hinweis zu hinterlassen. Jede Zahl wies darauf hin, wie sehr er gehofft hatte, dass Tom zurückkehrte und seine ehemaligen Freunde wiedertraf.

Das hatte er zwar getan, doch zu spät.

Er setzte sich am Seeufer auf einen Stein, nicht weit von der Stelle entfernt, wo der Todesschütze gestanden hatte. Warum hatte er die Whiskyflasche nicht mitgenommen? Den Inhalt hätte er gebrauchen können. Es war einfach zu viel. Das Wiedersehen mit Christian. Die Vergangenheit seines Vaters und Großvaters, von der er nie etwas geahnt hatte. Queen legte ihm wieder einmal den Kopf auf den Oberschenkel.

»Genau, meine Schöne. Und dann sind da noch Julie und du ...«

Als Tom seinen Kopf zur Hündin hinabbeugte, meldeten sich seine Rippen, die er beinahe vergessen hatte, und schlagartig waren die Erinnerungen an die Misshandlungen durch Ava und ihre Kumpanen wieder lebendig.

Es war einfach zu viel, zumindest in der kurzen Zeit. Wenn er doch nur vor Jahren zurückgekehrt wäre! Er dachte an Marks Worte. Die Vergangenheit ließ sich nicht mehr ändern, aber zumindest trauern durfte er ja wohl – um all das, was hätte sein können.

Erst als Queen ihm über die Wangen leckte, merkte er, dass ihm Tränen übers Gesicht liefen. Tom rutschte von dem Stein und verbarg sein Gesicht im Fell der Hündin. Obwohl dies kaum der Fall sein konnte, hatte er das Gefühl, sie trauerten gemeinsam um Karl und nahmen jeder auf seine Art und Weise Abschied von ihm.

Plötzlich knurrte Queen leise. Sofort riss Tom sich zusammen, rieb sich über die Augen und stand auf.

Christian kam über den Rasen auf ihn zu.

Normalerweise hätte die Hündin nicht auf seine Anwesenheit reagiert, aber dieses Mal war Tom für die Warnung dankbar.

»Danke, meine Schöne.«

Sie blickte ihn an, als ob sie jedes Wort verstanden hätte, das er nicht einmal ausgesprochen hatte. Wenn es nach Nizoni ging, dann stimmte dies. In diesem Augenblick glaubte Tom daran, dass seine Großmutter mit ihren teilweise abstrusen Überzeugungen richtig lag.

»Wir haben es. Alles. Nachdem wir in dem Buch fündig geworden sind, ist Sandra darauf gekommen, dass deine Herzdame nicht Julie, sondern dieses Fellknäuel ist. In ihrem Impfpass waren die letzten fünf Ziffern markiert. Daniel hat die Daten zu GPS-Koordinaten zusammengefügt. Das Gold liegt in der Nähe auf dem Grund eines Sees. Geht es dir gut?«

Tom wollte schon lässig bejahen, als er sich anders entschied. »Nein.«

Christian fuhr sich unsicher durch die Haare. »Wenn

ich dir irgendwie helfen kann, sag es. Ich weiß ja, dass du Daniel hast. Und Julie. Aber ich wollte es dir trotzdem anbieten.«

Sein ehemals bester Freund wirkte so verloren, dass der Anblick Tom traf. »Danke. Ich werde dich brauchen. Ohne dich bekomme ich das nicht hin.«

Sie umarmten sich fest, dann grinste Christian schief. »Weshalb ich auch noch gekommen bin: Wir müssen zurück nach Kiel, also zumindest ich. Heute Abend geht's rund. Dimitri hat sich bei Alexander gemeldet.«

Tom stöhnte. Ein ruhiger Abend wäre ihm lieber gewesen, aber er würde diesen Schlussakt nicht dem Kieler MEK überlassen, sondern zumindest für Christian da sein.

»Ich komme mit und bin heute Abend dabei«, versprach er.

Christians Miene entspannte sich deutlich. »Danke. Das bedeutet mir eine Menge. Ich habe so langsam kapiert, dass ich da in was reingerutscht bin, das für mich alleine zwei bis drei Nummern zu groß ist. Mir fehlt eben deine Ausbildung oder irgendwas Vergleichbares.«

»Das stimmt nicht, Krischan. Wenn es so wäre, hätten die Kieler dich aus dem Spiel genommen. Wir haben zwar Jules gebraucht, um die Sache mit den Pferdebildern zu kapieren, aber die Basis dafür stammt von dir.«

»Danke«, erwiderte Christian heiser und rieb sich dann fahrig über die Augen. »Ich vermisse ihn.«

Kapitel 38

Toms Anwesenheit hatte eine beruhigende Wirkung auf Christian, die er zunächst nicht verstand. Dann begriff er, dass er ihm immer noch oder wieder vertraute. Die anderen Kieler und Hamburger Polizisten agierten zwar überaus erfahren und professionell, waren ihm jedoch fremd.

Sie hatten sich auf dem Parkplatz eines Supermarktes in Kiel-Raisdorf getroffen, der in unmittelbarer Nähe einer Halle lag, die die Kieler Staatsanwaltschaft für die Verwahrung von größeren, beschlagnahmten Gegenständen angemietet hatte. Auf dem Gelände der Asservatenkammer waren uniformierte Kollegen in Stellung gegangen, hielten sich aber verborgen.

Keines ihrer Fahrzeuge war als Polizeiwagen gekennzeichnet und weder die Männer aus Kiel noch die Hamburger Kollegen wirkten wie Beamte. Trotzdem hatten sie sich eine Fläche hinter dem Gebäude ausgesucht, wo sie vor neugierigen Blicken sicher waren. Von Toms amerikanischen Freunden war niemand anwesend, aber das hatte Christian auch nicht erwartet. Jeder Einsatz der amerikanischen Soldaten war ein Risiko und mit dem Kieler MEK hatten sie genug Männer, um die Lage zu kontrollieren. So weit er es mitbekommen hatte, waren die SEALs keineswegs untätig, sondern suchten nach Informationen über die Dänin, deren Grundstück und auch deren Jacht.

Tom hatte ihm erklärt, dass sie auf eine Verkabelung oder versteckte Mikrofone verzichten und stattdessen die

Mobiltelefone zum Verfolgen der Gespräche nutzen würden. Die Technik war ihm neu, aber da die Mitarbeiter des Kieler MEK keinerlei Einwände hatten, schob Christian seine Bedenken zur Seite und hatte die entsprechende App bereits installiert.

Seine Befürchtungen stiegen wieder, als Jörg mit deutlich angespannter Miene zu ihnen kam.

»Ich habe neue Informationen, kann sie aber leider nicht vernünftig einordnen. Alexander telefoniert noch. Wir reden darüber, wenn er fertig ist.«

Alexander war nicht alleine bei ihrem Treffpunkt erschienen, sondern in Begleitung zweier Männer, von denen einer Tom überaus freundschaftlich begrüßt hatte. Die Erklärung, dass Thomas Toms Vermieter wäre, hatte Christian nur noch mehr verwirrt.

»Wie hat Alexander sich eigentlich so ein Cover aufgebaut?«, fragte er schließlich, um seine Anspannung zu mildern, und weil er tatsächlich neugierig war.

Tom wich seinem Blick aus. »Das ist eine ziemlich lange Geschichte, die muss er dir irgendwann mal selbst erzählen.«

Das klang immerhin so, als ob er den Hintergrund erfahren würde.

Als Tom sich übers Kinn rieb, erkannte Christian, dass der SEAL keineswegs so ruhig war, wie er auf den ersten Blick wirkte.

Endlich kam Alexander eilig zu ihnen. Er setzte sich auf die Motorhaube von Toms Mercedes und fluchte erst einmal ausgiebig in einer Sprache, die Christian nicht kannte.

»Das übersetze ich dir mal lieber nicht«, erklärte Tom.

»Verstehst du ihn denn?«, fragte Christian verblüfft.

»Ja. Das ist arabisch, aber das bringt uns nicht wirklich weiter.«

Er nahm sich vor, Tom später zu fragen, wieso er die Sprache verstand. »Die Bedeutung dürfte mir sowieso ungefähr klar sein.«

»Also gut«, begann Alexander auf Deutsch. »Wir haben ein Problem, das ich nicht einschätzen kann. Nebenbei macht mich der gesamte Fall langsam wahnsinnig.«

»Das hast du eben ziemlich deutlich zum Ausdruck gebracht«, zog Tom ihn auf und erntete einen vernichtenden Blick.

Alexander wies auf Tom. »Seine Freundin Ava hat …«

»Wenn du sie noch einmal meine Freundin nennst, dann …«

Zunächst fand Christian das Geplänkel irritierend, dann merkte er, dass so die Anspannung verflog.

»Dann formuliere ich es anders. Wir mussten die Dame auf freien Fuß lassen. Ihr diplomatischer Status ermöglichte nur eine sofortige Abschiebung. Es sind einige Drähte zwischen Tel Aviv und Washington heiß gelaufen und am Ende haben wir wenigstens noch eine ausführliche Aussage von ihr bekommen.«

»Wieso Tel Aviv und Washington?«, hakte Christian nach.

»In Tel Aviv sitzt ihr Großvater, der ihr ein paar Ansagen gemacht hat. Danach hat sie dann auch über das geredet, was wir ihr nicht nachweisen konnten. Die deutschen Behörden sind nicht bis zu David Goldemann durchgedrungen, sondern konnten ihm nur Nachrichten ausrichten lassen. Aber Admiral Rawlins hatte einen Weg, direkt mit ihm Kontakt aufzunehmen.«

Tom pfiff leise durch die Zähne. »Das ist Marks Vater, mein Oberboss bei den SEALs.«

»Danke für die Erklärung. Und was hat sie gesagt?«

»Es ist kaum vorstellbar, aber im Prinzip hatte sie das gleiche vor wie wir. Sie wollte an die Kunstwerke in der Asservatenkammer und darüber dann Kontakt zu der Dänin aufnehmen. Sie ist aus einer ganz anderen Richtung auf die Dänin gestoßen, über Gerüchte aus dem Kreis der Reichen und Mächtigen. Statt wie Dimitri über Christian an die erforderlichen Daten heranzukommen, wollte sie das über Baumann schaffen. Nachdem sie die Informationen hatte, war er überflüssig. Er hat ihr den Standort der Asservatenkammer und die Regalnummern von einigen Gegenständen besorgt.«

Christian musste sich erst räuspern. »Wie sind sie auf Baumann gestoßen? Und was ist das eigentlich für eine Tussi? Ex-Geheimdienst?«

»Ja. Sie war beim militärischen Geheimdienst. Baumann hatte wohl den Ruf, unsauberen Geschäften gegenüber nicht abgeneigt zu sein.«

Christian atmete tief durch, als ihm bewusst wurde, was ihren Einsatz zum unkalkulierbaren Risiko werden ließ. »Wenn Dimitri die Dänin schon in der Vergangenheit beliefert hat, macht es eigentlich keinen Sinn, dass ihre Leute ihn gestern Abend angegriffen haben, um an mich ranzukommen.«

»Genau. Entweder haben die Männer auf eigene Faust zugeschlagen oder … Keine Ahnung«, sagte Tom. »Hat Dimitri irgendwas gesagt, das uns weiterbringt?«

»Nur, dass er an Christian schon länger dran ist, um mit seiner Hilfe die Asservatenkammer leerzuräumen. Möglich wäre das, denn dort sind eine Menge Gegenstände, die nicht nur für die verrückte Dänin interessant wären. Ich frage mich jedoch, ob er ein doppeltes Spiel spielt. Mir gegenüber hat er behauptet, dass er nur Gerüchte über das Gold gehört hat. Andererseits hat er erstaunlich schnell angebissen, als er den Barren gesehen hat. Ich habe behauptet, dass der Schlüssel zum Gold in einem der beschlagnahmten Gemälde steckt. Aber ob er mir das abgenommen hat? Vielleicht weiß er, dass Christian ein möglicher Schlüssel zum angeblichen Schatz ist.«

Nun fluchte auch noch Tom in einer Sprache, die Christian nicht kannte. »Was spricht eigentlich dagegen, eure Meinung auf Deutsch kundzutun?«, fragte er bissig.

Alexander grinste flüchtig. »Es schützt uns vor unseren Frauen …«

»Aha. Und was ist denn das Problem?«

Tom starrte an Christian vorbei zu einigen Sammelcontainern für Altglas. »Dass wir nicht länger über einen fiktiven Schatz reden, sondern den Ort kennen. Wenn das bekannt wird, ist dein Leben keinen Cent mehr wert.« Überraschend unbeherrscht schlug Tom mit der flachen Hand aufs Wagendach. »Wir brechen den Einsatz ab. Das Risiko ist unvertretbar.«

Alexander nickte.

Christian schüttelte den Kopf. »Ich gehe das Risiko ein. Wir müssen die Sache klären. Vielleicht habt ihr recht, aber selbst dann brauchen sie mich eine gewisse Zeit lebend.«

Jörg hatte sich bisher im Hintergrund gehalten. Jetzt trat er näher. »Ich überlasse die Entscheidung euch. Wir sind bereit, wenn ihr es seid. Für eine Fortführung spricht, dass Dimitri bisher nicht durch übermäßige Brutalität aufgefallen ist. Ihn interessiert der schnelle Profit. Ich halte es für möglich, dass er den dreckigen Part Alexander überlassen wird. Ich weiß nur nicht, wie ihr es ihm verkaufen wollt, dass ihr einem Gemälde nachjagt und er Christian.«

Alexander sprang von der Motorhaube. »Das können wir nicht aufrechterhalten. Wir müssen umschwenken und so tun, als ob wir von Anfang an hinter Christian her gewesen wären und ihn angelogen haben.«

Christian kniff die Augen zusammen, als er sich an eine Szene vom Vorabend erinnerte. »Dazu passt, dass du mich gestern Goldjunge genannt hast.«

»Stimmt. Wir gehen proaktiv vor. Ich fahre mit Christian zu Dimitri, lege die Karten auf den Tisch und mache gleichzeitig deutlich, dass meine Crew uns absichert. Toni und Thomas kennt er von früher. Tom?«

»Logisch. Ich mache bei deinen Männern mit, versuche aber gleichzeitig, so dicht wie möglich an euch dran zu sein.«

»Gut. Dann machen wir es so«, beschloss Alexander. »Noch irgendwelche Fragen?«

»Eine. Die ist aber eigentlich unwichtig. Was hat es mit der Narbe auf sich? Wieso klebst du dir so was ins Gesicht.«

Alexander und Tom wechselten einen Blick, den Christian nicht verstand, und er rechnete schon mit keiner Antwort auf die Frage, die er aus reiner Neugier gestellt hatte. »Früher hatte ich diese Narbe. Nach einer weiteren Verletzung habe ich den Bereich kosmetisch korrigieren lassen. Da ich offiziell untergetaucht oder tot bin, möchte ich nicht, dass sich rumspricht, wie ich heute aussehe.«

»Danke. Und tut mir leid, dass ich so neugierig war. Eigentlich möchte ich nur wissen, mit wem ich es zu tun habe.«

Ein flüchtiges Grinsen zeigte sich bei Alexander. »Ich bin nicht sicher, ob du das wirklich wissen möchtest. Komm, wir fahren los.«

»Hast du es eilig, weil deine Frau wieder auf dich wartet?«, zog Christian ihn auf.

Alexander stutzte und schlug ihm dann schmunzelnd auf den Rücken. »So langsam lernst du uns kennen und gehörst dazu.«

Auch Tom nickte ihm anerkennend zu und merkwürdigerweise fühlte sich Christian durch die Reaktionen der Männer deutlich besser. Die Angst war noch da, wurde aber durch das Gefühl gedämpft, ein solides Sicherheitsnetz zu haben.

Eine leise Melodie ertönte und Alexander sah auf sein Handy. »Er hat mir die Adresse geschickt. Hindenburgufer. Ist das nicht eine Kieler Nobelgegend?«

Jörg bestätigte ihm dies und hatte bereits Google Earth aufgerufen. »Welche Hausnummer?«

Nachdem Alexander sie ihm genannt hatte, pfiff der Kieler Polizist durch die Zähne. »Wenn das sein Ausweichquartier ist, möchte ich nicht wissen, wie viel Geld er auf schwarzen Konten hat. Ich hatte auf einen Schuppen im Rotlichtviertel getippt.«

»Mir gefällt die Grundstücksgröße nicht«, überlegte

Tom laut. »Das ist ein halber Park. Ich komme alleine ungesehen ans Haus ran, aber dann sieht es schlecht aus.«

»Tja, wie gut, dass ich für den Fall vorgesorgt habe, dass wir zu wenige sind«, erwiderte Jörg gelassen.

»Hast du ein zweites Team in Bereitschaft?«, hakte Alexander nach.

»Nein, das war mir zu riskant. So lange wir nicht sicher sind, ob Baumann ein Einzelgänger war oder es Mittäter gibt, traue ich fast niemandem. Die Sache mit dem Gold ist einfach zu heikel, dafür schmeißen zu viele ihr Gewissen mal eben über Bord.«

Jörg schickte eine WhatsApp mit der Adresse ab, Christian konnte den Empfänger jedoch nicht erkennen.

Ehe er nachfragen konnte, lächelte der Polizist. »Es trifft sich doch ganz gut, dass sich zwei Mediziner, die wir gut kennen, in Kiel noch einen netten Abend machen wollten.«

»Daniel und Jan sind noch vor Ort?«, entfuhr es Tom sichtlich verärgert.

»Brauchen sie dafür deine Erlaubnis?«, erkundigte sich Jörg anzüglich. »Ich bin froh, dass sie sogar vor uns dort eintreffen werden. Außerdem beordere ich Streifenwagen in die Gegend, die auf unser Signal unterstützend tätig werden. Oder möchtest du das auch noch vorher absegnen?«

Die ironische Frage war Tom sichtlich unangenehm. »Nein, natürlich nicht. Ich hätte mir nur gewünscht, dass … Ach, vergiss es.«

Jörg nickte nur knapp und Alexander ging zu seinem schwarzen Geländewagen.

Verunsichert sah Christian Tom an und gab sich dann

einen Ruck. »Hey, du weißt doch gar nicht, wie sich das mit den beiden ergeben hat. Ihre Anwesenheit soll garantiert kein Zweifel an deinen Fähigkeiten sein. Wenn überhaupt, haben sie sich als Hilfe oder Backup gesehen.«

»Bin ich so leicht zu durchschauen? Es ist mit Daniel meistens total einfach, aber letztlich ist er mein Vorgesetzter.«

»Echt? Ein amerikanischer Soldat hat eine Befehlsgewalt über einen Sonderermittler des Hamburger LKA? Hast du mal die entsprechende Gesetzesstelle? Mir ist das neu.«

Dass Tom wieder grinste, gefiel ihm.

»Danke, Krischan«, fügte Tom noch hinzu und einen Augenblick war es zwischen ihnen wie früher.

***

Tom kannte und schätzte die Männer, die sich Alexander als Begleitung für diesen Abend ausgesucht hatte. Toni war mittlerweile sein Stellvertreter beim Hamburger LKA und Toms Vermieter Thomas war trotz seines vermeintlichen Ruhestands noch in Topform, besaß jedoch keinerlei Legitimation für das geplante Vorgehen.

Auch von den Kieler Polizisten hielt er einiges, wenn dazu noch Daniel und Jan kamen, hatten sie einige Trümpfe in der Hand, dennoch hatte er ein dermaßen schlechtes Gefühl, dass er den Einsatz am liebsten doch abgesagt hätte. Trotzdem lenkte er den schwarzen Mercedes weiter auf ihr Ziel zu. Er hatte noch gut fünfzehn Minuten Fahrtzeit, um sich zu konzentrieren. Wenigstens war er alleine im Wagen und niemand würde mitbekommen, dass er plötzlich am Grübeln war.

Lag es daran, dass er selbst nicht hundertprozentig fit war? Das konnte es eigentlich nicht sein, denn er hatte gelernt, Empfindlichkeiten wie das leichte Pochen in den Rippen, das Stechen an seinem Handgelenk oder die latente Müdigkeit auszublenden, wenn es drauf ankam. Plötzlich hatte er Julie und Queen wieder vor Augen. Wenigstens die beiden waren in dem Kieler Hotel in Sicherheit. Sein Puls beschleunigte sich. Das harte SEAL-Training hatte sie auf etliche Dinge vorbereitet, die ihnen zustoßen konnten, darunter auch Gefangenschaft und Folter. Solange er alleine davon betroffen war, hatte er eine Chance – das hatten Ava und ihre Männer zu spüren bekommen. Ganz anders sah es aus, wenn weitere Kameraden betroffen waren und als Druckmittel benutzt wurden. Niemand konnte es mitansehen, wenn vor seinen Augen ein Freund gefoltert oder umgebracht wurde. Seine Schwachstelle waren nicht nur seine Teamkameraden, sondern jetzt auch Julie und sogar Queen. Julie war nicht nur durch ihn, sondern auch durch Christian in gewisser Weise eine Zielscheibe.

Was war, wenn … Bis jetzt hatte er gedacht, dass sie im Hotel in Sicherheit wären. Das war leichtsinnig gewesen. Er hätte sich niemals darauf verlassen dürfen. Schließlich waren die Hotelzimmer durch die Kieler Polizei organisiert worden.

Er rief Julie an und atmete auf, als die Verbindung hergestellt wurde.

»Hey, ich dachte, du bist beschäftigt.«

»Ich habe noch zehn Minuten und wollte deine Stimme hören. Sag mal, bist du alleine?«

»Nein, Sandra ist hier. Wieso?«

Wenn er sich lächerlich machen würde, dann war es ebenso. »Kannst du sie mir mal bitte geben?«

Da Sandra ihn auffallend ernst begrüßte, ahnte sie schon, dass er nicht zum Spaß anrief. »Haut da ab. Sofort. Sieh dich sorgfältig um. Fahrt zu Dirk«, befahl er.

»Hast du einen konkreten Anhaltspunkt?«

»Nein, nur ein schlechtes Gefühl. Bitte tu es trotzdem. Und danke, dass du und Daniel in Kiel geblieben seid.«

»Kein Ding, das Zimmer war ja eh bezahlt. Du hättest dasselbe für uns getan, auch wenn dein Vorschlag, dass wir uns nach der Schatzsuche einen netten Abend zu Hause machen sollten, natürlich nett war. Ich schicke dir eine Nachricht, wenn wir unterwegs sind. Konzentrier dich auf deinen Mist, Tom. Wir Mädels kommen zurecht.«

Im Hintergrund hörte er Queen bellen und musste lächeln. »Danke, Sandy. Ich schulde dir was.«

»Tust du, und ich werde es einfordern. Verlasse dich drauf. Unter anderem muss die Terrasse mal wieder mit einem Hochdruckreiniger behandelt werden und …«

Er trennte die Verbindung. Vielleicht würde er sich später darüber ärgern, dass er so spät auf die Idee gekommen war, dass das Hotelzimmer keineswegs so sicher war, wie er gedacht hatte. Immerhin waren Daniel und Sandra anscheinend schon vorher auf die Idee gekommen.

Sein Handy meldete eine neue WhatsApp. Ein schneller Blick reichte ihm. Daniel.

»Wir sind in Position. Trauen uns aber nicht näher ran. Das überlassen wir dir. Sandy sollte Julie eigentlich nur ein wenig

unterhalten.«

Typisch Daniel. Mit so wenigen, aber exakt den richtigen Worten reparierte sein Freund Toms angeknackstes Selbstbewusstsein wieder.

Tagsüber bot die Straße, die direkt an der Förde entlangführte und als ›Kiellinie‹ bekannt war, eine nette Aussicht. Hier war er noch vor wenigen Stunden mit Julie und Christian spazieren gegangen und jetzt … Die Kieler Polizisten stoppten ihre Fahrzeuge am Straßenrand. Lediglich Alexander und Toni fuhren weiter, jetzt jedoch deutlich langsamer. Tom verdrängte sämtliche anderen Gedanken und konzentrierte sich auf das, was vor ihm lag. Er setzte den kleinen Ohrstecker mit dem eingebauten Mikrofon ein und schaltete ihn durch einfaches Tippen an.

Automatisch wollte er den Test auf Englisch durchführen, schaltete jedoch im letzten Moment auf Deutsch um. »Kommunikationstest«, sagte er leise.

»Comm check verstehen wir auch«, erwiderte Jörg, dem er das Lachen anhörte.

Neben Bjarne bestätigten noch vier weitere Kieler Polizisten die Meldung, dann folgten Jan und Daniel und zu Toms Überraschung auch Toni und Thomas.

»Nur der Boss und der Junge sind offline«, teilte Thomas ihm mit.

Christian wäre über die Bezeichnung vermutlich nicht besonders begeistert … Alexander bog auf ein Grundstück ein, das sich gut fünfhundert Meter vom Standort der Kieler Einsatzkräfte entfernt befand. Toni folgte ihm auf den Parkplatz. Beide Fahrzeuge wurden so rangiert, dass sie sofort aufbrechen konnten. Tom hielt wie zuvor die Polizisten am Straßenrand, aber absichtlich in Sichtweite des Hauses, um zu signalisieren, dass Alexander und Christian ausreichend Rückendeckung hatten. Auf dem Parkplatz vor dem Haus standen neben den Fahrzeugen, die zu ihnen gehörten, vier weitere Wagen. Das ließ einen ersten Rückschluss auf die Anzahl der Männer im Haus zu, der Tom nicht gefiel.

»Mach die Innenbeleuchtung aus«, befahl eine leise Stimme in Toms Kopfhörer. Daniel.

Er gehorchte und wenige Augenblicke später schob sich sein Freund auf den Beifahrersitz.

»Es sind zu viele für ein harmloses Treffen. Die Männer sind nervös. Patrouillieren ums Haus herum. Recht ungeordnet, aber dennoch gefährlich, weil sie mit automatischen Maschinenpistolen bewaffnet sind.«

»Bleib du hier. Ich gehe dichter ran.«

»Du willst Alexander und Christian direkt decken? Das ist Wahnsinn.«

»Willst du mit mir darüber diskutieren, Lieutenant? Es ist meine Entscheidung. Nebenbei sind die meinetwegen hier.«

Ruhig erwiderte Daniel seinen aufgebrachten Blick. »Du solltest mich besser kennen. Du hast das Kommando. Aber überwinde deine dämlichen Schuldgefühle, die kommen dir sonst im falschen Moment in die Quere. Wir sind hier, weil es das Richtige ist, nicht deinetwegen.«

Über den Ohrstecker hörte Tom, dass sich Dimitri und Alexander begrüßten, während Christian ignoriert wurde. Eine bessere Gelegenheit würde er nicht bekommen.

»Danke«, sagte er und ließ sich aus dem Wagen gleiten. Sein erstes Ziel war ein Busch, der mitten auf dem Rasen stand. Niemand wäre so verrückt, sich dem Gebäude von dieser Seite aus zu nähern, wenn der Parkplatz eine bessere Gelegenheit bot. Und genau deshalb war dies seine Wahl.

»Wir befinden uns nun auf dem Nachbargrundstück und warten«, teilte Jörg ihnen leise mit. »Ich denke, dass sich hier und jetzt alles entscheiden wird. Und nicht erst bei der Asservatenkammer. Ich habe die Streifenwagen von dort zurückbeordert. Sie kontrollieren in wenigen Minuten sämtliche Kreuzungen in der Umgebung.«

Der Schachzug gefiel Tom. Er robbte über die Rasenfläche weiter auf das Gebäude zu und entdeckte den ersten Wachposten. Über den Kopfhörer und die umfunktionierten Handys von Alexander und Christian konnte er das Gespräch der Männer verfolgen. Alexander ignorierte die Anspielungen auf sein Backup, das Dimitri wie geplant nicht entgangen war, und lehnte es ab, dass Toni und Thomas ihn ins Haus begleiteten. Nun machte sich die Wahl seines Freundes bezahlt, denn Dimitri kannte beide Männer von früheren Gelegenheiten, über die Tom lieber nicht nachdachte.

Lautlos arbeitete er sich an den Wachposten heran und hörte gleichzeitig, dass Alexander vor Dimitri die Karten auf den Tisch legte und offen über den Schatz sprach.

Tom bereitete sich darauf vor, den Mann vor sich auszuschalten, da krachte ein Schuss. Fast zeitgleich ertönte ein lauter Schrei.

Kapitel 39

Julie hielt sich nicht für ängstlich, nun war sie jedoch heilfroh, dass Queen an ihrer Seite war und natürlich Sandra. Noch besser hätte sie sich gefühlt, wenn Tom hier gewesen wäre. Aber man konnte nicht alles haben.

Sie warf sich ihren Rucksack auf den Rücken und verließ das Zimmer. Automatisch wollte sie zum Aufzug gehen, doch Sandra hielt sie zurück und zog ihre Waffe mit einer fließenden Bewegung.

»Nicht da lang. Jeder rechnet damit, dass wir den Fahrstuhl nehmen würden.«

Bisher hatte Julie nicht ernsthaft geglaubt, dass sie in Gefahr waren, sondern war nur beunruhigt gewesen. Das änderte sich nun endgültig. »Nehmen wir dann das Treppenhaus?«

»Wenn sie die Zimmernummer kennen, werden sie darauf tippen, dass wir das tun. Es liegt ja gleich nebenan.«

»Also lieber hierbleiben und auf Hilfe hoffen«, schlug Julie vor.

»Das habe ich mir auch überlegt, aber ich habe eine bessere Idee. Komm mit. Wir gehen nach oben. Damit rechnen sie garantiert nicht. Schafft Queen das? Ich habe mal irgendwas mit Hunden und Treppen gelesen.«

»Bestimmt, zur Not trage ich sie.«

Nach drei Stockwerken hatten sie die oberste Etage erreicht. Unter ihnen polterten Schritte. Julie gab Queen das Zeichen, sich ruhig zu verhalten und die Hündin gehorchte. Vorsichtig öffnete Sandra die schwere Tür und spähte in den Flur.

»Leer«, flüsterte sie und signalisierte Julie, ihr zu folgen. »Auf der anderen Seite ist eine Nottreppe. Die wird nur vom Personal genutzt. Die Türen sind alarmgesichert, aber das ist mir egal.«

»Woher weißt du das alles? Guckst du dir immer alles so genau an?«

Verlegen wich Sandra ihrem Blick aus. »Nein, ich habe immer Angst, dass in einem Gebäude ein Feuer ausbricht, und sehe mir alle Fluchtmöglichkeiten genau an.«

»Das mache ich ab sofort auch.«

Sie rannten den Flur entlang und mussten abrupt stoppen, als vor ihnen eine Tür geöffnet wurde.

Eine Dame, um die siebzig, in einem schwarzen Kostüm und einem bunten Tuch um die Schultern, versperrte ihnen den Weg. »Was ist denn hier für ein Hottentotten-Theater? Und wieso sind hier so schmutzige Tiere erlaubt?«

Unwillkürlich sah Julie auf Queens Pfoten. Wie erwartet waren die blitzsauber.

»Erstens ist das ein Polizeieinsatz. Zweitens sind Haustiere hier erlaubt und drittens machen Sie uns den Weg frei, aber sofort.« Sandra hob ihre Waffe höher.

»Was erlauben Sie sich? Ich werde mich beschweren. Und zwar sofort! Was sind denn das nur für Sitten?« Die erboste Frau machte Anstalten, in ihr Zimmer zurückzugehen.

Sandra versperrte ihr den Weg. »Wenn Sie das tun, nehme ich Sie wegen der Behinderung einer Polizeiaktion fest und den restlichen Aufenthalt in Kiel verbringen Sie in einer Zelle! Gehen Sie in Ihr Zimmer und warten Sie dort. Aber ohne die Aufmerksamkeit auf uns zu lenken. Verstanden?«

Eingeschüchtert nickte die Frau und schimpfte nur noch leise vor sich hin.

Julie atmete auf, als die Tür mit einem lauten Knall geschlossen wurde, der so gar nicht zu dem damenhaften Aussehen der Frau passte.

Ohne weitere Störungen erreichten sie eine Tür, die als Notausgang gekennzeichnet war.

»Warte«, bat Julie. »Das wäre für Queens Rücken nicht so gesund, wenn wir von hier oben bis nach unten laufen. Außerdem habe ich ein schlechtes Gefühl dabei.«

Statt ihre Bedenken einfach zu übergehen, überlegte Sandra einen Moment und musterte dann eine breite Tür, die mit dem Schild ›Nur für Personal / Staff only‹ gekennzeichnet war. Sie drückte die Klinke herunter, doch es tat sich nichts. »Mist! Dann eben anders.«

Nach einem gezielten Fußtritt in Schlosshöhe flog die Tür auf. Julie wollte gerade fragen, was sie hier wollten, als sie den Lastenaufzug entdeckte.

»Anders als der normale Personenaufzug für Gäste fährt der sogar runter in die Tiefgarage«, erklärte Sandra.

»Perfekt.«

Queen schüttelte sich zwar, folgte Julie aber brav in die Kabine. Ohne Zwischenstopp erreichten sie die Parkebene.

»Hast du auch daran gedacht, dass uns ein Wagen fehlt?«

Sandra holte grinsend einen Schlüssel aus ihrer Jeans. »Irrtum. Unten steht eines unserer Dienstfahrzeuge. Ist zwar nur ein Opel, aber er fährt.«

Langsam stellte sich bei Julie ein Gefühl der Erleichterung ein. Sandra deutete auf das Ende einer Reihe mit Parkplätzen. Mit quietschenden Reifen kam ein Lieferwagen um die Ecke geschossen und hielt genau auf sie zu.

Julie sprang mit Queen zur Seite. Der Lieferwagen kam zwischen ihr und Sandra zum Stehen. Zwei Männer sprangen hinaus. Einer zielte mit einer Maschinenpistole auf Julie.

»Pack!«, rief sie instinktiv.

Die Hündin flog auf den Kerl zu und verbiss sich in seinem Arm. Die Waffe landete auf dem Boden.

Schüsse krachten. Es stank nach Kordit. Julie wusste nicht, was sie tun sollte. Der Mann wälzte sich schreiend am Boden und versuchte, sich von Queen zu befreien. Wenigstens dagegen konnte sie etwas tun. Mit voller Wucht trat sie dem Kerl gegen den Kopf. Erst, als sie sicher war, dass er sich nicht mehr rührte, gab sie der Hündin den Befehl, loszulassen.

»Komm, wir sehen nach, was Sandra macht«, sagte sie leise und spähte vorsichtig um die Motorhaube des Fahrzeugs herum.

Ein Mann bewegte sich langsam entlang der parkenden Autos. Irgendwo vor ihm musste Sandra sein. Queen knurrte.

Julies Herz raste. Sie wich zurück. Was sollte sie nur tun? Der Mann war zu weit weg, als dass Queen ihn erwischen konnte. Angst drohte sie zu überwältigen, dann riss sie sich zusammen. Wenn der Puls und die Atmung eines Patienten versagten, half ihr auch keine Panik weiter, sondern nur ein kühler Kopf. So viel anders war diese Situation schließlich auch nicht.

Der Mann, den Queen überwältigt hatte, war wohl der Fahrer gewesen, denn die Tür auf der Seite stand noch offen. Mit der Waffe konnte sie nicht umgehen. Die half ihr nicht weiter. Julie kickte sie unter einen Mercedes und gab Queen ein Zeichen. Mit einem Satz war die Hündin im Inneren. Julie schob sie zur Seite und kletterte auf den Fahrersitz. Der Motor lief noch. Julie legte den Rückwärtsgang ein, umklammerte das Lenkrad fest und gab Vollgas.

Sie erwischte den Mann mit dem Außenspiegel an der Schulter und bremste. Er taumelte zu Boden. Sofort war Sandra bei ihm und schlug ihn kurzerhand bewusstlos.

Nachdem sie sich vergewissert hatte, dass Queen das Fahrmanöver unbeschadet überstanden hatte, sprang Julie aus dem Wagen.

Sandra empfing sie lächelnd. »Verdammt gute Arbeit, ihr beiden.«

Queen bellte.

»Und was machen wir jetzt?«, fragte Julie.

»Abhauen. Kollegen können die Mistkerle einsammeln. Im Hotel sind garantiert noch mehr.«

Sie liefen zu dem Opel. Als Sandra zur Fahrertür gehen wollte, versperrte Queen ihr den Weg. Die Hündin stand stocksteif da. Einen Moment lang war Julie ratlos, dann verstand sie, was Queen hatte.

Sie packte Sandra an der Schulter.

»Weg hier. Den Wagen können wir nicht nehmen.«

»Was hat sie?«

»Sprengstoff. Karl hat mit ihr trainiert. Sie ist noch

nicht fertig ausgebildet, kann aber schon eine Menge.«

Sandra schluckte hart. »Ein Glück. Sie hat sich einen riesigen Hundekuchen verdient. Den größten, den ich auftreiben kann. Dann hauen wir eben zu Fuß ab.«

Sie liefen die Rampe hoch und kamen schlidderd auf der Straße zum Stehen, als sie zwei Männer entdeckten, die bei ihrem Anblick sofort auf sie zu sprinteten.

»Verdammte Scheiße«, fluchte Sandra los. »Wie viele sind es denn noch?« Trotz ihrer Schimpferei gab sie zwei Warnschüsse ab. »Polizei! Noch einen Schritt näher und Sie haben eine Kugel im Knie!«

Julie sah eine Bewegung auf der anderen Straßenseite. »Rechts sind noch welche!«

Das Geräusch eines Wagens mit kaputtem Auspuff wurde immer lauter. Direkt neben ihnen hielt ein Golf, der nur noch von der Farbe und der Liebe seines Besitzers zusammengehalten wurde.

Ein Mann sprang heraus und richtete über das Wagendach hinweg seine Waffe auf ihre Gegner. Erst auf den zweiten Blick erkannte Julie ihn. Markus!

»LKA Kiel! Verstärkung ist unterwegs! Werfen Sie Ihre Waffen weg und machen Sie keine Bewegung, die als Angriff gedeutet werden könnte! Jede Gegenwehr wird unverzüglich mit Schusswaffengebrauch beantwortet. Ich weise Sie darauf hin, dass ...«

Den Rest hörte Julie nicht mehr, denn die Kerle liefen davon.

Markus kam zu ihnen. »Bjarne meint immer, dass ich die Verbrecher totsabbeln könnte und meine Waffe gar nicht brauche. Anscheinend hat er recht. Seid ihr in Ordnung?«

»Ja. Aber ich bin nicht sicher, ob sie Julie noch lebend haben wollen. An meinem Dienstwagen befindet sich Sprengstoff.«

Der Polizist fuhr sich über die Stirn. »Auch noch Sprengstoff? Klar, warum nicht. Ihr solltet ganz schnell verschwinden. Ich kläre den Rest. Vermutlich wird mich der Papierkram die ganze Nacht festhalten.«

Julie deutete auf den Golf. »Damit?«

»Ja, was Besseres habe ich nicht. Wenigstens habe ich keine Angst, dass Hundehaare auf dem Rücksitz landen.«

Queen streckte sich vor dem Golf lang aus.

Markus stemmte die Hände in die Taille. »Entschuldigen Sie, Königliche Hoheit, dass die Kutsche nicht Ihren Ansprüchen entspricht.«

Die Hündin gähnte.

Flüchtig lächelte Markus, wurde aber sofort wieder ernst. »Wir wissen nicht, wie viele sich hier noch herumtreiben. Haut ab. Bitte. Fahrt zu Dirk oder nach Hamburg. Aber passt auf, dass euch niemand folgt. Es könnte schwer werden, einen Verfolger abzuhängen.«

»Ach nee«, murmelte Sandra vor sich hin, bedankte sich und stieg dann ein.

Mit Todesverachtung machte es sich Queen auf der Rückbank bequem.

»Bitte keine plötzlichen Manöver. Sie ist nicht angeschnallt.«

»Du auch nicht«, erklärte Sandra und tippte auf das kaputte Gurtschloss des Beifahrersitzes.

Kaum hatten sie die Hauptstraße erreicht, begannen sie gleichzeitig zu reden.

»Der Einsatzort ist nur zwei Kilometer entfernt …«

»Ich würde lieber zu …«

Sie lachten. »Dann wäre das ja geklärt. Wir halten aber ausreichend Abstand, damit wir sie nicht stören. Es wäre fatal, wenn wir sie ablenken.«

»Klar. Einfach nur in der Nähe zu sein, reicht mir völlig.«

Sandra entdeckte die Fahrzeuge des MEK und hielt dahinter. Sie hatte gerade den Motor ausgeschaltet, als laute Schussgeräusche erklangen. Julie stieg aus und sah angestrengt in die Dunkelheit. Zu spät bemerkte sie, dass Queen aus dem Wagen sprang und davonrannte.

Instinktiv wollte sie hinterherlaufen, doch Sandra hielt sie zurück. Kurz wollte sie sich wehren, aber dann sah sie ein, dass sie im Zweifel nur weitere Verwirrung stiften und Tom oder einen der anderen in Gefahr bringen würde.

Sie setzte sich neben dem Wagen auf den Boden und blickte in die Richtung, aus der die Schüsse kamen. »Jetzt könnte ich was zu trinken gebrauchen.«

Sandra setzte sich neben sie. »Ich auch. Das Warten ist das Schlimmste.«

***

Tom wurde aus dem Stimmengewirr, das an sein Ohr drang, nicht schlau. Er hörte zwar, dass Alexander und Christian redeten, konnte aber nicht verstehen, wer geschossen und geschrien hatte.

»Ruhe«, brüllte Alexander schließlich und Tom hätte seinem Freund am liebsten applaudiert. »Ihr habt im Moment die Waffen und gebt damit den Ton an. Aber ich bin sicher, wir können über alles reden.«

Der Mann, den er ausschalten wollte, hielt eine Hand ans Ohr und blickte nun aufs Haus. Egal, was sich im Inneren abspielte, die Gelegenheit würde er sich nicht entgehen lassen.

Tom richtete sich auf und sprintete auf den abgelenkten Wachposten zu. Als der ihn bemerkte, war es zu spät. Tom schlug ihn nieder und fesselte ihm die Hände mit Kabelbindern auf den Rücken.

»Runter, Tom!«, hörte er plötzlich die Stimme von Jan.

Ohne zu zögern, ließ er sich fallen. Gerade noch rechtzeitig. Kugeln schlugen über ihm im Mauerwerk ein.

»Halt den Kopf unten. Ich übernehme ihn«, befahl Jan.

Ungeduldig wartete Tom darauf, dass sich Jan oder ein anderer wieder meldete. Wie war es möglich, dass er jemanden übersehen hatte, der freies Schussfeld auf ihn hatte?

Einige Schüsse wurden abgefeuert, dann hörte er einen scharfen Befehl. Sekunden später sah er jemanden auf seine Position zulaufen.

»Nicht schießen, ich bin es«, teilte Jan ihm mit und ließ sich neben ihm zu Boden fallen.

»Wo kam der her?«

»Keine Ahnung. Uns hat er auch überrascht. Jörg? Statusbericht!«

Der Kieler Polizist verzichtete darauf, sich wegen der Übernahme des Kommandos zu beschweren. »Es ist unübersichtlich. Die Wachposten draußen wurden verstärkt, offensichtlich von jemandem, der Dimitri nicht wohlgesonnen ist. Wir nehmen uns einen nach dem anderen vor. Bleibt, wo ihr seid. Kommt uns nicht in die Quere!«

»Bjarne. Auf acht Uhr hinter dir«, hörte er Daniels Warnung.

»Wir überlassen denen den Garten und übernehmen das Innere«, schlug Jan vor.

»Gute Idee, aber ich will erst wissen, was da los ist.«

Als ob er es bestellt hätte, wurde die Übertragung über die Handys wieder deutlicher.

Schon bei den ersten Worten lief Tom ein kalter Schauer über den Rücken. Nun wusste er, wer die unerwartete Verstärkung war: Die Männer gehörten zu der Dänin, die es auf Christian abgesehen hatte. Das Miststück hatte einen von Dimitris Männern umgedreht, der einen der Leibwächter erschossen hatte. Während sie Christian noch brauchten, sollten die anderen Anwesenden, einschließlich Alexander, dem Schicksal des Getöteten folgen. Lediglich die Überlegung, es wie einen Unfalltod durch ein Feuer erscheinen zu lassen, hatte sie bisher vor einer Kugel im Kopf bewahrt.

»Wir lenken vorne die Aufmerksamkeit auf uns!«, rief Thomas ihnen so laut zu, dass sie es auch ohne Headset gehört hätten.

»Wir gehen durchs Fenster rein«, antwortete Jan.

»Wenn Sie ihn töten, jage ich mir eine Kugel in den Kopf. Und wie wollen Sie dann ans Gold kommen?«, hörte er Christians Stimme.

Was zum Teufel tat sein Freund da? Und wie wollte Jan durch das Fenster ins Innere kommen? Das war viel zu stabil. Zumindest die letzte Frage wurde sofort beantwortet.

»Kopf runter. Es regnet gleich Scherben!«, warnte Daniel sie.

Tom und Jan pressten sich eng an den Boden. Zwei dumpfe Schüsse, denen sofort eine Explosion folgte, und von den Fenstern waren nur noch die Rahmen übrig.

»Granatwerfer?«, entfuhr es Tom, während er bereits aufsprang und sich an der Fensterbank hochzog.

»Tja. Die Ausrüstung des MEK ist vom Feinsten.«

Tom sprang ins Innere. Jan folgte ihm mit ausreichendem Abstand, um ihn zur Not absichern zu können.

»Sicher«, rief Tom dann laut, nachdem er das Zimmer überprüft hatte, und rannte bereits auf die nächste Tür zu. Dahinter musste der Raum liegen, in dem das Treffen aus dem Ruder gelaufen war. Irgendwo im Haus wurden Schüsse abgegeben. Das waren Thomas und die Polizisten, die sich im Eingangsbereich ein Gefecht lieferten – mit wem auch immer.

Ein weiterer Schuss krachte.

Über die Ohrstecker verfolgten sie die hitzige Diskussion zwischen Christian und einem Unbekannten. Im Hintergrund hörten sie ein lautes Stöhnen.

»Ohne ärztliche Hilfe verblutet er«, warnte Alexander jemanden.

»Und glaubst du ernsthaft, dass mich das interessiert?«, lautete die Antwort.

Dass die Information eigentlich für die Männer draußen gedacht war, konnte Alexander ihnen ja kaum verraten. Aber bei Jan war sie definitiv angekommen. Seine Miene wurde noch grimmiger.

»Ich gehe offen rein. Alexander wird die Ablenkung

nutzen. Christian scheint ja auch eine Waffe in der Hand zu haben. Du kommst von hinten.«

»Knapp, aber machbar. Los!«, erwiderte Jan.

»Wartet!«, befahl Jörg. »Dreißig Sekunden. Dann haben wir freie Sicht in den Raum und können euch von außen unterstützen.«

Tom und Jan wechselten einen Blick. Die Zeit hatten sie nicht.

Tom stieß die Tür auf und betrat den Raum so, als ob er ein geladener Gast bei einem Empfang wäre. Absichtlich richtete er den Lauf seiner Sig Sauer auf den Boden. Es war unmöglich, sich schnell genug einen Überblick zu verschaffen und die identifizierten Ziele auszuschalten.

Die Lage war schlimmer, als er gedacht hatte. Zwei mit Maschinenpistolen bewaffnete Männer in den Ecken, dazu noch zwei mit Pistolen inmitten des Raumes. Das erklärte, warum Christian keinen Versuch unternommen hatte, auf einen von ihnen zu zielen. Stattdessen hielt er sich die Mündung unters Kinn.

Alexander hockte neben Dimitri und presste zerknüllten Stoff auf eine blutende Wunde im Brustbereich.

Ein Mann lag tot am Boden, das musste Dimitris zweiter Leibwächter sein.

Der erste Punkt ging an Tom, denn er wurde mit einer Mischung aus Irritation und Wachsamkeit angestarrt, aber niemand schoss auf ihn. Da eine Maschinenpistole und eine Pistole auf ihn zielten, konnte sich das jederzeit ändern.

»Hey, Boss. Eine nette Gesellschaft hast du dir

ausgesucht«, wandte sich Tom an Alexander und musterte die bewaffneten Männer bewusst abfällig.

Alexander nahm den Ball sofort auf. »Habt ihr die Lage vorne und draußen unter Kontrolle?«

»Natürlich«, erwiderte Tom bewusst arrogant. »Ich wollte dir nur empfehlen, möglichst schnell zu verschwinden. Die Polizei wird nicht lange auf sich warten lassen.«

»Die Herren wollten doch bestimmt gerade gehen, oder?«, erkundigte sich Alexander und sah erst den Mann an, der dicht vor Christian stand, dann den in der am weitesten entfernten Ecke.

»Tja, das Glück liegt manchmal gleich rechts neben einem«, sagte Tom.

»Verstanden«, kam die Bestätigung von Jan sofort. Damit hatte jeder seine Aufgabe. Blieb die Frage, ob Christian dies auch verstanden hatte und ob sie schnell genug waren.

»Was zum … Wir kriegen ungeplante Verstärkung«, rief Jan plötzlich, warf sich in den Raum, drehte sich dabei und feuerte auf die Ecke, die Tom ihm zugewiesen hatte.

Christian trat seinem Gegenüber erst zwischen die Beine und schoss ihm dann eine Kugel in die Schulter.

Toms Ziel bewegte sich im falschen Moment. Statt im Schulterbereich wurde der Kerl in die Brust getroffen und blieb reglos liegen.

Zwei weitere Männer kamen durch eine Tür auf der gegenüberliegenden Seite des Raumes ins Zimmer gestürmt. Den ersten erwischte Alexander. Der zweite reagierte zu schnell, aber ehe er abdrücken konnte, flog Queen förmlich an Tom vorbei und verbiss sich in dem

Arm des Mannes. Der Rest war Formsache, die Tom nur zu gerne übernahm: ein Schlag gegen die Schläfe und Plastikhandschellen.

Wenig später saß er inmitten des Durcheinanders auf dem Fußboden und die Hündin sprang begeistert an ihm hoch und leckte ihm übers Gesicht.

Christian ließ sich neben ihn fallen und streichelte Queen. »Wie lösen wir diesen Wahnsinn?«, fragte er leise.

Tom dachte an Alexanders Cover und schielte zu seinem Freund, der jedoch bereits verschwunden war. Stattdessen kümmerte sich Jan um die Schussverletzung des Kieler Gangsterbosses.

Nach kurzem Überlegen stand Toms Plan fest. So lange ihn jeder für einen von Alexanders Männern hielt, würde alles passen. »Wir müssen wohl noch einen oscarreifen Auftritt hinlegen. Bist du bereit?«

Aus dem Ohrstecker hörten sie Jörgs lautes Seufzen. »Legt gleich los. Daniel und ich kommen als offizielle Vertreter und ihr verschwindet.«

Kaum stürmten die beiden mit dem lauten Ruf ›Polizei‹ in den Raum, liefen Tom und Christian auf der anderen Seite aus dem Zimmer. Queen brauchte keine Aufforderung, sondern folgte ihnen laut bellend.

»Hey!«, erklang hinter ihnen ein lauter Protestruf, aber niemand verfolgte sie.

Sie durchquerten das Zimmer und landeten in einer riesigen Bibliothek, die einen Zugang zum Garten hatte.

Erst als sie draußen vor dem Gebäude standen, atmeten sie endgültig auf. Bjarne war bereits dabei, uniformierte Kollegen einzuweisen.

»Verschwindet«, sagte er. »Fünfhundert Meter in diese

Richtung stoßt ihr auf ein mehr als zweifelhaftes Fahrzeug und zwei ungeduldig wartende Damen, die sich eben per WhatsApp bei mir gemeldet haben.« Er drückte ihnen einen Schlüssel in die Hand. »Adresse habe ich Julie geschickt. Da findet euch heute Nacht niemand.«

Tom und Queen sprinteten los und erreichten den Golf lange vor Christian. Julie schaffte das Kunststück, gleichzeitig Tom zu umarmen und Queen zu streicheln.

»Ich gehe dann mal Daniel helfen«, sagte Sandra und lief zu dem Gebäude, das Tom gerade verlassen hatte.

»Das soll ein Auto sein?«, beschwerte sich Christian.

»Hast du was Besseres?«, schnappte Julie. »Ich bin heilfroh, dass Markus im richtigen Moment aufgetaucht ist und uns seinen Wagen überlassen hat. Der ist zwar alt, hat aber Charakter!«

Wenn die Geschwister so weitermachten, stand ihm ein lustiger Abend bevor. Er überlegte ernsthaft, Christian zu einem Bad in der Förde zu verhelfen, entschied sich dann aber doch dagegen.

Kapitel 40

Nachdem er die Nachricht aus Kiel bekommen hatte, dass seinen Freunden zunächst der Plan um die Ohren geflogen, letztlich jedoch alles gut ausgegangen war, hätte Dirk sich entspannen können.

Aber egal, was er tat, er kam nicht zur Ruhe. Dabei würden die nächsten Tagen anstrengend werden und er sollte besser ein paar Stunden schlafen, wenn er schon nichts anderes zustande brachte.

Seine Gedanken drehten sich im Kreis und übertönten dabei die Vorwürfe, die er sich machte, weil sie nicht in Kiel geblieben waren. Sie hätten damit rechnen müssen, dass ihre Hilfe gebraucht wurde.

Neben ihm auf der Couch fiepte Pascha im Schlaf.

Gut, Jörg, Alexander und die anderen hatten es auch so geschafft, trotzdem war es für Dirks Geschmack zu knapp gewesen.

Als die Tür zu seinem Arbeitszimmer aufging, rechnete er mit seiner Frau, die ihm zu Recht eine Gardinenpredigt halten würde, dass er hier alleine herumhing, Musik hörte und Whisky trank, statt etwas mit ihr zu unternehmen.

Tatsächlich stand Alex vor ihm, stellte jedoch lediglich ein Tablett mit belegten Broten auf den Tisch.

»Da mit dir heute nichts mehr los ist, sehe ich mir oben eine Serie an. Oder möchtest du mit mir reden? In Kiel ist doch alles gut ausgegangen. Ich verstehe nicht, was dich so beschäftigt.«

Dirk wich ihrem forschenden Blick aus. »Es ist kompliziert.«

Alex ließ sich neben Pascha auf die Couch fallen und kraulte den Hund. »Kann es sein, dass du es unnötig kompliziert machst?«

Seine Frau konnte kaum wissen, mit welchen Überlegungen er sich herumschlug. Andererseits war sie häufig erstaunlich gut informiert. Trotzdem schüttelte er den Kopf.

Seufzend stand sie auf. »Ich finde, es hat mehr Vorteile als Nachteile, wenn Mark endlich die Navy mit dem ganzen formellen Schwachsinn hinter sich lässt. Ich habe mir die Zahlen angesehen und genau wie du eine Prognose aufgestellt. Das Geld reicht locker, um das SEAL-Team zu bezahlen.«

Anscheinend hatte sie tatsächlich zumindest Teilkenntnisse. »Woher weißt du denn, dass sich die Frage stellt, dass die SEALs eventuell die Navy verlassen? So weit ich weiß, hat Mark nicht einmal mit Jake darüber gesprochen.« Er überlegte kurz. »Du kannst die Info nur von ihm haben, was ich ausschließe, oder vom Admiral, was ich mir nicht vorstellen kann.«

»Oh, ich höre was. Ich glaube, Tim kommt nach Hause. Wir sehen uns dann ja später.«

Das war eindeutig eine Flucht. Verdammt, ihm war gerade eine Idee gekommen, die nun wieder weg war. So dicht war er noch nie daran gewesen, das Informationsnetzwerk der Frauen zu knacken.

Alex hatte sich geirrt, nicht sein Sohn, sondern Mark betrat wenig später das Arbeitszimmer und schnappte sich als erstes Dirks Whiskyglas und dann eine Scheibe Brot.

»Ich dachte mir, dass du hier rumhängst und grübelst.«

»Ach? Und vermutlich weißt du auch noch, was mir durch den Kopf geht?«

»Sicher. Ich habe die Diskussion mit mir schon hinter mir und vor langer Zeit eine Entscheidung getroffen. Bisher hast du immer dein eigenes Ding durchgezogen, ohne nach rechts oder links zu sehen, häufig genug hast du dabei auch mich vor vollendete Tatsachen gestellt. Damit hattest du nie ein Problem. Was hat sich geändert?«

Dirk nahm sich ein Brot mit Schinken, um Zeit zu gewinnen. Anders als seine Frau schien Mark tatsächlich zu wissen, was ihm zu schaffen machte. »Hast du eine Kamera in meinem Arbeitszimmer installiert oder woher weißt du, dass ich über etwas nachdenke?«

»Ich hatte gemerkt, dass dich was beschäftigt, und ich glaube, dass wir an das gleiche denken. Und dann hat sich deine Frau bei meiner beschwert, dass du nicht ansprechbar bist. Prompt wollte Laura von mir wissen, ob noch irgendwas ist, das ich ihr verschwiegen habe.«

»Was du natürlich geleugnet hast … Das könnte sich noch als Bumerang erweisen, denn Alex weiß, dass du überlegst, die Navy zu verlassen.«

»*Fuck!* Wie kann das sein? Ich habe nicht mal mit Jake darüber gesprochen. Wenn Alex Bescheid weiß, dann sind Laura und die anderen Frauen natürlich auch informiert.« Er fuhr sich durch die Haare. »Das hat mir gerade noch gefehlt.«

Mark streckte sein Bein aus und fluchte erneut.

»Wie schlimm ist es? Und ich hätte gerne eine ehrliche Antwort.«

»Geht so. Auf einen Marathonlauf kann ich ganz gut

verzichten.«

»Und wie sieht's mit einem Ausflug nach Dänemark oder einem Tauchgang aus?«, hakte Dirk sofort nach.

»Beides machbar. Und nun reicht's auch mit mir. Ich bin deinetwegen hier.«

»Es ist diese Dänin.«

Mark wirkte irritiert. »Stört dich unser Vorgehen?«

»Nein. Im Gegenteil. Ich finde unseren Plan brillant, auch wenn er reichlich unorthodox und nicht wirklich gesetzeskonform ist. Bedenklich finde ich höchstens, dass wir uns komplett auf eine Information von Anna verlassen müssen. Wenn sie falschliegt, habt ihr umsonst ein riesiges Rad gedreht.«

»Das Risiko gehe ich ein. Ihre Information hätte mir gereicht, dass zusätzlich Andi dabei ist und er ihrer Quelle vertraut, gibt mir noch mehr Sicherheit. Wenn es das nicht ist, was stört dich dann an der Dänin?«

Dirk suchte nach den richtigen Worten, fand sie aber nicht. »Ich sehe da Parallelen zu uns.«

»Bitte was? Ich dachte, du hast Probleme, wenn wir unsere Tätigkeiten ganz oder zum Teil auf *Black Cell* verlagern. Aber jetzt hast du mich komplett abgehängt.«

»Genau das ist der Punkt.« Dirk rieb sich übers Kinn. »Sie nutzt ihre finanziellen Möglichkeiten, um ihre Meinung durchzusetzen und zu fördern. Wo ist da der Unterschied zu uns? Wir würden auch unsere Firma verwenden, um unterhalb des Radars tätig zu werden. Bisher hat mir das nie was ausgemacht, weil ich absolut von dem überzeugt war, was wir tun. Irgendwie nimmt das plötzlich gedanklich eine Dimension an, die mir Sorgen macht.«

Statt seine Bedenken leichtfertig abzutun, nickte Mark

jetzt. »Genau deswegen möchte ich keine weiteren Geldgeber im Boot haben. Ich will, dass es allein unsere Entscheidung bleibt, was wir tun und für wen wir tätig werden. Das gilt für meinen Vater genauso wie für Jakes Patenonkel und sogar Alexander. Dass die DeGrasse-Brüder in Amerika unseren Part übernehmen, geht für mich in Ordnung, aber wir sind und bleiben die Muttergesellschaft und geben den Ton an.«

»Und wie genau definierst du uns? Was ist mit Jake und Sven? Sind die draußen?«

Mark wich seinem Blick nicht aus. »Wenn ich ›uns‹ sage, meine ich das auch. Also ganz deutlich. Ja, die Entscheidung über die Aufträge liegt bei uns beiden und es geht nur dann los, wenn wir beide uns einig sind. Keiner muss Gründe anführen, wenn er gegen einen Job ist. Ich habe lange darüber nachgedacht, aber anders kann es nicht funktionieren. Außerdem wäre Sven wegen seiner Altersversorgung wahnsinnig, wenn er seinen Job aufgibt.«

»Ich bin damit einverstanden, wenn sie es auch sind.«

»Ich dachte mir, dass du das forderst, und sehe es auch so. Aber da ist noch ein Punkt. Deine Prognoserechnung …«

Dirk leerte sein Glas in einem Zug. »Tja, dann sind deine Fähigkeiten als Wirtschaftsprüfer wohl doch noch nicht komplett eingerostet. Es würde gehen, aber es wäre knapp. Ich mag es nicht, dass wir an unsere Reserven gehen müssten. Natürlich würden wir private Gelder nachschießen können, aber wir würden die Substanz verringern und müssen auch an unsere Familien denken. Die Lösung für das Problem liegt praktisch vor uns.«

Mark grinste schief. »Eher unter uns …«

»Und wie viel von dem Gold wollt ihr für uns abzweigen?«, erklang Jakes Stimme von der Tür aus.

Dirk zuckte heftig zusammen. Es war nur ein geringer Trost, dass auch Mark einen Moment erstarrte. Niemand von ihnen hatte bemerkt, dass sie nicht länger alleine waren. Neben Jake stand Sven. Während sich Sven auf Dirks Schreibtischstuhl setzte, ließ sich Jake in den Sessel neben Mark fallen.

»Verdammt!« Dirk wusste nur zu gut, wie empfindlich sein Partner darauf reagierte, ausgeschlossen zu werden. Statt der erwarteten Wut fand er in Svens Miene jedoch nur Neugier.

Da er absolut ratlos war, was seine Freunde mitangehört hatten oder wie er reagieren sollte, stand er auf, stellte weitere Gläser auf den Tisch und füllte sie mit Single Malt.

»Danke für den Herzinfarkt«, sagte er schließlich, als Mark keine Anstalten machte, das Schweigen zu brechen.

Es kam nicht oft vor, dass sein Freund nicht wusste, was er sagen sollte, nun war es offenbar so weit.

Sven schmunzelte. »Gern geschehen. Das könnte daran liegen, dass ihr zu sehr damit beschäftigt wart, Verschwörungen zu starten. Den Teil mit der Verlegung des Teams an die Ostküste können wir überspringen, den kennen wir schon.«

»Woher?«, knurrte Mark.

Jake lächelte spöttisch. »Bedank dich bei deiner Schwester. Sie war im Gegensatz zu mir umfassend informiert.«

»Na, super«, kommentierte Dirk die Erklärung.

»Kennst du auch den Part, dass Mark keinen Bock hat auszusteigen, wenn dafür Luc seinen Job übernehmen müsste?«

»Das haben wir uns zusammengereimt«, übernahm Sven. »Offen war für uns, ob *unsere* Firma genug Mittel hat, um sämtliche Teams aufzufangen.«

Die unüberhörbare Betonung hieß dann wohl, dass ihre Freunde eine Menge mitangehört hatten.

Dirk verzog den Mund. »Ich hoffe, dir ist nicht der Part entgangen, wo ich gefordert habe, dass ihr zustimmt. Ich weiß, dass es *unsere* Firma ist!« Verdammt, so bissig hatte er nicht antworten wollen.

Sein Partner prostete ihm gelassen zu. »Jake und ich haben über das Thema bereits gesprochen und können damit leben. Allerdings stellt sich die Frage der Verlegung des Teams vermutlich nicht länger, wenn die Bergung des Goldschatzes entsprechende Schlagzeilen macht, und dafür wird Anna sorgen. Trotzdem werden wir in einigen Monaten oder eher Wochen wieder an diesem Punkt stehen. Daher wiederhole ich gerne Jakes Frage. Wie viel wollt ihr bei der Bergung verschwinden lassen und wie landet das Geld in unseren Büchern?«

Eigentlich sollte sich Dirk besser fühlen, nachdem seine Freunde einverstanden waren, dennoch tat er das nicht. Er stürzte den Inhalt seines Glases wieder in einem Zug herunter. »Sechzig Barren. Ich würde das Gold in der Schweiz verkaufen, weil ich dort den Maximalwert von drei Millionen Euro erzielen kann. Ich lasse das Geld über zwei Tochterfirmen laufen, damit wir die Steuer umgehen und es dann in Hamburg ganz offiziell in den Büchern haben.«

»Und damit könnten wir weitermachen wie bisher?«, hakte Jake nach.

»Ja, ausdrücklich alle Teams, mindestens zwei Jahre. Wir müssten nicht an die Substanz ran, die Reserven würden reichen, selbst wenn wir keinen einzigen Auftrag übernehmen.«

Sven lehnte sich entspannt zurück. »Dann passt die Bezeichnung ›Midas‹ für diese Operation perfekt. Wir haben unsere Firma sozusagen vergoldet.«

Es reichte. »Sonst bist du doch immer der Moralapostel! Wieso gehst du so locker mit der ganzen Sache um und ich habe ein schlechtes Gewissen?«

»Weil das Gesetz an diesem Punkt einfach nicht richtig ist. Und in diesen Fällen haben wir schon öfters für Gerechtigkeit gesorgt.«

Svens selbstgefällige Miene half Dirk nicht weiter. »Ich verstehe kein Wort. Klärst du mich auf oder machen wir eine Quizsendung draus?« Er sah Mark wütend an. »Und vielleicht sagst du auch mal was dazu!«

»Oh! Die ersten Gewitter bei unserer Führungsriege?«, erkundigte sich Jake und nichts in seinem Gesichtsausdruck deutete darauf hin, wie er es meinte.

Dirk sprang so heftig auf, dass Pascha entsetzt von der Couch flüchtete.

»Es reicht«, sagte Mark leise, aber bestimmt. Mit der für ihn typischen ausdruckslosen Miene sah er seinen Stellvertreter an. »Wenn du damit nicht einverstanden bist, sag es.«

»Ich bin nicht damit einverstanden, dass ihr euch den Plan hinter unserem Rücken ausgedacht habt.«

»Verdammt, Jake. Ich wollte keine Entscheidung für

dich treffen. Meine Familie lebt in Deutschland, bei dir ist es anders. Ich wollte nur ... Wir wollten euch den Rücken freihalten, bis wir eine Lösung haben und die euch dann anbieten. Bei Sven gibt es nicht einmal ein Problem. Sein Job ist absolut sicher, während Dirk schon einfacher rausfliegen kann.«

»Ich kann mich gerne wiederholen, Mark. Ich mag es nicht, wenn du Entscheidungen für mich triffst, die ich treffen muss.«

»Sekunde. Wenn sich nichts geändert hat, bin ich immer noch dein vorgesetzter Offizier. Was genau wäre denn zukünftig anders?«

»Nichts. Ich möchte nur, dass du mir zugestehst, die Entscheidungen zu treffen, die mir zustehen.«

Während Mark verwirrt wirkte, ahnte Dirk jetzt, worauf Jake überaus geschickt hinarbeitete. Der warnende Blick von Sven war überflüssig. Er würde sich nicht in die Auseinandersetzung der SEALs einmischen.

»Das hast du bisher immer getan und wirst es auch zukünftig tun.«

»Dein Wort drauf?«

»Natürlich. Ich begreife nur nicht, was das Theater soll.«

»Laut Daniel bist du nicht uneingeschränkt einsatzfähig. Damit obliegt mir die Einsatzleitung für Dänemark. Du wirst natürlich dabei sein, aber als Scharfschütze die Absicherung übernehmen. Andi und ich bilden die vorderste Front.«

»Du verdammter Mistkerl!.«

Jake prostete seinem Teamchef grinsend zu.

Ehe es noch auf einen handfesten Streit hinausließ,

nahm Dirk den vorigen Gesprächsfaden wieder auf. »Wieso kannst du denn damit leben, dass wir einen Teil des Goldes unterschlagen wollen?«, fragte er Sven und schlug sich dann gegen die Stirn. »Ach so, natürlich! Ich hatte doch schon das gleiche ausgegraben, um Mark zu überzeugen, falls er dagegen ist.« Er sah auf sein Whiskyglas. »Ich hoffe, es liegt nur am Single Malt oder an den Ausmaßen, die dieser Mist hat, dass ich plötzlich vergesslich werde.«

»Klärt mich jemand auf?«, fragte Mark. »So besonders begeistert bin ich nämlich von unserem Vorgehen nicht, auch wenn uns in gewisser Weise keine Wahl bleibt.«

Sven lächelte. »Das klingt, als ob uns jemand mit vorgehaltener Waffe zwingt, Gold abzuzweigen. Aber es ist ganz einfach. Der Schatz fällt in Schleswig-Holstein direkt ans Land, es ist nicht einmal ein Finderlohn vorgesehen. Ich bin aber der Meinung, dass dieser *Black Cell* zustehen würde, weil Tom als offizieller Mitarbeiter den Standort des Goldes herausgefunden hat. Damit finde ich drei Millionen sogar überaus bescheiden. Jake hat alles für die Bergung organisiert. Wir sollten das noch mal gemeinsam überdenken und auch einen fairen Anteil für Tom berücksichtigen. Wenn er das Geld nicht braucht, findet er bestimmt eine Stiftung für irgendwelche Viecher, die sich über eine finanzielle Unterstützung freuen würde.«

Dirk atmete tief durch. »Irgendwie hätte das mein Text sein sollen.«

»Tja, da kannst du mal sehen. Und glaub mir eins: Sollte ich bei *Black Cell* jemals anderer Meinung sein als du, wirst du das schon merken und dann wird das ausdiskutiert.«

»Damit kann ich leben und anders würde ich es auch gar nicht haben wollen.«

»Gut, dann wäre ja fast alles geklärt.«

»Was fehlt denn noch?«, erkundigte sich Dirk ratlos.

»Ich habe Hunger! Steakhaus? Ich fahre auch. Wenn ich mir deinen Single-Malt-Konsum ansehe, bleibt mir ja keine andere Wahl.«

Kapitel 41

Tom war überrascht gewesen, als er frühmorgens eine Nachricht von Mark bekommen hatte, dass sie sich in Kiel auf dem Marinestützpunkt treffen würden. Er hatte nichts dagegen gehabt, dass die Fahrtzeit zu seinem Arbeitsort nur ein paar Minuten betragen hatte und ihm erspart blieb, Jörg bei der Aufarbeitung des Papierkrams zu helfen. Da die Hamburger sich entschieden hatten, die Beteiligung von Alexander komplett zu verschweigen, damit niemand durch Zufall auf eine Verbindung zwischen Stanko und dem Dezernatsleiter des LKA stieß, waren die fälligen Aussagen und Protokolle Schwerstarbeit.

Bjarnes Wohnung war gemütlich eingerichtet gewesen und Tom wusste die Großzügigkeit zu schätzen, allerdings hatte ihn Christians Anwesenheit enorm gestört. Julie war in Gegenwart ihres Bruders deutlich zurückhaltender gewesen und er hatte von sich aus angeboten, sich das Wohnzimmer mit Christian zu teilen, damit sie das Schlafzimmer alleine nutzen konnte. Als sich dann auch noch Queen dorthin zurückgezogen hatte, war seine Stimmung endgültig im Keller gewesen. Da Christian den Schlaf ebenso dringend wie Tom benötigt hatte, war seine Verstimmung nicht weiter aufgefallen. Allerdings stand die Suche nach einer sicheren Unterkunft nun ganz oben auf seiner Prioritätenliste und zwar weit vor der Einsatzplanung für den Angriff auf das Anwesen der Dänin. Da wusste er alles, was es zu wissen galt, und der Rest war überflüssiges Gerede.

Eigentlich sollte er sich die Bilder der Drohne ansehen, um den idealen Weg für eine unauffällige Annäherung an das Haus herauszufinden, doch das hatte er längst erledigt und schielte nun zu seinen Teamchefs hinüber. Wenn er es genau nahm, hatte er es bei dem bevorstehenden Einsatz gleich mit drei von der Sorte zu tun. Irgendetwas war anders als sonst und damit meinte er nicht, dass Andi den Teil übernehmen würde, der sonst bei Mark lag.

Neben ihm hüstelte Daniel leise. »Bin ich froh, dass ich nicht in die Einsatzplanung involviert bin. Mark kocht. Und das ist noch nett ausgedrückt.«

»Da es deine Einschätzung war, die ihn auf die Reservebank beordert hat, würde es mich nicht wundern, wenn er ...«

»Eddings! Herkommen!«, befahl Mark in diesem Moment laut.

Daniel holte tief Luft. »Du hast es heraufbeschworen. Wenn ich es nicht überlebe ... Es war eine schöne Zeit mit dir.«

Grinsend sah Tom ihm nach. Sein Rang als Unteroffizier hatte manchmal auch Vorteile.

»Bannings!«, rief Mark wenig später.

Das nannte sich dann wohl zu früh gefreut. Er ging zu dem Schreibtisch hinüber, an dem bereits Andi, Jake, Mark und Daniel auf einen Monitor blickten.

Daniel zwinkerte ihm zu. »Ich will die Einschätzung dir überlassen. Du bist der Experte. Wie kommen wir ungesehen ans Haus ran?«

Das war kein Problem, denn darüber hatte er bereits

nachgedacht.

»Wenn wir uns aufteilen, ist es relativ einfach. Wir müssen als Erstes die komplette Stromzufuhr kappen. Ich würde hier an Land gehen und dieses Trafo-Häuschen in die Luft jagen. Sofort, wenn es dunkel wird, rückt ihr dichter ans Haus ran. Mark übernimmt von der Baumgrenze aus die Absicherung, Jake klettert an der Fassade bis ins erste Stockwerk hoch. Eines der Fenster sollte vorher von Pat mit einem Granatwerfer in Einzelteile zerlegt worden sein. Der Zugriff auf die Computer kann ja nur ein paar Minuten dauern.«

»Acht.«

»Gut, dann werden die restlichen Teammitglieder unten für ein bisschen Ablenkung sorgen, bis Jake fertig ist. Danach verschwinden wir wieder und werten unsere Beute aus.«

Andi zeigte ihm das Daumen-Hoch-Zeichen und auch Jake signalisierte seine Zustimmung.

Marks Grinsen blitzte flüchtig auf. »Soll ich auch noch das Catering für euch übernehmen?«

Pat und Fox hatten bisher schweigend zugehört, als der Ire jetzt etwas sagen wollte, schnitt ihm Fox mit einem gezielten Rippenstoß das Wort ab.

»Geschmack hat die Dame jedenfalls«, lenkte Tom die Aufmerksamkeit von Pat ab. »Das Haus gefällt mir und die Lage ist perfekt. Direkt am Meer, Dünen und trotzdem viel Grün.«

»Das kannst du dir dann ja von dem Goldschatz kaufen, den wir danach heben«, schoss der Ire sofort zurück.

Blinzelnd starrte Tom ihn an. »Spinnst du? Davon sehen wir keinen Cent. Und das ist auch gut so. An dem

Zeug klebt so viel Blut, daraus kann nichts Gutes resultieren.«

»Ich denke, das sehen einige Museumsdirektoren anders, die ihre Kunstwerke zurückbekommen haben. Nicht das Gold ist böse, sondern die Menschen sind es«, gab Mark überraschend ernst zurück.

Irgendetwas musste Tom übersehen haben, denn auch Jake wirkte plötzlich geistesabwesend.

Schließlich lenkte Andi die Aufmerksamkeit auf ihre Einsatzplanung zurück. »Zwei Zodiac-Boote müssten ausreichen, dazu haben wir für Notfälle einen Heli. Die deutsche Marine würde es natürlich begrüßen, wenn wir den nicht nutzen, andererseits ist es im Notfall relativ einfach, dicht über der Wasseroberfläche das dänische Radar zu meiden. Habe ich noch irgendwas vergessen?«

»Das Taxi, um von Kiel aus auf die Korvette zu gelangen?«, schlug Pat vor.

Andi riss die Augen auf. »Ihr braucht ein Taxi? Ich dachte, ihr schwimmt.«

»Würden wir ja, aber da dieses Mal einer vom KSK dabei ist ...«

Tom verkniff sich ein lautes Lachen, als Andi den Iren wenig begeistert musterte. Selbst Mark überlegte es sich zweimal, ehe er sich auf ein Wortgefecht mit Pat einließ. In dem Punkt musste Andi wohl noch was lernen.

»Abflug ist hier um fünfzehn Uhr. Wir erreichen die Korvette gegen sechzehn Uhr. Start ist je nach Wind und Wellengang etwa eine Stunde später«, erklärte Andi und strafte den vorlauten SEAL mit Ignorieren.

Der Zeitpunkt war perfekt gewählt. Im Grau der Dämmerung waren ihre Boote kaum zu sehen.

»Die Einsatzdauer veranschlagen wir mit rund zwei Stunden, der größte Teil der Zeit geht für die Fahrt von der Korvette zum Ziel drauf. Wenn alles glatt läuft, sind wir gegen einundzwanzig Uhr wieder hier. Ich gehe davon aus, dass niemand Wert darauf legt, an Bord der Korvette zu übernachten.«

»Höchstens die von uns, die kein sicheres Zuhause mehr haben«, meldete sich Pat wieder zu Wort.

Tom sah ihn genervt an. »Wenn du so weitermachst, sorge ich dafür, dass du auf der Korvette bleibst und das Deck schrubbst.«

Pat winkte ab. »Sorry, Tom. War nicht so gemeint. Du weißt, dass du oder ihr jederzeit bei uns pennen könnt.«

Andi lächelte Tom zu. »Das wird nicht nötig sein. Julie und Queen sind schon in Segeberg. Ich vermute, dass es dich dann auch in unser Gästezimmer zu deinen Frauen ziehen wird. Ich bin gespannt, ob dein Hund in Zukunft auch mit auf Einsätze gehen wird. Letzte Nacht soll sie sich ja bewährt haben.«

»Vorstellbar ist es«, kommentierte Mark knapp und fuhr mit der Aufzählung der benötigten Ausrüstungsgegenstände fort.

Tom und Daniel kehrten zu ihren Stühlen zurück. Viel bekam Tom von den Worten seines Teamchefs nicht mehr mit. Sein größtes Problem war also gelöst und sein Boss zog es ernsthaft in Betracht, Queen auf Einsätze mitzunehmen? Und Andi bezeichnete Julie und Queen als *seine* Frauen? Der Tag konnte eigentlich nicht besser werden. Unauffällig sah er aufs Handy, als das Vibrieren eine neue WhatsApp ankündigte.

Die Nachricht stammte von Julie, die ihm von Annas

Einladung nach Bad Segeberg berichtete, die sie bereits angenommen hatte. Sie betonte aber, dass sie erst zugestimmt hatte, als Anna ihr versprochen hatte, dass Andi später Tom mitbringen würde.

Es folgte noch ein Bild von Queen, die ihren Kopf aus dem Fenster von Annas Mini in den Wind hielt.

»Willst du nachher während des Zugriffs auch auf dein Handy sehen oder dürfte ich um deine Aufmerksamkeit bitten? Verrätst du uns vielleicht auch, was da so interessant ist, dass es nicht warten kann?«

Tom rief blitzschnell die WetterApp auf. »Ich habe mir nur die aktuellen Wetterprognosen angesehen.«

Der Blick von Mark triefte vor Ironie, während Andi sein Lachen schnell mit einem Husten tarnte.

***

Das stabile Zodiac Schlauchboot mit dem festen Rumpf und den starken Außenbordmotoren, das eigentlich der deutschen Marine gehörte, wurde von der Korvette abgelassen und landete sanft auf der Wasseroberfläche. Es hatte eindeutig Vorteile, dass mit Andi ein ranghoher deutscher Offizier zu ihrem Team gehörte, denn die Abstimmung erfolgte nicht nur problemlos sondern auch höchst zuvorkommend. Das hatte er auch schon anders erlebt.

Tom wartete, bis Daniel sich neben Pat auf den Boden des Bootes gelegt und sein Gewehr in Anschlag gebracht hatte. Erst dann gab er Gas und beschleunigte das Zodiac auf Höchstgeschwindigkeit. Vermutlich war die Vorsichtsmaßnahme überflüssig, aber man konnte nie wissen, wer einem unerwartet über den Weg lief – oder wohl eher schwamm.

Am Handgelenk trug er einen Tablet-PC, der sich in einer wasserdichten Hülle befand und nicht größer als ein normales Smartphone, jedoch deutlich leistungsstärker war. Das Navigationsprogramm zeigte ihm die Richtung an, in der ihr Ziel lag. Die Boote waren klein genug, um jedem normalen Radar auszuweichen. Da sie keine Hinweise auf eine Überwachung des Strandbereiches gefunden hatten, erwarteten sie keine größeren Schwierigkeiten. Die würden auf sie warten, wenn es darum ging, ungesehen den Dünengürtel zu durchqueren, und vor allem auf dem Rückweg.

Tom liebte es, mit dem PS-starken Zodiac übers Wasser zu fliegen. Dennoch mischte sich eine gewisse Sorge in die normale Anspannung während eines Einsatzes. Ihr Team war eindeutig nicht in Bestform. Mark hatte mehr abbekommen, als er zugab. Daniel war noch längst nicht wieder fit und er selbst hatte auch mit Schmerzen am Handgelenk und in der Rippengegend zu kämpfen, was er jedoch niemals zugeben würde. Andis Fähigkeiten kannte und schätzte er, doch seinem Freund fehlte die Erfahrung mit dem Team. Sie verstanden sich untereinander blind. Andererseits erforderte Andis Aufgabe keine wesentliche Abstimmung – sofern alles glatt lief. Doch wann tat es das schon …

Zumindest der erste Teil klappte wie geplant. Niemand bemerkte ihre Ankunft und sie zogen die Boote problemlos an Land.

In dem Navigationsprogramm wurden nun Wärmesignaturen angezeigt, die von den Menschen stammten, die sich in der Nähe aufhielten. Eine Drohne der Bundeswehr lieferte ihnen die entsprechenden Aufnahmen. Die Zusammenarbeit klappte überraschend gut, obwohl sie sich mit ihrem Einsatz außerhalb der Gesetze bewegten. Er hatte keine Ahnung, welche Strippen Mark und Andi dafür gezogen hatten und es interessierte ihn auch nicht übermäßig.

Vor ihnen lag ein Marsch von gut fünfhundert Metern, ehe sie das Haus erreichten. Die Dünen gingen in ein parkähnliches Grundstück über, das Tom an den Einsatz an der Förde erinnerte.

Während seine Kameraden einige Zeit am Strand warten mussten, war Tom keine Pause vergönnt.

»Macht es euch nicht zu bequem«, sagte er zu Daniel und sprintete dann los.

Je eher er den Schutz der ersten Düne erreichte, umso sicherer fühlte er sich. Jeder Eindringling würde sich einen Weg zwischen den Sandbergen suchen, die nur mit ein paar Schilfhalmen bewachsen waren, deshalb hatte sich Tom dafür entschieden, anders vorzugehen. Er kroch den ersten Sandhügel hinauf und spähte auf den Pfad, der unter ihm lag. Wie er es sich gedacht hatte. Lichtschranken fungierten dort als Bewegungsmelder. Wenn er die Lage richtig einschätzte, wurden die Überwachungsgeräte durch den normalen Strom gespeist. Sobald er das Trafo-Häuschen in die Luft gejagt hatte, wäre das Problem gelöst. Trotzdem meldete er seine Entdeckung übers Headset an sein Team.

Sie hatten lange darüber diskutiert, ob sie ihre recht schweren Neoprenanzüge oder die dünnen Kampfanzüge aus schnelltrocknendem Material wählen sollten. Tom war froh, dass sie sich für die leichtere Variante entschieden hatten, denn er war mit dieser Ausrüstung deutlich beweglicher und schob sich so schnell über den Sand, dass er seinem Zeitplan bereits ein ordentliches Stück voraus war. Hinter der nächsten Düne, die nur noch eine leichte Erhebung war, standen schon die ersten Bäume. Die weißen Stämme der Birken waren trotz der Dämmerung gut zu erkennen und ein idealer Orientierungspunkt.

Tom überprüfte die Anzeige auf seinem Tablet-PC. Niemand hielt sich in seiner Nähe auf. Erst ums Haus herum war ein lockerer Kreis von Wachposten postiert. Sie hatten vor, die Sache ohne Blutvergießen zu erledigen, aber bei der Anzahl an Gegnern war das ein utopischer Wunsch. Die Gegenseite würde spätestens beim Aufbrechen des Fensters merken, dass sie angegriffen wurde, und ab dem Zeitpunkt zählte jede Sekunde. Acht Minuten mussten sie Jake den Rücken freihalten, sonst war alles umsonst.

Problemlos erreichte Tom die Bäume. Der Rest würde schwieriger werden. Ab hier gaben ihm Büsche oder Bäume nur noch vereinzelt ausreichend Deckung. Unauffällige Aufklärung war schon immer seine Stärke gewesen und er hatte schwierigeres Gelände als dies gemeistert. Ob er tatsächlich irgendwann mit Queen an seiner Seite im Einsatz sein würde? Und ob Julie mit seinem Job leben konnte?

Energisch rief er sich zur Ordnung. Das waren jetzt definitiv die falschen Gedanken. Er robbte über den bereits feuchten Rasen zu einem Lebensbaum. Nachdem er erneut die Umgebung anhand der Drohnenbilder überprüft hatte, kroch er weiter. Wer immer den Rasen so kurz hielt, hatte ihm einen Gefallen getan. Es wäre fatal gewesen, wenn er eine Spur aus niedergedrückten Halmen hinterlassen hätte. Beim nächsten Busch stieß er auf den ersten Bewegungsmelder, der ungefähr in Kopfhöhe angebracht war. Da wollte vermutlich jemand vermeiden, dass Rehe Fehlalarme auslösten. Ihm kam die Nachlässigkeit entgegen.

Problemlos erreichte er als Nächstes ein blühendes Gestrüpp, das schon in der Nähe seines Ziels war. Noch immer war er schneller als geplant unterwegs. Ob seine Kameraden, die schon länger in einer festen Partnerschaft lebten, während eines Einsatzes auch an ihre Frauen oder Kinder dachten? Eigentlich ließ ihr Job dafür keinen Platz. Dieser Einsatz war irgendwie anders für ihn und er konnte nicht einmal sagen, was sich geändert hatte, nur die Ursache kannte er: Julie und Queen.

»Probleme?«, kam die besorgte Nachfrage von Daniel, dem nicht entgangen war, dass er sich einige Sekunden lang nicht bewegt hatte.

»Nur …« Tom verstummte, als sich im Schatten des Busches, den er als nächstes Ziel auserkoren hatte, etwas bewegte. Er überprüfte die Anzeige auf dem Bild der Drohne. Nichts. Normalerweise waren die Geräte zuverlässig, aber auch durch entsprechende Schutzausrüstungen leicht zu täuschen. »Möglicher Tango vor mir. Ich sehe nach.«

Daniels Fluch hätte auch von Tom stammen können, besser ließ sich die Lage nicht kommentieren.

Lautlos robbte er weiter. Schnell erkannte er, dass er richtig gelegen hatte. Dort saß ein Mann, behielt jedoch die von Tom abgewandte Seite im Auge. Das Gerät, das neben dem Wachposten auf dem Boden lag, war dicker als ein normales Fernglas. Tom kannte die Geräte, die gleichzeitig filmten und auch über einen Wärmescanner verfügten. Das war natürlich auch eine Taktik: Eine relativ leichte, lockere Bewachung vortäuschen und dann solche Kaliber auffahren. Der Mann bemerkte Tom erst, als er keine Chance mehr zur Gegenwehr hatte.

Mühelos schnürte Tom ihm die Luft ab und verhinderte so einen Warnlaut. Der Rest war reine Routine. Bewusstlos und gefesselt war eine Gefahr ausgeschaltet. Wie erwartet trug der Mann einen Overall, der einen integrierten Thermoschutz beinhaltete. Ob die Kleidung den Wachposten gegen die Kälte schützen oder Wärmescanbilder verhindern sollte, konnte Tom nicht einschätzen, das Ergebnis blieb in beiden Fällen gleich.

Er unterrichtete sein Team über den Zwischenfall und dieses Mal übernahm Mark das Fluchen.

Ohne weitere Hindernisse erreichte Tom sein Ziel. Die Tür war alarmgesichert, ließ sich aber recht leicht knacken. Tom platzierte den Sprengstoff, den Daniel vorbereitet hatte, im Inneren und verließ das kleine Gebäude schnell.

»Phase eins abgeschlossen. Drei Sekunden«, teilte er seinem Team mit. In sicherer Entfernung löste er per Fernzündung die Explosion aus.

Mit einem dumpfen Knall wurde die Stromversorgung zerstört.

Angespannt wartete Tom, aber ihre Information stimmte. Es gab kein Notfallaggregat, das ansprang. Innerlich bedankte er sich bei Anna, ihrem Freund, einem dänischen Journalisten, und vor allem bei dem Hausangestellten, dem zu Unrecht fristlos gekündigt worden war.

Er zuckte zusammen, als in einiger Entfernung Schüsse abgegeben wurden. Die schallgedämpften Geräusche stammten aus ihren Maschinenpistolen. Er rannte los, um seinem Team zu helfen, entschied sich dann anders und lief auf das Haus zu. Es kam darauf an, Jake den Rücken freizuhalten, der Rest konnte und musste sich alleine helfen.

Ein lautes Zischen, gefolgt von einem lauten Aufprall, verriet ihm, dass Pat den Granatwerfer abgefeuert hatte. Durch den Kieler Einsatz waren sie auf die Idee gekommen, Jake so den Zugang in den ersten Stock zu ermöglichen.

Tom sah an der Wand des Hauses empor. Jake kletterte bereits über die Verzierungen an der Außenseite hoch und erreichte in diesem Moment die Fensterbank. Auch die zweite Information stimmte. Der erste Stock war über die Ornamente, die eine Drachengestalt bildeten, erreichbar.

Lautlos wie ein Schatten tauchte Andi neben ihm auf. »Hilf ihm oben. Ich halte euch hier unten den Rücken frei.«

Tom hörte noch, dass Mark mit seinem Scharfschützengewehr schoss, dann sprang er ab, zog sich an einer stilisierten Pfote hoch und kletterte ebenfalls an dem Drachen in die Höhe.

Jake hantierte an einem Notebook, das auf einem wuchtigen Schreibtisch stand. Tom hatte gerade noch Zeit, ins Arbeitszimmer hineinzuhechten, da stürmten bewaffnete Männer durch die Tür.

Mit einem Dauerfeuer aus seiner Maschinenpistole

hielt er die Kerle zunächst auf Abstand und zwang sie zum Rückzug. Er holte eine Handgranate aus einer Tasche seines Anzugs und warf sie ihnen hinterher.

Jake sah kurz zu ihm hoch. Sein stellvertretender Teamchef musste nichts sagen. Sie wussten beide, wie es ohne sein Auftauchen ausgegangen wäre. Mit schnellen Schritten durchquerte Tom den Raum und nahm die prächtige Umgebung nur am Rande wahr.

Er warf noch eine Rauchgranate in den Flur. Damit hatte er sich weitere Sekunden erkauft.

»Es wäre nicht schlecht, wenn du dich beeilen könntest.«

»Leider ist das Gegenteil der Fall. Noch mindestens sechs Minuten.«

»Hast du erst noch 'ne Runde Tetris gespielt?«

Jake antwortete nicht, aber sein Mundwinkel hatte sich minimal gehoben.

Der Strahl einer Taschenlampe stach durch die Rauchschwaden. Tom gab einige Schüsse ab und das Licht verschwand. »Sie werden jeden Moment stürmen.«

»Wir sichern den Bereich unten. Sie versuchen, euch den Weg raus abzuschneiden. Mal sehen, ob wir sie zum Haupteingang locken können«, teilte Andi ihnen mit. Obwohl er ruhig sprach, war ihm die Anspannung anzuhören.

Jake reagierte nicht auf die Informationen. Seine Finger flogen rasend schnell über die Tastatur.

Tom richtete seine Aufmerksamkeit wieder auf den Flur. Im Moment herrschte Ruhe. Aber der nächste Angriff würde nicht lange auf sich warten lassen. Er entschied sich, eine weitere Granate zu werfen.

Laute Schmerzensschreie folgten dieses Mal auf die Explosion. Offenbar war sein Instinkt richtig gewesen.

»Ihr habt keine Chance. Gebt auf!«, brüllte jemand auf Englisch.

»Ich kann Sie nicht verstehen«, gab Tom auf Russisch zurück und warf Jake einen schnellen Blick zu, der nun offen grinste.

Schritte kamen näher. Wieder warf Tom eine Granate in den Flur, dieses Mal eine Flash Bang, die mit ihrem grellen Licht und schrillen Sound jeden in der Nähe für einige Sekunden lähmte, der darauf nicht vorbereitet war.

»Granate«, warnte er Jake im letzten Moment vor der Explosion.

»Ich habe es! Phase zwei erfolgreich beendet.« Jake zog einen USB-Stick aus dem Notebook und klappte es zu.

Erst jetzt warf Tom einen schnellen Blick auf seine Umgebung. Dunkle, fast schwarze Wände, an denen einzelne Gemälde hingen. Davor standen beleuchtete Vitrinen mit Kunstgegenständen in verschiedenen Größen. Die Statue eines Pferdes gefiel ihm, die wäre was für Julie.

Jake stieß ihn zur Seite. Eine Kugel verfehlte Tom nur knapp. Die Männer feuerten vom Flur aus nun blind in den Raum. Vielleicht hatten sie bisher Rücksicht auf die Kunstwerke genommen, das war vorbei.

»Raus hier!«, befahl Jake. »Oder willst du dir noch die Bilder ansehen?«

Tom verzichtete auf eine Antwort, wechselte sein Magazin und feuerte wieder in Richtung Tür. Erst als Jake auf dem Weg nach unten war, rannte er zum Fenster.

Kapitel 42

Tom schaffte es noch, auf die Fensterbank zu klettern, dann flogen ihm im wahrsten Sinne des Wortes die Kugeln um die Ohren. Für eine Kletterpartie blieb ihm keine Zeit. Er sprang und prallte aus gut sechs Metern Höhe auf den Boden. Obwohl er sich sofort abrollte, war er einen Augenblick benommen und brauchte einige Sekunden, um sich zu orientieren. Der Absprung war einfach zu unkontrolliert gewesen.

Zwei Männer rannten auf ihn zu, die definitiv nicht zu seinem Team gehörten.

Er versuchte gar nicht erst, seine Maschinenpistole in Anschlag zu bringen. Wo zum Teufel waren Jake und Andi? Alleine kam er hier nicht raus. Wenigstens schossen die beiden nicht sofort.

»Keine Bewegung, Waffe weg!«, wurde er auf Englisch angebrüllt.

»Ich verstehe kein Wort«, gab er auf Russisch zurück, richtete die Mündung aber als kleines Zeichen des Entgegenkommens weiterhin nach unten.

Hinter den Männern erklang eine Explosion, die den Boden zum Erzittern brachte. Keiner der beiden drehte sich um. Das waren Profis.

Weder Tom noch einer seiner Kameraden trugen Gegenstände bei sich, die zur deutschen Marine oder zur US Navy zurück verfolgbar waren, dennoch hatte er nicht vor, sich zu ergeben. Wenn seine Kameraden verschwunden waren, musste er es eben alleine schaffen.

»Rückzug«, hörte er den scharfen Befehl von Mark. »Sie suchen nach den Booten und werden sie gleich finden. Ich fahre mit ihnen ein Stück raus, ihr müsst ein paar Meter schwimmen.«

Beide Boote ins Wasser zu bringen, war durch das Gewicht der Außenbordmotoren schon für einen einzelnen gesunden Mann schwierig. Mit Marks Verletzung war es ein Höllenjob. Zumal er sich beeilen musste, um das Schleppen des zweiten Bootes vorzubereiten.

»Da sie die Explosion nicht interessiert hat, versuchen wir es anders«, hörte er die leise Stimme von Andi. »Wenn ich auftauche, tauchst du ab!«

Tom verstand die Anweisung erst, als Andi scheinbar lässig hinter einem Baum hervortrat und einen schrillen Pfiff ausstieß.

Einer der Männer wirbelte herum, kam aber nicht dazu, die Waffe auf den deutschen Offizier zu richten, weil Jake nun einige Meter entfernt stand und ebenfalls schrill pfiff.

Tom riss seine Maschinenpistole hoch.

Als echte Profis wussten die Männer, dass sie verloren hatten, ließen ihre Waffen fallen und hoben die Hände.

Tom war mit zwei Sätzen bei ihnen, trat die Pistolen außer Reichweite und fesselte ihnen die Hände auf den Rücken. »Was wollen Russen von uns?«, fragte der eine auf Russisch mit einem starken Akzent.

»Wir sind Kunstliebhaber und wollten was überprüfen. Sie haben sich die falsche Auftraggeberin ausgesucht und sollten sich nach einer neuen Stelle umsehen«, gab Tom langsam und deutlich in der gleichen Sprache zurück.

Die Männer sahen zwischen ihm, Andi und Jake hin

und her, sagten aber nichts mehr.

Zu dritt liefen sie zu den Dünen. Tom sah regelmäßig auf die Übertragung der Drohnen und fluchte schließlich laut. »Wir schaffen es nicht. Sie haben den Strand unter ihrer Kontrolle.« Er sah genauer hin und suchte nach den schmalen Markierungsstreifen, die ihm zeigten, wo sich seine eigenen Kameraden befanden.

Mark hatte es geschafft, die Boote in Sicherheit zu bringen. Daniel war bereits bei ihm. Aber wo steckten Pat und Fox?

Ein Schuss knallte, dann der nächste.

»Wir sind im flachen Wasser und halten euch eine Schneise frei. Exakt auf zwölf Uhr«, drang die ruhige Stimme von Pat an Toms Ohr.

Auch wenn die Frechheit des SEALs sonst legendär war, arbeitete er im Einsatz konzentriert und war ein erstklassiger Scharfschütze.

Der Ire tötete keinen der Männer, sondern zielte auf ihre Beine. Das Schreien der Verwundeten sorgte für Verwirrung und Ablenkung und vertrug sich zusätzlich noch besser mit Pats Gewissen, der es hasste, zu töten.

Präzise wie ein Uhrwerk feuerte er, während Fox ihn absicherte.

Ungehindert sprinteten Jake, Andi und Tom über den Strand ins flache Wasser. Mit den Maschinenpistolen auf dem Rücken kraulten sie aufs offene Meer hinaus und wurden wenig später von Mark und Daniel eingesammelt. Sein Freund hatte bereits die Steuerung eines Bootes übernommen und musterte sie prüfend. »Alles okay bei euch?«

Prustend tauchte Pat neben dem Schlauchboot auf und warf sein Scharfschützengewehr an Bord, während Fox sich bereits auf das andere Zodiac hievte. Wenige Sekunden später jagten sie übers Meer. Die Fahrtzeit zur Korvette würde durch die nassen Kampfanzüge unangenehm werden, aber es gab Schlimmeres.

Jake tippte bereits auf seinem Tablet-PC und grinste wenig später zufrieden. »Wir sind drinnen, oder genauer, Dirk hat bereits losgelegt. Phase drei ist damit gestartet.« Er nickte Tom zu. »Deine Idee, den Russen den Mist in die Schuhe zu schieben, war brillant.«

Frisch geduscht und in ziviler Kleidung, die bei den deutschen Soldaten zu einiger Verwirrung führte, trafen sie sich in einem Raum, den der Kapitän ihnen überlassen hatte. Sogar für Kaffee und belegte Brötchen war gesorgt worden. Das Debriefing ging gewohnt schnell. Sie hatten schließlich ihr Einsatzziel erreicht und es gab keine besonderen Kritikpunkte. Dass es an einigen Stellen knapp gewesen war, musste nicht extra erwähnt werden.

»Wann geht denn der Hubschrauber nach Hause?«, fragte Pat mit vollem Mund.

Andi sah auf die Uhr. »Wir waren zu schnell fürs Taxi. Etwas über eine halbe Stunde noch. Und ich warne dich besser vor, dass der Heli nach Kiel und nicht nach Lübeck fliegt.«

Pat verzog den Mund. »Damit kann ich gerade so leben. Aber was anderes. Wieso leitet Dirk das Geld der Dänin an alle möglichen Hilfsorganisationen um? Könnten wir damit nicht auch was anfangen? Also nicht direkt wir, sondern eure geheimnisvolle Firma, für die Tom mittlerweile arbeitet.«

Mark und Jake wechselten einen grimmigen Blick.

Jake hockte sich mit seinem Kaffeebecher in der Hand auf die Tischkante und fixierte den Iren mit dem Blick, dem er den Spitznamen ›Ice‹ verdankte. »Ohne dich wären wir nie auf eine solche Idee gekommen, O'Reilly. Aber dir ist schon bewusst, dass wir keine Verbrecher sind? Das Geld der Dänin stammt zum überwiegenden Teil aus ihren Konzerngesellschaften, die ziemlich profitabel sind. Wir können ihr nachweisen, dass sie ihr Geld für üble Sachen verwendet, aber wirklich verboten ist das meiste nicht.«

»Was ist mit dem Gold? Sie hat sich doch daran bedient.«

»Stimmt, aber das können wir nicht beweisen und wir kennen die Höhe nicht. Niemand von uns fasst so ein Geld an, daran würde sich keiner von uns bereichern wollen. Oder siehst du das anders, O'Reilly?«

Pat lief knallrot an und schüttelte den Kopf.

»Gut. Wir sorgen dafür, dass sie einen echten finanziellen Engpass hat, der sie zwingen wird, sich das Gold zu schnappen. Das ist der Plan, unsere Phase vier. Ihr Geld geht dorthin, wo es gebraucht wird.«

Pat räusperte sich und ließ sich trotz Jakes drohendem Blick nicht davon abhalten, die nächste Frage zu stellen. »Wie sieht denn der Plan für *Black Cell* aus? Ich meine, wenn oder falls … Ich weiß auch nicht.«

»Gebt mir mal fünf Minuten mit Tom«, bat Mark, aber sein Tonfall ließ keine Zweifel, dass es sich um einen Befehl handelte.

Andi hob ironisch eine Augenbraue, verzichtete aber

nach einem warnenden Blick von Jake darauf, den unverblümten Rausschmiss zu kommentieren.

Tom überlegte fieberhaft, was das zu bedeuten hatte. Er war sich keiner Schuld bewusst, aber er kannte Mark gut genug, um hinter der ausdruckslosen Miene seinen Ärger zu erkennen.

»Was habe ich falsch gemacht?«, fragte er, kaum dass die Tür krachend hinter Pat ins Schloss gefallen war.

»Nichts.« Mark stellte seinen Kaffeebecher auf dem Tisch ab. »Pats Frage ist in gewissem Sinne berechtigt gewesen. Ich hätte sie beantwortet, wenn du sie gestellt hättest. Wir haben bisher nie über *Black Cell* gesprochen, obwohl gerade du schon einige Male für unsere Firma gearbeitet hast.«

Tom wusste immer noch nicht, worauf Mark hinaus wollte. Alles, was einen gewissen Sinn ergeben würde, gefiel ihm nicht. »Was soll es da zu bereden geben? Ich weiß, dass du, Jake, Dirk und vermutlich auch Sven daran beteiligt seid. Mir gefällt, was wir für *Black Cell* tun, und die Bezahlung ist mehr als fair. Wo ist das Problem?«

»Dass du dich vielleicht bald entscheiden musst, für wen du arbeiten willst: Für die Navy oder *Black Cell*. Es gibt Überlegungen, unser Team zurück an die Ostküste zu verlegen.«

Das wäre eine Katastrophe. Ihr Team würde auseinanderbrechen, weil zumindest Mark, Pat und Daniel nicht mitgehen würden.

»Bei unseren Erfolgen wäre das doch Wahnsinn. Wer kommt denn auf so eine schwachsinnige Idee?« Er beantwortete sich die Frage selbst. »Natürlich, diese Witzfigur von … Egal. Dann machen wir privat weiter? Für

Black Cell? Daniel, Pat und du würdet Deutschland doch niemals verlassen. Bei Fox und Jake bin ich nicht so sicher. Wobei ich denke, dass Jake immer dortbleiben wird, wo du bist.«

»Richtig. Das ist unsere Überlegung, oder sozusagen unser Plan B, wenn es so weit kommt. Dabei gibt es einen Haken. Wenn wir aussteigen, werden Luc, Brian und die anderen Spezialteams unserem Beispiel folgen.«

»Und das sind für *Black Cell* zu viele?«

»Es würde knapp werden. Deshalb wollen wir unser Kapital erhöhen.« Mark fuhr sich mit der Hand durch die Haare und grinste schief. »Das deutsche Recht ist manchmal zum Kotzen. Würde dein verdammtes Gold in einem bayrischen See liegen, würde *Black Cell* ein Finderlohn zustehen. Hättest du es als Lehrer oder Friseur in Bayern gefunden, würde dir die Belohnung zustehen. Nur in Schleswig Holstein gehen sowohl wir als auch du leer aus, das komplette Gold geht an die Landesregierung. Deshalb haben wir überlegt, eine kleine Korrektur bei der Bergung vorzunehmen und zwar für die Firma und für dich persönlich.«

So weit hatte Tom nie gedacht. Für ihn war das Gold in den letzten Tagen immer etwas gewesen, das ihn seine Familie gekostet hatte. Spontan wollte er jede persönliche Bereicherung ablehnen, doch dann dachte er an Julie, an Queen. Er hatte zwar einiges von seinem Sold gespart, aber keine großen Rücklagen. Vielleicht konnten sie gemeinsam einigen Tieren helfen – und vielleicht auch eine Zukunft planen.

Mark deutete sein Schweigen falsch. »Wenn du nicht an dich denkst, dann an irgendwelche Viecher, die du damit unterstützen kannst. Ein Kumpel von Jan hat einen Gnadenhof, der sich über eine Finanzspritze freuen würde.«

Langsam nickte Tom. »Ich wollte es gar nicht ablehnen. Im Gegenteil. Ich habe eine Bedingung.«

Auf seine unnachahmliche Art und Weise hob Mark eine Augenbraue. »Ich höre.«

»Nehmt euch für *Black Cell,* was immer ihr braucht. Und daneben so viel, dass es für uns alle reicht, also einschließlich Andi. Ich weiß nicht, wie ihr das Gold in Geld umwandeln wollt, aber es ist so viel, dass genug da sein sollte, um dem gesamten Team, einschließlich unserer deutschen Verstärkung, ein nettes Polster zu verschaffen.« Als Mark antworten wollte, hob er eine Hand. »Absolute Gleichbehandlung. Komm mir nicht damit, dass Daniel oder du genug Geld habt. Entweder so oder gar nicht.«

Den letzten Satz hätte er sich besser gespart, doch Mark grinste nur und tippte sich lässig an die Stirn. »Wie du befiehlst. Aber dass eins klar ist, mit Andi klärst du das. Ich kann mir gut vorstellen, wie er reagieren wird.«

»Ich auch, aber ich habe die ganze Nacht Zeit, ihn zu überzeugen.«

»Und was sagen deine Damen dazu?«

Dass sein Boss aber auch immer das letzte Wort und dann auch noch Recht haben musste …

***

Ausnahmsweise hatte sich Mark geirrt. Die Fahrt von Kiel nach Bad Segeberg reichte Tom, um Andi von seinem Vorhaben zu überzeugen. Von dem geplanten Mittelzufluss bei *Black Cell* hatte er schon gewusst, sodass Tom nicht viel erklären musste. Ihm war auf dem Flug nach Kiel schon das entscheidende, wenn auch fiese Argument eingefallen: Andis Frau und Adoptivtochter. Auch wenn die Bundeswehr im Fall des Falles für eine gewisse Absicherung der Familien sorgte, reichte die nicht wirklich aus.

»Das Geld kommt auf ein Konto für Charlie und wird nicht angetastet.«

»Das ist deine Entscheidung. Du kannst damit machen, was du willst.«

Andi schwieg einen Moment. Tom wusste nicht, ob das an dem rasanten Spurwechsel lag, dem sofort ein scharfes Abbiegen folgte, oder an dem Thema.

»Ich habe nicht vor, mich daran zu bereichern. Das käme mir unfair vor. Die Gesetzeslage ist es aber auch. Eigentlich ist die gesamte Situation total verfahren. Es sollte niemals nötig sein, zu solchen Mitteln greifen zu müssen, um für Gerechtigkeit zu sorgen.«

Tom fragte lieber nicht nach, ob sein Freund damit den Cyberangriff auf die Dänin oder die Bergung des Goldes meinte. Wenn er richtig lag, gab es eine direkte Verbindung zwischen Andis Laune und seinem Fahrstil.

»Kommt für dich denn ein Wechsel zu *Black Cell* infrage?«

»Im Moment können wir uns aus dem ganzen Wahnsinn, der beim KSK tobt, noch raushalten, weil wir weit weg von Calw agieren und überwiegend maritim unterwegs sind, aber wer weiß, wann es auch uns trifft. Wenn die Lage bei der Bundeswehr unerträglich wird und sie Interesse hätten, würde ich keine Sekunde zögern.«

»Natürlich würden sie dich und Mike sofort nehmen.

Oder habt ihr darüber nie gesprochen? Ich habe keine Ahnung, was deine Teammitglieder dazu sagen, oder wie da die Planung aussieht, aber ihr gehört doch dazu.« Er wurde zunehmend unsicher. Hatte er die Freundschaft zwischen Mark und Andi unterschätzt?

Andi warf ihm einen spöttischen Blick zu und kam im letzten Moment vor einer roten Ampel zum Stehen.

»Würde es dir sehr viel ausmachen, wenn du ein bisschen weniger aggressiv fährst? Alternativ lass mich ans Steuer.«

»Nein, danke. Ich ziehe es vor, mich auf der Straße abzureagieren, ehe ich meine miese Stimmung mit nach Hause nehme.«

»Was bringt dich denn so in Fahrt? Haben sie dich nicht gefragt?«

»Wer? Ach, so. Du meinst wegen *Black Cell*. Doch, klar. Das haben wir schon vor langer Zeit geklärt. Die geplante Kombi mit Mark und Dirk an der Spitze und uns dahinter gefällt mir ganz gut. Wir sind noch ein bisschen am Feilen, weil wir überlegen, uns ein Vetorecht einräumen zu lassen. Aber das sind Details.« Andi zog in überhöhtem Tempo an einem Kombi vorbei, der es wagte, die Geschwindigkeitsbegrenzung einzuhalten. »Nein, ich meinte das, was ich vorher gesagt habe. Die Verbrecher agieren im rechtsfreien Raum und uns sind so viele Grenzen gesetzt, dass sie entweder ungestraft davonkommen oder wir zu unsauberen Tricks greifen müssen. Das kann es nicht sein. Denk mal an den heutigen Einsatz. Ohne die Informationen von Anna und ein paar Beziehungen zur Marine wäre das alles nicht möglich gewesen. Das macht mich mehr und mehr wahnsinnig. Und überleg mal, wie oft uns Politiker schon an die Leine gelegt haben, weil sie Angst vor Schlagzeilen hatten. Und genau da sehe ich die Chance von *Black Cell*. Es kann aber durchaus sinnvoll sein, wenn ein paar von uns, zum Beispiel Sven oder ich oder auch Mark, unsere offiziellen Funktionen behalten. Wir werden sehen, was die Zeit bringt.«

Bisher hatte Tom sich nie übermäßig viele Gedanken über das gemacht, was Mark oder auch Andi als Teamchef zusätzlich zu bewältigen hatten. Ihm hatte es gereicht, wenn ein Einsatz moralisch gerechtfertigt war, die Wahl der Mittel hatte ihn nicht interessiert, nur das Ergebnis. Plötzlich hatte er Karl vor Augen und auch seinen Vater. Beide hatten das Gold genutzt, um auf ihre Art und Weise für Gerechtigkeit zu sorgen. Auch wenn er die Liebe zur Kunst nicht nachvollziehen konnte, fühlte es sich an, als ob er ihr Erbe in gewisser Weise fortsetzen würde. Das gefiel ihm. Sogar sehr.

»Was beschäftigt dich derart, dass du nichts mehr zu meinem Fahrstil sagst?«

Sie waren schon so lange befreundet, dass Tom keinen Moment zögerte, seine Überlegung mit Andi zu teilen.

»Ein Kreis schließt sich«, sagte sein Freund schließlich.

»So etwas Ähnliches hat Nizoni auch gesagt. Himmel, wenn ich überlege, wie damals alles angefangen hat … Das Haus in der Heide. Du als Hubschrauberpilot, der seine Bewerbung fürs KSK nicht abgeschickt hatte. Und wenn du damals nicht abgedrückt hättest, dann …«

»Fang nicht mit ›Was wäre wenn‹ an. Das bringt nichts. Alles ist so gekommen, wie es kommen sollte. Nur das zählt.«

»Und wie geht's weiter?«

»Keine Ahnung. Das werden wir sehen. Aber die Zukunft ist das, was wir draus machen.«

»Wieso hast du keinen Whisky an Bord? Der Spruch hätte einen Single Malt verdient.«

Andi lachte und beschleunigte den Audi noch stärker.

Julie und Queen begrüßten Tom vor der Haustür. Daran konnte er sich definitiv gewöhnen.

Absichtlich sah er sich übertrieben misstrauisch um. »Wo ist dein Quälgeist von Bruder?«

Julie lachte hell. »Der schreibt brav Berichte und alle paar Minuten bekomme ich eine wütende WhatsApp von ihm, dass das Leben unfair wäre. Hat er sich bei dir nicht gemeldet?«

»Doch, aber ich habe ihn ›stumm‹ geschaltet. Erst war der Einsatz dran, jetzt bist du es. Da habe ich leider keine Zeit für solche Formalitäten. Ich fahre morgen nach Kiel und kläre den Rest. Heute Abend will ich nichts mehr vom Job hören.«

Queen bellte und es klang wie eine Zustimmung.

Anna kam aus dem Haus zu ihnen. »Wollt ihr draußen übernachten? Dann baue ich euch ein Zelt im Vorgarten auf.«

»Und Queen stört dich nicht?«, erkundigte sich Tom vorsichtshalber. »Sie kann auch im Garten bleiben.«

»Blödsinn. Ich wusste ja schon, dass es ein Fehler war, als ich die beiden eingeladen habe.«

»Was haben sie ausgefressen?«

»Queen hat mit ihren Tricks das Herz von Charlie erobert. Die nächsten Tage werde ich dann ständig hören, dass wir unbedingt einen Hund brauchen.«

Queen trottete zu Anna, setzte sich vor ihr hin und gab ihr nach einem Zeichen von Tom die Pfote. »Verflixt. Ich hasse dich, Tom. Wenn Andi dich erschießt, bekomme ich sie dann? Sie ist ein Traum.«

Julie räusperte sich lächelnd.

»Ach ja. Dich muss mein Mann leider auch noch umbringen, aber dann gehört sie mir!«

Der Abend wurde so nett, wie Tom es erwartet hatte. Anna hatte im Wohnzimmer einen kleinen Abendsnack aus Baguettes mit Kräuterbutter, Crackern, Käse und Oliven bereitgestellt und die Gesprächsthemen schwankten zwischen ernst und locker.

Julie und Anna verstanden sich blendend. Tom war nicht bewusst gewesen, wie wichtig es ihm war, dass Julie von seinen Freunden akzeptiert wurde. Viel besser konnte es ihm eigentlich nicht mehr gehen, es sei denn, sie hätten auch ein Kind wie Charlie und … Als ihm klar wurde, was er gerade gedacht hatte, verschluckte er sich an seinem Bier und bekam erst wieder Luft, als ihm Andi kräftig auf den Rücken geschlagen hatte.

Sofort sah Julie seinen Freund strafend an. »Nicht so doll, er hat's doch noch mit den Rippen.«

»Soweit ich weiß, ist er einsatzbereit, dann kann ihm so ein kleiner, hilfreicher Schlag doch nicht schaden. Oder willst du, dass er erstickt?«

Julie legte den Kopf schief. »Ich könnte es mit Mund-zu-Mund-Beatmung versuchen.«

»Die hätte mir besser gefallen«, brachte Tom keuchend hervor.

»Oder ich gebe ihm Nachhilfe in Sachen Trinken. Was

ist denn los gewesen?«, hakte Anna mit glitzernden Augen nach.

Er könnte schwören, dass sie ungefähr ahnte, was ihm durch den Kopf gegangen war, aber das konnte eigentlich nicht sein.

Nach einem Schluck Wein wechselte Anna das Thema. »Wann plant ihr eigentlich die Bergung?«

»Übermorgen soll der Truck eintreffen. Ein Teil des Materials kommt aus Rostock, der Rest aus dem Mittelmeerraum. Einfliegen wäre zu teuer gewesen und die Zeit ist ja auch kein Problem.«

Andi nahm sich eine Handvoll Cracker. »Mir gefällt es immer noch nicht, dass die normale Polizei die Absicherung übernimmt. Ich hätte das zu gerne selbst mit meinen Jungs erledigt.«

»Erzähl das mal Jörg. Der wird dir dazu dann ein paar Takte zu sagen haben.«

»Ich weiß«, gab Andi grinsend zu. »Trotzdem.«

Anna zielte mit einer Salzstange auf Tom. »Ich würde gerne vor Ort sein, um ein paar Fotos zu machen. Dass keine Gesichter zu erkennen sind, ist Ehrensache.«

»Ich glaube nicht, dass das eine gute Idee ist«, begann Tom.

»Super. Queen und ich sind auch dabei«, unterbrach Julie ihn einfach.

»Aber ...«

»Sehr gute Idee. Ich fahre euch«, schloss sich Andi sofort an.

Tom gab es auf.

Sein Handy vibrierte und zeigte ihm eine neue WhatsApp an. »Verflixt. Ich habe meine Großmutter total vergessen.« Plötzlich sah er die Szene in der Wüste wieder vor sich, als Nizoni ihm mitteilte, dass sie ihn und seine Frau sehen wollte. »Sag mal, Julie. Warst du schon mal im Monument Valley?«

»Nein. Wieso?«

»Ich möchte, dass du meine Großmutter kennenlernst. Wenn es dir recht ist, kümmere ich mich um Flüge. Ich frage Mark, ob er uns hilft, damit Queen uns begleiten kann und zwar nicht im Frachtraum. Es gibt da irgendwelche Sonderregeln, die ich mal in Erfahrung bringen werde.«

Er merkte selbst, dass in seiner Frage so viel mehr lag. Angespannt wartete er auf eine Antwort. Endlich nickte sie.

Anna schnappte sich Toms Handy. »Los, Queen. Hüpf ausnahmsweise mal hoch. Ich mache ein Foto von euch dreien. Das wird Nizoni sicher freuen.«

Statt eines aufgesetzten Lächelns war auf Annas Bild pures Chaos zu sehen. Julie lehnte sich lachend gegen Tom, der versuchte, Queens Zunge auszuweichen.

»Perfekt«, meinte Anna und Tom stimmte ihr zu. Ehe er es sich anders überlegen konnte, leitete er das Foto weiter.

Die Antwort kam so fort. Ein großes Herz, unter dem die Frage nach ihrer Ankunft stand.

»So schnell wie möglich«, schrieb Tom zurück.

Kapitel 43

Auf Wunsch von Jörg hatte die Polizei den Bereich um den Fähranleger weiträumig abgesperrt. Dort, wo sonst Touristen ihre Fahrt über den See begannen, würden heute die SEALs ihre Boote ins Wasser lassen. Statt ihrer üblichen Zodiacs benutzten sie heute deutlich längere Schlauchboote des gleichen Herstellers, die militärische Variante des Modells Pro 850, deren Rumpf zusätzlich verstärkt worden war. Jedes Boot konnte bis zu fünfundzwanzig Männer befördern. Ihnen ging es jedoch nicht um die Anzahl der Personen, sondern um eine möglichst hohe Zuladung. Drei Lastwagen, einer mit einem Anhänger, auf dem die Boote transportiert worden waren, sowie ein kleinerer Transporter standen auf dem Parkplatz des Fähranlegers.

Dirk betrachtete die Kennzeichen der Fahrzeuge, die sie als Teil des amerikanischen Militärs auswiesen. »Guter Schachzug. Damit habt ihr das Sagen«, lobte er Mark.

»Das Ganze hat Fox eingefädelt. Er hat wie immer an alles gedacht. Was ist mit Jörg? Weiß er Bescheid?«

Auf die Antwort war Tom auch gespannt und zögerte beim Anziehen des Neoprenanzugs. Die anderen Teammitglieder waren zu weit entfernt, um von dem Gespräch etwas mitzubekommen.

»Er ahnt etwas und hat abgewunken, als ich ihm den Hintergrund erklären wollte. Er meinte, dass wir beim nächsten Grillen an der Schlei darüber reden und er sich freuen würde, wenn wir Felix ein passendes Geschenk mitbringen.«

Mark atmete scharf ein. »Die Anspielung ist kaum misszuverstehen.«

»Wer ist Felix?«, fragte Tom.

»Ich hatte ihn erwähnt. Ein guter Freund von Jan, ehemaliger Top-Manager, der schwer an Krebs erkrankt ist und eine Art Gnadenhof für Tiere unterhält. Außerdem ist er extrem dickköpfig, wenn es darum geht, Spenden anzunehmen.«

Jetzt verstand Tom den Zusammenhang. »Ich werde ihm persönlich eine kleine Aufmerksamkeit vorbeibringen.«

Dirk lächelte. »Das machen wir gemeinsam. Ich rechne das mit ein, frage mich aber, ob wir mittlerweile so durchschaubar geworden sind, dass Jörg Bescheid weiß.«

Tom kam nicht mehr dazu, Dirk zu warnen, dass sie nicht länger alleine waren. Jörg stand breit grinsend hinter dem Wirtschaftsprüfer.

»Dass ich mich mal unauffällig an zwei SEALs ranschleichen kann, hätte ich auch nicht gedacht. Dirk als Wirtschaftsprüfer ist natürlich entschuldigt.«

»Pass bloß auf, was du sagst!« Dirk setzte schmunzelnd zu einem Karatetritt an, der Jörg nur knapp verfehlte.

Schlagartig wurde der Kieler Polizist wieder ernst. »Mir ist schon klar, dass ihr im Wasser aus bestimmten Gründen lieber unter euch bleibt. Das Boot der Wasserschutzpolizei ist auf euren Wunsch so stationiert, dass sie im Ernstfall eingreifen können, aber ansonsten weit genug weg sind.«

Tom sagte nichts, stimmte Jörgs Einschätzung jedoch zu. Über diesen Punkt hatten sie bei der Einsatzplanung lange diskutiert.

»Es bleiben immer zwei Mann über Wasser«, erwiderte Mark und machte durch seine Miene deutlich, dass der Punkt erledigt war.

Jörg ließ sich von der abweisenden Reaktion nicht beirren, obwohl er sichtlich verunsichert die Arme vor der Brust verschränkte.

»Damit seid ihr zu wenige. Hier an Land haben wir alles unter Kontrolle. Niemand wäre so bescheuert, hier anzugreifen, und für bescheuert halte ich diese Dänin nun nicht gerade. Meiner Meinung nach wird sie sich die lohnende Beute im oder auf dem Wasser schnappen.«

Mark sah den Kieler Polizisten kalt an. »Und was stellst du dir vor? Ich kann kein zweites SEAL-Team aus dem Hut zaubern. Und egal, was du glaubst zu wissen, wir stehen immer noch auf der gleichen Seite.«

Jörg wurde blass und wich etwas zurück. Hilfe suchend blickte er zu Dirk, der Mark missbilligend anstarrte.

»Verdammt. Es ist nicht so, wie du denkst«, begann der Wirtschaftsprüfer.

Jörg berührte ihn leicht am Arm. »Lass es, du musst mir nichts erklären, ich weiß alles, was ich wissen muss.« Er stellte sich gerader hin, als er sich wieder direkt an Mark wandte. »Noch mal. Ich befürchte, dass es einen Angriff aus der Luft oder vom Wasser aus geben wird. Ihr habt die Dänin in die Enge getrieben und sie hatte etwas Zeit, sich vorzubereiten. Da sie jedoch nur wenige Stunden hatte, wird sie mehr auf Brutalität als Finesse setzen müssen. Im Wasser seid ihr unschlagbar, aber wir sind auch in der Lage ein paar Schüsse abzugeben. Das hier ist immer noch ein deutscher Polizeieinsatz! Dass wir euch die Bergung überlassen ist ein gewaltiges Entgegenkommen, das du gerade riskierst.«

»Soll das eine Drohung sein?«, erkundigte sich Mark in einem Ton, bei dem es Tom kalt den Rücken runterlief.

Jörg schluckte. Ihm war deutlich anzusehen, wie unwohl er sich fühlte. Tom kannte keine Einzelheiten, wusste aber, dass die beiden eine bewegte Vergangenheit hatten und Mark lange Zeit überhaupt nichts von dem Polizisten gehalten hatte. Schon etliche andere Männer hatten den Rückzug angetreten, wenn Mark so auftrat, aber Jörg blieb standhaft. »Nein, Captain. Ein Hilfsangebot. Wenn ihr die Traglast eurer aufblasbaren Flöße ein wenig mehr ausreizt, können auf jedem Boot zwei von uns mitfahren.«

Sven trat näher. »Ein Boot übernehmen mein Partner und ich, eins Jörg und Bjarne, auf dem letzten fahren Andi und Sandra mit. Wir können alle schwimmen, tragen die volle Schutzausrüstung und treffen auch ab und zu mal, wenn wir schießen.«

»Sandra?«, wiederholte Mark ratlos.

Sven deutete stumm mit dem Kopf in Richtung der Lastwagen. Dort stand die Hamburger Polizistin, ein Stück hinter ihr Julie, Anna und Queen.

Tom fluchte. Wieso konnten die Frauen nicht einmal das tun, was er wollte? Am meisten ärgerte er sich jedoch über sich selbst, denn sie hatten ja angekündigt, mit Andi vorbeizukommen.

Sandra winkte Mark zu. »Nun komm schon, Großer. Gib dir einen Ruck und lass uns mitspielen.«

Neben ihr bellte Queen laut. Julie lachte. »Du bist überstimmt.«

Daniel stand nun neben Tom und sah ebenfalls nicht besonders begeistert aus, sagte aber nichts dazu, dass seine Verlobte sich in Gefahr begeben würde.

»Das ist kein Familienausflug«, begann Mark grimmig.

Dirk unterbrach ihn einfach. »Doch, Captain, genau das ist es. Wir sorgen dafür, dass euch unter Wasser nichts passiert. Das ist alles. Falls du es noch nicht gemerkt hast, das Hamburger LKA unterstützt den Vorschlag unseres geschätzten Kieler Kollegen ausdrücklich! Und ärgert sich nebenbei darüber, dass es nicht selbst auf die Idee gekommen ist.« Er legte Jörg lässig einen Arm um die Schulter. »Du besorgst mir noch ein paar Ausrüstungsgegenstände und erzählst mir dabei mal, woher du deine Infos hast.«

Tom hörte noch, dass der Kieler Polizist Markus erwähnte und dass es keinen anderen logischen Grund dafür gab, dass die SEALs die anstrengende Bergung selbst übernahmen, wenn andere Behörden dafür zuständig wären. Da hatten sie die Kieler eindeutig unterschätzt.

Auch wenn er Marks Urteil traute, war er über die zusätzliche Unterstützung froh und konzentrierte sich auf seine Ausrüstung. Er bekam allerdings noch mit, dass Pat zu Jörg ging und ihm zu seinem Auftritt gratulierte.

Tom verbarg sein Grinsen vorsichtshalber, als er seine Taucherbrille überprüfte. Als er sah, dass auch Jakes Mundwinkel zuckten, während er seinen Tiefenmesser checkte, was eigentlich komplett überflüssig war, musste er doch lachen.

Queen kam zu ihm gelaufen und drängte ihren Kopf an sein Bein. »Na, meine Kleine. Schade, dass du kein Seehund bist, dann könntest du mir helfen.«

Sie bellte leise.

»Das war keine Beschwerde. Heute Abend und morgen machen wir wieder was gemeinsam. Okay?«

Die Hündin schüttelte sich und legte sich vor ihn hin, sodass er nicht an seine Flossen kam. »Gute Taktik. Aber ich muss trotzdem los.«

Julie gesellte sich zu ihm und hakte die Leine an Queens Halsband ein. »Na, super. Nun gelte ich als Spielverderber, weil ihr Herrchen losmuss. Pass auf dich auf, du Seehund. Außerdem hat sie recht. Mir gefiel der gestrige Tag auch besser.«

Sie hatten den Tag gemeinsam in Kiel verbracht und sich wie Touristen benommen, nachdem er die Formalitäten mit Jörg geklärt hatte. Erst abends war er für die Einsatzbesprechung gemeinsam mit Andi nach Ahrensburg zu Mark gefahren und hatte dann eine weitere Nacht in Bad Segeberg geschlafen. Tom ignorierte alle Anwesenden und küsste sie zärtlich.

»Mir auch. Sag mal, hast du was von Christian gehört? Langsam mache ich mir Sorgen, mir fehlt sein Gemecker.«

Julie lachte laut. »Damit liegst du richtig. Er ist schon den ganzen Morgen am Fluchen. Er räumt das Haus und das Grundstück auf, und zwar ordentlich. In seiner letzten WhatsApp stand, dass er zum dritten Mal zum Recyclinghof fährt.« Sie schwieg einen Moment. »Können wir ihn nachher besuchen? Ich habe ihm nichts von der Bergung erzählt, doch das sollten wir persönlich nachholen.«

»Natürlich. Ich habe auch nur vergessen, ihm hiervon zu erzählen, das war keine böse Absicht. Wobei der Gedanke was hat, dass er Fußböden schrubbt, während wir …«

»Vergiss es, Tom«, erklang die Stimme von Christian hinter ihm. »Ich bin froh, dass du mich nicht absichtlich ausgeschlossen hast, denn beim Schlussakt möchte ich gerne vor Ort sein.«

»Hast du deine Knarre dabei?«

»Sicher.«

»Dann wäre ich froh, wenn du auf die beiden und Anna aufpassen könntest. Sie waren nicht davon abzubringen, das hier und heute zu verfolgen. Und tut mir echt leid, dass ich dich nicht über die Bergung informiert habe.«

»Bjarne hat das erledigt, leider erst vor einer halben Stunde. Da hat die Zeit zum Umziehen nicht mehr gereicht. Trotz Ausweis wollte man mich in dem Outfit nicht durchlassen und er musste erst ein Machtwort sprechen.« Er deutete auf seine zerrissene Jeans und das T-Shirt voller Farbflecken. »Es geht ja nicht nur um die Bergung …«

»Eben. Und deswegen bin ich heilfroh, wenn du in der Nähe bist.«

»Gut.« Christian musterte Tom von Kopf bis Fuß. »Nicht schlecht, endlich sehe ich dich mal als Froschmann. Dann pass da draußen oder da unten auf dich auf.«

»Mache ich.«

»Und bring mir was mit.«

Tom war nicht sicher, ob der Spruch scherzhaft gemeint war. Er legte seinem alten Freund eine Hand auf die Schulter. »Von da unten nicht, aber der Barren, den Karl aufbewahrt hat, gehört dir, sobald ich ihn von Alexander zurückhabe.«

Christian riss die Augen auf. »Das war so nicht gemeint!«

»Aber ich meine es so. Karl hätte es gewollt, das weiß ich. Und ich bin ganz sicher, dass er irgendwie mitbekommt, dass wir heute gemeinsam hier stehen und einen dicken Schlussstrich unter diese Geschichte ziehen.«

Christian nickte. »Und einen neuen Anfang machen.«

»Ganz genau.«

Sie umarmten sich.

Als Tom zu den Zodiacs ging, fiel ihm ein älterer Mann auf, der die Aktion aus sicherer Entfernung von einem Grundstück aus beobachtete, das direkt an den See grenzte.

Der Mann stützte sich schwer auf einen Stock, zeigte ihm aber das Daumen-Hoch-Zeichen. Tom winkte ihm zu.

»Wer ist das?«, fragte Daniel, der neben ihm ging.

»Ich kenne ihn nicht, aber ich denke, dass ist derjenige, der gemeinsam mit Karl das Zeug hier ab und zu rausgefischt hat.«

»Dann solltest du ihn später mal besuchen.«

»Habe ich mir schon notiert. Vielleicht kann er mir noch Dinge erzählen, zu denen Karl nicht mehr gekommen ist.«

Unerwartet drohte ihn die Trauer wieder zu überwältigen. Tom blinzelte und schluckte hart.

Bei den Booten erwartete Mark sie bereits. »Wie nett, dass ihr dann auch mal so weit seid. Tom übernimmt die Führung. Wir folgen.«

Das Boot war deutlich schwieriger zu steuern, als die Modelle, die sie sonst nutzten, und Tom vermisste die Wendigkeit. Andererseits mussten sie nur eine kurze Strecke damit zurücklegen. Daniel stand neben ihm im Steuerstand, während Dirk und Sven sich eine freie Fläche neben dem Bergungsmaterial gesucht hatten. Sven hatte sich für eine Maschinenpistole als Bewaffnung entschieden, neben Dirk lag wie erwartet ein Sturmgewehr. Mit einer Pistole und einem Gewehr hatte der Wirtschaftsprüfer hervorragende Trefferquoten, konnte jedoch mit einer Maschinenpistole nichts anfangen.

Als Kind hatte Tom viele Bootsausflüge auf den Plöner Seen unternommen. Plötzlich waren die Erinnerungen an diese Touren wieder präsent. Er hatte es geliebt, um die Inseln mit ihren hohen Bäumen herumzufahren oder an einigen Stellen sogar anzulegen. Sein Vater und er hatten manchmal so getan, als ob sie einen Piratenschatz suchen würden. In gewisser Weise war aus diesem Spiel nun Ernst geworden. Was sein Vater wohl damals gedacht hatte? Waren sie jemals über die Stelle gefahren, an der tatsächlich ein Schatz lag?

Vermutlich hatte sein Vater früher ab und zu etwas Gold geborgen, später hatte Karl dann andere Wege finden müssen.

Die Stelle, an der das Gold lag, war perfekt gewählt. Vom Ufer aus war der See dort nicht mit Fahrzeugen zugänglich. Dichter Bewuchs verhinderte, dass Spaziergänger sich dorthin verirrten. Das hatte im Zweiten Weltkrieg noch ganz anders ausgesehen. Auf alten Luftaufnahmen, die Jake gefunden hatte, war deutlich zu erkennen gewesen, dass ein befestigter Weg dorthin geführt hatte. Karl hatte die Lastwagen mit vollem Tempo in den See fahren lassen, wo sie nach einigen Metern gesunken waren. Er hatte bestimmt gewusst, dass das Gewässer dort schon in Ufernähe tief und mit Seegras bewachsen war.

Tom hielt auf die GPS-Daten zu, die sie in Karls Haus gefunden hatten, stoppte das Boot und ließ eine Boje zu Wasser, die auf Taucher hinwies. Es gab keinen Grund, sinnvolle Vorschriften zu ignorieren, wenn ihre Anwesenheit sowieso bekannt war.

Von dem Schiff der Wasserschutzpolizei war nichts zu sehen. Als das dritte Zodiac sie erreicht hatte und Mark den Motor ausschaltete, lag eine eigentümliche Stille über dem Gewässer.

Ihr Startpunkt war kaum noch zu erkennen. Die Äste von Weiden ragten weit in den See hinaus. Der nächste Zugang zum Ufer war gut hundert Meter entfernt.

Ein Entenpaar schwamm aufgeregt weg. Ein Fischreiher erhob sich majestätisch in die Luft. Dann war es wieder ruhig. Zu ruhig.

Aufmerksam überprüfte Tom die Gegend, fand jedoch nichts Auffälliges. Schließlich ließ er den Schleppanker hinab und gab Daniel das Zeichen, mit ihrer Arbeit zu starten.

Sven und Dirk halfen dabei, die Ausrüstung über Bord zu hieven und bezogen dann ihre Positionen. Beide wirkten konzentriert, sogar etwas besorgt.

Als Tom ins Wasser gleiten wollte, hielt Dirk ihn zurück. »Was sagt dein Gefühl?«

Tom zögerte. »Schlecht. Passt auf euch auf.«

Dirk nickte knapp. »Dito. Sie werden erst zuschlagen,

wenn eure Ballons an der Oberfläche und die Flöße vollbeladen sind.«

»Denke ich auch.«

Damit war alles gesagt. Tom setzte das Mundstück ein und ließ sich mit einer Rückwärtsrolle ins Wasser gleiten. Die Sicht war trüb, aber damit hatten sie gerechnet.

Mit langsamen Flossenschlägen bewegte er sich neben Daniel durchs Wasser. In einiger Entfernung konnte er die Schemen der anderen Teammitglieder nur erahnen, aber nicht sicher identifizieren.

Seegras und andere Wasserpflanzen bedeckten den Grund. Nur vereinzelt flüchteten Fische. Kurz dachte er ans Rote Meer mit der bunten Unterwasserwelt, die sein favorisiertes Tauchgebiet war.

Er überprüfte die Positionsangabe und korrigierte die Richtung minimal. Plötzlich entdeckte er etwas, das sich deutlich vom Grund abhob. Tom berührte Daniel am Arm und deutete auf das Objekt. Seite an Seite schwammen sie näher. Ein uralter Lastwagen mit offener Ladefläche. Die Fahrertür stand offen. Tom strich leicht mit der Hand über das Blech, das von Algen überzogen war. Diese Tür hatte sein Großvater geöffnet, war hinausgesprungen und an Land zurückgeschwommen. Und heute war er hier. Als SEAL.

Tom schwamm zur Ladefläche und entdeckte die Überreste der Kisten. Das Holz war kaum noch zu erkennen, nur die Metallverstärkungen gaben den Behältern noch etwas von ihrer ursprünglichen Form. Hunderte, eher tausende kleiner Gegenstände lagen herum. Das Gold. In seiner Vorstellung hatte es glänzend und blitzsauber unter Wasser auf ihn gewartet. Das war Blödsinn.

Ebenso wie der Rest war es von Algen überzogen. Tom nahm einen der kleinen Barren und wischte die Schmutzschicht zur Seite. Nun entsprach der Anblick schon eher seiner Erwartung.

Er schrak zusammen, als Daniel ihn an der Schulter berührte. Sein Freund signalisierte ihm, dass er die kleine Boje absetzen würde, die er am Gürtel getragen hatte, um den Fundort zu markieren.

Tom nickte und überprüfte den Tiefenmesser. Sie waren gut zwanzig Meter unter der Wasseroberfläche. Damit entfiel die Notwendigkeit eines Druckausgleichs, der sie nur Zeit gekostet hätte. Gemeinsam mit Daniel schwamm er zurück an die Oberfläche.

Gut zehn Meter von ihnen entfernt tauchten auch Mark und Jake auf.

»Wir haben einen«, rief Tom ihnen zu.

Mark antwortete mit einigen Handsignalen, die bedeuteten, dass ihre Teamchefs auch fündig geworden waren.

Tom winkte Dirk zu, damit er das Boot dichter heran rangierte. Ihre Bergungsausrüstung trieb bereits neben dem Zodiac.

Mit etwas Verspätung kam eine dritte Boje an die Oberfläche, Pat und Fox folgten.

»Unser Ziel liegt auf der Seite. Wir müssen uns durch den Sand wühlen, um alles zu erwischen. Ein Staubsauger wäre nicht schlecht«, erklärte der Ire.

»Ehe ihr mit der Bergung beginnt, macht ihr ein paar Aufnahmen. Insbesondere von eurem Wagen«, befahl Mark.

Tom verstand den Sinn sofort. Damit war es absolut

plausibel, dass ihnen ein paar Barren entgehen würden.

Jetzt begann der Teil, der harte Arbeit bedeutete. Bei dem Gewicht und der Menge war es aussichtslos, das Gold ohne Hilfsmittel zu bergen. Sie würden die Barren in extrem stabile Netze schaufeln und dann mithilfe von selbstaufblasenden Ballons an die Oberfläche treiben lassen. Ein Teil würde auf die Boote umgeladen, der Rest auf Flößen, die sich ebenfalls selbst mit Luft füllten, zum Hafen geschleppt werden. Fox hatte die jeweiligen Mengen zuvor exakt berechnet. Zwei SEALs würden das Gold oben in Empfang nehmen, während die anderen die eigentliche Bergung durchführten. Da sie nun zusätzliche Unterstützung hatten, müsste dieser Teil eigentlich schneller gehen als geplant.

Tom löste das Material von den Bojen, die es bisher über Wasser gehalten hatten und zog es hinter sich her in die Tiefe zu dem Lastwagen.

Daniel folgte ihm.

Als sie den Lastwagen erreicht hatten, sahen sie sich kurz an und beluden dann das Netz mit den Barren. Die kurzläufigen Harpunengewehre an ihren Gürteln behinderten sie, aber da sie einen Angriff unter Wasser nicht ausschließen konnten, trugen sie ihre volle Kampfausrüstung, inklusive Messer und Leuchtfackeln.

Schließlich schickten sie das Netz an die Oberfläche, wo es von Pat und Fox in Empfang genommen wurde.

Ohne hinzusehen wusste Tom, dass Mark und Jake in ihrer Nähe genauso schnell arbeiteten. Er verlor den Überblick, wie oft sie das Netz schon befüllt hatten, aber irgendwann waren sie fertig. Doch noch wartete ein weiterer Wagen auf sie.

Mark kam zu ihm geschwommen und fragte ihn durch Handzeichen, ob sie abgelöst werden wollten. Energisch schüttelte Tom den Kopf. Sein Sauerstoff reichte noch und er war eindeutig fitter als sein Teamchef. Nach einer kurzen Pause nahmen sich Daniel und er gemeinsam mit Pat und Fox den letzten Wagen vor, der auf der Seite lag.

Allmählich spürte er die Arbeit in den Armen und auch das Atmen fiel ihm durch die Anstrengung schwerer. Doch noch war er nicht bereit, aufzugeben.

Unerwartet hielt Fox ihn zurück, als Tom erneut das Netz beladen wollte. Stattdessen deutete der SEAL auf eine schwarze Hülle. Es war so weit. Nun ging es nicht länger um die offizielle Bergung, sondern um den Teil des Goldes, der für sie vorgesehen war.

Tom klaubte die erste Handvoll Barren auf dem Grund zusammen und schob sie in den Behälter. Er griff nach dem nächsten Gold. Gerade als er es berührte, erschütterte eine Explosion die gesamte Umgebung und schüttelte ihn ordentlich durch.

Automatisch sah er zur Oberfläche und erschrak. Mindestens ein Mann war in den See gefallen und bereits so tief gesunken, dass er die Gestalt in dem trüben Wasser erkennen konnte. Das sah nicht gut aus.

Kapitel 44

Julie gab es auf, die Bergung zu verfolgen. Die Boote waren so weit entfernt, dass sie nichts erkennen konnte. Queen saß neben ihr und blickte starr auf das Wasser.

»Es hilft nichts, wir müssen Geduld haben«, sagte sie leise.

»Meinst du Queen, Anna oder mich?«, erkundigte sich Christian und legte ihr einen Arm um die Schultern.

»Uns alle.« Julie bemerkte, dass Anna ungewohnt missmutig aufs Wasser blickte. »Was ist?«

»Mir war nicht klar, wie weit wir entfernt sind. So bekomme ich keine vernünftigen Bilder.«

Christian zog sein Smartphone aus der Jeans und rief Google Earth auf. »Seht mal. Von hier aus könnten wir besser zusehen.«

Das klang gut, aber Julie kannte das Anwesen. »Das ist ein Privatgrundstück, können wir da einfach so rauf?«

»Erstens bin ich nicht einfach so irgendjemand. Und zweitens steht die Villa zum Verkauf, findet aber keinen Käufer.«

Anna raffte ihre Haare zu einem Pferdeschwanz zusammen. »Dann los!«

Da Christians Wagen bis zur Oberkante mit Schrankteilen und anderem Schrott vollgepackt war, entluden sie den Kram zunächst unter den irritierten Blicken eines Streifenpolizisten und fuhren dann keine fünf Minuten.

Queen sprang aus dem Wagen und rannte zum Seeufer. Julie folgte ihr schnell. Tatsächlich. Hier waren sie so dicht dran, dass sie erkennen konnten, wer auf welchem Boot war.

»Perfekt«, urteilte Anna und schoss erste Bilder.

Julies Puls beschleunigte sich. Wenn nicht einige Männer Gewehre oder Maschinenpistolen in der Hand gehalten hätten, hätte alles nach harter, aber eher ungefährlicher Arbeit ausgesehen.

Christian setzte sich auf den alten Steg, der nicht besonders vertrauenerweckend aussah. »Das sieht ziemlich anstrengend aus.«

»Und trotzdem wärst du lieber dabei.«

»Sicher. Vielleicht beim nächsten Mal. Ich glaube, Tom und ich sind auf einem guten Weg. Wenn er bleibt und darauf verzichtet, meiner kleinen Schwester wehzutun, sehe ich echte Chancen, dass wir die Vergangenheit hinter uns lassen.«

»Das will ich dir auch geraten haben! Er hat sein Leben für dich riskiert. Und wir hätten damals merken müssen, dass er Probleme hatte.«

Christian wollte antworten, erstarrte aber plötzlich. Er sprang auf. »Oh mein Gott!«

Julie wusste nicht, was seine Reaktion ausgelöst hatte. Ehe sie nachfragen konnte, vibrierte der Boden unter ihren Füßen. Der Steg brach zusammen und sie landete neben Queen und ihrem Bruder im kalten Wasser.

Prustend kam sie wieder hoch und blickte zu den Booten hinüber. Nichts. Nur eine graue Nebelwand.

Sie vergaß alles um sich herum, inklusive der Schwimmbewegungen. Erst als das Wasser über ihrem Kopf zusammenschlug, tauchte sie wieder auf. Tom!

Dann entdeckte sie Queen, die zielstrebig auf den See

hinausschwamm. Julie trat sich ihre Sneaker von den Füßen, kämpfte sich aus ihrer Jacke heraus und folgte der Hündin. Erst jetzt erkannte sie, dass auch Christian bereits losgeschwommen war.

Vielleicht war es Wahnsinn, was sie tat, aber sie konnte nicht anders. Die Entfernung zur Bergungsstelle betrug vielleicht hundert Meter, das war für sie als geübte Schwimmerin trotz des kalten Wassers kein Problem.

Christian hob den Kopf und blickte in eine bestimmte Richtung. Julie tat das gleiche und verschluckte vor Schreck eine Menge Wasser. Das hatte ihr Bruder also bemerkt.

Ein schwarzer Helikopter schwebte über dem See. Das Rotorengeräusch war kaum zu hören. Männer in Neoprenanzügen sprangen ins Wasser. Andere schossen vom Hubschrauber aus in die Nebelwand, in der sich die Boote befanden.

Julie schrak ein weiteres Mal zusammen, als ein völlig verdrecktes Motorboot direkt neben ihr auftauchte. Anna!

Schnell kletterte Julie an Bord und half Christian hoch. Nur die Hündin weigerte sich und schwamm zielstrebig weiter.

»Wo hast du das her?«

»Nachbargrundstück«, brüllte Anna zurück, da der Motor einen Höllenlärm machte. »Wir müssen aufpassen, dass wir nicht mehr Schaden anrichten als helfen. Andi bringt mich um, wenn wir ins Kreuzfeuer geraten.« Sie lenkte das Boot in einem Bogen von dem Nebel weg.

»Das geht nicht! Was ist mit Queen?«, antwortete Julie und ihre Stimme überschlug sich vor Angst um Tom und die Hündin.

»Da! Sie hat was.« Christian hechtete wieder ins Wasser und kraulte auf die Hündin zu. Julie sah abwechselnd auf den Hubschrauber und ihren Bruder. Noch hatten die Mistkerle an Bord sie ignoriert. Aber was sollten sie tun, wenn sich das änderte?

Christian und Queen zogen etwas hinter sich her.

Julie schrie auf, als sie erkannte, dass es sich um einen Mann handelte, den sie kannte. Bjarne, der Kieler Polizist. Sie half Christian dabei, ihn an Bord zu wuchten, und begann sofort mit der Reanimation. Außer einer dicken Beule am Kopf konnte sie keine Verletzungen finden. Endlich hustete Bjarne schwach und übergab sich. Sie half ihm, sich hinzusetzen. Orientierungslos sah er sich um und fasste sich an den Kopf.

»Wo kommt ihr denn her?«

Weitere Schüsse wurden abgegeben, allerdings auch erwidert. Anna und Julie starrten auf den Nebel. Erst dann fiel ihr auf, dass ihr Bruder und Queen ein weiteres Mal unterwegs waren. Das war doch Wahnsinn! Sie suchte die Wasseroberfläche ab und bekam gerade noch mit, dass Christian tauchte. Lange würden die Kräfte ihres Bruders nicht mehr reichen.

Anna lenkte das Boot bereits in die Richtung.

Dieses Mal war es eindeutig, dass ihr Bruder nur noch dank der Hilfe der Hündin durchhielt.

Nachdem sie einen Mann im Neoprenanzug an Bord gehievt hatten, der aus einer üblen Wunde am Bein blutete, packte Julie Queen fest am Halsband und zog sie an Bord.

»Bleib! Lieg!«, befahl sie und wollte klären, wer der Verletzte war, und ihn versorgen.

Die Hündin sah mit gesträubtem Fell an ihr vorbei. Julie fuhr herum.

Der Mann, den sie aus dem Wasser gezogen hatte, richtete eine Harpune auf sie. Sie kannte ihn nicht. Da hatten sie eindeutig dem Falschen geholfen.

Ehe sie etwas sagen konnte, drückte der Kerl ab.

***

Daniel, Fox und Pat schlossen sich sofort zu einer Formation zusammen. Wer immer so verrückt war, sich mit SEALs auf einen Kampf unter Wasser einzulassen, würde nun erfahren, dass das eine sehr dumme Idee war.

Tom schwamm eilig auf die Gestalt zu, die er gesehen hatte. Der Mann trug einen Neoprenanzug und bewegte sich. Mark! Mit zwei Flossenschlägen erreichte Tom seinen Teamchef und bot ihm sein Mundstück an. Nach einem tiefen Atemzug übermittelte Mark ihm per Handzeichen das weitere Vorgehen. Tom bestätigte die Anweisung. Dicht nebeneinander hielten sie auf eines der Zodiacs zu. Ein letztes Mal nutzen sie das Mundstück, dann brach Mark am Heck und Tom beim Bug durch die Wasseroberfläche.

Dirk blutete am Arm, schoss aber ruhig und konzentriert auf einen Hubschrauber. Sven nutzte seine Maschinenpistole als Schlagwerkzeug, um zwei Männer in Neoprenanzügen davon abzuhalten, an Bord zu kommen. Es kam ihnen zugute, dass ihre Gegner die Boote und die Bergungsflöße unbedingt schwimmfähig brauchten. Zu viert brachten sie die Lage schnell unter Kontrolle. Nachdem sie den Hubschrauber gemeinsam unter Beschuss nahmen, drehte er ab.

Dirk winkte ab, als sich Mark die Verletzung ansehen wollte. »Im Gegensatz zu dir ist es bei mir ein echter Kratzer. Sie haben zwei Raketen abgeschossen, bei deren Explosionen die anderen über Bord gegangen sind. Danach kam dann noch etwas, das für den Nebel gesorgt hat. Wir hatten Glück, weil wir am äußersten Rand des Explosionsradius waren.«

Von Jake fehlte jede Spur und auch das dritte Zodiac trieb scheinbar leer in einiger Entfernung. Dieser verdammte Nebel wurde über der Oberfläche wieder dichter, nachdem der Hubschrauber ihn nicht mehr verwirbelte, und machte es unmöglich, Einzelheiten zu erkennen. Außerdem brannte der Mist in den Augen und brachte sie zum Husten.

Tom sprang ins Wasser und kraulte zu dem Boot, auf dem er Jake vermutet hatte. Er entdeckte nur Marks Ausrüstung, das hieß dann wohl, dass Jake im wahrsten Sinne des Wortes abgetaucht war.

Er sah in den Himmel. Keine Spur mehr von dem Hubschrauber. Hatte der tatsächlich dänische Hoheitszeichen am Rumpf gehabt? Das musste warten. Es fehlten Sandra, Andi sowie die beiden Kieler Polizisten. Angst um seine Freunde breitete sich in ihm aus und erstmals wusste er nicht, was er tun sollte.

Er zwang sich, die Lage zu analysieren. Ihre Gegner brauchten die Boote und die Flöße als Transportmittel, mussten die Wasserfahrzeuge mit dem Gold aber auch irgendwie an Land bringen. Um eine dermaßen schwere Last abzuschleppen, brauchten sie ein größeres Schiff. Wie zum Beispiel …

»Mark! Sie wollen sich das Schiff von der Wasserschutzpolizei schnappen und damit abhauen!«

Sein Boss nickte zögernd. »Kann gut sein. Dann machen wir ihnen einen Strich durch die Rechnung. Sieh zu, dass du die Lage hier absicherst.«

Ehe er protestieren konnte, kappte Mark die Leinen zu den Bergungsflößen und beschleunigte das Zodiac so stark, dass sich der Bug hob.

Tom folgte dem Beispiel, befreite das Boot von der Schlepplast, durchtrennte das Ankertau und startete den Motor. Auf dem Boden lag eine ihrer Maschinenpistolen, die er sich schnappte. Langsam fuhr er durch den Nebel und suchte jeden Zentimeter der Wasseroberfläche ab, während er sich dem dritten Boot näherte.

Nachdem er längsseits gegangen war, spähte er an Bord des Zodiacs. Jörg presste sich eine Hand gegen die Schläfe, war aber dabei, sich hochzurappeln.

Blinzelnd sah der Polizist sich um. »Hast du Bjarne gesehen?«

»Komm rüber. Wir suchen ihn. Andi und Sandra fehlen auch. Was ist passiert?«

»Keine Ahnung. Eine Explosion. Bjarne ging über Bord und ich zu Boden. Die Wucht war Wahnsinn«, erklärte Jörg, während er auf Toms Zodiac kletterte und dabei fast ins Wasser stürzte.

Tom gab ihm die Maschinenpistole. »Kommst du damit klar?«

»Natürlich.« Jörg sah an ihm vorbei und riss die Augen weit auf. »Scheiße!«

Tom wirbelte herum. Das Polizeiboot näherte sich ihnen, doch das Zodiac von Mark fuhr ihm bereits in den

Weg. Er wollte gerade beschleunigen, um seinem Teamchef zu helfen, als er einen gellenden Schrei hörte, dem ein lautes Bellen folgte. Julie!

Er wendete und steuerte in die Richtung, aus der er Julie und Queen gehört hatte.

Kaum hatte er den Bereich des Nebels verlassen, entdeckte er ein uraltes Boot. Als er dichter ran fuhr, erkannte er Einzelheiten. Anna stand am Steuer. Christian lieferte sich einen Ringkampf mit einem Taucher. Julie lag am Boden, Queen stand über ihr und bellte.

Jörg feuerte eine Salve von Warnschüssen ab. »Polizei, keine Bewegung!«, befahl er.

Der Taucher ignorierte die Aufforderung, stieß Christian von sich und hechtete ins Wasser. Ehe Tom ihm folgen konnte, kam der Mann wieder an die Oberfläche, allerdings nicht freiwillig.

Andi hielt ihn in einem schmerzhaften Griff fest, während Sandra an dem Boot hochkletterte. Anna war über ihr plötzliches Auftauchen so überrascht, dass sie ihr erst helfen wollte, als die Polizistin es schon alleine geschafft hatte.

»Julie?«, rief Tom mit rauer Stimme.

Er bekam keine Antwort, stattdessen sprang Queen von dem anderen Boot aus auf ihn zu und warf ihn um.

»Kannst du mal aufhören, mit deinem Köter zu spielen und mir stattdessen helfen?«, forderte Andi.

»Warte. Ich mache das«, hörte er Julie sagen und endlich normalisierte sich sein Herzschlag wieder.

Chaos beschrieb die Situation nicht einmal ansatzweise. Tom entschied, sich einen Punkt nach dem anderen zu erledigen. Er befahl Queen, auf dem Zodiac zu bleiben, sprang aufs andere Boot und unterstützte Julie dabei, den Taucher an Bord zu heben.

Kaum lag der Mann beinahe bewusstlos auf dem Boot, verpasste Julie ihm eine Ohrfeige. »Er hat einfach so auf mich geschossen! Wenn Bjarne nicht zugetreten und Christian den Rest übernommen hätte, wären Anna und ich jetzt Fischfilet. Vielleicht hätte Queen ihn auch vorher zu Verbrecherfrikassee verarbeitet. Keine Ahnung. Ich mag ihn jedenfalls nicht. Dabei hatten wir ihn vorher gerettet!«

Tom schaffte es gerade noch, sich ein reichlich unpassendes Lachen zu verkneifen. »Was ist denn eigentlich passiert?«

Andi packte ihn am Arm. »Das muss warten. Wir müssen los.«

Tom gab Julie einen Kuss auf die Wange. »Haltet euch dieses Mal von allem Ärger fern!«, befahl er und sprang zurück aufs Zodiac.

Bjarne wirkte zwar noch angeschlagen, hatte aber bereits das Boot gewechselt, sich neben Queen gesetzt und hielt eine Waffe in der Hand. Andi hatte sich den Platz neben Tom im Steuerstand ausgesucht, während Jörg am Heck lag und die Maschinenpistole im Anschlag hielt.

Mit Vollgas jagte Tom das Zodiac auf das Schiff der Wasserschutzpolizei zu.

Mit zwei Schlauchbooten umkreisten sie es und feuerten auf die Männer, die sich dort zeigten. Tom bat Bjarne, das Steuer zu übernehmen und rief ihm zu, dass er beim nächsten Mal das Heck ansteuern sollte.

Während Mark, Dirk und Sven auf der Vorderseite für Ablenkung sorgten, sprangen Andi und Tom im passenden Augenblick auf die Plattform am Heck. Queen folgte ihnen mit einem gewaltigen Satz.

Meter für Meter arbeiteten sie sich vor, stießen aber auf keinen nennenswerten Widerstand. Zweimal reichten der Anblick ihrer Waffen und die knurrende Schäferhündin, einmal mussten sie einen Warnschuss abgeben, dann hatten sie die sechs Männer an Bord überwältigt, die sich darauf konzentriert hatten, die Schlauchboote im Auge zu behalten.

Nachdem sich auch der Mann am Steuer ergeben hatte, stoppte Andi die Maschinen. Tom suchte das Schiff ab und stieß vor dem Maschinenraum auf ein Schott, das mit einer Kette gesichert war.

»LKA Hamburg. Ist hier jemand?«

»Ja, die Besatzung!«

Tom löste die Kette und drehte an dem Rad.

Mit einem Schraubenschlüssel in der Hand funkelte ihn der rechtmäßige Kapitän an.

»Hey, langsam. Ich gehöre zu den Guten«, erklärte Tom und sprang zurück. Queen bellte warnend. »Sie können das Kommando gerne wieder übernehmen. Dann fahren wir mit der Bergung fort.«

Tom stand neben dem Kapitän der Wasserschutzpolizei, als der das Schiff langsam auf den Nebel zusteuerte, der sich allmählich auflöste.

»Stoppen Sie! Sofort«, befahl Tom, als dicht vor ihnen der erste Mann auftauchte. Er erkannte die Maske sofort, dann auch das blonde, zerzauste Haar. »Das sind meine Kameraden. Machen Sie sich bereit, ein paar Gefangene zu übernehmen.«

Von der Brücke aus verfolgte Tom, wie ein SEAL

nach dem anderen auftauchte. Als letzter kam Jake an die Oberfläche. Wie angekündigt hatten sie vier Taucher im Schlepp, die teilweise bewusstlos waren.

Er rannte zur Reling, befahl Queen ausdrücklich, an Bord zu bleiben, sprang ins Wasser und kraulte zu Daniel. »Sandra geht es gut. Ihr ist nichts passiert.«

Erleichtert drehte sich Daniel auf den Rücken. »Dann hol deine Ausrüstung und lass uns den Rest erledigen. Wir waren ja fast fertig.«

Mark sprang von dem Zodiac und schwamm zu Tom. »Wenn ihr fast fertig seid, braucht ihr uns da unten ja nicht mehr. Wir sammeln die Boote und die Ladung ein und erwarten euch dann oben. Der Hubschrauber ist am Boden und ratet mal, wem der gehört. Angeblich wurde er gestohlen, aber da der Firmenpilot am Steuer saß, glaubt das niemand.«

Zwei Stunden später wuchteten die Polizisten die Fracht von den aufblasbaren Flößen und trugen sie zu den Lastwagen. Fox übernahm es mit einer Handvoll amerikanischer Soldaten, ihre Ausrüstung und einige schwere, sorgfältig verschnürte Seesäcke zu dem Transporter zu schaffen. Alles wirkte so selbstverständlich, dass niemand auf die Idee kam, Fragen zu stellen. Anna fotografierte unermüdlich und interviewte nebenbei noch ein paar Polizisten.

Tom hatte sich eine Stelle in der Sonne gesucht und sich auf den Boden gesetzt. Das Vorderrad seines Mercedes gab eine bequeme Rückenlehne ab. Er lächelte, als Julie auf ihn zukam. Sie trug einen seiner Kampfanzüge. »Den hat Fox mir gegeben. Etwas weit, aber sehr bequem.«

»Gewöhne dich bloß nicht zu sehr daran! Es war die Hölle, als ich solche Angst um dich hatte.«

Julie ließ sich neben ihm nieder und streichelte Queen, die entspannt weiterschlief. »Das ist vorauseilende ausgleichende Gerechtigkeit, weil ich bald immer Angst um dich haben werde, wenn du unterwegs bist.«

»Nicht so laut, du weckst sonst unsere Heldin.« Mittlerweile hatte Julie ihm erzählt, dass die Hündin zweimal als Seenotretterin tätig gewesen war und sein Großvater das mit ihr geübt hatte.

»Eins zu null für mich! Das war ein klassisches Ausweichmanöver. Meinst du, Karl hat sie fürs Wasser ausgebildet, weil du ein SEAL bist?«

»Der Gedanke kam mir auch schon. Ihr seid heute großartig gewesen.«

Julie zitterte leicht und sofort zog Tom sie in seinen Arm. »Hey, es ist vorbei.«

»Ich weiß, aber es war so fürchterlich knapp.«

Eine Zeit lang schwiegen sie. »Hast du schon eine Idee, wo du heute Nacht schlafen willst?« Tom merkte sofort, dass er die Frage völlig falsch formuliert hatte. »Sekunde. Nächster Versuch. Die Gefahr ist vorbei. Kommst du heute mit mir nach Bargteheide in meine Wohnung? Es gibt da jemanden, den du kennenlernen solltest. Wenn ihr euch versteht, würde ich mich freuen, wenn er zur Familie gehören könnte. Also zu uns. Ich meine ...«

Julie lächelte verschmitzt. »Ich habe keine Ahnung, von wem du sprichst, aber die Antwort lautet ja. Ich bin gespannt.«

Erst am frühen Abend erreichten sie den Bauernhof von Thomas. Tom war kaum ausgestiegen, da hörte er die donnernden Hufe von King.

Julie ging langsam auf den Zaun zu. Sie und der Hengst sahen sich einen Moment wortlos an, dann stieg King leicht.

»Angeber«, sagte Julie lächelnd.

King schüttelte den Kopf.

Tom und Queen gingen zu ihnen.

»Du meintest vorhin ihn, oder?«

»Genau. Ich werde versuchen, ihn zu kaufen und …« Er verstummte, als er Thomas bemerkte, der eilig auf ihn zukam.

»Das kannst du vergessen. Der Gaul ist nicht zu verkaufen, aber ich schenke ihn dir, wenn du ihn mir ab und zu zum Decken zur Verfügung stellst. Es war schon immer deiner, oder jedenfalls seit dem Zeitpunkt, als ihr euch zum ersten Mal getroffen habt. Habt ihr schon gegessen? Sonst lasst uns ein paar Steaks und Würstchen auf den Grill schmeißen.«

Fragend sah Tom Julie an, die sofort nickte.

So war es also, nach Hause zu kommen. Tom streichelte erst King, dann Queen und küsste schließlich Julie.

»Also darüber, dass ich an dritter Stelle komme, müssen wir noch mal reden!«

»Das täuscht. Du bist auf Platz eins. Unangefochten.«

Sie küssten sich, während Queen bellte und King laut mit den Hufen scharrte.

Epilog

Vier Wochen später

Julie legte den Kopf in den Nacken und ließ sich die letzten Sonnenstrahlen ins Gesicht scheinen. »Ein Jammer, dass wir morgen schon wieder zurückfliegen müssen.«

Tom lächelte. Er wusste nicht, was ihm besser gefiel. Die Berge im Sonnenuntergang oder Julies verträumter Blick. Der Platz ganz oben auf dem Gatter der Weide hatte sich zu ihrem Lieblingsplatz entwickelt. Da sie sich dabei immer Halt suchend gegen ihn lehnte, konnte er mit der Wahl gut leben. »Ich freue mich, dass es dir hier so gut gefallen hat. Wir kommen bald wieder. Dann zeige ich dir auch die Pazifikküste.«

»Das klingt gut. Ich habe über deinen Vorschlag nachgedacht.«

»Welchen genau meinst du?«

»Ich hänge zwar an dem Garten, aber nicht an dem Haus. Es gibt keinen Grund, warum ich meine Tätigkeit nicht nach Stormarn verlagern sollte. Ich kann bei dir einziehen oder …«

»Nein, wir suchen uns etwas Eigenes. Du glaubst gar nicht, wie froh ich bin, dass du mir da entgegenkommst. Irgendwann ziehen wir ins Haus am See ein, aber noch könnte ich das nicht.«

»Ich auch nicht. Außerdem lässt die Nachbarschaft zu wünschen übrig.«

Die Anspielung auf Christian brachte Tom zum Lachen.

Julie warf ihm einen schnellen Seitenblick zu. »Irgendwann klingt übrigens gut.«

Er umfasste ihre Taille. »Glaubst du denn ernsthaft, ich lasse dich jemals wieder gehen?«

Einige Zeit sahen sie schweigend auf die Berge. »Ich mag Nizoni sehr und ich bin froh, dass sie damals für dich da war«, sagte Julie dann.

Freya und Queen kamen laut bellend angelaufen.

»Das hört sich an, als ob das Abendessen fertig ist.«

»Es kommt mir falsch vor, mich von deiner Großmutter so verwöhnen lassen.«

»Kein Problem. Sag ihr das …«

»Ich bin doch nicht lebensmüde! Immerhin dürfen wir den Abwasch übernehmen.«

Julie sprang von dem Gatter und schmiegte sich an Tom. »Weißt du, was mir am besten gefällt?«

»Die Wüste? Die Ausritte? Die Weite?«

»Nein. Das ist alles wunderbar und wäre mit dir gemeinsam auch toll, aber dass Mark dafür gesorgt hat, dass Queen als Militärhund einfach so mit uns fliegen kann, macht es perfekt. Und dass sie und Freya sich so gut verstehen, ist das Sahnehäubchen.«

»Ich freue mich, dass du das so siehst.«

Tom sah auf die Berge. Svens Vorhersage hatte sich bestätigt. Die Schlagzeilen durch den Fund des Nazigolds hatten dafür gesorgt, dass ihrem Team eine Atempause vergönnt wurde. Die Festnahme der Dänin war hingegen beinahe lautlos geschehen. Die Verbindung zu dem Hubschrauber und zu einigen Zahlungen, die Dirk hatte nachweisen können, waren ihr Untergang gewesen. Die sichergestellten Kunstwerke in ihrer Villa hatten dann für den Rest gesorgt. Selbst wenn sie vor Gericht mit einer geringen Haftstrafe davonkam, waren ihre Machenschaften beendet. Da der Ehrgeiz des Wirtschaftsprüfers geweckt gewesen war, hatte Dirk so lange nachgebohrt, bis er am Ende auch die Bezahlung der Marines, die den Anschlag auf Tom und Daniel unternommen hatten, durch eine ihrer Firmen nachweisen konnte. Nachdem sie einen Großteil ihrer finanziellen Reserven verloren hatte, war die Frau erledigt.

»Na, komm. Lassen wir Nizoni nicht warten, sonst …«

Queens Bellen klang plötzlich anders, Freya schloss sich an.

»Geh ins Haus«, befahl Tom und rannte zur Straße.

Er fluchte, als er die kleine Wagenkolonne entdeckte, die sich näherte. Zwei Geländewagen und eine Limousine. Gegen eine solche Übermacht konnte er mit seiner Sig Sauer nur verlieren.

Queen stand knurrend neben ihm. »Leicht werden wir es ihnen nicht machen«, sagte er leise zur Hündin, während er gegen die Angst um Julie und Nizoni ankämpfte.

Seine Großmutter trat aus dem Haus und stellte sich neben ihn. »Grandma, bitte. Geh einfach rein und überlasse es mir …«

Ihr Blick vermittelte ihm das Gefühl, ein dummer Junge zu sein. »Bist du eigentlich schon mal auf die Idee gekommen, dass es sich um freundlich gesinnte Besucher handeln könnte?«

»Äh … Nein. Du hattest niemanden erwähnt.«

»Das ist richtig. Aber dennoch widerstrebt es mir, dass

du immer vom Schlechtesten ausgehst. Es wird wohl noch einige Zeit dauern, bis deine Frauen dir beibringen, dass es eine Zeit zum Kämpfen und eine Zeit zum Reden gibt.«

Julie lächelte ihm hinter Nizonis Rücken zu und zuckte mit der Schulter.

Da er die Frauen kaum in Sicherheit beamen konnte, blieb ihm nur noch die Hoffnung, dass seine Großmutter mit ihrer Einschätzung richtig lag. Dennoch hielt er seine Pistole schussbereit in der Hand.

Der erste Geländewagen stoppte. Der Anblick der Männer, die ausstiegen, war nicht geeignet, ihn zu beruhigen. Sie bewegten sich wie Militärangehörige und waren definitiv bewaffnet.

Ein blonder Mann, der ihm vage bekannt vorkam, kletterte aus der Limousine und ging langsam auf Tom zu. »Entschuldigen Sie den Überfall, Chief Bannings. Mein Großvater war lange Zeit gesundheitlich so angeschlagen, dass er nicht reisen konnte. Sobald die Ärzte grünes Licht gaben – und das wäre dann eigentlich erst Ende der Woche so weit gewesen – hat er darauf bestanden, loszufliegen, um Sie zu treffen. Mein Name ist Moshe Goldemann. Sie haben meine Schwester unter sehr ungünstigen Umständen kennengelernt, die ich sehr bedaure. Ich versichere Ihnen, dass Sie oder Ihre Familie nichts von uns zu befürchten haben.«

Deshalb war der Typ ihm bekannt vorgekommen. Auch aus dem zweiten Geländewagen waren zwei Männer ausgestiegen. Tom steckte seine Pistole zurück ins Holster.

»Es sieht ja nicht so aus, als ob ich eine andere Wahl

schungen über dich angestellt. Mit deinem Captain und auch dem Admiral hast du Glück. Ich hatte ähnliche Vorgesetzte, aber du weißt bestimmt selbst, was unser Job aus einem macht, wenn einem der Rückhalt fehlt.«

Tom griff nach Julies Hand und drückte sie. »Ja, das weiß ich.«

***

Sechs Wochen später

Tom war nervös und das kannte er von sich nicht. Markus und Christian überboten sich mit spöttischen Blicken und er überlegte ernsthaft, beide zu erschießen.

»Bei der Songauswahl hätte ich auch Fluchtgedanken«, sagte Christian.

Markus zupfte an einer Saite und schmunzelte. »Absolut. Es gibt so viele Songs. Man muss ja auch nicht jeder Laune seines Partners nachgeben.«

Die Vorlage konnte Tom sich nicht entgehen lassen. »Habe ich eigentlich erwähnt, dass Bjarne den Song auch genial fand?«

Markus sah ihn so verdattert an, dass sämtliches Lampenfieber von Tom abfiel.

»Du verarschst mich!«

»Nein. Ernsthaft. Ich habe doch gehört, wie er und Julie sich darüber unterhalten haben. Glaubst du wirklich, ich hätte sonst ausgerechnet dieses Stück gewählt?«

»Wo ist der Text?« Markus sah sich suchend um und riss dann das Blatt an sich, das vor Tom lag. »Können wir den ersten Teil doppeln? Überlässt du mir den Opener?

Ich muss nur den Text ein wenig anpassen, aber das bekomme ich hin.«

Christian stöhnte laut. »Dann macht es doch so, dass Markus anfängt und Tom so lange noch bei Julie ist. Könnten wir dann zunächst mal den normalen Auftritt durchgehen, ehe wir das Finale mit eurer Teenieschnulze planen?«

Dieses Mal waren sich Markus und Tom einig und sahen Christian so grimmig an, dass er zurückwich und die Hände hob.

Der Club war bis auf den letzten Platz besetzt und das lag nicht daran, dass einige ihrer Freunde anwesend waren. Daniel, Sandra, Andi und Anna saßen mit Julie an einem Sechsertisch und hatten den Auftritt begeistert verfolgt. Direkt daneben hatten sich Bjarne, Jan und Jörg platziert.

Das Ganze war Markus' Idee gewesen, da der Auftritt seit Langem vereinbart gewesen war, aber zwei Bandmitglieder plötzlich krank geworden waren. Die Stimmung war großartig und einige Gäste klatschten begeistert, als Tom sich nun zu seinen Freunden setzte und Julie mit einem Kuss begrüßte.

Queen lag auf dem Boden und wedelte nur gelangweilt mit dem Schwanz. »Banausin«, sagte Tom und kraulte ihr den Rücken.

Niemand ahnte, dass es noch eine ganz spezielle Zugabe geben würde, denn die Bühne lag bereits im Dunkeln.

»Wo bleibt Markus?«, fragte Bjarne.

Tom lächelte nur, denn in diesem Moment ging ein einzelner Scheinwerfer an. Markus stand alleine auf der

Bühne, Christian war ebenso wie ihr Keyboarder im Hintergrund kaum zu sehen.

Bjarne stutzte, als Christian die ersten Takte von ›She's like the Wind‹ anstimmte. Er sprang auf, als Markus anfing, das Lied zu singen, dessen Text er für seinen Freund entsprechend angepasst hatte. War der Polizist sonst schon ein guter Sänger, so übertraf er sich nun selbst.

Julie war so ergriffen, dass sie nicht bemerkte, dass Tom sich entfernte. Lediglich Daniel und Andi verfolgten amüsiert, dass er verschwand. Kaum war die erste Strophe beendet, ging der Scheinwerfer kurz aus, um den Wechsel der Sänger zu ermöglichen. Dann stand Tom dort und sang den Song, den Julie sich gewünscht hatte. Nur für sie.

Als der letzte Ton verklang, hatte er ihren Tisch erreicht und zog sie in seine Arme. Ehe er sie küsste, sah er noch, dass Queen völlig unbeeindruckt gähnte.

Sämtliche Zuschauer jubelten nach der Zugabe laut, aber am meisten pfiffen und applaudierten ihre Freunde. Queen schloss sich mit einem Bellen an, dass jedoch reichlich genervt klang.

»Dass du den Song für mich singst ... Du hast doch hundert Mal gesagt, wie sehr du ihn hasst.«

»Für dich tue ich eben alles.«

Er küsste sie wieder. Es gab noch einige offene Fragen über ihre Zukunft – aber das würden sie alles klären. Gemeinsam.

Ende

Danksagung der Autorin

Endlich ging es in Hamburg weiter. Lange musste Tom warten und dann kollidierte seine Geschichte mit einer Realität, die für uns alle noch ungewohnt und fremd ist. So ganz einfach war und ist das Schreiben in dieser turbulenten und merkwürdigen Zeit nicht, aber ich hoffe, ich konnte euch / Sie für ein paar Stunden in eine virenfreie Welt entführen! Nur eins bleibt wohl immer gleich, als echte Chaosqueen habe ich wieder einmal die chronologische Reihenfolge meiner Bücher auf den Kopf gestellt. Hier ist Jan Storm bereits Vater (April ...) in »Falsches Spiel in Brodersby«, das Ende des Monats erscheint, wird er es erst (Januar ...).

Lieben Dank an Merlin und Hazard. Die Ablenkung hätte dieses Mal etwas weniger dramatisch ausfallen können, denn zwischenzeitlich hat uns Hazard sehr große Sorgen gemacht und ein Teil der Einnahmen geht direkt weiter in die Tierarztpraxis. Ein Jammer, dass Julie in Stormarn noch nicht aktiv ist, denn Meerschweinchen mögen keine Tierarztbesuche (Frauchen auch nicht!)

Lieben Dank an Marie von Wolkenart fürs wieder einmal geniale Cover und natürlich an Susanne und Miriam für den scharfen Blick und das Aufräumen des Textes! Und auch an Grit, die mir am Anfang sehr geholfen hat, die Stücke der ursprünglichen Geschichte zu sortieren und für die Diskussion, ob Christian bleiben soll (Das Ergebnis ist bekannt ...)

Lieben Dank an Tina, die mir Q geliehen hat und deren Bilder für so manche Szene mit Queen Inspiration war!

Lieben Dank an meine Familie – auch, dass ihr die Hausarbeit in der Phase meines Schreibflashes liegengelassen habt – ich hätte sonst noch an die Heinzelmännchen geglaubt ;). Und dank der tollen, lärmdämpfenden Kopfhörer habe ich das Geschimpfe über mein komplettes Abtauchen in der Geschichte auch gar nicht mehr richtig gehört! Aber ihr seid wirklich sehr geduldig und ohne eure Unterstützung würde kein Buch jemals fertig werden. Daher ganz ernsthaft: Danke!

Last, aber nicht least! *Lieben Dank* an alle Leser, die durch ihren Kauf oder ihre Leihe und zusätzliche Mails, Nachrichten, Kommentare und andere, liebe Aktionen, ihre Wertschätzung ausdrücken. Ihr seid der Grund, warum ich immer weiterschreibe.

Alles Liebe,
Stefanie Ross

Weitere Bücher

Die LKA/SEALs-Serie
Band 1   Fatale Bilanz
Band 2   Zerberus – Unsichtbare Gefahr
Band 3   Hydra – Riskante Täuschung
Band 3,5 Verhängnisvolles Vertrauen (Novelle)
Band 3,9 Kaleidoskop – Doppeltes Spiel
Band 4   Labyrinth
Band 4,5 Riskante Weihnachten (Novelle)
Band 5   Nemesis - Verkaufte Unschuld
Band 6   Pandora – Gewagte Befreiung
Band 7   Odyssee – Dunkle Vergangenheit
Band 7,5 Tödliches Meer (Novelle)

Die DeGrasse-Serie
Band 1 Luc – Fesseln der Vergangenheit
Band 2 Jay – Explosive Wahrheit
Band 3 Rob – Tödliche Wildnis
Band 3,5 Scott (Novelle)
Band 4 Dom – Stunde der Abrechnung
Band 4,5 Kalil (Novelle)
Band 5 Phil - Gefährliches Schweigen
Band 5,5 Hamid (Novelle)
Band 5,9 Luc & Jasmin – Explosive Weihnachten

DeGrasse-LKA/SEALs-Novellen
Einsame Entscheidung (Weihnachtsnovelle)
Tödliche Suche (Weihnachtsnovelle)
Joss - Fatale Entscheidung
Explosive Vergeltung (Weihnachtsnovelle)

Heart Bay
Band 1 Letzte Hoffnung
Band 2 Mörderische Geschäfte
Band 3 Bedrohliche Vergangenheit

Jan Storm
Band 1 Das Schweigen von Brodersby
Band 2 Jagdsaison in Brodersby
Band 3 Schatten über Brodersby
Band 4 Falsches Spiel in Brodersby

Liebe und Meer (ehemals Love & Thrill)
Band 1   Bernadette & Piet
Band 2   Silvia & Tjark
Band 3   Rosa & Lasse
Band 4   Annika & Jakob

Fantasy-Thriller
Wolf – Der Anfang

Und als **Sandra Wright**:
Heartbeat – Crush on you

Printed in Great Britain
by Amazon